«i grandi» tea

Megan Maxwell

Il mio destino sei tu

Romanzo

Traduzione di
Chiara Corazza

TEA

Per informazioni sulle novità
del Gruppo editoriale Mauri Spagnol visita:
www.illibraio.it

TEA - Tascabili degli Editori Associati S.r.l., Milano
Gruppo editoriale Mauri Spagnol

www.tealibri.it

Prima edizione italiana presso Tre60, settembre 2015

Titolo originale
Sígueme la corriente

Prima edizione « I Grandi » TEA gennaio 2017
Prima ristampa « I Grandi » TEA aprile 2017

IL MIO DESTINO SEI TU

Il vero amore è come una bella canzone. Se non è speciale,
te ne dimentichi, ma se ti fa innamorare davvero
renderà meraviglioso il resto della tua vita,
perché avrà fatto il nido nel tuo cuore.
Con affetto,

MEGAN MAXWELL

1.
Eroe

Il gala musicale nello spettacolare auditorium di Los Angeles era davvero magnifico e tutti i presenti si stavano divertendo un mondo.

Produttori, cantanti, attori, modelli e sceneggiatori bevevano, ballavano e cantavano al suono della miglior musica del momento.

Uno dei più richiesti era Anthony Ferrasa, Tony per gli amici: un compositore bello, simpatico e seducente, bruno con gli occhi verdi, che faceva impazzire tutte le donne che incrociava, non solo per il fascino del suo sguardo. Tony era il secondo dei fratelli Ferrasa, figlio della defunta cantante Luisa Fernández, più conosciuta come la Leonessa, e cognato di Yanira, cantante sempre ai primi posti nelle classifiche.

Tony era lo scapolo più ambito di Los Angeles: con lo smoking nero, quella camicia bianca e il farfallino era un vero spettacolo per gli occhi. Lui non si innamorava mai di nessuna, in compenso tutte le donne perdevano la testa per i suoi felini occhi chiari, il fisico atletico e il sorriso accattivante.

Mentre la gente ballava sulle note di *Treasure*, una canzone di Bruno Mars, Tony parlava con una bellissima modella russa. Era già scontato, da come lei si toccava i capelli, si mordicchiava il labbro inferiore e gli sorrideva estasiata, che la notte prometteva bene... La ragazza era caduta nella trappola senza che lui dovesse nemmeno tendergliela.

«Tony, scusa, puoi venire un momento?»

Sentendo la voce di Yanira, strizzò l'occhio alla sua preda, la pregò di scusarlo un secondo e si avvicinò alla cognata la quale, con un sorriso, gli bisbigliò all'orecchio: «Mi hanno appena proposto di incidere una canzone con Beyoncé e Jennifer Lopez! Tu che ne pensi?»

«Fantastico!» Mettere insieme quelle tre dee della musica, belle, sexy e vincenti era un'idea a dir poco geniale. Aggiunse, compiaciuto: «Secondo me sarà un successo planetario. Chi te l'ha proposto?»

Con nonchalance, Yanira si spostò alla sua destra e mormorò: «L'uomo che sta parlando con tuo fratello Omar».

Tony alzò gli occhi incuriosito e, vedendo di chi si trattava, annuì.

«Guarda guarda, Alfred Delawey...»

Ridevano entrambi quando Dylan, un altro fratello di Tony nonché marito di Yanira, si avvicinò, mise un braccio attorno alla vita della moglie e, porgendole la bibita che aveva in mano, chiese: «Cosa state tramando voi due?»

«Stavo raccontando a Tony della proposta di Delawey», rispose Yanira, appoggiandogli affettuosamente la testa sulla spalla.

«Tu che cosa ne dici, Dylan?» domandò Tony al fratello.

Il dottor Dylan Ferrasa, uomo piuttosto geloso, sorrise sentendo da dove giungeva la domanda e, dopo aver schioccato un bacio in fronte alla moglie, commentò: «Mi sembra una bella cosa».

Yanira e Tony si scambiarono uno sguardo allibito.

«Nessuna obiezione?» insistette quest'ultimo.

Dylan scoppiò a ridere. Se c'era una cosa che aveva imparato nella vita era fidarsi di sua moglie. «Alfred non è al top delle mie simpatie, ma Yanira sa quello che fa», disse senza staccarsi da lei.

La donna, divertita, inarcò le sopracciglia e si alzò in punta di piedi per baciare Dylan sulle labbra.

«Tesoro, non potresti essere più bello, adorabile, gentile e generoso.»

Felice, il dottor Ferrasa sorrise e si lasciò baciare. Adorava la moglie. Yanira era unica, ma soprattutto era la cosa migliore che gli fosse capitata nella vita.

Tony alzò gli occhi al cielo con fare teatrale; l'amore che si dichiaravano quei due era appassionato, incredibile. Commentò, a mezza voce: «Adesso questi ricominciano a sbaciucchiarsi».

I due lo guardarono con aria divertita. «Sei invidioso?» gli chiese Yanira.

«Noooooo», rispose ironico Tony, lanciando un'occhiata alla russa. «Non dire sciocchezze. Ho quello che voglio.»

Yanira guardò nella stessa direzione.

«È bellissima, niente da dire, ma basta un'occhiata per capire che non è la tipa per te.»

Dylan non poté trattenere una risata e Tony replicò divertito: «Cognata cara, ti informo che la mia vita è stupenda. Faccio quello che desidero e sto con chi mi pare. Cosa potrei volere di più?»

Lei lo guardò. Tony aveva ragione. «È vero, ma le ragazze come quella sono tutte più false di un dollaro con sopra la faccia di Paperino. Nella maggior parte dei casi l'unica cosa che hanno in mente è finire sui giornali in tua compagnia, per farsi notare.»

«Lo so. Ma non dimenticarti, biondina, che anch'io voglio da loro una cosa sola, molto semplice: sesso. Nient'altro!»

«Se vai avanti di questo passo resterai "zitello", caro mio», insistette la giovane. «Tony, alla tua età potresti già aver messo su famiglia. Ti ricordo che hai due anni più di Dylan.»

Divertito da quel commento, le sorrise, le carezzò i capelli e ribatté: «Siete voi la mia famiglia. E comunque, mi hai appena dato del vecchio?»

«Diciamo che non sei esattamente un ragazzino, bello», rispose lei, vedendo che suo marito rideva. «Sei un quarantenne di belle speranze e...»

«Oh, Dylan, potresti chiedere a quell'impicciona di tua moglie di chiudere la boccaccia?»

«Se mi parli così, Tony Ferrasa, guarda che ti mando a quel paese», bofonchiò Yanira. «Non me ne importa niente di quello che dici e di quello che fai. Ma secondo me dovresti cercarti una donna speciale e piantarla di passare di fiore in fiore... Altrimenti farai la fine del tuo fratellino Omar.»

«Alla faccia, questo è un colpo basso!» disse ironico Dylan.

«Oh, no, Dio me ne scampi!» sghignazzò Tony.

I due fratelli stavano ancora ridendo per la battuta, quando arrivò Omar, il primogenito. Si piazzò davanti al gruppetto, prese la ragazza per un braccio e la tirò a sé dicendo: «Vieni. Delawey scalpita, perché non vede l'ora di parlare con te. E poi c'è l'esibizione con Luis Miguel».

«Dai, Omar, siamo a una festa», protestò lei. «Non è una riunione di lavoro.»

Suo cognato, fissato col lavoro e con le donne, la guardò e insistette, addolcendo un po' la voce: «Lo so, gioia, ma non dimenticarti che è proprio a queste feste che si concludono gli affari migliori»

Dopo aver sbuffato guardando Tony, Yanira strizzò l'occhio al marito e seguì Omar.

«Yanira ha ragione», disse Dylan a Tony, quando rimasero soli. «Dovresti trovare qualcuno che...»

«Ce l'ho, ce l'ho già», tagliò corto lui, e con un cenno noncurante aggiunse: «Irina Sharapova, un metro e novanta di squisita eleganza, con una bocca sensuale. Tranquillo, fratello, la mia sarà una notte incredibile».

Dylan guardò la giovane russa. In effetti era uno schianto.

«Sul fatto che ti divertirai non ho il minimo dubbio, però...»

«Dio, Dylan, non cominciare anche tu, adesso! Mi bastano le prediche di papà e adesso anche di Yanira.»

Rendendosi conto che aveva ragione, Dylan sorrise e cambiò discorso: «Omar procede come un bulldozer. Non si ferma un attimo».

«Be', lo conosci. Lavoro e donne sono le uniche cose che gli interessano.»

Guardarono entrambi il fratello maggiore che, insieme a Yanira, stava parlando con Alfred Delawey.

«Sono preoccupato», osservò Dylan.

«Perché?»

La risposta giunse mentre Yanira saliva sul palco per cantare insieme a Luis Miguel: «Da quando si è separato da Tifany, sta superando ogni limite con tutto. Lavoro, viaggi, feste, donne. Due settimane fa hanno ricoverato da noi Sean Shelton che, a quanto pare, aveva esagerato con la cocaina. Guardalo com'è già ridotto stasera».

Tony osservò il compagno di scorribande del fratello, mentre si sentivano i primi accordi di *Delirio* e il pubblico scoppiava in un applauso per Yanira e Luis Miguel.

Dylan, felice di contemplare la sua bella moglie sul palco, sorrise quando lei gli fece l'occhiolino, un attimo prima di cominciare a cantare:

Si pudiera expresarte cómo es de inmenso
en el fondo de mi corazón
mi amor por ti.

Tony sorrise vedendo la faccia imbambolata del fratello. Sentiva la voce di Yanira che cantava e, quando attaccò Luis Miguel, mormorò: «Questa canzone mi è sempre piaciuta».

«È una meraviglia», dichiarò Dylan, stregato dalla magia di Yanira.

Per un po' guardarono lo spettacolo. Non c'era dubbio che Luis Miguel e Yanira avessero un'intesa perfetta; soprattutto, sapevano comunicare al pubblico il loro entusiasmo. A un certo punto, vedendo Omar che rideva con Sean Shelton, Dylan riprese la conversazione: «Omar va a molte feste con quello, il che mi dà da pensare».

Entrambi osservarono i due uomini con una certa curiosità.

«Ma no, Dylan, io non credo...» ribatté Tony. «Omar non ha mai fatto il cretino con la droga e...»

Non poté aggiungere altro, perché all'improvviso si sentì un rumore di bicchieri rotti. Girandosi, i due videro una ragazza dai capelli multicolori a terra in mezzo a frammenti di vetro.

Dylan si chinò velocemente per aiutarla.

«Stai bene? Tutto a posto? Ti sei tagliata?»

Lei scosse la testa e si rimise in piedi. «Sto bene, grazie, signore.» Poi, notando come lui la guardava, chiarì: «Probabilmente a qualcuno è caduta una bibita, il pavimento era bagnato e io non me ne sono accorta... Oh, no, le ho rovesciato tutto addosso!» esclamò, notando i pantaloni del suo interlocutore.

Tony le sorrise. «Tranquilla, signorina, non è niente.»

Ma la giovane era angosciata e imbarazzata. «Davvero, non volevo. Mi dispiace... mi dispiace...»

Sorpreso, Tony osservò la ragazza. Si accorse che allungava il collo e si guardava intorno, inquieta.

«Lo so, cara, lo so... tranquilla.»

All'improvviso lei aggrottò la fronte, vedendo i segnali di un altro giovane cameriere.

«Oh, merda!» disse fra i denti.

«Che cosa c'è?» le chiese Tony.

Senza prestargli l'attenzione che di solito gli riservavano le donne, la ragazza si scostò una ciocca rosa dal viso e sussurrò: «Oddio, sta arrivando!»

Dylan e Tony si guardarono senza capire niente.

«Chi sta arrivando?» le domandò quest'ultimo, andandole più vicino.

Avvisata da David, Ruth aveva visto che il suo capo, il signor Sebastian, soprannominato «il Granchio», per sua sfortuna si stava dirigendo proprio dalla sua parte. La ragazza guardò i due uomini che l'avevano aiutata e, rendendosi conto che non sembravano darsi arie come gli altri ospiti della festa, si avvicinò a Tony: «Senta, il mio capo ha un brutto carattere e per certe cose se la prende molto. Appena vedrà cos'ho combinato, garantito che mi darà una strigliata coi fiocchi».

«Sul serio?» chiese Tony.

La ragazza dai capelli colorati annuì con un gesto grazioso e, con una faccina da cucciolo smarrito, confermò: «Assolutamente».

«Tranquilla», le disse, divertito. «Gli spieghiamo che non è stata colpa tua.»

«Grazie. Lei è molto gentile.»

Sorrisero tutti e tre e lei, vedendo come la guardava quel bocconcino moro, aggiunse: «Se questo lavoro non fosse così importante per me, le assicuro che lo manderei a farsi friggere, ma...»

«Sei spagnola?» le chiese a quel punto Dylan.

La ragazza si strinse nelle spalle. «Sì, perché?»

«Anche mia moglie è spagnola. Di Tenerife. Quando ti ho sentita parlare ho riconosciuto subito quell'inflessione, è inconfondibile...»

Lei sorrise ancora e, vedendo il capo sempre più vicino, chiese a Tony: «Allora davvero mi vuole aiutare?» Lui annuì e la ragazza, dimenticando le formalità richieste dalla situazione, esclamò: «Allora vienimi dietro!»

Dylan sorrise divertito quando sentì il fratello chiedere: «Cosa devo fare, scusa?»

«*Ssst!* Sta arrivando!»

Un attimo dopo, un uomo si piazzò davanti al gruppetto e, guardando in cagnesco la ragazza, le consegnò paletta e scopino. «Che cos'è successo, Ruth?»

Lei si mise immediatamente a raccogliere i cocci di vetro: «Un colpo improvviso mi ha fatto perdere l'equilibrio e...»

«Un colpo?» ripeté brusco il capo, guardandola negli occhi, ma prima che potesse aggiungere altro Tony fu pronto a mentire.

«È stata tutta colpa mia. La ragazza aveva il vassoio carico di bicchieri, io non l'ho vista e le ho dato uno spintone, facendola cadere. Per fortuna non si è fatta male e non si è tagliata.»

L'uomo lo ascoltò, poi guardò di nuovo la ragazza, che si strinse nelle spalle con grazia.

«Ho provato a schivarlo, signor Sebastian, ma mi è stato impossibile.»

«Il problema è stato il movimento improvviso e involontario di mio fratello, è un tale imbranato...» intervenne Dylan, guadagnandosi un'occhiata divertita da parte di Tony, prima di mettersi ad applaudire perché era appena terminata l'esibizione di Yanira.

Il capocameriere osservò i tre e concluse: «In ogni caso, è stato uno spiacevole incidente, signori». Poi, rivolgendosi alla ragazza, sibilò, secco: «Devi stare più attenta e concentrata su quello che fai. Ti avevo avvertito o no prima di cominciare?»

«Sì, signore, ci aveva avvertito, ma...»

«Le ho appena detto che è stata colpa mia», insistette Tony, risentito.

L'uomo annuì, gli sorrise, ma poi tornò a squadrare la ragazza e tagliò corto: «Rimettiti a lavorare e fa' in modo che non ricapiti. Ne parliamo alla fine della serata». Senza aggiungere altro e sotto lo sguardo attento dei tre, se ne andò.

Ruth, che già si aspettava una lavata di capo coi fiocchi, finì in fretta di raccogliere i vetri rotti. Quando ebbe terminato di pulire, disse distratta e con un sorriso stanco: «Grazie mille per l'aiuto».

Dylan e Tony annuirono e la seguirono con lo sguardo mentre si allontanava. Giunta in cucina, Ruth gettò i vetri nel bidone e, riponendo paletta e scopino, vide David entrare con un vassoio vuoto. Andò da lui, terrorizzata. «Credo di avere visto Julio César alla festa», mormorò.

«Non dirlo neanche per scherzo!» esclamò lui, appoggiando il vassoio.

Julio César era l'ex di Ruth. Un uomo che l'aveva fatta soffrire molto, dal quale un po' di tempo prima era fuggita. Nervosa e spaventata, la ragazza si fece aria con la mano e gemette: «Non so se sia lui o no. Non lo so. Però quando l'ho visto mi sono agitata, sono caduta e...»

«Stai tranquilla... tranquilla», la interruppe David. La prese per mano con fare deciso. «Andiamo a controllare. Dobbiamo sapere se è davvero lui, altrimenti non riuscirai a lavorare, stasera.»

Uscirono dalla cucina coi vassoi vuoti, senza che il capo se ne accorgesse. Attraversarono in lungo e in largo il salone, in cerca dell'uomo. Alla fine Ruth sospirò di sollievo, rendendosi conto di aver confuso qualcun altro per lui. Quando furono di nuovo in cucina riuscì a sorridere e, bevendo un sorso d'acqua, mormorò: «Meno male… meno male».

David ricambiò il sorriso e, dopo avere bevuto a sua volta, le chiese: «Chi erano quei due con cui stavi parlando, cucciola?»

Ruth alzò le spalle.

«Boh, non ne ho la più pallida idea, David, però mi hanno aiutato col Granchio.»

«Ti hanno salvato la faccia?»

Sentendo quell'espressione molto usata nel suo Paese d'origine, Ruth fece energicamente di sì con la testa, e il suo amico disse: «Be', chiunque fossero, il termine "impressionante" non basta a descrivere quei due fighi da paura, con i fisici scolpiti. A proposito, avresti dovuto vedere quella tettona di Rosalyn con due tipi della festa. In pratica li serviva con tutto il davanzale al vento».

Più tranquilla, lei sorrise.

«Oh, così mi piace», aggiunse David, prendendole la mano. «Quando sorridi sei mille volte più bella. Ah, volevo dirti, i tuoi capelli mi piacciono ogni giorno di più. Quasi quasi mi decido e mi faccio fare anch'io qualche mèche colorata.»

Ruth sospirò. Aveva i capelli tinti di vari colori, per nascondere la sua vistosa chioma rossa, in modo che Julio César non la riconoscesse.

«Ti ricordo che abbiamo il miglior parrucchiere del mondo, noi», ribatté lei, guardando l'amico.

«Eh, il mio Manuel è il dio della tinta!»

Ruth sorrise. Manuel, il marito di David, era un parrucchiere e sperimentava su Ruth e David le novità imparate ai corsi di acconciatura creativa, prima di proporle ai suoi clienti.

Senza quei due amici formidabili, la vita della ragazza a Los Angeles sarebbe stata un caos. Più serena, aggiunse: «Se c'è una cosa di cui non ho il minimo dubbio è che sono molto trendy!»

Di questo parlavano quando il signor Sebastian, alias il Granchio, si avvicinò. Come da copione, Ruth dovette sorbirsi le lamentele per la presunta goffaggine che dimostrava sul lavoro. Dopodiché, l'uomo disse: «David, Ruth, fatemi il favore di portar fuori la spazzatura e metterla nei cassonetti. Forza!»

Senza protestare, annuirono e, quando l'uomo si allontanò,

David sussurrò piano: «Secondo me il Granchio deve avere una vita sessuale tremenda. Non è normale che sia sempre così rabbioso, ti pare?»

Ruth ridacchiò. «Dai, portiamo fuori tutta questa schifezza.»

Fuori incrociarono Andrew, responsabile del servizio di sicurezza di quasi tutte le feste in cui lavoravano, che appena vide Ruth le chiese: «Ciao, bel faccino, tutto bene?»

Lei gli sorrise e David, sentendosi escluso dal saluto, si intromise: «Ciaaaaoooooo! Esisto anch'io, sai?»

Andrew, divertito da quell'uscita, gli fece l'occhiolino poi sparì senza aggiungere una parola.

«Ma quanto è figo quello? Quando poi è in moto, col giubbotto di pelle e quell'aria spavalda. Roba da mangiarselo di baci! Detto fra noi, cucciola, sinceramente non capisco com'è che non te lo sei ancora accaparrato...»

Ruth alzò le spalle. Andrew era un buon amico, ma nonostante le sue continue insinuazioni e tutte le attenzioni che le rivolgeva, lei non vedeva altro, in lui.

Alla festa i fratelli Ferrasa continuavano a parlare. Quando ebbe finito di bere, Tony lanciò un'occhiata alla modella russa che li osservava da poca distanza. «Ciao, fratello, ti lascio.»

«Perché?» Dylan già sorrideva, immaginandosi la risposta.

Tony lanciò un'occhiata sensuale al corpo della ragazza: «Una bella russa reclama la mia presenza, e non mi piace farmi pregare».

Dylan gli diede un pugno scherzoso sulla spalla e lo seguì con lo sguardo mentre si allontanava. Qualche istante dopo, Tony si avvicinò alla russa e le disse qualcosa all'orecchio. Lei annuì e se ne andarono insieme dalla festa.

«Tony se ne va?» volle sapere Yanira, che aveva appena raggiunto il marito.

Dylan annuì, poi guardò la sua bella moglie bionda, la prese per la vita e avvicinò la bocca al suo orecchio. «Hai cantato da dio, coniglietta.» Lei sorrise compiaciuta e lui aggiunse, con voce bassa e sensuale: «Che ne diresti se portassi la mia preziosa mogliettina da un'altra parte?»

«Per esempio?» Yanira era curiosa di saperlo.

Dylan prese dalla tasca un biglietto e glielo mostrò. Lei lesse le parole «California Suite» e lui aggiunse: «Fabian ci aspetta lì».

Annuì eccitata. Una delle cose che le piacevano di più era

godersi una fantastica notte di sesso e fantasia con suo marito. «Allora non facciamolo aspettare», rispose, pregustando ciò che sarebbe successo.

Tony uscì dal locale ridendo a fianco della ragazza russa e, appena il parcheggiatore lo vide arrivare, corse a prendere la sua favolosa Audi R8 Spyder grigio scuro.

Vedendo l'auto, Irina sorrise. Non si aspettava niente di meno da quel famoso compositore. Con galanteria, Tony le aprì la portiera. Dopo averla richiusa, raggiunse il posto di guida con passo sicuro, sbottonandosi la giacca.

Dall'altro lato della strada, vicino al cassonetto dell'immondizia, David, che aveva assistito alla scena, guardò Ruth e le chiese: «Ehi, cucciola, quello non è uno dei due superfighi che prima ti hanno salvato il culo col Granchio?»

Senza prestargli particolare attenzione, Ruth alzò gli occhi, diede un'occhiata e confermò: «Sì».

Facendo finta di niente, David gli fece una scansione completa. Bruno, alto, di classe e, a quanto vedeva, proprietario di una macchina da sogno.

«Visto alla luce dei lampioni, e per quanto sia notte, è un uomo davvero notevole. Che gambe lunghe. Non oso neppure immaginarmi come debba essere il resto...»

Sentendolo parlare, a Ruth venne da ridere. «Non è poi granché, David», gli disse mentre gettava l'immondizia nel cassonetto.

«Secondo me il tuo radar si è rotto da un pezzo, cara mia», ribatté lui, scuotendo il capo e portandosi una mano al collo. «Quello è una bomba sexy! Come fai a dire che non è il massimo del massimo?»

Divertita, lei si girò a guardare lo sconosciuto. Non aveva il minimo dubbio che quel tipo sarebbe stato considerato una bomba sexy in Spagna, in Cina, in Brasile, ovunque lo si volesse mettere in mostra. Non aveva certo dimenticato i suoi incredibili occhi chiari, ma rispose: «Facile, cuore mio, perché ho altre cose per la testa e sono ben più importanti di un tizio ricco, sexy e attraente per il quale io nemmeno esisto». Poi aggiunse con un sospiro: «Anche se devo dire che quella macchina... Quella sì che è una favola!»

«Ma come fai a pensare alla macchina con un adone di quella portata davanti agli occhi?» Ruth inarcò un sopracciglio e David si affrettò ad aggiungere: «Sììì, va bene... non ho detto nienteeee!»

Entrambi scoppiarono a ridere.

«Poverino, gli ho bagnato tutti i pantaloni e lui è stato così gentile con me», commentò Ruth.

«Che carino.»

Senza guardarli, né far caso a loro, Tony passò accanto a David e Ruth e, quando si fu allontanato, lei proclamò: «Appena vinco il primo premio della lotteria, ti compro una macchina come quella».

«Con dentro un uomo come quello?»

«Non credo che Manuel gradirebbe.»

David sorrise e si scostò la frangia dal viso. «A Manu quello piacerebbe quanto a me. Comunque okay, mi hai convinto. Quando vinci la lotteria, voglio una macchina così, però giallo canarino, perché la notino tutti.»

Ruth annuì, divertita. «Andata. Vada per il giallo canarino.»

2.
Ballando

Due sere dopo, Ruth stava servendo drink in un bar insieme al suo amico David.

«El Mono Rojo» era un locale che apriva soltanto il secondo e l'ultimo venerdì del mese. Si facevano feste affollatissime, dove la gente beveva, andava fuori di testa, ballava e si divertiva praticamente fino al mattino. Quella sera il locale era pienissimo, come sempre, e tutti erano scatenati. David aveva appena servito i cocktail a un gruppo di ragazzi e, accorgendosi che uno di loro lo stava fissando, si voltò verso l'amica e le sussurrò: «Il biondo con gli occhi grigi e la camicia a righe continua a guardarmi?»

Lei diede un'occhiata e rispose: «Ti sta spogliando con gli occhi».

Con una drammaticità degna della grandissima Bette Davis, David si girò a osservarlo. Il giovane gli fece un cenno e lui andò al suo tavolo. Pochi secondi dopo, il cliente si allontanò e David tornò dall'amica mostrandole un foglietto che aveva in mano.

«Il suo numero di telefono. Che faccia di bronzo il tipo, eh? Ma io gli ho detto ciò che nostra regina delle telenovele dice sempre quando si arrabbia: "Per me sei come il trenta di febbraio. Non esisti!"»

Scoppiarono a ridere e, dopo avere stracciato il foglietto, David aggiunse: «Io mio marito non lo tradisco con nessuno al mondo!»

«Neanche con Hugh Jackman?» rise lei.

«Quello è un caso a parte. Per quel gran figo ci siamo dati un permesso reciproco.»

Ruth scoppiò a ridere e lui, guardandola, disse: «Questa gonna ti fa due gambe da urlo».

Lei se le guardò. Sapeva che quella gonna le stava bene e rispose, contenta: «Quando vuoi la gonna, è tutta tua!»

«Stronza!»

Ancora col sorriso sulle labbra, Ruth si tolse il berretto e si raccolse i capelli. Si sentiva bene senza la solita uniforme stucchevole. Poter andare a lavorare vestita come le pareva era un lusso che si concedeva ogni volta che aveva la possibilità di fare la cameriera in quel locale. E quella sera aveva deciso di mettere in mostra le gambe. Perché no? Con la minigonna, il gilè di pelle nera e gli stivali si sentiva sexy e disinvolta.

Mentre servivano i drink, David e lei muovevano i fianchi al ritmo della musica che suonava. All'improvviso, si guardarono e cominciarono a cantare *Yo te enseñé*, la canzone di una band cubana, i Gente de Zona.

Mami yo te enseñé cómo se ama
Pero me dejaste solo,
sufriendo en mi cama.

Tra le risate, si misero a ballare dietro il banco. Il bello di quel genere di feste era che potevano farlo e così ne approfittarono, senza far caso a chi li stava osservando.

«Ah, cucciola, questa canzone mi ricorda il mio cubano preferito. Come balla quel gran pezzo di gnocco!»

Finirono la canzone ridendo come matti e quando ne cominciò un'altra ripresero a lavorare. La gente voleva divertirsi e loro erano lì per servire cocktail e facilitare la vita a chi ne aveva bisogno.

«Cameriera!» gridò un uomo.

Quando Ruth lo guardò, quello le ordinò quattro Jack Daniel's.

La ragazza cominciò a prepararli e lui le disse: «Ti do cinquanta dollari se ti slacci un bottone del gilè».

Ruth guardò il tizio. Non aveva nessuna voglia di litigare, quindi gli fece un sorriso della serie «Sei un povero idiota!» ma non disse nulla. In quel momento altre persone si unirono all'uomo e lui dimenticò in fretta la richiesta che le aveva fatto.

Ruth servì i drink e passò ad altri clienti.

A mezzanotte, le luci del locale si spensero di colpo, come sempre, e la folla si mise a gridare, deliziata. Quando si riaccesero le luci blu delle diverse zone di servizio, camerieri e cameriere erano in piedi sui banconi e, al ritmo di *Bailando*, di Enrique

Iglesias, Descemer Bueno e Gente de Zona, cominciarono a muoversi con sensualità.

Dal pubblico partì un applauso e loro continuarono a ballare, offrendo tequila a chiunque ne volesse.

Yo quiero estar contigo,
vivir contigo,
bailar contigo,
tener contigo
una noche loca, una noche loca.
Ay, besar tu boca, y besar tu boca.

Tutta la gente intorno cantava la canzone in coro. Mentre serviva i clienti ancheggiando a ritmo di musica, Ruth si accorse di avere una mano sul polpaccio. Poi si rese conto che la mano apparteneva allo scocciatore del Jack Daniel's.

Si spostò abilmente lungo il bancone per allontanare la mano dalla propria gamba. Dopodiché gliela schiacciò col tacco, e con cattiveria. Vide la smorfia di dolore sul suo viso e pensò: «Così impari!» Quando la canzone finì, camerieri e cameriere scesero dai banconi, le luci del locale si riaccesero e il pubblico fece un altro applauso. Quel rituale, che si ripeteva ogni quindici giorni, piaceva molto e tutti aspettavano lo scoccare della mezzanotte per guadagnarsi qualche sorso di tequila gratis.

Poco dopo, Andrew, il capo della sicurezza, andò dietro il bancone e si prese una bottiglietta di acqua fresca. Poi si mise accanto a Ruth.

«Tutto bene?» chiese lei.

Andrew bevve un sorso d'acqua e annuì, divertito.

«Fantastico il pestone che hai dato al rompiscatole di turno, bel faccino.»

«Se lo meritava, visto che mi ha messo le mani addosso», rispose Ruth.

Con un sorriso spettacolare, Andrew le sfiorò la guancia e le disse: «Se ricomincia a rompere non hai che da dirmelo, okay?»

Ruth annuì. Vedendola sorridere, lui la prese in braccio e le chiese: «Almeno un drink stasera te lo lasci offrire?»

A quella proposta lei rise e il berretto le cadde.

«Sai benissimo che la risposta è no», ribatté allegramente, «e adesso mettimi giù, che devo lavorare.»

Andrew la rimise a terra, le diede un rapido bacio sulla bocca e mormorò: «Tanto io non ci rinuncio, finché non ottengo ciò che voglio».

Ruth lo guardò divertita. Se c'era un uomo che le faceva la corte con galanteria, quello era Andrew.

«Vacci piano, Andrew», gli disse. «Soprattutto perché lo so che non ti ripeti mai.»

Sorrise anche lui. In effetti era vero, non ci riprovava mai con la stessa ragazza.

«Dai, vattene a lavorare e lascia lavorare anche me», aggiunse Ruth, con uno spintone affettuoso.

«D'accordo, però tu pensa a quello che ti ho detto, bel faccino. Con te potrei anche ripetermi.»

Appena Andrew si fu allontanato per andare a riportare l'ordine in un angolo del locale, risentì la voce dell'imbecille che le aveva chiesto di sbottonarsi il gilè: «Ehi, bellezzaaaa. Tu coi capelli coloratiiii».

Ruth si avvicinò e quello, prendendole una mano, chiese: «Facciamo che lo dai anche a me un bacino come quello che hai dato al tuo amico?»

Lei lo guardò infastidita. Per fortuna in quella festa il personale non doveva essere prudente e corretto come nelle altre dove lavorava più spesso, perciò lo guardò negli occhi e, presa da una gran voglia di piantargli il tacco dello stivale direttamente nelle parti basse, sibilò: «Ehi, amico, facciamo che mi molli la mano?»

Lui non lo fece e mormorò: «Tu non lo sai chi sono io, vero?»

Ruth stava per rispondere che per quanto la riguardava era solo un ubriaco, ma in quel momento sentì una voce dire: «Rick, fammi il piacere di lasciare in pace la signorina».

Ruth fu rapida a liberare la mano dalla stretta del tizio, poi, guardando l'uomo che aveva parlato, disse con un sorriso: «Secondo me il tuo amico ha bevuto troppo».

«Anche secondo me», convenne l'altro.

«Allora tienilo sotto controllo, altrimenti finisce che quelli della sicurezza lo buttano fuori dal locale.»

«Lo farò», dichiarò quello, ricambiando il sorriso.

Quando lei girò sui tacchi e si mise a servire altri clienti, Tony si domandò, incredulo: «Ma come, non mi ha riconosciuto?»

Tony Ferrasa, uno degli uomini più desiderati di Los Angeles, era lì con quell'idiota di Rick, la star del blues, e alcune amiche. Si era accorto che la ragazza aveva pestato la mano di Rick mentre ballava sul bancone del bar e la cosa l'aveva fatto molto ridere. Rick se l'era cercata.

Quando poi si erano riaccese le luci e aveva visto i capelli colorati, l'aveva riconosciuta subito. Era la cameriera che qualche sera prima gli aveva bagnato i pantaloni.

Lavorava anche lì?

La osservò per un po', sperando che alla ragazza tornasse in mente chi era e che finisse per ricordarsi dove l'aveva già visto, ma non accadde. La ragazza continuò a lavorare senza calcolarlo minimamente, e in un certo senso quell'indifferenza a Tony diede fastidio.

Non era molto alta e non era un tipo mozzafiato, però si muoveva con grazia e aveva un bellissimo sorriso, che richiamava l'attenzione. Per più di venti minuti, Tony rimase vicino al bancone, contemplandola come un fesso, nella speranza che lo riconoscesse, ma quando vide che si era completamente dimenticata di lui, la chiamò.

«Signorina.»

Ruth smise di ballare con David, si avvicinò all'uomo che l'aveva chiamata e gli disse: «Cosa prendi?»

Tony le sorrise, pensando che la ragazza non doveva avere dimenticato né il suo sorriso né i suoi occhi. Ma vedendo che lei non cambiava atteggiamento, le chiese: «Non ti ricordi di me?»

Lei sbatté le palpebre. Un altro rompiscatole? E dopo averlo osservato un attimo, rispose, un po' beffarda: «Evidentemente no».

Sentendosi ridicolo, Tony si appoggiò al bancone e insistette: «Ci siamo visti qualche sera fa e mi hai detto una frase tipo: "Corrimi dietro!"»

Ruth sbatté di nuovo le palpebre. Ma di cosa stava parlando quel tizio? Scosse la testa e rispose: «Mi spiace, ma non mi ricordo».

In quel momento cominciò la canzone di Michael Jackson e Justin Timberlake, *Love Never Felt So Good*; Ruth alzò le braccia, lanciò uno strillo e si mise a ballare, ignorandolo.

Tony, sempre più incredulo di fronte a quell'indifferenza, approfittò della prima occhiata che lei gli rivolse per spiegarle: «Qualche sera fa, al gala musicale, all'auditorium, ti è caduto un vassoio carico di cocktail e mi hai praticamente lavato i pantaloni...»

Ricordando l'episodio, Ruth smise di colpo di ballare.

«Eri tu?»

Tony annuì. Finalmente le era tornato in mente, ma con sua disperazione, un attimo dopo la ragazza aveva già ripreso a ballare.

«Mi fa piacere saperlo.» Poi, dopo essersi girata verso altri tizi che la stavano chiamando e aver chiesto loro, con un bellissimo sorriso, di avere pazienza un istante, gli chiese: «Allora? Ti verso qualcosa da bere o no?»

«Un Jack Daniel's», rispose lui, irritato.

Ruth glielo preparò al volo, ricostruendo tutti i dettagli. Quello era il tipo che le aveva salvato il culo col capo, e che aveva una macchina da urlo. Lo guardò di sottecchi e sorrise. Come aveva fatto a dimenticarsi due occhi così?

Comunque, non aveva nessuna intenzione di lasciarsi impressionare da uno che non era il tipo giusto per lei, perciò gli mise davanti il bicchiere e, prima che avesse il tempo di tirar fuori i soldi dal portafogli, disse: «Offro io, per la tua gentilezza dell'altra sera». Tony la guardò e Ruth aggiunse, ironica: «Però ti conviene darti una mossa, perché i buttafuori stanno allontanando il tuo amichetto dal locale».

Tony si girò a guardare nella direzione che lei gli indicava e si lasciò sfuggire un'imprecazione vedendo che Rick si stava facendo buttare fuori. Quando si voltò di nuovo verso Ruth, lei gli strizzò l'occhio e, senza dargli più retta, andò a servire gli altri clienti.

Tony rimase letteralmente a bocca aperta. Ma che modo era di trattarlo?

Si chiese se non fosse meglio fermarsi a parlare ancora un po' con lei o andarsene. Ma poi pensò a Rick e a quanto fosse importante quell'idiota per il mondo discografico, buttò giù un sorso di whisky e si avviò verso l'uscita. Accidenti a Rick!

3.
Ci sono anch'io

Due giorni dopo, seduto su una sedia e circondato di persone, Tony Ferrasa osservava in silenzio la ripresa della scena di un film da sotto la visiera del berretto scuro.

La colonna sonora era sua, il film era importante, gli attori di primo piano, e Tony ci teneva che la sua musica fosse all'altezza. Per il momento, a quanto poteva vedere, e sulla base di ciò che aveva consegnato fino a quel punto, il risultato era ottimo.

D'altronde, per agitarsi gli bastava pensare a colonne sonore come quella di *West Side Story, Pirati dei Caraibi, La guardia del corpo, Nove settimane e mezzo* o *Titanic*. Puntava a creare qualcosa che fosse ricordato per sempre, come quei film.

Ci stava lavorando da mesi e le melodie che aveva composto e consegnato fino a quel momento erano piaciute. Erano tutti soddisfatti, ma lui sentiva di non avere ancora raggiunto la perfezione.

Comporre musica di qualità, accattivante, inquietante e sensuale al tempo stesso, era un impegno che gli toglieva il sonno. Si trattava di un connubio difficile da ottenere, ma quando riuscivi a trovare la soluzione giusta la consegnavi all'eternità. Benché le sue muse non lo abbandonassero, non ne aveva ancora conosciuta una davvero speciale, quella che l'avrebbe ispirato a scrivere la melodia più importante della sua vita.

Poteva contare su sua cognata Yanira, che gli aveva promesso di cantare la colonna sonora, ma gli serviva qualcosa di diverso, potente. Il regista ordinò: «Stop!» Poi si avvicinò a Tony, chiedendo: «Che te ne pare di questa scena?»

«Molto buona. Il casting è stato eccellente, complimenti.»

Un paio d'ore dopo, mentre Tony si avviava alla macchina, una ragazza dalla scollatura generosa lo intercettò, gli porse carta e penna, e gli chiese con voce suadente: «Scusa, tu sei il compositore Tony Ferrasa?»

Annuì sorridendo e lei, con un sorriso caloroso, domandò: «Me lo fai un autografo?»

Tony obbedì e, dopo il selfie d'ordinanza e il numero di telefono che la ragazza gli diede senza che le fosse stato chiesto, proseguì. Una volta in auto, lasciò cadere il biglietto dell'ammiratrice nel portaoggetti del cruscotto. Gli squillò il telefono.

«Ciao, figliolo, dove sei?»

Era Anselmo Ferrasa, suo padre.

«Sto uscendo adesso dagli Universal Studios», rispose Tony.

«Tutto bene?»

«Sì, papà, tutto bene. Tu dove sei?»

«Sto uscendo da casa del mio amico Guso Peirarte; siccome è quasi ora di pranzo, volevo sapere se ti andava di mangiare con me in quel posto che piace tanto a te e Yanira.»

Tony ribatté divertito: «Ma non dici sempre che gli hamburger non ti piacciono?»

«Quelli di questo ristorante sì.»

Tony mise in moto la macchina.

«Perfetto, papà. Allora ci vediamo all'Hard Rock Cafe al 6801 di Hollywood Boulevard tra una quarantina di minuti, okay?»

«Ti aspetto lì.»

Dopo aver riappeso, Tony prese alcuni CD dal portaoggetti, li fece scorrere e scelse quello del suo buon amico R. Kelly. Lo infilò nel lettore e, appena cominciò a suonare *Share my Love*, una canzone che gli piaceva molto, premette l'acceleratore e si diresse verso il ristorante, canticchiando:

I just wanna share my love
I just wanna share my love
I just wanna share my love
Share my love, share my love with you.

Una volta arrivato si guardò intorno finché non ebbe localizzato il padre. Mentre andava verso di lui, vide che stava mangiando una generosa porzione di anelli di cipolla fritti.

«Guarda che lo dico a Yanira», gli disse con un sorriso quando gli fu davanti.

«Senti, figliolo, avevo fame, e se questa roba mi piace tanto è proprio per colpa sua», ribatté l'uomo, ridendo.

Rise anche Tony. Ricordava ancora il primo giorno in cui sua cognata aveva insistito per andare a mangiare all'Hard Rock. All'inizio suo padre si era arrabbiato, e parecchio anche, ma poi gli era passata ed era stato costretto a riconoscere che quel genere di cibo gli piaceva.

Consultarono il menu, che era stato subito portato da un giovane cameriere, e si misero a chiacchierare tranquillamente quando una voce disse: «Avete già deciso, signori?»

A Tony parve una voce conosciuta. Alzò lo sguardo verso la ragazza in attesa che ordinassero, vide i capelli multicolori e sorrise. «Ma lavori anche qui?» chiese.

A quella frase, Ruth lo guardò e ricordò all'istante quegli incredibili occhi azzurri. Era il super gnocco! Ma non le andava di mostrare di averlo riconosciuto, si sarebbe messo in testa di essere speciale, e così ribatté: «Scusi, ci conosciamo?»

Preso in contropiede, Tony osservò il padre, che sogghignava davanti al suo sconcerto, poi si schiarì la gola e spiegò: «Ci siamo incrociati in un paio di posti, negli ultimi giorni». Lei non disse niente e lui aggiunse i dettagli: «Bicchieri caduti, capo incazzato, pantaloni bagnati e amico ubriaco con le mani lunghe».

A quelle parole Ruth annuì e con un sorriso noncurante disse: «Oddio, mi scusi, non me lo ricordavo. Alla fine della giornata ho visto talmente tanta gente che non guardo in faccia più nessuno. Tutto bene, signore?»

Tony non riusciva a credere alle sue orecchie. In genere le donne non si dimenticavano certo di lui e facevano di tutto per ricordargli che si conoscevano già. Rispose infastidito: «Tutto perfetto». Poi, rivolgendosi al padre, chiese: «Tu hai già deciso, papà?»

Divertito da quella situazione, Anselmo annuì e ordinò. Dopo aver preso le ordinazioni, la ragazza – a quanto pareva più preoccupata del proprio lavoro che di provare a impressionarlo – se ne andò.

Tony la seguì con lo sguardo.

«Com'è che conosci la ragazza arcobaleno?»

«Ragazza arcobaleno?»

Anselmo alzò gli occhi al cielo e spiegò: «Lo dico per quei capelli colorati, no?» Poi aggiunse, con una risatina: «A tua madre sarebbe piaciuta. Ti ricordi quanto le piaceva tingersi i capelli e cambiare colore ogni volta?»

Intenerito da quel dolce ricordo di sua madre, Tony rispose al padre, continuando a seguire con gli occhi la ragazza che era intenta al suo lavoro e non gli prestava la minima attenzione: «Ma no, ci siamo solo incrociati a un paio di feste, tutto qui».

Anselmo rise. Quella sì che era una novità. Di solito erano le donne che davano i numeri appena vedevano Tony, non il contrario. Perciò commentò, ironico: «Certo che non devi averla colpita granché, visto che nemmeno si ricorda chi sei!»

«Papà!» protestò lui, scoppiando a ridere davanti alla faccia esterrefatta dell'uomo.

Qualche minuto più tardi arrivarono le ordinazioni, servite da un altro cameriere. Cercando di non farsi notare, Tony tornò a osservare la ragazza, che stava ridendo per la battuta di un collega mentre si avviava a prendere le ordinazioni a un altro tavolo.

Per il resto del pasto non si avvicinò più a loro, e nemmeno li guardò, per quanto poté vedere il giovane compositore.

Per Ruth erano due clienti qualsiasi, e una volta assolto il compito di prendere le loro ordinazioni se n'era dimenticata.

Accorgendosi delle continue occhiate di suo figlio alla ragazza arcobaleno, Anselmo non perse l'occasione di prenderlo un po' in giro. «La cosa che conta di più non è come cominciano le cose, ma come finiscono.»

Scoppiò a ridere per il proprio commento, ma il boccone di cibo gli si fermò in gola, impedendogli di respirare. Spaventato, Tony si alzò per cercare di aiutarlo.

Le voci allarmate dei presenti richiamarono l'attenzione di Ruth, che corse a vedere cosa stava succedendo. Al tavolo 10, l'uomo che stava mangiando in compagnia del gran pezzo di gnocco stava soffocando. Senza perdere un attimo, la ragazza si avvicinò in fretta, spintonò via il giovane per toglierlo di mezzo e fece alzare l'uomo più anziano. Gli si mise alle spalle, lo cinse con le braccia e diede un paio di colpi decisi all'altezza della bocca dello stomaco, facendogli espellere il cibo che gli impediva di respirare.

Quando il pericolo fu passato, lo aiutò a sedersi e si accucciò davanti a lui, chiedendo: «Sta meglio, adesso?»

Ancora congestionato per l'accaduto, Anselmo disse con un filo di voce: «Mamma mia, ragazza, ho davvero pensato di essere lì lì per andarmene all'altro mondo».

Con un sorriso candido, Ruth replicò: «Caro signore, non l'avrei mai permesso, nel mio turno di lavoro».

La dichiarazione fece sorridere il vecchio, e quando le fece una carezza affettuosa sui capelli multicolori, Ruth disse: «Tutto a posto, vero? Tranquillo?»

Anselmo annuì, mentre gli altri clienti tornavano ai propri tavoli. Tony, ancora piuttosto spaventato, vedendo che il padre aveva ripreso un colore naturale, chiese: «Adesso stai bene, papà?»

L'uomo annuì di nuovo, poi, prendendo la mano della cameriera per attirare la sua attenzione, disse: «Grazie, ragazza, grazie davvero».

«Grazie a lei per avere sputato il boccone in tempo e avermi fatta diventare l'eroina del giorno, qui al ristorante.»

«Come posso dimostrarti la mia gratitudine per l'enorme favore che mi hai fatto?» volle sapere Anselmo.

«A me basta un sorriso e la sicurezza che lei stia bene», rispose lei, divertita.

«Mio figlio può firmarle un assegno...»

«No, signore, no. Ci sono cose che non si pagano coi soldi», lo interruppe decisa la ragazza. «Gliel'ho già detto, mi regali un bel sorriso e io ne sarò felice.»

Sorpreso dal fatto che la ragazza non approfittasse di quel momento, Anselmo sorrise. Disponendosi a riprendere il lavoro, lei si congedò dicendo: «Allora si goda il resto del pranzo, però faccia attenzione, mi raccomando».

Quando si allontanò, Tony e suo padre si guardarono.

«Ma cosa ti è successo, papà?»

«Un maledetto anello di cipolla mi è andato di traverso.» Scoppiarono a ridere entrambi per il modo in cui l'aveva detto, poi Anselmo guardò la giovane cameriera e aggiunse: «Ragazze così a Los Angeles ce ne sono poche».

Tony la guardò. Senza dubbio, che non avesse approfittato dell'occasione per scucire un bel po' di soldi a suo padre era a dir poco incredibile.

«Adesso vedi di mangiare lentamente, okay?» si raccomandò.

«Tony, guarda che non sono un bambino! Per l'amor di Dio, non parlarmi come se lo fossi!» brontolò Anselmo.

«A lei però l'hai lasciato fare», obiettò il figlio.

«Tu non sei lei. E poi la ragazza arcobaleno mi piace.»

«Ma dai? Questa sì che è una novità!» esclamò Tony, ironico. Suo padre era sempre molto critico con le donne. Lo guardò negli occhi e rincarò la dose, sarcastico. «Non ti sembra un po' giovane per te?»

Anselmo annuì. «Infatti lo è. Senza dubbio. Non per te, però.»

Tony lo guardò con aria sorpresa e liquidò l'argomento con un sospiro: «Va be', mangia. E per favore, finiscila di dire sciocchezze».

Quando ebbero finito, Tony chiese il conto, sperando che venisse lei al loro tavolo. Prima di andarsene, la guardò, con l'intenzione di salutarla, ma vedendola sparire in cucina di fretta, si rivolse a suo padre e disse solo: «Andiamo, papà. Andiamo a casa».

In cucina, intanto, Ruth parlava al telefono togliendosi il grembiule nero.

«Okay, David. Sto arrivando. Però se entro cinque, massimo dieci minuti non sta meglio, chiama immediatamente un'ambulanza e avvisami sul cellulare, capito?»

Chiuse la telefonata e guardò l'orologio. Mancava ancora mezz'ora alla fine del suo turno. Si rivolse a Genesis, la collega che faceva il suo stesso orario: «Devo andare. Il capo dov'è?»

«Lì», le indicò la ragazza, preoccupata per lei.

Ruth prese fiato, inspirando profondamente, e andò da lui.

«Scusa, capo, io devo andare. Mi hanno appena chiamato, mia sorella sta...»

«Un'altra volta?» protestò lui.

Vedendo la sua faccia, Ruth insistette: «Sì, lo so, capisco... capisco perfettamente e so quanto sei sempre buono e comprensivo con me. Mi manca mezz'ora alla fine del turno, giuro che la prossima volta recupero».

L'uomo la guardò, serio. Era al corrente del problema di Ruth fin dal primo giorno in cui era arrivata a Los Angeles. Era sempre stata una persona puntuale e diligente nel lavoro, combattiva nella vita, perciò alla fine le disse: «D'accordo, vai, prima che cambi idea».

Senza perdere un attimo, Ruth girò sui tacchi, corse a prendere la borsa e senza nemmeno cambiarsi uscì a razzo dal locale. Raggiunse il vecchio Maggiolino rosso, salì, mise in moto e uscì dal parcheggio senza guardare, costringendo un'altra auto a inchiodare per non andarle addosso.

«Quella non è la ragazza arcobaleno?» chiese Anselmo.

Tony la seguì con lo sguardo e la vide scartare varie auto a tutta velocità. Ma dove andava quella pazza con quel catorcio? Si voltò verso il padre, anche lui intento a fissarla, e rispose: «Garantito che era lei».

4.
Indimenticabile

Venti minuti dopo, Ruth arrivò a casa senza fiato, si liberò della borsetta e si inginocchiò davanti alla sua piccola, chiedendo: «Stai bene, tesoro?»

«Sì, mammina, tranquilla.»

Sentendola parlare, Ruth si rasserenò. Jenny la chiamava in un modo o nell'altro a seconda di come si sentiva: «mami» se era molto spaventata, «mammina» se stava bene e «mamma» quando era arrabbiata.

La ragazza guardò David piena di gratitudine e lui le sorrise. Ogni volta che Jenny diceva di avere un dolore al petto, loro due si allarmavano.

«Direi che la mia paziente preferita progredisce positivamente», disse lui, toccandole la testa con un gesto affettuoso.

Ruth si era calmata un po', e il suo cane, Luis Alfonso, ne approfittò per leccarle la mano. Esausta, si sedette per terra, chiudendo gli occhi e ringraziando il cielo che le cose non fossero andate peggio. Con Jenny non si sapeva mai e un nuovo ricovero in ospedale sarebbe stato terribile per tutti.

Ruth era la seconda di tre fratelli, e anche quella che portava sulle spalle il peso di una famiglia tutta particolare.

Aveva passato l'infanzia e l'adolescenza con i suoi in Spagna, a Valencia. Suo padre, Ángel Souza, era un famoso pilota di rally conosciuto a livello internazionale che adorava la sua famiglia e soprattutto Ruth, soprannominata affettuosamente *Pelirroja* per il colore dei capelli. A lei piaceva moltissimo accompagnarlo alle corse. Amava il mondo dei motori e presto si era dimostrata degna erede del padre.

Quando aveva compiuto diciott'anni, suo padre le aveva regalato un tatuaggio sulla spalla uguale al suo: il simbolo dell'infinito. Un otto sdraiato, tracciato con la frase: *Fino all'infinito e oltre.*

Quel regalo aveva dato un gran dispiacere a sua madre, che si era arrabbiata ancora di più il giorno in cui aveva scoperto che Ruth aveva partecipato a una corsa. La litigata fra i suoi genitori era stata tremenda. Sua madre non voleva quella vita da uomini per sua figlia. Ma Ruth, spalleggiata dal padre, aveva iniziato a competere nelle categorie inferiori, finendo spesso vincitrice e diventando, sempre di più, l'orgoglio di papà.

Per sua sfortuna, però, Ángel Souza morì in un tragico incidente nel corso di un rally e tutto ciò che fino a quel momento aveva vissuto con lui si sgretolò. Gli sponsor non si fidavano a scommettere su di lei e a poco a poco il mondo dei motori le voltò le spalle.

Dopo quella tragedia, sua madre cambiò. Divenne una donna fredda, distante. Conobbe un uomo e, senza che Ruth potesse dire la sua in proposito, si portò tutti in Messico.

Da quell'unione nacque Jenny. E dopo un mese l'uomo abbandonò la famiglia, portandosi via tutti i risparmi che avevano e lasciandoli nella miseria in un paese che non era il loro. Ruth provò a convincere la madre a tornare in Spagna, ma lei rifiutò. Non voleva che la sua famiglia scoprisse in quali condizioni fossero ridotte. Finché la disperazione non la spinse a rifugiarsi nell'alcol.

Sua madre spariva sempre più spesso e, nel corso di quelle assenze che duravano giorni, poi settimane e quindi mesi, Ruth, che aveva soltanto vent'anni, si ritrovò a dover badare a una neonata e a un adolescente problematico.

In quel periodo lavorò come poté per tirare avanti la sua piccola famiglia. Di giorno faceva pulizie nelle case altrui e la sera stava dietro il bancone di bar di dubbia reputazione. Non aveva alternative. Doveva mettere qualcosa nel piatto per Jenny e Alfredo mentre sua madre non c'era.

Un mattino, rientrando dal lavoro all'alba, si ritrovò in casa la polizia. Suo fratello aveva organizzato una partita di poker ed era rimasto ucciso in una rissa. Ruth si sentì crollare il mondo addosso. Cosa poteva capitarle ancora? Ma appena un'agente le mise Jenny fra le braccia seppe che doveva continuare a vivere e a lottare, se non voleva che i servizi sociali le portassero via l'unica cosa preziosa della sua vita. La sua piccola.

I soldi erano pochi e Ruth fu sfrattata. Così, a ventun anni appena e con una bimba di un anno – che ogni due per tre finiva in ospedale per problemi cardiaci – si ritrovò in mezzo a una strada.

Per un certo periodo, fu ospitata dai generosi vicini messicani. Si occupavano loro di Jenny, mentre Ruth lavorava ore e ore. I suoi capelli rossi attiravano i clienti del bar e, benché lei si rifiutasse categoricamente di fare qualsiasi cosa che non fosse servire drink al bancone, le piovevano addosso di continuo avances sessuali.

Una sera conobbe un ragazzo spagnolo suo coetaneo. La chiamò *Pelirroja*, come faceva un tempo suo padre, e Ruth si innamorò. Si chiamava Julio César. Era un tipo che sapeva godersi la vita, bello, pericoloso e di dubbia reputazione; lei, desiderosa di far colpo, dimenticò la prudenza che la caratterizzava da sempre e gli raccontò che sapeva guidare auto da corsa, e che lo faceva alla grande.

Ruth aveva un gran bisogno di affetto e Julio César, a suo modo, glielo diede. Andarono a vivere insieme, a casa di lui. All'inizio andò tutto bene. Si divertivano. Quando facevano sesso, a Julio piaceva farsi fotografie e lei acconsentì. Guardarle insieme dopo era spassoso.

Col tempo, Julio decise di iscriverla a varie corse clandestine e lei accettò. Doveva farlo. Quando Jenny si ammalava, e capitava molto spesso, era lui che pagava i conti dell'ospedale.

Scoprendo in lei una miniera d'oro, che gli portava denaro facile, presto Julio César cominciò a farla correre in condizioni sempre più estreme, senza pensare alla sua sicurezza. In più di un'occasione Ruth si rifiutò di gareggiare, ma ogni volta lui riusciva a convincerla, minacciando di non pagare più le spese mediche di Jenny.

Così, all'improvviso, Ruth si trovò intrappolata in una vita che non aveva mai desiderato, con un uomo che viveva ai margini della legge e che non amava più. Sapeva di doversene andare al più presto, se non voleva finire dietro le sbarre e senza la sua piccola, ma il problema era come farlo.

In tutto quel tempo, sua madre si fece viva due volte. La prima, Ruth le aprì la porta di casa, anche se Julio César non gradì. Ma era pur sempre sua madre e lei le voleva bene, nonostante tutto. Tre giorni dopo, al termine di una lite terribile mentre era completamente ubriaca, la donna se ne andò.

Ricomparve sei mesi più tardi e Ruth le concesse un'altra opportunità, nonostante il parere contrario di Julio. Stavolta andò molto peggio. Sua madre li derubò, e per fuggire prese la macchina con cui Ruth correva. Andò a schiantarsi e morì sul colpo.

Il dolore per la morte della madre smosse qualcosa in Ruth. Suo padre, sua madre e suo fratello, le persone che un tempo erano state la sua famiglia, l'avevano lasciata. Se n'erano andati per sempre e la rabbia per questo fu così potente da sopraffarla. Per parecchi mesi partecipò come una pazza incosciente a corse clandestine che spesso finivano con la polizia lanciata al suo inseguimento, anche se non riuscirono mai a prenderla grazie alla sua abilità e ai trucchi che le aveva insegnato suo padre.

Non le importava di niente, tranne che di sua sorella Jenny. Finché un pomeriggio aprì un cassetto della biancheria e trovò una pistola. Si spaventò. Sapeva che Julio César non era certo un bravo ragazzo, ma vedere quell'arma la sconvolse.

Andò a cercarlo per chiedergli spiegazioni e lo trovò occupato a mostrare le loro foto private agli amici. Lo udì fare dei commenti volgari e dire che lei sarebbe stata carina con loro, se avessero fatto ciò che lui chiedeva.

Quel momento segnò definitivamente un prima e un dopo nella sua vita e la costrinse ad aprire gli occhi.

La sua famiglia era morta, l'aveva lasciata sola e non c'era soluzione per questo. Ma lei non avrebbe permesso che quell'uomo schifoso rovinasse la sua vita e quella di Jenny e, soprattutto, che le strappasse la poca dignità che le restava come donna. Un paio di giorni dopo, mentre lui era fuori casa, Ruth prese mille dollari dai soldi che aveva guadagnato con le corse e tutte le fotografie che trovò. Dopodiché, con uno zainetto in spalla e la sorellina in braccio, se ne andò senza voltarsi indietro.

Si recò alla stazione degli autobus di Chihuahua, dove viveva, e prese un pullman fino a Nuevo Léon. Da lì, salì su un mezzo per Guanajuato. Terrorizzata dall'idea che Julio César potesse trovarla, si nascose con la piccola fino alla partenza dell'autobus successivo. Era certa che lui l'avrebbe seguita, perciò doveva fargli credere che era diretta in Guatemala. Una volta giunta a La Paz, comprò due biglietti per il Chiapas, ma non salì sul pullman e si incamminò a piedi nella direzione opposta.

Camminò per ore e al calare del buio, sfinita per la fatica di portare la bambina in braccio, si sedette sul bordo della strada e bruciò le fotografie. Le guardò per l'ultima volta e pianse. Non tanto per ciò che raffiguravano, ma per il modo in cui aveva perso la testa per quell'uomo malvagio che la stava trasformando in una donnaccia.

Si addormentò, svegliandosi di soprassalto quando un'auto si fermò proprio davanti a lei.

Spaventata, si mise a correre, pensando di essere già stata scoperta dall'individuo che tanto odiava, finché due braccia la costrinsero a fermarsi e, girandosi, si trovò davanti lo sguardo preoccupato di un uomo con gli occhiali. Pochi secondi dopo arrivò anche una donna e insieme i due la convinsero a salire in macchina.

Si presentarono come George e Linda e, quando la sentirono parlare nel suo inglese stentato, si resero conto che non era messicana e neppure sudamericana. Si fermarono nel bar di una stazione di servizio e tra i singhiozzi Ruth raccontò come fosse arrivata fin lì.

Commossa dalla sua storia, la coppia, che tornava da una vacanza, decise di aiutarla e, dopo che George ebbe fatto qualche telefonata perché le fosse permesso attraversare la frontiera con la sorellina, giunsero in Nevada.

Una volta lì, Ruth venne a sapere che George era un giudice del servizio immigrazione statunitense. Si spaventò perché, pur avendo superato il confine, non aveva documenti che l'autorizzassero a vivere negli Stati Uniti. Cosa avrebbe fatto? E cosa sarebbe successo a Jenny?

Pensò di scappare di nuovo, ma una sera vide Linda che piangeva. Le raccontò che il marito era malato di cancro. Sapendolo, non ebbe la forza di andarsene e le rimase accanto, abbracciandola e cercando di consolarla.

Pochi giorni dopo, Ruth scoprì di essere incinta, ma rimase talmente scioccata dalla notizia che non disse niente a nessuno. Non voleva pensarci.

George intanto aveva fatto varie ricerche sul suo caso e controllato che tutti i racconti a proposito della sua famiglia e del suo arrivo in Messico corrispondessero al vero, così una sera le consegnò un permesso di soggiorno. In quanto giudice dell'ufficio immigrazione aveva stabilito che Ruth poteva vivere legalmente negli Stati Uniti. Lei pianse per il sollievo.

Una settimana dopo, benché George e Linda le avessero offerto ospitalità in casa loro, la ragazza decise che doveva cominciare una nuova vita. Sua sorella se la meritava. Quindi, dopo averli salutati promettendo di chiamarli, prese un autobus e andò a Los Angeles, la città dove aveva sempre desiderato vivere.

La prima cosa che fece al suo arrivo fu cercare un posto dove stare e un lavoro. Ma la gravidanza avanzava e quando la pancia cominciò a vedersi fu costretta a supplicare che non la cacciassero dal ristorante dove faceva la cameriera, lasciandola stare in cucina, anche solo come lavapiatti. Per fortuna il suo capo era una persona per bene e si impietosì. Si era reso conto che Ruth era una brava ragazza e, anche a rischio di qualche grana, non le tolse il lavoro.

In quel ristorante conobbe David, un ragazzo spagnolo, e Manuel, cubano di origine newyorkese. I suoi angeli custodi e le persone, oltre a George e Linda, a cui doveva tutto. Assolutamente tutto.

Manuel e David erano una coppia gay. Quando seppero della sua situazione tanto precaria – sola, con una bambina piccola a carico e incinta – le diedero una mano in ogni modo possibile. Le cercarono una casa migliore accanto alla loro e la aiutarono a pagare i conti dell'ospedale di Jenny.

Quando, durante un'ecografia, il medico comunicò a Ruth che in realtà aspettava due gemelli, avrebbe voluto morire.

Perché la vita doveva sempre essere così complicata?

Due bambini?

Due?!

La sola idea la faceva impazzire.

Ma di nuovo i suoi angeli custodi, David e Manuel, le mostrarono che la vita è bella, nonostante i bastoni tra le ruote che ti mette ogni tanto. Il giorno di Natale, dopo un cesareo d'urgenza, vennero al mondo Adán e Brian. Due minuscoli esserini che alla nascita pesavano poco più di due chili e cento, ma erano sani.

George e Linda andarono a trovarla. Proposero a Ruth di tornare con loro nel Nevada, dove avrebbero potuto aiutarla e proteggerla, e dove avrebbe avuto il benessere necessario per crescere i bambini. Lei ci pensò, ma alla fine rifiutò. Non voleva più dipendere da nessuno, com'era stato in passato con la sua famiglia e con Julio César.

«Mamiiiiiiiii!»

Quel grido la strappò dal sogno a occhi aperti. Manuel era appena arrivato coi gemelli, due pel di carota talmente uguali che si riusciva a distinguerli soltanto perché Brian aveva una rosa nei capelli, su un lato della testa, e Adán no.

Ruth li abbracciò, felice, e li baciò entrambi, subito imitata dal cane, Luis Alfonso.

«Vi siete comportati bene al parco e a casa degli zii?» chiese, togliendo di mano a Brian l'inseparabile palla rossa. Vedendo lo sguardo complice che i bambini si scambiavano, aggiunse: «Oh-oh, che cos'è successo?»

Manuel, divertito dalle facce dei due piccoli, si sedette di fronte a lei e le disse: «Tranquilla, *amove* mio. Al parco si sono picchiati soltanto con mezzo mondo e a casa dobbiamo solo dare una ripitturata alla parete del soggiorno. Il graffitaro ci ha attaccati di nuovo e ci ha lasciato una sua splendida opera».

«Stai scherzando, vero?» bisbigliò David.

Manuel scosse la testa e Ruth, guardando severa i suoi figli, disse: «Brian, Adán, quante volte vi ho detto che non si fa a botte con gli altri bambini?» I gemelli non risposero e lei chiese: «Adán, hai disegnato di nuovo sul muro degli zii?»

Il piccolo si strinse nelle spalle senza rispondere, gli occhi piantati sulla macchinina che aveva in mano.

«Ah, ho anche dovuto sfilare una fetta di pane dalla fessura del lettore DVD», annunciò Manuel, «però niente panico, perché funziona! E infine... ci hanno portato il televisore nuovo!»

«Fantastico!» applaudì David, contento.

«È grandissimoooooo!» spiegò Adán.

Manuel e David avevano risparmiato un anno per comprarsi quel meraviglioso televisore a schermo piatto da cinquanta pollici. Erano cinefili appassionati e nei giorni in cui entrambi erano liberi dal lavoro adoravano stravaccarsi in soggiorno a vedere film a oltranza con popcorn e birra gelata. I bambini stavano commentando a loro modo quanto la nuova tele li avesse colpiti quando Manuel, con un gesto comico, esclamò: «A proposito, non trovo più le chiavi di casa. Ce le ha qualcuno?»

«Brian!» esclamò Ruth, guardando il bambino, che non riuscì a trattenere un sorriso.

«Comunqueeeeee», continuò Manuel, notando l'espressione preoccupata della ragazza, «appena ho visto che la mia attrice di telenovele preferita stava meglio, l'arrabbiatura mi è subito passata.»

«Sto bene, amico, tranquillo», dichiarò Jenny, mentre Ruth

prendeva le chiavi che Brian aveva appena tirato fuori dalle mutandine.

«Manu, i miei fratelli sono due pesti», disse Jenny. «Però se metti Disney Channel ti prometto che saremo sempre super bravi.»

I tre adulti sorrisero per l'arguzia della piccola, e, poco dopo, Jenny, Adán e Brian erano imbambolati davanti allo schermo.

Ruth si sedette con gli amici in cucina, e disse: «Stavolta vi pago la pittura. È già la settima volta che Adán vi rifà la parete».

«Neanche per sogno», rispose David e aggiunse, facendo ridere Manuel: «Anche perché, se vogliamo vedere il lato positivo, le sue opere ci consentono di cambiare colore più spesso, ti pare? Quindi tranquilla».

«Ma...»

«Senti, mio marito ti ha detto di stare tranquilla», insistette Manu, «quindi non ci pensare. Certo, il bambino era meglio chiamarlo Michelangelo! Se va avanti così, un giorno o l'altro ci disegna la Cappella Sistina in un angolo di casa, e non dobbiamo nemmeno andare a vederla in Italia. Invece a Brian bisogna far passare questa mania di nascondere tutto nelle mutande, altrimenti prima o poi ce lo mettono in gabbia.»

Ruth sospirò con un sorriso, poi chiese: «Ha chiamato il Granchio?»

David annuì e passandole un biglietto le disse: «Sì. Stasera non lavori, io sì. Però domani hai un catering dalle cinque del pomeriggio alle dieci di sera. È una festa di bambini, a Bel Air, e la cliente vuole solo cameriere. Questo è l'indirizzo».

«Va bene», rispose lei, prendendo il foglietto.

«Dopodiché, da mezzanotte alle tre del mattino, lavoriamo insieme per un evento in Sunset Boulevard.»

Ruth annuì. Poi diede un'occhiata al cellulare, perché le era arrivato un messaggio.

«È Patricia», disse.

La chiamò e parlò brevemente con lei.

«Una delle ragazze si è fatta male e ha bisogno di me dalle sette e mezzo alle undici e mezzo nel locale di *speed date*», spiegò, sotto gli sguardi attenti dei due amici.

«Ma non ti toccava la settimana prossima?»

«Sì, però questa è un'urgenza così almeno guadagno qualche soldo extra.»

Ogni quindici giorni, Ruth partecipava a uno di quegli eventi. Sopportare una serie di sconosciuti a turni di sette minuti a volte era una gran rottura, ma quando si sentiva davvero giù ribaltava la situazione, trasformandola in una gag comica.

In genere gli uomini le sorridevano appena la vedevano. Non era brutta e sapeva che, pur non avendo un fisico da urlo, era piuttosto carina. Ma quando si sedeva con loro e si esibiva nel suo miglior numero di arte drammatica, raccontando di essere un'ex detenuta, madre di tre bambini, ex alcolizzata... tutti, dal primo all'ultimo, decidevano di non riprendere appuntamento con lei, che sorrideva, perché aveva ottenuto quello che voleva.

«Senti un po', Ruth, perché oggi non ti riposi?» le chiese David.

«Perché quei soldi mi fanno comodo. Lo sai benissimo che ho tre bambini da tirar su, e che per nutrirli, vestirli e curarli quello che guadagno non basta mai.»

Aveva ragione, non c'era dubbio, e Manuel rispose: «D'accordo, però non dimenticarti che martedì prossimo festeggiamo il nostro anniversario. Abbiamo già avvisato Astrid e coi bambini ci resta lei».

«D'accordo.»

I due amici si scambiarono uno sguardo eloquente e David tornò alla carica: «Guardami negli occhi e dimmi che verrai, o giuro che mi taglio le vene e il mio Manuel resterà solo, senza il suo amore, e sarà tutta colpa tua».

Vedendo che aspettava una risposta, Ruth esclamò: «Ma sì, scocciatore. Martedì vengo alla festa del vostro anniversario. A proposito, è al Flashback?»

«Certo, il locale più trendy di Los Angeles. Non abbiamo potuto riservare la sala esclusivamente per i nostri invitati come avremmo voluto fare all'inizio, perché costava un occhio della testa. Però abbiamo un privé tutto per noi e vi preparerò dei cocktail fantastici.»

«Wow, buoni!» applaudì Ruth, perché David era un barman eccezionale. Poi li guardò e chiese: «Alla fine qual è il tema?»

I due innamorati si scambiarono uno sguardo e David rispose: «Be', io volevo l'Antico Egitto, con Nefertiti, Neferura e via dicendo, ma alla fine, visto che sono uno che cede sempre, mi sono lasciato convincere e il tema sarà "brillantini e paillettes"!»

Ruth sospirò. Altre volte il tema era stato la Preistoria o il

Rinascimento, ma per fortuna quest'anno i ragazzi si erano contenuti.

«Meno male! Così mi avete davvero facilitato la vita», commentò, sollevata.

Scoppiarono tutti a ridere, poi Manu disse: «Tranquilla, vai a sgobbare anche stasera. Coi bambini ci sto io, non c'è bisogno che chiami Astrid».

«Grazie, grazie, grazie!» gli disse lei, grata, prima di aggiungere: «Al massimo a mezzanotte sono qui».

Guardò di nuovo l'orologio. Erano le quattro e venti e fino alle sei e mezzo era libera. Così, appena gli amici tornarono a casa propria, si sedette accanto a Jenny sul divano, prese in grembo i gemelli e si rilassò un paio d'ore con loro davanti alla televisione, guardando prima Violetta, poi i cartoni animati di Phineas e Ferb e Peppa Pig.

5.
Paradiso

Quando Tony giunse all'ingresso della sua casa, moderna e decisamente notevole, rimase seduto sulla splendida R8 e azionò il telecomando per aprire il cancello esterno. Il giardino era bellissimo e ben curato e quasi subito Melodia, la femmina di alano color cioccolato, corse incontro a lui e al padre.

Una volta parcheggiata l'auto in garage, Tony si accovacciò e il cane si precipitò a leccarlo per dargli il benvenuto. Divertito, lui la accarezzò e le fece qualche coccola. Melodia era un regalo di Yanira e Dylan, e Tony era più contento di averla con sé ogni giorno che passava. Stava volentieri con lui ed era una compagna di vita ideale. Non pretendeva nulla, non si lamentava mai, non toccava le sue cose né le metteva in disordine.

Vedendo l'entusiasmo del cane alla vista del figlio, Anselmo scese dalla macchina e prima che Melodia saltasse addosso anche a lui, coprendolo di bava, disse: «Non ho mai visto niente di simile. È una cosa da non credere. Ma come fa questa bestia a essere così affettuosa?»

Tony rise vedendo Melodia che si strusciava contro suo padre e pensando a Pulcione, il cane di Anselmo, commentò: «Dicono che i cani siano il ritratto fedele dei loro padroni».

Avendo capito benissimo dove Tony voleva andare a parare, suo padre scoppiò a ridere.

«Non c'è dubbio, il mio Pulcione è un orco come me.»

Continuarono a chiacchierare allegramente e non appena misero piede nell'immacolato atrio della villa furono accolti da Paola, la governante, sempre attenta che tutto funzionasse alla perfezione: «Benarrivati».

Anselmo la guardò e sorrise, mentre Tony diceva: «Ciao, Paola, tutto bene, qui?»

La donna annuì, poi si avvicinò a un tavolino, prese un paio di buste e le consegnò a Tony.

«Tutto a posto. Queste sono per te.»

Quando Paola se ne fu andata, i due uomini entrarono nel salone e Anselmo disse: «Puoi dire quello che vuoi, ma questo arredamento così minimalista a me non piace. È tutto freddo e impersonale. Mi sembra un soggiorno morto, senza vita!»

Tony sorrise. Adorava quell'ambiente spazioso, tutto nei toni del bianco.

«Sai che sono un maniaco dell'ordine», rispose, «e questo arredamento per me è perfetto. Ogni cosa al suo posto e un posto per ogni cosa. Pochi mobili e molto spazio. Lo adoro!»

«Invece vedrei benissimo qualche quadro alle pareti e le foto di famiglia sulla mensola del camino», sospirò suo padre.

«No, papà, non se ne parla proprio», rise Tony.

Parlarono ancora un po' delle loro preferenze in fatto di design, poi Anselmo disse: «Mi sono messo d'accordo con tuo zio Tito. Fra quattro giorni partiamo insieme per il Porto Rico».

«Perché vai via così presto? Sai che puoi fermarti da me tutto il tempo che vuoi.»

«Sì, Tony, lo so.»

«E quindi?»

Anselmo gli sorrise, e con aria maliziosa mormorò: «Vedi, non voglio disturbare».

«Tu non disturbi affatto, papà, non dire sciocchezze!»

«Stanotte ti ho sentito con la donna che ti sei portato a casa», ribatté l'uomo, sorridendo e abbassando la voce. «E a giudicare dai gemiti e dalle urla direi che ve la siete spassata. E non te lo sto certo rinfacciando, figurati, è solo che mi mette a disagio sentire mio figlio in certe situazioni.»

«Ma dai, papàaaa», rise Tony.

«A proposito, stamattina l'ho incrociata in cucina e ho potuto ammirare le sue grazie dal vivo e in diretta, prima che il mio aspetto scuro e sinistro la facesse fuggire spaventata.»

«Mi dispiace, papà», si scusò Tony, sorridendo e alzando gli occhi al cielo, immaginandosi la scena.

Anselmo gli diede una pacca sulla spalla. «Non ti devi dispiacere, giovanotto, la ragazza era uno splendore. Aveva due tette da urlo! Però devo riconoscere che quel genere di donna, così sfacciata, a me non...»

«No, papà, zitto, non cominciare», gli disse Tony, toccando, senza quasi rendersene conto, la chiave che sua madre aveva consegnato a lui e a tutti i suoi fratelli, e che teneva insieme alle chiavi della macchina.

Anselmo non aveva niente contro i single, ma voleva che anche Tony si costruisse una famiglia, come aveva fatto Dylan, perciò aggiunse: «Senti, tu sei una persona che sta bene in famiglia, come tuo fratello Dylan, e dovresti fartene una tutta tua. Cominci ad avere una certa età e, se aspetti ancora un po', il giorno che avrai un bambino sembrerai suo nonno».

«Papàaaaa...»

Soddisfatto, perché in fondo Tony non si arrabbiava mai quando tirava fuori l'argomento, Anselmo non esitò a insistere: «Se fossi come quello scervellato di Omar non ti inviterei certo a cercare la tua donna ideale. Ma tu non sei così, bello mio. Io lo so che non sei così».

Deciso a eludere la questione, Tony disse: «Scusami, papà, non arrabbiarti, ma io sto bene come sto. Ho tutto quello...»

«Sì, lo so, hai tutto quello che vuoi e tutte le donne del mondo disponibili a venire a letto con te», lo interruppe Anselmo. «Però fidati, il tempo passa, e a un certo punto ti renderai conto che l'unica cosa che conta, nella vita, è il vero amore. Tutto il resto sarà sempre in secondo piano, perché ti assicuro che sentirsi speciali per qualcuno è la cosa più bella del mondo. E io so che là fuori c'è la donna che può farti perdere la testa, come è successo a me con tua madre e a Dylan con Yanira. Devi solo guardarti intorno per trovarla.»

Tony sospirò. Suo padre era sempre stato un romantico, come sua madre, e attraverso la sua musica anche lui sapeva di esserlo, in un certo senso. Il problema era che con le ragazze che frequentava quel lato del suo carattere non veniva a galla. Con loro sapeva essere gentile, affascinante, seducente, ma il romanticismo era un'arma che aveva usato pochissime volte nella sua vita, anche perché gli bastava guardarle per conquistarle. Quindi rispose a suo padre: «D'accordo, papà, ti ascolterò e mi guarderò intorno, ma adesso andiamo di là. Ti faccio sentire la musica che sto componendo».

Entrarono nello studio grande e ordinatissimo che Tony aveva in casa. Premette qualche bottone e una musica gradevole si diffuse nell'aria. Ascoltarono entrambi con grande concentrazione e alla fine Anselmo commentò: «La melodia è carina».

«Solo carina?»

«Fammela risentire.»

L'ascoltarono di nuovo e quando finì, Tony domandò: «Secondo te cosa manca, papà?»

«Mancano sentimento e passione. Come direbbe tua madre, mancano quei tocchi che fanno venire la pelle d'oca e stringere lo stomaco. Non so se mi spiego...»

Tony annuì. Capiva, indubbiamente, ed era d'accordo. Gli piaceva ciò che aveva composto, ma sentiva la mancanza di qualcosa. L'ingrediente segreto che avrebbe reso il connubio speciale, diverso e unico.

Trascorse il resto del pomeriggio in compagnia di suo padre, finché non ricevette un messaggio da un'amica molto sexy. A quel punto lo salutò e uscì. Sapeva che lo aspettava una notte di gloria.

6.
Se sapessi

Quando Ruth entrò nel locale, la sua amica Patricia le sorrise, le andò incontro per abbracciarla e disse, agitata: «Oh, grazie di essere venuta! Sapessi che giornata, oggi! Mamma mia, che giornata! È un mese che sto organizzando questa serata e una delle ragazze mi chiama tre ore fa per dirmi che si è rotta una gamba».

Ruth sorrise e, guardando gli adesivi che Patricia aveva in mano, le disse: «Ma dai, sciocca, stai tranquilla, che adesso ci sono io».

«Tesoro, mi dispiace appiopparti queste rotture, lo so che non ti piacciono. Però so anche che i soldi ti fanno comodo e tu fai comodo a me, quindi...»

«Il favore è reciproco...» concluse Ruth.

Si scambiarono un sorriso, poi Patricia la prese sottobraccio e le spiegò: «Sarete sedici donne e sedici uomini».

«Sedici?» ripeté Ruth, allarmata.

L'altra annuì e aggiunse a bassa voce: «Ce la puoi fare. Ho messo la tua scheda online, anche se sai benissimo che tu non paghi niente. Però questo è il nostro segreto».

«Dai, Patricia, guarda che non è la prima volta che lo faccio!»

Preoccupata, l'amica le consegnò l'adesivo e si allontanò dicendo: «Mettiti questo e vattene al bar. Andrew ti offrirà qualcosa da bere nell'attesa».

Ruth diede un'occhiata all'adesivo. C'erano un nome e un codice. B15 Wendy. Sorrise divertita. Quella sera si sarebbe chiamata come l'amica di Peter Pan, nella storia che ai suoi gemelli piaceva tanto.

«Ciao, bel faccino», la salutò Andrew, felice di vederla. Le mise davanti una birra e aggiunse: «Sono stato troppo contento quando Patricia mi ha detto che saresti venuta».

«Lo sai che un po' di soldi extra non guastano mai», rispose lei, con un sorriso.

«Comunque tranquilla, ti tengo d'occhio io, e se qualche rompiscatole esagera te lo levo di torno.»

Dieci minuti dopo, prima di dare inizio alla serata, Patricia ricordò a tutti i presenti le regole fondamentali dello *speed date*. Proibito scambiarsi indirizzi mail e numeri di telefono. Sette minuti di chiacchiere con ciascuno, non un secondo di più. Le ragazze stavano sedute, i maschi passavano da un tavolo all'altro.

Ruth accolse con un sorriso il suo primo appuntamento, Tom A1. Un ingegnere simpatico, ma dall'aspetto piuttosto trasandato. Parlò con lui e, quando si accorse che si stava interessando troppo, partì a raffica con la solita tiritera: ex detenuta, ragazza madre e via dicendo. Dopo l'ingegnere passarono al suo tavolo un professore, un pasticciere, un avvocato, e lei li ascoltò con pazienza, prendendo nota dell'impressione che le facevano per poterli poi rivalutare.

Tom A1: Disperato e poco curato.

Fred A2: Noioso. Parla solo di meteoriti.

Ricardo A3: Divertente. Gli piace ballare.

Stephen A4: Un coglione, anzi, un super coglione.

Dopo i primi quattro appuntamenti ci fu una pausa di un quarto d'ora, di cui Ruth approfittò per andarsene in bagno e telefonare a Manuel. A casa tutto bene.

Quando tornò, cominciò il secondo giro, poi ci furono il terzo e il quarto. Economista, idraulico, carpentiere, impiegato in un'impresa di pompe funebri, pilota d'aereo, disoccupato, dirigente, elettricista e una serie di altri uomini che facevano lavori diversi e avevano le più svariate posizioni sociali si sedettero di fronte a lei, che li ascoltò tutti, dal primo all'ultimo.

Una volta concluso lo *speed date*, Patricia offrì qualche drink, in modo che i presenti si godessero la serata; alla fine li invitò a visitare la pagina web del locale – il cui indirizzo era riportato su un foglietto – e a votare le affinità reciproche.

Dopo aver bevuto, Ruth aveva solo voglia di andarsene. Era stufa di sorbirsi le insistenze di un rompiscatole convinto di piacerle. Andrew l'aiutò a levarselo di torno e Patrizia fece in modo di pagarle il dovuto senza farsi notare da nessuno. Quando uscì dal locale, Ruth respirò a pieni polmoni.

«Te ne vai?»

Si girò e vide Andrew che usciva dietro di lei. Annuì.

«Perché non ti fermi ancora un po'? Quando finisco qui ti porto a bere una cosa in un posto carino. Anche tu hai bisogno di divertirti, ogni tanto. Non puoi sempre e solo lavorare.»

Ruth sorrise, ma appena lui le mise un braccio attorno alla vita, si liberò e gli disse, con pazienza: «Andrew, te l'ho detto cento volte. Fra te e me non può esserci niente. Sei un buon amico, e questo è tutto».

Senza darsi per vinto, lui la spinse contro il muro. «Bel faccino, io sono un uomo tenace», le disse, avvicinandosi.

«No, Andrew, non insistere. Peraltro, neppure io mi ripeto.» Ruth sorrise, e lui anche. Poi, guardandolo negli occhi, aggiunse, seria: «Sei un buon amico. Non roviniamo tutto con una relazione che non porterebbe da nessuna parte».

«E tu come fai a saperlo?»

Con uno sguardo affettuoso, Ruth gli schioccò un bacio sulla guancia e rispose: «Perché io non voglio avere una relazione con nessuno. Non sono pronta e continuerò a non esserlo ancora per molti anni. Per questo lo so».

Andrew le prese la mano, le baciò le nocche e sussurrò: «Però è un peccato, bel faccino».

Dopodiché fece dietrofront e rientrò nel locale. Doveva riprendere a lavorare.

Una volta sola, Ruth si diresse verso il suo decrepito maggiolino rosso, infilò la mano in borsa e ne tirò fuori una macchinina dei suoi figli. Il che la fece sorridere. La sua borsetta era una specie di supermercato ambulante, sempre piena di caramelle, giocattoli e mollette colorate di Jenny. Quando finalmente riuscì a recuperare le chiavi che cercava, aprì la portiera, entrò nell'auto, esausta per la lunga giornata di lavoro, e girò la chiave, ma il motorino di avviamento fece un rumore strano.

«No... no... no... non adesso, Harry.»

Riprovò, ma il motore non ne voleva sapere. Harry aveva molti anni, troppi. Ma Ruth adorava quell'auto, così simile a quella che aveva suo padre quando lei era bambina, e si sforzava di farle manutenzione il più possibile. Tentò ancora molte volte, con tutto il suo affetto, ma alla fine fu costretta a desistere. Quando Harry diceva che non ce la faceva, significava che era necessaria una sosta dal meccanico.

Ruth scese e fu tentata di aprire il cofano posteriore e dare un'occhiata al motore, ma decise di lasciar perdere. Non guardava nella pancia di una macchina da quando era fuggita da Julio César. Aveva anche smesso di guidare come una pazza. Non voleva assolutamente che qualcuno potesse metterla in relazione con la sua vecchia vita.

Rassegnata, chiuse l'auto e si incamminò verso la fermata del bus notturno. Doveva tornare a casa al più presto.

Quando arrivò, quaranta minuti più tardi, era l'una meno un quarto. Manuel era seduto sul divano insieme a Luis Alfonso e, vedendola, sorrise.

«Stavo cominciando a preoccuparmi per te», le disse.

Ruth appoggiò la borsa su un tavolino e rispose: «Harry mi ha lasciata a piedi».

Manu alzò gli occhi al cielo. «*Amove* mio, tu devi pensare a una nuova macchina», le disse. «Non va bene che una donna come te viaggi da sola su un autobus a quest'ora. Non puoi tirare avanti con quel catorcio che ti fa spendere un sacco di soldi per niente. Bisognerà andare a trovare il mio amico Sean e cercare una macchina che tu sia in grado di pagare.»

Lei annuì. Manu aveva ragione. Il problema era che non riusciva mai a risparmiare abbastanza. Con Jenny c'erano sempre spese impreviste da sostenere. Stava per dire qualcosa, ma l'amico la precedette.

«Manca una mezz'oretta alla fine del film. Tu lo sai, *amove* mio, che la tua collezione di film mi piace ogni giorno di più, vero?»

Ruth sorrise. Per quanto la vita l'avesse maltrattata, non c'era niente che le piacesse di più che guardare un film romantico quando i bambini andavano a dormire. Felice della scelta di Manu, si abbandonò accanto a lui e mormorò: «*Kate & Leopold*, mi piace un sacco».

Lui annuì.

«Sì, tesoro, è un film così bello, così magico, così romantico che perfino Luis Alfonso sta sospirando.» Ruth guardò il cane e sorrise. «E Hugh Jackman è talmenteeeee figo, talmenteeeee gnocco, talmente da pauuura che non mi stanco mai di vederlo.»

Certo, guardare un uomo come Hugh Jackman rallegrava la vita a chiunque. Videro il film insieme fino alla fine, quando si scambiarono uno sguardo emozionato, entrambi con gli occhi pieni di lacrime. Alzandosi, Manuel bisbigliò: «Che bello... che bello... quando lui la vede entrare nella sala da ballo. Ah, *amove* mio... come la guarda, come le va incontro per invitarla a ballare, che momento topico!»

Ruth annuì, divertita. Si alzò e, mentre si avviavano insieme alla porta, gli disse: «Grazie per essere rimasto con i bambini. Ti devo così tanto che...»

Mettendole l'indice sulle labbra, Manu la zittì.

«Vai a dormire. Sarai distrutta.»

Quando lui se ne fu andato, Ruth chiuse la porta, si appoggiò contro il battente e si guardò intorno. La casa era in preda al solito caos. Tentare di tenerla in ordine con due figli come i suoi era davvero una missione impossibile.

Luis Alfonso, che aveva continuato imperterrito a dormire sul divano, alzò la testa per guardarla. Ruth gli si avvicinò con affetto e, dopo averlo sbaciucchiato e coccolato mormorandogli parole carine, spense le luci e si avviò verso la sua camera. Fece un salto dai gemelli che erano immersi in un sonno profondo. Sorrise, accarezzò i capelli rossi dei bambini e li baciò sulla fronte. Poi andò in camera di Jenny. Quando aprì la porta, la bambina si mosse. Ruth si avvicinò e, visto che aveva gli occhi aperti, le chiese: «Stai bene?»

Jenny annuì, poi le tese le braccia, in cerca di contatto fisico. Ruth l'abbracciò, e si buttò sul letto, vicino alla sua piccola.

«Mammina, hai lavorato tanto?» le chiese.

Lei le baciò la fronte. «Un pochino. Adesso dormi, però.»

«Oggi Brian si è arrabbiato quando sono finiti i cartoni di Peppa Pig e ha buttato per terra il telecomando e l'ha anche calpestato.»

«Ed è sopravvissuto?» si informò Ruth, stanchissima.

«Sì, per fortuna non si è rotto.»

Per qualche secondo restarono in silenzio. Poi la piccola continuò: «Perché tu non hai un fidanzato, come tutte le ragazze?»

Quella domanda, che Jenny le rivolgeva spesso, la fece sorridere di nuovo. Nessun fidanzato avrebbe accettato di prendersi carico di tre bambini che non erano suoi. Ma con un sospiro rispose: «Perché non ho tempo. E poi lo sai che io sono in cerca del principe azzurro e...»

«... e che sia molto... molto bello, lo so.»

«Sì, piccolina, il mio principe dev'essere bellissimissimo. È una condizione assolutamente indispensabile», dichiarò, con tono scherzoso.

«E con un bel sorriso, vero?»

«Certo, il più bello. Dev'essere un sorriso spettacolare.»

«E gli occhi meravigliosi come l'alba di Acapulco.»

A quelle parole Ruth sorrise. Jenny mitizzava quelle benedette albe di Acapulco per via delle telenovele che guardava ogni giorno.

«Sì, tesoro… occhi come le albe di Acapulco.»

«E magari che abbia pure una macchina che non si rompe», concluse la piccola. «Il povero Harry è vecchietto, ormai, e ce ne serve uno nuovo. Quindi se il fidanzato già ce l'ha, meglio per tutti!»

Ruth la guardò divertita. Senza dubbio Jenny aveva sentito la sua conversazione con Manu a proposito della macchina. Perciò, sistemandosi accanto a lei, mormorò: «Per il momento andiamo a dormire. Il fidanzato con gli occhi come l'alba di Acapulco e la macchina lo cercheremo con calma».

7.
Così non è facile

Tony uscì dalla doccia e si trovò di fronte Roxy, una bella ragazza messicana che si stava sistemando davanti allo specchio. Si guardarono nel riflesso; lui si avvicinò e le diede un bacio sulla spalla. Mentre le allontanava le mani dalla statuina di un premio per lasciarla esattamente dove lui voleva che stesse, le chiese: «Non mi avevi detto che dovevi fare un servizio fotografico?»

Roxy annuì e, rovesciando la testa all'indietro per appoggiarsi a lui, rispose allungando di nuovo le mani verso la statuina: «Sì, devo trovarmi a Venice Beach per le undici».

Tony le diede un altro bacio sulla spalla e si allontanò dicendole: «Lascia quella statuina dove l'hai trovata e non toccarla più».

Non sopportava che qualcuno mettesse in disordine le sue cose.

«Mi porti in macchina?» domandò Roxy.

«Mi dispiace, ma alle undici devo essere da un'altra parte.»

La messicana fece una smorfia impercettibile. Tutti dovevano vederla arrivare sul set con lui! Intendeva ottenere quello che voleva a ogni costo, così lo abbracciò da dietro e mormorò: «E se te lo chiedessi in un altro modo?»

Tony sorrise. Il sesso con lei era strepitoso, ragione per cui, girandosi a guardarla, le rispose: «Convincimi».

Felice, Roxy lo prese per mano e lo condusse fino al letto. Lo fece sedere, poi lo spinse indietro. Con uno sguardo divertito, Tony la osservò aprire la bustina di un preservativo, che poi gli mise con delicatezza, aiutandosi con la bocca e con le mani. Era fantastica.

Quando ebbe finito, si sedette sopra di lui, si fece scivolare dentro la punta del suo pene e, vedendo il corpo di Tony irrigidirsi per il desiderio, sussurrò: «Sono sicura che questo ti convincerà».

Lui non disse una parola. La lasciò fare. Lei cominciò a muoversi sempre più veloce, facendogli provare un gradevole formicolio, non solo fisico. Preso dal fuoco della ragazza, la afferrò per i fianchi con decisione e la penetrò, spingendosi in profondità dentro di lei. Roxy ansimò, quasi senza fiato. Tony lo fece di nuovo. Ma all'improvviso si aprì la porta e apparve suo padre.

«Tony, io vado a...»

Vedendo ciò che stava succedendo, l'anziano signore richiuse rapidamente.

Tony guardò la ragazza, che era rimasta paralizzata, e le disse: «Mi spiace».

Uscì da lei, si tolse il preservativo, poi prese un lenzuolo, se lo avvolse intorno alla vita e andò a cercare suo padre. Lo trovò nel salone, che guardava fuori della finestra.

«Non sarebbe il caso di bussare, prima di entrare in una camera?» gli chiese, avvicinandosi.

Anselmo annuì.

«Scusami, Tony. Pensavo che fossi solo.»

Padre e figlio si guardarono e finalmente scoppiarono in una gran risata. Quando si rilassarono, il vecchio disse: «Mamma mia, che gran bel sedere ha quella brunetta!»

«Eddai, papà!»

Anselmo scrollò il capo e Tony, divertito, gli domandò: «Cos'avevi di tanto importante da dirmi?»

«Che mi sono messo d'accordo con Tifany e Preciosa per uscire a mangiare con loro oggi, prima della festa di compleanno della bambina. Volevo solo informarti.»

«Va bene.»

«A proposito, se la russa mi era sembrata incredibile, questa è davvero uno spettacolo. Ma dove diavolo vai a pescarle?»

Senza riuscire a trattenere un sorriso, Tony guardò il padre, che già si dirigeva verso la porta.

«Me ne vado», annunciò Anselmo. «Ci vediamo oggi pomeriggio a casa di Tifany per la festa. Ci vieni, vero?»

«Certo, non me la perderei per niente al mondo.»

Prima di uscire, suo padre gli bisbigliò, divertito: «Be', adesso vai a finire quello che hai lasciato a metà. Sei un Ferrasa!»

Tony rise a quella battuta e un attimo dopo sentì la porta di casa che si chiudeva. Nello stesso istante lasciò cadere a terra il lenzuolo con cui si era coperto e tornò in camera sua. Roxy, completamente nuda, era sdraiata sul letto. Gli sorrise e lui si avvicinò.

Senza perdere tempo, la ragazza aprì un altro preservativo e, con la medesima sensualità di qualche minuto prima, glielo infilò. Quando ebbe completato l'opera, Tony la fece alzare e le disse: «Vai verso la poltrona, girati e appoggiati allo schienale».

Lei lo fece senza esitare un istante e Tony portò a termine con grande piacere reciproco ciò che era cominciato poco prima.

8.
Il compleanno

Anselmo si recò in un negozio elegante ed esclusivo in Rodeo Drive, il Pretty Crazy. Era della sua ex nuora, Tifany. Quando entrò, varie clienti molto chic lo guardarono e lui, dopo aver sorriso a tutte, si avviò deciso verso il retro. Appena varcata la soglia, sentì uno strillo: «Nonno!»

L'uomo allargò gioiosamente le braccia per accogliere Preciosa, sua nipote, che quel giorno compiva sette anni ed era la felicità fatta persona.

Anselmo aveva una spina nel cuore: per diverso tempo dopo che era nata non l'aveva trattata come meritava, e non riusciva a perdonarselo. Certo, quello stupido di suo figlio Omar aveva omesso di dirgli chi fosse la bambina, ma grazie al cielo tutto si era risolto per il meglio.

Baciò la piccola e le consegnò un pacchettino avvolto in una carta rosa.

«Auguri, bimba!»

Preciosa prese il regalo, emozionata.

«Grazie, nonno!» esclamò, abbracciandolo.

Poi scartò il regalo, aprì la scatolina e quando vide il braccialetto d'oro e perline mormorò: «Oh, che belloooo...»

Anselmo si inginocchiò davanti a lei e le mise al polso il piccolo gioiello.

«Spero che guardandolo ti ricorderai di me», le disse. Poi, parlandole all'orecchio, aggiunse: «Ho altri regali per te, ma te li do oggi pomeriggio alla festa».

La bambina batté le mani, contenta, poi si allontanò di un passo e chiese: «Vero che il mio top rosa è carinissimo, nonno?»

Anselmo sorrise. Senza dubbio quel «carinissimo» era tipico di sua madre, Tifany. Poi le rispose: «È davvero una delizia e tu sei molto... molto carinissima vestita così».

La bambina rise felice e in quel momento apparve anche Tifany, che stava parlando al telefono.

«Sì, sì, te l'ho detto che il vestito è perfetto e ti farà restare a bocca aperta. Spalancata. Allora ti aspetto nel pomeriggio alla festa di Preciosa. Sì... sì porta tua cugina Melisa. Vedrai che si diverte.»

Chiuse la chiamata, andò da Anselmo e, dopo averlo abbracciato affettuosamente, gli disse: «Bella, questa camicia, ti fa stilosissimo».

«Mamma, guarda cosa mi ha regalato il nonno!»

Tifany ammirò il braccialetto che la bambina le stava mostrando ed esclamò: «Ma è una deliiiiziaaa, tesoro! Certo che il tuo nonno ha davvero buon gusto».

Lui sorrise compiaciuto. Non si sarebbe mai immaginato che avrebbe finito per affezionarsi tanto a quella bionda snob tutta chiacchiere senza senso, ma si dava il caso che Tifany fosse stata capace di conquistare il suo cuore. A quel punto, batté le mani e disse: «Prego, signore, è ora di andare a mangiare!»

La donna prese la borsetta, salutò la commessa che restava in negozio, si mise gli occhiali da sole e, mentre uscivano, suggerì: «C'è un ristorante francese troppo chic proprio dietro l'angolo».

Anselmo, che aveva alzato la mano per fermare un taxi, ribatté, facendo l'occhiolino alla nipote: «Preciosa e io abbiamo già deciso dove vogliamo mangiare».

Tifany si strinse nelle spalle, divertita, e quando suo suocero le aprì con galanteria la portiera, salì in auto e si lasciò portare.

«Andiamo qui a mangiare?» chiese, quando arrivarono e scesero dal taxi.

Nonno e nipote confermarono.

«E va bene», concluse lei, dandosi per vinta. «Però ricordati, tesoro, che devi stare molto attenta a ciò che mangi.»

«Va bene, mami.»

«E devo farlo pure io», aggiunse Tifany. «Anche se domani dovrò sgobbare come una pazza col mio *personal trainer* perché mi faccia consumare tutte le calorie che sto per ingurgitare.»

«Ecco, brava, a sgobbare ci pensi domani. Oggi goditela», le disse Anselmo, ridendo, mentre entravano nell'Hard Rock Cafe .

Preciosa era al settimo cielo. Adorava gli hamburger e zia Yanira la portava lì almeno una volta al mese. Anselmo, che lo sapeva, aveva voluto soddisfare quel piccolo capriccio della nipotina prima di tornare a Porto Rico.

Una volta seduti, il cameriere che li aveva accompagnati al tavolo distribuì i menu. Tifany era felice dell'allegria della sua bambina per i commenti spiritosi del nonno.

«I signori hanno già scelto cosa prendere?»

Alzando lo sguardo, Anselmo si trovò davanti la ragazza dai capelli multicolori e la salutò: «Ciao, signorina». Lei lo guardò con aria interrogativa, perciò il vecchio signore proseguì: «Non ti ricordi di me?»

La voce. Quel timbro roco fu il dettaglio che fece tornare tutto in mente a Ruth, che sorridendo rispose: «Oggi, signore, deve promettere solennemente che mangerà piano».

Anselmo scoppiò in una risata e davanti a un'incredula Tifany, disse: «Promesso». Poi, notando che né la nuora né la nipotina avevano deciso cosa ordinare, aggiunse: «Spero che nel tuo turno di lavoro sia anche vietato farmi morire di sete per non avermi portato una bella Sierra Nevada Porter...»

Col suo incantevole sorriso e una strizzatina d'occhio, lei rispose: «Durante il mio turno di lavoro non può succedere nulla di simile! Gliela porto subito».

Senza smettere di sorridere tornò al bancone, mise su un vassoio birra e bicchiere e tornò al loro tavolo.

«Ecco qui, signore», disse. «Una Porter fresca al punto giusto.»

Ad Anselmo piaceva quella ragazza dai capelli così appariscenti. Si capiva che era una persona per bene e gran lavoratrice, e il fatto che gli si rivolgesse sempre chiamandolo «signore» era la ciliegina sulla torta. Soltanto la sua defunta moglie lo chiamava così e a lui piaceva. Perciò, con un sorriso luminoso che sorprese molto Tifany, rispose: «Grazie mille, zuccherino».

In quel momento, uno dei colleghi chiamò la cameriera, che si scusò e si allontanò.

«Zuccherino?» gli sussurrò Tifany, divertita.

Anselmo bevve un lungo sorso della sua birra, poi sorrise alla nuora: «Sembra una brava ragazza, non credi?»

Lei la osservò per un attimo, poi replicò, con un filo di voce: «Non credi che sia troppo giovane per te?»

Anselmo scoppiò a ridere e dichiarò: «Senza ombra di dubbio».

Sempre più allibita, Tifany tornò alla carica: «E non ti sembrano esagerati tutti quei colori che ha nei capelli?»

«No. Anche la mia Luisa, che riposi in pace, li aveva di mille colori. Oggi rossi, domani azzurri...»

Prima che Tifany potesse rispondere, la ragazza si avvicinò di nuovo al tavolo e guardando la bambina dagli occhi neri che sorrideva con aria angelica le disse: «Il tuo faccino mi dice che tu sai già cosa vuoi prendere, vero?»

Preciosa annuì.

«Voglio un hamburger medio, senza formaggio, senza maionese né ketchup e insalata con condimento a basso tenore di grassi. Ah... da bere acqua, grazie.»

Ruth, sorpresa da quell'ordinazione così precisa, ribatté: «Ma... sai che mi stupisci? Niente patatine né Coca-Cola?»

La bambina fece no con la testa.

«Sono diabetica e devo fare attenzione a quello che mangio», spiegò.

«Mia nipote è una bambina molto responsabile», intervenne Anselmo.

Il commento fece sorridere Ruth, che affermò, divertita: «Eh, sì, tesoro, bisogna fare attenzione, è proprio vero! E tu lo fai molto... molto bene. Perciò controllerò personalmente che ti preparino un hamburger davvero speciale, d'accordo?» La piccola sorrise e Ruth aggiunse: «Senti, abbiamo anche gazzosa dietetica, se ti piace, oppure tè senza zucchero. Te lo dico perché alcune persone diabetiche li ordinano».

«Grazie, ma preferisco l'acqua.»

Ruth prese nota di tutto ciò che la bambina aveva chiesto.

«Sai che oggi è il mio compleanno?» esclamò Preciosa.

Ruth smise di scrivere, le rivolse un gran sorriso e l'abbracciò.

«Ma... auguriiiii, tesoro! Quanti anni compi?»

«Sette.»

Ruth gesticolò, facendo sorridere i due adulti che accompagnavano la bambina, poi disse: «Sette anni è un'età molto importante. Festeggi oggi?»

La piccola sgranò gli occhioni e annuì, felice.

«Sì. Oggi pomeriggio, a casa mia. Verranno tutti i miei amici e la mia famiglia e faremo una festa super bella. Mami ha organizzato tutto e ci saranno anche i castelli gonfiabili e le principesse Disney.»

Quelle parole fecero accendere una lampadina nella mente di Ruth, che si rivolse a Tifany e le chiese: «Per caso abitate a

Bel Air?» E quando la donna confermò passò alla spiegazione: «Allora penso che oggi pomeriggio ci rivedremo. Lavoro per un'altra agenzia e credo che sia quella che si occupa del catering per la festa di sua figlia».

«Il catering è seguito dalla ditta di un amico, la Harry Events», disse Tifany.

«Infatti, è proprio quella. Allora ci sarò anch'io», sorrise Ruth, strizzando un occhio alla bambina.

«Interessante», mormorò Anselmo, buttando giù un altro sorso di birra.

Stava pensando alla faccia di Tony quando si sarebbe trovato di nuovo davanti la ragazza arcobaleno.

«Oh, che coincidenza», commentò Tifany, perplessa nel vedere il suocero tanto coinvolto.

Dopo aver preso le ordinazioni, Ruth si allontanò dal tavolo. Nel suo quarto d'ora di pausa decise di telefonare a George e Linda per sapere come stavano. Parlò con Linda, che le raccontò di come George fosse stazionario. Quando si furono salutate, la ragazza tornò nel ristorante e si avvicinò un paio di volte al tavolo della piccola festeggiata. La prima per assicurarsi che andasse tutto bene, la seconda per regalarle un palloncino e una maglietta del locale. Alla fine del pranzo, prima di andarsene, Preciosa si avvicinò a Ruth e le tirò i pantaloni.

«Cosa c'è, tesoro?»

La bambina le fece segno di abbassarsi alla sua altezza, poi le diede un bacio sulla guancia e le disse: «Grazie per i regali e l'hamburger. Il più buono che abbia maaaaai mangiato. E quando ci vediamo alla festa ti offro una fetta di torta, okay?»

Intenerita, Ruth l'abbracciò. Con tutto il lavoro che la aspettava alla festa difficilmente avrebbe potuto mangiare una fetta di torta, ma le sorrise e rispose: «Okay».

La bambina tornò da sua madre e dal nonno. Ruth li salutò tutti, e quando se ne furono andati fece dietrofront, si avvicinò a un nuovo tavolo e chiese con gentilezza: «I signori hanno già deciso cosa vogliono ordinare?»

9.
Finalmente

Nell'esclusivo quartiere residenziale di Bel Air, Tifany e Preciosa ricevevano gli invitati alla festa nella loro splendida casa. All'inizio quella era stata la lussuosa residenza di Omar Ferrasa e Tifany, ma dopo il divorzio ci vivevano soltanto la madre e la figlia.

Era un bel pomeriggio e la casa era piena di luce, musica e, soprattutto, di bambini che scorrazzavano ovunque, spassandosela.

Anselmo Ferrasa, l'anziano padre, era seduto a uno dei tavoli, con i figli Omar e Dylan. Stava parlando con loro di alcune migliorie che intendeva apportare alla sua casa di Porto Rico, quando vide passare la ragazza arcobaleno. Stavolta aveva i capelli raccolti in una coda alta, che faceva risaltare meglio i suoi occhioni verdi. Erano splendidi.

Tony tardava, era l'unico parente diretto che doveva ancora arrivare e Anselmo era impaziente di vedere se il figlio si sarebbe ricordato di quella ragazza. Quando passò vicino a un tavolo, un uomo la chiamò. Era Omar, il padre della festeggiata, che voleva qualcosa da bere. E quando gli occhi di lei incrociarono quelli dell'uomo più maturo seduto allo stesso tavolo, Ruth sorrise e gli chiese: «Per lei una Sierra Nevada Porter fresca?»

«Esatto, signorina, proprio quello che volevo!»

Omar e Dylan si scambiarono uno sguardo allibito. Ma Dylan la riconobbe subito. Era la ragazza della festa di qualche sera prima. Non tutti avevano i capelli variopinti come i suoi. Quando se ne andò, guardò suo padre e gli chiese, sorpreso: «Stai rimorchiando la cameriera, papà?»

«No, Dylan», rise Anselmo per tutta risposta.

Notando il sorriso compiaciuto, Omar commentò: «Non mi pare che quella ragazza abbia qualcosa di speciale…»

«A volte ciò che è speciale non si vede, si intuisce!» ribatté Anselmo.

Dylan scoppiò a ridere e Omar insistette: «Ma dai, papà, quella è una ragazza normalissima, per non dire banale».

L'uomo si limitò a stringersi nelle spalle e a dire: «Senza dubbio è più graziosa e interessante lei di certe cavallone con cui esci tu un giorno sì e l'altro pure».

«Papà...» protestò Omar.

Vedendo Dylan che rideva, Anselmo rincarò la dose: «Inoltre, caro mio, non è bello ciò che è bello, ma è bello ciò che piace. E non ho mai sentito un detto più appropriato...»

Un paio di tavoli più in là, Tifany chiacchierava con la cognata Yanira e le amiche Valeria e Coral, mentre osservava i bambini che correvano ovunque.

«Cosa vuol dire che rimandi il matrimonio?» chiese Yanira.

«La data che avevamo scelto è impossibile. Joaquín è presissimo con il ristorante. Da quando ha cominciato a lavorare lì ed è diventato socio del proprietario non ha più tempo per niente. Conclusione, rimandiamo le nozze!»

«Aaaah, che rabbia, morivo dalla voglia di vederti in abito da sposa», sussurrò Tifany.

«Figurati quanta ne ho io...» ribatté ironica Coral. «Però a quanto pare c'è chi si sposa due volte con lo stesso uomo, come Yanira, e chi non riesce mai ad arrivare nemmeno al primo matrimonio.»

«Però non capisco», intervenne Valeria. «Il matrimonio è il coronamento di una storia d'amore. Che fine fa il romanticismo, se si rimanda tutto per il lavoro?»

Ascoltando l'amica, Coral sospirò. Aveva ragione Valeria, ma quando la sposa mancata fece per rispondere, si sentì la voce squillante di Preciosa che chiamava: «Mami... mami... guarda chi c'è!»

Le quattro amiche videro una delle ragazze del catering che guardò Tifany a disagio e mormorò: «Mi scusi, signora. La bambina mi ha visto e...»

«Nessun problema», rispose la madre della piccola, che poi si rivolse alla figlia: «Su, vai a giocare con i tuoi amichetti e lascia lavorare la signorina».

«Dopo però la torta la mangi, vero?» chiese la bambina in tono vivace, prima di correre ai gonfiabili.

«Certo», le rispose Ruth con un sorriso.

Quando le donne rimasero sole, Ruth le guardò di nuovo e, sentendosi osservata, ripeté: «Chiedo scusa per l'intromissione, ma la bambina mi ha visto e... Oddio! Ma lei è Yanira? La cantante? Proprio lei?» chiese, fissando la bionda dagli occhi chiari.

Yanira sorrise e rispose: «In persona». Poi, guardando il cartellino che la ragazza aveva appuntato sul petto, così simile a quello che lei stessa aveva portato in un'altra epoca, quando faceva la cameriera su una nave da crociera, aggiunse: «A quanto vedo tu sei Ruth, giusto?»

Confermando, emozionata, con un cenno della testa, la ragazza prese un quadernetto dalla tasca del grembiule nero che portava e disse: «A rischio di essere cacciata e che lei pensi che sono una rompiscatole, posso chiederle se mi firma un autografo per Jenny?»

Yanira sorrise. Immaginò che Jenny fosse un'amica, e mentre scriveva, rispose: «Soltanto se la smetti di darmi del lei».

Ruth sorrise e, quando la diva della musica le restituì il taccuino e la penna, sentendosi un po' ridicola per quella situazione si affrettò a dire: «Grazie, Yanira». Poi, guardando tutte le signore al tavolo, aggiunse: «Con permesso, devo tornare a lavorare». Si allontanò, inorridita dalla propria sfacciataggine per essersi lasciata trascinare dall'euforia, ma anche felice per quell'autografo. Lei e Jenny erano fan scatenate di Yanira e vedendo l'autografo la piccola sarebbe impazzita di gioia.

Le quattro donne la seguirono con lo sguardo mentre si allontanava e Tifany commentò: «L'abbiamo incontrata oggi all'Hard Rock, a pranzo. Preciosa le ha detto che era il suo compleanno e lei ha raccontato che lavorava per il servizio catering che avevo scelto. A proposito... Anselmo l'ha chiamata "zuccherino"! Secondo me la vuole rimorchiare».

«Hai capito, il vecchio!» disse ironica Coral.

«Ma dai, ma cosa mi stai dicendo? L'orco che fa il gentile con una donna?» si sbalordì Yanira.

«Ma avrà cinquant'anni più di lei», rise Valeria.

«Io dico che il vecchio non regge una scopata e finisce dritto nella tomba», scherzò Coral, facendole ridere tutte.

«Coral», la riprese Yanira, «non dire queste cose.»

Tifany, che osservava l'ex suocero mentre parlava con i figli, non resistette alla tentazione di spettegolare: «Sì, sì, adesso vi racconto com'è andata. Lui le ha ordinato una birra, e quando lei gliel'ha portata, senza toglierle un attimo gli occhi di dosso l'ha chiamata "zuccherino"! E guardatelo adesso, come la mangia con gli occhi. Ma secondo voi sta facendoci davvero un pensierino?»

Divertita nel vedere il suocero che non staccava gli occhi di dosso dalla ragazza, Yanira bisbigliò: «Comunque sia, lo sapremo presto!»

In quel momento videro arrivare Tony. Era bellissimo, come sempre, qualsiasi cosa avesse addosso. Per l'occasione si era messo un paio di jeans blu-neri e una camicia azzurra che gli stava da dio.

Tony era musica, virilità, movimento, sesso, follia. Lo sapevano tutte e Valeria, con un sospiro, bisbigliò: «A lui sì che farei un favore dietro l'altro».

Scoppiarono tutte a ridere, e Coral replicò: «Ehi, bella, mettiti in coda, perché l'ho visto prima io». Poi, a voce più bassa, proseguì: «Me lo mangerei con contorno di patate, di riso, di pesce, con tutto! Mamma mia, ragazze, ma quanto è sexy?»

«Tanto», confermò Yanira, sorridendo con orgoglio, guardando il cognato che si avvicinava al tavolo del padre e dei fratelli. «Questi Ferrasa ce l'hanno come caratteristica di famiglia, sono tutti strafighi.»

Tifany guardò nella stessa direzione delle amiche e commentò: «Non vi sembra che Omar sia un po' dimagrito, ultimamente?»

Tutte guardarono Omar, sempre bello e interessante, e Coral disse: «Che palle quando fai così, però! Il tuo ex marito è sempre un gran gnocco come il resto dei Ferrasa. E per quanto io pensi che è uno stupido stronzo, ci vedo benissimo e ti dico che i chili che ha perso lo rendono ancora più interessante».

«Dici, tesoro?» chiese Tifany, facendosi aria con la mano e mormorando: «Uffa, che caldo, però!»

Coral annuì, e vedendo l'espressione ironica e divertita di Yanira, rincarò la dose: «Oh, sì, Tifany, diciamo... diciamo proprio».

Mentre ridevano allegramente, videro Tony che si avvicinava. «Cos'è che vi fa tanto ridere?»

Le quattro donne si guardarono e Tifany mentì: «Stavamo dicendo che secondo noi Omar ormai è vecchio e brutto».

«Uuuuuh, che bugiardaaaaaa», scherzò Valeria.

«Tifany!» protestò Yanira.

«Mi sa che è già ubriaca!» scherzò Coral.

Tony scoppiò a ridere e senza aggiungere una parola le baciò tutte e quattro, prima di andare a sedersi con il padre e i fratelli.

«Perché l'hai detto?» chiese Yanira.

Esaminandosi le unghie, Tifany rispose con aria svogliata: «Perché è quello che penso, punto».

«Be', odiami pure se vuoi, ma io non la penso così», ribatté Valeria.

«Nemmeno io. Anche se sai benissimo che non mi sogno neanche di farmi un giro!» sentenziò Coral.

Accendendosi una sigaretta, l'ex moglie di Omar rispose: «Per l'amor del cielo, tesorini, mi fate il piacere di piantarla di contraddirmi? Non capite che se lo vedessi come lo vedete voi andrei in depressione, comincerei a strafogarmi di carboidrati e mi gonfierei fino a scoppiare?»

«Hai ragione», affermò Valeria. «Questi Ferrasa sono brutti, davvero orrendi! Mi fanno perfino schifo, guarda!»

«Averne, di schifezze del genere!» esclamò Coral, facendo ridere Valeria.

Yanira sorrise e decise di cambiare argomento: «A proposito, c'è il nostro giovedì, questa settimana?»

Da anni, ormai, avevano istituito i «loro» giovedì, nel senso che si davano appuntamento per uscire a cena almeno due volte al mese. Era il loro momento di pettegolezzi sfrenati. Proprio mentre ne stavano parlando, il cellulare di Tifany annunciò l'arrivo di un messaggio. Lei lo lesse, poi si alzò e disse: «Mi segno il "nostro" giovedì di questa settimana, però lasciatemi ammirare l'incredibile esemplare di sesso maschile, sexy, perverso e strafigo che sta per entrare da quella porta».

Girandosi tutte insieme a guardare dalla stessa parte, le quattro videro entrare la conquista più recente di Tifany. Un tipo biondo, alto e sexy da paura. Appena lo vide, Valeria mormorò: «Ommioddioooo...»

«Accidenti... viva la Russia!» esclamò Yanira.

«La madre del russo ci ha dato dentro quando l'ha concepito», sussurrò Coral.

Il russo in questione, che stava camminando verso di loro, era Alexei Ivanov, il modello dell'ultima campagna pubblicitaria di Dolce e Gabbana, con il quale Tifany usciva da qualche mese.

Quando lo vide Preciosa gli corse incontro e gli diede un bacio, sotto gli occhi attenti di suo padre, Omar. Benché fosse un tipo parco nelle dimostrazioni d'affetto, Alexei era sempre molto carino con la bambina e per Tifany questo era fondamentale.

Compiaciuta dall'effetto che il suo uomo aveva sulle donne, Tifany si alzò e lo baciò sulle labbra. Alexei si rivolse alle altre e le salutò con un sorriso appena accennato: «Buongiorno a tutte».

Loro ricambiarono il saluto e, pochi secondi dopo, Tifany fece l'occhiolino alle amiche e si allontanò, appesa alla mano del giovane modello.

«Che pezzo di gnocco, il russo!» affermò Valeria.

«Troppo serio per i miei gusti», bisbigliò Yanira. «Non l'ho ancora visto farsi una bella risata... nemmeno una.»

«Com'è alto. Se tutto è in proporzione, beata la tesorina...»

Yanira scoppiò a ridere e rivolse uno sguardo malizioso all'amica, dicendo: «Ma cosa ti sta succedendo, ultimamente? Sei arrapata da far spavento».

«La necessità, cara mia... la necessità di una bella scopata.»

Valeria guardò Coral.

«Necessità?» ripeté. «Ma... scusa, e Joaquín?»

Coral sorrise. Il rapporto con Joaquín non era nel suo momento migliore, per così dire, perciò eluse la domanda e chiese a Valeria: «Quando hai detto che dovrebbe arrivare il tuo francese?»

L'amica, contenta anche solo all'idea di pensare al suo uomo, sospirò e rispose: «Tra una quindicina di giorni».

«Gli è passata l'arrabbiatura perché non hai voluto andare in Francia con lui?» si interessò Yanira.

Valeria annuì.

«Per due settimane non mi ha telefonato, e niente Facebook né posta elettronica. Pensavo che non avrei più saputo niente di lui, ma poi l'altro giorno mi ha chiamato, mi ha detto le parole d'amore in francese più belle che avessi mai sentito e ha dichiarato che sarebbe venuto a trovarmi perché aveva una voglia da morire di baciare le mie labbra di fragola.»

«Fatti la depilazione brasiliana, lo sai che gli piace un sacco», suggerì Coral.

Tutte le altre risero.

«Hai già progetti per quando sarà qui?» volle subito sapere Yanira.

Piena d'entusiasmo, Valeria cominciò a raccontare, finché Omar si avvicinò insieme a Dylan e le chiese, in tono pungente: «Tifany è ancora con il suo modellino russo?»

«Senza dubbio Alexei, il "modellino" russo, sa valorizzare come si deve una donna incredibile come Tifany», replicò secca Yanira. Poi aggiunse: «A proposito, non ti sembra di essere diventato un po' striminzito ultimamente, cognato?»

Infastidito dal commento, Omar si irrigidì e sotto gli occhi divertiti del fratello, annunciò: «Vado da Preciosa».

Dylan si chinò verso la moglie, le mordicchiò il lobo dell'orecchio e mormorò: «Sei un po'... cattivella, coniglietta».

Lei sorrise al marito e gli strizzò l'occhio. Quella sera, una volta arrivati a casa, di sicuro se la sarebbero spassata.

Tony era seduto a parlare con suo padre, e Anselmo gli chiese: «Forza, giovanotto, va' sotto il tendone a prendere un paio di birre, sto morendo di sete».

Tony obbedì e quando arrivò al bancone disse alla persona che serviva e che in quel momento si era chinata: «Due Sierra Nevada Porter, per favore».

«Solo un attimo, signore.»

Tony si appoggiò al bar improvvisato e rimase in attesa, guardando i bambini che giocavano. Vide Preciosa che faceva moine e complimenti ai figli di Dylan e Yanira e al piccolo di Coral e sorrise. I bambini gli erano sempre piaciuti, anche se lo stancavano.

«Ecco qui, signore. Due Sierra Nevada Porter fresche al punto giusto.»

Quando si girò a prendere le bottiglie, gli occhi di Tony incrociarono quelli della giovane cameriera e lui la fissò allibito.

Notando quello sguardo, Anselmo si alzò e andò verso i due senza distogliere la vista da loro.

«Certo che tu devi essere stata nominata la stacanovista dell'anno», disse Tony alla ragazza. «Ma lavori anche qui?»

Sentendolo parlare, Ruth alzò gli occhi e lo guardò. Un'altra volta il superfigo? Stava per rispondergli, ma lui aggiunse: «A proposito, guidi una macchina che è un catorcio e se lo fai sempre come l'altra sera, sei un autentico pericolo pubblico».

Senza sapere di cosa diavolo stesse parlando, ma perfettamente consapevole di chi fosse, Ruth gli chiese: «Mi scusi, signore, ci conosciamo?»

Tony si rabbuiò. Era davvero il colmo. Era la terza volta che non si ricordava di lui.

Non gli era mai capitato niente del genere, in tutta la sua vita!

Anselmo, che arrivò al suo fianco proprio in quel momento, lo trattenne per un braccio e si affrettò a dire: «È mio figlio Tony. Vi siete visti al ristorante qualche giorno fa, e per quanto ne so anche a qualche altra festa».

Ruth sorrise per il promemoria, guardò Tony e annuì, poi disse: «Oh, che stordita, signore. Adesso ricordo, so chi è lei».

Dylan, che in quel momento stava dirigendosi verso i suoi gemelli Aaron e Olga per levarli dal seggiolino e lasciarli correre un po', posò casualmente lo sguardo sul bancone del bar e vide il padre e il fratello. Notando che Anselmo tratteneva Tony perché non se ne andasse, Dylan capì cosa stava facendo. Sorrise. Certo che suo padre era proprio un bel tipo.

Infatti, dopo avere ottenuto ciò che voleva, il vecchio signore si guardò intorno, vide Dylan ed esclamò: «Oh, Dylan mi sta chiamando. Torno dopo».

Quando arrivò da Dylan qualche istante dopo, il figlio gli chiese: «Cosa fai, papà?»

Anselmo si chinò a raccogliere un giocattolo per la nipotina Olga e rispose: «Sto mostrando a tuo fratello com'è fatta una brava ragazza».

Dylan gli rivolse uno sguardo sorpreso e suo padre bofonchiò: «Quella ragazza è onesta. Lo vedo nel suo sguardo e nell'atteggiamento. Non come quelle con cui esce Tony ogni sera, capaci solo di spillargli soldi e di mettersi in mostra facendosi fotografare con lui».

Dylan scoppiò a ridere e, guardandolo, esclamò: «Papà, come direbbe Yanira sei proprio il colmo!»

Una volta rimasti soli, Ruth tornò al suo compito di barista. Non aveva motivo di parlare con quel tipo. Per un po', Tony si limitò a osservarla mentre vari genitori dei piccoli invitati andavano a chiederle bibite e la ragazza si affannava a servirli rapidamente.

Poi terminò lo spettacolo delle fate e tutti i bambini si precipitarono sotto il tendone a chiedere da bere.

In tilt, Ruth si guardò intorno in cerca di un collega che potesse darle una mano, ma non vide nessuno. Fu allora che, tutto d'un tratto, il gran figo andò a mettersi dietro il bancone e le disse: «Tu occupati della parte sinistra e io penso alla destra, okay?»

Incredula, lei scosse la testa e lo zittì. «Mi faccia il piacere di uscire da qui immediatamente, perché se la vede il mio capo mi prendo una lavata di testa che non finisce più.»

«Tranquilla, poi ci parlo io.»

«Neanche per sogno. Esca subito da qui.»

Sbalordito Tony si girò a guardarla e vedendo la folla di bambini e adulti che si accalcava davanti a loro, avvicinò il naso a quello di lei e ribatté: «Senti, bella, voglio solo aiutarti. Questa è la festa di mia nipote, fa caldo e la gente sta morendo di sete. Quindi, se non vuoi avere problemi con me, come mi hai detto tu l'altro giorno, vienimi dietro!»

E senza darle il tempo di replicare, Tony si mise a servire bibite, scherzando con tutti e facendo battute. E visto che non era riuscita a buttarlo fuori con la forza, lei decise di imitarlo e dopo un quarto d'ora frenetico il tendone bar finalmente si svuotò e Tony commentò, divertito: «Be', lavorando in squadra ce l'abbiamo fatta a sconfiggere il nemico».

Lei lo guardò, servì l'ultima bibita a una bambina e non rispose. Vedendo la sua espressione arrabbiata e l'atteggiamento infastidito, Tony uscì da dietro il bancone e si allontanò, dicendole: «Non c'è di che, Miss Simpatia… non c'è di che!»

Ruth sbuffò, risentita. Per fortuna il Granchio non era in circolazione e non si era accorto di niente.

La festa continuò. I bambini si divertivano e i genitori che li raggiunsero in serata anche. Preciosa ricevette decine e decine di regali e quando Ruth portò al tavolo centrale la grande torta di frutta, tutti le cantarono *Tanti auguri* mentre soffiava sulle candeline e lei, emozionata, si mise a piangere.

Ruth, che era alle sue spalle in attesa di tagliare la torta, non poté fare altro che abbracciarla quando la bambina, sotto gli occhi di tutti, si girò verso di lei e le tese le braccia. Oddio, che imbarazzo!

Yanira, che era accanto a lei, si accorse del suo disagio e disse con un sorriso: «Vieni dalla zia, signorina lacrime in tasca».

La bambina passò alle sue braccia e Ruth la ringraziò con uno sguardo pieno di gratitudine. L'artista che a lei e alla sua piccola Jenny piaceva tanto, era accorsa in suo aiuto.

Tifany, commossa vedendo la sua bambina che piangeva, si avvicinò a sua volta e di nuovo Preciosa cambiò braccia, quando già stava ricominciando a sorridere. Omar le bisbigliò qualcosa di affettuoso all'orecchio. La piccola era molto sensibile e momenti come quello la facevano sempre piangere.

Quando Preciosa si fu ripresa e tutti fecero un applauso, Ruth cominciò a tagliare la torta e a poco a poco le persone che la circondavano iniziarono a disperdersi.

Verso le nove e mezzo, avvisata dal suo capo, Ruth si tolse la targhetta di riconoscimento e prese a raccogliere piatti e bicchieri sporchi. Insieme ad altre colleghe subito dopo sarebbe andata al successivo evento in programma. Era concentrata nel suo lavoro quando Anselmo e Preciosa andarono da lei e la piccola disse: «Devi mangiare una fetta di torta».

Ruth arrossì e guardò l'anziano, in cerca d'aiuto, ma lui spiegò: «È il compleanno di Preciosa, questa è la sua torta e lei vuole offrirtene una fetta».

Non sapendo cosa fare, Ruth si guardò intorno. Il capo non era nelle vicinanze, ma le colleghe stavano continuando a riordinare. Non poteva fermarsi a mangiare e non voleva attirare l'attenzione su di sé, quindi, per evitare problemi, si chinò verso la bambina e le disse: «Senti, tesoro, mentre lavoro non posso mangiare, ma ti prometto che me ne taglio una bella fetta e la porto a casa, va bene?»

«No, io voglio vedere che la mangi», insistette la bambina.

Ruth sospirò, prese un coltello, tagliò un pezzettino di crostata, lo mise in un piattino e cominciò a mangiarlo. Anzi, in realtà più che altro ingollava i bocconi uno dopo l'altro, per finire in fretta ed evitare che qualcuno si accorgesse di ciò che stava facendo.

Tony si accorse che il padre e la nipotina erano con lei, perciò si avvicinò e, vedendola mangiare la torta, si informò: «Buona?»

Confusa da tutta quell'attenzione, Ruth annuì e appena ebbe finito la fettina che si era messa nel piatto disse, guardando la piccola festeggiata: «Grazie mille. Era squisita».

La bambina sorrise e Anselmo, notando che la ragazza arcobaleno era davvero a disagio, propose alla nipote: «Forza, fammi vedere la montagna di regali che hai ricevuto».

Si allontanarono, tenendosi per mano, e Ruth ricominciò a riporre i piatti avanzati nelle apposite cassette blu. Di colpo si sentì prendere per il braccio, con delicatezza. Si girò di scatto e si trovò davanti gli occhi felini dell'uomo. Gli chiese: «Cosa c'è? Cosa succede adesso?»

Senza dire una parola, Tony alzò una mano e passandole lentamente un dito sul labbro superiore, le tolse una minuscola briciola di torta.

«Se non vuoi far sapere che hai mangiato la torta, questa è meglio che non la vedano», mormorò, mostrandogliela.

Ruth annuì e, quando guardò Tony negli occhi, dentro di lei qualcosa si incrinò. Aveva davanti a sé il tipico uomo pericoloso e davvero desiderabile, per il quale lei e migliaia di altre donne sarebbero impazzite. Gli pulì il dito con un tovagliolino di carta e, sempre più confusa, mormorò: «Grazie».

Quando gli toccò la mano, una strana corrente percorse entrambi. Si guardarono negli occhi per qualche secondo e Tony, conscio di essersi bloccato davanti a lei, interruppe quel momento indietreggiando di un passo e dicendo: «Ho sentito dire dalle tue colleghe che adesso andate tutti a un altro evento in Sunset Boulevard».

Ruth annuì e, proprio mentre stava per rispondere, Sebastian, il suo capo, si avvicinò e chiese: «Tutto bene, qui?»

La ragazza fece sì con la testa e Tony, con un sorriso sincero, gli tese la mano e rispose: «Mi chiamo Tony Ferrasa, sono lo zio della festeggiata». Sebastian gli strinse la mano e lui aggiunse: «A nome di mia cognata Tifany voglio farle i complimenti per la scelta del suo personale. Le cameriere sono state tutte molto professionali, in particolare questa signorina...» E rivolgendosi a lei, non vedendo più la targhetta, chiese: «Qual era il suo nome?»

Lei non aprì bocca. Non voleva dirglielo, ma vedendo che il capo la guardava, aspettando che rispondesse, mormorò: «Ruth».

Tony sorrise e continuò: «Ruth è stata senza dubbio la più brava».

Il capo la guardò, tronfio come un tacchino.

«Mi pare di aver capito che adesso ve ne andate a un altro evento in Sunset Boulevard, giusto?» disse Tony.

L'uomo confermò e lui si informò: «Quante cameriere lascerà qui?»

«Cinque, signor Ferrasa», rispose Sebastian. «Qui resteranno cinque cameriere.»

«Ruth è una delle cinque?»

«No, lei deve andare a Sunset Boulevard.»

«E c'è un motivo particolare?» indagò Tony, interessato.

«No, per la verità non c'è nessun motivo. Se desidera che si fermi, basta dirlo.»

Infastidita e furiosa per quella situazione, Ruth lo guardò con aria di rimprovero. Quando finalmente qualcuno chiamò il Granchio, la ragazza si avvicinò a Tony e, alzandosi in punta di piedi, bisbigliò: «Ma porca miseria! Ho bisogno di soldi e se resto qui guadagnerò meno che all'altro evento».

Dopo aver risposto alle domande di un'altra cameriera, il signor Sebastian tornò da loro e disse: «Allora, preferisce che Ruth continui qui alla festa?»

Tony la guardò per pochi secondi, che a lei parvero eterni, e rispose con noncuranza: «No, non è necessario. Con le cameriere che ha già scelto sono certo che il servizio sarà altrettanto impeccabile».

Quando si fu allontanato, Sebastian guardò Ruth e le disse, cambiando espressione: «Forza, finisci di raccogliere la roba che devo portarvi dall'altra parte».

Sollevata dal fatto che il gran figo non avesse insistito, Ruth proseguì il lavoro e, quando ebbe caricato l'ultima cassetta blu sul camion, salì sull'auto del Granchio, pronta ad andare.

Non poté fare a meno di ammirare i macchinoni parcheggiati tutt'intorno. Guidare alcune di quelle vetture doveva essere un'esperienza da sballo.

Quando arrivarono al locale in Sunset Boulevard, Ruth andò subito in cerca di David, che appena la vide l'abbracciò e le chiese: «Com'è andato il compleanno?»

Lei sorrise e, mentre si cambiava l'uniforme con quella rossa, rispose: «Meraviglioso. È stato tutto bellissimo».

«Hai parlato con George e Linda?» le chiese David.

Ruth annuì.

«George peggiora di giorno in giorno, anche se fa credere a Linda di star bene.»

«Lo sai che mi dispiace, vero?» le disse l'amico, abbracciandola.

Ruth sospirò e si asciugò le lacrime.

«Lo so, David, grazie. Dai, mettiamoci al lavoro, così almeno non ci penso.»

Dopo aver trascorso un paio d'ore girando tra gli invitati con vassoi di bevande e tartine, la ragazza arcobaleno si fermò davanti a un tavolo per raccogliere i bicchieri vuoti. Proprio in quel momento iniziò una canzone che lei adorava, *All of Me* di John Legend. Ruth chiuse gli occhi e cominciò a canticchiare.

«La tua canzone, cucciola», le disse David, avvicinandosi e appoggiando sul tavolo un vassoio carico di coppe di champagne.

Lei sorrise e, senza smettere di lavorare, rispose: «La adoro. È così romantica. Talmente perfetta che mi rincretinisco quando la sento!»

David se ne andò con il vassoio di bicchieri vuoti, lasciandola lì a cantare a mezza voce. E all'improvviso Ruth sentì qualcuno che le diceva: «Non ho mai conosciuto nessuno capace di lavorare più di te».

Ruth si girò di scatto e, trovandosi davanti Tony Ferrasa, chiese: «E il tuo unico scopo nella vita è seguirmi in ognuno dei miei lavori?»

Lui sorrise divertito.

«Wow! Stavolta mi hai riconosciuto. Sono così felice che potrei fare un doppio salto mortale! Comunque no, non è mia intenzione seguirti, però questa festa è stata organizzata da una rivista diretta dal mio amico Leroy ed ero già fra gli invitati. Perciò sta' tranquilla, bella, io non seguo nessuno.» Poi, prima di allontanarsi, aggiunse: «Ma su una cosa hai ragione: questa canzone è stupenda».

Ruth aggrottò la fronte e non appena vide una donna accostarsi a lui e mettergli un braccio attorno alla vita, si avvicinò con il vassoio colmo di coppe di champagne. Quando entrambi si furono serviti, si allontanò senza più guardarlo.

Notando il suo comportamento e l'espressione del viso, Tony sorrise. Quella ragazza era un caso a parte, non c'era il minimo dubbio. Concentrò la propria attenzione sulla bella Stefania, fece tintinnare la coppa di champagne in un brindisi e dopo averla baciata sul collo le chiese: «Ti va di ballare?»

Per il resto della serata, Ruth non si avvicinò più a Tony, ma si rese conto di cercarlo spesso con lo sguardo. Certo, era davvero attraente e quando lo vide ballare con donne diverse, sbuffò irritata. Gli piaceva fare il conquistatore...

Gli sguardi in direzione di Tony furono tali e tanti che David le disse: «Oh, bimba... ma quello non è il figaccione della macchina dei miei sogni, quella giallo pulcino?»

Ruth annuì. E non volendo raccontargli che era anche lo zio della bambina che aveva festeggiato il compleanno quel pomeriggio, disse: «Si chiama Tony Ferrasa».

«E tu come fai a saperlo?»

Vedendosi smascherata, si affrettò a spiegare: «L'ho sentito dire da altri invitati alla festa».

Veloce come un fulmine, David prese lo smartphone e dopo avere verificato di essere collegato al wi-fi del locale, digitò il nome: «Ma bene… bene… beneeee», esclamò quando vide chi era Tony. «Qui dice che è il figlio della Leonessa, quella cantante, sai, quella che è morta… che era troppo brava e cantava salsa. Hai presente?»

«È il figlio della Leonessa?»

«Sì, bimba, proprio lei. La Leonessa. E poi… wow! È un compositore. Caspita, che sciccheria! E… e… accidenti! È cognato di Yanira, la cantante, ed è lui che compone le sue canzoni! Che faccia il compositore è una cosa molto romantica, vero?»

«Romanticissima», replicò Ruth, in tono ironico.

«Be', cosa c'è?» le chiese David, togliendole il vassoio dalle mani.

«Niente.»

«Guarda che non me la dai a bere.»

«Non ho niente. Sono solo stanca morta.»

Lui annuì. Era stata una lunga giornata per Ruth, perciò le bisbigliò: «Dai che ce la fai… manca solo mezz'ora di servizio, poi ce ne andiamo dritti a nanna».

Ruth annuì, guardò per l'ultima volta l'uomo che, divertito, flirtava con una brunetta, e decise di concludere la giornata con il migliore dei suoi sorrisi.

10.
Momenti di relax

Passarono i giorni e Ruth e Tony non si rincontrarono. Anselmo tornò a Porto Rico e, senza il padre in casa, la vita del giovane compositore tornò alla solita routine. Gli piaceva quell'esistenza calma e serena che gli permetteva di scrivere le sue canzoni in assoluta tranquillità.

Il martedì, quando Ruth uscì dal ristorante dopo il turno del mattino, mentre aspettava l'autobus notò una donna che camminava con i figli piccoli. Sembravano felici, e vederli le strappò un sorriso. Quando aveva l'età di quei bambini anche lei era felice con sua madre, e quel ricordo la intristì.

I bambini erano tutti a scuola e a casa c'era soltanto Luis Alfonso. Ruth cercò uno dei vecchi CD di sua madre e lo mise nel lettore. Dalle casse uscì la voce di Barbra Streisand che cantava *The Way We Are*, della colonna sonora di un bellissimo film intitolato *Come eravamo*. Un film che la faceva piangere ogni volta che lo guardava.

Prese in braccio il cagnetto e lo baciò, ascoltando quella canzone che parlava di ricordi che illuminavano gli angoli della mente e di immagini perdute e di sorrisi caduti nell'oblio.

Ascoltare quella canzone per lei significava evocare sua madre, suo padre e suo fratello. Rievocare i fantasmi del passato e convivere con loro per qualche minuto. Il tempo di una canzone. Un'esperienza che si concedeva solo ogni tanto, in assoluta solitudine, per non dimenticare e riportare alla mente un'altra epoca della sua vita, nella quale era stata una bambina felice.

Pensò anche a Julio César, il padre dei suoi meravigliosi gemelli. E il ricordo le fece salire un groppo in gola. Se c'era una cosa che la terrorizzava era proprio l'idea di incontrarlo di nuovo. Non era mai successo, per fortuna, e Ruth sperava che non accadesse mai, né che lui scoprisse l'esistenza dei bambini. Il solo pensiero che potesse portarglieli via la faceva impazzire.

Quando la canzone finì, rimise a terra Luis Alfonso e il cagnetto corse nella sua cestina. Ruth sfilò il CD e lo mise a posto. Per il momento, il tempo dei ricordi si fermava lì.

Determinata a non rovinarsi la giornata, decise di farsi un bel bagno profumato per essere perfetta quella sera, alla festa per l'anniversario di David e Manu. Ne aveva un gran bisogno.

Mentre aspettava che la vasca si riempisse, accese anche un paio di candele profumate e, dopo avere fatto scorrere vari altri CD, ne scelse uno rilassante. Luis Miguel e i suoi boleri la calmavano sempre e quando sentì le prime note di *Sin ti*, sospirò.

Cantando, andò in bagno, si spogliò, prese una scatoletta di metallo e l'appoggiò sul bordo della vasca. Senza perdere il ritmo, benché la sua voce non fosse la più prodigiosa del mondo, si guardò allo specchio e si toccò la brutta cicatrice che aveva sul ventre. I gemelli erano nati con un cesareo d'urgenza e i medici non avevano esattamente usato i guanti di velluto, per cui la cicatrice era evidente e orribile. Se ne vergognava, tanto che ogni volta che andava a letto con un uomo preferiva tenere la luce spenta. Sospirò, rassegnata a portare quel segno per tutta la vita, e si immerse nella vasca cantando:

Sin ti,
es inútil vivir.
Como inútil será,
el quererte olvidar...

Quando finì la canzone, iniziò *Delirio*, sempre con la bella voce di Luis Miguel e, chiudendo gli occhi, Ruth si rilassò, mentre la musica risuonava in tutta la casa. Si godette quella pace per qualche minuto, poi aprì la scatola di metallo e sorrise, vedendo il vibratore a forma di paperella.

Era stato un regalo della sua amica Patricia, un giorno che erano uscite insieme a fare un po' di shopping. Erano entrate in un sexy shop e, dopo essersi comprata ciò che era andata a cercare, la donna aveva preso per lei quel paperino vestito da diavoletto, resistente all'acqua, che vibrava sfiorandogli la schiena.

Senza esitare, lo prese, aprì le gambe, se l'appoggiò sul clitoride e gli premette la schiena.

La musica, il romanticismo delle parole del cantante messicano, le candele, la solitudine e il papero diavoletto fecero sì che in breve Ruth cominciasse ad ansimare. Carezzare in quel modo il piccolo bottone del godimento le dava un piacere ineguagliabile e all'improvviso le apparvero gli occhi di Tony, e ricordò di avere ascoltato proprio quella canzone la sera in cui l'aveva visto per la prima volta.

Immaginarsi quell'uomo splendido, con più sex appeal di chiunque altro, era una delle cose più folli che si fosse mai concessa, e decise di lasciare briglia sciolta alla fantasia.

Per vari minuti si abbandonò al piacere e quando l'orgasmo le fece stringere con forza le gambe, con un grido di sollievo, aprì gli occhi e seppe che la fantasia era finita. Era sola in quella vasca da bagno, ad ascoltare Luis Miguel, e l'uomo che la faceva eccitare tanto non era con lei.

Desiderosa di godersi ancora un po' quel bagno rilassante, lasciò il papero a galleggiare nell'acqua, richiuse gli occhi e, senza rendersene conto, si addormentò.

Non sapeva quanto tempo fosse passato quando sentì la voce di David.

«Cucciola, svegliati!»

Ruth aprì gli occhi di soprassalto e vide che l'amico aveva in mano il piccolo papero.

«Ah, però... musica di Luis Miguel, bagnetto e paperino diavoletto», commentò divertito. «Ne deduco che oggi hai fatto la bambina cattiva!»

Ruth non sapeva cosa rispondergli e tacque. Allora, con un sorriso, David aggiunse, mostrandole il papero: «Ti informo che questo l'ho appena levato di mano a tuo figlio Adán, che ci stava giocando in soggiorno».

«Oh-mio-dio!»

«La stessa cosa che ho detto io. Oh-mio-dio! Senti, bimba... tu hai un gran bisogno di sfogarti. Quand'è stata l'ultima volta che hai giocato come si deve con un uomo? Ah, sì... due mesi fa, con quel tipo che...»

«Che ora è?» chiese Ruth, interrompendolo. Poi vide che erano le cinque e mezzo e gemette: «Nooo, ho dormito tantissimo».

«Ci credo, guardati i polpastrelli, sembrano prugne secche. Ma da quanto sei a mollo?»

Ripensandoci, Ruth non poté trattenere una parolaccia. Si alzò in piedi senza alcun pudore e vedendo dove guardava David, sbottò: «Vuoi piantarla di guardarmi quella maledetta cicatrice?»

«Senti, bimba, questa cosa va risolta.»

Ruth annuì. Il problema erano i soldi, come sempre.

«Passami l'asciugamano, per piacere.»

Quando se lo fu avvolto intorno, tolse di mano il papero a David, lo lavò e lo rimise nella sua scatola. Guardando l'amico e vedendo il suo sorrisetto, lo minacciò: «Se ti azzardi a dire in giro anche solo una parola su questa faccenda, te le suono di santa ragione».

Di buon umore, lui sorrise e cambiò argomento: «Ha chiamato il meccanico. La riparazione di Harry non è un salasso, però Manu e io pensiamo che...»

«Che lo aggiustino. Non ho abbastanza soldi per comprare un'altra macchina. Punto e basta.»

Dandosi per vinto, David cambiò di nuovo argomento.

«Senti, Astrid arriva alle sette e mezzo per stare con le tue belve. Tu fai in modo di essere irresistibile, perché alle otto io e Manu passiamo a prenderti, okay?»

«Okay.»

David si girò per andarsene, ma prima di chiudere la porta aggiunse: «Comunque ascoltare quel gran figo di Luis Miguel è un ottimo sistema per godersela in ogni posto, se capisci cosa intendo».

Divertita, Ruth afferrò un paio di ciabatte e le lanciò contro la porta, sghignazzando per certe idee che venivano a quel matto.

Poco dopo ricevette una telefonata da Linda. Parlò un po' con lei, che sembrava davvero disperata. Si sforzò di farle coraggio e quando riappesero, un'ora più tardi, aveva già una voce diversa e Ruth ne fu felice.

Passò un po' di tempo con i bambini, poi venne il momento di prepararsi. I gemelli restarono in soggiorno con Astrid, mentre Jenny andò a sedersi sul letto con Luis Alfonso in braccio, a dare la sua opinione sui vestiti di Ruth che, dopo essersi truccata e stirata i capelli multicolori con la piastra, ammise: «Il problema è che non ho nessuna voglia di uscire».

Jenny le passò il top bianco.

«Mammina, invece devi uscire e divertirti. Pensa che magari oggi troverai un bel fidanzato!»

«Tesoro», rispose lei, divertita, «sto meglio con voi in casa.»

«Ma no, mammina, no», insistette la piccola. «Devi uscire. Lavori tutto il giorno e meriti di divertirti un po'.»

La maturità di Jenny per tante cose la inteneriva. Ruth andò a sedersi accanto alla piccola, l'abbracciò e mormorò: «Ma quand'è che sei cresciuta così tanto e io non me ne sono accorta?»

Sua sorella sorrise e cambiando tono di voce esclamò: «Questa sera sarai splendida, bella bambina».

Ruth scoppiò a ridere. «Quante volte ho detto a Manuel e Astrid che non devi guardare tutte quelle telenovele messicane? Non mi piace.»

«Ma mammina bella, io da grande voglio fare l'attrice di soap opera ambientate ad Acapulco. Perché non ti piace che le veda?»

Ruth imitò l'intonazione solenne della bambina e rispose: «Perché sei ancora troppo piccola, mia regina, per vedere quelle telenovele da grandi».

La bambina sorrise e rispose, con notevole presenza di spirito: «Giuro sulla mia vita che raggiungerò il mio obiettivo e quando sarò una giovane bella e formosa con gli occhi a mandorla e i capelli d'oro come i raggi del sole, diventerò una grande attrice di telenovele!»

Sentendola parlare così, Ruth non poté trattenere un sorriso. Jenny aggiunse: «Mammina... sai che cos'ha detto l'altro giorno uno dei personaggi alla povera Dulce Anaís Pérez Menéndez?» Lei scosse la testa e la piccola snocciolò: «Brutta malefica, sei una signora. L'hai sedotto, ti sei concessa, zoccola !»

«Jenny!» esclamò Ruth. «Ma ti sembra il modo di parlare, questo?»

Sua sorella la guardò con un sorriso e Ruth, sforzandosi di non ridere, mormorò una raccomandazione a se stessa: «Devo parlare molto seriamente con Manuel e Astrid».

Due secondi dopo, la bambina prese un paio di pantaloni e, passandoglieli, dichiarò: «Mettiti i pantaloni bianchi luccicanti con il top e la camicia bianca slacciata, sarai stupenda».

Ruth guardò gli abiti che la bambina le porgeva e, indicando la cicatrice sulla pancia, mormorò: «Il problema è non far vedere questa, lo sai».

Jenny assentì, si alzò, andò fino all'armadio con Luis Alfonso in braccio e tirò fuori una camicetta a pois dorati.

«Allora non mettere né il top né la camicia bianca, e scegli questa dorata che ti ha regalato David per il tuo compleanno.

Sarà fantastica con i pantaloni bianchi e le scarpe di porporina con il tacco alto.»

«Dici?» Sua sorella annuì e Ruth disse: «Okay, allora mi vesto così». E quando si fu vestita chiese: «Allora? Come sto?»

«Mammina, Luis Alfonso e io pensiamo che sei strepitosa», rispose la bambina.

Jenny sorrise, felice, e quando andarono insieme in soggiorno i suoi piccoli applaudirono appena la videro e si precipitarono ad abbracciarla. Anche Astrid, la babysitter – una ragazza che conosceva dalla nascita dei gemelli e che chiamava ogni volta che ne aveva bisogno – la guardò e Ruth le chiese: «Che te ne pare? Come sto?»

La giovane, che non era una chiacchierona, si strinse nelle spalle e rispose: «Bene».

Davanti a tutto quell'entusiasmo, Ruth e Jenny si scambiarono uno sguardo eloquente e sorrisero, nel momento esatto in cui squillò il campanello. Erano Manu e David, che quando la videro fecero un fischio di ammirazione.

Cinque minuti dopo, ricordando ad Astrid che poteva chiamare a qualsiasi ora in caso di necessità, i tre amici uscirono di casa, pronti a divertirsi.

11.
L'amore non è mai stato così bello

La festa si teneva al ristorante cinese El Rollito Feliz, dove i festeggiati avevano riunito venti amici e, tra risate e buonumore, cenarono e si divertirono. La serata di Ruth fu rovinata dall'arrivo di un messaggio del suo capo dell'Hard Rock, che le comunicava di averle cambiato il turno pomeridiano dell'indomani, con quello della mattina. Il che significava una levataccia non prevista. Ciononostante, la ragazza decise di continuare a festeggiare.

Verso le undici si spostarono al Flashback, un locale molto trendy. Vi lavorava un amico di Manu e furono ricevuti con lo champagne pronto per brindare all'anniversario. Dopodiché entrarono nel privé, dove si divertirono moltissimo. Ballarono, risero e bevvero a profusione. Verso l'una del mattino tutti, tranne Ruth, erano un po' alticci e lei, vedendo gli amici che si baciavano sui divanetti, uscì dal privé e andò a ballare al centro della discoteca.

Ballò come una forsennata per un bel po', benché i piedi le facessero un gran male. Essere single aveva i suoi vantaggi: era libera di andare e venire dove e quando le pareva, senza mai dare spiegazioni. Ma poteva essere anche triste: quando tutte le coppie cominciavano a baciarsi, lei se ne stava lì a reggere il moccolo, come era appena capitato.

A un certo punto, assetata, andò al bar principale e chiese una birra.

Appena il cameriere gliela servì lei, che stava morendo di sete, la prese, pensò a George e Linda, alzò il bicchiere e disse: «Questa è per voi». Dopodiché la bevve d'un fiato. «Dammene un'altra, per favore.»

Il cameriere fece ciò che gli aveva chiesto, ma quando Ruth si accinse a prendere la birra, una mano fermò la sua e qualcuno disse: «Non ti sembra che dovresti bere più lentamente?»

Si girò, e rimase a bocca aperta. Non credeva ai suoi occhi. Davanti a lei c'era il gran figo bruno con gli occhi belli che incontrava ovunque andasse.

«Ancora?» mormorò. «Cos'è, ho addosso un GPS che ti rende facile trovarmi?» Vedendolo sorridere, Ruth aggiunse: «Il mondo è pieno di coincidenze, ma cazzo, tu...»

«Di belle coincidenze», la interruppe lui, per precisare.

Lei sospirò, spostò il peso da un piede all'altro e, puntandogli un dito contro, disse: «Tony, giusto?»

Sorpreso che stavolta Ruth ricordasse addirittura il suo nome, lui fece una battuta: «A quanto pare l'alcol ti migliora la memoria».

Quell'apprezzamento le strappò una risata amara. Lo guardò negli occhi e replicò: «Senti un po', adesso non sto lavorando, perciò non ti devo alcun rispetto. Quindi, vaffanculo!»

Quell'insulto da parte della ragazza arcobaleno lo scioccò, e Tony mormorò, vagamente ironico: «Wow! Ma perché fai così?»

«Perché mi va, chiaro?»

Tony alzò le mani e disse: «Ehi, scusami se ti ho dato l'impressione che...»

«Se c'è una cosa che non sopporto sono i furbetti che fanno i brillanti come te», sibilò lei, furiosa. «Sei convinto di essere bello, un trionfatore nato, e credi che ogni donna che incrocia i tuoi begli occhioni chiari debba automaticamente cadere ai tuoi piedi sbavando, vero? Invece, guarda un po', non è così. Gli strafighi come te non mi fanno né caldo né freddo. Il vaccino anti strafighi l'ho fatto da anni!»

E fece per andarsene, ma lui la trattenne e le disse: «Ascolta...»

«Toglimi quelle zampe di dosso, genio», lo interruppe lei. «E non rifarlo mai più, perché guarda che io non parlo, io agisco.»

Tony tolse la mano dal braccio di quella belva scatenata. Tuttavia, quando la ragazza arcobaleno stava per allontanarsi, le sbarrò la strada e disse, inarcando un sopracciglio: «Ma cosa ti succede?» Lei non rispose e lui tornò alla carica: «Senti, mi hai mandato affanculo, mi hai chiamato furbetto, genio e strafigo, e non erano complimenti. Spiegami almeno che cosa ho detto o fatto per farti arrabbiare tanto».

Ruth lo guardò in faccia e si accorse che era davvero sconcertato, così disse: «Mi arrabbio così con te perché sono stufa marcia di vedere la tua faccia da ricco sfondato ovunque vada. E adesso, se Sua Maestà mi concede il permesso, gradirei tornare dai miei amici».

Senza muoversi, Tony indicò il privé dove si vedevano alcune coppie che ballavano strette strette, e le disse: «Che io sappia, sei l'unica del gruppo a non essere accoppiata».

Appena quelle parole gli furono uscite di bocca, Tony se ne pentì. Perché in quel modo dimostrava di averla osservata con attenzione. Il che era verissimo. Quando era entrato nel locale con il suo amico Jake e aveva visto quella testa di capelli colorati, aveva capito subito che era lei e da quel momento non era più riuscito a staccarle gli occhi di dosso.

«Ooooh! Che osservatore!»

«In effetti.»

Sempre più irritata dall'imperturbabilità di Tony, Ruth fece un passo indietro e sibilò: «E tu? Con chi sei, tu?»

Tony non si mosse, fece correre il suo sguardo felino sul corpo di lei e rispose, senza battere ciglio: «Con te, se vuoi».

A quelle parole, Ruth lo fissò con gli occhi sgranati, allibita. Soltanto una stupida non avrebbe capito cosa intendeva con quelle parole e con quello sguardo... e lei stupida non era. Quella proposta era talmente invitante che bisognava pensarci su, perché quell'adone dal corpo apollineo, come l'aveva definito una volta David, era un sogno per chiunque.

Inconsapevolmente, Ruth sorrise. Doveva togliersi lo sfizio oppure era meglio stargli alla larga?

I suoi occhi corsero sul corpo sodo e muscoloso, le narici piene del suo profumo. Di sicuro il tipo passava le sue giornate in palestra, o aveva l'incredibile fortuna di avere quel fisico strepitoso come dono di natura. Sospirò deliziata e, senza pensarci due volte, per non rischiare di cambiare idea, gli si avvicinò, si mise in punta di piedi, gli diede un rapido bacio sulle labbra e con grande disinvoltura mentì: «Di quelli come te ne ho d'avanzo».

Sbalordito da quella risposta, Tony stava per dire qualcosa quando suonarono le prime note di una canzone e lei, ignorandolo completamente, cominciò a muovere le spalle e si mise a cantare:

Baby, love never felt so good,
and I'd die if it ever could
not like you hold me, hold me.

Vedendo che lui la guardava perplesso, sorrise. Di sicuro le donne che avevano dato il due di picche a un tipo come quello si contavano sulle dita di una mano.

«Diciamo che cantare non è la tua specialità», lo sentì dire.

«E flirtare non è la tua», ribatté lei con sarcasmo, avviandosi verso la pista da ballo con aria divertita.

Incredulo per la sua sfacciataggine, la seguì con lo sguardo e la osservò ballare la canzone dell'incredibile duo Jackson-Timberlake. Non sapeva cantare, ma ballare le veniva benissimo.

Furiosa per il modo in cui la guardava quel tipo strepitoso, Ruth chiuse gli occhi e si lasciò trasportare dalla musica.

Baby, everytime I love you,
it's in and out of my life, in out, baby,
Tell me, if you really love me,
it's in and out my life
driving me crazy
Baby, love never felt so good.

Quella canzone parlava d'amore, una cosa a cui Ruth aveva smesso di pensare da parecchio. Socchiudendo appena le palpebre, diede un'occhiata furtiva all'uomo che la seguiva con lo sguardo e che in quel momento stava parlando con qualcuno che doveva essere suo amico. Senza dubbio quel tipo poteva essere irresistibile, capace di dare assuefazione come la canzone che stava ballando. Era tentatore, seduttore, desiderabile e a dir poco eccitante. Si sentì avvampare al solo pensiero di ciò che sarebbe potuto accadere se si fosse trovata da sola con lui.

Dopo avere parlato con Jake, Tony continuò a guardare Ruth, sconcertato. Era evidente che quella canzone le piaceva moltissimo. Bastava vedere come la ballava. Quel modo di sporgere le labbra e i movimenti sensuali rischiavano di fargli venire un infarto.

Di colpo quella ragazza coi capelli colorati lo attraeva più di qualunque altra presente nel locale. Determinato a farle cambiare idea, aspettò che la canzone finisse e appena la vide scendere dalla pista da ballo, le si avvicinò bloccandole la strada e le disse: «Mi piacerebbe invit...»

«Senti, bello», lo interruppe lei, «con me stai sbagliando tutto, quindi ti informo che i tipi con le tre N per me non esistono.»

Incapace di trattenere il sorriso, nonostante i ripetuti due di picche, Tony le chiese: «E quali sarebbero queste tre N?»

Divertita dal sorriso malizioso di lui, Ruth si avvicinò perché non potesse equivocare, poi disse: «*Non* sei Chris Hemsworth, *non* mi fai impazzire e *non* voglio una storia seria con te».

Tony annuì, ma non si diede per vinto e replicò: «Però sono alto come Chris, anche se lui è biondo e io sono bruno».

«Certo, questo è innegabile», lo schernì lei.

Sempre più intrigato dalla sua franchezza, ma senza permetterle di muoversi di un millimetro, Tony tornò alla carica: «Va bene, capisco le tue tre N, però lasciami precisare una cosa. Nemmeno tu sei Angelina Jolie, non mi fai impazzire e neanch'io voglio fare niente di serio con te».

«Ti piace Angelina?» Tony annuì e Ruth commentò: «Non mi stupisce, è una meraviglia. Piacerebbe anche a me somigliarle».

Si misero a ridere e lui aggiunse: «Senti, tanto per la cronaca, avevo solo pensato che, da persone adulte quali siamo, potevamo divertirci un po' insieme. Nient'altro».

Ruth sorrise e, avvicinandosi a lui, lo prese in giro: «Stai scherzando, vero?»

Detto questo, gli girò intorno e si allontanò, senza smettere di sorridere. Non si era mai immaginata che un tipo come Tony potesse notare una come lei.

Una volta tornata al privé, lo osservò a distanza, nascosta dietro una tenda, e lo vide andare al bar e ordinare qualcosa da bere. Con il fiato corto, ricordò che aveva pensato proprio a lui mentre se ne stava a mollo nella vasca con il papero diavoletto, e sospirò. Se Tony avesse saputo cosa si era immaginata! Per alcuni minuti rifletté su come comportarsi, poi decise di lasciar perdere. Il desiderio prese il sopravvento. Ruth uscì dal privé, andò dritta da lui e gli disse: «Né a casa mia né a casa tua, andiamo in un hotel».

Affascinato, incredulo e sorpreso da quella proposta così diretta, Tony annuì senza aprir bocca. Ruth sorrise e arricciando il naso in un modo che lui trovò irresistibile, disse: «Aspettami qui, vado ad avvisare i miei amici, così non si preoccupano».

Mentre si allontanava, Ruth si rese conto di avere il viso in fiamme. Per fortuna il locale era piuttosto buio e Tony non poteva accorgersi del suo imbarazzo.

Era forse impazzita?

Tornò nel privé e andò da David e Manuel, che parlavano tra loro seduti su un divanetto.

«Oddio, ragazzi, ho appena fatto la pazzia del secolo con un tipo che ha gli occhi come l'alba di Acapulco.» Gli amici la guardarono con aria interrogativa e lei, prendendo la borsetta, aggiunse: «Allora io vado».

«Vai? Follia? Acapulco? Ma che succede?»

Ruth non aveva nessuna voglia di girarci intorno né di mentire, perciò rispose: «Ho conosciuto un tipo incredibilmente bello. Datemi il nome di un hotel qui vicino, che sia pulito e costi poco».

Manu e David si guardarono sbalorditi. David si alzò e provò a farla ragionare: «Senti, cucciola, è chiaro che hai bisogno di sesso, ma questo non significa che ti debba buttare sul primo che passa».

«Non è il primo che passa. L'ho già visto altre volte», replicò Ruth.

«Ah, sì?»

«Sì.»

«Non dirmi che hai deciso di andare a letto con Andrew! Dov'è quel gran figo?»

«Noooo. Non è Andrew.»

Meravigliato, David le chiese: «Ma allora si può sapere chi è?»

«Se esci dal privé puoi vederlo. Moro. Occhi da paura. Alto. Favoloso da qualsiasi parte lo guardi. Camicia bianca e jeans.»

«Eeeeh, come la fai lunga, cucciola», scherzò Manuel.

David uscì a guardarlo e tornando esclamò: «Oddiiiiiooo!»

«La stessa cosa che ho detto io.»

«È lui?» insisté David.

«Sì.»

«Tony Ferrasa?»

Ruth assentì con una certa aria di circostanza e l'amico mormorò incredulo: «Stai scherzando, vero?» Lei scosse la testa e David tornò fuori a guardare, sotto gli occhi allucinati del marito. «Per l'amor del cielo, della vergine, delle stelle e di tutti i santi del paradiso», esclamò al suo ritorno. «È vero! È lui!»

«Te l'avevo detto», rispose Ruth, infervorata. «Non vedo perché dovrei mentirti. Comunque, in che casino mi sono cacciata?»

«Casino?» rise David. «No, no... nessun casino, tranquilla. Anzi, sarà un'esperienza fenomenale e vedrai che andare a letto con lui ti soddisferà totalmente! A proposito, qui all'angolo, dove abbiamo parcheggiato, c'è l'hotel... l'hotel...» Guardando Manuel, gli chiese: «Com'è che si chiama l'alberghetto di Scott e Jandro?»

«Paradise. Hotel Paradise.»

«Ecco! Paradise! È carino, pulitissimo e non è caro. Chiedi di Scott o di Jandro e digli che ti mandiamo noi. Manu, fa' un colpo di telefono e avvertili che sta arrivando Ruth e che le facciano un buon prezzo.»

«David, Dio mioooo, quello è un motel da una botta e via!» protestò Ruth.

«Esattamente ciò di cui hai bisogno, cucciola. Fidati!»

Mentre loro due parlavano, Manu, esterrefatto dalla piega che aveva preso la serata, andò a dare un'occhiata al tipo di Ruth, e quando tornò indietro chiese, nervoso: «Questo Tony di cui state parlando sarebbe quel tizio da paura, alto, moro, con gli occhi chiari, che ha più classe ed eleganza di... di...? Ti sei depilata, vero, *amove* mio?»

Ruth annuì e nel farlo si nascose la faccia fra le mani e mormorò: «Oddio, ma cosa sto facendo? Sono impazzita?»

Mentre Manu telefonava, David le sorrise e disse: «No, bimba. Saresti pazza a rifiutare. Dai, va' a goderti la tua notte!»

In quel momento a Ruth tornò in mente la telefonata del capo e mugugnò: «Saranno solo poche ore. Inizio il turno alle sette».

«Allora goditi queste ore e domani, appena avrai finito di lavorare, te ne vai dritta a dormire. Usciti da qui noi andiamo a casa tua e liberiamo Astrid.»

«Ma così vi rovino la vostra notte di anniversario», replicò lei.

I due si guardarono e Manu disse: «Questo non conta, purché tu ne approfitti fino in fondo. Lo farai?»

Ruth non poté evitare di sorridere e annuì: «Prometto di godermi queste ore il più possibile».

Soddisfatti, i due amici la accompagnarono fino all'uscita del privé. Dopo averli salutati, lei si avvicinò a Tony e, prendendolo per mano con decisione, gli disse: «Andiamo».

Lui si lasciò guidare, e vide gli amici della ragazza arcobaleno che sorridevano e la salutavano con la mano. Una volta fuori del locale, Tony fece per prendere le chiavi della macchina, ma Ruth gli disse: «Le chiavi non servono, l'hotel è dietro l'angolo».

Divertito, lui le rimise in tasca e senza dire una parola, le camminò accanto. A quanto pareva, la ragazza aveva fretta.

Appena svoltato l'angolo, Ruth vide l'hotel Paradise e glielo indicò: «È lì».

Tony lo guardò. Non era male, era un tre stelle, ma non aveva niente a che vedere con gli hotel super lussuosi a cui era abituato lui. Si fermò e le propose: «Se me lo permetti, posso portarti in un posto migliore».

«Non voglio andare in un posto migliore. Voglio andare lì!»

Lui la osservò per qualche istante, l'attirò a sé con decisione e, posando le labbra su quelle di lei, rispose: «Sissignora, signora! Andremo in quell'hotel!»

Dopodiché fece la cosa che desiderava fare da un pezzo: la baciò. Le mise la lingua in bocca e la esplorò con delizia e piacere, ricambiato da Ruth, altrettanto appassionata. Quando le labbra si staccarono, fu Tony a guidarla, senza lasciarle la mano. Adesso era lui ad avere fretta.

Quando entrarono nell'hotel, un ragazzo li guardò e chiese: «Sei Ruth?» Lei annuì e, dopo aver mostrato una chiave magnetica, il giovane disse: «Camera tre due sei. Terzo piano. Centodieci dollari, prezzo speciale! E potete pagare domattina, al check out!»

Tony era sempre più sbalordito. Lì sapevano già del loro arrivo? E costava soltanto centodieci dollari?

Tuttavia non fece domande, prese il badge turchese che il ragazzo porgeva e si diresse verso l'ascensore. Appena la porta si chiuse, Ruth si buttò fra le sue braccia. Lo desiderava e, dopo averlo baciato con autentica passione, mormorò: «Divertiamoci senza pensare a nient'altro, va bene?»

Quando le porte dell'ascensore si riaprirono, e continuando a baciarla, Tony riuscì a trovare la stanza. Entrarono e lui, senza muoversi dalla soglia, le disse: «Molto bene, ragazza delle tre N, spassiamocela!»

Le sue mani calde si posarono sui seni di lei, carezzandoli attraverso la stoffa argentata. Quando non riuscì più a trattenersi, le sfilò la camicetta dalla testa, le tolse il reggiseno e riprese a carezzarla con calma, lentamente, a lungo, fino a quando, smanioso, si chinò e cominciò a succhiarle un capezzolo.

Ruth, schiacciata contro la parete e completamente conquistata da ciò che le stava facendo, fece correre una mano sul suo corpo e gliela mise tra le gambe. Toccandolo, si lasciò sfuggire un gemito di piacere. Non si trattenne, slacciò il bottone dei jeans, abbassò la cerniera e gli infilò una mano nei boxer.

«Oddio, è più dotato di quanto immaginassi», pensò, quando lo tenne in mano.

Il piacere che si davano reciprocamente era perfetto, reale e inebriante. Fu allora che Ruth spense la luce. Tony sorrise e tornò a occuparsi della sua bocca, mordicchiandole con dolcezza le labbra. Un attimo dopo le lingue si intrecciarono fino a diventare una sola.

Tony la prese in braccio e la portò fino al letto. La luce dell'abat-jour era accesa e lei gli disse: «Spegnila».

«Perché?»

Lei non aveva nessuna intenzione di confessare che non andava fiera del proprio corpo, e ripeté: «Spegnila».

Senza insistere, Tony lo fece. In quel modo c'era solo una lama di luce da sotto la porta del bagno che illuminava appena l'ambiente. Guardando Ruth negli occhi, Tony si slacciò la camicia e la lasciò cadere sul pavimento, subito seguita dai pantaloni.

Ruth trattenne il fiato quando vide il tatuaggio che aveva sulla spalla e scendeva lungo il braccio, e ansimò di nuovo quando lui si sfilò i boxer. Impressionante.

Senza parlare, Tony cercò con le mani il bottone dei pantaloni di lei e lo slacciò. Con gli occhi fissi nei suoi, glieli sfilò. Infine le tolse gli slip.

Erano entrambi nudi e Ruth si coprì la cicatrice del cesareo con una mano, poi gli chiese: «I preservativi li hai, vero?»

Tony fece sì con la testa. Recuperò i pantaloni, prese il portafogli e, dopo aver appoggiato tre bustine sul letto, mormorò: «Me lo metti tu o faccio da solo?»

Con i nervi a fior di pelle per la marea di sensazioni che quell'uomo le faceva provare con la sua sola presenza, Ruth rispose: «Fai da solo».

Senza perdere un attimo, Tony aprì una bustina e appena si fu infilato il preservativo Ruth, tremendamente eccitata, sorrise e aprì le gambe, invitandolo a possederla. Lo chiamò a sé col dito e quando lui ubbidì e si avvicinò alla sua bocca gli bisbigliò: «In questo istante ti voglio tutto per me, assolutamente tutto».

«Mmm, l'idea mi piace», fu la risposta.

La sollevò dal letto con un gesto brusco e se la mise davanti. Senza tacchi lei gli arrivava al mento e, guardandola negli occhi, Tony le diede una pacca sul sedere.

«Questo è per non avermi riconosciuto la prima volta che ci siamo rivisti.»

Ruth sorrise.

«Non sei poi così speciale, brunetto.»

Tony le mollò un'altra pacca, più forte e dolorosa.

Ma come si permetteva, quella sfacciata?

In circostanze diverse e con un altro uomo, Ruth l'avrebbe mandato immediatamente a quel paese, ma la sua aria seria e il modo in cui la guardava le piacquero. Era eccitante. Una follia sconosciuta e travolgente si impadronì del suo corpo e lei sussurrò: «Se mi dai un'altra sculacciata, sappi che te ne pentirai».

Tony apprezzò la provocazione. Le mise entrambe le mani sulle natiche, strinse con forza e guardandola negli occhi le disse: «Non tentarmi, o sarò costretto a farti il sedere rosso. Molto rosso».

Dominata dalla lussuria di quel momento, Ruth si alzò in punta di piedi, gli mise una mano dietro la testa e lo baciò. Desiderava farlo. Assaporare la sua bocca, le labbra, la saliva. Lo voleva tutto e non si rese conto di come a lui si drizzarono tutti i peli del corpo, per reazione a quel gesto.

Incredulo, Tony si lasciò baciare. Sentire la passione di lei e la sua bocca dolce che sprofondava nella sua era stupendo. Si godette il respiro di Ruth, il modo in cui gli si stringeva addosso, i suoi lievi gemiti di piacere. Quando quel bacio focoso terminò, le disse: «Baci molto bene, ragazza arcobaleno».

Ruth sorrise, arricciando il naso come a Tony piaceva tanto.

«Adesso fammi vedere cosa sai fare tu, oltre a farmi il culo rosso», ordinò lei.

Lui sorrise compiaciuto.

Sapeva fare molte, molte cose. La rovesciò sul letto e cominciò a baciarle ogni angolo del corpo, con una passione così indecifrabile che fece perdere la testa a Ruth.

«Sei una rossa naturale», lo sentì dire.

Aprì gli occhi e lo vide tra le proprie gambe. Senza smettere di guardarla, lui cominciò a passarle la punta della lingua sul clitoride gonfio d'eccitazione, e Ruth si inarcò di piacere, mentre il ritmo del suo respiro aumentava.

Ogni volta che la sfiorava con la lingua la faceva impazzire. Aveva la pelle estremamente liscia e il modo in cui la faceva aderire alla sua, carezzandola con il proprio corpo, era da capogiro. Pura follia. Ruth non riusciva a controllarsi e i suoi gemiti di piacere inondavano la camera. Sentendo il suo piacere, Tony decise di andare oltre e le aprì le grandi labbra con le dita, nello stesso tempo la bocca umida e calda la succhiava e la lingua morbida passava avanti e indietro, ancora e ancora, mentre con le mani le teneva le cosce divaricate, impedendole di chiudere le gambe.

David avrebbe detto che stare in quella posizione era da spudorata senza vergogna, ma a Ruth piaceva moltissimo e si abbandonò al piacere. Inarcò la schiena, spingendosi verso di lui, per fargli capire quanto le piacesse quel massaggio così intimo, e quando lui fece per interromperlo, ritirando la lingua, lo costrinse a continuare.

Tony sorrise, le mordicchiò con delicatezza il clitoride e fu strepitoso.

Per vari minuti, Ruth lasciò che fosse lui a prendere l'iniziativa in tutto e per tutto, e si dedicò a godere il più possibile di ogni sensazione, mentre lui si impegnava a procurarle tutto quel piacere.

Riuscì a farla urlare più e più volte, dopodiché tornò a strisciare sul corpo di lei con il proprio. I loro occhi si incontrarono e senza dirle una parola lui la baciò. Le mise la lingua in bocca e lei non si sottrasse. Sentì il sapore del proprio sesso e quando interruppero il bacio, l'uomo mormorò: «Adesso sei pronta per me?»

«E tu per me?» ribatté lei senza imbarazzo.

Senza staccare gli occhi dai suoi, Tony guidò il pene duro e rigido con la mano, e sprofondò in lei, che ancora una volta inarcò la schiena di piacere, spingendosi contro di lui. «Sei bollente, bagnata, molto bagnata.»

Ruth non riuscì nemmeno a rispondere, perché le mancava l'aria. Con un sorriso eccitato e malizioso, Tony non si fermò e continuò ad affondare la sua poderosa erezione dentro di lei, dicendole: «Ecco, ragazza arcobaleno... Sì... Sì... lasciami arrivare fino in fondo al tuo corpo».

Ruth ansimava senza tregua, sopraffatta da ciò che lui le stava dicendo e soprattutto da ciò che le faceva.

«Ti piace quello che senti?»

Lei riuscì ad annuire a fatica. Ciò che aveva fra le gambe in quel momento le dava una sensazione fenomenale.

«Ne vuoi di più?»

«Non chiederlo neanche», rispose, ubriaca di piacere.

Con una perizia che la lasciò tramortita, Tony si alzò dal letto senza uscire da lei e tenendola stretta a sé la portò fino allo scrittoio. La fece sdraiare sul piano del tavolo, le sfiorò con il dito il clitoride gonfio, che in quella posizione era in piena vista, e mormorò: «Ecco... così... sì, abbandonati a me».

In estasi e totalmente conquistata da quell'uomo, Ruth ubbidì, si lasciò andare, inarcandosi sul piano rigido della scrivania e urlando tutto il proprio stupore. Senza chiederle il permesso, Tony le sollevò le gambe e se le appoggiò sulle spalle, per poter entrare di più dentro di lei. Poi cominciò a penetrarla con forza, a un ritmo forsennato, ancora e ancora e ancora, facendola gridare e contorcersi di piacere.

«Così, brava... fammi impazzire con i tuoi gemiti.»

La voce di lui, il suo sguardo e i colpi martellanti del suo membro che la invadeva la stavano facendo sragionare. Ruth, completamente disinibita, si stava godendo al massimo quel sesso spettacolare e genuino. E all'improvviso, un orgasmo potente, incredibile, si impadronì del suo corpo, facendola tremare dalla testa ai piedi, su quel tavolo, e lei gridò senza controllo l'estasi del piacere.

Tony sorrise, soddisfatto. A quel punto toccava a lui. Le abbassò le gambe, mettendosele intorno alla vita, e afferrandola per i fianchi ricominciò ad affondare in lei senza fermarsi un attimo, veloce, sempre più veloce e sempre più in fondo, in cerca del proprio piacere. I loro sguardi si incrociarono e Ruth non smise di guardarlo neppure per un secondo mentre lui continuava ad aprirla e penetrarla a un ritmo pazzesco. Ruth prese a carezzarsi i seni, pizzicandosi i capezzoli eretti per l'eccitazione e pochi secondi dopo dalla gola di Tony sgorgò un poderoso ruggito e con un ultimo affondo, così potente che la fece gridare, anche lui raggiunse l'orgasmo.

Alla fine, la riprese in braccio e tornò sul letto, dove si sedette, tenendola sopra di sé, e accese la luce per guardare il volto sudato di lei. Per alcuni minuti si guardarono senza parlare, aspettando che il respiro di entrambi ritrovasse un ritmo più tranquillo, poi Tony notò il tatuaggio che lei aveva sulla spalla.

«*Fino all'infinito e oltre*, una bella frase. Che cosa significa?»

«Lessico famigliare», rispose Ruth, guardandosi la spalla.

«Be', mi piace.»

Lei sorrise.

«Mio padre se l'era tatuato dedicandolo alle persone che amava e l'ho fatto anch'io. Lui diceva sempre che...»

«Diceva?»

«È morto», spiegò lei, annuendo.

«Oh, mi spiace... scusa se ti ho chiesto. Non sapevo che...»

«Non è niente», gli disse lei, con un piccolo sorriso dolente, senza fornire ulteriori dettagli.

Accorgendosi della sua tristezza e intenzionato a cambiare argomento, Tony le diede uno schiaffetto gentile sul sedere, facendola ridere, poi le chiese, in un sussurro: «Allora? Com'è stato?»

«Bello», rispose Ruth.

Ma Tony voleva sentire qualcosa di più, le scostò una ciocca di capelli rosa dalla fronte e tornò alla carica: «Ma bello normale, bello incredibile o bello perché sono un animale da sesso?»

«Sì, arriva il Re Leone, adesso.»

Lui scoppiò a ridere e Ruth gli chiese, divertita: «Ma cosa pretendi che ti dica, sbruffone?»

Tony rise di nuovo, felice di essere lì con lei.

«Ragazza arcobaleno, a me piace il tuo modo di baciare e te l'ho detto. Non pensi che adesso mi meriti di sapere se a te è piaciuto fare l'amore con me?»

Ruth avvicinò la bocca a quella di lui e mormorò: «Certo che lo saprai, ma quando l'avremo fatto!»

Rifecero l'amore diverse volte, sempre con la flebile luce di prima e anche se Tony non poté evitare di notarlo, non fece domande. Si limitò a godersi il piacere di quel sesso sfrenato, finché entrambi non ricaddero sul letto, sfiniti, e dopo un silenzio soddisfatto, si addormentarono.

Un suono appena percepibile svegliò Ruth. Era la voce dei suoi figli che la chiamavano dal telefonino: «Mami, svegliati!»

Le vocine dei gemelli aumentavano a poco a poco d'intensità e lei afferrò l'apparecchio e spense frettolosamente la sveglia. Con il cellulare ancora in mano si stirò, e nel farlo urtò qualcosa. Si girò a guardare, vide Tony e le tornò in mente tutto.

Per qualche istante rimase a contemplare l'uomo addormentato accanto a lei. Era incredibilmente attraente e sexy. Il viso rasentava la perfezione e il corpo... wow! Il corpo era tutto vigore e acciaio. Ricordare l'intimità che avevano condiviso la fece arrossire e sorridere, perché ciò che aveva fatto con Tony nella realtà superava mille volte ciò che si era immaginata quando era nella vasca da bagno con il papero diavoletto.

Dopo qualche secondo riprese il controllo delle proprie reazioni e soprattutto dei pensieri, che erano partiti al galoppo, e si alzò con molta delicatezza. Non voleva svegliarlo.

Andò in bagno, senza fare rumore, chiuse la porta, si guardò allo specchio e sorridendo mormorò: «Brutta sfacciata, non negarlo, ti sei divertita un sacco!»

Fece una rapida doccia, poi raccolse i suoi vestiti sparsi per la stanza e si rivestì senza distogliere mai lo sguardo dall'uomo che continuava a dormire placido come un bambino. Quando fu pronta, cercò la borsetta. La trovò buttata da una parte, prese il portafogli e contò cinquantacinque dollari. La metà del prezzo della camera. Guardò le banconote e sospirò. Era una spesa imprevista, ma ne era valsa la pena.

Nel cassetto della scrivania trovò fogli, buste e una penna. Scrisse qualcosa, rapida e divertita, poi infilò soldi e biglietto nella busta, ci scrisse il nome di lui e l'appoggiò sul cuscino. Poi tornò a guardare Tony, che continuava a dormire, e mormorò: «È stato un vero piacere, Tony Ferrasa».

Aprì piano la porta e, senza svegliarlo, se ne andò a lavorare.

12.
Sei arrivata tu

La luce che entrava dalla finestra svegliò Tony, che si stiracchiò nel letto.

Non era un king size come quelli a cui era abituato, il che lo stupì, ma poi aprì gli occhi e, vedendo la camera in cui si trovava, ricordò con chi ci era andato.

Per qualche secondo rimase in ascolto, per capire se lei fosse in bagno, ma rendendosi conto che non c'erano movimenti di alcun genere, si mise seduto e vide, sul cuscino accanto, una busta con il suo nome.

«Non ci posso credere.»

E rimase ancora più esterrefatto quando la aprì e ci trovò dentro cinquantacinque dollari e un biglietto che diceva:

Questa è la mia quota per la stanza. 55 dollari.
Vado a lavorare.
Ragazza arcobaleno

PS: S_ _ U_ B_ _ _ _ A_ _ _ _ _, M_ S_ _ _ S_ _ _ _ _
C_ _ P_ _ _ F_ _ _ D_ M_ _ _ _ _, F_ _ _ _ _ _ _!
T_ _ _ _ S_ _ _ _ _ E H_ _ _ _ _ M_ _ _ _ _.

Stringendo in mano il denaro imprecò a mezza voce, perché non capiva cosa dicesse il post scriptum.

Irritato, buttò tutto sul letto e se ne andò in bagno. Una doccia l'avrebbe svegliato. Quando tornò in camera il suo aspetto era migliorato, ma l'umore no.

Come si azzardava a trattarlo così?

Si vestì e decise di andare a cercarla al ristorante dove l'aveva vista lavorare quando era uscito a pranzo con suo padre. Una volta pronto, scese alla reception, pagò e uscì in tutta fretta dall'hotel.

Arrivò all'Hard Rock, parcheggiò davanti all'ingresso e con il biglietto e i soldi stretti in mano entrò nel ristorante e si guardò attorno. Non la vide. Imprecò, ma non si diede per vinto e chiese a una delle cameriere presenti: «Scusi, signorina, sto cercando la mia amica Ruth».

La ragazza, ammirata da quel bel tipo così gentile, rispose subito: «È nel cortile sul retro, per la pausa».

Soddisfatto di averla trovata, con il più bello dei suoi sorrisi Tony chiese alla ragazza: «Mi può spiegare come ci arrivo?»

Lei, stregata da quel sorriso meraviglioso e perfetto, annuì e gli indicò una porta azzurra: «Apri quella porta e la vedrai».

Tony la ringraziò facendole l'occhiolino. Ma appena si fu girato, l'espressione del suo viso cambiò. Nessuna donna l'aveva mai fatto stare così male. Nessuna se n'era andata dalla camera da letto prima di lui e, soprattutto, nessuna gli aveva lasciato soldi sul letto.

Aprì la porta azzurra e la vide. Era seduta in un angolo del cortiletto, al sole, con gli occhi chiusi e le cuffiette, e cantava:

Prisioneros de la luna, reinventando la locura
entre gritos y dulzuras, tú y yo.
Los momentos sin medida, devorándonos la vida
enredados noche y día, tú y yo.

A cantare era un vero disastro. Non era per niente intonata e non seguiva bene la melodia, ma lui riconobbe comunque la canzone dal testo. Era *Tú y yo*, del suo amico Ricky Martin.

Quando vide che non apriva gli occhi, si avvicinò, le tolse uno degli auricolari e le mormorò all'orecchio: «Ciao, *pelirroja*».

Ruth si spaventò, colta di sorpresa, ma si tranquillizzò quando vide che era lui.

«Sentirti cantare è una pena», le disse.

«Cosa ci fai qui?» mugugnò Ruth, alzandosi.

Senza rispondere alla domanda, Tony tirò fuori la busta con i soldi e agitandogliela sotto il naso le chiese: «Mi spieghi che cos'è questa roba?»

Senza fare una piega, Ruth prese i soldi e dopo averli contati glieli restituì. «Senza il minimo dubbio, sono cinquantacinque dollari.»

Sbalordito dalla sua sfacciataggine, stava per replicare quando lei aggiunse: «Non pretenderai che paghi io tutta la camera, spero». Tony non ebbe il tempo di rispondere, prima che lei continuasse: «Santo cielo, sei così taccagno?»

Sempre più sorpreso, Tony fece un passo avanti e sbottò: «Ma cosa stai dicendo?»

Agitandogli un dito sotto il naso, Ruth dichiarò: «Ti ricordo che abbiamo usato entrambi la camera, e anche se sono stata io a suggerire l'hotel, non mi sogno neanche di pagare l'intero pernottamento».

Sforzandosi di digerire ciò che quella matta stava dicendo, Tony scrollò il capo e le disse, brusco: «Ma tu da che pianeta sei arrivata?»

Offesa da quell'atteggiamento e dalla domanda, Ruth si accigliò e rispose, stringendo i pugni: «Io dal pianeta Guarda Che Non Sono Stupida. E tu?»

Il gesto... la bocca... lo sguardo... tutto ciò fece sì che Tony scoppiasse in una gran risata e di fronte alla faccia perplessa della ragazza, senza riuscire a fermarsi, aggiunse: «Sei... sei incredibile. Non avevo mai conosciuto nessuno come te».

Vederlo ridere senza capirne il motivo le fece abbassare la guardia. Sorrise e ribatté: «Ovvio... dato il mondo di silicone in cui vivi».

Senza riuscire a smettere di ridere, Tony le si avvicinò, le mise i cinquantacinque dollari nella tasca del grembiule nero e le disse: «Non voglio che paghi tu l'hotel. Anzi, ero appunto venuto a restituirti i soldi. Ma che razza di uomo pensi che sia?»

Ruth, però, ripescò subito i soldi dalla tasca e glieli tese: «Ah, no... questo proprio no! L'hotel lo paghiamo metà per uno. Come ho già detto, in quella camera ci siamo stati in due».

«Neanche per sogno.»

«Prendi questi maledetti soldi.»

«No.»

Furiosa, lei sibilò: «Ti ho detto di riprenderti questi fottutissimi dollari».

«Devi essere esausta, vero? Hai riposato pochissimo.»

Era vero. Ruth non vedeva l'ora di finire il turno per andarsene a casa a dormire, ma rispose: «Sono Superwoman. Avanti, prendi questi maledetti soldi e vattene, per piacere».

Facendo un passo indietro, Tony scosse la testa.

«Sono un cavaliere, mio padre mi ha insegnato a comportarmi come si deve e non prenderò mai il tuo denaro. Meno che mai dopo avere passato con te una notte favolosa.» Poi, prima che lei potesse dire qualcosa, tirò fuori il cellulare e le chiese: «Dammi il tuo numero».

«Neanche per sogno!»

Tony la guardò incredulo. Tutte le donne che incontrava smaniavano per dargli il loro numero di telefono. Divertito, le mostrò il post scriptum del biglietto e le chiese: «E questo cosa sarebbe?»

«Scusa, ma non hai mai giocato a "Indovina cosa voglio dire"?» si stupì lei. Tony negò con la testa e Ruth, abbassando di nuovo la guardia, rispose: «È un gioco per bambini. Io scrivo le prime lettere delle parole di una frase e se tu vuoi sapere cosa ho scritto, devi completare la parte mancante». Gli tolse il foglio di mano, prese una penna dalla tasca e disse: «Okay, ti do una pista. Dimmi una vocale».

«Come?»

«Vocale… una vocale. Hai presente cosa sono le vocali?»

Tony la guardò offeso, ma alla fine decise di stare al gioco e le disse: «A».

«Un'altra.»

«E.»

«E adesso una consonante.»

«La S di Superwoman!»

Ruth sorrise e Tony la vide scrivere qualcosa sul foglio. Dopodiché glielo riconsegnò e disse: «Adesso fai funzionare il cervello!»

Sorpreso, lui guardò la scritta:

PS: S__U_ B____ A_____, M_ S___ S_____
C__ P___ F___ D_ M_____, F_______!
T____ S_____ E H_____ M_____.

Alzò di nuovo gli occhi sulla ragazza, che rise e lo prese in giro: «Guarda che è facile. Qualsiasi bambino ci riuscirebbe, sai? Sei così tonto, tu?» Tony stava per protestare, ma lei aggiunse: «E adesso, se non ti spiace, ti saluto. Devo tornare al lavoro. Il mio quarto d'ora di pausa è già finito».

Lui rientrò nel locale con lei, ma non aveva nessuna voglia di andarsene da lì, perciò si sedette su uno sgabello al banco del bar, e rimase a osservarla mentre serviva ai tavoli. La vide sorridere e scherzare con i colleghi e questo gli piacque. Quando finalmente si avvicinò a lui, gli chiese: «Cosa ci fai ancora qui?»

«Ma tu sei sempre così simpatica?»

Con aria insolente, Ruth si appoggiò al bancone e mormorò: «Potrei esserlo anche di più, non provocarmi».

Tony si fece una gran risata e lei lo guardò divertita.

«Prendi qualcosa?» gli chiese.

«Un cappuccino ci starebbe proprio bene.»

Ruth annuì, andò dietro il banco, lo preparò e glielo mise davanti, con una fetta di pane tostato, dicendo: «Mangia, sarai affamato».

In effetti Tony aveva una gran fame e senza dire una parola mangiò, mentre lei continuava con il suo lavoro. Quando ebbe finito, ricominciò a studiare la frase scritta sul biglietto. Ma cosa voleva dire?

Iniziò ad aggiungere qualche lettera. SEI UN…

In quel momento gli squillò il telefono. Mise giù il foglio e rispose. Era lo studio di registrazione, dove alcuni musicisti avevano bisogno di lui. Guardò l'orologio e disse che poteva arrivare in mezz'ora.

Si infilò il foglietto nella tasca dei pantaloni e quando Ruth si avvicinò di nuovo al banco le chiese: «Dimmi quanto pago. Devo andare».

«Sei mio ospite.»

«Sicura?»

«Sicurissima.»

Tony la ringraziò con un sorriso e prima che facesse dietrofront le disse: «Se indovino la frase misteriosa in premio mi dai il tuo numero di telefono?»

«No.»

Lui rise, divertito, e Ruth, sicura che non avrebbe mai decifrato il messaggio, aggiunse: «Però se ci azzecchi un premio te lo do. E adesso ciao. Devo lavorare».

Contento, Tony la seguì con lo sguardo mentre si allontanava. Poi si incamminò verso la porta e, dopo aver fatto l'occhiolino alla ragazza che aveva risposto alle sue domande quando era entrato, andò verso la macchina.

13.
La ragazza di ieri

Appena arrivato allo studio, Tony andò dritto alla cabina di registrazione dove lo aspettavano i musicisti, e passò un paio d'ore a risolvere vari problemi di arrangiamento. Quando ebbero finito, proprio mentre usciva incontrò sua cognata Yanira.

«Non mi aspettavo di vederti da queste parti, oggi. È successo qualcosa?» chiese lei con un sorriso, prendendolo sottobraccio.

Felice di vederla, Tony le diede un bacio sulla testa. Senza dubbio, Yanira era una delle cose migliori capitate alla sua famiglia negli ultimi anni. Guardando suo fratello Omar che passava accompagnato da Rick, il divo del blues, e da Sean, le disse: «Mi ha telefonato Stevenson. I musicisti avevano qualche problema con i pezzi da incidere oggi, però abbiamo risolto tutto. E tu? Cosa ci fai qui all'ora di pranzo?»

«Dovevo trovarmi a mangiare con Coral, ma mi ha chiamato per annullare. A quanto pare, lei e il suo tipo avevano voglia di vedersi e mi ha dato buca. Vai verso il tuo ufficio?» disse Yanira. Tony confermò e lei aggiunse: «Allora ti accompagno. Sono libera fino al primo pomeriggio. Poi devo continuare la registrazione».

Quando entrarono in ufficio, Tony andò verso un piccolo armadio dal quale prese una camicia pulita. Sotto l'attento sguardo della cognata, si tolse quella che portava e Yanira commentò: «Non dirmelo, notte di follie!»

«Diciamo che mi sono divertito.»

Yanira sorrise. Suo cognato era uno dei maschi single più ambiti di Los Angeles. Era bello, famoso, pieno di soldi: tutte cose che attiravano come mosche donne di ogni tipo.

«Lei chi è?»

Ripensando a Ruth, lui si strinse nelle spalle.

«Non la conosci.»

«Sicuro?»

«Sicurissimo. Mangiamo insieme?»

Yanira accettò e andarono in un ristorante cinese che piaceva a entrambi.

Durante il pranzo, risero e parlarono di mille cose. Ogni volta che stavano insieme, il tempo volava.

Quando portarono il conto e Tony si alzò per andare a pagare, gli cadde un foglio dalla tasca. Yanira lo raccolse.

«Questo è tuo», gli disse, restituendoglielo.

Lui lo prese e lo guardò.

«Hai mai giocato a quel gioco in cui si devono indovinare le cose?» domandò a Yanira.

Lei batté le palpebre, colta di sorpresa. Con suo marito giocava spesso a «Indovina chi sono stanotte!», un passatempo eccitante e sensuale, nel quale entrambi potevano essere una quantità di personaggi diversi, colti nei momenti più intimi, perciò rispose, con un guizzo malizioso negli occhi: «Conosco un gioco in cui bisogna indovinare qualcosa, ma non so se sia lo stesso a cui ti riferisci tu».

Senza nemmeno accorgersi dell'espressione della cognata, Tony spiegò: «In pratica hai una frase composta da parole incomplete. Devi completarle per capire il messaggio». Dopodiché mostrò a Yanira il biglietto di Ruth e disse: «Devo sapere cosa significa. Mi aiuti?»

Questa è la mia quota per la stanza. 55 dollari.
Vado a lavorare.
Ragazza arcobaleno

PS: S__ U_ B____ A_____, M_ S___ S_____
C__ P___ F___ D_ M_____, F_______!
T____ S_____ E H_____ M_____.

Yanira guardò il foglio e leggendo la prima riga esclamò: «Oh, santo cielo! Non dirmi che hai lasciato pagare l'hotel alla ragazza!»

«Nooooooooo… certo che no.»

«Cinquantacinque dollari? Ti è costato così poco il…?»

«Yanira, per piacere», la interruppe lui, «non fare domande.»

«Ragazza arcobaleno?»

Infastidito da tutta quell'insistenza stava per reagire, quando lei fece marcia indietro e concluse: «Okay, okay... basta domande». Poi, guardando gli spazi bianchi, aggiunse: «A questo gioco ci giocavo con i miei fratelli da piccola. Lo chiamavamo "Il messaggio segreto". Era il nostro modo di comunicare senza che i nostri genitori potessero capire. E tu con chi ci giochi, ragazzaccio?»

Trovando in lei un'alleata preziosa, Tony le passò una penna e ripeté: «Non chiedere».

«E, no, caro», ribatté Yanira. «Se vuoi che ti aiuti, prima mi racconti chi è la ragazza e...»

«Yanira, non rompere e dammi una mano.»

Sempre più divertita, lei si avvicinò al cognato e tornò alla carica: «Forza... dimmi chi è questa ragazza arcobaleno, dai!»

«Mi vuoi aiutare o no?» chiese Tony, irritato.

Vedendo la sua faccia, Yanira si sforzò di non ridere e, dopo averci pensato su, disse: «Opzione A, non ti aiuto. Opzione B, ti aiuto, ma soltanto se mi dici come si chiama».

Lui disse una parolaccia fra i denti. Sua cognata era una strega pettegola e rompiscatole. Però alla fine sibilò: «Ruth».

«Ruth? Non conosco nessuna Ruth. Dove e quando l'hai conosciuta?»

«Yaniraaaaa, mi stai facendo saltare i nervi», sbuffò lui.

Compiaciuta, lei scoppiò a ridere, poi guardò di nuovo il foglio e rispose: «Va bene, va bene... Togliti dalla faccia quell'aria da Ferrasa oltraggiato. Vediamo un po'. Per sapere che cosa ti ha scritto qui, dovresti raccontarmi cos'è successo stanotte, perché di sicuro il messaggio sarà legato a quello. Qualcosa di particolare?»

Tony la guardò a bocca aperta. Ma... come faceva a raccontarle cos'era successo quella notte?

Vedendo la sua espressione, Yanira capì e scoppiò di nuovo a ridere.

«Guarda che non ti sto chiedendo i dettagli più scabrosi del vostro incontro sessuale. Per carità, non mi interessano proprio. Però dovrei sapere di cosa avete parlato, per decifrare cos'ha voluto comunicarti con questa frase.»

Con un certo pudore, Tony le accennò qualcosa delle brevi conversazioni di quella notte, senza dirle chi era la ragazza. Quando ebbe finito, Yanira lo guardò con gli occhi sgranati: «Non ho idea se quello che mi hai raccontato possa servire a qualcosa, ma cercherò di decifrare il tuo messaggio segreto, okay?»

Tony alzò gli occhi al cielo. Cosa gli era saltato in mente di mostrare quel foglio a Yanira? E, soprattutto, perché perdere tanto tempo su quella scemenza scritta da Ruth?

Per un bel po', Yanira esaminò le lettere, poi cominciò a scrivere qualcosa su un blocchetto che aveva preso dalla borsa.

«La tipa si firma "Ragazza arcobaleno". A te ha dato un soprannome, o ti ha chiamato in un modo un po' particolare?»

«No.»

«Sei sicuro? Perché qui c'è una F che non riesco a ricollegare a niente e di certo la parola non è Ferrasa, perché sono sette lettere, e queste sono otto.»

Tony fece no con la testa, ma a un tratto gli tornò in mente qualcosa.

«Mi ha chiamato furbetto!»

«Accipicchia, la ragazza è sveglia!» scherzò lei. Scrisse la parola sul blocchetto, guardò il cognato con aria maliziosa e bisbigliò: «Beccata».

«Allora?» volle sapere lui.

Yanira guardò il cognato, divertita da ciò che leggeva, poi parlò: «Le hai chiesto se eri stato un bravo amante?»

«No», mentì lui.

«Furbetto... non dire bugie!» lo prese in giro lei.

Tony prese il foglio, lo accartocciò e disse: «Basta. Questo giochino stupido è durato anche troppo. Cazzo, non sono arrivato a quarant'anni per perdere tempo con certe stupidaggini da bambini».

«Va bene. Allora io non ti dico cosa significa il messaggio.»

Tony la guardò. Lei gli rivolse un sorrisetto perfido e gli strizzò l'occhio.

Per qualche secondo si fissarono senza parlare, finché Yanira scoppiò in una risata.

«Ma per l'amor del cielo, Tony, avrai anche quarant'anni, ma non vuoi sapere cosa ti ha scritto la ragazza arcobaleno?»

Lui moriva dalla voglia di saperlo, non desiderava altro, ma scosse la testa e rispose: «Non me ne importa più niente».

Yanira scrisse qualcosa sul foglio del blocchetto, poi lo strappò, lo appallottolò e lo lasciò con noncuranza sul tavolo, dicendo: «Vado un attimo in bagno».

Tony guardò con curiosità la pallina di carta e per diversi

minuti resistette alla tentazione di prenderla e guardare cosa c'era scritto. Non era mai stato pettegolo né impiccione. Ma quel maledetto foglietto accartocciato sembrava chiamarlo e a un certo punto la sua forza di volontà si esaurì.

Però mugugnò, leggendo: «Eh, no, Ferrasa... no. Se vuoi saperlo me lo devi chiedere!»

Irritato dal trucco della cognata, accartocciò di nuovo il foglietto e lo rimise sul tavolo, snocciolando parolacce a mezza voce. Pochi istanti dopo, Yanira tornò dal bagno, guardò la pallina di carta e notò subito che era diversa da come l'aveva lasciata. E sorrise, ma senza fare commenti.

Uscirono dal ristorante in silenzio. Arrivati alla macchina, Tony diede un paio di occhiate a Yanira, con l'intenzione di chiederle di svelare il mistero, ma qualcosa continuava a frenarlo. Cazzo, era un uomo adulto, cosa ci faceva intrappolato in quella cretinata?

Tuttavia, mentre saliva in auto Yanira, che lo conosceva molto bene, gli disse, guardandolo negli occhi: «Maledetti Ferrasa, l'orgoglio vi mangerà vivi, un giorno o l'altro. Hai due opzioni. Opzione A, ricacci giù l'orgoglio e me lo chiedi, oppure, opzione B, con il tuo orgoglio ti ci avveleni e non saprai mai cosa dice Ruth nel suo post scriptum. Non esistono alternative».

Tony sbuffò. Poi, guardando la cognata che sorrideva soddisfatta, bofonchiò: «E va bene, hai vinto tu. Opzione A. Che cos'ha scritto?»

Yanira riprese il blocchetto dalla borsa, lo aprì e dichiarò: «Sia messo agli atti che lo dice lei, non io, chiaro?»

«Sì, chiaro, rompipalle che non sei altro.»

E finalmente lei cominciò a leggere: «SEI UN BRAVO AMANTE, MA SONO SICURA CHE PUOI FARE DI MEGLIO, FURBETTO! TANTI SALUTI E HAKUNA MATATA».

Tony rimase allibito da quelle parole, ma soprattutto dalla faccia di sua cognata.

Poteva fare di meglio?

Ma cos'era quella sciocchezza?

Senza sapere cosa dire, si passò una mano sulla fronte e Yanira gli disse: «Oh-oh... a quanto pare qui abbiamo una fanciulla che non è stata completamente soddisfatta dalle prestazioni di un Ferrasa... che scandalo!»

Tony irrigidì la mascella, sempre più infastidito dall'espressione di lei e dai suoi commenti. Comunque il messaggio non gli diceva niente di ciò che voleva sapere.

Per alcuni secondi cercò di assimilare quelle informazioni, finché, sentendo la risata di Yanira, si sentì ridicolo da morire. Un attimo dopo ridevano entrambi a crepapelle.

«Oddio, quanto mi piace. Scusami, Tony, ma mi piace un sacco. Quel "Furbetto" e l'"Hakuna Matata" finale mi fanno capire che questa non c'entra proprio niente con le ragazze che frequenti di solito. Ma chi è? Dove l'hai conosciuta? Devi presentarmela assolutamente, te lo chiedo come un favore personale, Tony.»

Lui annuì, avviò la macchina e, con un sorriso sornione sulle labbra, mormorò: «Prima devo andare a incassare un premio».

14.
Non ti lascerò andare via

Il giorno dopo, Tony tornò al ristorante, dove gli dissero che quel mattino Ruth non era di turno, perché era il suo giorno di riposo. Chiese il suo indirizzo o il numero di telefono, ma nessuno volle fornirglieli. Si rifiutarono senza battere ciglio, sostenendo che quella era la politica dell'azienda.

Deciso a trovarla, Tony chiamò Tifany, che sicuramente aveva il numero dell'agenzia di catering che aveva usato per la festa di compleanno di Preciosa e fu ben contento di sentirle dire che Harry, il proprietario, era un suo amico.

Riappese e subito dopo chiamò Paola, la signora che si occupava di casa sua, e la pregò di telefonare a quel numero.

Aveva in mente un piano.

Ruth dedicò la giornata libera alla casa e alla famiglia. La mattina, mentre i bambini erano a scuola, uscì a fare la spesa. E al ritorno, mentre preparava vari piatti da congelare per i diversi giorni della settimana, riordinò e diede una pulita.

Nel pomeriggio, quando i bambini tornarono da scuola, li abbracciò tutti e tre, felice. Nel suo giorno libero cercava sempre di stare il più possibile con loro e di solito andavano alla spiaggia di Long Beach, la più vicina a casa, dove i bambini si potevano sfogare e lei riusciva a tenerli d'occhio tranquillamente, prendendo anche un po' di sole.

«Mammina, abbiamo voglia di gelato», disse Jenny, dopo un po'. Ruth si alzò, prese per mano Brian e Adán e andarono tutti e quattro al chiosco, dove comprò un gelato per ciascuno.

Quando ebbero finito di mangiarlo, Brian vide un bambino che aveva in mano un sacchetto di patatine e strillò: «Mami, voglio le patatine!»

«*Voio* patatine *ant'*io!» annunciò subito dopo Adán, che ancora non parlava bene.

Ma prima che Ruth potesse rispondere, intervenne Jenny che, cambiando tono di voce rispetto al suo solito, disse: «Ooooh, ragazzi! Chiudete quelle boccacce! Mammina ha già comprato gelato al cioccolato per tutti e non può spendere altri soldi. Quindi piantatela di dare aria alla bocca, chiaro?»

Ruth rimase a bocca aperta e fulminandola con un'occhiataccia le sibilò: «Per l'amor di Dio, Jenny, vuoi smetterla di parlare in questo modo?»

La bambina sorrise e senza dire una parola partì di corsa con Brian, mentre Adán, che le stava accanto, alzò gli occhi verso la madre e le chiese: «Mami, cosa *buol dile dae alia aa* bocca?»

Ruth gli diede un bacio e gli disse: «Niente, tesoro, vai a giocare con loro».

Poco dopo, Ruth prese il telefono e chiamò Linda e George. Sapeva che quel giorno avrebbero ritirato gli esiti degli ultimi esami. Dopo avere fatto una chiacchierata con lui, e avere riso per le sue battute – perché George non perdeva mai il buonumore –, venne al telefono Linda e Ruth, cambiando tono, chiese: «Cosa puoi raccontarmi?»

«Poco, Ruth», rispose la donna.

Parlarono per un po'. Sapevano entrambe che la fine era vicina e che non c'erano cure possibili. Il cancro di George era molto aggressivo e né i soldi né i migliori medici del mondo erano in grado di rallentarlo.

Quando riattaccò, Ruth rimise il telefono nella borsa. Aveva una gran voglia di piangere. La vita era ingiusta.

«Mami... mami...» la chiamò Brian.

Quando lo guardò, il bambino fece una smorfia buffa. Era un piccolo pagliaccio, e il pensiero la fece sorridere.

Un po' più tranquilla, prese un libro e si mise a leggere, ma poco dopo suonò il telefono. Quando vide che chiamavano dalla Harry Events, il catering per cui lavorava la sera, si affrettò a rispondere.

«Ciao, Diamantina», salutò la segretaria.

«Ciao, Ruth, tutto bene?»

«Sì, grazie, mi sto godendo la giornata libera, sono in spiaggia.»

«Oh, che fortuna», commentò la donna. «Senti, ti chiamavo perché ci hanno appena commissionato un evento extra per stasera. Serve una cameriera-cuoca e sapendo che era il tuo giorno libero ho pensato a te», mentì, guardando il capo, che la stava osservando. «Se tu non puoi o non vuoi, chiamo Goodar perché assegni il lavoro a un'altra ragazza. Ma prima preferivo chiederlo a te, come ci eravamo dette.»

Ruth ci rifletté un attimo. Era il suo giorno libero, certo, e di solito si sforzava di rispettarlo, ma pensando alla macchina da cambiare e ai soldi che le servivano per farlo, chiese: «Cosa bisogna cucinare, dov'è e quante ore di lavoro sarebbero?»

«Il posto è a Bel Air. Il servizio sarebbe più o meno dalle venti a mezzanotte e quanto al tipo di cucina, secondo la scheda che ho in mano sarà una cena informale. Ah, arrivando devi chiedere di Paola Suárez.»

«Scusa, è a Bel Air e chiedono una persona sola?»

Diamantina, che non sapeva chi avesse chiesto in realtà quel servizio, le rispose: «Pare che sia una cena privata, quindi non ci sarà molto da fare».

Ruth guardò i suoi figli e, vedendo che Brian stava di nuovo fissando il bambino con il sacchetto di patatine disse, tirando fuori della borsa il quadernetto che aveva sempre con sé: «Va bene, accetto. Dammi l'indirizzo».

Alla fine della telefonata si alzò, andò verso i suoi tre angeli e chiese: «Chi vuole fare il bagno con mami?»

Jenny, Brian e Adán schizzarono in piedi e tutti e quattro, felici, corsero a tuffarsi, fra risate e abbracci affettuosi.

Quando tornarono a casa, dopo uno stupendo pomeriggio in spiaggia, Ruth andò a suonare alla porta degli amici. Le aprì Manuel e appena vide la sua faccia lei gli chiese allarmata: «Cos'è successo?»

Entrò con i bambini, che si piazzarono subito davanti alla TV a vedere i cartoni animati, e Manuel mormorò: «Stavolta ho fatto un disastro, *amove* mio».

«Che cos'hai fatto?»

«Oh-mio-Dio!»

«Manu, non dire "Oh-mio-Dio!", per piacere. Lo dici solo quando sei davvero preoccupato. Si può sapere che cos'è successo?»

Lui la prese per mano e la portò in bagno. Quando aprì la porta e vide David, Ruth sussurrò: «Oh-mio-Dio!»

«Verde... Mi ha fatto i capelli verde pisello!» esclamò il poveretto, inorridito.

«Ti ho già ripetuto mille volte che quello è verde Parigi», replicò Manu. Poi, vedendo la faccia del marito, aggiunse: «Tesoro, scusa, mi sono emozionato mentre ti facevo la tinta, però sei bello, molto... molto bello».

Lei non sapeva cosa dire, quando all'improvviso apparve il piccolo Adán, che indicò David e disse, ridendo: «È *Feb*!»

Si riferiva ai cartoni animati di Phineas e Ferb, e sentendolo Ruth non riuscì più a trattenersi e scoppiò a ridere. Ma vedendo che David non rideva si trattenne e cercando di rimanere seria ordinò: «Adán, vai da Brian e Jenny, per favore».

«*Pelò*, mami, David è *Feb*», insistette il bambino.

Sforzandosi di non ridere, Ruth lo fece uscire dal bagno e lo riportò davanti al televisore. Quando tornò, sentì Manu che tentava ancora di convincere David: «Sul serio, tesoro, guarda che ti stanno benissimo».

«Manuel, amore, io stasera devo lavorare. Come faccio a presentarmi con i capelli verdi?»

«Facile», rise Ruth «con la stessa naturalezza con cui io mi sono presentata con i capelli multicolori. Fa tendenza!»

«Certo, è l'ultima moda e ci sono un sacco di artiste come Lady Gaga, Nicki Minaj, Katy Perry o Rihanna che si sono fatte tingere i capelli», affermò Manu.

David li guardò nel riflesso dello specchio e disse, con una risata: «Certo che noi tre siamo davvero un bel vedere, tu con i capelli multicolori, Manu con quella chioma arancione e io in verde pisello».

«Parigi, *amove* mio, quello è verde Parigi.»

Finì che scoppiarono tutti a ridere e quando Jenny si affacciò alla porta del bagno, richiamata da tutte quelle risate, esclamò: «Oh, piccola Vergine di Guadalupe, santa mammina di Dio, ma cos'è successo ai tuoi meravigliosi capelli, David Miguel Alfonso de Todos los Santos?»

Tutti si girarono allibiti a guardarla e Ruth disse a Manuel: «Senti, te lo ripeto una volta per tutte, e guarda che sono seria: non voglio che Jenny guardi telenovele messicane, colombiane o canadesi».

Lui scoppiò in una gran risata e David, divertito, decise di stare al gioco: «Giurami, Manuel Alfredo Heredia Vázquez, che non smetterai mai di amarmi. E che non permetterai mai che la padrona Jennifer Tomasa Magdalena ci rubi il nostro amore».

«David!» lo rimproverò Ruth. Bel modo di aiutarla, quello.

«David Miguel Alfonso de Todos los Santos, pagherai per la tua tremenda insolenza!» rispose Jenny, divertita.

«Tu adesso raccogli tutte le porcherie che hai sparso in tutta la mia bella casa, signorinella, e te ne vai all'istante, scostumata!» scherzò Manuel.

Di colpo in bagno entrò Adán e uno strano odore si diffuse ovunque. Jenny uscì di corsa, tappandosi il naso.

«Adán, sei una puzzola ambulante!»

Scoppiarono tutti a ridere. Quando si furono rilassati, Ruth chiese a Manuel se poteva stare lui con i bambini.

«Ma non era la tua sera libera?»

«Sì, però nel pomeriggio mi ha telefonato Diamantina. C'era un servizio extra per stasera e io l'ho accettato. Questione di poche ore, fino a mezzanotte, più o meno.»

Dopo aver fatto il bagno ai bambini, Ruth spiegò a tutti e tre che quella sera doveva andare a lavorare. In un primo momento protestarono, ma appena videro Manuel entrare con una grossa ciotola di popcorn si dimenticarono di lei.

«Ruth Gregoria de Todos los Santos», disse l'amico, strizzandole l'occhio e parlando in tono solenne, «vai pure a prendere la corriera per guadagnarti la pagnotta, mentre io provvederò a curare questi bambinetti come una leonessa cura i suoi cuccioli.»

Con un gran sorriso, la ragazza uscì di casa e corse per non perdere l'autobus, che stava già arrivando. Scese dopo alcune fermate e ne prese un altro. Finalmente giunse davanti al bell'edificio minimalista in cui si teneva la festa.

Con l'uniforme nello zainetto, Ruth suonò il campanello accanto al cancello. Rispose una voce di donna, il portoncino fu aperto e lei entrò.

Mentre percorreva il vialetto d'ingresso, attraversando l'elegante giardino si fermò ad ammirare un'incredibile piscina a forma di fagiolo, con cascatelle laterali e una grande vasca idromassaggio, sul fondo della quale era disegnata una nota musicale. A bordo piscina vide una cassetta con perfette coppe bianche di design e cannucce colorate, vicino alla quale c'erano alcune amache e un grande lettino prendisole a baldacchino, ovviamente bianco.

«Che posto incredibile!» esclamò a bassa voce.

Ogni dettaglio era impeccabile, come se fosse appena uscito da una rivista d'arredamento, e Ruth sorrise immaginandosi lì con i suoi figli. Senza dubbio avrebbero dato quel tocco di disordine e vita che mancava. A un tratto sentì qualcosa che si avvicinava rapidamente a lei e girandosi vide arrivare un cane enorme. Pensò di correre, ma era come se avesse le gambe paralizzate e quando l'animale le appoggiò le zampe sulle spalle, mormorò, allarmata: «Oh-mio-Dio! Adesso questo bestione mi mangia viva!»

La tensione la fece cadere all'indietro, seduta. Spaventata, si nascose il viso fra le mani. Un attimo dopo sentì che il cane le leccava con autentico piacere le mani e il collo. Con cautela, sempre meno impaurita, spostò le mani dal viso e disse, voltandosi per evitare di lasciarsi leccare le labbra: «Okay… okay… ho già capito che sei solo un gran baciatore, tu».

Subito dopo, una donna di mezza età dai capelli chiari raccolti in uno chignon, arrivò di corsa, gridando: «Per l'amor di Dio, Melodia, lascia stare la signorina. Subito!» E notando che la ragazza la osservava, aggiunse: «Stia tranquilla, non morde. Melodia, basta adesso!»

Finalmente la cagna si rassegnò e si buttò da una parte, ma la sua felicità era palese. Era contenta. Ruth si alzò, si scosse l'erba dai jeans e disse con un sorriso: «Non si preoccupi, non ho paura. Ho un cane anch'io, anche se paragonato a questa il mio è una miniatura».

Risero e la donna aggiunse: «Questa poi è senza ritegno. Per quanto enorme, sono sicura che se venisse qualcuno a rubare dovremmo difenderla noi, anziché essere lei a proteggerci. Riceve tutti quelli che entrano come ha accolto lei».

Divertita, Ruth toccò l'enorme testa dell'alana e con voce affettuosa mormorò: «Sei una cagnona bella e simpatica!»

Si sentì un fischio, Melodia partì di corsa, e la signora bionda ne approfittò per presentarsi.

«Sono Paola Suárez, la governante. Oh, santo cielo, si è fatta male alla mano. Venga che la disinfetto.»

Ruth si guardò la mano e rispose: «Ma no, è soltanto un graffio». Poi, rendendosi conto che la signora era proprio la persona di cui doveva chiedere, aggiunse: «A proposito, io sono Ruth».

Vagamente turbata, la donna insistette: «La prego di scusare quest'accoglienza turbolenta. Avrei dovuto legare il cane prima, ma mi è passato di mente».

«Non si preoccupi, signora, non è successo niente, per favore, mi dia del tu. Mi fa sentire a disagio se mi dà del lei.»

Vedendola sorridere, Paola mormorò: «Molto bene, seguimi, allora».

Ruth raccolse da terra lo zainetto con l'uniforme e, quando entrarono dalla porta principale, la donna si girò a guardarla e le disse: «Il signore ha chiesto di aspettarlo in salone. È la porta lì di fronte».

«Non pensi che prima dovrei cambiarmi?»

Paola la guardò. Indubbiamente, quella ragazza non c'entrava niente con le donne che il signore portava di solito a casa. Comunque, poiché la cosa non la riguardava e non voleva pensarci, rispose: «Di questo non ha parlato. Ha solo chiesto che tu lo aspettassi nel salone».

Ruth assentì e si avviò verso la porta che le era stata indicata. Quella casa era una meraviglia. L'ingresso ovale, le porte laccate di bianco. Tutto lì era luce e armonia. Le piaceva moltissimo. Una splendida casa!

Quando entrò nel salone lasciò cadere la borsa e non poté trattenere un fischio.

In sottofondo si sentiva una canzone dolcissima e, come se stesse vivendo un sogno, Ruth si guardò intorno, mentre la musica l'avvolgeva e la invitava a muoversi con leggerezza a tempo. Era circondata da tutto quello che si potrebbe desiderare. Lusso, modernità, spazio e comodità di ogni genere.

Quella era la casa più pulita e ordinata che avesse mai visto in tutta la vita. Tutto, lì, era da sogno: le poltrone bianche, il camino di acciaio e pietra e il divano, posizionato sotto la cristalliera a ponte. Ma ciò che più la colpì fu un pianoforte trasparente che vide in fondo all'enorme salone. Letteralmente incantata, si avvicinò e, proprio quando stava per toccarlo, sentì dire, dietro di sé: «Il pianoforte Schimmel è perfetto. Il fatto che sia trasparente lascia lo strumento a nudo e ce ne mostra la straordinaria bellezza, non trovi?»

Ruth si girò di scatto, incredula. Si ritrovò davanti Tony, l'uomo con cui era stata all'hotel Paradise, che indossava un paio di jeans a vita bassa e una camicia grigia. La osservava. Senza riuscire a trattenersi, guardò il suo corpo in ogni dettaglio e le si seccò la bocca al ricordo dei momenti passati con lui in quella camera d'albergo.

«Oh-mio-Dio... oh-mio-Dio», pensò.

Per quella che parve un'eternità, nessuno dei due parlò, mentre la musica continuava a suonare. A Ruth venne la pelle d'oca quando lo vide appoggiarsi alla porta dalla quale era entrato. Tony era una vera tentazione, era sexy ed era davvero molto... molto bello.

Finalmente lui cominciò ad avvicinarsi e quando fu a un metro scarso da lei si fermò e disse: «È un piacere rivederti, Ruth».

Lei annuì, sforzandosi di nascondere il suo assoluto sconcerto. Non doveva dimenticarsi che era in quella casa per lavorare, perciò mandò giù a forza il groppo di emozioni che le si era fermato in gola e rispose: «Lo stesso è per me, signor Ferrasa».

«Sono felice di sapere che anche stavolta ti ricordi di me. A proposito, chiamami Tony. Siamo in confidenza, no?» scherzò lui.

A disagio, pensando a ciò a cui si riferiva, Ruth scosse la testa e rispose: «Mi spiace, signore, ma non posso. Sto lavorando».

Tony sorrise, mentre lei continuava a guardarlo. Era chiaramente divertito dalla sua confusione e nel tentativo di reagire, Ruth gli chiese: «Mi scusi, signore, può dirmi dove posso cambiarmi?»

Felice di vederla e compiaciuto del suo turbamento, dopo aver fatto correre lo sguardo sui jeans e sul gilè nero di lei, Tony rispose: «Non è necessario che ti cambi. Stai benissimo così».

Ruth si allontanò dal pianoforte, e al tempo stesso da lui, e domandò: «Vuole che cucini e le serva la cena vestita così?»

Lui si strinse nelle spalle, fece dietrofront e, aprendo un minibar, prese due bicchieri.

«Cosa vuoi bere?»

«Niente, signore.»

«Sicura?»

«Sì.»

Tony mise due cubetti di ghiaccio in uno dei bicchieri, poi stappò una bottiglia di cristallo sfaccettato e si versò un dito di whisky. Lo bevve, senza mai staccare da lei i suoi favolosi occhi chiari. Ruth aveva il battito accelerato. Ma che cosa le stava succedendo? Perché tremava così davanti a quel tipo?

«Accompagnami in cucina.»

Lei prese rapidamente lo zainetto e lo seguì. Mentre uscivano da quella stanza lussuosa, Ruth gli guardò il sedere. Lo ricordava sodo e liscio e quel pensiero le fece mancare il fiato. Rimproverandosi da sola, sorrise fra sé.

«Cos'è che ti fa sorridere?» si sentì chiedere a un tratto.

Uscì di colpo dalle sue fantasticherie e lo guardò. Accorgendosi che la stava osservando, rispose, cercando di ricomporsi: «Niente, signore. Cose mie».

Tony sorrise e, avvicinandosi a lei, mormorò: «Spero che un giorno o l'altro ti venga voglia di raccontarmele, queste cose tue. Comunque, questa è la cucina», aggiunse, aprendo una porta e facendola passare.

Stavolta Ruth dovette trattenere il fischio di ammirazione che stava per sfuggirle di nuovo. Quella cucina era strepitosa, tutta in grigio e acciaio. Sbatté gli occhi, per darsi il tempo di rendersi conto che cucine simili esistevano sul serio. All'improvviso sentì la voce di Paola.

«Tony, allora io vado.»

«Benissimo, Paola, a domani!»

La governante diede un'occhiata al suo capo e alla ragazza che era con lui, sorrise e concluse: «Divertitevi».

Poi si allontanò e qualche istante dopo si sentì la porta d'ingresso che si chiudeva.

Senza capire, Ruth lo guardò, in attesa di una spiegazione. Tony vide il suo sguardo, premette un pulsante e a un tratto la voce di Bruno Mars risuonò nella stanza. Cantava una delle sue belle canzoni.

«Bruno Mars ti piace, vero?» chiese.

«Cosa te ne importa?» replicò lei.

La risposta, il tono e l'espressione lo fecero sorridere.

«Wow! Hai smesso di chiamarmi "signore"!»

Ruth chiuse gli occhi. Le era sfuggito. Contò fino a dieci, riaprì gli occhi, appoggiò la borsa sul pavimento e mettendosi a braccia conserte chiese: «Si può sapere cosa ci faccio io qui?»

Tony si sedette su uno degli sgabelli alti vicino al banco di lavoro e rispose: «Ti ho ingaggiata perché mi prepari la cena».

«Come?!»

«Avevo bisogno di una cuoca per questa sera e la tua agenzia me ne ha mandata una. Che problema c'è?»

«E dovevo proprio essere io? O forse per opera del destino e di una misteriosa congiunzione astrale ci siamo incontrati di nuovo per caso?»

Lui piegò la testa di lato, divertito, poi estrasse il biglietto dalla tasca dei pantaloni, lo appoggiò sul piano di lavoro e disse: «Hakuna Matata».

Era riuscito a decifrare il messaggio! Sconcertata, Ruth afferrò la borsa.

«Me ne vado. Questa è una situazione ridicola.»

E si avviò a grandi passi verso la porta. Ma prima che ci arrivasse, Tony disse: «Desidero cenare. Ho assunto una cuoca e spero di ottenere il servizio richiesto, altrimenti sarò costretto a lamentarmi con l'agenzia».

Ruth si fermò. Se quell'imbecille avesse davvero riferito che se n'era andata, non l'avrebbero più chiamata. Ci pensò un attimo e, alla fine, con un sospiro, mollò di nuovo la borsa e girò sui tacchi. Andò al frigorifero, lo aprì e chiese, con tono servizievole: «Il signore cosa preferisce per cena?»

Più tranquillo, essendo riuscito a trattenerla, Tony rispose: «Ecco, così mi piaci, tesoro. E adesso, come mi hai detto tu una volta, vienimi dietro».

Lei lo guardò con una gran voglia di cacciargli due dita in una presa di corrente, poi, dopo avergli comunicato con lo sguardo tutto ciò che pensava, passò a studiare il contenuto del frigo. C'era davvero di tutto e Ruth, determinata a preparargli una cena che Tony non avrebbe dimenticato, si informò: «Preferisce uova, carne o pesce?»

Tony sorrise. Era felice che Ruth fosse lì con lui, benché gli dispiacesse molto averla dovuta minacciare perché si fermasse. Si alzò, le si avvicinò e disse: «Un filetto con un'insalata andrà benissimo. Mi fai compagnia?»

«No.»

«Dai, Ruth… cena con me!»

«No. Sto lavorando e il mio capo si arrabbierebbe molto se lo venisse a sapere.»

«E chi dovrebbe dirglielo, scusa?»

Ruth lo guardò con aria torva e sibilò: «Uno stronzo spione di sicuro!»

Tony imprecò fra sé. Non avrebbe mai fatto niente che potesse danneggiarla. A quel punto, per levarselo di torno, lei disse:

«Signore, le sarei grata se mi lasciasse spazio per poter cucinare e servirle la cena come si deve».

Lui annuì e tornò ad appollaiarsi sullo sgabello, limitandosi a osservarla. Non voleva essere opprimente.

Ma alcune sere prima aveva conosciuto una Ruth ciarliera, sensuale, affettuosa e con un bellissimo sorriso, e moriva dalla voglia di ritrovarla. Per questo, nel tentativo di essere gentile, mentre lei tagliava la lattuga, le chiese: «Com'è andata la giornata?»

«Bene.»

«Stamattina hai lavorato?»

Lei condì la lattuga con molto aceto, zucchero e peperoncino, e rispose: «No». Andarono avanti così per un po', lui a fare domande e lei che rispondeva a monosillabi, e intanto cucinava.

«Perché non vuoi parlare con me?» le chiese alla fine, stanco.

Ruth mise il filetto in padella, lo spolverò di zucchero e peperoncino rosso in abbondanza e rispose: «Semplicemente le vengo dietro, come mi ha chiesto lei, signore».

Tony alzò gli occhi al cielo. La ragazza era tosta da convincere, non come tutte quelle donne che gli facevano un filo spietato.

Esaurito da quella situazione, si alzò dallo sgabello, prese una birra dal frigorifero e, dopo averla aperta, si appoggiò al vetro della finestra. Da lì aveva una vista magnifica del suo giardino e sorrise vedendo la cagnona Melodia che correva come una matta dietro una mosca.

Non guardò più la ragazza, ma la sentì muoversi avanti e indietro per la cucina. Canticchiava distrattamente *Emotion* delle Destiny's Child, la canzone che suonava in quel momento. Ruth tese le orecchie e si sorprese ad ascoltarlo. Cantava molto bene.

Per un po' ciascuno rimase sulle sue, finché lei annunciò: «Signore, la sua cena è pronta».

Tony la guardò. Avrebbe voluto che sorridesse, ma era chiaro che non era stata una buona idea farla andare a casa sua con quel sistema. Si sedette a un tavolino che c'era in cucina e Ruth gli mise davanti insalata e filetto.

«Ha tutto un'aria squisita.»

«E il gusto sarà anche meglio», ribatté lei ironica, consapevole di ciò che aveva fatto.

Tony la guardò con un sorriso e lei disse: «Signore, la cena l'ho preparata, posso andare?»

«No.»

Disperata, fece un passo indietro, disposta ad aspettare che lui accettasse di lasciarla libera. Guardò l'orologio. Erano quasi le dieci. Il servizio era stato concordato fino a mezzanotte. C'erano ancora due ore lunghe e complicate, soprattutto dopo che Tony avesse assaggiato il cibo.

«Mi spiace molto che tu non voglia cenare con me.»

«Non si preoccupi, signore. Non ho assolutamente fame. Lei ceni tranquillo, e buon appetito.»

Neppure lui aveva fame, ma sapeva che se non avesse mangiato ciò che l'aveva costretta a preparare le avrebbe fatto un torto.

«E va bene, scusami», disse. «Ho giocato sporco. Non avrei dovuto farti venire a casa mia, però...»

«Certo che non avresti dovuto fare una cosa del genere», lo interruppe lei, lasciando perdere ogni riguardo. «Oggi era il mio giorno libero e ho lasciato... i... i... Ma che testa hai per farti venire in mente una cosa del genere?»

Tony annuì.

«Hai ragione. Vai pure e non preoccuparti di niente. È tutto a posto.»

Soddisfatta di avere ottenuto ciò che voleva, Ruth prese lo zainetto, ma mentre si dirigeva verso la porta, in uno specchio vide che Tony, cupo, si tagliava un boccone di filetto. Quella vista la fece bloccare sui suoi passi. Si girò e prima che lo mettesse in bocca esclamò: «Fermo!»

Lui la guardò e lei andò di corsa a togliergli la forchetta di mano, dicendo: «Anch'io ho giocato sporco. Non mangiare questa roba, perché ti assicuro che è tutto schifoso».

Si guardarono negli occhi per una frazione di secondo, finalmente Ruth sorrise e, arricciando il naso, aggiunse: «Non saresti morto, però ti sarebbe potuta venire un po' di nausea, ecco».

«Un po'?» ripeté lui.

Ruth annuì ed entrambi scoppiarono in una gran risata. All'improvviso tutta la tensione che si era accumulata da quando aveva messo piede in quella casa svanì e, mentre gli toglieva il piatto, Ruth disse: «Mi conviene distruggere le prove della mia malvagità».

«Oh, sì... sei stata cattivissima, questa è la cosa migliore che tu possa fare!»

Ruth buttò tutto nella spazzatura e mise il piatto in lavastoviglie. Poi guardò Tony e, stanca di fare a cane e gatto con lui, staccò una calamita dal frigo e gli disse: «Se prometti di non giocare più sporco con me, ti offro una pizza per averti rovinato la cena».

«Soltanto se la mangi con me e mi lasci pagare il conto.»

«Ho detto che offro io.»

Felice per come tutto fosse girato per il meglio in un paio di secondi, lui replicò: «Senti, qui siamo a casa mia, ed è il mio modo di chiederti scusa per avertici attirata con l'inganno».

Ruth sorrise e disse: «D'accordo, però non farci l'abitudine».

Tony riprese la calamita che lei aveva in mano, fece una telefonata e, dopo avere ordinato due pizze al formaggio e bacon, le domandò: «Adesso che siamo di nuovo io e te, cosa vuoi bere?»

Senza rispondere, Ruth aprì il frigorifero che aveva accanto e prese due birre. Le stappò, ne consegnò una a lui e bevve un sorso dell'altra.

«Ho visto che Melodia ti ha fatto un'accoglienza in grande stile.» Ruth sorrise e Tony aggiunse: «Mi dispiace. Ti ha fatto male?»

Ruth alzò le spalle con noncuranza e rispose: «No, stai tranquillo. Gli animali mi piacciono e la tua cagnona è così bella e affettuosa...»

Tony si appoggiò al tavolo e la guardò. Moriva dalla voglia di baciarla, ma si trattenne. Se l'avesse fatto, di sicuro lei se ne sarebbe andata e lui voleva che restasse.

«Che bella musica ascolti. Bruno Mars, le Destiny's Child e questa, chi è?»

«Keyshia Cole che canta *I Remember*, non la conosci?» Ruth fece no con la testa e lui aggiunse: «È una cantautrice di R&B e hip hop. È statunitense, molto valida». Le tese la mano. «Vieni con me.»

Senza esitare, Ruth si lasciò guidare per mano da Tony attraverso la sua grande casa ordinata e pulita, fino a una porta.

«Qui c'è la mia tana», le disse. «Il mio studio privato. Faccio il compositore e questo è un posto molto speciale per me. Non ci crederai, ma sei la prima donna che ci entra, a parte Paola e Yanira.»

«Che onore! E io con questi capelli!» scherzò Ruth. Quando aprì la porta e vide quel locale incredibile, pieno di tasti e tecnologie, sbottò: «Oddiiiiooooo!»

Tony sorrise. Il suo studio di registrazione casalingo era un posto in cui solo pochi eletti erano ammessi e dove, oltre alla sua musica personale, conservava anche quella che gli piaceva particolarmente. Appena entrata, Ruth fu colpita dalle migliaia di vinili che riempivano un'intera parete. C'erano anche parecchi premi e manifesti con il nome di Tony Ferrasa. Guidata da lui, andò a sedersi davanti a un tavolino pieno di tasti. Tony ne premette alcuni e la musica si interruppe. Poi un piccolo supporto scivolò fuori del suo scomparto e lui ci mise un CD. Qualche istante dopo si sentirono i primi accordi di una canzone.

«Questa è ancora Keyshia Cole.»

Ruth ascoltò per qualche secondo, poi, avendo percepito lo sguardo di lui, chiese: «Come si intitola questa canzone?»

«*Love*.»

Il tono basso della sua voce... lo sguardo ammaliatore... la romantica canzone di Keyshia Cole... tutto questo, unito all'uomo favoloso che aveva davanti, indusse Ruth a lasciare la birra sul tavolo, ad avvicinarsi lentamente al padrone di casa e a chiedergli: «Balliamo?»

Tony accettò senza la minima esitazione. Posò a sua volta la birra, le passò un braccio intorno alla vita e, premendosela contro, cominciò a muoversi al ritmo di quella canzone romantica e dolce. Ballarono, si guardarono, si annusarono, si tentarono a vicenda e, quando la canzone terminò, Ruth era eccitata dall'infinità di sensazioni che quell'uomo le faceva provare.

«Ti piace questa canzone?»

«Sì», rispose lei, estasiata. E subito dopo, senza distogliere lo sguardo dai suoi occhi, mormorò: «Arrivati a questo punto hai tre opzioni: mi baci tu, ti bacio io o ci baciamo».

Con un sorriso sensuale, Tony le sciolse la coda alta che si era fatta e, quando i capelli multicolori di Ruth le ricaddero sulle spalle, avvicinò la bocca avida a quella di lei e la baciò. Ruth aprì le labbra, desiderosa di accoglierlo, gustarlo, goderselo, quando la canzone ricominciò dall'inizio. Lei lo guardò e lui disse: «Voglio fare l'amore mille volte con questa canzone».

L'impeto di desiderio che entrambi provarono quando le loro bocche si unirono li fece ansimare. Tony la prese in braccio e la portò fino a un divano grigio sul quale aveva dormito un'infinità di volte dopo una lunga giornata di lavoro. La posò sul morbido, poi si tolse la camicia e Ruth mormorò: «Mi piace il tuo tatuaggio».

«A me piaci tu», replicò lui, sorridendo e, senza smettere di guardarla, si slacciò i jeans.

«Spegni la luce», chiese lei con un filo di voce.

Senza obiettare, Tony sfiorò alcuni comandi disposti accanto al divano e l'intensità della luce diminuì.

«Così ti piace?»

«Perfetto», sussurrò lei.

Estasiato da quegli occhi verdi, la osservò mentre si slacciava il gilè e se lo sfilava con movimenti sensuali che lo fecero impazzire. Si chinò, le afferrò entrambi i seni da sopra il reggiseno e glieli mordicchiò. Ruth ansimò e lui infilò le mani sotto il tessuto e in un decimo di secondo slacciò i gancetti che lo trattenevano. Quando i seni furono liberi e scoperti, si chinò di nuovo su di lei per carezzarla piano, con dolcezza, tempestandola di baci delicati e teneri sul viso, sul collo e su quei capezzoli meravigliosi.

Ruth non era una ragazza magra, ma le sue curve erano incantevoli. Non aveva nulla a che vedere con le donne con cui Tony usciva di solito, eppure più la contemplava, più la trovava attraente, una delizia.

Quando entrambi furono completamente nudi, lui si mise il preservativo e senza una parola la penetrò, dolce e intenso al tempo stesso. Ruth si godette ogni affondo, mentre Tony si muoveva dentro di lei al ritmo lento della canzone, che era ricominciata.

Oh, love
Never knew what I was missing
But I knew once we started kissin'
I found...

Tony la prese in braccio, sollevandola dal divano e, dopo averla fatta appoggiare al muro, le fece alzare le braccia sopra la testa, perché potesse aggrapparsi a una sbarra. Lo fece anche lui e, con il corpo completamente incollato a quello di lei, cominciò a penetrarla con movimenti rapidi e profondi.

Insieme cominciarono ad ansimare... insieme si lasciarono trasportare dalla passione di quel momento... insieme giunsero a un orgasmo meraviglioso e potente che li fece gridare di piacere...

Esausti, rimasero appoggiati contro il muro. A Tony tremavano le gambe e affondò la faccia nel collo di lei. Poi, baciandola, mormorò: «Spero di aver dato il meglio di me».

Quella frase la fece sorridere.

«Furbetto.»

Dopo quella prima volta, ce ne fu una seconda, stavolta contro lo schienale del divano, e Tony le sculacciò con delicatezza il sedere, ricordando che le era piaciuto, quella notte al Paradise. Quando finirono, la lasciò andare e con un telecomando abbassò la musica, che ancora suonava.

Tenendosi per mano andarono in bagno a lavarsi, ma prima Ruth si infilò la camicia di lui, per nascondere la cicatrice. Alla fine, lei fece per infilarsi i jeans, ma lui glielo impedì. L'abbracciò e tra le risate dichiarò: «Guarda che non ho ancora finito con te». E prendendola per la camicia, ricominciò a baciarla. Proprio in quel momento il campanello della porta squillò. «Dev'essere la pizza», disse lui, staccandosi. «Ti sei salvata, per adesso.»

Ruth lo guardò divertita e chiese: «Salvata da cosa?»

Con uno sguardo che avrebbe sciolto persino il Polo Nord, quell'uomo bruno e tanto sexy si avvicinò a lei, con la bocca le sfiorò le labbra e le bisbigliò: «Dal farti mia altre mille volte».

Ruth annuì, con un brivido di piacere, e quando Tony uscì per andare a ritirare le pizze, lasciandola sola in quel bagno stupendo, ne approfittò per guardarsi allo specchio. Aveva i capelli in disordine e l'incancellabile aspetto di una che ha appena finito di fare follemente l'amore.

Guardò l'orologio. Erano le undici meno un quarto. Senza fare rumore, corse a prendere lo zainetto e tornò in bagno, poi prese il cellulare e digitò in fretta un messaggio: «Arriverò più tardi del previsto, ci sono problemi?»

Aspettò la risposta con impazienza e di colpo il telefono vibrò.

«Nessunissimo, Ruth Gregoria de Todos lo Santos. Non lavorare troppo!»

Divertita dal messaggio e più tranquilla dopo avere avvisato Manuel, sorrise. Aprì un cassetto, per fortuna trovò una spazzola e si pettinò. Voleva essere un po' più presentabile e non sembrare una strega.

Sentendo i suoi passi, capì che stava tornando e ripose frettolosamente la spazzola dove l'aveva trovata. Quando si girò, un bellissimo Tony, con indosso soltanto i jeans a vita bassa, le tese la mano e le disse: «Andiamo, la pizza ci aspetta».

Felice di vederlo così premuroso, lo prese per mano e insieme tornarono in cucina, dove mangiarono di gusto la pizza, ridendo e parlando di tante cose.

«Ancora non ci credo che sei il cognato di Yanira. Sai che mi piace da impazzire come canta?»

«È bravissima», convenne Tony. «E se la conoscessi la troveresti molto simpatica.»

«Sono stata a uno dei suoi concerti con Jenny.»

«Jenny è una tua amica?» si informò lui, pronto.

Rendendosi conto all'improvviso di avere menzionato il nome di sua sorella, Ruth prese un'altra fetta di pizza e rispose: «Sì, è la mia migliore amica». Rise fra sé, pensando alla sua regina delle telenovele e senza accorgersene arricciò il naso. Tony la vide e le disse: «Rifallo». Ruth lo guardò con aria interrogativa.

«Rifammi quel sorriso», spiegò lui. «Quello in cui alla fine arricci il naso.»

Lei rise, divertita, e senza volere fece proprio ciò che lui le aveva chiesto. Era il suo modo di ridere. Non ne aveva un altro.

«Il tuo sorriso è il più bello che abbia mai visto», commentò Tony, allungandole la mano e carezzandole il mento.

Ruth gli baciò la mano e chiese, scettica: «Questo lo dici a tutte?» Turbato da quella domanda, lui scosse la testa e Ruth sospirò: «Dai, Tony, siamo adulti e vaccinati entrambi». Poi avvicinò il viso a quello di lui e aggiunse: «Non pensare di essere l'unico capace di lusingare una donna. Ah, a proposito, ti dovevo un premio per avere decifrato il messaggio. Considerati premiato».

Lui non sapeva se arrabbiarsi o ridere. La franchezza di lei, nel parlare, lo affascinava e lo disturbava al tempo stesso. Quella ragazza non era disposta a fargli da zerbino, come tutte le altre donne, e questo gli piaceva davvero molto, ma avendogli lei ricordato il messaggio segreto del biglietto, prese il foglio dalla tasca, lo appoggiò accanto al cartone della pizza e disse: «Dato che siamo in argomento, potresti spiegarmi cos'è questa storia che posso fare di meglio come amante? Per caso l'altra notte sei rimasta insoddisfatta?»

«Non dirmi che il tuo ego da maschietto è stato ferito.»

Sorpreso, per l'ennesima volta, dalla franchezza di quella

ragazza, la guardò negli occhi e, contento di poter essere sincero, rispose: «Sì, mi hai ferito».

«Oh-mio-Dioooo!» lo prese in giro lei.

Senza capire, Tony ripeté: «Oh-mio-Dio? In che senso?»

Divertita, Ruth posò la pizza, si alzò, andò a sedersi sulle sue ginocchia e, buttandogli le braccia al collo, spiegò: «È un'espressione che usiamo noi quando qualcosa ci colpisce».

«Usiamo noi?»

Rendendosi conto di ciò che aveva detto, provò a cambiare argomento e gli sussurrò: «Sei un bravo amante, Tony Ferrasa». Lui sorrise e Ruth aggiunse: «Però...»

«Però? Però cosa?»

Soddisfatta da quella reazione, lei si alzò, andò a sedersi sul piano d'acciaio e si tolse le scarpe.

«Vieni qui, furbetto», gli disse, guardandolo negli occhi.

Tony non se lo fece ripetere due volte. Le si avvicinò e lei gli slacciò i jeans, fece scorrere la bocca sul suo collo abbronzato e gli carezzò il membro, mormorando: «Sei incredibile, e lo sai. Perché ti senti ferito da ciò che dico?»

Con dolcezza, come se volesse viziarla, Tony la baciò sul collo e le sollevò la camicia. Chinandosi per essere alla sua altezza, le mordicchiò i capezzoli, a lungo, e, quando non poté più trattenere il desiderio, l'impazienza e la febbre del piacere, staccò la mano di lei dal sesso in completa erezione, con un dito le scostò gli slip e con un affondo deciso e appassionato la penetrò.

Ruth si aprì per lui, ma quando vide che stava abbassando lo sguardo gli alzò il mento con un dito e, occhi negli occhi, sussurrò: «Così, bello... guardami. Mi piace di più».

«Ti piace che ti guardi?»

Lei annuì e, godendosi quel momento, si perse nei suoi grandi occhi chiari.

Impazzito per la passione che leggeva nel suo sguardo, nelle sue parole, nel modo in cui si inarcava per accoglierlo dentro di sé, la prese per i fianchi con forza e la fece sua, senza tregua, una volta, un'altra e un'altra ancora, finché giunsero insieme a un orgasmo incredibilmente intenso che li lasciò senza fiato.

Dopo quel momento di folle passione, Tony la guardò negli occhi e lei disse: «Ti stai davvero superando, Tony Ferrasa».

Risero e si baciarono. Quando Ruth, a piedi nudi, scese con un saltello dal piano d'acciaio per andare in bagno, Tony la trattenne per un braccio. Gli arrivava al mento, e le disse: «Senza tacchi sei una tappetta».

«Stai dicendo che sono bassa?»

«No, tesoro, sto dicendo che sei una tappetta!»

Ridendo come una matta lei corse in bagno, e lui la seguì.

Quando tornarono in cucina, Ruth chiese come si alzava il volume della musica. Tony le mostrò alcuni pulsanti accanto a un pensile e lei andò ad alzare a tutto volume. Dopodiché, senza il minimo accenno di imbarazzo, si mise a ballare e gridò: «Quanto mi piace questa canzone!»

Lui lo sapeva. Gliel'aveva detto la sera che si erano incontrati in discoteca. Contento per la felicità di lei, la guardò ballare *Love Never Felt So Good* di Justin Timberlake e Michael Jackson in mezzo alla cucina, con addosso soltanto gli slip e la sua camicia.

Travolta dal ritmo, Ruth gli si avvicinò e lo invitò a ballare. All'inizio fece resistenza, ma alla fine cedette, anche se di solito preferiva la salsa. Ballarono e cantarono tra le risate quella canzone d'amore. E quando finì, Tony prese Ruth per un braccio, la strinse a sé e mormorò: «Continuo a pensare che canti malissimo, peròoooooo», fece una pausa e se la caricò in spalla, «ti voglio immediatamente nel mio letto».

Fecero l'amore per ore, senza riserve, senza pudore, con sfrenata passione. Né l'uno né l'altra si stancava di quell'esperienza incredibile e quando alla fine le forze cominciarono a mancare, Ruth guardò l'orologio e disse: «Sono le due del mattino. Dovrei andare».

Tony la trattenne. Non voleva che se ne andasse, ma lei insistette, nervosa per i suoi bambini e per Manuel.

«Ho detto che devo andare!»

Si liberò con uno strattone e lui, dopo avere acceso la luce, la guardò e le chiese: «Ti aspetta qualcuno a casa?»

Voltandogli le spalle perché non vedesse la brutta cicatrice del taglio cesareo, Ruth mentì: «No, ma devo andare comunque. Domani lavoro e devo riposarmi».

Il tono della sua voce gli fece capire che il momento straordinario che avevano vissuto era finito e, alzandosi, Tony si infilò i boxer, poi si sedette sul bordo del letto a guardarla mentre si vestiva.

«Vuoi che ti accompagni?» le chiese. «È tardi e...»

«No, non serve.»

Disturbato dalla situazione, lui si alzò, le si avvicinò e, facendola girare su se stessa perché lo guardasse in faccia, tornò alla carica: «Ma cosa ti succede? Perché tutta questa fretta?»

Infastidita dalla necessità di interrompere quella notte perfetta, lei sorrise e mormorò: «Te l'ho detto. È tardissimo e domani io lavoro».

Tony la guardò. Qualcosa nella sua espressione gli diceva che stava mentendo. Raccolse i jeans, se li infilò e disse: «Io ti porto a casa».

«No.»

«Sono un cavaliere e...»

«Senti, piantala con queste stupide galanterie. Sono una donna indipendente e non ho bisogno di nessuno per tornare a casa, chiaro?»

«Certo che sei una testona, però!» mugugnò lui. Poi, vedendola sorridere, aggiunse: «Non so se sei venuta con quel tuo catorcio, ma di certo non ci torni. Se proprio non vuoi che ti accompagni io, ti chiamo un taxi».

Ruth sorrise. Magari il suo catorcio fosse stato ancora utilizzabile... Ma poiché non intendeva raccontargli della macchina rotta e non le andava di aspettare il bus notturno, si avviò verso il bagno e disse: «Questa mi sembra una buona idea. Chiamami un taxi».

Quando lei sparì dalla sua vista, Tony, confuso, rimase a fissare la porta da cui era passata. Ma perché doveva per forza andarsene in piena notte? Alla fine, però, non volendo più stare a girarci intorno, prese il cellulare e chiamò un taxi.

In bagno, Ruth prese dalla borsa il solito blocchetto, scrisse in fretta qualcosa, si fermò e disse una parolaccia. Ma cosa faceva? Gli lasciava un altro bigliettino? Neanche per sogno. Non doveva farlo. Furiosa con se stessa, rimise tutto nella borsa e uscì.

Quando la vide riapparire, Tony la prese per mano e scesero insieme la scala di quella casa fantastica. Quando furono nell'ingresso, Ruth lo baciò.

«È stata una notte molto divertente, grazie!»

«Nonostante l'inizio?»

«Nonostante tutto ne è valsa la pena. E ricordati: basta giocare sporco.»

Bramoso della sua bocca, Tony la baciò ancora una volta e quando si staccarono le chiese: «Mi dai il tuo numero di telefono?»

Ruth ci pensò su. Avrebbe tanto voluto darglielo, ma alla fine disse di no.

«E perché?» chiese lui, sorpreso dal suo rifiuto.

«Perché no», ripeté lei, ostinata.

Tony non capiva, ma evitò di insistere.

«Che ne dici di vederci domani?»

«Non posso, lavoro.»

«E dopodomani?»

«Lavoro.»

«E nel fine settimana?»

«Lavoro.»

«Ma quando non lavori?» volle sapere lui.

Ruth sorrise e vedendo la sua espressione gli disse: «Sai, noi comuni mortali che non siamo nati in una casa stupenda come questa di solito lavoriamo per vivere. Sai cosa vuol dire o devo farti un disegnino?»

Tony era abituato al fatto che le donne che gli ronzavano intorno fossero sempre a sua disposizione, e aveva dimenticato che lei non apparteneva a quella categoria.

In quel momento qualcuno suonò al cancello e videro attraverso il videocitofono che era arrivato il taxi. Tony aprì il cancello elettrico e uscì, sempre tenendola per mano. Melodia li salutò con un guaito affettuoso. Risero entrambi e Ruth gli passò lo zainetto per andare ad abbracciare la cagnona di casa. Quando il taxi li raggiunse, per abbreviare il più possibile i saluti, lei riprese lo zainetto e disse: «Però è stato bello, vero?»

«Sì.»

Gli occhi di lui, che a volte vedeva azzurri e altre verdi, la guardavano con intensità e Ruth, nervosa, aggiunse: «Detesto i saluti, quindi ciao e...»

«Hakuna Matata», concluse lui con voce roca.

Quella frase la fece sorridere proprio nel modo che a lui piaceva tanto e a Tony si strinse il cuore.

Dopo un ultimo, rapido bacio, Ruth salì in auto e se ne andò.

Quando il taxi uscì in strada, Tony chiuse il cancello esterno e rientrò in casa. Andò in camera e vedendo il letto disfatto una strana sensazione di solitudine si impadronì di lui. Non aveva sonno, quindi decise di farsi una doccia, dopodiché, con un comodo paio di pantaloni in seta nera, scese nel suo studio, dove la musica ancora suonava. Guardò il divano dove aveva fatto l'amore con Ruth e quando si avvicinò trovò il suo elastico per i capelli.

Lo raccolse con un sorriso e si sedette. Con il telecomando alzò la musica e la voce di Keyshia Cole che cantava *Love* inondò lentamente la stanza.

Oh, love
Never knew what I was missing
But I knew once we started kissin'
I found...

All'improvviso quella melodia gli fece venire la pelle d'oca, una reazione che nessuna canzone gli scatenava ormai da molto tempo. Era un pezzo romantico e semplice, che parlava di un amore difficile. Un amore che si palesava ogni volta che gli amanti si baciavano. Un amore difficile da dimenticare.

Ma cosa gli stava succedendo? Perché non riusciva a smettere di pensare a Ruth, alla sua bocca, ai suoi baci, ai suoi sorrisi?

Quando la canzone finì, il sistema audio la fece ripartire, come lui aveva programmato prima, per fare l'amore. Alla quarta volta si alzò dal divano, si sedette alla scrivania e cominciò a scrivere qualcosa su un foglio.

15.
Amore

Il giorno dopo, Ruth lavorò come se stesse su una nuvola.

Faceva fatica a credere a ciò che era successo la sera prima. Era stata con Tony Ferrasa. Un uomo attento e affettuoso. Una cosa che non si era mai neppure sognata. Durante la pausa cercò notizie su di lui usando Google e fischiò impressionata alla vista delle foto in cui era sempre accanto a cantanti, modelle, attrici o attori. Mamma mia, se l'avesse raccontato l'avrebbero presa per matta!

Ogni volta che si apriva la porta del ristorante, sperava di vederlo entrare.

Non era riuscita a levarselo dalla testa dal momento in cui l'aveva lasciato davanti alla porta di casa sua, la notte prima. Vedendo arrivare un fattorino con un bellissimo mazzo di rose rosse, il cuore cominciò a batterle forte. Quando ebbe la conferma che i fiori erano per lei, dovette trattenersi per non gridare di gioia.

«Uno splendido mazzo, Ruth», le disse il suo capo.

Lei sorrise, felice. Era la prima volta in vita sua che riceveva un regalo così bello.

«Aspetto la risposta», la informò il fattorino. «Prego, signorina, legga il biglietto che accompagna le rose.»

Un po' a disagio nel trovarsi al centro dell'attenzione di colleghi e clienti, Ruth entrò in cucina con quel magnifico mazzo, sfilò il biglietto dalla busta e lesse.

È stata una delle migliori cene della mia vita. Sarei felice di rivederti stasera.
Se la tua risposta è sì, consegna una rosa al fattorino e io verrò a prenderti all'evento dove lavori stasera. Se è no, non riceverò quella rosa.

Un bacio e D_' S_ A_ T_ _ F_ _ _ _ _ _ _.

Vedere che aveva usato il suo stesso gioco la fece sorridere. E quando, senza molto sforzo, lesse DI' SÌ AL TUO FURBETTO, si scoprì incapace di rifiutare e senza pensarci troppo prese una rosa, uscì dalla cucina e la consegnò al fattorino.

Dopo aver congedato il fattorino, rientrò in cucina, prese un vaso, mise i fiori nell'acqua e continuò a lavorare. Naturalmente con un gran sorriso sulle labbra.

Quella sera lavorava insieme a David e l'amico, che stava disponendo tartine al salmone su un piatto, le bisbigliò emozionato: «Ah, bimba, che stupenderia! Mi sembra davvero incredibile!»

«Non dirlo a me. Però ho pensato soltanto a me stessa e ho accettato senza battere ciglio.»

«Senti, cucciola, mettiamola così. Se tu avessi detto no a un tipo del genere, giuro che mi sarei procurato una katana come quella di Michonne in *The Walking Dead* e ti avrei tagliato la testa.»

Scoppiarono a ridere. Adoravano guardare insieme la serie televisiva sugli zombie, ma proprio quando Ruth stava per rispondere, il Granchio si avvicinò e disse, secco: «Vediamo di darci una mossa, per cortesia. Gli ospiti aspettano».

«Sì, signor Sebastian», risposero all'unisono.

Lavorarono intensamente per qualche ora. Ruth stava ritirando da un tavolo alcuni vassoi ormai vuoti, quando sentì qualcuno al suo fianco che diceva: «Scusi, signorina, sarebbe così gentile da dirmi dove posso chiedere una birra?»

Ruth sorrise. Era lui. Si girò e stava per rispondergli, quando l'uomo che lo accompagnava disse: «Può anche portartela lei, visto che è pagata per questo. Vero, bella?»

Ruth assentì continuando a sorridere, guardò Tony e gli chiese: «Che tipo di birra preferisce, signore?»

«Se possibile una Sierra Nevada Porter, grazie.»

Prima che lei potesse rispondere, l'uomo intervenne di nuovo: «Facciamo due, Supercolor, e sbrigati, che abbiamo sete».

Fu allora che Ruth si rese conto che quello era il rompiscatole buttato fuori dal bar quella famosa notte, e senza dire una parola andò a prendere le birre. Non sopportava gli imbecilli che si esprimevano in quel modo. Purtroppo c'era gente convinta che il fatto di avere molti soldi la rendesse superiore agli altri. Ma con il tempo aveva imparato a gestire certi elementi. Aprì le birre, le versò nei bicchieri e tornò dai due uomini.

«Grazie», le disse Tony con un sorriso, ancora irritato per il modo in cui le si era rivolto quell'idiota di Rick.

Doveva assolutamente parlarne con Omar. Non aveva nessuna intenzione di uscire di nuovo con Rick, per quanto suo fratello e la casa discografica si impegnassero a convincerlo.

In quel momento, il tizio si avvicinò più del dovuto a Ruth e, credendosi il padrone del mondo, le disse: «Che ne dici di darmi il tuo numero, così uno di questi giorni ti chiamo?»

«Rick, lascia in pace la signorina», mormorò Tony, parandosi davanti all'altro per impedirgli di toccarla.

«Signorina?» disse ironico quello. «Garantito che questa fa ben altri servizietti, oltre a distribuire bibite e tartine.»

Ruth guardò Tony con la coda dell'occhio e lo vide fare un passo avanti e irrigidire la mascella. Ma lei non aveva bisogno di aiuto, quindi squadrò quello sgradevole individuo e rispose: «Di qualsiasi tipo siano i miei servizietti, stia pur tranquillo che lei non ne godrà mai i benefici».

Detto questo, girò sui tacchi e se ne andò, non prima di aver notato il sorrisetto compiaciuto di Tony.

Per il resto della serata, Ruth non fece altro che sentirsi i suoi occhi addosso. Ovunque guardasse, lui c'era e le sorrideva. E se non lo faceva, era perché stava sorridendo a qualche altra donna.

«Cucciola... cucciola... ma quello non è...?»

«Sì», confermò lei, girandosi a guardare David.

Continuò a lavorare, con la diligenza che le era abituale, finché il rompiscatole che stava con Tony non la prese per un braccio e le disse: «Quelle come te fanno molte cose per cento dollari».

Si liberò con uno strattone e disse: «Scusi, signore, sto lavorando».

Andrew, il responsabile della sicurezza, stava giusto passando di lì e si avvicinò: «C'è qualcosa che non va?» chiese.

Ruth gli fece capire con lo sguardo che quello la molestava e Andrew disse all'uomo: «Per cortesia, signore, sia gentile, lasci lavorare la cameriera».

Rick si allontanò, visibilmente contrariato, e Andrew le chiese: «Tutto a posto? Stai bene?»

«Sì, grazie, Andrew», sorrise Ruth. «È solo uno dei soliti rompiscatole.»

Andrew le scostò una ciocca di capelli dal viso con eccessiva confidenza e, prima di allontanarsi, concluse: «Se ricomincia a darti fastidio avvertimi, che ci penso io».

Ruth gli strizzò l'occhio con aria complice e tornò a lavorare.

«Chi è il tizio con cui stavi parlando?»

Riconoscendo la voce di Tony, si girò e, offrendogli un canapé dal vassoio, rispose solo: «Un amico».

A lui non piacque quella risposta così schietta, ma Ruth si allontanò e non poté rivolgerle altre domande. Cinque minuti dopo, Rick, deciso ad averla vinta, tornò alla carica, le bloccò la strada e disse: «Centocinquanta dollari. È la mia ultima offerta, Supercolor».

In preda a una gran voglia di prenderlo a calci nel sedere, Ruth sibilò: «Signore, sono qui per lavorare, sarebbe così gentile da lasciarmi passare?»

Quando l'altro fece per prenderla per la vita, uno spintone lo allontanò da lei e Ruth vide Tony che, guardandolo in cagnesco, gli disse fra i denti: «Cosa cazzo stai facendo?»

Rick stava per protestare, ma a quel punto arrivò di nuovo Andrew.

«Signore, la invito a uscire dal locale», disse. «Se non lo fa spontaneamente, sarò costretto a buttarla fuori.»

Ruth guardò Rick. Non avrebbe voluto che finisse così, ma se l'era cercata. Tony continuava a guardarlo con aria minacciosa. Poi lo prese per un braccio e concluse: «Andiamo. Ti chiamo un taxi e ti faccio portare a casa».

Mentre si allontanavano, Tony si girò a guardarla e le strizzò l'occhio, consapevole che il tipo della sicurezza se ne sarebbe accorto.

«Cosa c'entri tu con quello, bel faccino?» chiese infatti Andrew.

«Niente.»

«Allora perché ti ha fatto l'occhiolino?»

Ruth non aveva nessuna voglia di dare spiegazioni, quindi rispose: «Non lo so, Andrew, chiedilo a lui, se vuoi saperlo».

E, senza lasciargli il tempo di dire altro, si rimise al lavoro.

Dopo aver caricato Rick su un taxi, Tony tornò alla festa, ma non si avvicinò più a Ruth. Non voleva rischiare di metterla nei guai. Tuttavia, notò come il capo della sicurezza osservava lui e guardava lei, e ne fu infastidito.

Cosa c'entrava Ruth con quell'uomo?

Dal canto suo, lei cercava di dissimulare l'impazienza. Non

vedeva l'ora che la festa finisse, per potersene andare con Tony. Ma la bella donna che lo accompagnava, gli sorrideva e gli si strusciava addosso ogni volta che poteva, la faceva andare fuori dei gangheri. Andrew, che l'aveva sempre tenuta d'occhio a distanza, si avvicinò e le disse: «Sta' alla larga da quell'uomo. Non è roba per te».

Ruth non rispose, ma il suo umore si incupì all'istante. Si notava così tanto ciò che provava per Tony Ferrasa?

Quando l'evento ebbe termine, dopo essersi tolta l'orribile uniforme nera e rimessa i suoi vestiti, uscì dal locale e disse a David: «Andiamo!»

Lui, vedendola in quello stato, la fermò.

«Come direbbe il mio cubano, che ti succede che hai quel muso lungo?»

«C'è che sono una stupida, è questo che mi succede! Andiamo!»

Ma appena cominciò a camminare, David la trattenne di nuovo e chiese: «Scusa, cucciola, ma non eri d'accordo di uscire con il figaccione?»

Lei annuì, chiudendo gli occhi.

«Ho cambiato idea. Andiamo!»

Vedendola così arrabbiata, David la prese a braccetto e mentre camminavano verso la macchina di lui, le disse: «Respira, cucciola, e raccontami cos'è successo».

In quel momento si sentì il motore di un veicolo di grossa cilindrata che si avvicinava. Ruth si voltò e vide che era Tony, con la sua macchina favolosa.

«Ehi, te ne andavi senza di me?» le chiese.

Sorpresa che fosse andato a cercarla, stava per dire qualcosa quando Tony fermò l'auto, scese e, avvicinandosi a loro, tese la mano a David: «Ciao, sono Tony».

«Io sono David.»

Stringendogli la mano, Tony commentò, divertito: «Oltre che lavorare nello stesso posto, andate anche dallo stesso parrucchiere, a quanto vedo».

David sorrise e, toccandosi la chioma verde, rispose: «Secondo mio marito facciamo tendenza!»

I due uomini risero e, dando una spintarella a Ruth, David aggiunse: «Vai, e divertiti. Per il resto non ti preoc-cu-pa-re».

«Ti serve un passaggio?» gli chiese Tony.

Conquistato dalla sua gentilezza, David scosse la testa e rispose: «Grazie, Tony, ma sono in macchina. È parcheggiata lì».

Dopo una seconda stretta di mano tra i due, Ruth disse all'amico: «Cercherò di non tornare troppo tardi».

Detto questo, Tony le aprì la portiera e Ruth salì in macchina. Salutarono David con la mano, poi lui avviò il motore e partirono, senza accorgersi che Andrew li aveva osservati dal vicolo.

Una volta soli, Tony le sfiorò il ginocchio con la mano e le chiese: «Stanca?» Ruth annuì e lui aggiunse: «Avrei spaccato la faccia a Rick seduta stante per come ti ha trattata prima. Scusa, è un divo del blues, un povero coglione che...»

«Tranquillo», lo interruppe lei, posando la mano su quella di lui. «Con il lavoro che faccio, sono abituata ad avere a che fare con tipi del genere.»

Quel commento disturbò Tony. Perché una ragazza come Ruth doveva essere costretta a sopportare bavosi e maleducati come Rick? Poi le chiese: «Cosa c'è fra te e quello della sicurezza?»

Stupita che le avesse fatto la stessa domanda di Andrew, rispose con un'altra domanda: «E fra te e la tipa che ti si strusciava addosso alla festa?»

«La domanda l'ho fatta prima io», replicò Tony, innervosito.

Ruth lo guardò e di malavoglia rispose: «Niente, Andrew è solo un buon amico».

Tony annuì poi, guardando dritto davanti a sé, disse: «Cloe è una buona amica».

Tacquero entrambi per diversi minuti. Era chiaro che non intendevano essere sinceri nel rispondere a quelle domande. Ma Tony non aveva voglia di arrabbiarsi, quindi la guardò, le scostò una ciocca dal viso e chiese: «Hai fame?»

Quando lei rispose di sì, propose, più animato: «Ti porto in un posticino che conosco».

Senza dire nient'altro, Ruth si mise comoda sullo stupendo sedile ergonomico di quel macchinone, mentre la voce di Barry White cantava *Just The Way You Are*.

Vedendola così silenziosa, Tony le rimise la mano sul ginocchio e chiese: «Ti piace la musica di Barry White?»

«Sì», rispose Ruth. «Faceva musica molto bella.»

Tony cominciò a canticchiare con la sua bella voce e la fece ridere guardandola quando il testo della canzone diceva: «Non cambiare il colore dei capelli».

Quando la canzone terminò e ne cominciò un'altra, lui le lanciò un'occhiata e disse: «Non smettere mai di sorridere, Ruth».

Arrivarono davanti a un ristorante italiano, l'Only You. L'insegna era spenta, ma Tony parcheggiò comunque e andò ad aprirle la portiera. Quando Ruth sorrise per quel gesto galante, lui le baciò la mano e sussurrò: «Sono un cavaliere. Non dimenticarlo mai».

L'umore di Ruth andava migliorando a ogni minuto che passava. Stare con lui faceva sì che la vita sembrasse facile. Prese la mano che Tony le porgeva e insieme si avviarono verso un vicolo. Giunsero davanti a una porta in acciaio, Tony suonò e immediatamente il battente fu aperto. Entrarono e Ruth rimase senza parole vedendo un piccolo tavolo rotondo apparecchiato per due.

L'uomo che aveva aperto, dopo averli salutati con grande affabilità, consegnò a Tony un mazzo di chiavi e gli disse: «Chiudi, quando hai finito. D'accordo?»

«D'accordo, Rico.»

Quando se ne fu andato, Ruth esplorò la cucina solitaria, poi sbottò: «Non dirmelo. Non è la prima volta che fai questa cosa».

Lui sorrise, accese la musica e, quando dagli altoparlanti uscirono le prime note di *Only You* dei Platters, lei tornò alla carica: «Vero?»

Non voleva mentirle, e rispose avvicinandosi a lei: «Vero».

Ruth scrollò la testa e senza smettere di percorrere la cucina in lungo e in largo, con Tony alle calcagna, commentò: «Non so se sentirmi ferita o lusingata».

«Perché dici così?»

Ruth girò dietro un bancone per mettere della distanza tra loro e rispose, fissandolo con i suoi occhi verdi: «Perché mi fa rabbia pensare che fai con me le stesse cose che fai con altre donne».

Tony sorrise.

«E per giunta ti metti a ridere», sibilò lei, irritata.

Deciso a fermarla prima che ne facesse una questione di stato, le si avvicinò in fretta, la prese fra le braccia e sussurrò: «Balla con me».

Ruth non voleva guardarlo, e ballò quella meravigliosa canzone romantica pelle a pelle con lui. Dopodiché Tony le spiegò: «Non sono mai… mai… mai stato in questo locale di notte con nessuno, a parte Yanira, Dylan, mio padre, Tifany e Omar. Questo ristorante appartiene a Rico, un caro amico di mio padre, e ogni tanto veniamo qui alla fine di qualche festa. Perciò, tappetta, rilassati. Godiamoci questa serata».

Per Ruth fu come se le fosse caduto un macigno dal cuore. Fece per dire qualcosa, ma Tony la guardò con i suoi occhi felini e avvicinando la bocca a quella di lei, mormorò: «È tutta la sera che voglio farlo». E la baciò. Le mise la lingua in bocca, determinato a dimostrarle quando la desiderasse, poi, piegando la testa di lato, la baciò con tenerezza e passione, mentre la voce di Frank Sinatra cominciava a cantare *Strangers in the Night*.

«Certo che qui la musica è tremendamente attuale», commentò Ruth, sorridendo.

«Rico è un grande appassionato di musica anni Cinquanta e Sessanta, e io anche», spiegò lui, divertito.

Poi la baciò di nuovo. Un bacio intenso, selvaggio e appassionato, che provocò dentro di lei un autentico terremoto di sensazioni incredibili, soprattutto quando Tony mormorò: «Comunque oggi mi dai il tuo numero di telefono. Punto».

Stordita, stregata e inebriata da lui, Ruth gli accarezzò il collo e dimenticò il resto dell'universo.

In quell'istante lì c'erano soltanto loro due, e quando tornò a essere cosciente dell'esistenza di un mondo intorno a loro, Ruth si ritrovò sdraiata su un piano di lavoro in pietra bianca. Tony la stava baciando con passione e le sbottonava la camicetta.

Non volendo perdere un secondo, si slacciò i pantaloni, mentre lui si sfilava i suoi. Mentre finivano di spogliarsi e lui si metteva il preservativo, Ruth si girò per nascondere la cicatrice e si piegò sul piano di lavoro. Tony le toccò il sedere e le diede una sculacciata gentile che fece sorridere entrambi. Poi le mise una mano fra le gambe, le aprì il sesso umido con le dita e la penetrò con un unico affondo deciso. Si inarcarono, senza fiato.

Lui la prese per i fianchi e la fece sua senza tregua. Nella cucina, mescolati alla voce di Frank Sinatra e al suono dei violini, si sentirono i loro gemiti di piacere.

«Così ti piace?»

Ruth annuì e rispose con un filo di voce: «Sì… sì… è bellissimo».

Folle d'eccitazione per ciò che gli diceva senza il minimo pudore, le diede ciò che voleva. Gli affondi di Tony erano frenetici, regolari, instancabili e Ruth ne godeva come mai le era successo nella vita. Entrambi si adattarono al corpo dell'altro come se non ci fosse un domani, in cerca del piacere supremo, di un orgasmo epico. E quando Ruth raggiunse il culmine del piacere, il suo corpo si tese e si irrigidì portando lui a un'eccitazione quasi parossistica. Tony le affondò le dita nei fianchi e andò in cerca del proprio piacere, finché non fu il suo corpo a tremare e un orgasmo meraviglioso lo fece gridare di soddisfazione.

Rimasero immobili uno dentro l'altra per un po', esausti e senza fiato, finché Tony uscì da lei, la girò e, abbracciandola, mormorò per scherzo: «Tappetta».

Risero, poi, dopo vari baci umidi e molto erotici, cercarono della carta per pulirsi.

«Mamma mia, *Moon River*», disse Ruth ironica, alle prime note della canzone.

Tony chiuse la cerniera dei pantaloni e le disse, con un sorriso: «Come diceva mia madre, "Sinatra la canta come nessun altro dopo di lui l'ha cantata"».

Quando si furono rivestiti, raggiunsero il tavolino apparecchiato per loro. Tony, galante, tirò indietro la sedia per farla accomodare, e lei si sedette, felice. Lui prese posto di fronte a lei, la guardò e toccò la rosa nel vaso al centro del tavolo: «Grazie per avere restituito la rosa al fattorino».

Ruth fu contenta di riconoscere proprio quella rosa e senza capire, ancora, cosa ci facesse con quell'uomo straordinario, in quel posto e a quell'ora, con la musica di Sinatra in sottofondo, sorrise come piaceva a lui e mormorò: «È stato un piacere, Tony Ferrasa».

16.
Sei mia

Da quel giorno, Tony e Ruth si videro tutte le volte che era possibile.

Quando si incontravano a qualche evento, Tony le passava accanto e le sfiorava la mano di nascosto. Piaceva a entrambi. E quando cominciavano con il gioco degli sguardi, si eccitavano da morire e aspettavano con ansia il momento in cui la festa sarebbe finita e loro avrebbero finalmente potuto fare l'amore.

Andrew li osservava in silenzio. Quel tipo pieno di soldi aveva vinto la partita, d'accordo, ma nonostante la rabbia che provava per il fatto di non essere lui a godere delle grazie di Ruth, decise di ingoiare il rospo e aspettare. Quella storia non sarebbe finita bene, e allora lui avrebbe colto la sua occasione.

I venerdì in cui lei lavorava a El Mono Rojo, e ballava sopra il bancone del bar, a Tony prudevano parecchio le mani e si alterava. La vista di quegli uomini che le si avvicinavano mentre ballava e di lei che versava a tutti la tequila direttamente in bocca era una cosa che gli bruciava, ma non diceva niente. Non doveva. Non era la sua fidanzata e doveva accettare che lavorasse lì.

Le ore di sonno di Ruth erano sempre meno e neanche lei sapeva come riuscisse a reggersi in piedi. Di giorno lavorava al ristorante, nel pomeriggio si occupava dei bambini e la sera, dopo aver lavorato per qualche evento, si vedeva con Tony a casa sua.

Un giorno ricevette una telefonata da Linda. George voleva vedere lei e i bambini per salutarli. Tempo due giorni e arrivarono i biglietti aerei pagati; dopo avere chiesto i relativi permessi ai vari datori di lavoro, partirono tutti per il Nevada. Quando li vide, George sorrise, contento. Per tutta la giornata scherzò e giocò con i bambini, che lo chiamavano *yayo*, nonno. Era molto affezionato a loro, li adorava.

La sera, mentre Linda metteva a dormire i piccoli, George prese Ruth per mano e, dopo essersi seduto con lei nel soggiorno, le disse: «Ricordo ancora come parlavi male l'inglese, la prima volta che ti ho vista, e sono felice di come lo parli bene adesso».

«Per il mio lavoro frequento gente colta», rispose lei, sorridendo. «Imparare l'inglese non mi è costato niente.»

Risero a quel commento, poi George disse: «Stai molto bene con quei colori fra i capelli, ma quando pensi di tornare al tuo bellissimo rosso naturale?»

Lei lo guardò divertita ed esclamò, facendolo ridere: «Ma è molto trendy, così!»

«Dimentica quell'uomo, come di sicuro lui ha dimenticato te», insistette George. «Torna ai tuoi bei capelli rossi e fammi il favore di smetterla di vivere nella paura.»

Ruth sospirò. Ciò che le stava chiedendo non era facile, e conoscendo Julio César lei sapeva che non avrebbe mai dimenticato ciò che le aveva fatto, però rispose: «E va beeeneeeee... sarà fattooooo».

George scoppiò a ridere, poi le fece una carezza affettuosa sul viso e disse, consegnandole una scatoletta: «Questa è per te».

Ruth l'aprì e quando vide cosa conteneva le si riempirono gli occhi di lacrime.

«Questa è la catenina di oro bianco che mio padre mi regalò il giorno in cui partii per il servizio militare», le disse George. «Voglio che l'abbia tu. Era il suo modo di chiedermi di non dimenticarlo, e adesso è il mio modo di chiedere a te di non dimenticarmi.»

«George...» gemette lei.

Lui prese la catenina, aprì la chiusura e mormorò: «Aspetta, te la metto io».

Mentre le lacrime le correvano giù per le guance, Ruth si sollevò i capelli e, quando ebbe la catenina intorno al collo, George la guardò con un sorriso e disse: «Come immaginavo. Ti sta benissimo».

Lei gli buttò le braccia al collo e per parecchi minuti rimasero stretti l'uno all'altra senza dire niente. Non era necessario. Qualsiasi parola sarebbe stata di troppo. Poi George si staccò da lei e, asciugandole le lacrime, le fece una richiesta: «Quando io non ci sarò più, vorrei tanto che restassi in contatto con Linda, va bene?»

Ruth assentì e, con un filo di voce, mormorò: «Certo. Non dubitarne. La mia famiglia siete voi».

Si guardarono negli occhi, e George proseguì: «Quello che sto per dirti non ti piacerà, lo so, ma non voglio che tu venga a trovarmi quando la mia salute peggiorerà e...»

«Ma cosa stai dicendo?»

George le prese le mani e tornò a insistere: «Promettimi che non verrai, Ruth. Per me è importante che tu e i bambini mi ricordiate come sono adesso e non come starò poi. Mi piacerebbe risparmiare anche a Linda la sofferenza che le causerò, ma lei vive con me e non posso certo mandarla via. Però tu mi devi fare questa promessa».

«Non puoi chiedermelo... no...»

«Senti, tesoro...»

«No, George, ti prego», lo interruppe, angosciata. «Non voglio promettertelo. Non posso.»

«Devi farlo, Ruth. Per me. Ho bisogno che tu lo faccia, tesoro.»

Commossa per ciò che le stava chiedendo e per ciò che significava non poter stare accanto a lui e a Linda in quei tristi momenti, alla fine cedette.

«Va bene. Te lo prometto.»

George l'abbracciò e le disse: «Tu sai che ho dei figli del mio precedente matrimonio, ai quali voglio bene con tutta l'anima, ma sappi che tu e i bambini per me siete importanti come loro».

«Lo so... lo so.»

Dopo un silenzio eloquente, George la lasciò andare e con un sorriso pieno d'emozione tornò alla carica: «Dammi retta, torna ai tuoi bei capelli rossi. Questi colori saranno anche alla moda, ma i tuoi capelli naturali e quegli strepitosi occhi verdi insieme sono uno spettacolo».

Ruth lo guardò e, quando vide il suo sorriso triste, il vecchio signore malato le chiese: «Esci con qualcuno?»

«No, anche se negli ultimi tempi vedo un uomo.»

«Ti tratta bene?» volle sapere lui.

«Sì, George», rispose lei con un sorriso sincero. «Mi tratta molto bene, ma sai che io non voglio nessuna storia seria con nessuno. Ho tre bambini da crescere e chi vuole bene a me, prima di tutto deve voler bene a loro. Il che è difficile. Molto difficile.»

«Non è difficile, tesoro. Chiunque conosca te e i bambini si innamorerà perdutamente di voi, tutti insieme.»

«Succedeva una volta, George. Ormai non esistono più cavalieri come te, in questo mondo.»

«Ci sono, cara, ci sono», ribatté lui, divertito. «Certo che ci sono. E tu ne incontrerai uno che vi vorrà un bene dell'anima.» Ruth si strinse nelle spalle e lui continuò: «Quando quell'uomo farà la sua comparsa, devi permettergli di entrare nel tuo cuore e fidarti di lui. Ciò che ti ha fatto quel delinquente in passato non si ripeterà. Devi fidarti di qualcuno per essere felice, tesoro mio. Se non lo fai, un giorno ti sveglierai, i bambini saranno cresciuti e tu sarai sola».

«Manca molto prima che succeda», replicò lei, pensando ai suoi piccoli.

«Ruth, guardami.» Quando lo fece, George disse: «Io non so se sarà l'uomo con cui stai adesso oppure un altro, ma so che il giorno in cui conoscerai la persona ideale per te, lui non ti lascerà scappare, perché tu, gioia mia, sei una ragazza molto speciale. E siccome oggi è il giorno delle promesse, voglio che ora tu mi prometta che quando quell'uomo incrocerà la tua strada, tu gli permetterai di entrare nel tuo cuore, ti innamorerai di lui e sarai felice».

Incapace di negargli quella piccola gioia, Ruth sospirò e ricacciò indietro le lacrime che le riempivano gli occhi. Portandosi una mano alla gola per toccare la catenina d'oro bianco che George le aveva appena regalato disse: «Visto che oggi è il giorno delle promesse, lo prometto».

George sorrise, l'abbracciò di nuovo e mormorò: «Non dimenticarlo, Ruth. Me l'hai promesso».

Per qualche giorno, si godette la compagnia dell'uomo e della donna che l'avevano strappata dal suo calvario, per conservare nel suo cuore come un tesoro tutto ciò che poteva di George. E la notte, quando andava a dormire, pensava a Tony. Chissà se si ricordava di lei!

Dopo quattro giorni passati in Nevada, con il cuore a pezzi Ruth dovette ripartire. Il momento dei saluti non fu piacevole per nessuno. I bambini non immaginavano niente, ma i tre adulti sapevano che non si sarebbero rivisti mai più.

George l'abbracciò e, sforzandosi di sorridere, le disse quanto le voleva bene e quanto si aspettava da lei. Ruth gli si aggrappò, non voleva staccarsi da lui, ma poi George le disse qualcosa all'orecchio, le diede un bacio sulla fronte e rientrò in casa, dove poté piangere in solitudine tutte le sue lacrime.

Disperata, ma costretta a fingere per non innervosire e allarmare i bambini, Ruth andò all'aeroporto, accompagnata da una Linda pallida e dimagrita. Si fece promettere che l'avrebbe chiamata tutti i giorni, le disse che per lei era disponibile ventiquattr'ore su ventiquattro e quando la donna, con grande affetto, le fece capire che andava tutto bene e che doveva tornare a Los Angeles, Ruth prese l'aereo e tornò a casa. La vita, come le aveva detto George, doveva continuare.

La prima sera che lavorò per un evento, comparve Tony. Appena la vide, senza dar peso al fatto che lei stesse lavorando, le chiese brusco: «Ma dove ti eri cacciata?»

Lei rispose senza farsi vedere, dopo aver controllato che nessuno li stesse guardando. «Aspettami all'uscita. Ci prendiamo qualcosa da bere e te lo spiego.»

E così fu. Lui l'aspettò e lei, con il cuore pieno di dolore, gli raccontò che era andata a trovare dei parenti stretti nel Nevada, e gli spiegò della triste situazione di George. Tony la consolò.

Con il passare dei giorni, cominciò a interessarsi sempre di più della sua vita, ma Ruth faceva tutto il possibile per evitare di raccontare certe cose. Non gli aveva mai detto niente dei bambini. Da come parlava dei suoi nipoti sapeva che gli piacevano molto, ma dirgli di punto in bianco che lei ne aveva ben tre da tirar su sarebbe stato un po' complicato.

In più di un'occasione, dopo alcune ore di sesso sfrenato con Tony, sarebbe stata più che felice di fermarsi a dormire da lui, ma sapeva di non dover cedere. I suoi piccoli reclamavano giustamente la sua presenza e, che a lei piacesse o no, erano loro la priorità della sua vita, quindi doveva tornare a casa e comportarsi come una buona madre.

Un mattino ricevette una telefonata al ristorante. Era Patricia, che le comunicava il nuovo numero di telefono e l'indirizzo del locale di *speed date*. Gli affari andavano bene e aveva cambiato location. Mentre parlava con lei, seduta al bancone del bar, afferrò un tovagliolo di carta e prese nota di tutto. Per il resto della mattina lavorò senza fermarsi e quando, a fine turno, andò a cambiarsi, infilò il tovagliolo con tutti i dati del nuovo locale nel libro che leggeva in autobus ogni volta che la macchina la mollava per strada.

Quando uscì, trovò Tony ad aspettarla. Stupita, si avvicinò a lui, che la baciò, incantato. Felice di quella meravigliosa sorpresa, Ruth gli domandò: «Ma cosa ci fai qui?»

Lui le tolse il libro e la borsa dalle mani e li buttò nella decappottabile, poi, guardandola negli occhi le chiese: «Ti va di venire con me a un gala musicale, stasera?»

Ruth lo guardò, incredula, e Tony insistette: «Dai, dimmi di sì. Mettiti un vestito carino e accompagnami».

Le sarebbe tanto piaciuto accettare, invece rispose: «Non posso, oggi lavoro».

Tony la guardò, aggrottò la fronte e replicò: «No, oggi non lavori. Non hai nessun evento, e lo so perché me l'hai detto tu due sere fa».

Aveva ragione. Quella sera non era di servizio in nessun posto, però doveva andare allo *speed date* di Patricia. Inventandosi una bugia al momento, rispose: «È vero, ma è saltato fuori un servizio extra e l'ho accettato».

«Senti, tesoro, mi spieghi perché lavori così tanto?» chiese allora lui. «Che senso ha andare tutte le mattine all'Hard Rock e tutte le sere avere impegni con il catering? Quando pensi di cominciare a goderti un po' la vita?»

Ruth lo baciò e rispose: «Gioia, io non ho tanti soldi come te. Te l'ho già spiegato che noi comuni mortali lavoriamo per vivere».

«Io sono un comune mortale e anch'io lavoro per vivere», ribatté lui. «Ma, a differenza di te, cerco di godere del frutto del mio lavoro ritagliandomi un po' di tempo libero.»

Sentendosi messa alle strette, Ruth vide soltanto una via d'uscita: arrabbiarsi con lui. Perciò si riprese la borsa dal sedile e rispose: «Senti, bello, quello che faccio o non faccio nella mia vita, nel mio eventuale tempo libero o nel mio lavoro riguarda soltanto me. Per caso io dico qualcosa sul tuo lavoro? No, giusto? Quindi fammi il santo piacere di rispettare il mio. E se ti dico che stasera lavoro, è perché stasera lavoro. Fine del discorso».

Detto questo, girò sui tacchi e si allontanò a piedi sotto lo sguardo attonito di Tony, che stavolta non le andò dietro. Ma cosa le aveva detto per farla arrabbiare tanto?

Allibito, salì in macchina, imprecando a mezza voce. Voleva solo stare con lei un po' di più. Pensò di mettere in moto e andare a prenderla, ma quando abbassò lo sguardo si accorse che aveva dimenticato il libro. Lo prese e quando lo aprì trovò un tovagliolo di carta con la data del giorno, un indirizzo, un numero di telefono e un appunto: *Alle nove!*

Alle nove?

Non ci pensò due volte, prese il cellulare e chiamò. Scoprì in fretta che si trattava di un locale di *speed date* e che quella sera era prevista una sessione di appuntamenti. Si iscrisse con un nome falso e accettò di riempire un modulo online con i suoi dati, riappese e imprecò, sapendo dove sarebbe stata Ruth quella sera.

Ma cosa ci faceva lei a uno *speed date*?

Dopo essere stata qualche ora con i bambini, Ruth si mise camicetta e minigonna nera e si avviò verso il bar di Patricia. Pensò a Tony e a come l'aveva trattato male, quando lui voleva soltanto essere accompagnato a un gala musicale. All'uscita dallo *speed date* gli avrebbe mandato un messaggio e avrebbe provato a parlargli. A differenza di lei, lui il numero glielo aveva dato.

Una volta giunta al locale, si mise il solito adesivo sulla camicetta; dopo che ebbe salutato Andrew, Patricia impartì le istruzioni e diede inizio alla serata.

Come al solito, Ruth sopportò la processione di tizi che per sette minuti tentavano di flirtare con lei e, dopo la prima pausa, quando andò a sedersi per il secondo round, rimase senza parole trovandosi davanti Tony.

«Wendy?» disse lui, furioso.

«*Ssst!*»

«E questo sarebbe un lavoro?» insistette lui, guardando l'adesivo.

Lei non aveva nessuna voglia di litigare in pubblico, e sussurrò: «Cosa ci fai tu qui?»

Irritato da quella domanda, lui sibilò: «La domanda giusta è: "Cosa ci fai *tu* qui?" Oltre che lavorare in quel porcaio del Mono Rojo, un posto dove non sopporto che tu vada, lo fai anche qui?»

«Questo non è il Mono Rojo!»

«Non so quale sia peggio, guarda!» replicò Tony, rabbioso.

Vedendo Andrew che si avvicinava, Ruth gli ripeté di abbassare la voce.

Andrew, che aveva riconosciuto Tony appena aveva messo piede nel locale, si avvicinò e chiese: «C'è qualche problema?»

Quando lo vide, Tony sbroccò. Ma come, c'era anche lui? E sostenendo lo sguardo dell'altro, replicò: «Nessuno. Ne hai tu, per caso?»

Ruth pregò Andrew di andarsene e quando lo fece, protestò, furiosa: «Non rivolgerti più a Andrew con quel tono, chiaro?»

Tony la guardò senza rispondere. Era inferocito per tutta quella situazione, quando lei disse: «Senti, la padrona del locale è una mia amica e mi paga per...»

«Per fare da esca agli uomini? Per questo ti paga?» la interruppe lui.

«Detto così suona bruttissimo.»

Sempre più nervoso e arrabbiato, in preda a un terribile attacco di gelosia, Tony sbottò: «Che fine hanno fatto i tuoi jeans?»

«Di solito qui non ci vengo in jeans. Come dici tu, qui sono un'esca per gli uomini.»

Sbalordito per la sua sfacciataggine, stava per risponderle quando lei lo precedette e gli chiese: «Ma si può sapere come hai scoperto che sarei venuta qui?»

Tony mise il libro sul tavolo e, aprendo la prima pagina, disse: «Data, indirizzo, ora e telefono. Ho dovuto soltanto chiamare e riempire uno stupido modulo online per iscrivermi. Per l'amor del cielo, Ruth, me lo dici cosa cazzo ci fai qui?»

Lei lo guardò negli occhi. Indubbiamente, era molto arrabbiato.

«Te l'ho detto, una mia amica è...»

«Io voglio sapere perché lo fai. Hai così bisogno di questi soldi?»

Cercando di uscire dall'impasse, Ruth annuì e disse: «Ho un grosso debito con la banca e devo pagarlo. Per questo lavoro tanto».

A quelle parole, Tony si addolcì.

«Tesoro, perché non me l'hai detto? Posso aiutarti io a pagare qualsiasi cosa.»

«No.»

«Perché?»

«Perché no.»

Tony strinse le mani sul bordo del tavolo.

«Certo che sei veramente una testona!»

Vedendo la sua espressione disperata, lei gli sorrise e, arricciando il naso come piaceva a lui, mormorò: «Però a te piace che io sia così, vero?»

Tony la guardò e provò a resistere, ma il suo sorriso gli aveva già fatto passare il nervoso, e le chiese: «A che ora finisce questa roba?»

«Mancano ancora due giri e poi possiamo andarcene.»

Finalmente Tony sorrise. Era veramente una cosa da pazzi. Esclamò: «Ma ti rendi conto? Se raccontassi in giro che non sono andato a un gala molto importante per venire in questo buco, non ci crederebbe nessuno».

Guardandosi intorno, Ruth si accorse che tutte le donne lo stavano osservando e che qualcuna doveva averlo anche riconosciuto. Sentì una fitta di gelosia e mormorò: «E il fatto che sei qui a flirtare con tutte queste tizie, allora?»

Lui la guardò dritto negli occhi e dichiarò: «A me non interessa proprio nessuna, a parte una pazza coi capelli colorati che ho davanti adesso e che deve solo aspettare che la becchi da sola e avrà ciò che merita».

«Mmm... chissà chi è questa pazza», scherzò lei.

In quel momento suonò la campanella del cambio di coppia e Tony disse: «Occhio a quei tizi, mi raccomando. A quello con gli occhiali di prima per poco non gli spacco la faccia quando ha cercato di prenderti la mano».

«Arrivederci, numero cinque», rispose Ruth, congedandolo con un cenno della mano. «Spero che tu continui a divertirti.»

Ma quella che non si divertì più fu proprio lei. Da quando aveva scoperto che Tony era nel bar, non riusciva più a smettere di guardarlo, proprio come il resto delle donne presenti. Morivano tutte dalla voglia di passare con lui i loro sette minuti e Ruth ebbe la certezza che Tony sarebbe stato l'uomo più votato sul web, quella sera.

Quando finalmente si conclusero i quattro round dello *speed date*, Andrew andò da lei e a mezza voce, mentre le allungava una birra, le chiese: «Adesso te lo porti anche qui?»

«Andrew, zitto!»

Lui, geloso e senza la minima voglia di scherzare, la prese per il braccio con l'intenzione di farsi vedere dall'altro uomo, le si avvicinò e disse: «Quel tipo ti creerà soltanto problemi. Non lo vedi che è uno pieno di soldi che non sa cosa vuole?»

Infastidita, lei rispose: «Smettila, Andrew, non dire queste cose».
Lui la lasciò andare e, con più dolcezza, mormorò: «Bel faccino, io voglio solo vederti felice».
Ruth sorrise con aria complice. Senza accorgersi che Tony li stava osservando ribatté: «Anch'io voglio che tu sia felice».
Dopo avere chiacchierato un po' ed essersi finalmente rilassata, Ruth si avviò verso il bancone del bar, dove c'era Tony con una splendida bionda. Vedendoli sorridere, chiese: «Vi state divertendo?»
La bionda scosse i capelli con civetteria e sorrise senza dire niente, mentre Tony rispondeva: «Alla grande, direi. Come ti chiamavi, tu?»
«Wendy», rispose lei, con una gran voglia di farlo a pezzettini.
«Come quella di Peter Pan?» la prese in giro lui. Poi, rivolgendosi alla sua accompagnatrice, aggiunse con un sorriso affascinante: «Wendy, ti presento la mia amica Agatha, deliziosa e interessante professoressa di liceo».
La donna, conquistata da quella deferenza, si sentì importante e sussurrò: «Tony, adulatore che non sei altro...»
Ruth alzò gli occhi al cielo, bevve un sorso di birra e, senza farsi vedere, bisbigliò: «Mi viene da vomitare».
Tony la ascoltò divertito e pensò di farla arrabbiare per averlo fatto andar lì e per la conversazione con Andrew.
«Cosa gradite, signore?» chiese.
«Io un gin tonic», disse la professoressa, «ma leggero, altrimenti poi dico sciocchezze.»
«Ma quanto è stupida, questa?» pensò Ruth. Poi, guardando Tony, rispose: «Io niente, ho già la birra, e comunque me ne sto andando».
«Te ne vai? Oh, che peccato», fece lui ironico e, dopo avere ordinato il gin tonic per la professoressa, aggiunse: «In questo bel posticino la serata promette grandi cose».
Senza credere neppure per un secondo che intendesse davvero bere qualcosa con quella tizia, Ruth guardò Tony, appoggiò la birra sul banco e disse: «Vi lascio soli. Tanti saluti, e divertitevi».
«Hakuna Matata, Wendy», rispose lui.
Sentendo quelle parole lei si fermò, lo guardò di nuovo e provò un irrefrenabile desiderio di rispondergli. Era chiaro che si stava prendendo gioco di lei. Dopo avere parlato con Patricia,

che ne approfittò per consegnarle il suo compenso senza farsi vedere, uscì dal locale senza voltarsi indietro.

Mentre camminava verso la fermata dell'autobus lungo la strada deserta, non riusciva a credere che Tony fosse andato allo *speed date*. Ma ancora meno credeva che quell'idiota si fosse fermato a flirtare con la prof del gin tonic.

A un tratto, il rombo di un motore che si avvicinava lentamente la costrinse a guardarsi alle spalle. Era lui. Si fermò poco più avanti, scese dall'auto e si appoggiò alla capote. Ruth si avvicinò e lo guardò furiosa, dicendo: «Vuoi saperla una cosa? Se fosse stato per me quell'Hakuna Matata te l'avrei messo su per il...»

Non poté finire la frase, perché lui l'afferrò per la vita, la strinse a sé e la baciò con indescrivibile passione. Quei baci folli e sfrenati erano ciò che più piaceva a entrambi, e quando si staccò da lei, Tony le prese la mano e le disse: «Se torni in questo posto e permetti ad altri uomini di provare a sedurti, tu e io avremo un grossissimo problema. Domani mattina mi dici quanto devi alla banca, in modo che questa storia finisca una volta per tutte, mi sono spiegato?»

Ruth non rispose, ma sorrise, e lui le aprì la portiera perché entrasse in macchina. Poi salì dalla parte opposta, fece per avviare il motore e Ruth notò il portachiavi.

«Che cos'è?»

Lui prese il portachiavi e glielo mostrò.

«Una chiave.»

Ruth toccò la piccola chiave e lesse: «*Per sempre*. Che significato ha per te questa chiave?»

Tony sorrise, e stava pensando di spiegarle che era un ricordo di sua madre, ma lei la nascose e gli disse: «Se la rivuoi, baciami!»

Tony fu pronto ad accettare l'invito. Dopo un lungo bacio pieno di passione, Ruth si sedette a cavalcioni su di lui, reclinò lo schienale del sedile all'indietro e, armeggiando per sbottonargli i calzoni, sussurrò: «Ti desidero».

Tony, già eccitato come lei, le succhiò il lobo di un orecchio, mormorando: «Siamo in mezzo a una strada. Qualcuno potrebbe vederci, per non parlare della stampa, che se mi becca così poi mi sta addosso per una vita».

Tuttavia, senza retrocedere di un millimetro nel suo attacco e determinata a raggiungere l'obiettivo, Ruth si scostò gli slip da una parte per poi calarsi sul membro duro di lui. Gli rispose:

«Con un pizzico di fortuna, spero che passi la tua amica professoressa con la faccia di seta e che ci veda. Deve sapere che sono io a godere di te, e per lei non c'è posto».

Tony scoppiò a ridere, poi la guardò negli occhi, mentre affondava nel suo grembo morbido e caldo.

«Sei gelosa?»

Rendendosi conto di ciò che gli aveva lasciato intendere con le sue parole, Ruth fece per scostarsi, ma Tony la tenne ferma per le braccia e ripeté: «Sei gelosa?»

Fu tentata di mentire, ma alla fine rispose, facendolo affondare di nuovo dentro di sé: «Quando ho visto come ti mangiavano con gli occhi, quella e tutte le altre donne... sì».

Tony si impadronì della sua bocca e, dopo un bacio ardente, la prese per i fianchi e penetrandola con forza, ancora e ancora, le disse tra i denti: «E allora prova a immaginare come mi sono sentito io vedendo tutti quegli uomini che, uno dopo l'altro, si sedevano al tavolino con te, ti guardavano e tu sorridevi. Quando poi ho visto che c'era anche quell'Andrew nel locale... Secondo te io non sono geloso?»

Ruth chiuse gli occhi. Sentirlo dentro così era incredibile.

«Apri gli occhi e guardami», le disse lui. «Anche a me piace che mi guardi.»

La sua voce... l'ordine che le aveva dato... il momento... Per tutti questi motivi lei lo guardò e, fermando per un attimo i poderosi affondi, con un filo di voce, Tony le sussurrò: «Lo sai che mi piaci, vero?» Ruth annuì e lui aggiunse: «Allora devi sapere che sono un uomo al quale non piace che qualcuno tocchi ciò che gli appartiene e, non so perché, ma io ti considero già mia».

Stregata da quelle parole, Ruth avvicinò la bocca alla sua e sussurrò: «Non dimenticare che continui a essere l'uomo delle tre N».

Estasiato, Tony cominciò a muovere i fianchi con forza per penetrarla di nuovo, e quel movimento tolse il fiato a entrambi. Allora lei mormorò: «Anche se devo riconoscere che adesso hai conquistato la grande M». Lui la guardò e Ruth, eccitatissima, spiegò in un sussurro: «La M di mio!»

«Mi piace l'idea di questa grande M», rispose lui, cercandole la bocca.

Essere posseduta in quel modo le faceva perdere la testa e, decisa a godere al massimo di quel membro strepitoso, cominciò a muovere i fianchi avanti e indietro a un ritmo frenetico, senza staccare gli occhi da quelli di lui, perché con quello sguardo si stavano confermando ciò che entrambi si erano appena detti.

Sentirsi l'uno nel corpo dell'altra era meraviglioso e rendersi conto che le mani di lui si aggrappavano a lei per non perdersi nemmeno un pizzico di piacere dava a entrambi un'ebbrezza travolgente. Continuarono senza tregua a giocare quel gioco pericoloso e quando giunsero al culmine, Tony la baciò e mormorò contro la sua bocca: «Ma cosa ci facciamo in mezzo alla strada?»

Con un sorriso pieno di sensualità, Ruth gettò la testa all'indietro e rispose: «Una pazzia».

«Non facevo una cosa simile da quando avevo diciassette anni», la informò Tony con un sorriso.

Ruth non rispose. Dopo qualche appuntamento al volo con un uomo, le era capitato di finire sul sedile posteriore di una macchina. Non c'erano soldi per altre soluzioni.

Pochi istanti dopo, Tony aprì il cassetto del cruscotto e lei si spostò di nuovo sul sedile del passeggero. Si pulirono in silenzio e alla fine lui le chiese: «Davvero per te continuo ad avere le tre N?»

Divertita dalla sua fronte aggrottata, Ruth lo baciò ed esclamò: «Ma sai che sei proprio scemo?» E guardandolo negli occhi aggiunse: «Certo che no, tesoro, però mi spiace doverti dire che invece io continuo a non essere Angelina Jolie».

«Mi piaci di più tu. E adesso che entrambi abbiamo chiaro in mente ciò che proviamo l'uno per l'altra, mi daresti il tuo numero di cellulare e il tuo indirizzo?»

Ruth smise di sorridere, e dopo averci pensato su un attimo rispose: «No».

Senza capire quell'assurdo rifiuto, Tony insistette esasperato: «Senti, io sto giocando pulito con te. Tu sai che se solo volessi, mi basterebbe alzare un telefono e...»

Avviò la macchina, sconcertato.

«Dove andiamo?» chiese Ruth.

«Nel mio appartamento di Melrose Hill», rispose lui senza guardarla.

Arrivarono nell'elegante quartiere senza più parlarsi. Mentre Ruth scendeva dall'auto parcheggiata nel garage le cadde la borsa. Rapidamente, Tony l'aiutò a raccogliere tutto, e quando vide una macchinina rossa fra le sue cose, gliela mostrò e chiese ironico: «Con questa ci giochi nei momenti liberi?»

Vedendo il giocattolo nella sua mano, lei si sentì morire, ma reagì in fretta e rispose con la maggior naturalezza possibile: «È del figlio di David. L'ha lasciata a casa mia e ce l'ho in borsa perché devo restituirgliela».

Tony sorrise e, senza dare particolare importanza alla cosa, tese la mano e lei la riprese. Le piaceva quel suo atteggiamento protettivo e non aveva intenzione di rinunciarci.

Quando lui aprì la porta del suo straordinario appartamento, Ruth non trattenne un fischio di ammirazione. Tutto era perfetto e minimalista e, con la gelosia che già bussava alla porta del suo cuore, lei chiese: «Usi questa casa come pied-à-terre?»

A Tony la domanda non piacque.

«Puoi spiegarmi perché cazzo non ti fidi di me?»

Vedendo come la guardava, Ruth si torse le mani e cominciò a dire: «Senti, Tony, ci sono cose che tu non sai e...»

«Allora raccontamele!»

Lei lo guardò. Era arrivato il momento. Chiuse gli occhi e iniziò: «La mia vita non è stata facile. Prima di te c'è stato qualcuno che mi ha spezzato il cuore e quando io...»

La suoneria del cellulare di Tony la interruppe. Vedendo chi chiamava, lui si scusò: «È mio padre. Devo rispondere».

Ruth annuì e mentre lui parlava al telefono si disperò. Era stata sul punto di dirgli dei bambini, ma quella chiamata l'aveva interrotta e ora non sapeva se sarebbe stata capace di riprendere il racconto.

Tony parlò per un paio di minuti, senza mai distogliere lo sguardo da lei, e quando riappese, appoggiò il cellulare sul tavolo e le chiese: «È per colpa di quell'uomo che ti ha spezzato il cuore che ora sei costretta a lavorare tanto? Il debito con la banca l'ha fatto lui, vero?»

Paragonare sua sorella e i gemelli a un debito con la banca era un po' forte come concetto, ma consapevole di lavorare per loro, Ruth annuì e Tony disse: «Non puoi giudicare le persone sulla base di ciò che hanno fatto altri. Non so chi sia quell'idiota e nemmeno cosa ti abbia fatto, ma io non sono così. Voglio restare con te. Voglio venirti a prendere a casa, aiutarti a pagare quel debito, andare al cinema o cenare da solo con te e poter passare qualche fine settimana insieme a te, senza che tu sia sempre costretta a correre via per andare a lavorare. Questo non l'hai ancora capito?»

Ruth non rispose. «Da solo con te» era impossibile, visto che lei non era sola. Ma ciò che Tony le stava dicendo era quanto di più lusinghiero si fosse mai sentita dire. Lui la guardò per parecchi secondi, sperando che Ruth aggiungesse ancora qualcosa, ma quando non lo fece le mostrò la chiave che teneva appesa al portachiavi dell'auto e disse: «Prima mi hai chiesto che cosa significa, giusto?» Ruth annuì e lui continuò: «Tanti anni fa mia madre regalò a ciascuno dei suoi figli una chiave uguale. Secondo lei, era la chiave del nostro cuore e avremmo dovuto darla alla ragazza che l'avesse conquistato».

«Oddio, che cosa carina!» mormorò Ruth, emozionata.

«Qualche anno fa», continuò a raccontare Tony, «io la consegnai a una donna. Era bella, intelligente e stavamo molto bene insieme. Mi innamorai come uno stupido e, oltre alla chiave, le consegnai la mia vita. Quando la portai a Porto Rico per farle conoscere mio padre, lui mi avvertì che lei non era come la vedevo io. Non gli diedi retta, finché un giorno mio padre le offrì dei soldi per lasciarmi e lei accettò.»

«Sul serio?»

«Sul serio», confermò lui. «L'unica cosa che le interessava era la fama che il mio cognome poteva darle.»

«Cavolo...»

«Quando accadde, io mi infuriai con mio padre. Anzi, per dirla tutta non gli rivolsi più la parola per parecchio tempo. Ma quando finalmente ci riflettei davvero, mi resi conto che l'amore mi aveva obnubilato la ragione e che in lei vedevo soltanto ciò che volevo e non ciò che mio padre e tutti gli altri distinguevano molto chiaramente. Passò il tempo, quella donna smise di essere importante per me e i regali che le avevo fatto non mi interessavano. Volevo solo riavere la chiave di mia madre e da quando sono riuscito a recuperarla non l'ho più data a nessuno. Non solo», aggiunse, fissando su Ruth i suoi occhi inquietanti, «non ne ho mai parlato con nessuno, ma a te ho voluto raccontarlo, perché sono convinto che sei diversa. Speciale! E mi piacerebbe fare tante cose con te, non vedo l'ora di farle. Per fortuna siamo entrambi liberi e senza figli. Non abbiamo legami e possiamo goderci la vita. Ma finché tu non ti sarai disfatta di quella zavorra e di quel debito che ti pesa sulle spalle, non potremo farlo. E se la tua zavorra è quell'imbecille, dimenticalo, perché adesso ci sono io a proteggerti e a occuparmi di te come meriti.»

«Oh-mio-Dio...»

Tony sorrise a quell'esclamazione e le chiese: «Ti colpisce il fatto che io muoia per te?»

Ruth annuì e lui la baciò, mormorando: «Be', abituati all'idea, bellezza. Sono pazzo di te e non c'è niente che tu possa dirmi capace di farmi cambiare idea».

Pensando ai suoi tre bambini e al suo passato, Ruth si disse che questo sì che l'avrebbe fatto scappare. E senza sapere nemmeno lei perché, stupidamente, non approfittasse di quel momento per sincerarsene, Ruth gli mormorò, abbracciandolo: «Dammi tempo, Tony, per favore. Ti chiedo solo questo».

Lui annuì senza pensarci due volte. E sperando di farla tornare a sorridere, mentre si sedevano sul comodo divano le consegnò una busta che aveva preso dalla tasca della giacca.

«Apri. Qualche sera fa mi hai detto che ti piace Bruno Mars, giusto?»

Lei gli si mise a cavalcioni, facendo sì con la testa. La busta conteneva due biglietti VIP per un concerto e lei sorrise appena li vide, ma quando guardò la data disse: «Oh, non posso. Quel venerdì lavoro a El Mono Rojo».

Appena sentì il nome di quel locale, lui cambiò espressione.

«Lo odio quel posto. Non mi va che lavori lì. Non mi piace come ti guardano gli uomini né i vestiti provocanti che ti devi mettere. Per non parlare dello show di mezzanotte, quando sali sul bancone a distribuire tequila. Non lo sopporto.» E vedendo la faccia divertita di Ruth le chiese: «A te piacerebbe vedere me in una situazione del genere?»

Ruth ci pensò. Se Tony avesse fatto una cosa simile, tutte le donne del mondo avrebbero fatto qualsiasi cosa per mettergli le mani addosso. Perciò rispose: «Credo di no. Sono gelosa».

«Be', anch'io sono geloso, guarda un po'. E voglio che lasci quel lavoro. Sono disposto a pagarti io la...»

«Ma cosa mi vuoi pagare?!» lo interruppe, offesa.

«Sì.»

«Non dire cretinate!»

«Ruth, non sto dicendo nessuna cretinata. Pensaci, per favore.»

Lei notò la sua espressione seria e capì che per lui era una questione davvero importante. Perciò, sapendo che in quei venerdì avrebbe sempre potuto lavorare per l'agenzia di catering, gli disse: «Va bene. Ti prometto che non ci andrò più».

«Grazie», rispose lui, e la baciò. Poi, indicando i biglietti che Ruth stringeva ancora in mano, aggiunse: «Quanto al concerto di Bruno, tu ci andrai, anche se fosse l'ultima cosa che faccio al mondo».

17.
Donne bellissime

I giorni passavano e anche i loro folli incontri proseguivano.

Tuttavia, per quanto sembrasse incredibile, la stampa parlava di Tony attribuendogli ogni settimana una relazione con un'attrice o una cantante diversa, cosa che dava fastidio a Ruth, ma che non scomponeva affatto lui, perché ci era abituato.

Una mattina, dopo una notte di sesso sfrenato, Ruth, sfinita, si addormentò nel letto di Tony e lui non la svegliò. All'improvviso aprì gli occhi di soprassalto e guardando l'orologio si sentì morire: erano le sei e venti.

I bambini sarebbero entrati a scuola alle otto. Doveva andarsene di lì il prima possibile!

Alzandosi dal letto in tutta fretta, un piede le rimase incastrato nel lenzuolo, facendola cadere faccia a terra. Il trambusto svegliò Tony.

«Dolcezza, cosa ci fai per terra?»

Lei si rimise subito in piedi, vestendosi mentre gli dava le spalle.

«È tardissimo, devo andare.»

Tony guardò l'orologio digitale sul comodino: erano solo le sei e venti di mattina e avevano fatto l'amore fino alle quattro. Si alzò e, tirandola a sé, la baciò.

«Rimani. Me ne occupo io e...»

«No, non posso», rispose mentre si liberava dal suo abbraccio.

Tony la guardò. Perché aveva tanta fretta? E prima che potesse dire qualcosa, Ruth gli chiese: «Mi puoi prestare la tua macchina? Giuro che te la riporto tutta intera.»

«Ma perché devi scappare così?»

«Me la dai o no?» rispose lei in tono deciso.

Stupefatto dalla sua reazione, Tony alzò le mani in segno di resa: «D'accordo. È nel garage».

Ruth sorrise e lo baciò sulle labbra: «La recuperi poi al ristorante, ok?»

Lui acconsentì e lei se ne andò di corsa.

Affacciandosi alla grande finestra della stanza, Tony la vide uscire di casa e salutare velocemente Melodia, poi entrare nel garage. Poco dopo, uscì al volante della R8. La guardò fino a quando uscì dal suo campo visivo facendo fischiare le gomme, quindi tornò a letto. Era distrutto. Ruth si divertì a guidare quella macchina. Era eccezionale! Di primo acchito la cosa la entusiasmò, ma poi, ricordando il suo passato, cambiò umore.

Arrivata a casa sua, trovò Manu addormentato sul divano. Cercò di entrare facendo silenzio per non svegliarlo, ma quando aprì la porta della sua stanza lo sentì dire: «Ti ammalerai, se non riposi un po', *amove* mio».

«Mi dispiace. Mi dispiace di arrivare a quest'ora, ma mi sono addormentata e...»

«È tutto ok, tesoro... tutto ok.»

Poi, avviandosi verso l'uscita per andare a casa sua aggiunse: «Non ti preoccupare per l'ora in cui torni. Preoccupati piuttosto di stare bene. Se tieni questo ritmo stai certa che ti ammalerai. Guardati allo specchio, hai due occhiaie spaventose!»

Le strizzò l'occhio e se ne andò.

Ruth si spogliò e si mise sotto la doccia, per cercare di svegliarsi. Dopo essersi vestita, chiamò i bambini e preparò loro la colazione, prima di portarli a scuola. Quindi tornò a casa e mangiò qualcosa, mentre osservava la chiave con scritto *Per sempre*. Poi prese la macchina fantastica di Tony e andò al lavoro.

Verso le nove e mezzo di mattina lui fece la sua comparsa al ristorante e lei sorrise, vedendolo. Ogni volta che lo vedeva, sorrideva. Sarebbe stato da stupida non farlo.

Tony si sedette su uno sgabello al bancone e, senza dire nulla, Ruth gli mise davanti un caffè e una brioche.

«Buongiorno, Signor Ferrasa. Grazie infinite per la macchina. E a proposito... che bolide!» gli disse felice, allungandogli con nonchalance le chiavi.

Prendendole, lui la guardò: «Dove andavi così di fretta, stamattina?»

E dato che aveva già escogitato una scusa, rispose sorridente: «Dovevo vedere alcuni fornitori prima che aprisse il ristorante. Oddio, quasi mi è venuto un infarto pensando di non arrivare in tempo. Ma grazie a te e alla tua macchina eccezionale sono stata puntuale. Quindi grazie... grazie... grazie».

Tony la guardò incantato da quel sorriso affascinante, poi si alzò: «Devo andarmene».

«Ma dai, tu lavori?»

«Più di quello che credi», le rispose lui avvicinandosi al bancone, divertito. Poi, trattenendo la voglia che aveva di baciarla, aggiunse: «Un duro lavoro con Jessica Montgomery mi attende».

Ruth si lasciò sfuggire un sospiro. Sapeva chi era Jessica: una bravissima, nonché bellissima, cantante canadese con cui era apparso sulla stampa. Ma si trattenne dal dire quello che pensava e chiese invece: «Ci vediamo questa notte, quando finisco il turno?»

Tony la guardò con un'alzata di spalle. «Non lo so.»

Quel «Non lo so» non piacque affatto a Ruth, soprattutto visto che era venerdì e sapeva con chi lui avrebbe passato tutto il giorno. Uscì da dietro il bancone e gli si avvicinò. «Divertiti con lei», sussurrò.

Per alcuni attimi si guardarono negli occhi con impudenza. Alla fine Tony si girò, e se ne andò con un sorriso.

«Che scemo», pensò Ruth guardandolo allontanarsi.

Con le pulsazioni a duemila, si mise a lavorare, ma dopo mezz'ora la sua faccia e il suo umore davano inconfondibili segni di quanto fosse stanca e il suo capo, intuendo che avrebbe avuto problemi con la ragazza, si avvicinò.

«Ha passato una brutta notte?»

Il primo istinto di Ruth fu di replicare che si stava sbagliando, ma era così sfinita che annuì.

L'uomo allora disse con compassione: «Non mi hai mai chiesto un giorno libero e non prendi mai ferie. Stai a casa fino a lunedì. Vedremo poi quando recupererai».

Ruth avrebbe voluto abbracciarlo per la gratitudine, ma si trattenne e sorrise. Si tolse il grembiule e se ne andò dritta a casa, senza nemmeno un tentennamento. Aveva proprio bisogno di dormire.

Quando si svegliò erano quasi le cinque. I bambini! Scese di corsa dal letto, ma si calmò vedendo un messaggio di David sul comodino che diceva: «Vado io a prenderli».

Quindi fece tutto con più calma e quando i bambini arrivarono a casa, li accolse con un sorriso radioso.

«Mammina», disse Jenny dandole un biglietto d'invito, «posso andare a dormire a casa della mia amica Ivanna? Stasera ci sarà una festa per ragazze e domani è il suo compleanno. Sua madre mi ha promesso che domenica mi riporta indietro dopo aver mangiato. Posso andare?»

Ruth lanciò un'occhiata ai suoi amici, che la stavano osservando con aria divertita, poi chiese:

«Vuoi stare due notti fuori casa?»

«Sì.»

«Sei ancora un po' troppo piccola per questo.»

«Ma... ho già dieci anni e prometto di prendere le medicine.»

«Ci saranno anche ragazzi?»

La bambina scosse la testa e Ruth prese il biglietto che le porgeva. «Va bene. Ma voglio che mi mandi dei messaggi sul cellulare per dirmi come stai. E soprattutto comportati bene. Intesi?»

«Mamma sei super», le disse Jenny abbracciandola.

Poi la bambina raggiunse i gemelli. Manuel si avvicinò a Ruth con le lacrime agli occhi. «Ricordo ancora quando le insegnai a sbucciare una mela e ora... guardala com'è grande! Un giorno o l'altro mi chiederà una depilazione alla brasiliana.»

I tre esplosero in una risata, ma poi guardarono Jenny con affetto. Non c'era dubbio che crescerla assieme li avesse segnati a vita.

«A proposito, mi ha chiamato il Granchio e ho una bomba!» disse David.

«Cosa?» chiese Ruth.

David si avvicinò.

«Davvero non sai dove andiamo a lavorare stasera?»

Ruth scosse la testa e lui, raggiante, esclamò: «Serviremo cocktail nella zona VIP dei ricconi che vanno al concerto di Bruno Mars!»

«Cosa?!»

«Oh, quanto sono invidioso di voi due...» se ne uscì Manuel.

«Andiamo al concerto di Bruno Mars?» chiese lei, incredula.

«Sì. Sembra che nella zona VIP, vicino al palco, ci sia bisogno di tre camerieri. Saremo tu, Glenda e io. Che ne dici?»

Ruth non poté fare a meno di sorridere. Non c'era dubbio che ci fosse lo zampino di Tony Ferrasa e ricordò le parole «Ci andrai, anche se fosse l'ultima cosa che faccio al mondo!»

«Mi sa che ci divertiremo», rispose entusiasta.

Quella sera, dopo aver lasciato Jenny a casa della sua amica Ivanna e aver affidato i gemelli a Manu, David e Ruth andarono al Teatro Nokia di Los Angeles, dove si sarebbe esibito Bruno Mars.

Alle sette il teatro iniziò a riempirsi. Ruth e David erano a un lato del palco, in prima fila, e quando nessuno chiedeva da bere ballavano con i siparisti guardando felici gli altri cantanti che erano venuti a vedere lo spettacolo. C'era anche Yanira, la cognata di Tony, con alcune amiche che Ruth aveva visto durante il compleanno di Preciosa.

Di sicuro nessuna si ricordava di lei; era solo una cameriera; ma lei sì, le ricordava.

Osservò con curiosità Yanira. Vestita in modo semplice, con i jeans e la maglietta del tour di Bruno Mars, era una ragazza come tante. Fu felice di servirle da bere e di vedere quante carinerie scambiava con il marito. Erano una coppia perfetta.

Il concerto di Bruno Mars iniziò alle otto e subito fu uno spettacolo incredibile. Cantava bene, ballava incredibilmente, e la sua musica era il massimo del massimo.

Per un po', Ruth cercò di individuare Tony, ma senza successo. Era forse con la Montgomery? Ma scacciò quell'idea: era riuscito a farla andare al concerto di Bruno Mars e sapeva che di lì a poco sarebbe apparso.

All'improvviso lo vide arrivare. Era bellissimo, come sempre, coi jeans, la camicia nera e la giacca sportiva. Si avvicinò al gruppo in cui si trovava sua cognata Yanira e la salutò. Sprizzava sensualità da tutti i pori.

I loro sguardi si incontrarono e si sorrisero. Tony si avvicinò appoggiandosi al bancone e chiese una birra.

Quando Ruth gliela servì, lui le sussurrò, guardandola negli occhi: «Ti avevo detto che saresti venuta, anche se fosse stata l'ultima cosa che avrei fatto, ed eccoti qui».

«Ricordami di riempirti di baci.»

«Puoi iniziare anche ora.»

«Sto lavorando, signor Ferrasa», rispose lei ridendo.

«Se fosse per me, ti tirerei fuori del bancone e ti bacerei davanti a tutti, in modo che sappiano che sei molto, molto speciale per me...»

«Che non ti salti in mente!» lo bloccò lei ridendo, ma tornò subito seria vedendo arrivare Omar, il fratello maggiore di Tony.

«Hai visto la tua cognatina con quel russo?»

Ruth si allontanò e Tony guardò nella direzione indicata dal fratello.

«Omar, per favore, vuoi lasciare in pace Tifany?»

Lui sbuffò, arrabbiato. «Le ho mandato io il biglietto del concerto. So che le piace Bruno Mars e speravo di passare un po' di tempo con lei.»

Tony sorrise e bevve un sorso di birra.

«Ma poi lei mi ha chiamato e mi ha chiesto un altro biglietto. E io gliel'ho mandato.»

«Tu?!»

Stanco di vedere Omar che assillava Tifany, Tony lo guardò e si fece serio.

«Mettiti in testa, fratello, che quello che non si cura, si perde. E tu l'hai persa. Che diavolo vuoi adesso?»

Omar non rispose e Tony proseguì: «Tifany ti ha dato più di un'opportunità e tu l'hai sprecata. Per te era più divertente passare di letto in letto e non pensare che lei ti aspettava a casa».

«Cazzo, Tony...»

«No Omar, no. Tutti noi ti avevamo avvisato: Dylan, papà, Yanira... ma tu hai continuato il tuo gioco schifoso correndo dietro a tutte le gonne, fino a quando Tifany non ha preso una decisione. Non ha forse diritto di essere felice? Cazzo, basta ora! Renditi conto che sta meglio senza te. È una brava ragazza che...»

«Brava ragazza?» disse Omar con sarcasmo. «Le brave ragazze non escono con modelli da quattro soldi come quello. Le brave ragazze sono di un'altra pasta.»

Sorpreso dalla risposta del fratello e stanco di quella conversazione, Tony lo zittì mentre si allontanava: «Fai il favore di smettere di fare lo scemo e di lasciare che Tifany sia felice».

Omar rimase solo al bancone e chiese una birra. Gliela portò Ruth, che osservò con curiosità il fratello maggiore di Tony: erano alti uguali e in un certo senso si assomigliavano, come d'altronde tutti e tre i fratelli Ferrasa. Erano alti, bruni e sprigionavano un sex appeal incredibile.

All'improvviso, Omar alzò lo sguardo. Non lontano da lui, dall'altra parte del bancone, vide che Tifany stava chiedendo qualcosa da bere. Prese la sua birra e le si avvicinò.

«Ciao Tifany.»

Sentendo la sua voce, lei si girò sorridendo in modo affettuoso.

«Ciao Omar.»

Si guardarono per qualche istante e la donna si rese subito conto che non sarebbe andata a finire bene. Conosceva molto bene suo marito. «Omar, non attaccar briga. Divertiamoci in santa pace», gli disse avvicinandosi.

«Ti ho mandato l'invito perché so che ti piace Bruno e speravo di passare una serata piacevole con te.»

«E non credi che avresti dovuto chiedermi se io la volevo passare con te?»

«Tifany...» sussurrò lui avvicinandosi.

Offesa, la donna si ravviò i capelli, quindi chiese sottovoce: «Cosa ti serve?»

«Niente.»

Tifany lo osservò bene e vide che le sue pupille erano eccessivamente dilatate.

«Omar Ferrasa, non è che stai prendendo droghe?»

«Non dire cavolate», brontolò lui.

Per un momento, si sfidarono con gli sguardi e quando lui abbozzò un sorriso, Tifany esclamò: «Eh, no! Neanche morta! Non mi sorridere in quel modo. Io e te siamo solo i genitori di una bambina stupenda. Non c'è niente di più, quando te lo metterai in testa?»

Omar le si avvicinò e le mise una mano sulla vita. «Amore, ci divertivamo a letto, ricordi?» le sussurrò.

Sentendosi chiamare come all'inizio della loro relazione, Tifany ebbe un tuffo al cuore, ma era sicura di non volerci ricadere. «Fammi il piacere di togliermi le mani di dosso. E riguardo a quello che dici, è vero, non lo nego. Ci divertivamo un mondo a letto. Ma ricordo anche che ti divertivi molto in tutti i letti!»

«Amore...» disse lui insistendo e avvicinandosi alla sua bocca.

Tifany si allontanò bruscamente e sbottò, cosciente dell'effetto che le faceva quel nomignolo. «Eh, no. Non sono il tuo amore. Ti proibisco di chiamarmi così! Ora ho la fortuna di essere l'amore di qualcuno che mi rispetta e bacia dove cammino.»

Alexei si era accorto della scena e si avvicinò, ma non fece in tempo ad aprire bocca che Omar gli sferrò un dritto. Il russo lo schivò e rispose con un pugno che colpì Omar sul pomo d'Adamo mandandolo al tappeto.

«Cazzo», disse Tony a suo fratello Dylan.

Alexei, un bestione biondo di quasi due metri con una faccia poco raccomandabile, guardò Omar e gli intimò: «Non provare di nuovo a toccarla».

«È mia moglie», insistette lui.

Ruth e David si guardarono senza sapere cosa fare, mentre la gente si affollava attorno ai due.

«Era tua moglie!» chiarì il russo, furioso.

Tifany spaventata fermò Alexei che stava per colpire di nuovo, mentre Tony e Dylan accorsero per occuparsi del fratello. I tre Ferrasa parlarono per qualche secondo, poi Dylan portò via Omar in modo brusco. Qualche istante dopo, Tony si avvicinò a una nervosa Tifany. «Mi spiace bellezza. Faremo in modo che non succeda più.»

Lei annuì e si avvicinò al suo ex cognato. «Anche a me spiace, Tony, ma...»

Lui le mise un dito sulla labbra per fermarla. «È mio fratello e gli voglio bene. Ma non ti merita e questo lo sappiamo tutti, anche se ci fa male. Quindi non devi scusarti di nulla, ok?»

«Tony, credo che Omar stia prendendo qualche droga. Tienilo d'occhio. So che gli amici che frequenta prendono di tutto e in gran quantità, e aveva uno sguardo strano.»

Il cognato assentì e l'abbracciò con affetto. Tifany prese per mano il russo e raggiunse Yanira e le sue amiche. La vita andava avanti e nessuno, neanche Omar, l'avrebbe fermata.

Stupita da quel trambusto, Ruth guardò Tony, che le fece l'occhiolino per poi andare a cercare i suoi fratelli.

«Ragazzi, che casino!» disse David.

«Già...»

«Vedi, anche i ricconi se le danno!»

Si misero a ridere, poi tornarono al lavoro.

Un bel po' più tardi, Ruth si accorse di due donne, una più bella dell'altra, che si erano avvicinate a Tony e avevano iniziato a parlargli. Sembrava che fosse una conversazione piacevole e poco dopo si avvicinarono tutti e tre al bancone per chiedere qualcosa da bere. Ruth li servì e Tony, con grande sforzo, cercò di non guardarla, anche se gli era impossibile. Non voleva crearle problemi.

Sebbene Ruth lo capisse, non le piacque il suo atteggiamento. E ancor meno che lui sorridesse e si divertisse con quelle due sciocche.

David l'aveva capito e mentre si avvicinava alla sua amica mormorò: «Come direbbe mia nonna Carmela, che sfrontate!»

Yanira, che stava ballando con le sue amiche, vide il cognato con due modelle e sorrise: che sciupafemmine! Poi notò la ragazza coi capelli di tutti i colori e si chiese dove l'avesse già vista.

Era assorta nei suoi pensieri, quando si accorse che Tony stava cercando con lo sguardo proprio quella ragazza. Vide anche che le strizzava l'occhio. Tony stava forse flirtando con tre donne? Che macho!

L'idea la fece ridere, ma poi si accorse che la ragazza dai capelli colorati guardava Tony con aria di rimprovero e che lui le sorrideva. Ma che cosa stava succedendo?

L'umore di Ruth diventava sempre più nero e vederlo flirtare con quelle davanti al suo naso le stava rovinando la serata. David, che la conosceva bene, se ne accorse. «Metti giù il coltello per tagliare i limoni, che mi fai paura.»

«Ok. Vado a prendere altro ghiaccio, rimani da solo con Glenda per qualche minuto.»

Senza guardare Tony, uscì da dietro il bancone e si diresse rapidamente verso il piccolo magazzino. Aveva bisogno di levarseli dalla vista e rilassarsi un po', altrimenti avrebbe commesso una pazzia. Si avvicinò al freezer a passo sostenuto e lo aprì per prendere tre sacchetti di ghiaccio. Quando richiuse lo sportello, si ritrovò davanti Tony.

«Va' all'inferno», disse a bassa voce, arrabbiata.

Lui sorrise e togliendole il ghiaccio di mano la baciò. Le mise la lingua in bocca e le fece sapere quanto la desiderava e quanto bramava stare con lei.

«Voglio solo te», le disse scostandosi da lei.

Ruth era confusa: «E se... e se tutto questo è solo uno stupido scherzo del destino e...»

«Sei lo scherzo più bello, importante e inquietante che mi sia mai capitato», la interruppe lui, senza smettere di guardarla con quegli occhi che toglievano il fiato.

In estasi per le risposte che lui le dava sempre, annuì, ma non poté evitare di aggiungere: «Per questo fai lo scemo con quelle?»

«Non sto facendo lo scemo! Sono due amiche e sto parlando con loro.»

«E tu lo chiami parlare, quello?»

«Dolcezza, devi imparare a distinguere tra quello che vogliono loro e quello che voglio io. Come ti avrebbe detto mia madre, è la regola numero uno di una coppia. Non devi preoccuparti se loro mi vogliono, perché credo che ti faccia capire sempre molto… molto chiaramente che io desidero solo te. Non mi importa niente di quelle donne.»

Ruth sospirò. Aveva ragione, ma le dava fastidio che quelle lo guardassero così. Vedendo che era ancora contrariata, le si avvicinò.

«Se non ti bacio davanti a tutti, come invece mi piacerebbe, non è per me, ma per te. Sei tu che non vuoi rivelare la nostra relazione, giusto?»

Lei annuì.

«Dai, vai via prima che io non riesca più a trattenermi e faccia l'amore con te sopra il freezer, senza preoccuparmi che ci vedano. E fammi il favore di non mandarmi più all'inferno e di avere fiducia in me.»

Con un gran sorriso, Ruth si allontanò correndo. Qualche istante dopo, Tony la seguì e, lanciandole sguardi e sorrisi, si avvicinò ai suoi amici.

Yanira, che aveva visto tutta la scena, si ricordò che quella ragazza era stata al compleanno di Preciosa e andò al bancone, chiedendole da bere. Rimase di pietra quando lesse il suo nome sul cartellino: Ruth?! Era lei la Ruth del messaggio segreto?

La guardò, stupefatta. Adesso le tornava tutto. Si avvicinò a suo cognato. «È venuta quella Ruth al concerto?» gli chiese.

Tony la guardò stranito, ma lei sorrise. «Devi presentarmela. Mi piacciono molto i suoi capelli colorati e mi ha fatto morire che ti abbia dato una strigliata! Senza dubbio siamo della stessa pasta!» gli sussurrò senza farsi sentire da altri.

«È spagnola.»

«Eh, bravo!» disse Yanira battendo le mani. «Presentamela ora.»

Suo cognato sorrise e ribatté: «Ogni cosa a suo tempo, biondina».

Poi tutti si divertirono guardando il concerto, fino a quando il cantante B.o.B. salì sul palco, dopo aver dato il cinque a Bruno, fece una dedica al microfono. «Questa canzone è dedicata a tutte le ragazze stupende che sono qui oggi.» Nel teatro si levò un grido di esultazione. Poi Bruno proseguì. «Ma in modo speciale a Ruth, da parte del mio buon amico Tony.»

«Oh mio Dio», mormorò lei.

«Oh, cucciola!», sussurrò David, commosso. «Che romanticooooooooo!»

Poi Bruno si mise a cantare la bellissima canzone *Nothing On You*.

Beautiful girls all over the world
I could be chasing, but my time would be wasted
They got nothing on you, baby
Nothing on you, baby...

Senza parole, Ruth guardò Tony e sorrise. Quella canzone parlava di un uomo che poteva inseguire tutte le donne del mondo, ma che voleva passare il suo tempo solo con la ragazza di cui era innamorato. Solo con lei. Non esisteva nessun'altra.

Emozionati, incantati, senza fiato e parlandosi con lo sguardo, ascoltarono la canzone senza accorgersi che Yanira li osservava divertita. Non si sbagliava! Suo cognato aveva in testa quella ragazza e, conoscendo Tony, doveva essere molto speciale.

Speciale era proprio la parola giusta. Così si sentiva Ruth di fronte a quello che aveva fatto Tony. Non aveva mai conosciuto un uomo così attento e protettivo come lui. Non c'era niente in lui che non le piacesse. Quello che era iniziato in modo imprevisto era diventato qualcosa di molto *speciale* e, affascinata, lasciò che il suo Ferrasa la guardasse, mentre Bruno Mars continuava a cantare e attorno a lei la folla ballava.

Quando il pezzo finì, gli spettatori impazziti applaudirono. Tony si avvicinò al bancone, chiese una birra e le disse anche: «Ora ti è chiaro che mi importa solo di te?»

Lei annuì, incantata.

«Ti aspetto alla porta C quando finisce il concerto», aggiunse Tony con un sorriso affascinante.

Lei annuì di nuovo, senza riuscire a distogliere lo sguardo da lui che tornava verso i suoi fratelli.

David, commosso, disse: «Oh! Santo cielo, pazzesco!»

«Già...» rispose Ruth, tremando ancora.

Era Tony il cavaliere speciale cui si riferiva George?

Quando ebbe finito di servire due clienti che gli avevano chiesto un paio di ordinazioni, David si avvicinò a Ruth e le disse: «Ora telefoniamo al Granchio e visto che sia domani che domenica non devi andare al ristorante alla mattina gli dici che questo fine settimana non puoi lavorare perché sei malata e siccome Jenny sarà al compleanno della sua amica, puoi passare un weekend intero di follia e sfrenatezze con quel bel tocco di moro».

«Ma...»

«Niente *ma*, cucciola. Tu andrai con quel gran gnocco da paura, come io mi chiamo David Jiménez e sono di Badajoz. Passerai il fine settimana che ti meriti e gli dirai una volta per tutte dei bambini. Ah! E non voglio vederti a casa fino a domenica o giuro che ti do un bel po' di pedate nel sedere. Manu e io rimaniamo coi gemelli e con Jenny quando tornerà dal compleanno della sua amica. E stai tranquilla, non sarai una cattiva madre per aver pensato a te stessa una volta in dieci anni.»

«Ma...»

«Zitta e stammi a sentire! Anche se Adán ci dipingesse la sala come la Cappella Sistina, o ci uccidesse con le sue scoregge e Brian ci bloccasse tutti gli apparecchi elettronici di casa, non devi preoccuparti! Tu e quest'uomo meritate di stare assieme per più di tre ore e il fine settimana andrà a gonfie vele.»

Ruth ci pensò sopra, e disse di sì.

Era la prima volta da tanto tempo che si allontanava dai bambini e, come diceva David, lo meritava!

18.
Non esistono limiti

Quella notte fecero l'amore finché furono sazi. All'alba Ruth disse che sarebbe rimasta da lui e Tony ne fu felice.

Non si arrischiò a dirgli che aveva tutto il fine settimana, per tenersi libera nel caso un bambino si ammalasse e lei dovesse andare via di corsa.

Dormire abbracciati, senza fretta, era la sensazione più bella che avesse mai provato. Quando si svegliò lo vide seduto poco distante dal letto, che la guardava. Cercò di sistemarsi i capelli arruffati e chiese:

«Che succede?»

Tony la guardò.

«È vero. Sei qui. Non sei un ologramma!»

Lei si alzò, felice, si infilò una maglietta e andò da lui. Si sedette a cavalcioni sopra di lui e lo baciò.

«Un ologramma ti bacerebbe così?»

Tony si sentì sciogliere da quel bacio e impazzì di desiderio. Poi, anche se sapeva già la risposta, le chiese: «Perché ti copri sempre quando ti alzi dal letto?»

«Non mi piace il mio corpo.»

Lui sorrise, perché aveva visto la cicatrice che aveva sulla pancia, ma non gli dava fastidio. Senza dire niente l'afferrò, possessivo, per baciarla, sussurrando: «Ti amo».

Lei lo guardò stupita.

«Sei bellissima e perfetta, ricordatelo sempre.»

Col cuore che le batteva a mille per quelle parole, Ruth stava per rispondere, ma lui la anticipò: «Ancora non ci credo che tu sia qui con me all'una del pomeriggio».

Lei sorrise, ancora emozionata per quel «Ti amo», e disse: «Ho una fame da lupi, tu no?»

Tony la prese in braccio e la portò in cucina, dove si rivelò un cuoco provetto.

«Cosa ne diresti di accompagnarmi a Santa Monica? Ho un appuntamento col mio tatuatore», disse Tony indicando un tatuaggio sul braccio. «Vorrei finirlo oggi.»

Lei gli sfiorò la spalla e il braccio, accarezzando quel disegno tribale così bello.

«Sarebbe fantastico, ma c'è un problema.»

«Quale?»

«I miei capi credono che sia ammalata, e se qualcuno mi vede in giro...»

«Certo. Chiamo subito Bobby e disdico l'appuntamento», disse Tony, sollevandola e mettendola sopra il ripiano della cucina. «L'unica cosa che voglio è stare con te per tutto il fine settimana.»

Ruth era contenta.

«Va bene. Prima rifacciamo il letto. Poi mi presti un cappellino per nascondere i capelli e un paio di occhiali da sole, e andiamo a Santa Monica. Tu finisci il tuo tatuaggio, compriamo dei giornali, mangiamo qualcosa, torniamo a casa e passiamo nudi il resto del tempo. Cosa ne dici?»

«Rifacciamo il letto?!» ripeté lui ridendo.

«Certo. Non si può mica uscire di casa senza averlo sistemato.»

Tony rise e acconsentì, poi la baciò e andarono in camera.

Ruth gli chiese se poteva guidare la sua macchina favolosa e lui le passò le chiavi. Fu sorpreso da quanto era abile alla guida. Di sicuro non era una donna che si faceva intimidire da un'auto potente, anzi, la sua sicurezza gli fece intuire che aveva già avuto tra le mani motori di grossa cilindrata. Ma non chiese nulla, aspettando che fosse lei a raccontare.

Poter stare con Ruth a quell'ora del giorno era un lusso che non voleva sprecare: desiderava assaporare ogni minuto di quella giornata eccezionale. Tra chiacchiere e risate, arrivarono al negozio di tatuaggi e Ruth, tenendo la mano a Tony, rimase a osservare mentre Bobby faceva il tatuaggio. Ma dopo un po' il rumore dell'ago iniziò a infastidirla.

«C'è una farmacia e un posto dove comprare qualche rivista, qui vicino?»

«Se attraversi la strada, vicino a Starbucks, c'è la farmacia e una libreria molto grande che ha anche riviste.»

Ruth diede un bacio a Tony e uscì dal negozio, incamminandosi nella direzione che le aveva indicato Bobby. In farmacia comprò un paio di slip usa e getta. Non erano molto sexy, ma almeno poteva cambiarsi. Poi decise di dare un'occhiata anche alla libreria e appena entrata rimase a bocca aperta. Era immensa e, senza alcun dubbio, per lei era il luogo di perdizione. I libri e la musica erano le due cose che amava di più.

Si tolse il cappellino e gli occhiali, e cominciò a curiosare tra i libri. Alla fine ne scelse tre: non riusciva a entrare in una libreria senza comprare niente. Quando si mise in coda per pagare, all'improvviso sentì: «Mami... mami...»

Riconobbe subito la voce dei gemelli, si voltò e aprì le braccia per accoglierli. Quanto amava i suoi bambini. Baciò con affetto la loro testa dai capelli rossi e vide anche David.

«Ma tu cosa ci fai qui, cucciola? Non dovresti essere con chi so io da tutt'altra parte?»

«Già!» aggiunse Manuel.

Ruth sorrise e lanciò un'occhiata al negozio di tatuaggi. I suoi amici capirono al volo.

«Non mi dire che ha un tatuaggio...» disse David.

«Un bellissimo disegno tribale su tutta la spalla e parte del braccio. Che sexy!»

David spalancò gli occhi. Gli uomini tatuati gli piacevano da impazzire e Manuel, che lo sapeva, disse: «Oh, santo cielo, mi dispiace. Lo sai che quando vedo un ago sto male».

«Mamma, mi compri una storia di Peppa Pig?»

Manu prese Adán per mano.

«Te la compro io, siamo venuti qui per questo! Comunque, Jenny si sta divertendo come una pazza con le sue amiche. L'ho chiamata ieri sera, come ti avevamo promesso, *amove* mio.»

Rimasero un po' a chiacchierare e ridere.

«Figaccione con tatuaggio nuovo di zecca e più sex appeal di Hugh Jackman a ore tre», disse a un certo punto David.

Ruth vide Tony entrare in libreria e si rese conto che l'aveva individuata: stava venendo proprio verso di lei.

«Oh, cavoli!»

«Ma cavoli cosa? "Cavoli che gran gnocco"? Oppure "Cavoli non gli ho ancora detto nulla dei bambini"?» chiese David.

Ruth cercò di nascondersi tra gli scaffali.

«Portate via subito i bambini!»

Vedendo il terrore negli occhi dell'amica, Manuel afferrò per le braccia le due creature e le trascinò via.

«Mami… mami!» gridavano loro.

Sconvolta, Ruth vide Manuel girare attorno allo scaffale e uscire dalla libreria, mentre tutti i clienti li guardavano sconcertati. Sentendo che i suoi bambini la chiamavano, stava per raggiungerli, ma David la fermò.

«Ma allora, accidenti a te, quando lo dirai a Tony?»

«Cos'è che mi deve dire?» disse lui, che li aveva appena raggiunti.

Ci fu qualche secondo di silenzio, poi, vedendo che Ruth era paralizzata, David intervenne.

«Chiedevo a Ruth se ti avesse detto quanto le piace leggere.»

«Oh, anch'io adoro leggere.»

«Fantastico! Sono sicuro che ci sono mille cose che piacciono a entrambi: i libri, il cinema, i bambini, la pizza…» disse David in tono lievemente ironico.

«Già, mi piace tutto quello che hai detto! Ma quanto ai bambini, amo solo i miei nipoti, soprattutto quando se ne vanno coi loro genitori. Non mi piace che mettano sottosopra la mia casa. Odio il disordine!» ribatté Tony.

Ruth fece un sorriso forzato, mentre con la coda dell'occhio scorse Manuel fuori della libreria che lottava per non far rientrare i bambini nel negozio.

«Ora vi lascio, mio marito ha bisogno di me», disse David.

Tony seguì il suo sguardo e vide la scena di Manuel e dei bambini.

«Scommetto che quello coi capelli arancione è tuo marito, vero?»

Poi, notando la lotta in corso, aggiunse: «E sono vostri, quei due bambini coi capelli rossi?»

«Sì», risposero all'unisono Ruth e David.

Tony guardò David sorridendogli e gli diede un cinque.

«Meglio che tu vada, quelle due belve stanno sbranando tuo marito.»

Seguito dallo sguardo di Tony e Ruth, David uscì dalla libreria e i quattro se ne andarono.

«Dylan e Yanira hanno due gemelli e, anche se sono piccoli, sono dei terremoti. Preciosa la conosci già, la figlia di Omar e Tifany. È adorabile, ma cavoli… a volte mette a dura prova la mia pazienza. Quando vengono a casa mia, spostano e toccano tutto. Li adoro, ma quando se ne vanno la casa torna a essere tranquilla e io tiro un sospiro di sollievo.»

«Non ti piacciono i bambini?» chiese Ruth con un filo di voce.

«Ma certo che mi piacciono. I bambini sono vita allo stato puro! Ma solo se è per poco tempo.»

Ruth assentì, ma dentro di sé pensava come sarebbe stato complicato dirgli che quelli fuori erano suoi figli e che ne mancava un'altra. Lui non si accorse di niente.

«Posso regalarteli io?» disse, prendendole i libri che aveva scelto.

Ruth acconsentì e continuò a essere pensierosa.

«Che cosa ti succede?» chiese Tony.

Lei cercò di riprendersi. Si mise il cappellino, gli occhiali e lo baciò.

«Nulla. Torniamo a casa tua, credo sia meglio.»

Fuori della libreria, Tony vide un fiorista e volle a tutti i costi comprarle un bellissimo mazzo di rose rosse. Sapeva che le adorava e voleva che fosse felice.

Uscirono dal fiorista baciandosi, e proprio in quel momento una macchina che stava passando lì accanto inchiodò. Era Rick, il divo del blues che guardò verso di loro e riconobbe Tony e la ragazza dai capelli colorati.

«Ma dai... Tony Ferrasa... allora voi due...»

Quando tornarono a casa, Ruth cercò di dimenticare quello che era successo. Se voleva divertirsi in quel fine settimana con Tony, non doveva pensarci più. Lui la aiutò a farlo, perché non appena entrati nell'ingresso la baciò con passione.

«Voglio spogliarti ora!»

Senza perdere tempo si tolsero i vestiti. Tony tirò fuori un preservativo dal portafoglio, se lo infilò e, con una foga che la fece impazzire, la prese e la fece sdraiare per terra, aprendole il sesso con le dita.

«Ancora un secondo e ti avrei presa in giardino», sussurrò.

Stretta al suo collo, Ruth lasciò che la toccasse. Aprì le gambe più che poté, accogliendolo, mentre lui la penetrava più volte.

Le loro bocche si incontrarono; fecero l'amore come dei selvaggi. Nell'ingresso silenzioso si sentivano solo i loro gemiti e i loro sospiri.

Dopo aver raggiunto l'estasi, rimasero fermi per qualche

istante, poi si alzarono e andarono in camera. Ruth mise le rose in un vaso.

«Abbiamo bisogno di una doccia, cosa ne dici, *cucciola*?»

«È un'ottima idea», rispose Ruth ridendo; era lo stesso nomignolo che usava David. «Ma tu non puoi fartela, per via del tatuaggio.»

«Lo copro, così non si bagna. Non ti preoccupare, mammina.»

«Perché mi hai chiamata così?» chiese lei allarmata.

«Perché a volte lo sembri. Ti preoccupi che il mio tatuaggio non si bagni, o di rifare il letto prima di uscire, e questo mi ricorda mia madre. Lei mi avrebbe detto le stesse cose. Inizia a entrare tu in doccia, che ti raggiungo.»

Quando fu da sola nel bagno, Ruth si guardò allo specchio. Davvero si comportava come una mamma con lui?

Stava giusto per andare sotto la doccia, quando Tony entrò con una scatolina.

«Aprila.»

Curiosa, Ruth lo fece e ci trovò un piccolo vibratore rosa e bianco.

«E questo che cos'è? Cioè... so che cos'è, ma perché me l'hai regalato?»

«Perché tu ti diverta. Vuoi provarlo?» le sussurrò, avvicinandosi.

Ruth sorrise e lo baciò dolcemente.

«Io ho una paperella mascherata da diavolo. Me l'hanno regalata...»

Tony esplose in una risata all'idea che lei si desse piacere in quel modo, ma poi si rabbuiò: «E chi te l'ha regalata?»

Ruth non volle rispondere che era stata un'amica.

«Tu fai tanti regali così alle tue conquiste?»

Tony rimase in silenzio.

«Dai, su, siamo adulti ormai», disse Ruth, «tu hai avuto le tue esperienze e io le mie. Nessuno dei due è vergine e...»

Ma non fece in tempo a finire la frase che Tony la baciò.

«Non voglio sapere niente delle tue relazioni passate. Altrimenti divento un uomo possessivo e divento molto... geloso.»

«E come pensi che reagisca la mia parte gelosa sapendo che hai regalato altri vibratori come questo e sicuramente li hai usati per dar piacere?»

«Ti piace trastullarti al pensiero...» disse lui guardandola.

Lei non poté fare a meno di sorridere e volle provocarlo.

«No, figurati. Voglio solo che sia chiaro che anch'io mi sono divertita come o più di te e che, anche se non ho regalato dei vibratori, me la sono spassata.»

«Vuoi aggiungere altro?» disse Tony, visibilmente infastidito.

Ruth era soddisfatta della sua reazione.

«No, no. Non ho altro da dire.»

Arrabbiato al pensiero delle esperienze di lei con altri, lui le strappò il vibratore di mano, lo gettò per terra nella doccia e aprì l'acqua. Il suo buonumore era sparito e Ruth, che l'aveva capito, gli diede uno schiaffetto sulla natica soda.

«Che cosa succede?»

«Niente.»

«Non vuoi inaugurare il regalo?»

«No, non adesso.»

Dopo alcuni secondi di silenzio, lei fece per uscire dalla doccia, ma lui la bloccò. La guardò negli occhi e la spinse contro la parete.

«La gelosia mi corrode dentro», sussurrò.

E senza aggiungere altro, la baciò con furia, le aprì le gambe ed entrò dentro di lei.

Quell'impeto la fece gridare di piacere. Era la prima volta che lo facevano senza preservativo e fu straordinario sentire il contatto senza barriere. Incredibile. Anche Tony provava le stesse sensazioni e intuiva quello che lei pensava.

«Ho bisogno di sentirti così e so che prendi la pillola. Non me lo hai detto, ma me ne sono accorto.»

Lei annuì e lo guardò mentre lui la penetrava di nuovo con forza.

«Voglio essere l'unico padrone del tuo corpo e che tu lo sia del mio. Voglio possederti solo io e voglio che solo tu possegga me.»

Ruth ansimò mentre lui glielo spingeva dentro di nuovo.

«Solo noi possiamo toccarci, leccarci, fare l'amore e divertirci coi giocattoli. Solo io e te.»

Tremò, mentre gemeva.

«Se penso che qualcun altro ti possa toccare, mi sento morire.»

«Tony...» sussurrò lei.

Senza lasciarla parlare la penetrò un'altra volta mentre lei ansimava di puro piacere.

«Amo solo te e ti desidero e voglio che tu ami solo me e desideri solo me», aggiunse lui.

Ruth, totalmente rapita, lo guardò e lo baciò. Gli mordicchiò le labbra e la lingua, e gemette quando lui affondò nuovamente in lei.

«Voglio solo te, amore mio», gli sussurrò. «Adesso continua a farmi vedere quanto mi desideri.»

Per diversi minuti Tony continuò coi suoi poderosi attacchi. Parlare di quelle cose, immaginare un altro che la toccava e la baciava l'aveva fatto impazzire e fece l'amore con rudezza.

Poi entrambi raggiunsero l'apice.

«Ho bisogno di te e di nessun altro», gli disse Ruth.

Tony finalmente sorrise e iniziò a insaponarla.

«Come mai hai questa cicatrice?»

Lei si bloccò, impietrita. Se n'era dimenticata, e coprì lo sfregio con la mano.

«Appendicite.»

«Appendicite?»

«Già. Si è complicata in peritonite e hanno dovuto aprirmi d'urgenza. Ecco perché è una cicatrice così brutta.»

Tony si mise in ginocchio davanti a lei. Non sapeva nulla di medicina, ma perché avrebbe mai dovuto dubitare di lei?

Le prese la mano con delicatezza e la spostò. Quella cicatrice in mezzo alla pancia non era molto bella e capiva che lei volesse nasconderla, ma lui la baciò senza esitare. Quando la toccò con le labbra, Ruth trattenne il respiro.

Con gli occhi chiusi, sospirò. Aveva avuto l'occasione di dirgli dei bambini e di nuovo non l'aveva fatto. Perché si stava comportando così?

Con delicatezza, Tony scese fino al monte di Venere, baciandolo e mordicchiandolo: «Non mi stanco mai di te».

Lei sorrise e lui si rialzò. Si guardarono negli occhi e lui le sfiorò la fronte con le dita.

«Quand'è che tornerai al tuo colore di capelli? Con questi occhi verdi e i capelli rossi sarai uno schianto.»

Ruth non rispose.

«Saresti bellissima.»

Lei lo guardò, sulle spine. Avrebbe potuto mettere in relazione il colore dei suoi capelli con quello dei bambini di David e Manuel. Ma Tony non stava pensando ad altro che a baciarla.

«*Pelirroja*.»

«Non chiamarmi così!» reagì lei con durezza.

Lui si accorse di quanto si fosse irrigidita e la guardò.
«Che succede, tesoro?»

Ruth fece un sospiro. Non voleva tornare a essere la *«pelirroja»* di nessuno, ma vedendo come lui la guardava preoccupato, si alzò sulle punte per arrivare alla sua bocca.

«Ti amo», gli disse.

Felice per quello che aveva appena sentito, Tony sorrise e la prese in braccio.

«Non sai quanto ho desiderato sentire queste parole uscire dalla tua bocca, amore.»

La portò fuori della doccia e la mise sul letto.

«Credo proprio che passeremo un bel fine settimana, cucciola», le disse.

Quella notte, dopo una serata di sesso bestiale, scesero in cucina per prepararsi qualcosa. A un certo punto il cellulare di Ruth suonò. Si precipitò a leggere il messaggio e sorrise alle parole di Jenny: «Tutto ok, mami».

Dopo cena, si sedettero davanti alla TV.

«Che cosa hai voglia di vedere?»

«È lo stesso, quello che vuoi tu.»

«Quello che voglio vedere io sei soltanto tu.»

Lei sorrise e fece una smorfia con la faccia, facendolo ridere.

A Tony piaceva un sacco che lei facesse così. Nessuna delle sue conquiste si comportava in quel modo, anzi, cercavano sempre di essere perfette e non lasciavano mai trasparire la loro spontaneità. Ma Ruth non era come le altre. Si comportava con naturalezza e gli piaceva vedere che non aveva doppi fini e ambiguità.

«Vieni», le disse prendendola per mano.

Lei lo seguì. Entrarono nel salone mezzi svestiti e Ruth si sedette sullo sgabello del pianoforte trasparente.

«Ricordo ancora il primo giorno che sono venuta a casa tua e tu mi hai detto qualcosa tipo: "Il pianoforte Schimmel è perfetto. E la trasparenza ci mostra quanto sia anche bello".»

Tony fece una risata.

«Volevo impressionarti.»

Scoppiarono a ridere, poi Tony alzò il coperchio del pianoforte e iniziò a suonarlo con grande maestria.

«Che genere di musica ti piace?»

«Un po' di tutto. Bruno Mars...» disse sorridendo, poi aggiunse: «Nicki Minaj, Katy Perry, ma mi piace molto anche la musica latina di Yanira, Marc Anthony, Luis Miguel, Ricky Martin, Alejandro Sanz. Non so, mi piacciono tanti cantanti».

«Sai, sono tutti amici miei e della mia famiglia.»

«Davvero?»

«Già», rispose. «Dai, dimmi che canzone ti piacerebbe ascoltare.»

«Non ti vergogni a cantare di fronte a me?»

Lui fece un gran sorriso e scosse la testa.

«Tesoro, sono un compositore. E il destino mi ha dato una voce per cui tanti cantanti sarebbero disposti a uccidere. Perché mai dovrei vergognarmi?»

Ruth avrebbe voluto fare una battuta per prenderlo in giro, ma lui iniziò a suonare una melodia al piano e cantò, lasciandola senza parole.

No existen límites,
cuando me afianzo de ese tiempo en que eres mía,
ese delirio donde se excede lo irreal, lo inexistente;
y es que lo nuestro nunca vuelve a repetirse,
mira que te oigo hablar y puedo derretirme,
adiós los límites, todo es pasión.
No existen límites,
cuando tú y yo le damos rienda suelta a nuestro amor...

Emozionata e con la pelle d'oca, Ruth ascoltò quella canzone romantica che lui le dedicava, guardandola dritta negli occhi. Nella vita non le era mai successo nulla di simile e non mosse nemmeno un muscolo. Quando finì, Tony sorrise vedendo la sua espressione.

«Sai che canzone è?»

«*No existen límites*, di Luis Miguel. È una canzone bellissima», rispose lei.

«Niente è più bello di te», disse lui.

Ruth era in estasi per quel momento romantico.

«Mi potresti cantare *All of Me* di John Legend? Adoro quella canzone, la conosci?»

Tony non rispose ma iniziò a suonare i primi accordi. Poi, senza toglierle gli occhi di dosso, attaccò a cantare. Lei ascoltò come ipnotizzata, percependo ogni nota, ogni parola, ogni sguardo e ogni pausa della sua voce incredibile.

'cause all of me, loves all of you
Love your curves and all your edges, all your perfect imperfections
Give your all to me, I'll give my all to you
Your're my end and my beginning, even when I lose I'm winning
'cause I give you all of me, and you give me all of you…

Ruth quasi non respirava.

Sentire la passione che ci metteva la emozionò. Con tatto e abilità, Tony ridusse l'intensità della canzone e suonò le ultime note della melodia.

«Non avresti potuto scegliere una canzone migliore, tesoro. Come dicono le parole, sei la mia perdizione, la mia distrazione, la mia musa. Adoro le tue curve, le tue imperfezioni e spero solo che tu mi dia tutto di te, dato che io sono pronto a darti tutto di me.»

Ruth si sentiva in una bolla di cristallo.

«Sei incredibile, Tony Ferrasa», gli sussurrò.

Lui stava per baciarla di nuovo, quando gli suonò il cellulare.

«Devo rispondere?» le chiese accarezzandole le labbra.

Lei annuì.

«Rispondi, può essere importante.»

Tony si alzò col sorriso sulle labbra e guardò lo schermo del cellulare.

«Dimmi, Omar.»

«Ciao fratello, come stai?»

«Molto bene», rispose guardando Ruth. «Di cosa hai bisogno?»

«Devi guardare la posta. Stamattina ti ho inviato un file con la voce di una ragazza che abbiamo messo sotto contratto ieri nella casa discografica. Voglio che tu la senta cantare e che lei si cimenti in qualcosa di nuovo.»

«È brava?»

Omar, che era in un albergo con una bruna, inghiottì una pastiglia azzurra e bevve un po' d'acqua. Vedendo la ragazza uscire dal bagno mezza nuda, farfugliò: «Molto buona».

Omar poteva avere molti difetti, ma di sicuro era bravo a scoprire nuovi cantanti.

«Stai bene dopo ieri sera?» chiese Tony al fratello.

Lui pensò al russo e si toccò il collo.

«Sto alla grande. Sono con una bruna da paura e mi aspetta una nottata di lussuria sfrenata.»

Tony sospirò. Suo fratello non sarebbe mai cambiato.

«Per quando vuoi quelle canzoni?»

«Per lunedì.»

«Non è possibile, fratello», rispose ridendo. «Oggi è sabato e ho da fare.»

«Non rompere, Tony», disse Omar brusco. «Ne ho bisogno per...»

«Non rompere tu», disse Tony alzando la voce. «Anch'io ho dei programmi. Quello che posso fare per lunedì è portare qualche pezzo che ho già scritto e provarlo con lei. Non mi chiedere altro, perché non lo farò, chiaro?»

Omar si toccò le tempie. C'erano anche altri compositori a cui chiedere quel favore, ma Tony era sicuramente il migliore. E non solo perché era suo fratello, ma perché era capace di comporre per ciascun cantante la melodia che gli calzava meglio.

«Ok. Lunedì alle nove ti aspetto nello studio con qualcosa di già pronto. Ma adesso ascoltala, per capire che tipo di voce ha.»

«Va bene», rispose il fratello osservando Ruth, poi gli venne in mente una cosa. «Ascolta Omar, pensa seriamente a quello che ti ha detto Dylan ieri sera riguardo alla cocaina.»

«Dai, Tony. Non prendo quella merda.»

«Ok, ti credo. Ma Rick, Sean e molti dei tuoi amici sì, e ho paura che lo faccia anche tu.»

Omar si mise a ridere e cambiò argomento.

«Hai parlato oggi con Tifany?»

Tony sospirò. Suo fratello era davvero pesante con la ex moglie.

«No, ma lasciala in pace.»

«Ma tu sei mio fratello o il suo?»

«Senti, Omar, non rispondo a questa domanda stupida. Però stai attento, perché sei tu quello che ha tutto da perdere.»

L'altro andò avanti imperterrito.

«Non capisco come possa continuare a vedersi con quel modello da strapazzo. Di sicuro si fa la manicure più spesso di lei.»

«Maledizione, Omar, quand'è che ti renderai conto che ormai Tifany non ha più nulla a che fare con te? Non l'hai capito ieri sera, idiota?»

Omar sospirò. Per strano che potesse sembrare a tutti quanti, lui continuava a considerare Tifany sua moglie e, dato che non voleva parlare di quello che era successo col russo, decise di chiudere la conversazione.

«Ascolta il file che ti ho mandato. Ti aspetto in studio lunedì alle nove.»

Tony appoggiò il cellulare su un tavolo e si avvicinò a Ruth, che era ancora sullo sgabello.

«Era mio fratello Omar.»

«Quello che ha fatto quel casino ieri sera al concerto?»

«È stato sposato con Tifany per diversi anni e l'ha tradita con ogni donna che incontrava. Tutti quanti lo abbiamo avvertito: "Omar, non farlo!" Anche Tifany gli ha dato diverse opportunità di riscatto, ma non è servito a nulla. Alla fine lei si è stancata, si sono separati parecchio tempo fa e ora l'idiota non sopporta che lei esca con altri. Quello di cui non si rende conto è che Tifany non ne vuole sapere di lui, perché adesso è lei che gestisce la sua vita e stabilisce le regole. E se è felice con quel modello russo, mio fratello deve stare zitto, tapparsi la bocca e andare a farsi fottere per essere stato così imbecille da lasciarsela scappare.»

Ruth annuì e ripensò al russo.

«Non per sminuire tuo fratello, ma il modello russo è uno schianto.»

«Finché non confronti me con lui, va bene!»

Ruth scoppiò a ridere.

«Vieni con me, devo controllare una mail», le disse, prendendola per mano.

Andarono nello studio di registrazione, dove Tony accese il portatile e aprì la posta. Guardando lo schermo, Ruth vide un'infinità di nomi di donne nella casella *posta in arrivo*. Karen, Teresa, Priscilla, Helga. Nomi che le le diedero una fitta allo stomaco, ma non disse nulla. Non doveva.

Lui trovò la mail che stava cercando e la aprì.

«Devo sentire come canta questa ragazza. È un nuovo ingaggio della casa discografica.»

Le fece segno di stare in silenzio e subito dopo si udirono delle note.

«Uhm, ha scelto una bella canzone per presentarsi», disse e vedendo che Ruth lo guardava, aggiunse: «*My All*, della fantastica Mariah Carey, la conosci?»

Per qualche istante entrambi ascoltarono la bella voce che cantava.

«Quando ascolto una cantante, mi piace individuare le varie sfumature della sua voce: il timbro, il colore, il vibrato, la potenza e il registro. Rispetto a quest'ultimo, la voce può avere diverse estensioni. Per esempio, mia cognata Yanira che ti piace tanto, oltre alla sua personalità travolgente, ha anche la particolarità di una voce potente e dal forte vibrato. Ha anche un buon controllo del diaframma e della respirazione, cosa fondamentale per un cantante. Quanto a questa ragazza, mi sembra che abbia una voce molto versatile e una grande capacità melismatica.»

«Melis... cosa?» chiese Ruth.

Divertito dalla domanda spontanea, Tony spiegò: «Si dice di un cantante quando è capace di tenere la stessa sillaba musicale su più note».

Per Ruth quella roba era arabo e le si lesse in faccia.

«Ecco due esempi molto chiari di cantanti che usano i melismi: una è Beyoncé e l'altra è Mariah Carey.»

«Se lo dici tu, che sei un esperto nel campo, ci credo», disse lei in tono ancora dubbioso.

Tony le arruffò i capelli e sorrise. Poi, continuando ad ascoltare, si mise a prendere appunti e lei si guardò attorno. Si avvicinò a una pila di vinili e le venne da sorridere vedendo che ce n'erano tanti di Etta James, la cantante preferita di George.

Quando Tony finì di lavorare, la prese per mano e la portò in piscina. Scherzarono un po', poi fecero l'amore in acqua.

Più tardi erano sdraiati nel grande letto a mangiare gelato. Tony si sporse verso il comodino e prese qualcosa.

«Volevo farti un regalo molto speciale.»

Quando aprì il pugno, Ruth vide la chiave con scritto *Per sempre* e si sentì morire.

Era un gesto davvero importante.

Tony le stava dando il regalo di sua madre, la chiave del suo cuore; lei non la prese.

«Che cosa stai facendo?» disse.

«Lo sai, tesoro», rispose lui sorridendo.

Spaventata, posò la coppetta di gelato sul letto e si alzò.

«Non posso accettarla.»

«Perché?»

Era chiaro che si amavano, che si piacevano e che stavano bene assieme. Dov'era il problema? Dopo qualche secondo di silenzio Ruth parlò.

«Guarda, Tony, mi sembra che tu stia correndo...»

«Ascolta...» la interruppe lui, «... sei davvero speciale. L'ho capito dal primo momento che ti ho incontrata. Dai, prendila. Sono la scelta migliore che tu abbia fatto, anche se non hai ancora il coraggio di ammetterlo.»

Ruth si coprì la faccia con le mani.

«No, Tony, non mi dire queste cose.»

Ma lui, desideroso di dimostrarle quello che provava, si alzò in piedi e le si avvicinò.

«Sei lo scherzo del destino più bello che mi sia capitato in vita mia e sono pazzo di te, non lo vedi?»

Le sue parole, come la guardava, come la baciava e la amava le mostravano chiaramente che era vero.

«Non voglio che ti sbagli con me come ti è successo nel passato con l'altra ragazza.»

«Non mi sbaglio», disse lui con sicurezza. «Tu sei tu. La donna che mi fa sorridere anche solo quando la penso.»

Ascoltandolo, Ruth si ricordò della promessa che aveva fatto a George, di aprire il suo cuore all'uomo di cui si sarebbe innamorata e che le avrebbe voluto davvero bene. Chiuse la mano di Tony per nascondere la chiave.

«Anch'io sono pazza di te, Tony.»

«E allora, dov'è il problema?»

Il problema era che non era stata sincera con lui. Non voleva perderlo, così cercò in fretta una via d'uscita.

«Facciamo così. Se tra due mesi stiamo ancora insieme, allora mi proporrai di nuovo la chiave. Va bene, amore?»

Tony la guardò, fissandola coi suoi occhi penetranti.

«Il cuore è importante per vivere, ma vuoi sapere una cosa, cucciola? Ho bisogno di te ogni giorno di più perché il mio possa continuare a battere.»

Lei rimase senza parole.

«Tony Ferrasa, sono inerme davanti alle parole incredibili che riesci sempre a dirmi.»

«Allora, se sei inerme, spiegami perché devo aspettare due mesi.»

Ma in quel momento Ruth era incapace di dirgli tutto quello che lui non sapeva.

«Ti prego, dammi due mesi», lo supplicò.

Tony non voleva che lei si sentisse oppressa e mise la chiave nel cassetto del comodino.

«Due mesi», disse sorridendo. «Non un giorno di più.»

La lasciò stare per qualche minuto, poi, quando ormai lei si era rilassata, tornò alla carica.

«Se ti dicessi che devo andare in Messico tra qualche giorno per un gala musicale e alcune riunioni e ti invitassi a venire con me, cosa mi risponderesti?»

Ruth lo guardò, pietrificata.

«Che non posso.»

Tony annuì. Si aspettava quella risposta.

«Non ti ho neanche detto che giorni sarebbero. Pensaci su, saremmo solo io e te. Il Messico. Una bella camera in un albergo. Tante notti davanti a noi. Dai, dimmi di sì.»

Lei sospirò, immaginando quanto sarebbe stato magnifico.

«Non posso. Sai, il lavoro...» disse con rammarico.

«Dimmi quanto devi alla banca. Pagherò io il tuo debito.»

«No, Tony, non puoi...»

«Quello che non posso è permettere alla donna che amo alla follia di continuare a lavorare come un mulo per colpa di un cretino che ha causato un problema con la banca. Questo, cucciola, non lo accetto», esclamò sorridendole.

«Oh, Tony, non dirmi così...»

«Dai, tesoro. Tu mi piaci, io ti piaccio, ci piacciamo! Cerco solo di fare in modo che ci sia qualcosa di bello tra noi e che si possa stare più tempo assieme. Non è quello che vuoi anche tu?»

Ruth lo guardò.

«Certo che lo voglio», disse disperata.

«E allora?» chiese Tony, in modo gentile. «Sai chi sono e dove vivo. Hai il mio numero di telefono. Sono un libro aperto per te. Adesso, mi darai anche tu il tuo numero e il tuo indirizzo?»

Lei non rispose. Se glielo avesse dato, Tony avrebbe scoperto subito tutto quello che gli stava nascondendo. Lui si irritò.

«Lo sai che se volessi potrei scoprire tutto di te in un batter d'occhio. Devo solo tirar su il telefono e...»

«Ti ho già detto una volta che se lo fai, sparirò per sempre dalla tua vita», lo interruppe Ruth.

«Stai giocando sporco con me?» le chiese a bruciapelo. «Mi nascondi qualcosa?»

«Tony...»

La costrinse a guardarlo negli occhi.

«Sei sposata?»

«Nooooooooo.»

«Divorziata?»

«Noooooooo.»

«Hai commesso qualche crimine?»

«Noooooooo.»

Disperato, Tony si passò la mano tra i capelli.

«Andiamo, Ruth. Qualsiasi cosa sia possiamo trovare una soluzione insieme.»

Poi aggiunse: «Se voglio pagare il tuo debito con la banca è per liberarti da questo peso, perché tu possa lavorare meno. Accanto a me non ne avrai bisogno».

Ruth reagì a queste parole con un brontolio. Allungò una mano a prendere il reggiseno e gli rispose con durezza.

«Non voglio che tu mi mantenga. Ma per chi mi prendi?»

Sorpreso dalla sua reazione, Tony stava per aprir bocca, ma lei proseguì: «Tu sei tu e io sono io. Entrambi abbiamo il nostro lavoro e...»

«Sì, ma sono incompatibili se tu continui a lavorare con questo ritmo. Lavori al mattino, al pomeriggio e di notte. Quando avrai tempo per me? Per noi?»

Ruth non rispose e Tony si alzò per abbracciarla.

«Non pretendo che lasci tutto per me, ma vorrei passare un po' di tempo con te. Sarebbe stupendo se venissi con me in Messico. Sarà solo una settimana e...»

«Ti ho detto che non posso. Quale parte di *non posso* non è chiara?»

Tony si liberò dall'abbraccio e gridò, fuori di sé: «Mi puoi dire perché hai la testa così dura? Quel tizio ti ha fatto così tanto male che ora non sei capace di fidarti di me? Cazzo, Ruth, io voglio solo stare con te e prendermi cura di te».

Le si riempirono gli occhi di lacrime. Era impossibile paragonare Tony al padre dei gemelli. Non avevano nulla a che spartire. Le venne da piangere e quando lui se ne accorse si pentì di aver perso la calma.

«Mi dispiace di aver alzato la voce, tesoro», disse abbracciandola. «Scusa, non volevo.»

Ruth annuì e si asciugò le lacrime che le rigavano le guance.

«Non succede nulla, te l'assicuro Tony. Ma non mi chiedere di venire con te in viaggio, perché non posso. Non posso.»

Lui accettò la cosa. Non ne capiva il motivo, ma era pronto a saperlo. Era chiaro che le stava nascondendo qualcosa.

«Non rimetterti a piangere. Non posso sopportare di averti fatto piangere con le mie parole.»

Anche lei non voleva farlo e si avvicinò alla sua bocca per fargli capire di cosa aveva bisogno in quel momento. Con dolcezza, Tony la baciò e l'accarezzò fino a quando il desiderio di possederla divenne irresistibile.

«Togliti il reggiseno», le chiese.

I suoi seni nudi erano davanti a lui, coi capezzoli già un po' turgidi.

«Toccateli per me.»

Ruth sorrise timidamente, un po' vergognosa per la richiesta, ma lui insistette.

«Accarezzati i capezzoli per me. Dai, tesoro, fallo. E poi te li leccherò.»

Eccitata dal modo in cui la guardava e dal tono basso della sua voce, Ruth fece quello che le aveva chiesto. Quando i capezzoli divennero turgidi, si sedette a cavalcioni sopra di lui, lo prese per la nuca e se lo tirò contro finché sentì la sua bocca umida, calda e tentatrice.

Tony la tenne per la vita per non farla cadere indietro e iniziò a leccarle dolcemente i capezzoli, succhiandoli.

Era una cosa sensuale ed eccitante. Niente a che vedere con gli altri uomini con cui Ruth era stata, che quando vedevano i seni li spremevano come dei limoni e li maneggiavano come se stessero impastando.

Tony era diverso. Li leccò, li succhiò e li mordicchiò, e lei, ansimando di piacere, si lasciò andare del tutto. Quando lui prese il capezzolo destro tra le dita e lo leccò ripetutamente con la lingua, Ruth tremò. Era una cosa fantastica e senza dubbio Tony era un amante eccezionale.

«Voglio possederti e che tu mi possieda», sussurrò. «Non fare domande, amami soltanto e godiamoci il momento.»

Così passarono una notte intera di sesso senza limiti, fino a che, all'alba, si addormentarono esausti uno nelle braccia dell'altra.

Il giorno dopo, Tony si svegliò e si accorse di essere solo. Dov'era Ruth?

Si alzò di scatto, calmandosi solo quando vide i vestiti di lei sulla sedia.

Si mise un paio di boxer neri, uscì scalzo dalla camera e scese le scale. Sentiva della musica provenire dalla cucina.

Si avvicinò silensioso e vide Ruth ballare in mezzo alla stanza sulle note di *It Ain't Over Till It's Over*, del suo amico Lenny Kravitz.

Per diversi istanti rimase a guardarla senza essere visto. Ruth ballava con gli occhi chiusi e una tazza di caffè in mano: era rilassata. Gli piacque vedere come muoveva le spalle e i capelli colorati a ritmo di musica. Quella donna era incredibile, affascinante, e la sua personalità travolgente lo stregava. Sorrise, sentendola cantare. Quella di certo non era una sua dote.

Pensò a cosa potesse essere quello che nascondeva ed ebbe la tentazione di chiamare Jake, che lavorava nella polizia, ma si trattenne. Voleva aver fiducia in lei. Sperava solo che non si trattasse di qualcosa di estremamente scandaloso, perché se la stampa l'avesse saputo l'avrebbero fatta a pezzi.

Poi gli venne voglia di baciarla ed entrò in cucina. Ruth aprì gli occhi e gli andò incontro ballando.

«Buongiorno, vuoi del caffè?»

Tony le prese la tazza che aveva in mano e bevve un sorso. Poi l'abbracciò e si mise a ballare.

«Ora voglio il bacio del buongiorno.»

Lei glielo diede, sorridendo, poi lui la prese tra le braccia e continuarono a ballare quella musica sensuale nella grande cucina moderna.

Passarono un giorno fantastico, anche se man mano che trascorrevano le ore Tony diventava sempre più ombroso. Ogni volta che lei guardava l'orologio, qualcosa in lui si ribellava. Erano single e senza legami, perché doveva andarsene?

Alla fine, alle sette di sera, Ruth lo convinse a lasciarla andare. Per Tony fu uno sforzo, ma dovette cedere. Non poteva fare altro.

Quando se ne fu andata col suo mazzo di rose, lui per un po' camminò nella sua casa bella e ordinata, ricordando il fine settimana da favola appena passato e quando andò a farsi una doccia sorrise davanti alla scritta sullo specchio fatta col rossetto.

M _ F _ _ I _ _ _ _ _ _ _ _ _. T _ A _ _, T _ _ _ F _ _ _ _ _ _.

Divertito, prese il rossetto che lei aveva lasciato sul ripiano di marmo e riempì gli spazi delle lettere che mancavano. Poi, felice, lesse ad alta voce:

«Mi fai impazzire. Ti amo, Tony Ferrasa.»

19.
Tanto

Prima che Tony partisse da solo per il Messico, ebbero ancora un paio di notti per fare l'amore e godere della reciproca compagnia.

Ruth chiamava ogni giorno in Nevada. La salute di George peggiorava, ma Linda le chiese di mantenere la parola data a suo marito e di non andare a trovarli. Per lei fu dura, ma tenne fede alla promessa.

Il dispiacere la consumava e le faceva sentire ancora di più il bisogno della voce di Tony. Un giorno, dopo aver parlato con Linda dal ristorante, lo chiamò al cellulare.

Vedendo che era il numero di telefono del posto dove Ruth lavorava, Tony interruppe subito la riunione. La telefonata lo rese felice e il sorriso gli rimase stampato in faccia per tutto il giorno.

A Ruth, invece, il sorriso si gelò quando la sera, in televisione, lo vide ballare a un gala con una bella donna.

La sera seguente, mentre lavorava a un evento, le si avvicinò Andrew. «Tutto bene, bellezza?»

Ruth annuì, sorridendo.

«Hai rotto col riccone?»

«Perché me lo chiedi?»

Andrew, che soffriva per l'indifferenza con cui lei lo trattava, le si fece più vicino. «Perché sono diverse sere che non viene a cercarti e ho visto certe notizie sulla stampa che sono sicuro non ti siano piaciute.»

«Guarda, Andrew, ti voglio un sacco di bene e non ho nessuna voglia di discutere con te, quindi sparisci dalla mia vista prima che mi girino le scatole e finisca per dirti cose spiacevoli», ribatté Ruth.

Lui fece un sorriso forzato e se ne andò.

Ruth lo mandò al diavolo. Quella sera, mentre andava al

lavoro, aveva visto una rivista con le notizie di cui parlava Andrew. Perché doveva essere così difficile?

David arrivò in quel momento e si accorse subito del suo stato d'animo.

«Hai la luna di traverso, cucciola?»

«Già. Non farmi incazzare ancora di più», minacciò lei, con espressione poco amichevole.

David sospirò. Sapeva che non se la passava bene nell'ultimo periodo e notò le sue occhiaie.

«Il Granchio mi ha appena chiesto di dirti che l'evento previsto dopo questo è stato annullato.»

Lei annuì, sollevata. «Meno male.»

Durante i giorni in cui non c'era Tony, Ruth aveva cercato di lavorare di più, per avere poi delle notti libere con lui. Tutto quello che faceva per stare assieme le sembrava poco.

«Anche oggi volevi dormire meno di tre ore?»

«Perché me lo chiedi?»

«Perché hai delle occhiaie che ti arrivano alle ginocchia, bimba», disse, mentre raccoglieva i bicchieri vuoti. Ruth lo sapeva. Bastava che si guardasse allo specchio. Ma non ne voleva parlare con l'amico.

«David, non riprendiamo ancora una volta quest'argomento.»

«Ma lui lo sa quello che stai facendo? Che ti stai ammazzando di lavoro per poter avere del tempo libero per stare assieme?»

«No», rispose e le venne in mente l'immagine che aveva visto in una trasmissione dedicata al gossip: Tony che beveva qualcosa con una bruna a Cancún. «E se vai avanti così, dubito che lo saprà.»

Si allontanò per continuare il suo lavoro, ma David la seguì.

«Che tipo di lavoro andava a fare in Messico?» le domandò.

«Oh, David, non gliel'ho chiesto!» rispose infastidita.

«Non saltare alle conclusioni senza aver prima parlato con lui. Sai che a volte la stampa esagera.»

Poi, vedendo che lei non diceva nulla, aggiunse: «Quello è Tony Ferrasa, un pezzo di single, ed è ovvio che vogliano attribuirgli relazioni con qualsiasi donna gli passi accanto. In più, è un gala musicale, ed è normale che balli con una donna. Sarebbe strano se ballasse abbracciato a un uomo, non credi?»

Ruth sospirò. Certo che voleva pensare che fosse così, e riuscì a recuperare un po' di buonumore. «Tony è troppo macho per ballare abbracciato a un uomo.»

«Uh, sei proprio maliziosa!» rispose lui, poi si misero a ridere. «Sul serio, hai parlato con lui?»

«No.»

«Per l'amor del cielo, bimba, perché non l'hai chiamato questa mattina dal ristorante e non gli hai detto quello che avevi visto?»

«Sai bene perché.»

Sì, lo sapeva bene ed era stufo di ripeterlo.

«Quando gli dirai dei bambini?»

«Mai», rispose Ruth. «E, prima che tu continui a farmi domande stupide, partorite dalla tua testa piena di segatura, sappi che sono sempre più convinta che quello che c'è tra noi è quello che è, e nulla di più.»

«Ma se mi hai raccontato che ti ha detto che ti ama! E tu, gliel'hai detto?»

Lei non disse niente. A Manuel e David aveva raccontato tutto del suo fantastico fine settimana, scendendo anche nei particolari, ma non aveva risposto a quella domanda.

«Gliel'hai detto, vero?»

«No.»

«Stai mentendo, cucciola. Ti conosco. In tutti questi anni non ti ho mai visto sorridere come ora e fare di tutto per poter uscire con qualcuno. Quindi non negare che gli hai detto che lo ami e non dirmi che quello che c'è tra voi è quello che è, perché non ti credo, capito?»

«È vero, hai ragione. Gliel'ho detto. Gliel'ho anche scritto e adesso sono molto... molto arrabbiata per averlo fatto. Io qui soffro e lui a Cancún... si diverte con le belle donne. Contento?»

«Lo sarei se tu fossi in Messico con lui, come ti aveva chiesto», rispose l'amico.

Dopo qualche istante di silenzio, Ruth si sedette, consapevole che la situazione le era sfuggita di mano. «David, la vita di quell'uomo e la mia camminano su binari diversi e l'unica cosa che ho fatto è stata godere di un momento di piacere. Mi sono divertita, e lui anche. Questo è tutto.»

«Ma...»

«Ascolta», disse lei, interrompendolo. «Se ho imparato qualcosa da tutto ciò che mi è successo è che bisogna vivere alla giornata e non pensare a quello che potrebbe essere. Mi sforzo di stare nel presente e il futuro verrà da sé. Se mi concedo di pensare, di sognare una bella storia d'amore, ti assicuro che sarò la prima a prendere una bella fregatura. Quindi vivo di giorno in giorno, e niente più. E ora, se chiudi quella boccaccia piena di denti che hai e finisci di sistemare, ce ne possiamo andare a casa.»

E senza aggiungere altro si alzò e continuò a lavorare, convinta di quello che aveva appena detto. Il suo amico finì di raccogliere tutti i bicchieri in silenzio.

Quella notte, Ruth tornò a casa, andò a controllare che i bambini dormissero tranquillamente, si fece una doccia, si infilò il pigiama e si mise a letto. Due secondi dopo arrivò Brian.

«Cosa succede, amore?»

«Mamma. Un insetto mi pungeva il piede», le rispose facendosi vicino.

Lei guardò il piede, ma non c'era nulla e pensò che fosse stato un incubo. Gli diede un bacio in fronte e lo abbracciò forte, tirandoselo vicino, e nel farlo si accorse che aveva qualcosa dentro i pantaloncini. Fece un sospiro, allungò la mano e tirò fuori un braccialetto verde di Jenny.

«Dormi», sussurrò, sorridendo. «Mamma è con te e l'insetto non ti pungerà.»

20.
Continua a dimenticarsi di me

Il giorno dopo, quando suonò la sveglia del suo cellulare, Ruth si stiracchiò e si accorse della presenza di diversi corpi. Nel suo letto c'erano i suoi tre tesori e, accucciato vicino alla porta, Luis Alfonso. Sorrise. Era quella la realtà. Perché illudersi con romantiche storie d'amore che sarebbero rimaste mere fantasie?

Ai bambini piaceva svegliarsi nel cuore della notte e andare nel suo letto. La prima a farlo era stata Jenny e col tempo anche Brian e Adán l'avevano imitata. Li guardò con affetto. Erano loro la sua vita, i suoi grandi amori!

Rimase per un po' a osservarli, accarezzando loro i capelli, poi fu costretta a svegliarli. Doveva portarli a scuola prima di andare al lavoro.

Quel giorno non parlò con Tony. Si costrinse a non chiamarlo e anche il giorno seguente fu lo stesso. Ma parlò con Linda e quando riattaccò scoppiò a piangere. La fine era sempre più vicina.

Visto che Ruth non lo chiamava, Tony telefonò al ristorante. Quando le dissero che c'era una chiamata per lei temette che fosse Linda, mollò quello che stava facendo e corse a rispondere.

«Pronto.»

«Voglio che tu sappia che sono molto arrabbiato. Non solo non mi dai il tuo numero, ma nemmeno mi chiami.»

Fu felice di sentire la sua voce. «Ho un sacco di lavoro, Tony.»

«Cosa succede?»

«Niente.»

«Non è vero. Non ti vedo in faccia, ma conosco il tuo tono di voce e so che non dici la verità.»

Le sue parole la rallegrarono. Prima che potesse aprire bocca Tony continuò: «Ti manco, amore?»

Lei avrebbe voluto rispondergli di sì, che senza di lui stava passando i giorni più brutti della sua vita, ma non ce la fece. «Ti sei divertito a ballare con la bruna?»

«Scusa?»

Allora Ruth esplose e gli rinfacciò tutto, cercando di tenere la voce bassa. «Ho visto i giornali e la televisione. Eravate molto felici mentre ballavate al gala e bevendo qualcosa a bordo piscina. Ti sei divertito? E, mister sciupafemmine Tony Ferrasa, sei stato in camera sua, o lei nella tua?»

Tony sorrise a quello sfogo. La bruna era Glenda, la moglie del suo amico Nick.

«Ascolta tesoro, lei è…»

«No, ascoltami tu!» lo interruppe furiosa. «Già una volta mi hanno preso in giro e ho sofferto più di quello che tu mai potrai patire in tutta la tua vita. E non sono disposta a cascarci di nuovo, né per te né per nessun altro, per giunta sapendo che gioco col grande svantaggio di non essere ricca e neppure famosa», e senza lasciarlo parlare continuò: «Ho imparato a godere del presente, e di sicuro quello che c'è tra noi appartiene al passato. Quindi addio, signor Ferrasa, e non chiami di nuovo a questo numero. È quello di lavoro e, se lo fa, mi licenzieranno».

«Ruth, non provare a riattaccare…»

Ma lei, senza aspettare oltre, chiuse la conversazione. Le venne una gran voglia di piangere.

Tony, ancora col telefono in mano, imprecò. Ma che diamine stava succedendo? Tornò alla sua riunione, furibondo. Voleva finire il prima possibile per tornare a Los Angeles e parlarle. Tuttavia sorsero delle difficoltà e Tony, disperato, si rese conto che sarebbe potuto tornare solo due giorni dopo.

A notte fonda, Ruth rientrò dal lavoro con David. Quando entrarono in casa, Manuel, che stava badando ai bambini, sventolò davanti a loro dei fogli. «Ho la prenotazione per il viaggio in Italia!»

«Oh, cielo!» gridò David. «Ti amo… ti amo… ti amo…»

«Alla fine andate a fare il viaggio dei vostri sogni», disse Ruth. «Roma, Firenze, Venezia. Che bello!»

David stava guardando i fogli emozionato, quando Manuel, serio, porse a Ruth una rivista. «Mio *amove*, credo che qui ci sia qualcosa che devi vedere.»

Immaginando di che cosa si trattasse, lei sospirò e si rifugiò in cucina. «Non mi interessa, quindi chiudila.»

Manuel guardò David, che gli fece un gesto per dirgli che dovevano andarsene. La rivista rimase sul divano.

«A domani, cucciola.»

«A domani», rispose Ruth, facendo le coccole a Luis Alfonso.

Quando sentì chiudersi la porta, Ruth uscì dalla cucina e vide la rivista sul divano. Maledetto Manuel! Non voleva guardarla, così andò dai suoi bambini. I tre dormivano come angioletti. Le venne in mente Tony e quello che gli aveva detto nella telefonata, e si abbandonò alla tristezza. Chiuse gli occhi e ricordò il momento in cui lui le aveva cantato al pianoforte quella canzone romantica di Luis Miguel.

Y es que lo nuestro nunca vuelve a repetirse,
mira que te oigo hablar y puedo derretirme,
adiós los límites, todo es pasión.
No existen límites,
cuando tú y yo le damos rienda suelta a nuestro amor…

Davvero quello che c'era stato tra loro apparteneva al passato?

Pensava a lui e si disperava. Pensava alla sua voce e si scioglieva.

Quando riuscì a calmarsi, andò in camera, si spogliò e fece una doccia. Uscendo, si mise un accappatoio e tornò in salotto. Lanciò un'occhiata alla rivista.

«No, ho detto di no», si disse.

Stanca, tornò in camera. Perché quando qualcuno ti tocca il cuore, tutto diventa così intenso? Indossò il pigiama e si sdraiò. Si rigirò nel letto per un pezzo pensando a Tony, ai suoi occhi, al suo sorriso, a come sarebbe stato dopo quello che lei gli aveva detto. Si girò mille volte. Aveva bisogno di dormire, voleva dormire, ma non riusciva a farlo. Non poteva sgombrare la mente, né fermare il cuore, né smettere di pensare a quella maledetta rivista che c'era sul divano. Alla fine si alzò.

Andò in salotto a piedi nudi, accese la lampada da tavolo, prese la rivista e si sedette sul divano.

«Ok. Sono una pettegola incallita e, fino a quando non vedrò quello che non dovrei vedere, perché mi butterà ancora più giù, non riuscirò a dormire.»

Cominciò a sfogliare le pagine velocemente. VIP, pettegolezzi, gravidanze, case lussuose… poi all'improvviso si gelò. C'erano due foto di Tony, bello come sempre. In una era seduto a una cena di gala, con lo smoking, e parlava con diverse persone; nell'altra era in costume, su una barca, con una bionda da paura.

«Ecco, adesso tocca alla bionda», disse a se stessa con ironica amarezza.

Quando lesse la didascalia il cuore si mise a batterle forte. «Il compositore Tony Ferrasa si diverte in Messico con la bella Etta Vazquez.»

Lesse rapidamente l'articolo. Parlava del movimentato passato sentimentale di Tony e citava diverse sue relazioni. Sopraffatta, lesse l'interminabile elenco di donne che erano state con lui.

«Senza dubbio è uscito di testa quando si è messo con me», mormorò.

Ruth continuò a guardare le foto per un bel po', imprecando. Poi chiuse la rivista e tornò a letto, preparandosi a una notte insonne.

21.
Non riesco a dimenticare

Passarono due giorni, poi finalmente Ruth ne ebbe uno di riposo. Finse di stare benissimo, anche se dentro si sentiva morire. David e Manuel cercarono di parlarle, ma non volle ascoltarli. Non c'era nulla da dire.

Quella mattina, dopo aver telefonato a Linda, come sempre fece la spesa, cucinò per la settimana e fece le pulizie. Stava passando l'aspirapolvere quando suonò il cellulare. «Ciao, Diamantina.»

«Ciao, bellissima, come va?»

Ruth si guardò attorno. «Sono in gran pulizie, non dico altro.»

Diamantina scoppiò a ridere. «Ti chiamo perché abbiamo preso un lavoro e vogliono te per il servizio.»

«Me?»

«Sì, è lo stesso indirizzo di qualche tempo fa. Sembra che tu abbia cucinato da favola, perché ci hanno chiamato e hanno chiesto esclusivamente di te.»

A Ruth si fermò il cuore, Tony era tornato e voleva vederla. Per un momento pensò di mandare tutto all'aria e andare. Moriva dalla voglia di vederlo. Ma non l'avrebbe fatto. Non sarebbe corsa da lui ogni volta che schioccava le dita. I suoi bambini venivano per primi e avrebbe passato il suo tempo libero con loro.

«Non posso andare, Diamantina. Questa volta mi è impossibile.»

«Cavoli, quanto mi spiace. Proverò a parlare con la cliente per convincerla che ci sono anche altre cuoche brave come te.»

«Sono sicura che ce la farai», rispose Ruth, cercando di non mostrare quanto fosse delusa.

Dopo aver salutato la segretaria, riattaccò il telefono e si sedette sul divano con l'aspirapolvere ancora in mano. Quelle foto sulla rivista l'avevano distrutta. Quindi, argomento chiuso.

Il telefono squillò di nuovo e, con sorpresa, vide che era di nuovo Diamantina. «Che succede?»

«Ruth, scusa se insisto, ma ho parlato con la cliente e mi ha detto che ti pagherà tre volte tanto. Al posto di centocinquanta dollari, te ne daranno quattrocentocinquanta. Ma cosa gli hai fatto l'altra volta?»

Ruth rimase a bocca aperta. Tony non gliela faceva facile. Quelli per lei erano tanti soldi. Chiuse gli occhi. «Diamantina, mi spiace, ma non posso davvero.»

Riattaccò, sospirando. Tony si poteva permettere quello e molto di più, quindi spense il cellulare. Non voleva sentire nessun'altra offerta.

Accese l'aspirapolvere e continuò a pulire. Se avesse messo sul piatto della bilancia Tony da una parte, e i suoi figli e sua sorella dall'altra, senza dubbio avrebbero vinto questi ultimi. Se l'avesse perdonato, con molta probabilità lui l'avrebbe fatta soffrire e l'avrebbe delusa, come era successo a Tifany con suo fratello. No. Non sarebbe caduta di nuovo nella sua rete.

In più, il martedì era l'unico giorno in cui poteva stare coi bambini, portarli in spiaggia, mangiare con loro un hamburger o un gelato, andare al cinema; e questa volta non voleva deluderli, né per Tony, né per altri.

Quando i figli uscirono da scuola, al pomeriggio, Manuel li riportò a casa, dove lei li abbracciò, mise loro i costumi e la crema solare. Poi prese la borsa coi teli da mare, l'acqua, le patatine e tutto quello di cui potevano avere voglia e uscirono per godersi la bella giornata.

Arrivati in spiaggia, si buttarono in acqua e si divertirono un mondo finché i bambini videro alcuni amici e si misero a giocare con loro. Ruth era contenta di vedere Jenny felice con le amiche e i gemelli che giocavano con altri bambini della loro età, e tornò a sedersi sul suo telo tenendoli d'occhio da lì, mentre leggeva un libro.

Rimase così per un po', fino a che non vide Tony accanto a lei.

«Non so se ucciderti o baciarti. È vero, ho giocato sporco per vederti, ma non mi hai lasciato alternativa», le disse.

Ruth rimase esterrefatta. Per qualche istante si guardarono, senza dire nulla, poi lui la baciò sulla bocca.

«Ciao, amore. No. Non permetterò che tu ti allontani da me. E sai perché?» le sussurrò, mentre lei faceva segno di no con la testa, «perché l'amore è come una guerra, facile da iniziare, ma difficile da finire.»

«Santo cielo...» mormorò lei.

Senza muoversi, guardò i suoi tre bambini, facendo finta di niente. Per fortuna Jenny era ancora con le sue amiche e Adán e Brian giocavano sulla battigia con gli altri.

«Regola numero uno: non fare mai caso a quello che dicono le riviste di gossip. Regola numero due: non riattaccarmi mai più il telefono. E regola numero tre: non provare più a non fidarti di me. Capito?»

All'improvviso Ruth reagì. «Ma cosa ci fai qui? Chi ti ha detto dov'ero?»

Lui sorrise e la baciò su una spalla. «Sono stato a casa tua e...»

«A casa mia?!»

Tony annuì. «Ti ho appena detto che non mi hai lasciato altra alternativa che giocare sporco. Quando Paola non è riuscita a fare in modo che tu venissi a casa mia, mi sono arrabbiato più di quanto già non fossi e ho chiamato mia cognata Tifany. Lei ha telefonato al suo amico Harry, il proprietario dell'impresa per cui lavori, e così ho avuto il tuo indirizzo.»

Vedendo la sua faccia stupita aggiunse: «Te l'avevo detto che avrei potuto farlo in un batter d'occhio, tesoro».

«Ma tu...»

Lui le tappò la bocca con la mano. «Ti ho chiamato al cellulare, ma è spento. Quindi non ho potuto far altro che andare a casa tua. Lì ho incontrato David, quello coi capelli verdi, che tra parentesi è quasi morto d'infarto quando mi ha visto. L'ho bombardato di domande e alla fine mi ha detto che eri in questa spiaggia e che di solito ti mettevi vicino al baracchino dei gelati col tendone arancione.»

«Lo uccido. Quando vedo David, lo uccido», pensò Ruth.

«E che cosa vorresti?» chiese a Tony.

«Voglio te. E voglio risolvere tutto questo maledetto malinteso delle foto. Mi sei mancata, cucciola», rispose lui, felice di essere di nuovo con lei.

«Guarda Tony, quello che c'è tra noi è quello che è, e niente più. Non voglio uscire di testa pensando a qualcosa che non potrà mai essere. Tu sei quello che sei e io quella che sono, e...»

«Ma cosa stai dicendo?» disse lui, infastidito.

Mentre era in Messico, non aveva smesso di pensare a lei e quelle parole gli facevano male.

«La verità. Credo che sia meglio che tu torni al tuo mondo di lussi e belle donne e mi lasci vivere in pace. Sono conscia di essere solo una cameriera di Los Angeles e non un'attrice affascinante come Etta Vazquez o una super modella come quelle con cui te la spassi di solito.» Poi, vedendo come la guardava, aggiunse: «Scusa, non volevo sbatterti in faccia niente, ma ho visto quelle maledette foto della rivista e io... ho pensato che...»

«Che cosa hai pensato?» chiese lui.

«Sei un idiota!»

«Wow! Vedo che hai pensato male», disse Tony con un mezzo sorriso.

Stupita dalla sua calma e dal suo sorriso, continuò: «La tua vita non ha nulla a che fare con la mia. È stato stupendo stare con te. Ci siamo divertiti molto. Mi è piaciuto da morire che mi cantassi la canzone e... cavolo! Sono una ragazza normale, molto lontana dal tuo mondo e tu... tu mi confondi. Non voglio problemi!»

«Problemi? Quali problemi?»

Si accorse che più andava avanti più tutto si complicava, stava per rispondere, ma in quel momento fu interrotta da Brian che corse da lei e le si sedette in braccio.

«Mami, voglio un gelato.»

Tony guardò il piccolo dai capelli rossi. Poi guardò Ruth e, alterato, disse: «Mami?!»

Ma non fece in tempo a dire nulla che arrivò anche Adán.

«Mami, *volio* un gelato al *coccolato*.»

Tony non credeva ai suoi occhi. Erano figli suoi? Non erano i figli della coppia gay? Senza parole, vide che i bambini avevano gli occhi verdi e i capelli rossi, come Ruth. Lei annuì, con espressione di circostanza, poi una voce dice: «Mammina, dammi i soldi che vado a comprare i gelati».

Allibito, Tony si voltò e vide una bambina bionda. Lo stavano prendendo in giro? C'era una telecamera nascosta da qualche parte? Fece un sorriso tirato e si voltò verso Ruth. «È uno scherzo, vero?»

Lei scosse la testa, dissimulando, per fare in modo che i bambini non si accorgessero della brutta situazione che si stava creando e, prendendo il portafoglio dalla borsa, disse loro: «Ecco, Jenny. Porta con te Brian e Adán e compratevi i gelati che volete».

Senza togliere lo sguardo da Tony, che ora fissava la sabbia, la ragazzina chiese: «Ti piace il mio bikini verde?»

Lui, ancora confuso per quello che era successo, la osservò imbambolato. «Sì. È molto bello.»

Jenny, affascinata, si avvicinò a Tony e, guardando il portachiavi della macchina che aveva in mano, chiese: «Sei il fidanzato di mamma?»

«Jenny!» la riprese Ruth.

«Mamma, è bellissimo!»

«Jenny stai zitta!» insistette lei.

«Ma mamma, ha gli occhi belli come l'alba ad Acapulco.»

«*Tuo fidanciato*», disse con esaltazione Adán, buttandosi d'impeto sopra le spalle di Tony.

Ruth vide che lui era piegato in avanti per il peso del bambino e gli ordinò di scendere subito.

«Mammina, ci hai pensato? È bello, ha un'auto stupenda e un sorriso perfetto», disse Jenny. «È quello che volevamo!»

Ruth chiuse gli occhi. Non era possibile che stesse accadendo. Senza guardare Tony, che continuava a rimanere accanto a lei con un'espressione indecifrabile, si rivolse a sua sorella: «Jenny, per favore, vai a comprare i gelati».

La bambina fece per andare, poi si voltò di nuovo. «Vuoi un gelato?» chiese a Tony.

Lui, incapace di parlare, scosse la testa e la ragazzina prese per mano i gemelli e si allontanò verso il baracchino dei gelati.

«Tre?» sussurrò Tony, frastornato. «Santo cielo, hai tre figli?»

«Sì», disse lei semplicemente.

Per qualche istante si guardarono senza dire nulla. Entrambi si alzarono.

«Volevo dirtelo, ma... ma non trovavo mai il momento e...»

«E cosa?»

Ruth sapeva che aveva gestito male la cosa e che il modo in cui lui era venuto a saperlo era il peggiore.

«Ho fatto male, lo so. Ma non ho mai pensato che io e te...»

«Ma come hai potuto nascondere una cosa del genere? Pensi che sia un essere così insensibile?» urlò lui, camminando furioso verso il parcheggio.

«No, Tony. Ma non è facile raccontare della mia vita», rispose lei, andandogli dietro.

«Ti ho chiesto mille volte della tua vita. Mille! Ma tu, inspiegabilmente, hai deciso di non dire qualcosa di così importante come l'esistenza dei tuoi figli. Era il tuo gioco, no?» disse lui fuori dei gangheri.

«Non ho nessun debito. Se lavoro così tanto è per mantenere loro e…»

«Non mi interessa», la interruppe lui. «Niente di quello che mi dici ora mi interessa. Credevo che tra noi ci fosse qualcosa di più che un semplice flirt. Ma a quello che vedo, mi sono sbagliato.»

«Ho fatto male, lo so. Ma…»

«Guarda Ruth. Adesso sono terribilmente deluso.»

«Ti amo…»

Sentendo queste parole, Tony si irritò.

«Adesso no, Ruth. Non dirmelo, perché non voglio ascoltarti.»

«Tony, per favore, lascia che ti spieghi. Poco fa mi hai detto che l'amore è come la guerra e che…»

«Mi hai fatto fare la figura dello uno scemo», la interruppe lui fuori di sé. «Ti ho chiesto centinaia di volte della tua vita… sempre… e, cazzo, hai tre figli!»

«Mami… mami…» sentì dietro di lei Ruth.

Ruth, capendo che uno dei figli era troppo vicino e avrebbe potuto sentirli discutere, guardò Tony.

«Sì, ho tre figli e chi ama me per prima cosa deve amare loro. Per loro mi spacco la schiena ogni giorno e per stare con te ho rinunciato a ore di sonno. La mia vita non è facile e, prima che tu mi giudichi, mi piacerebbe poterti spiegare alcune cose. Ma per favore, ora, davanti a loro, sorridimi e vienimi dietro», e si girò verso il suo bambino con un sorriso smagliante. «Cosa c'è, amore?»

«Mamma, dove vai?» chiese Adán, attaccandosi alla sua gamba.

«Stavo salutando il mio amico, che se ne va.»

Il bambino annuì e guardò Tony. «Come ti chiami?»

Lui ricambiò lo sguardo. Quel piccolo ometto che lo guardava coi suoi occhi d'angelo non meritava di pagare per la sua ira. Sorrise, abbassandosi. «Tony, e tu?»

Il bambino fece un passo verso di lui e disse: «E perché te ne vai?»

Vedendo che Tony continuava a essere scioccato per la scoperta, Ruth si accucciò vicino a loro. «Lui deve andare a lavorare, tesoro.»

«Che... che peccato!» rispose il bambino. Poi si avvicinò e diede all'uomo un bacio sulla guancia. «A presto, Tony. Non lavorare troppo.»

Spontaneamente, Tony sorrise e, dopo aver ricambiato il bacio, si rialzò e guardò Ruth. «Addio.»

«Addio», rispose lei con un filo di voce.

Lui si girò e andò verso il parcheggio della spiaggia e Ruth sentì che diverse manine le abbracciavano le gambe e la vita. I suoi figli erano lì con lei.

«Mamma mia! Che macchinona che ha!» disse Jenny quando vide l'automobile di Tony. «Vogliamo che questo sia il tuo fidanzato.»

Ruth sorrise con tristezza, e si girò per tornare verso i loro teli.

Dalla macchina, Tony osservava la giovane dai capelli multicolori che, circondata dai suoi figli, si allontanava da lui. Mai avrebbe immaginato che lei avesse dei figli. Tantomeno tre!

Li osservò per alcuni istanti e, nonostante l'arrabbiatura iniziale, pensò che adesso molte cose quadravano. Che lavorasse così tanto, che non si fermasse mai tutta una notte con lui, che avesse sempre l'aria sfinita. La sorpresa l'aveva lasciato letteralmente senza parole e, ancora sconvolto, mise in moto e se ne andò. Era la cosa migliore.

Quella notte Ruth lo chiamò al telefono. Aveva bisogno di parlare con lui e dargli delle spiegazioni, ma Tony, vedendo che era lei, non rispose. Ruth provò diverse volte quella stessa notte e gli mandò anche alcuni messaggi. Ma quando ormai stava albeggiando, vedendo che lui non rispondeva, desistette.

Per quanto potesse farle male, senza dubbio adesso Tony Ferrasa era il passato.

22.
Non mi conosci

Passarono due settimane.

Due settimane in cui Ruth lavorò come sempre, senza fermarsi, e durante le quali accadde diverse volte che lei e Tony si ritrovassero agli stessi eventi. Lui non la guardava neppure e questo le faceva molto male.

All'alba, arrivava a casa sua, baciava i figli addormentati e si metteva a letto, pensando a lui. Ricordava come l'aveva baciata, come l'aveva guardata e come aveva cantato per lei. E aveva il cuore a pezzi.

Una mattina, mentre lavorava al ristorante, ricevette una telefonata dal Nevada. George era morto.

Chiese un paio di giorni liberi sia al ristorante sia a Harry Events. Manuel e David rimasero coi bambini e lei prese un aereo per il Nevada.

Vedendola, Linda si alzò e l'abbracciò.

«Mi dispiace moltissimo... moltissimo...» disse Ruth singhiozzando.

La donna pianse, abbracciata a lei, e quando entrambe si calmarono entrarono nella stanza della veglia funebre. Voleva stare con lui finché non l'avessero portato via.

Linda le presentò l'ex moglie di George e i suoi figli, che la guardarono freddamente.

«Mi odiano, ma allo stesso tempo sono contenti, perché quando seppelliremo George rimarrà tutto a loro», disse Linda sottovoce.

Ruth la guardò con terrore e la donna proseguì.

«Sono stata accanto a George per amore e non per denaro, come molti pensavano. Lui è stato e sarà l'uomo della mia vita, anche se non eravamo sposati. Il suo ricordo e poco più sono tutto quello che mi porterò via quando tornerò nella mia terra.»

«Come?»

«I suoi figli mi hanno dato un mese per raccogliere le mie cose e andarmene di casa. Era del padre e adesso è loro. Io torno in Minnesota, con le mie sorelle. Qui in Nevada sono sola e ora che George se n'è andato credo sia meglio che io torni alle mie origini. L'ho promesso a lui e lo farò.»

Per due giorni, Ruth non lasciò Linda sola nemmeno un secondo. Le diede tutto il suo appoggio e affetto e lei le fu grata dal profondo del cuore.

Il terzo giorno, quando doveva tornare, Linda l'accompagnò in aeroporto. «Chiamami quando arrivi a casa, ok?»

«Lo farò, non preoccuparti», rispose con un sorriso.

«Prima di tornare in Minnesota, verrò a trovarti, d'accordo?» promise la donna mentre la salutava con un abbraccio.

«Ti aspetteremo», rispose Ruth, commossa.

Gli altoparlanti chiamarono il volo. Ruth abbracciò Linda e la baciò.

«Ti voglio bene, Linda», le disse abbracciandola di nuovo.

«Anche io, tesoro», rispose la donna.

Quella notte, quando arrivò a Los Angeles, per prima cosa chiamò Linda. Poi, cercò di spiegare ai bambini che il nonno aveva iniziato un viaggio che lo avrebbe portato in cielo. I piccoli non compresero il significato di quelle parole, ma Jenny sì, e dopo cena se ne andò in camera in silenzio.

Quando tutti si furono addormentati, Ruth si mise a letto e ascoltò col suo iPad delle canzoni di Etta James, la cantante che piaceva tanto a George. E pianse. Si sentiva sola, molto sola, e le mancava anche il calore di Tony. Pensare alle persone che aveva perso in quegli anni le strinse il cuore.

«Mami...» sentì all'improvviso.

Jenny era sulla porta della sua camera, con gli occhi pieni di lacrime. Ruth si asciugò rapidamente le sue, si tolse gli auricolari, si alzò e l'abbracciò. La bambina piangeva per George, il suo nonnino, come lei lo chiamava.

La mise nel suo letto e, quando la bambina smise di piangere, trattenendo le lacrime Ruth disse: «Al nonnino non piacerebbe vederti piangere».

«Perché è dovuto andare in cielo?» chiese lei tra i singhiozzi.

Spiegarlo a una bambina di dieci anni non era facile, ma ci

provò. «Era un po' malato e anche se i medici e Linda hanno cercato di curarlo, non hanno potuto fare di più per lui.»

«Ma non ha preso medicine?»

«A volte le medicine non servono, Jenny. Capita che le persone siano così malate che neanche le medicine e gli ospedali possono fare qualcosa.»

«E perché è successo a lui?»

Ruth fece un sospiro di dolore. «Non lo so, tesoro. Questo non lo so.»

Jenny si mise a piangere di nuovo. Poi, calmatasi, guardò Ruth. «Anch'io sto per morire?»

Ruth quasi si sentì mancare. «No, tesoro, perché me lo chiedi?»

La bambina si tolse un ciuffo dal viso e sbatté le palpebre. «Perché un sacco di volte non sto bene e le medicine non mi curano. Sto per morire come il nonnino?»

Ruth ebbe la sensazione di avere il cuore stretto in una morsa e la guardò. «Tu non stai per morire perché mamma troverà le medicine che ti curano», rispose con voce decisa.

«E Linda non ha trovato le medicine per curare il nonnino?»

Jenny era tosta.

«La tua malattia e la sua non hanno niente a che fare, tesoro. È chiaro che Linda ha provato a farlo stare bene, ma la sua malattia era troppo grave. Adesso dormi amore mio e non preoccuparti di nulla. La mamma è con te.»

Quando la bambina riuscì ad addormentarsi, Ruth si alzò dal letto facendo attenzione e andò in bagno, dove si mise a piangere, disperata. Pensare che potesse succedere qualcosa a Jenny la faceva impazzire.

I giorni passarono e anche se il ricordo di George la faceva piangere più di quello che avrebbe mai immaginato, il tempo attenuò il dolore. Continuò a lavorare come sempre. Tornò anche al Mono Rojo, quel posto che Tony odiava tanto, perché bisognava salire sul bancone e dare da bere tequila ai clienti. Ma guadagnare qualcosa extra le faceva sempre comodo.

Ruth moriva di dolore ogni volta che incrociava Tony a qualche evento in cui lavorava, sempre accompagnato da belle donne.

«Non guardarlo, cucciola», disse David, dopo aver notato la sua presenza.

«Mi cade l'occhio. Non vorrei farlo ma...» rispose lei disperata.

«Come stai bellezza mia?» chiese Andrew, avvicinandosi ai due.

David e Ruth smisero di parlare tra loro.

«Sono stanca e non vedo l'ora di finire il servizio», rispose Ruth.

Andrew, che si era accorto della presenza di Tony accompagnato da una bellissima bionda, disse: «Quella donna non è bella neanche la metà di te».

Ruth fece una risata amara.

«Ho alcuni inviti per un locale. Vuoi venire?» continuò lui.

«Sai che devo lavorare, Andrew», rispose lei con un sorriso.

Lui annuì. Non c'era modo di rimanere da solo con lei.

«Il sorriso è la tua arma migliore. Nessuno ce l'ha come te», le disse, andandosene per continuare il suo dovere di capo della sicurezza.

«Come direbbe il mio Manuel... "lo sai, *amove* mio, che ce l'hai all'amo!"» esclamò David quando Andrew si fu allontanato.

Ruth sapeva benissimo come la guardava il capo della sicurezza, ma sapeva anche che, se ci fosse stato qualcosa tra loro, sarebbe finita l'amicizia.

«L'affetto che prova per me è prezioso più di ogni altra cosa. Non ci sarà mai nulla tra noi.»

David annuì e le strizzò l'occhio, poi presero il vassoio di tartine e andarono in sala. I partecipanti volevano mangiare.

Ruth vide Tony. Come sempre era eccezionale, anche con la barba di qualche giorno che si era lasciato crescere. Era sexy al massimo. Continuò a lavorare, fino a quando non vide che lui la guardava e, subito, passava un braccio attorno alla vita della bionda con cui stava. A Ruth si seccò la bocca, vedendo che la bionda sorrideva e che Tony le si avvicinava e la baciava.

Rimase ferma immobile in mezzo alla sala, col vassoio in mano, incapace di reagire, fino a quando non si avvicinò Andrew. «Cosa succede, bellezza?»

Infuriata, agì d'istinto e si avvicinò all'amico. «Per dove sono gli inviti?»

Andrew la guardò sorpreso. Sorridendo, si avvicinò ancora di più a lei e le scostò un ciuffo di capelli dal viso.

«Per il Breaking Rock.»

Lei rise. Andrew andava pazzo per il rock.

Tony, che li stava osservando, senza rendersi conto strinse la presa alla vita della bionda e lei si lamentò.

«Scusa, Enith», disse lui lasciandola andare.

Andrew, che non si era mosso da dov'era, approfittò dell'occasione.

«Cosa ne dici se ci andiamo quando abbiamo finito qui?»

All'improvviso Ruth si accorse di quello che stava facendo. Quello era Andrew, il suo amico. Tuttavia, vedendo con la coda dell'occhio che Tony la guardava, sorrise. «Andiamo, seguimi.»

Lui la seguì come un cagnolino e anche Tony. Quando arrivarono all'ingresso della cucina, Ruth avrebbe voluto fare dietrofront con il suo amico, ma vide che Tony si affacciava al corridoio. Cosa ci faceva lì? Per fargli vedere che anche lei si stava rifacendo una vita, si mise sulle punte e baciò Andrew in modo appassionato. «Aspettami all'uscita, ok?» gli disse poi.

Mezzo stordito, Andrew le disse di sì e se ne andò. Anche Tony tornò in sala. David, che aveva visto tutto mentre usciva dalla cucina, andò da lei. «Eh, meno male che non volevi niente di più da lui!»

Ruth si rese conto del pasticcio che aveva combinato e si appoggiò al muro. «Santo cielo! Che cosa ho fatto?»

«Di certo hai messo la lingua in bocca ad Andrew fino alle tonsille...» rispose David, «... ma a cosa stai pensando, cucciola?»

Lei scosse la testa, conscia di aver commesso un grosso errore e non rispose, sapendo che avrebbe solo peggiorato le cose. Si rifugiò in cucina.

«Sono un'idiota... un'idiota completa», disse fra sé e sé.

«Le donne! E poi dicono che i gay sono complicati!» disse David mentre tornava al lavoro.

Il resto della serata fu tremendo. Tony, ogni volta che Ruth lo guardava, prendeva la bionda e la baciava.

L'ira di Ruth crebbe e la gelosia le offuscò la ragione. Quando la serata finì, vide Tony che se ne andava sulla sua bella macchina con quella ragazza.

«Vai pure tu», disse Ruth a David. «Andrew mi porterà a casa.»

«Cucciola, stai facendo un errore.»

Lo sapeva. Lo sapeva perfettamente e la cosa peggiore di tutte era che stava usando Andrew. Ma non le importava. Salì sulla moto dell'amico e partirono, senza che lei si accorgesse che Tony la stava osservando.

Per un attimo Tony pensò di seguirli, ma alla fine non lo fece. Non doveva comportarsi come un uomo irrazionale. Salì sulla sua macchina, mise la canzone *Love* di Keyshia Cole e, disperato, tornò a casa sua.

Andrew portò Ruth al Breaking Rock e per un bel po' si divertirono con la musica dal vivo. Quando il gruppo che suonava cantò un lento, lui la strinse e la vicinanza dei loro corpi indusse Ruth a continuare con quello che aveva iniziato. Lo baciò di nuovo, lo accarezzò e, quando lui le propose di andare da qualche altra parte, lei accettò.

Andarono in moto fino a un hotel, il Sunset Beach, e presero una stanza. Entrati, Ruth si sbottonò la camicia e con un sorriso lo invitò ad avvicinarsi.

Andrew non ci pensò due volte e quando le tolse il reggiseno e i pantaloni sentì che stava per esplodere.

«Spegni la luce», chiese lei.

In quel momento, non lo chiese per vergogna della cicatrice, ma per poter immaginare che ci fosse qualcun altro vicino a lei.

Una volta nudi, Ruth lo spinse per farlo sedere sul letto e si mise a cavalcioni sopra di lui. Andrew la prese con forza per i capelli perché potesse guardarla.

«Ci divertiremo», disse.

«Tanto quanto vuoi, bellezza», rispose lui succhiandole un capezzolo.

Eccitata per i movimenti della sua bocca, Ruth gettò indietro la testa.

«Oh, sì... così...» disse con un filo di voce.

Andrew continuò a succhiare con delicatezza un capezzolo, poi l'altro e lei, alzandosi sopra di lui, si infilò dentro il suo pene e gridò: «Oh, sì!» Era quello di cui aveva bisogno. Sesso!

Estasiato dalla sua passionalità, Andrew tremò. Quello superava le aspettative che aveva sempre avuto su di lei e, quando Ruth gli morse il labbro inferiore e cominciò a muoversi coi fianchi in avanti e indietro, ansimò, disposto a darle il massimo del piacere. La prese per la vita e la strinse a lui.

«Ecco, così, Tony... non fermarti...» sentì che lei mormorava.

Andrew si fermò all'istante.

«Tony?»

Ruth si rese conto di quello che aveva detto e di cosa stava facendo.

«Davvero pensi a lui mentre sei con me?» chiese Andrew, poco lucido.

Ruth non rispose. Quello che stava facendo era di una cattiveria terribile e si sentì morire. «Mi dispiace... mi dispiace...»

Rendendosi conto di tutto, Andrew la allontanò da lui, si alzò e prese i pantaloni. «Che cosa ci fai qui con me se stai pensando a quel riccone?» le rinfacciò.

«Mi dispiace... mi dispiace...» ripeté lei, senza sapere cos'altro dire.

Furioso, Andrew finì di vestirsi. «Rivestiti.»

Ruth lo fece. «Andrew, io...»

Senza lasciarla parlare, lui la prese per i polsi. «Non mi piace essere preso in giro. Chiaro?»

Ruth fece cenno di sì.

«Tu e io siamo stati sempre sinceri in tutto», continuò. «Ti porto a casa.»

Uscirono dalla stanza in silenzio e, quando arrivarono davanti alla casa di Ruth, lei scese dalla moto e si tolse il casco.

«Perdonami, Andrew», gli disse guardandolo. «Oggi mi sono comportata come non...»

«Ascolta Ruth, quel genere di uomini cerca le ragazze solo per divertirsi. Lui può avere tutto quello che vuole, tutte le donne che vuole, e non credo proprio che sia una cameriera quella che vuole avere accanto.»

«Sbagli, Tony non è così.»

«Mi sbaglio?» disse lui beffardo. «E com'è che stanotte alla festa era con quella modella bellissima e non con te?»

Poi si rese conto e aggiunse: «Ora lo capisco, mi hai usato per farlo ingelosire. Hai visto che lui stava con quella e la rabbia ti ha portato a giocare con me. È così, vero?»

Inorridita, Ruth rimase con lo sguardo a terra. Aveva fatto una cosa terribile. Andrew era una persona stupenda e non se lo meritava.

«Ti stimo molto, bellezza. Ma questo segnerà un prima e un dopo nella nostra relazione. Puoi starne certa.»

«Perdonami, sono stata una stupida», disse lei abbracciandolo.

Lui sorrise. La stimava troppo per continuare a essere arrabbiato con lei.

«Una stupida molto carina. Dai, vai a dormire. È tardi e domani lavori», rispose.

Dopo averle dato un bacio casto sulla guancia, salì sulla moto, si mise il casco facendole l'occhiolino e se ne andò consapevole che l'idea di una relazione fosse bella che sepolta. Ruth, triste, entrò nel portone di casa sua.

Salì nel suo appartamento e ringraziò Manuel. Poi andò a vedere i bambini: dormivano. Dopo aver controllato che tutto fosse in ordine, salutò Luis Alfonso, andò nella sua stanza e si mise a letto.

Per un po' di tempo si rigirò, poi prese l'iPad e cercò la canzone che voleva ascoltare.

No existen límites,
cuando mis labios se deslizan en tu boca.
Inenarrable, esa humedad que se acrecenta en mis deseos.
Cuando tu beso se me cuela hasta el alma,
cuando mi cuerpo se acomoda en tu figura.
Se acaba todo... y es que no hay límites...

Ascoltò la canzone con le lacrime agli occhi e, dopo questa, *All of Me*, di John Legend. Non poteva dimenticare quando Tony gliel'aveva cantata suonando il pianoforte, a casa sua. Era stato un momento magico e speciale.

Quando l'angoscia le diede tregua, si tolse gli auricolari e con le lacrime agli occhi sussurrò a se stessa: «Come hai detto tu, Tony Ferrasa, l'amore è come la guerra. Facile da iniziare, ma difficile da finire».

23.
Cuore diviso

Tony stava lavorando nell'ufficio della casa discografica, quando la porta si aprì ed entrò sua cognata Yanira. Si sorrisero.

«Cosa ne dici di andare a mangiare assieme al cinese che ci piace?»

«No», rispose lui accigliato.

«Dai, lo sai che quel posto piace sia a me che a te.»

«Devo finire questo. Non posso.»

Senza dargli retta, Yanira si sedette sulla scrivania e chiuse il portatile. «Sono diversi giorni che hai una faccia tetra. Che cosa succede? E se mi rispondi ancora *niente* come ieri, il giorno prima e una settimana fa, ti giuro Tony Ferrasa che te ne pentirai. E se ti dico che te ne pentirai, te ne pentirai.»

«Yanira, non sono in vena.»

Ma lei non si lasciò smontare. «Opzione A: vieni con me a mangiare e parliamo di quello che ti succede. Opzione B: ci facciamo portare da mangiare e parliamo di quello che ti succede. Opzione C: ti continuo a rompere l'anima finché non mi dici che cosa succede, e finirai per odiarmi. Decidi tu.»

Tony si appoggiò allo schienale della sedia. «Povero mio fratello con una moglie così...»

«Dylan è l'uomo più felice della terra, non dire scemate!» rispose lei e tutti e due scoppiarono a ridere.

«È per Ruth, vero?»

Lui annuì. Era impossibile nascondere la verità a sua cognata. «Sì, abbiamo rotto e anche se mi secca ammetterlo, mi manca.»

Yanira sospirò. Stare male per amore era terribile. «Chiamala e diglielo. Sono sicura che anche tu le manchi.»

«Ne dubito», rispose con un sorriso amaro.

«Ma no. Ascoltami, anche se mi pentirò di avertelo detto: voi Ferrasa avete qualcosa che fa sì che sia difficile dimenticarvi.»

«Anche Omar?» chiese lui sarcastico.

«Quello è un caso a parte», rispose lei.

«Ha tre figli», disse Tony all'improvviso. «Tre figli di cui non ha fatto parola in tutto questo tempo e...»

«Quella ragazza ha tre figli?» esclamò Yanira, sorpresa.

«Già, tre. Due gemelli poco più grandi dei tuoi e una bambina dell'età di Preciosa.»

«Ma è molto giovane.»

«Trent'anni.»

Ci fu un momento di silenzio, poi Yanira lo guardò.

«È per i bambini che avete rotto?»

Tony si passò la mano tra i capelli e si strinse nelle spalle. «Sono stato in viaggio di lavoro in Messico, e Ruth ha letto sui giornali...»

«Sui giornali?» lo interruppe lei con amarezza. «Quelle riviste del cavolo! Devi parlare con Ruth seriamente di questa cosa, ma che diamine! Perché continuano a montare cose che non sono vere? Con chi ti hanno accoppiato questa volta, sciupafemmine?»

«Con Etta Vazquez e con la moglie di un mio amico», disse lui scuro in volto.

Yanira sospirò, anche lei aveva avuto dei problemi con la stampa all'inizio della relazione con Dylan e della sua carriera musicale.

«Ma non è stato solo per questo...» proseguì Tony, «anche la questione dei bambini...»

«Non venirmi a dire che è per i figli che non stai con lei...» lo interruppe Yanira, e vedendo la sua espressione aggiunse: «Devo forse ricordarti che quando tua madre si sposò con tuo padre lui aveva già te e Omar?»

«No, certo... non è per questo. La faccenda della stampa e quella dei bambini si sono accavallate e... cazzo... sono un uomo di quarant'anni e sembro un adolescente di diciassette con i patemi sentimentali!»

«Vuoi che parli con lei?»

«Non ci pensare nemmeno...» poi, vedendo un sorrisetto sul viso della cognata, aggiunse, «... Yanira, ti avviso, non metterti in mezzo e lascia che me la veda io.»

«Va bene.»

«Yanira, sono serio.»

Vedendo l'espressione della sua faccia, lei annuì. Non le

piaceva mettersi in mezzo nelle questioni amorose, a maggior ragione se le veniva chiesto in quel modo di non farlo.

«Ti prometto su quello che vuoi che me ne starò zitta e non dirò nulla a Dylan. Ma se tornerai con lei, sarò io la prima a insegnarle come si tratta la stampa, capito?»

«Dai, andiamo a mangiare qualcosa prima che mi tocchi subire il terzo grado», disse Tony sorridendo e prendendo sua cognata a braccetto.

24.
Incatenati

Due notti dopo, Ruth andò a lavorare al Mono Rojo.

Come sempre, lì, davanti alla follia dei clienti, riuscì a scollegarsi dalla realtà di tutti i giorni. Potere ballare mentre lavorava la faceva uscire un po' dalla routine e a mezzanotte, quando tutti i camerieri salirono sul bancone e iniziarono a distribuire tequila, le sembrò di vedere Tony tra i presenti, anche se quando lo cercò di nuovo con lo sguardo, con quelle luci basse non lo trovò.

«Ho le visioni», pensò, continuando a ballare e a distribuire liquore.

Dall'altro lato della sala, Tony la osservava, col viso corrucciato. Odiava l'idea che fosse tornata a lavorare in quel locale e ancor più vedere il capo della sicurezza, Andrew, sempre vicino a lei. Ancora gli faceva male pensare al bacio che si erano dati. Era in preda alla gelosia.

Ruth era una brava ragazza, ma la gente che stava lì non si poneva nemmeno il problema e lei sorrideva a tutti gli imbecilli che si avvicinavano al bancone per bere.

Vederla ridere e ballare coi suoi colleghi gli spezzava il cuore e pensò che doveva dimenticarla come lei aveva dimenticato lui. Ma qualcosa dentro sé lo assillava e, quando vide che un tizio la prendeva per la vita e la faceva scendere dal bancone contro la sua volontà, partì a razzo e dando spintoni si avvicinò per intervenire.

Anche Andrew accorse e insieme riuscirono a staccare l'ubriacone da Ruth. I colleghi della sicurezza lo buttarono subito fuori del locale e Andrew, vedendo Tony proprio dietro di lei, si girò e se ne andò. Era di troppo.

Ruth non si era ancora resa conto della presenza di Tony. Imprecò a mezza voce per quello che era successo e fece per risalire sul bancone, ma rimase impietrita quando lo vide. Avvertiva il suo profumo e, nonostante le luci basse del locale, lo vedeva benissimo in faccia, la barba lunga e quegli occhi bellissimi.

Per qualche secondo non si mossero. Si fissarono a mezzo metro di distanza, mentre la gente attorno continuava a ballare, bere e divertirsi.

Incapace di allontanarsi, Tony fece un passo avanti. Le passò un braccio attorno alla vita e la attirò a sé, baciandola. Erano settimane che desiderava quella bocca, quelle labbra, e ora che l'aveva davanti non seppe resistere.

Ruth, bisognosa quanto lui, sentendo quelle labbra morbide sulle sue chiuse gli occhi e si lasciò baciare. Ricambiò con passione e quando l'eccitazione stava per farla impazzire, fece una cosa che aveva visto molte volte, ma che non aveva mai fatto. Prese Tony per mano, passò la bottiglia di tequila a un'altra ragazza e lo portò nel bagno delle donne.

Tony non fece resistenza e, non appena entrarono e Ruth chiuse la porta di uno dei cubicoli, la sollevò e l'appoggiò con attenzione alla parete, mentre l'odore della pelle di lei gli inondava le narici, facendogli perdere del tutto la testa.

Pochi istanti dopo, le alzò la gonna con impazienza e le strappò le mutandine.

I loro respiri accelerarono, mentre continuava la canzone di Enrique Iglesias *Bailando*. Nessuno dei due opponeva la minima resistenza a quello che stava per succedere.

Eccitata per la situazione, a Ruth non importava un bel niente delle mutandine, né che qualcuno potesse sentirli, né che potesse essere licenziata. Aveva bisogno di possederlo e lo avrebbe fatto. Senza alcun tentennamento, gli sbottonò i jeans e abbassò la lampo.

Tony stava per dire qualcosa.

«Non pensare. Fallo», gli sussurrò lei.

Dato che non aveva nulla da obiettare, tirò fuori il sesso duro, glielo mise in mezzo alle gambe e con una stoccata rapida e sicura la penetrò. La scossa che provarono li fece gridare.

Ruth gli abbracciò il collo con le braccia e si inarcò, attaccata a lui, disposta a lasciare che il membro di Tony entrasse totalmente nel suo corpo.

«Odio che lavori in questo locale. Non sopporto che gli uomini ti guardino. Mi fa stare male che balli per loro», le rinfacciò Tony. «Cosa ci fai qui?»

Ansimante, Ruth lo guardò e rispose candidamente: «Lavoro, ecco quello che faccio».

Pazzo di desiderio, avrebbe voluto ricordarle che gli aveva promesso che non sarebbe tornata lì. Invece le disse con amarezza: «Hai ragione. Non siamo più assieme e puoi fare quello che vuoi».

Lei lo baciò. Si sentiva solo il loro ansimare eccitato. Tony le mise una mano sul mento e la baciò di nuovo. Le mise la lingua in bocca e continuò a baciarla mentre la penetrava, con forza, sicuro e possente.

Eccitata e inebriata quanto lui, Ruth appoggiò i piedi sulla parete opposta, mentre Tony le prendeva le mani e la faceva sua.

Nel bagno riecheggiavano i loro gemiti e il rumore dei corpi incollati ma a loro non importava. Quando Tony le lasciò andare le mani, lei gliele mise sulle natiche e le strinse, per fargli capire di non smettere. Quel gesto eccitò ancora di più Tony che continuò ad affondare in lei con rudezza, godendosi la sensazione di follia di quella situazione.

Non aveva mai fatto nulla del genere; era troppo in vista, ed era un uomo maturo. Ruth lo stava facendo impazzire al punto da spingerlo a fare l'amore nel bagno delle donne di una discoteca. Se l'avessero saputo i giornalisti, sarebbe stato uno scandalo, ma in quel momento non gli interessava. Pensava solo a lei, e al piacere che entrambi stavano provando.

Ormai vicino all'orgasmo, Tony accelerò gli affondi e quando arrivarono all'apice emise un gemito roco, appoggiando la fronte a quella di Ruth finché non recuperò il controllo.

Quando il suo cuore tornò a battere a ritmo normale e anche il respiro di Ruth si placò, uscì da lei e la rimise a terra, poi iniziò a pulirsi con la carta.

«Diavolo... diavolo... che cosa ho fatto», mormorò.

«Che cosa abbiamo fatto!» rettificò Ruth, toccandosi il mento irritato dalla barba dura di Tony.

Lui non rispose. Si limitò a finire di pulirsi e a sistemarsi i pantaloni, furioso.

«Non deve succedere di nuovo», le disse in tono duro. «È stato un errore e me ne assumo la mia parte di colpa», continuò.

Si guardarono. Ruth voleva dirgli un'infinità di cose, ma proprio in quel momento si udirono delle risatine. Non era disposta a farsi vedere ferita e sconfitta, quindi sorrise e raccolse qualcosa da terra.

«Hai ragione, è stato un errore», disse in tono freddo. «Ma guarda il lato positivo. Hai fatto una bella scopata con la cameriera nei bagni del Mono Rojo.»

Tony la guardò. Come poteva rispondere con tanta freddezza?

Turbato e confuso, aprì la porta e se ne andò, sotto gli sguardi di tutte le donne presenti.

Ruth uscì dopo di lui, ancora col respiro affannoso. Le donne la guardarono. Senza dubbio quello che era appena successo era una pazzia e un'impudenza, ma ormai era fatto. Così, fingendo di essere sicura di se stessa, disse a voce alta e chiara: «Ve lo raccomando, ragazze!»

Loro si misero a ridere e quando Ruth rientrò in sala vide Tony che usciva dalla porta principale.

In quell'istante, qualcuno la prese per il braccio: Andrew.

«Non posso credere che tu l'abbia davvero fatto.»

«Non sono la dolce donna che pensi, Andrew. Convincitene, una buona volta», gli rispose con la stessa freddezza usata con Tony.

Poi si liberò dalla presa e tornò al bancone, dove bevve un sorso di birra. Era assetata e, dopo quello che era successo, aveva il cuore a mille.

Si fece aria con la mano, cercando di placare l'uragano di emozioni e sensazioni che la squassava.

Servì da bere ad alcuni clienti, poi si avvicinò a David che stava preparando dei cocktail e gli mostrò dei brandelli di stoffa. «Le mie mutandine.»

«Ma cosa è successo?»

«Tony Ferrasa è appena stato qui.»

David rimase a bocca aperta.

«Nooooooo.»

«Sì», disse lei.

«Davvero, cucciola?»

«Te lo giuro!»

«Uh! Che sfacciata!»

Ruth sorrise. Senza dubbio si era comportata davvero come una sfacciata, ma trattandosi di Tony era disposta a rifarlo altre mille volte ancora. Si toccò il mento, che continuava a farle male, ma non le importava. Sentiva il suo odore, l'odore di Tony, sulla propria pelle e questo compensava tutto.

Dopo qualche minuto buttò nella spazzatura le mutandine stracciate e, consapevole di non poter più tornare indietro, si rimise a lavorare. Senza mutandine.

25.
Con uno sguardo solo

Due notti più tardi, Ruth stava lavorando a una festa che davano in una famosa discoteca di Los Angeles. A un certo punto vide Tony con un vestito scuro e la barba di diversi giorni, accompagnato dalla bionda già vista alle altre feste, che aveva un vestito rosso da infarto. Ruth avrebbe voluto morire.

Perché doveva andare a tutti gli eventi in cui lavorava lei?

Ruth si guardò allo specchio. Quella donna era così bella, mentre lei era lì, con la sua brutta uniforme, gonna nera e camicia bianca. Imprecò contro il destino avverso. David le si avvicinò.

«Cucciola… attenta alle mutandine.»

Lei non poté fare a meno di sorridere e continuò a lavorare.

Si mosse con abilità tra gli invitati, reggendo il vassoio con i calici, senza mai avvicinarsi a lui.

«Ehi, ma c'è la mia amica dai mille colori», sentì all'improvviso.

Ruth si girò e si trovò di fronte quel rompiscatole del re del blues, ma fece una piroetta e se lo tolse dai piedi in quattro e quattr'otto.

Poi non poté fare a meno di guardare Tony da lontano, provando una stretta al cuore. Con quella barba era ancora più sexy.

«E io che pensavo che l'avresti portato in bagno e gli avresti strappato le mutande.»

«David!»

«Anzi, meglio: strappa le extension a quella battona!» aggiunse, guardando la bionda che stava facendo le moine a Tony.

«David!» disse Ruth ridendo.

Continuò a lavorare, il più possibile lontana da lui. Sembrava che non si fosse accorto della sua presenza e voleva che continuasse così.

Ma Tony l'aveva vista e la controllava, senza darlo a vedere. Se andava a quelle feste era solo per incrociarla. Era l'unico momento del giorno in cui trovava pace. Anche se non poteva avvicinarsi, almeno sapeva che lei stava bene. E questo gli bastava.

Venti minuti più tardi, l'amico importuno di Tony si avvicinò di nuovo a Ruth e le diede un pizzicotto sul sedere.

Le venne voglia di colpirlo nelle parti basse, ma si limitò a fissarlo. «Signore, ha esagerato.»

Quell'idiota sorrise e la trattenne per il gomito. «L'ultima volta ti ho offerto centocinquanta dollari per stare un po' con te dopo la festa, ma oggi sono generoso e arrivo a duecento. Cosa ne dici?»

«Signore, mi lasci.»

«Dai, bellezza, ti assicuro che ci divertiremo.»

Con una spinta se lo levò di torno, ma quando imboccò il corridoio che portava in cucina per prendere altri calici se lo trovò di fronte. Lui la spinse contro la parete e si avvicinò alla sua bocca. «Continui a respingermi?»

«Mi lasci!»

Pensò di sbattergli in testa il vassoio vuoto, ma quando stava per farlo una mano la fermò. Girandosi, incrociò gli occhi intimidatori di Tony. Non dissero nulla, si guardarono e basta e lui la liberò dalle braccia dell'altro.

«Rick, se ti avvicini di nuovo a lei io...»

«Ma tu non sei venuto con Enith?» chiese l'altro in tono petulante. In quel momento comparve l'accompagnatrice di Tony. «Cosa succede, tesoro?»

Ruth la guardò. Lo chiamava già *tesoro*?

Tony rivolse uno sguardo poco amichevole a quell'imbecille di Rick e insistette, senza rendersi conto che Andrew lo osservava da vicino. «Se oltrepassi ancora il limite con lei, Rick, giuro che te ne pentirai.»

«Ma Tony, cosa dici?» disse quello in tono cattivo. «Se tu sei uscito con lei, perché io non posso farlo?»

A quelle parole, Ruth guardò Tony incredula. Gliel'aveva detto?

Enith, scioccata da quello che aveva detto Rick, la guardò con un'espressione che non piacque a Ruth. «Tony, davvero sei uscito con questa cameriera da quattro soldi?»

«Ma... come fa a...» se ne uscì Ruth, lanciando uno sguardo accusatorio a Tony.

«Come fai a sapere che sono stato con lei?» domandò Tony a Rick in modo brusco.

«Vi ho visto assieme per strada», rispose lui. «Quanto le hai dato?»

«Vai a quel paese!» esplose Ruth, proprio mentre Tony gli tirava un pugno e lo stendeva.

«Oh, mio Dio, che umiliazione», disse Enith allontanandosi.

Tony avvicinò la bocca all'orecchio di Rick, che piagnucolava. «Ne ho fin sopra i capelli di sopportarti e non me ne frega niente se non vorrai più le mie canzoni. Io tratto le donne con gentilezza. Non sono un maiale come te, che le paghi. E nello specifico di questa donna, che siamo assieme o no, voglio che tu le stia ben lontano, è chiaro? Perché se ti vedo di nuovo vicino a lei, se la tocchi o le dici qualcosa fuori luogo, ti assicuro che non te la caverai con un pugno.»

Rick non rispose. Riusciva a malapena a respirare per la botta.

«Mi hai capito?» insistette Tony, mentre Andrew si avvicinava.

Rick annuì. In quel momento Andrew lo prese per il braccio. «Venga con me, signore.»

Senza guardare Ruth, il capo del servizio di vigilanza si allontanò, lasciandola sola con Tony.

Nessuno dei due disse nulla, si guardarono e basta, finché Tony, con un gesto pieno di rabbia, si girò e tornò alla festa.

Ruth cercò di calmare il respiro affannoso, poi andò in cucina e cercò il suo capo.

«Signor Sebastian», disse con un filo di voce, «non mi sento molto bene. Potrei rimanere in cucina a riempire i vassoi delle tartine?»

L'uomo acconsentì. Quella ragazza non si lamentava mai del lavoro, quindi ordinò a un'altra di prendere il suo posto. Ruth sorrise, grata.

Vedendola entrare, David le si avvicinò. «Che cosa ci fai qui?»

Sentendo quello che era successo, sbuffò. Era normale trovare degli sbruffoni.

«Cucciola, se ti ha difeso, è perché prova qualcosa per te», disse.

Per ore Ruth riempì vassoi di tartine, calici di vino e preparò tutto quello che le chiedevano. E, quando finì la serata e sistemarono tutto, uscì assieme a David e vide la macchina di Tony parcheggiata vicino alla porta posteriore. Il cuore le accelerò. Era lì, che l'aspettava. Ma lui mise in moto e se ne andò.

Seguendo con lo sguardo la macchina che si allontanava, David fece per aprire bocca ma Ruth lo fermò. «Per favore, non dire niente.»

Quando arrivò a casa, andò a vedere i bambini, si fece la doccia e si mise a letto con l'iPad. Sentendo la canzone *Love* riviveva gli splendidi momenti che aveva passato con lui. Erano stati i giorni più belli della sua vita. Quell'uomo, con la sua gentilezza, il suo sorriso e la sua dolcezza aveva toccato una parte nascosta del suo cuore, e adesso doveva imparare a dimenticarsi di lui.

26.
Mille strade portano a te

Passarono dieci giorni e Linda passò da Los Angeles per salutarli prima di trasferirsi nel Minnesota.

Un giorno andarono tutti in spiaggia.

«Mi mancherete molto quando sarò nel Minnesota», disse Linda guardando i bambini.

«Anche tu ci mancherai, ma lì sarai con la tua famiglia e non ti sentirai sola come nel Nevada. E io farò tutto il possibile per venirti a trovare coi bambini.»

Linda annuì e vedendo la catena d'oro bianco che Ruth aveva al collo disse: «George ti amava come una figlia e anch'io. Lo sai, vero?»

«Voi siete la famiglia mia e dei miei figli.»

Linda sorrise.

«Sei molto magra, Ruth. Hai bisogno di qualcosa?»

Lei scosse la testa.

«Non dirmi che è ancora mal d'amore. George mi ha detto che uscivi con un uomo. È per lui?»

«Si può dire di sì», rispose Ruth. «Si chiama Tony ed è l'uomo più meraviglioso del mondo, ma tutto è così complicato tra noi che non credo potremo stare insieme.»

Linda le accarezzò i capelli con delicatezza. «Se questo amore è speciale non finirà. È quello che ti avrebbe detto George.»

Ruth sorrise e Linda le diede una busta.

«Questo è per te e per i bambini. Non è molto, ma credo che ti aiuterà.»

«No... no... non posso accettare.»

«Prendila, Ruth», insistette la donna. «Il denaro non è mai troppo.»

La abbracciò piena di gratitudine. Dopo la morte di George

sapeva che Linda era rimasta senza niente, quindi le mise la busta nella borsa.

«Mi avete già dato tanto e l'ultima cosa che voglio è il denaro. Il tuo affetto e sapere che sei sempre dalla mia parte è più che sufficiente.»

«Ma Ruth…»

«Linda, voglio il tuo amore, non il tuo denaro. Per favore comprendimi e tienilo tu. Ne hai bisogno tanto quanto me.»

«Ti voglio bene, testona», le disse Linda, abbracciandola.

«Anch'io.»

Dopo qualche giorno, Linda se ne andò. La sua partenza fu triste, ma tutte e due sapevano che quello che c'era tra loro sarebbe durato per sempre. Tre giorni dopo, la chiamò dal Minnesota per dirle che era arrivata dalle sue sorelle.

Iniziarono le vacanze scolastiche. Ora i bambini erano a casa e Astrid, la babysitter, iniziò ad andare tutte le mattine quando Ruth doveva uscire. David dormiva dopo aver lavorato tutta la notte e Manuel doveva andare in negozio.

Una domenica Ruth uscì dal ristorante dove aveva lavorato e andò dal meccanico. Harry, la sua macchina, si era guastata di nuovo e l'avevano chiamata per avvertirla che era stata sistemata. La recuperò e tornò a casa pensando di portare i bambini in spiaggia fino all'inizio del turno serale. Ma quando arrivò sotto casa vide un'ambulanza. Jenny!

Senza badare al divieto, lasciò la macchina parcheggiata male e attraversò la strada correndo come una pazza. L'ascensore era occupato e salì le scale due a due. Il cuore le si fermò quando vide che stavano trasportando la sua piccola Jenny su una lettiga, con la maschera d'ossigeno e le labbra violacee.

«Tranquilla, Ruth», disse David vedendola.

Ma lei non lo ascoltava. Si avvicinò alla sua bambina, che respirava con difficoltà, e baciandola sulla testa le prese la mano.

«Tranquilla, tesoro mio, mami è qui e non ti lascerà un secondo», le disse.

In ospedale la visitarono subito e, quando la dottoressa uscì chiedendo dei parenti di Jennifer Souza, David e Ruth si alzarono col terrore dipinto in faccia.

Tenendosi per mano, ascoltarono la dottoressa che spiegava

che la bambina era stabile, ma che il suo problema cardiaco era peggiorato.

Dopo che la donna se ne fu andata, Ruth ebbe un crollo. La tensione accumulata la fece andare in pezzi e David l'abbracciò.

«Tranquilla, bella. Tranquilla. Si sistemerà tutto.»

Lei annuì. Di sicuro tutto si sarebbe sistemato. Perché avrebbe fatto qualsiasi cosa perché Jenny guarisse.

La degenza in ospedale si prolungò. Jenny era debole e le stavano facendo numerosi esami. Per diversi giorni Ruth non andò a lavorare. Non voleva lasciare sua sorella sola né con altri.

Una notte Jenny si svegliò e, mezza addormentata, le chiese se sarebbe andata in cielo col nonnino. Ruth, trattenendo le lacrime, le promise e le assicurò mille volte che non sarebbe successo. Non l'avrebbe permesso.

Due giorni dopo, l'équipe pediatrica chiese di vedere Ruth, che si fece accompagnare da David e Manuel. Spiegarono che dagli esami fatti risultava che fosse meglio operarla. Avrebbe potuto continuare con le medicine che prendeva, ma prima o poi avrebbe dovuto comunque sottoporsi a un intervento.

Alla fine della riunione, le diedero alcuni fogli con i dettagli dei costi dell'operazione, delle medicine e della degenza in ospedale. Quando vide la cifra, per poco Ruth non svenne. Dove avrebbe preso quel denaro?

Chiese di parlare col primario di pediatria, a cui espose il suo problema. Il medico fu comprensivo, ma non le fornì alcuna soluzione. Se volevano che la bambina fosse operata, bisognava pagare in anticipo almeno la metà della somma.

Angosciata, se ne andò senza dire nulla. Per il momento era importante che la sua piccola fosse accudita e che migliorasse. Poi avrebbe trovato il modo di pagare tutto.

La mattina seguente Jenny stava meglio e, quando arrivarono Andrew e Patricia, Manuel e David ne approfittarono per portare Ruth a mangiare qualcosa. Stava diventando pelle e ossa.

«Cosa ti passa per la testa, cucciola?» chiese David vedendola così silenziosa.

«Il solito... i soldi», rispose lei sinceramente. «Ho parlato col primario di pediatria spiegandogli la mia situazione. Mi ha detto che gli dispiace molto, ma che possono operarla solo se anticipo la metà della somma. Altrimenti, la metteranno in lista d'attesa e potrebbero chiamarla nel giro di due anni, o tre, o sei.»

«Cosa?!» esclamò Manuel. «Ma la bambina ne ha bisogno ora! Non fra tre o sei anni! Il dottore non lo sa?»

«Certo che lo sa», rispose Ruth abbattuta, «ma Jenny non è l'unica bambina con questo problema, né io l'unica madre che non ha soldi abbastanza per un intervento del genere. Per questo ci sono liste d'attesa interminabili. Qui la sanità è così, o hai i soldi e paghi per avere la soluzione prima possibile, o prendi quello che viene.»

«Troveremo una soluzione», mormorò David. «A proposito, hai chiamato Linda?»

«No, non l'ho chiamata», disse con tristezza. «Non voglio che si preoccupi e preferisco trovare prima una soluzione per i soldi, anche se...» aggiunse con un filo di voce, «... già non ho idea di come farò a pagare la degenza e le medicine che mi daranno, figuriamoci l'intervento.»

«E se chiami Tony Fer...» iniziò David.

«No», lo interruppe lei, guardandolo negli occhi.

«Ma cucciola, lui...»

«Non lo chiamerò. Jenny è un mio problema, non suo.»

«Ma potrebbe aiutarti. Ha tutti i mezzi che vuole», intervenne Manuel.

«Non posso chiamarlo», disse Ruth, con gli occhi pieni di lacrime.

I suoi amici l'abbracciarono. Non avevano mai conosciuto nessuno così combattivo come Ruth.

«Ho fatto dei conti», disse lei asciugandosi le lacrime, «e per avere il denaro per la permanenza e le medicine di Jenny dovrò fare per almeno otto mesi un sacco di ore extra di lavoro. Perché deve succedere proprio a me?» aggiunse disperata. «Devo forse prostituirmi per far crescere i bambini?»

Inorridito dalla sua amarezza e dalla situazione terribile Manuel disse: «Non pensarci nemmeno, *amove* mio, o ti giuro che...»

«Cucciola, non dirlo neanche!»

«Non dicevo sul serio», disse lei con amarezza. «Anche se a volte sembra l'unica soluzione.»

«Dio chiude la porta, ma apre un portone», disse Manuel.

Ruth sorrise. Manuel aveva molta fede, cosa che lei aveva perso dopo aver vissuto tante disgrazie. Se Dio fosse esistito, perché Jenny e gli altri bambini soffrivano e si ammalavano?

David la invitò a mangiare, ma lei non aveva fame.

«Quando bisogna pagare la degenza?» le chiese.

«Penso quando la dimetteranno», rispose con un'alzata di spalle. «Chiederò di rateizzare il pagamento in modo che sia più facile. Poi chiamerò il Granchio e gli dirò di contare su di me per qualsiasi altro lavoro extra. Devo trovare quei soldi a tutti i costi.»

«Santo cielo, non puoi lavorare di più. Così ti ammalerai», disse Manuel.

«E cosa dovrei fare?» sospirò. «Devo badare ai gemelli e a Jenny, e anche se cerco di fare del mio meglio lei si è ammalata e io... io...»

Le lacrime le impedirono di continuare. Da quando la bambina era entrata in ospedale, non faceva altro che piangere per la disperazione.

«Tranquilla», disse David, abbracciandola. «Manuel e io ti aiuteremo a pagare coi soldi per l'Italia e chiederemo un prestito in banca. Ne abbiamo già parlato e...»

«No, non ve lo permetto.»

«Lo faremo. Voi quattro siete la nostra famiglia e senza di voi non siamo nessuno», disse con tono deciso Manuel.

«Hai sentito mio marito, cucciola. Siamo una famiglia!» disse David sorridendo.

Commossa, Ruth si rimise a piangere. Come sempre, David e Manuel le erano vicini sia nel bene che nel male.

«Non ve lo lascerò fare», disse singhiozzando. «Non potete chiedere un prestito per me. E in più è da tutta la vita che risparmiate per questo viaggio in Italia e...»

«Sshhh», disse David con dolcezza. «Ci sono cose che vengono prima. Tu e i bambini siete mille volte più importanti di un viaggio in Italia e non sarà difficile chiedere un prestito. Come ti abbiamo detto, noi siamo una famiglia e usciremo assieme da questo problema.»

«Inoltre», aggiunse Manuel per farla ridere, «abbiamo già la Cappella Sistina dipinta nella sala, perché dovremmo andare in Italia?»

«Oh, ragazzi, che cosa ne sarebbe di me se non ci foste voi?»

Quell'affetto, quell'amore incondizionato che i due ragazzi avevano dimostrato per lei e per i suoi figli dal primo momento in cui si erano conosciuti era impagabile. Anche se avesse guadagnato tutto il denaro del mondo, le sarebbe stato impossibile compensarli per quello che avevano fatto per lei senza aspettarsi nulla in cambio. Per un bel po' pianse, liberandosi di tutto quel peso.

Quando tornarono nella stanza dell'ospedale, Andrew si avvicinò.

«Sai che non sono ricco, ma conta su di me per quello di cui hai bisogno.»

«Grazie, Andrew», gli rispose, sorridendo.

Lui le prese la mano con dolcezza e fece in modo che lo guardasse negli occhi. «Lasciando da parte l'argomento Jenny, credo che dovresti parlare con quel Tony. L'altro giorno, quando si è fatto avanti per te a causa del suo amico, ho capito che non è come credevo. Non c'è dubbio che si è accorto di quanto vali. Perché tu vali molto, bellezza mia.»

Commossa, Ruth gli strinse la mano e cercò di non piangere. «E tu vali di più, Andrew. Molto… molto di più.»

Quella notte, quando i suoi amici se ne andarono per badare ai gemelli e lei rimase di nuovo a dormire in ospedale vicino a Jenny, la macchina a cui era collegata la bambina iniziò a suonare. Entrarono di corsa diverse infermiere e riuscirono a stabilizzare la piccola iniettandole qualcosa nella fisiologica. Tornò il silenzio e Ruth, disperata, pianse. Che cosa avrebbe fatto? Sua sorella aveva bisogno con urgenza dell'intervento.

Maledisse ancora la vita, così spietata con una bambina, e quando riuscì a calmarsi cercò di dormire sulla sedia scomoda che aveva messo vicino al letto. Ma non ci riuscì. Quindi prese l'iPad e si infilò gli auricolari. Per un po' ascoltò con tranquillità la musica, ma quando arrivò alla canzone *More Than Words* degli Extreme, il suo cuore vacillò. Quella canzone la commuoveva sempre. Senza volerlo pensò a Tony quando la canzone arrivò a «… adesso che ho cercato di parlarti e di farti capire…»

Chiuse gli occhi e immaginò di poter accarezzare le sue mani, di dirgli quanto aveva bisogno di lui, e quanto gli mancava. Ma era tardi. Troppo tardi.

Sorrise, ricordando com'erano stati bene assieme. Nessun uomo l'aveva mai trattata con tanta delicatezza, naturalezza e soprattutto attenzione. L'aveva protetta da tutto quello che aveva potuto, facendole intravedere una vita rosea che lei non aveva mai conosciuto.

Pensò anche agli agi in cui viveva. Come aveva detto Manuel, poteva permettersi tutti i capricci che voleva e, pensando alla salute di Jenny, sentì insinuarsi un dubbio. Doveva chiedergli aiuto?

Una parte di lei diceva di no. Non poteva farlo e non doveva. L'altra parte gridava che il denaro di Tony era l'unica soluzione per il benessere di Jenny.

Con la testa che scoppiava e senza sapere che cosa fare, guardò l'orologio. Erano le undici di sera. Senza dubbio lui in quel momento era a qualche evento o festa con una delle sue conquiste. Pensarlo le fece male.

Poco dopo uscì dalla stanza senza far rumore e fissò per diversi minuti il suo nome nella rubrica del cellulare.

Tony… Tony… Tony…

Doveva chiamarlo?

Farlo e chiedergli aiuto l'avrebbe trasformata ai suoi occhi in una delle tante donne a cui interessava soltanto il suo denaro, ma alla fine, decise, questo le importava meno. Contava solo che Jenny stesse meglio e non quello che lui avrebbe pensato di lei.

Col dito sul tasto verde di chiamata tentennò. Doveva farlo? Doveva chiamarlo? E, senza concedersi un secondo di più, lo fece.

Dopo due squilli, una voce rispose: «Sì?»

Ci fu un breve ma intenso silenzio.

«Ciao, Tony, sono Ruth.»

Tony stava lavorando nello studio di casa sua e, sorpreso da quella chiamata, rispose con voce neutra: «So chi sei».

Ruth fece un sospiro. La sua voce non era incoraggiante, né era quella che avrebbe voluto sentire, ma non era disposta a mandare tutto all'aria. «Ti chiamo perché ho bisogno di un favore e…»

«Adesso che hai bisogno di un favore mi chiami?» borbottò indispettito.

«Sì, ma è un favore molto… molto importante.»

«Oh, come sono contento…» le disse, ferito.

«Per favore… per favore…» lo pregò lei, «ascoltami.»

«E se non volessi farlo?»

Le cose non si mettevano bene. Anzi, andavano di male in peggio. Non avrebbe dovuto chiamarlo. Ruth chiuse gli occhi e inghiottendo il suo orgoglio rispose: «Se non vuoi ascoltarmi, sentirò che hai riagganciato, ma io non lo farò perché ho disperatamente bisogno del tuo aiuto. So che sembra orrendo, so che sembra che sia una senza scrupoli che vuole solo approfittarne, ma non so a chi rivolgermi e… solo tu mi puoi aiutare».

Tony si commosse sentendo l'angoscia della sua voce. Certo che non avrebbe riattaccato. Erano giorni che desiderava ricevere quella chiamata e alla fine era arrivata.

«Ti ascolto», disse, senza però modificare il tono duro della voce.

Ruth si appoggiò alla parete bianca del corridoio e chiuse gli occhi.

«Jenny è in ospedale. Ha un problema al cuore dalla nascita e… deve essere operata altrimenti peggiorerà e io… io le ho promesso che starà meglio e che non andrà in cielo col suo nonnino George e…»

«George è morto?» la interruppe Tony.

«Sì», rispose lei con un filo di voce.

Tony sapeva quanto amava quell'uomo del Nevada. «Mi dispiace, Ruth. Mi dispiace molto», sussurrò.

Lei mandò giù il nodo di emozioni che le serrava la gola e andò avanti.

«Senti Tony, non ho il denaro per far fronte all'operazione e nel giro di due giorni la dimetteranno e non ho neanche i soldi per pagare le spese dell'ospedale. E anche se so che non merito che mi aiuti e muoio di vergogna a chiedertelo, non ho altra scelta.»

Poi si lasciò scivolare lungo la parete del corridoio e si sedette a terra, coprendosi gli occhi con le mani.

«So che non ho il diritto di chiamarti e penserai che sono come tutte le altre, un'approfittatrice che vuole solo i tuoi soldi, ma sono disperata. Devo pagare le spese e le medicine e non sono in grado di racimolare tutto il denaro di cui ho bisogno e… anche se David e Manuel hanno detto che mi aiuteranno, non posso permetterlo. Sono anni che mi aiutano senza chiedere nulla in cambio e…» un singhiozzo le nacque dal profondo. «Tony, ho bisogno di un prestito. Prometto di restituirti fino all'ultimo dollaro. Ma per favore, aiutami in modo che Jenny possa guarire. Se le succedesse qualcosa io… io… morirei di dolore per non essere stata capace di aiutarla e di tener fede alla mia promessa. Le ho detto che non morirà come il nonnino George, e non… non posso deluderla. Jenny deve vivere. Per favore… per favore… aiutami.»

Con una stretta al cuore, Tony si alzò di scatto. «In quale ospedale sei?»

Lei glielo disse e lui corse a prendere la macchina. «Sono lì tra mezz'ora.»

Ruth riattaccò e rimase a fissare il telefono. Poi appoggiò la testa tra le ginocchia e, abbracciandosi le gambe, pianse. Aveva chiesto aiuto all'ultima persona a cui avrebbe mai pensato di rivolgersi.

27.
Senza te

Venti minuti dopo, Ruth era ancora seduta a terra, quando udì dei passi veloci venire verso di lei. Alzando la testa vide che era Tony e, dimenticandosi di tutto quello che era successo, si alzò e si buttò tra le sue braccia. Rimasero così per qualche secondo, finché lui si scostò e vide le sue occhiaie.

«Perché non mi hai chiamato prima?»

Scoppiò di nuovo in lacrime e Tony l'accarezzò e abbracciò per consolarla. Quando riuscì a calmarla un po', la fece accomodare su una sedia e Ruth gli raccontò cosa stava succedendo.

«Vado a chiamare mio fratello Dylan. È un medico al Ronald Reagan e saprà meglio di me che cosa è meglio fare», disse Tony alzandosi.

Ruth annuì. Mentre parlava col fratello, Tony guardava quella donna seduta sulla sedia che aspettava con ansia. Dall'ultima volta che l'aveva vista era dimagrita molto; occhiaie e viso emaciato rivelavano quanto fosse angosciata.

Riappese e le tornò vicino. «La portiamo al Ronald Reagan. Dylan ci sta mandando un'ambulanza per trasportarla. Per le spese di questo ospedale, lascerò i miei dati in modo che intestino la fattura a me.»

«Grazie... grazie...» disse Ruth con gli occhi pieni di lacrime.

Sconcertato davanti alla disperazione di quella donna di solito così piena di vita, lui la prese per le spalle e la guardò negli occhi. «A partire da adesso dimenticati dei soldi, chiaro? Mi hai chiesto aiuto, e io te lo do.»

Un'ora dopo Jenny era già davanti all'altro ospedale. Dylan andò loro incontro e, vedendo la ragazza dai capelli colorati, ebbe l'impressione di averla già vista, ma non chiese nulla. La priorità era la bambina.

«Ciao, sono Dylan, il fratello di Tony», si presentò mentre facevano scendere la bambina dall'ambulanza.

«Grazie… grazie per tutto», gli disse Ruth abbracciandolo. «Io sono Ruth Souza», aggiunse con un sorriso tirato.

Poco dopo li raggiunse anche un altro medico che diede la mano a Ruth.

«Sono il dottor Gallardo, primario di cardiologia pediatrica. Sono questi i documenti della paziente?» chiese, guardando i fogli che Dylan aveva in mano.

«Sì», rispose Ruth.

«Allora… facciamo le analisi complete del sangue…» disse il dottore rivolto a un'infermiera. «Radiografia al torace, ecocardiografia ed elettrocardiogramma. C'è bisogno di sicuro di un cateterismo e glielo faremo domani. Quando avremo i risultati dei primi esami, potrò valutare la questione dell'intervento.»

Ruth guardò Tony intimorita. Non aveva capito nulla di quello che aveva detto il dottor Gallardo. Il linguaggio medico non faceva per lei.

«Tranquilla. Sanno quello che fanno», la rassicurò lui.

«Come ti chiami?» chiese il dottor Gallardo alla bambina.

«Jenny», rispose lei guardandosi attorno.

Vedendo le sue labbra violacee e quanto sembrava spaventata, il medico si chinò verso di lei: «Hai un nome bellissimo. Io sono il dottor Gallardo e ti curerò. Ti assicuro che quando uscirai dall'ospedale potrai andare in bicicletta per quanto vorrai».

«Non ho la bici. Costa molto e mamma non può permettersela», rispose la bambina.

Ruth fece un sospiro.

«Ti regalerò io quella che vuoi, che ne dici?» intervenne Tony.

Jenny annuì e con voce stanca aggiunse: «Posso averla verde?»

«Sarà del colore che preferisci», disse Dylan. «Adesso di' ciao alla mamma. Andiamo a fare degli esami e lei non può venire.»

La bambina guardò Ruth con un po' di paura. «Mamma, non te ne andrai, vero?»

Lei la baciò commossa vedendola finalmente in buone mani. «Non me ne vado da qui finché non sarai di nuovo con me.»

Portarono via la lettiga e a Ruth si riempirono gli occhi di lacrime.

«Ruth, non preoccuparti di nulla», disse Dylan, «Jenny è nelle mani migliori che ci siano.»

Poi guardò suo fratello: «Andate a prendere un caffè. Vi chiamo appena ha finito gli esami».

Quando Dylan se ne andò e la porta si chiuse, Tony guardò le occhiaie di Ruth e le tese la mano. «Vieni. Credo tu abbia bisogno di mangiare qualcosa.»

«Voglio aspettare qui.»

«Hai sentito Dylan», disse, senza darsi per vinto.

Lei cedette, convinta che fosse la cosa migliore, e per la prima volta da quando si erano lasciati si sentì protetta e al sicuro. Tony la faceva sentire così e non solo perché adesso la stava aiutando.

«Non so come ringraziarti per quello che stai facendo per me», gli disse, mentre si dirigevano verso la caffetteria.

«Per ora, mangiando qualcosa», rispose lui sorridendo.

La caffetteria era quasi vuota. Era l'una di notte e c'erano poche persone. Si sedettero a un tavolino e Tony andò a ordinare. Qualche minuto dopo arrivò con un vassoio pieno di cose da mangiare. Ruth lo guardò con un sorriso triste. «Non ho fame, Tony.»

Ma lui scosse la testa. «Devi mangiare una zuppa o un panino, e devi farlo ora!»

Lei voleva protestare, ma non aveva le forze per farlo e alla fine mangiò quello che diceva lui. Poi, sentendosi meglio, sorrise.

«Grazie», gli sussurrò.

Dall'altro lato del tavolino, Tony la osservava. Moriva dalla voglia di abbracciarla, di baciarla, di parlare con lei per cercare di risolvere quello che era successo tra loro. Senza che lo volesse, Ruth era diventata il centro della sua vita e le settimane passate senza di lei erano state un disastro, almeno dal punto di vista personale, anche se non era stato così professionalmente.

Come diceva sua madre, il male d'amore era una musa fantastica per i compositori e, per la prima volta in vita sua, Tony poté constatarlo. Il suo cuore spezzato e l'assenza di Ruth gli erano bastati per cominciare a comporre qualcosa di molto interessante.

Ruth si rese conto di come la guardava e pensò nervosamente che avrebbe dovuto spiegargli molte cose. Così, dopo essersi schiarita la voce, le raccontò la verità sulla sua vita.

Gli parlò di suo padre, di sua madre e di suo fratello, e di come erano arrivati in Messico. Gli raccontò anche della nascita di Jenny, che curava come una figlia, e dei bar dalla dubbia reputazione in cui aveva dovuto lavorare come cameriera per tirare avanti. Gli disse della sua esperienza come pilota di corse illegali in Messico, del padre dei gemelli e gli spiegò che era fuggita da lui, nascondendosi perché non la trovasse. E di quanto fossero importanti per lei e i bambini Linda e George, Manuel e David. Quanto affetto le avessero dato e come, in un certo senso, le avessero salvato la vita.

Tony la ascoltò senza batter ciglio. Non avrebbe potuto immaginare nulla di quello che le stava raccontando. La vita di Ruth non era stata affatto facile e, attraverso quelle parole e il racconto crudo, comprese la sua testardaggine, la sua sfiducia e tante altre cose.

Ruth si appoggiò allo schienale della sedia.

«Fuggo dal mio passato, da Julio César...» disse sottovoce «ho paura che mi trovi e...»

Tony le prese la mano per darle coraggio.

«... e in questi anni non mi sono fidata di nessuno a parte George, Linda, Manuel e David, che sono sempre rimasti al mio fianco e che, nonostante tutto quello che mi è successo, non mi hanno abbandonato. Mi hanno aiutato ad andare avanti coi bambini, a pagare le medicine per Jenny e a curare i gemelli e, come dicono loro e io confermo, sono la mia unica famiglia.»

«Senza dubbio lo sono.»

«Se non fosse stato per il loro affetto e per tutto quello che hanno fatto per i miei bambini, non potremmo essere qui.»

Ruth guardò Tony dritto negli occhi. «Mi vergogno di alcune cose che ho fatto in passato, ancora di più perché te le ho nascoste, ma... grazie per l'aiuto che mi dai per Jenny. Ti prometto che ti restituirò fino all'ultimo centesimo e...»

«Ruth, basta. Dimenticati dei soldi», sussurrò lui commosso.

Per alcuni secondi si guardarono negli occhi.

«Se tu non mi avessi chiamato oggi, dubito che avrei aspettato un giorno di più per farlo io.»

Ruth fu sorpresa.

«Un sacco di volte ho preso il telefono in mano, ma il mio orgoglio ferito mi ha impedito di andare oltre. Mi manchi. Non parlare con te mi stava facendo impazzire e sono andato a tutti gli eventi solo perché era l'unico modo per starti vicino. Quello che è successo nel bagno del Mono Rojo è stata una follia, ma per te lo rifarei migliaia di volte. Perché ogni volta che ti vedo, voglio baciarti, abbracciarti, possederti. E riguardo a Enith, la donna con cui mi hai visto, credimi, non è successo nulla tra noi. L'ho portata con me sperando di farti ingelosire, ma alla fine ho solo fatto del male a me stesso.»

«Tu volevi fare ingelosire me?»

Tony annuì.

«Vedo come sorridi agli uomini quando lavori e volevo che provassi quello che provo io. Ma non è successo nulla tra Enith e me. L'ho sempre riportata a casa e...»

«Lei non ci ha provato?»

«Certo. Lo sai che sono irresistibile», rispose lui con un sorriso scherzoso.

«Spaccone...» disse Ruth sorridendo.

Ci furono alcuni secondi di silenzio.

«Ti ho visto con Andrew. Ho notato come lo baciavi e come ve ne siete andati via sulla sua moto. C'è qualcosa tra voi?»

«No. Non c'è nulla. Ma quella notte ero ferita per averti visto baciare quella Enith e siamo andati in un hotel.»

Tony chiuse gli occhi, sbatté la mano sul tavolino e si alzò senza ascoltare oltre. Ruth vide che si dirigeva dall'altra parte della caffetteria, passandosi nervosamente le mani tra i capelli. Si appoggiò alla parete e, dopo averla guardata per qualche istante, tornò vicino a lei, chinandosi per essere alla stessa altezza. Le prese il viso tra le mani.

«Non sai quanto mi fa arrabbiare sapere che sei stata con lui, ma me la sono cercata, visto che ho iniziato questo gioco pericoloso con Enith per farti ingelosire.»

«Tony...»

«Cosa?» chiese a bassa voce.

«Quella notte ero con Andrew, ma tutto si è interrotto quando ho sussurrato il tuo nome.»

Tony avvicinò le sue labbra a quelle di Ruth e la baciò con delicatezza. «Sono contento di sentirlo, ma non raccontarmi altro.»

Ruth annuì e lui si sedette di nuovo di fronte a lei.

«Riguardo ai bambini, non voglio dire bugie, il pensiero mi dà le vertigini, ma dato che sono parte di te, voglio che entrino anche nella mia vita. Voglio che tutti voi facciate parte della mia vita. E in quanto a Julio César, non devi preoccuparti di nulla. Adesso ci sono io e farò tutto il possibile perché quel disgraziato non importuni più, né te né i bambini.»

«Tony, non posso...» sussurrò Ruth commossa.

«Ascoltami, per favore. Accanto a me potrete stare tranquilli. Mi piacciono i bambini e...»

«Ma lo hai detto... ti piacciono *per un po'*.»

Lui annuì, ricordando la conversazione che avevano avuto e la guardò negli occhi.

«L'ho detto prima di sapere che la donna che amo con tutta l'anima ne ha tre. E se avere te, amarti, significa avere e amare tre bambini, sarò felice di farlo. La mia madre biologica è morta quando sono nato e quando mio padre si è sposato con mia madre, lei accettò sia me che Omar. Poi nacque Dylan. E se lei mi ha amato e mi ha fatto sentire che ero suo figlio al cento per cento, perché io non potrei amare i tuoi e farli sentire anche figli miei?»

«Oh, santo cielo!» mormorò Ruth emozionata.

«E riguardo a Jenny, per favore non preoccuparti di nulla. Penserò a tutto io...»

Non poté proseguire. Ruth si alzò e lo baciò. Dapprima con delicatezza, ma dopo averla presa tra le braccia e averla fatta sedere sulle sue ginocchia, il bacio divenne più intenso, sfociando in un impeto di passione.

Avevano sentito molto la reciproca mancanza e nostalgia, e questo poteva significare solo una cosa: che si amavano e che non potevano farci nulla.

Quando le loro bocche si separarono, Ruth si sentiva ancora su una nuvola. «Non posso credere che la mia bambina sia con tuo fratello a fare gli esami e io sia qui che ti bacio desiderando di spogliarti.»

Tony sorrise. «Quando tutto questo sarà finito, voglio che tu sia solo mia per almeno un paio di giorni. Per poter avere cura di te, coccolarti, viziarti e farti capire una volta per tutte quanto sei importante per me.»

«Davvero ti sono mancata?» chiese Ruth, ancora sorpresa.

«Ogni microsecondo del giorno.»

Non riusciva a credere che una cosa così bella stesse succedendo a lei. Sorrise.

«Il tuo sorriso mi fa impazzire e voglio che sia solo per me», disse Tony. Poi lesse un messaggio che gli era arrivato sul cellulare. «È Dylan, dice di salire in pediatria.»

Senza perdere tempo, uscirono dalla caffetteria tenendosi per mano. In ascensore Tony si accorse di quanto fosse preoccupata. «Tranquilla, tesoro. Tranquilla.»

Si aprirono le porte e videro Dylan che li stava aspettando appoggiato al bancone delle infermiere. Li guardò e sorrise vedendo che si tenevano per mano, cosa che anche lui adorava fare con Yanira. Da quel gesto capì che suo fratello era caduto nella rete dell'amore. «Venite con me.»

Andarono in una sala in cui c'era il dottor Gallardo, che li accolse con un sorriso. Si sedettero e lui spiegò che avevano già fatto tutti gli esami eccetto il cateterismo, previsto per la mattina seguente.

«Credo che la cosa migliore sia che andiate a riposare», disse loro Dylan.

«No. Non posso andarmene da qui», esclamò Ruth.

Tony cercò di farla ragionare. «Tesoro, devi dormire. Jenny sarà ben accudita.»

«Le ho promesso che non me ne sarei andata senza di lei e non lo farò.»

I tre uomini si guardarono e alla fine il pediatra spiegò.

«Il cateterismo sarà alle dieci della mattina e ho bisogno che dopo lei sia presente al cento per cento perché dovrà stare accanto alla bambina.»

«Sarò al mille per mille, glielo assicuro, ma non me ne vado.»

Dylan guardò suo fratello che si strinse nelle spalle e disse: «Ci fermiamo nella stanza con Jenny e prometto che controllerò che Ruth dorma e riposi».

«Va bene, allora. Mi segua, la accompagno nella stanza della bambina», disse il dottor Gallardo a Ruth.

Una volta lì, Ruth chiamò Linda per raccontarle quello che era successo e dirle che Jenny era in ospedale. Dylan rimase solo con suo fratello. «Con la mano nella mano?» disse in tono scherzoso. «Quella non è la ragazza che...»

«Sì, è lei. La cameriera che mi ha rovesciato addosso la bibita e che dopo era alla festa di compleanno di Preciosa.»

«A papà piace.»

«Lo so. Me lo ha fatto sapere», rispose Tony divertito.

«Era lei il motivo del tuo malumore degli ultimi tempi?»

«Sì, ma si è risolto tutto. Sono pazzo di lei, fratello.»

«Wow!»

Gli credeva. Bastava vedere come la guardava per rendersi conto che c'era qualcosa di più che semplice attrazione fisica.

«È spagnola, vero?»

«Sì.»

«Vedrai quando verrà a saperlo Yanira!»

«Lo sa già e non vede l'ora che gliela presenti.»

«Com'è possibile che io non sapessi niente!» esclamò Dylan guardando suo fratello.

«Perché la tua mogliettina ha mantenuto il segreto e anche bene, a quel che vedo.»

Dylan annuì. Yanira era incredibile a mantenere i segreti.

«Due spagnole in famiglia... piacerà un sacco a papà.»

In quell'istante il cercapersone di Dylan suonò per un'urgenza. Tony lo abbracciò e lo ringraziò per il suo aiuto. Poi entrambi si incamminarono: Tony verso la stanza che il fratello gli aveva indicato.

Per qualche istante rimase fermo davanti alla porta. Poi, dopo aver bussato con delicatezza, entrò.

La camera era in penombra e vide Ruth china sopra il letto. Le si avvicinò e sorrise vedendo che la bambina aveva gli occhi aperti.

«Mammina, è il bel ragazzo del macchinone che ha gli occhi belli come l'alba di Acapulco?»

«Sì», rispose Ruth.

«E tu sei la ragazza bella col bikini verde, vero?» chiese lui.

Felice che si ricordasse del colore del costume, Jenny fece cenno di sì e Tony, sorprendendo entrambe, esclamò: «Ragazza dal bikini verde. Mi aiuteresti a fare una cosa?»

«Se è facile, certo.»

«Potresti chiedere a tua mamma se vuole essere la mia fidanzata?»

Sentendo queste parole, Ruth rimase senza fiato. Non aveva mai immaginato di poter vivere un momento così.

«Oh, santo cielo!» disse Jenny.

Divertito dall'espressione tipica di entrambe, Tony si mise a ridere e seppe che la sua vita non sarebbe mai più stata come prima.

28.
Sono nato per amarti

La mattina seguente, avvertiti da Ruth del cambiamento di ospedale, Manuel, David e Andrew andarono al Ronald Reagan e poco dopo li raggiunse anche Linda, arrivata con l'aereo dal Minnesota.

Vedendola, Ruth sorrise, l'abbracciò e le presentò Tony. Linda e l'uomo si guardarono negli occhi. «Grazie perché la ami e per l'aiuto che le dai», disse, commossa da quello che Ruth le aveva raccontato.

Tony sorrise, poi lanciò uno sguardo ad Andrew, che non salutò.

Entrarono tutti nella camera della bambina, che fu felicissima di vederli. Si scambiarono saluti emozionati. Più tardi arrivarono i medici per farle il cateterismo e tutti l'accompagnarono fino alla sala operatoria. Ruth prese la mano di Jenny e non la lasciò fino a quando, all'ingresso della sala, un'infermiera le disse che non poteva andare oltre. Ruth si chinò e baciò la fronte della bambina. «Mamma ti aspetta qui, ok?»

Jenny annuì, poi guardò Tony. «Ti taglierai la barba?»

«Quando uscirai dall'ospedale e verrai a casa mia, lo farò!»

«Abbi cura di mia mamma finché non ci sono, va bene?» disse la bambina in tono preoccupato prendendo la mano di Tony e mettendola sopra quella di Ruth.

Lui annuì. Poi le diede un bacio sulla guancia. «Ti aspettiamo tutti qui.»

«Stia tranquilla. Come sa le faremo l'anestesia generale e non sentirà nulla», intervenne il dottor Gallardo.

Con il sorriso sulle labbra, Jenny li salutò con la manina. Quando le porte si chiusero, Ruth abbracciò Tony.

«Hai sentito il dottore. Andrà tutto bene», le disse lui.

Ruth annuì e si sedette su una delle sedie, circondata dalle persone che le volevano bene. Quaranta minuti più tardi, le porte si aprirono e uscì la lettiga con Jenny addormentata. Ruth si alzò subito in piedi.

«È andato tutto bene», disse il dottor Gallardo.

Sollevata, seguì in silenzio la lettiga, accompagnata dagli altri. Le infermiere sistemarono la piccola nel letto, poi se ne andarono.

Ruth accarezzò il viso di Jenny con amore. Era così bella e così fragile... All'improvviso, il cellulare di Tony si mise a squillare; lui si scusò e uscì dalla stanza per rispondere. Vedendolo allontanarsi, Manuel si rivolse a Ruth.

«Vedi che Dio chiude una porta, ma apre un portone?» disse.

Ruth sorrise. Lei non era credente, ma in quel momento Manuel aveva ragione.

«Lo vedo... lo vedo...»

David ancora non si capacitava di come fosse potuto accadere quel miracolo. «Spiegami che cosa ti ha fatto cambiare idea e perché l'hai chiamato.»

Ruth raccontò loro brevemente che cosa era successo.

«Sei una ragazza fortunata, lo sai?» mormorò l'amico, mentre Andrew usciva dalla stanza.

Annuì. Senza dubbio, era una gran fortuna averli tutti accanto. «La fortuna è avervi tutti con me.»

Andrew uscì in corridoio e vide Tony che parlava al telefono. Aspettò con pazienza che riattaccasse, poi gli si avvicinò. «Se fai del male a Ruth o ai bambini, giuro che te la vedi con me.»

Tony lo guardò male. «Quello che se la dovrà vedere con me sei tu, se ti avvicini di nuovo alla mia donna con intenzioni che non mi piacciono. Hai capito?»

Si guardarono negli occhi per qualche attimo, poi Andrew gli tese la mano. «Andrew.»

L'espressione di Tony divenne meno dura e ricambiò la stretta. «Tony.»

«Grazie per quello che hai fatto per Jenny. E anche per prenderti cura di Ruth e renderle la vita più facile. È una brava ragazza e merita tutto il bene possibile», disse Andrew.

Tony guardò quell'uomo che nel passato era stato in competizione con lui per l'amore di Ruth. «Grazie a te per essertene preso cura fino a quando non sono arrivato io», rispose.

Quelle semplici parole bastarono a chiarire la situazione.

Due giorni dopo, Jenny era in sala operatoria.

Ruth era molto spaventata. Sapere che la piccola stava subendo un intervento al cuore la angosciava, ma riuscì a non crollare grazie al sostegno di Tony, l'affetto di Linda, Manuel, David e Andrew.

Andò tutto bene. I medici erano soddisfatti dell'esito dell'intervento e quando Ruth ebbe la possibilità di entrare nell'unità di terapia intensiva per dare un bacio alla sua piccola, pianse di felicità.

Jenny rimase quattro giorni in quel reparto. Quattro interminabili giorni in cui a poco a poco migliorò. Quando uscì da lì e la portarono nella stanza, la bambina sorrise vedendo chi la stava aspettando: sua mamma, i suoi fratelli, Linda, Manuel, David, Tony e Andrew.

Tre giorni più tardi, i dottori dissero a Ruth che se Jenny avesse continuato a migliorare con quel ritmo, l'avrebbero dimessa presto: faceva ogni giorno passi da gigante.

Una sera, mentre Linda era con la piccola in ospedale, Tony e Ruth decisero di andare a casa per stare un po' coi gemelli. Quando i bambini si furono addormentati, Ruth si sedette sul divano, dove lui stava giocando col cane.

«Stai facendo amicizia con Luis Alfonso?»

Tony rise. Non aveva mai conosciuto un cane con un nome così. «Ma perché gli hai dato questo nome?»

Ruth accarezzò con affetto la testa dell'animale dal pelo bianco e nero. «Gliel'ha messo Jenny. È la regina delle telenovele e quando abbiamo deciso di adottare un animale e siamo andati a cercarlo, appena l'ha visto ha detto: "Mamma, voglio portare a casa Luis Alfonso". Ecco da dove viene il nome.»

Scoppiarono a ridere e Tony si rivolse al cane: «Mi spiace amico, ma l'ha scelto lei».

Giocarono un po' col cane, poi Tony chiese: «Jenny sa che non sei la sua madre biologica?»

«Sì. Sa che avevamo una madre che si chiamava Eva; ha anche una sua foto in camera. Ma fin da piccola mi chiama mammina e così ha continuato a farlo. A me non importa. Lei è la mia bambina. L'ho cresciuta e non credo che l'amerei di più se fosse figlia mia.»

Tony annuì e pensò che non doveva essere stato facile tirare su da sola quella bambina.

«Sono distrutta», disse lei, appoggiando la testa sul bracciolo del divano.

Tony l'abbracciò. «Non mi sorprende. Non ti fermi mai e non lasci che ti aiutiamo.»

Lei protestò. «Non è vero. Tutti voi mi state aiutando. Proprio ora Linda è in ospedale perché io possa stare qui e...»

«E invece di fermarti e riposare hai detto a Linda di farsi dare il cambio da Manuel e di venire qui a stare con i gemelli, così tu puoi tornare da Jenny. Quanto tempo pensi di poter reggere andando avanti così?»

Ruth sospirò. Sapeva che lui aveva ragione, ma il pensiero di passare una notte lontana dalla piccola le era intollerabile. «Riposerò quando Jenny uscirà dall'ospedale. Te lo prometto», rispose.

«A proposito di questo, ho pensato che durante la convalescenza di Jenny potreste trasferirvi a casa mia. Lì c'è più spazio, più spazio per tutti e...»

«No.»

«Tesoro, pensaci. A casa mia ci sono delle comodità che qui mancano e...»

«No.»

«Vuoi smettere di essere così testona e rifletterci?»

Ruth lo guardò. «Tony, ascolta. Sono quasi due settimane che non lavoro e anche se i miei capi sono comprensivi per quello che è successo alla bambina, quando Jenny tornerà a casa devo riprendere il lavoro.»

«Non te lo permetterò.»

«Cosa?»

Tony la guardò dritta negli occhi. «Non tornerai a lavorare, e di sicuro non al Mono Rojo. Ora ci sono io a occuparmi di te e...»

«Ma cosa stai dicendo? Vuoi fare il supereroe?»

Infastidita, Ruth cercò di alzarsi, ma Tony non glielo consentì.

«Non faccio il supereroe e capisco che tu voglia lavorare, ma non permetterò che la mia fidanzata continui a servire drink e tartine di notte», disse arrabbiato.

«È il mio lavoro. Convinciti che...»

«No. Convinciti tu una santa volta che sei la mia fidanzata e cerca di capire quello che ti dico. Ora so perché lavori tanto, ma sappi che con me al tuo fianco le necessità tue e dei bambini sono soddisfatte e...»

«Non voglio essere mantenuta!»

«Ruth, ascoltami», le disse, prendendole le mani.

«Lasciami, Tony!» Lui non lo fece e lei lo aggredì: «Non voglio che nessuno ci mantenga. L'ho già permesso una volta ed è finita male. Mi è costato molto trovare questi lavori e non ci rinuncio solo perché lo vuoi tu.»

«Ruth...»

«Ho detto di lasciarmi!» esclamò arrabbiata.

Tony obbedì e Ruth scattò in piedi, furiosa.

«Forse il mio lavoro non va bene perché sono la fidanzata di Tony Ferrasa?» lo investì.

Lui cercò di spiegarsi meglio. «Il tuo lavoro non ha nulla che non va, ma cosa credi che penseranno di me quando sapranno che permetto alla mia fidanzata di ammazzarsi di lavoro? Non hai pensato che quando la nostra relazione trapelerà alla stampa ci ritroveremo sotto i riflettori?»

«Non voglio finire sui giornali.»

«Ruth, sono un personaggio pubblico e quando sapranno che sei la mia fidanzata sarà inevitabile.»

«Cavolo...»

«E, dammi retta, ti importerà quello che diranno. E importerà a me. Io voglio prendermi cura di te e dei bambini. Ho i mezzi per farlo, ma tu, per il tuo maledetto orgoglio, non me lo permetti. Credi forse che ti lascerò in mezzo a una strada? Ancora dubiti di quello che provo per te?»

Ruth non rispose. Tony si alzò, furioso, e le puntò il dito contro. «Molto bene. Fa' quello che preferisci. Continua a essere una donna indipendente, come vuoi dimostrarmi. Avanti! Continua pure a sgobbare, ma poi non lamentarti se non ci vedremo e se la stampa ci coprirà di fango.»

Detto questo, si diresse verso la porta e se ne andò.

Lei rimase senza parole. Era la prima volta che discutevano così, e Ruth si sentì malissimo. Tony aveva ragione. Doveva avere fiducia in lui. Doveva dargli un'opportunità. Corse verso la porta e la aprì. Disperata, vide che sul pianerottolo non c'era più nessuno, ma l'ascensore non era ancora arrivato al piano terra.

Si precipitò giù per le scale come una pazza; non poteva lasciarlo andare via così. Arrivò nell'atrio proprio mentre le porte dell'ascensore si aprivano.

«Non andartene... per favore, non andartene», lo supplicò senza fiato.

Tony aprì le braccia e Ruth, affannata per la corsa, si slanciò verso di lui. Ne aveva bisogno. Aveva bisogno di Tony Ferrasa e lo amava con tutta la sua anima. Lui le diede un bacio sui capelli.

«Non me ne sarei andato», mormorò. «Avevo già premuto il bottone per risalire.»

Vedendo il pulsante del suo piano acceso, Ruth sorrise e Tony la guardò. «Permetterai che mi prenda cura di voi, testona?»

Lei annuì. Era quello che più desiderava al mondo.

29.
Una nuova amica

Linda tornò in Minnesota, ma chiamava due volte al giorno per sapere se andava tutto bene.

Jenny migliorava e Ruth aveva parlato con la Harry Events per ottenere un congedo temporaneo. Avrebbe lavorato solo la mattina al ristorante. Era un buon compromesso.

Quel giorno, mentre parlava con Jenny e David nella stanza dell'ospedale, la porta si aprì ed entrò Yanira, accompagnata da Tony e Dylan, con palloncini e peluche.

«Oh, cavolo!» esclamarono all'unisono David, Jenny e Ruth.

I visitatori si misero a ridere e Tony si avvicinò alla piccola. «Jenny, conosci già mio fratello Dylan, vero?»

La bambina annuì.

«Ecco, lei è sua moglie Yanira. Sai chi è?»

«È Yanira la cantante! Con mammina sono andata a un suo concerto», rispose, con lo sguardo sognante.

«Davvero? A quale?» disse lei avvicinandosi.

«Quello dell'ultimo disco. È stato bellissimo...» rispose la bambina, un po' intimidita.

«E ce l'hai la maglietta?» chiese Yanira tirandone fuori una dalla borsa.

Gli occhi di Jenny si spalancarono. «Mamma, è la maglietta che non abbiamo potuto comprare! Quella che volevo!» disse guardando sua madre.

Ruth annuì. Ricordava ancora quanto le fosse dispiaciuto non poterglìela concedere e guardò Tony, grata per quella dimostrazione d'affetto.

«Sì, tesoro. È quella che volevi.»

Contenta di aver fatto felice la bambina, Yanira strizzò l'occhio a Ruth. «Allora, a partire da adesso avrai tutte le magliette, i cappellini e i poster che vorrai e verrai a tutti i concerti con tua mamma, con un pass speciale. Dai un bacio alla zia Yanira», disse, aprendo le braccia.

A quelle parole, Ruth si commosse e anche David si emozionò: «Cucciola... passami i fazzolettini».

Tony sorrise. Sapeva che quella visita avrebbe fatto felice la bambina.

Un'ora dopo, quando Yanira e Dylan se ne andarono, David insistette perché Ruth andasse a mangiare qualcosa. Sarebbe rimasto lui con Jenny.

Ruth uscì dalla stanza insieme a Dylan, Tony e Yanira. «Grazie infinite per la visita. Sono sicura che Jenny non la dimenticherà mai.»

La donna sorrise. «Cosa ne dici se porto Ruth con me a mangiare qualcosa?» chiese a suo cognato che le guardava, felice.

«Io non posso venire?»

«No», disse Yanira ridendo. «È un pranzo tra ragazze.»

Vedendosi escluso, Tony si girò verso il fratello. «Mi offri un panino?»

«E sia, fratello!» disse Dylan ridendo.

Yanira prese Ruth sottobraccio. «Andiamo. Ti porterò al ristorante di un amico, così potremo chiacchierare.»

«Comportatevi bene e state attente», raccomandò loro Tony.

Yanira sorrise e fece l'occhiolino a suo marito. «Tranquillo, ho la sensazione che sia io che lei sappiamo come difenderci.»

Quando entrarono in ascensore, Yanira tirò fuori della borsa un paio di occhiali da sole e una parrucca scura, poi se li mise. «È l'unico modo per poter scendere in strada senza che nessuno mi riconosca.»

Arrivarono al parcheggio e Ruth vide la macchina di Yanira: una impressionante Ford Mustang bianca. «Che bolide!» commentò la ragazza.

Vedendo come la guardava, Yanira le lanciò le chiavi. «È un regalo di Dylan. Prendi, guida tu! Io ti indico la strada.»

Ruth prese le chiavi, entusiasta, e si sentì incredibilmente bene mentre era al volante di quella macchina. Con le indicazioni di Yanira arrivarono davanti al ristorante italiano Only You, dove parcheggiò.

Entrarono nel locale e furono accompagnate al tavolo da Rico, l'uomo che aveva già visto la notte in cui era stata lì con

Tony. Una volta sedute, Yanira si tolse la parrucca e gli occhiali, e diede un bacio all'uomo. «Grazie Rico, sei un amore.»

Ordinarono un paio di pizze e, quando rimasero sole, Ruth la ringraziò di nuovo per le attenzioni verso Jenny. Stentava a credere di essere lì a mangiare con lei.

«È stato un piacere. Tony mi ha parlato della maglietta e così l'ho portata. Adesso bisogna solo aspettare che la bambina si rimetta, poi potrete dimenticare lo spavento.»

Ruth annuì. Per un po' parlarono della malattia di Jenny, poi arrivarono le pizze e le insalate.

«Ti assicuro che ancora non ci credo. Sei Yanira!»

La cantante sorrise.

«Sono io che ancora non ci credo a quanto sia fuso Tony per te. È una cosa molto rara, te lo garantisco. Basta vedere come ti protegge e si preoccupa per capire che è cotto come una pera. E gli ci voleva! Perché lui ha la scorza dura.»

Durante il pranzo parlarono con spontaneità. Yanira le raccontò della sua famiglia a Tenerife e dei suoi inizi con Dylan. Senza poter credere alla fiducia che le dimostrava, Ruth la ascoltò e, quando toccò a lei raccontare, non si tirò indietro. Yanira era sconcertata e ascoltò fino alla fine.

«Tony sa quello che mi hai raccontato?» chiese.

«Assolutamente tutto», rispose Ruth.

Yanira sospirò. «Ruth, devo avvertirti. Non appena la stampa verrà a sapere della vostra relazione, tutto quello che mi hai raccontato, e che immagino tu voglia dimenticare, verrà alla luce.»

«Non se ne parla! Non voglio che nessuno mi veda. Julio César mi può riconoscere e... e...»

Yanira le prese una mano per cercare di calmarla.

«Stai tranquilla. Tony si occuperà di te. Non è uno sciocco e sa come funzionano queste cose. Ma ti avviso che la popolarità a volte non è facile da gestire come crede la gente.»

Sul viso di Ruth si leggeva chiaramente la preoccupazione e Yanira cercò di farla sorridere.

«Avrai già visto che a Tony sono state attribuite almeno un centinaio di donne. I Ferrasa sono così, ragazza. Sciupafemmine e dongiovanni, come direbbe mia nonna Nira.»

Si misero a ridere. «Leggerai centinaia di articoli su di loro, ma non devi credere a tutto quello che dicono i giornali. Se ho imparato qualcosa da quando sto con Dylan è che a volte pur di fare notizia si inventano mille cose. Però... il dialogo tra te e Tony non deve mai mancare. Lui è un personaggio pubblico, nonché è un uomo molto ambito dalle donne...»

«Lo so. Me ne sono accorta.»

Yanira scoppiò in una risata e addentò un pezzo di pizza.

«All'inizio non sopportavo le donne che guardavano Dylan con desiderio, ma oggi, quando lo fanno, rispondo con aria di sfida, della serie: "Bella, è mio. Muori d'invidia!"» Le due donne risero.

«All'inizio ero nella tua stessa situazione. Non ero nessuno. Ero quella nuova, inventarono un sacco di cose sul mio conto. Ma, e succederà anche a te, imparai ad andare oltre i pettegolezzi e a non dare peso a tutto quello che esce sulla stampa. Tu e Tony vi amate come ci amiamo io e Dylan, e insieme formerete una coppia indistruttibile.»

Ruth la ringraziò per quelle parole e Yanira le porse un biglietto da visita.

«Ecco, questo è il mio numero di telefono.»

Lei lo prese, tirò fuori una penna dalla borsa e scrisse il proprio su un pezzetto di tovagliolo.

«Non ho il biglietto da visita, ma questo è il mio cellulare.»

«Se hai bisogno di qualsiasi cosa, a qualsiasi ora del giorno, chiamami. Ok?» disse Yanira. «Ah, ci sarai al compleanno del capo dei Ferrasa, a Miami?» aggiunse.

Ruth non sapeva cosa rispondere. Tony non le aveva detto nulla.

«Vedrai come ci divertiremo», continuò Yanira, convinta che ci sarebbero andati.

Dopo aver pagato il conto del ristorante, la cantante si infilò di nuovo la parrucca e gli occhiali da sole, poi lei e Ruth tornarono insieme all'ospedale.

Quando entrarono nella stanza, Jenny dormiva e David si avvicinò a Yanira. «So che penserai che sono pesante e rompiscatole, ma accetteresti di fare un selfie con me?»

Lei annuì, divertita, e dopo diversi scatti li baciò e se ne andò. Doveva tornare allo studio di registrazione.

David e Ruth rimasero soli con Jenny.

«Ah, cucciola. Raccontami tutto quello che è successo», le disse lui.

Ruth stava per iniziare a raccontare, ma in quel momento si aprì la porta ed entrò Tony, che la baciò. «Tutto bene con Yanira?»

«Meglio di così non si può.»

Quel pomeriggio, Jenny fu finalmente dimessa dall'ospedale.

30.
La tua pelle

L'arrivo dei bambini a casa di Tony fu accompagnato da un gran baccano, soprattutto quando i piccoli videro che c'erano tre biciclette nuove di zecca ad aspettarli: una verde e due rosse. I gemelli si lanciarono subito all'assalto, mentre Jenny sorrise e strizzò l'occhio a Tony, un gesto che gli riempì il cuore.

Prima di poter fare sforzi fisici doveva recuperare del tutto, ma sapeva che ci sarebbe andata, su quella bici favolosa.

Quel posto era incredibilmente grande e i bambini impazzirono all'idea che ci fossero due piscine, una all'interno e una all'esterno. Sebbene all'inizio i gemelli si sentissero intimiditi, dopo alcuni giorni iniziarono a muoversi come se fossero sempre vissuti lì e anche Jenny volle esplorare tutto l'appartamento.

La bambina faceva passi da gigante e vederla così felice commuoveva Ruth.

Diverse notti dopo, quando i bambini ormai dormivano, lei e Tony entrarono nella propria stanza baciandosi con grande passione; a un tratto, sentirono una voce. «Mami, dormi con Tony?»

Si voltarono di scatto e videro Jenny sulla porta.

Ruth decise di essere sincera. «Sì, tesoro. Tony e io ci amiamo e dormiremo assieme.»

«Che donnacciaaaaaa!»

Lui si mise a ridere. Senza dubbio la bambina faceva dei commenti molto divertenti. Ma Ruth le lanciò un'occhiata di rimprovero e la zittì.

«No, tesoro. Non sono una donnaccia. Noi ci amiamo e...»

«Ma mamma, i fidanzati si baciano e si tengono per mano e basta. Non dormono assieme.»

«Wow», esclamò Tony divertito. «Che tremenda.»

Ruth stava per ribattere quando lui si avvicinò alla bambina.

«Jenny, i fidanzati di oggi a volte dormono assieme, e questa è una di quelle volte. Ti dà fastidio?»

Lei li guardò negli occhi e inclinò la testa. «No, se poi la sposi. Non voglio che sia una zitellaccia.»

«Jenny!»

«Ci penseremo, alla cosa del matrimonio», rispose Tony sorridendo. «Ma adesso fila in camera tua, signorina!»

«Vi sposerete?»

«Jenny, adesso basta!» intervenne Ruth.

«Ma se lo ha detto Tony. Vi sposerete!»

Lui si mise alla sua altezza per guardarla negli occhi.

«Adesso tu vai in camera tua, hai capito?»

Jenny, felice per la notizia, sorrise, si girò e se ne andò.

«Domani ricordami di far mettere un chiavistello», commentò Tony.

«Senti, riguardo alla faccenda del matrimonio, io...» iniziò Ruth vergognandosi.

Ma Tony non la fece finire. La portò nel bagno, chiuse la porta e si strinse a lei.

«Mi fai impazzire, zitellaccia!»

Ruth scoppiò in una risata e, desiderosa di lui, si dimenticò di tutto e lo baciò.

L'indomani Tony fece mettere un chiavistello alla porta della sua camera.

I giorni passarono e si unì a loro anche Luis Alfonso. Quando Melodia lo vide, gli si lanciò letteralmente sopra e Luis, incantato dalle sue grazie, si lasciò sottomettere.

I bambini non smettevano di fare confusione. Una sera Ruth trovò i due gemelli dentro la jacuzzi di Tony, con l'acqua che traboccava dal bordo della vasca. Avrebbe voluto morire per quello che avevano combinato. Angosciata, non li perdeva d'occhio un attimo; in quell'appartamento c'erano pericoli ovunque, non tanto per i bambini, quanto per la casa stessa.

Alla fine, dopo diversi giorni in cui si riuscì a evitare il disastro, Brian centrò in pieno con la palla una lampada di cristallo, che cadde a terra e andò in mille pezzi.

«Brian, hai fatto un pasticcio», lo rimproverò Jenny, seduta in sala a dipingere.

Dato che era la sera libera di Paola, Ruth si trovava in cucina con Tony a preparare la cena, ma corse subito in salotto non appena udì il rumore del cristallo in frantumi. Entrando, vide i bambini davanti alla lampada rotta e li prese in disparte.

«Vi ho detto mille volte che in sala non si gioca con la palla!»

«È stato Brian.»

«No, scemo, sei stato tu.»

Adán, arrabbiato, gli diede uno spintone, ma Jenny aveva visto tutto e sapeva la verità. «Mamma è stato Brian. Che gran bugiardo che è quel bambino.»

«Cos'è *bugialdo*?» chiese Adán.

Tony li guardò senza aprire bocca e Ruth, arrabbiata, andò a cercare una scopa.

«Mi dispiace molto per la lampada», disse passandogli vicino.

Lui la guardò sorridendo e fece uscire in giardino Melodia e Luis Alfonso.

«Tranquilla tesoro, non è successo niente. Ne compriamo un'altra e siamo a posto. Però credo che abbiamo bisogno di un aiuto.»

«Aiuto? Che genere di aiuto?» chiese Ruth, aggiungendo subito dopo: «Brian! Restituisci la macchinina ad Adán!»

«Abbiamo bisogno di qualcuno che curi i bambini mentre noi stiamo preparando la cena, come in questo momento. Non hai più David e Manuel nella casa accanto e... Ahhhhh!» Un colpo nelle parti basse lo fece piegare in due.

«Mamma mia, proprio nelle palline!» disse Jenny.

Brian aveva lanciato la macchinina di Adán, che era finita proprio dove aveva detto Jenny. Spaventata, Ruth lasciò la scopa e corse ad aiutarlo.

«Stai bene?»

Con un filo di voce, Tony disse di sì.

«Dammi un secondo», aggiunse con voce dolorante.

Inorridita, Ruth guardò i suoi figli, che in quel momento stavano litigando.

«Bambini, basta! Smettetela!»

Ma loro non le diedero retta e continuarono la lotta, buttandosi a terra. Ruth li separò subito. A soli quattro anni, Adán e Brian erano molto violenti quando si picchiavano; Tony si sedette vicino a Jenny, che li stava osservando.

«Capisci perché dico che abbiamo bisogno di aiuto?»

Ruth, più tranquilla vedendo che lui si era ripreso dal colpo, guardò di nuovo i suoi bambini.

«Alla parete della riflessione!»

«Abbiamo una *parete della riflessione*?» chiese Tony.

«È un metodo che usano a scuola per fare in modo che i ragazzi si calmino dopo essersi comportati male», rispose Ruth. «Adán!» lo richiamò, vedendo che stava tirando i capelli al fratello e che l'altro strillava.

Li separò velocemente e li mise rivolti verso la parete. «Riflettete su come vi siete comportati. E che nessuno si muova da lì finché non lo dico io.»

I bambini ricominciarono a spintonarsi e lei li separò di nuovo.

Tony ricordò quello che succedeva con i suoi fratelli e sapeva che non l'avrebbero smessa finché Ruth non si fosse imposta in modo serio.

«Questi due sono sempre così?» chiese. Lei annuì e lui, cercando di sorridere, prese la macchinina che era per terra. «Che divertente.» Ruth capiva che non era sincero. Bastava vedere la fronte aggrottata per rendersi conto che era infastidito.

Dopo alcuni minuti, una volta che fu ristabilita la calma, propose ai bambini di fare il bagno; li avrebbe rilassati.

Ma scoppiò un'altra guerra e Tony decise di togliersi di mezzo. Se fosse rimasto, li avrebbe sgridati e non sarebbe stato un buon inizio con loro. Angosciata, dopo il bagno Ruth fece cenare tutti e tre i bambini e, quando salì per iniziare a sistemare i letti per la notte, rimase senza parole vedendo il muro del corridoio tutto pasticciato. Tornò indietro. «Adán, vieni qui immediatamente», gridò dalla scala.

Era incredibile. Quando aveva potuto farlo?

Il piccolo, accompagnato da Brian e Tony, iniziò a salire le scale e, vedendo la faccia della madre, si fermò.

«Mami, non sono stato io a disegnare sulla parete.»

Ruth trattenne un sorriso. Doveva rimanere seria, anche se le veniva da ridere.

«Ha dipinto il muro?» chiese Tony.

Ruth fece segno di sì con la testa e Adán, guardandolo, sbatté le palpebre. «Io non volevo, è stata la *pittula*», disse.

«Fiuuuu. Maledetto bambino del cavolo. Così bello e così perverso», disse Jenny, che li aveva raggiunti.

«Wow, la regina del bon ton», rise Tony divertito.

«Jenny, quante volte ti devo dire che non si parla così, tantomeno ai tuoi fratelli», la sgridò Ruth.

Ma Tony scoppiò in una risata e, prendendo Brian e Adán sottobraccio, guardò Jenny. «Tutti in camera.»

Quando finalmente i bambini si addormentarono, Ruth chiuse la porta.

«Mi dispiace. Mi dispiace per la lampada, per la botta che hai preso, per la parete e per il modo di parlare di Jenny.»

Lui la guardò divertito. «Non credi di essere troppo morbida con loro?»

«Hai ragione. Ma passiamo poco tempo insieme e, quando ci sono, non voglio fare la mamma rompiscatole.»

«Io e i miei fratelli eravamo mille volte peggio di Brian e Adán. E le poche volte che mia mamma non era via, passava il tempo a rimproverarci. Però ti assicuro che non l'abbiamo mai presa male. Anche se eravamo bambini, sapevamo cosa si poteva fare e cosa no, perché lei ce lo insegnava. Credo che anche tu dovresti farlo capire a loro.»

Ruth ci pensò, ma mentre stava per rispondere Tony sorrise e la prese in braccio. «Andiamo in camera, donnaccia. Pagherai per quello che hanno fatto questi diavoli!»

Entrò in camera ridendo, la mise giù e chiuse il chiavistello della porta. «Adesso ti spoglio e facciamo l'amore», disse con voce profonda.

Ruth sorrise. Non desiderava altro. Poi guardò il chiavistello. «Ma quando finiamo, apriamo la porta, ok?»

Tony annuì e senza allontanarsi da lei nemmeno di un millimetro iniziò ad accarezzarla piano, molto piano, baciandola teneramente sul collo. Ruth iniziò ad ansimare.

Senza dire nulla, lui la spogliò e con un'urgenza che la fece impazzire si liberò dei vestiti. Poi la prese per mano, la portò fino al letto, si sedette e la mise accanto a lui, toccandole i seni.

«Te la senti di giocare con me?»

Lei scoppiò in una risata. «A cosa vuoi giocare?»

Tony si alzò e andò all'armadio, dove prese una cravatta. Poi tornò vicino a lei e riprese ad accarezzarla. «A molte cose, tra cui legarti e possederti.»

A quelle parole, lei si sentì ancora più eccitata e lo guardò negli occhi. «Giochiamo.»

Tony appoggiò la cravatta sul letto. Senza toccarla, la percorse con lo sguardo. «Ho fame», mormorò.

«Avvicinati e sazierò la tua fame», sussurrò Ruth.

Pazzo di eccitazione, Tony leccò e succhiò i suoi capezzoli fino a quando non la sentì tremare. «Continuo ad avere fame», confessò.

In estasi e piena di desiderio, lei si buttò sul letto e aprì le gambe per accoglierlo. «Allora continuiamo con il banchetto.»

Tony sorrise. Adorava vedere come lei gli si offriva, ma quando stava per muoversi Ruth lo fermò. «Anch'io ho fame di te», disse.

Con un sorriso malizioso, Tony salì sul letto, si girò e si mise sopra Ruth, avvicinando la bocca al suo sesso e sentendo le labbra calde di lei sul pene. «Oh, sì...» sussurrò.

Ruth cominciò a leccare quel sesso turgido e liscio. La faceva impazzire sentire come Tony fremeva ogni volta che lei gli passava la lingua sul prepuzio. Eccitatissimo, la penetrò con la lingua più volte.

Si dedicarono a quelle carezze per diversi minuti, poi Tony si scostò dalla bocca di Ruth e si girò a prendere la cravatta. «Muoio dalla voglia di possederti.»

Guardandola negli occhi, le avvolse i polsi con la stoffa e la legò alla testata del letto. Ruth si eccitò ancora di più e Tony, in silenzio, le aprì le gambe. Senza lasciarla con lo sguardo nemmeno un secondo, la penetrò lentamente, fino a che, con un movimento brusco, sprofondò dentro di lei.

Iniziò a muoversi lentamente, poi, a poco a poco, i suoi colpi accelerarono e diventarono più rapidi e profondi.

Ruth si morse le labbra per non gridare. Non aveva mai fatto l'amore con le mani legate e non poterlo toccare e sentire che era dominata da lui la faceva impazzire.

Tony continuò a penetrarla, e vederla così abbandonata gli faceva venire la pelle d'oca. «Ti piace?»

Ruth fece segno di sì, non riusciva a parlare. Tony le prese le gambe e gliele sollevò appoggiandosele sulle spalle; la fece sua una volta, un'altra e un'altra ancora fino a che sentì che tremava sotto di lui. Con uno strattone la slegò e lei, fuori controllo, gli si avvinghiò addosso. Poi gli fece scivolare le mani lungo la schiena, gliele mise sulle natiche e strinse per fargli capire che lo voleva ancora più in fondo. Tony si immerse in lei finché entrambi gridarono di piacere e raggiunsero nello stesso momento un orgasmo incredibile che li lasciò esausti, felici e disposti ad altro ancora.

Dopo una notte di amore e passione in cui lasciarono briglia sciolta alla fantasia e ai desideri, la mattina Tony si svegliò e trovò Brian addormentato verso la testata del letto e Adán che dormiva tra loro.

Si alzò sorridendo e andò sotto la doccia. Anche Ruth, che aveva fatto finta di dormire, si alzò e riportò entrambi i bambini nelle loro camere.

Quando Tony uscì dalla doccia, rimase sorpreso: «Dove sono gli occupanti?»

«Nei loro letti.»

Avvicinandosi a lei la baciò sulle labbra. «Dovranno smetterla con quest'abitudine. C'è troppa gente nel nostro letto e io qui ti voglio per me.»

Ruth sorrise e non disse nulla. Sarebbe stato complicato.

«Oggi esci a pranzo con David e Manuel, vero?»

«Sì, ma prima devo passare dall'ospedale con Jenny per un controllo e mi vedo lì con loro. Poi andiamo a prendere un hamburger sul Sunset Boulevard.»

«Prendi una delle macchine che sono in garage.»

«No. No... grazie.»

«Perché no?» chiese lui stranito.

«Perché adoro Harry, la mia Volkswagen rossa. E poi non voglio richiamare l'attenzione.»

«Tesoro, sei con me e nessuno ti farà del male.»

«Lo so. È solo che non voglio farmi notare su una bella macchina.»

Tony sbuffò. La paura di Ruth di essere riconosciuta dal suo ex non aveva alcun fondamento. «Prendila, Ruth. Non succederà niente. Per favore, abbi fiducia in me.»

Alla fine cedette senza opporre troppa resistenza.

«Ah, a proposito, ho comprato su Internet tre seggiolini per auto. Uno per ogni bambino. E prima che tu dica qualcosa, sappi che i tuoi erano logori, quindi ne avevamo bisogno di nuovi. Tra l'altro, anche Jenny deve usarne uno. Non è ancora alta abbastanza per farne a meno.»

«Davvero lo hai fatto?» chiese Ruth commossa.

«Sì. Ho fatto una ricerca su Google. E puoi dimenticarti di usare la tua carretta dato che abbiamo le mie macchine.»

«Ehi! Attento a come parli di Harry!»

Tony la guardò divertito. La vita con lei era mille volte meglio di quello che avrebbe mai immaginato, nonostante il peso che a volte erano i bambini. Quindi si avvicinò al comodino con fare deciso. «Vieni qui, amore. Io e te stiamo bene assieme, vero?»

«Sì», rispose lei.

«Sei felice con me?»

«Sì, lo sai.»

«Allora accetti la chiave del mio cuore?» chiese lui aprendo la mano e mostrandole cosa conteneva.

«Davvero?» rispose lei, guardandolo con gli occhi pieni di felicità.

«Assolutamente sul serio.»

«Mi dai la chiave del tuo cuore?»

Tony la baciò. «Ti do la mia vita, tesoro. Tutta la mia vita.»

Il fatto che lui fosse sempre così romantico la emozionava; lo baciò con passione. Tony era un uomo eccezionale e quando le loro labbra si separarono, senza smettere di guardarlo, si tolse la catenina d'oro bianco che George le aveva regalato, ci infilò la chiave e la porse a Tony. «Me la agganci?»

Lui era felice: questa volta era tutto più facile. Le rimise la catenina attorno al collo e chiuse il fermaglio. «Ti amo come mai ho pensato che un uomo potesse amare», le sussurrò quando lei si girò.

«E io sono felice che tu mi ami quanto ti amo io.»

Le loro bocche si cercarono ancora. Si abbandonarono l'uno all'altra, perdutamente.

«Oggi ho una giornata impegnativa», disse Tony quando le loro labbra si staccarono. «Ma quando torno, io e te festeggiamo...»

«... festeggiamo il "per sempre"!» esclamò lei ridendo.

Lui la baciò ancora. «Per sempre», sussurrò.

Si salutarono con un bacio appassionato. «Aspetterò con ansia il tuo ritorno.»

«Cucciola», mormorò lui. «Non baciarmi così o sarò costretto a togliermi la cravatta e legarti di nuovo, prendendoti senza pietà.»

«Allora togliti la cravatta subito», gli disse Ruth scherzando.

Tra risate, baci e spinte affettuose scesero in cucina. La casa era ancora silenziosa, i bambini dormivano. Fecero colazione assieme, poi Tony andò a cercare le chiavi della sua macchina nel mobiletto dell'ingresso, ma non le trovò.

«Tesoro, hai preso tu le chiavi della mia macchina?»

Ruth scosse la testa e lo aiutò a cercarle. A un certo punto si bloccò. «Oh, santo cielo!»

«Che succede?» chiese lui guardandola.

Senza rispondere, salì le scale come un fulmine. Se le chiavi erano dove pensava che fossero, Brian avrebbe potuto farsi male.

Tony la seguì nella stanza dei bambini e quando vide che si avvicinava a Brian e gli frugava nelle mutandine, rimase sconcertato. «Si può sapere cosa fai?»

Ruth trovò le chiavi e sorrise vedendo che non era successo nulla. «Eccole. E ora sono... profumate.»

Tony le guardò con orrore. Che ci facevano le chiavi nelle mutande di Brian?

Fece un passo indietro, rifiutandosi di prenderle, e Ruth le sfregò con la maglietta per pulirle. Uscirono dalla stanza.

«Conosci già la regina delle telenovele che dice che hai gli occhi come l'alba di Acapulco e anche il graffitaro Adán. Ma devi sapere che Brian, oltre a infilare qualsiasi cosa in qualunque fessura trovi in un apparato elettronico, si mette anche tutto nelle mutandine.»

Tony la guardò incredulo. «Oggi stesso cercherò una tata. Abbiamo bisogno di aiuto.»

Poi scoppiò a ridere. Senza dubbio la vita con lei assumeva tutt'altro colore.

Dopo aver svegliato i bambini, Ruth sgridò Brian. Gli fece capire che avrebbe potuto farsi male con le chiavi, ma quando vide che gli si riempivano gli occhi di lacrime, disse in tono più dolce: «Lo farai di nuovo?»

Allora Brian scosse la testa, Ruth lo abbracciò e tutti e due sorrisero. Era incapace di arrabbiarsi con loro. Era indulgente.

Diede loro la colazione, poi si avviarono verso il garage. Aprì la saracinesca, rivelando le auto e le moto che Tony teneva lì. Jenny fischiò. «Ehi, mammina, Tony è il fidanzato che abbiamo sempre voluto.»

Divertita per il commento della piccola, Ruth vide un Toyota 4 Runner e le scatole con i nuovi seggiolini. «Dai un'occhiata ai tuoi fratelli mentre io sistemo i seggiolini.»

I bambini iniziarono a correre in giardino con i cani. Quando Ruth ebbe finito, li fece salire in macchina, allacciò le cinture di sicurezza e partì verso l'ospedale, cosciente che era iniziata una nuova vita.

31.
Puoi contare su di me

Una settimana dopo, Ruth iniziò a lavorare al ristorante di mattina.

I giornali di gossip non avevano ancora parlato di lei come fidanzata di Tony, e lei esultò. Non si sarebbero mai aspettati che il celebre compositore uscisse con una semplice cameriera.

Qualche giorno dopo, nelle loro vite entrò Rosa. Era una donna di mezza età che familiarizzò subito con i bambini e che badava a loro con grande efficienza.

Ruth smise di lavorare di notte, come aveva promesso a Tony, ed era felice di potersi occupare di tutto con una tranquillità che non aveva mai provato prima.

Quando Jenny si fu quasi ristabilita, Ruth disse che voleva tornare a casa sua, ma Tony non era d'accordo e cercò la complicità dei bambini per impedirlo. Lei, divertita, alla fine accettò. Senza dubbio stare con Tony e in quella casa era mille volte meglio che vivere da sola nel suo appartamento di cinquanta metri quadrati.

Due giorni dopo, Tony contattò un'impresa di traslochi perché Ruth potesse portare lì le poche cose che aveva.

Tutto andava bene, anche se una sera, tornando dal lavoro, Tony vide il suo prezioso camino di design infestato da foto incorniciate e sentì una stretta allo stomaco.

Faceva fatica ad abituarsi al caos creato dalla presenza dei bambini e, sebbene Ruth cercasse di tenere tutto sotto controllo, era praticamente impossibile riuscirci.

Un giorno Tony tornò a casa e rimase di stucco alla vista di Melodia con le unghie dipinte di verde sgargiante.

«Me l'ha chiesto lei», gli spiegò Jenny, responsabile della cosa. «Vuole essere bella per Luis Alfonso.»

«Mi dispiace», disse Ruth. «Non me ne sono accorta.»

Tony sospirò, guardò le unghie della cagna e commentò: «Come direbbe uno che conosco... è la moda!»

In quei giorni, Yanira e Dylan organizzarono un barbecue. Quando arrivarono a casa loro, Ruth si sentì intimidita vedendo tutta quella gente che non conosceva, ma Tony la abbracciò. «Tesoro, divertiti oggi. Sono tutti della famiglia.»

Lei annuì e guardò i suoi figli. «Bambini, comportatevi bene!»

In quel momento, arrivarono due ragazze di servizio insieme a una signora di una certa età e Tony, felice, aprì le braccia. «Tata, quanto mi fa piacere vederti.»

Lei lo abbracciò e lo baciò con affetto, poi guardò la giovane che li osservava.

«Tu devi essere Ruth, vero?»

Lei annuì e la donna abbracciò anche lei.

«Benvenuta nella mia famiglia. Io sono la Tata e non sai quanta voglia avevo di conoscerti.» Poi guardò i bambini. «E anche voi. Ma che bei bimbi!»

«Grazie.» Ruth sorrise alla donna che aveva allevato i tre fratelli Ferrasa con tanto amore a Porto Rico.

Una delle giovani che l'accompagnavano si rivolse a Ruth. «Signora, se mi dà i costumi dei bambini, li cambiamo e ci occupiamo di loro. La signora Yanira ha preparato una camera perché la signorina Jenny riposi.»

«Oh, non c'è bisogno», disse Ruth sorridendo, intimidita perché l'avevano chiamata «signora». «Li cambierò io e...»

Ma Tony le prese la borsa che aveva tra le mani e la diede alla ragazza. «I costumi sono qui. Sorvegliate i bambini mentre fanno il bagno in piscina e dite a Jenny dove potrà riposare quando ne avrà bisogno.»

Ruth lo guardò. Perché non poteva occuparsi lei dei bambini? Tuttavia, vedendo che tutti aspettavano una risposta da lei, sorrise e si avvicinò ai bambini. «Andate con lei e comportatevi bene. Ricordate: senza braccioli niente piscina.»

I bambini annuirono e Jenny, felice per tutto quello che l'attorniava, prima di andarsene disse: «Mammina, che bello che è tutto!»

«Jenny, comportati bene e non parlare come non devi», le sussurrò Ruth.

La Tata si mise a ridere e prese la bambina per mano. «Vieni, tesoro. Ti porterò in un posto in cui se vuoi puoi riposare fino al momento di mangiare.»

«Come mai non hai lasciato che mi occupassi dei bambini?» chiese Ruth a Tony quando rimasero soli. «Perché voglio divertirmi un po' con te senza di loro», le rispose con uno sguardo affettuoso. «Ma stai tranquilla che Ámbar e Maria sono molto responsabili. Le conosco da tanto tempo e ti assicuro che si occuperanno dei bambini meravigliosamente bene.»

In quell'istante, Yanira, che usciva dalla casa in bikini, corse a salutarli e chiacchierarono alcuni minuti. «La Tata muore dal ridere con Jenny. A proposito, l'ho vista proprio bene!»

«Sì, sta molto bene», disse Ruth, immaginando quello che stava facendo sua figlia. «Ha anche preso un paio di chili, cosa che non succedeva da almeno un anno e mezzo.»

«È una bambina forte», disse Tony, felice.

«Adesso è in sala con la Tata. Lì non farà caldo e potrà vedere la televisione o usare il mio portatile, come preferisce», disse Yanira.

«Grazie», rispose Ruth, sorridendo.

Tifany era vicino a Coral e Valeria in piscina e stava prendendo il sole quando la vide Omar, che era venuto al barbecue con la sua ultima amante. Aveva letto sui giornali che la sua relazione con il modello russo non stava andando a gonfie vele e voleva godersela un po'. Quindi si avvicinò a lei. «Non hai portato il tuo modelluccio da strapazzo?»

Tifany, che lo conosceva molto bene, sorrise e guardò la giovane che era con lui. «Ci sei già tu, che hai portato la bambola gonfiabile, perché avrei dovuto farlo io? Comunque, il mio modelluccio sta lavorando proprio in questo istante. Anche la tua?» ribatté sarcastica.

Il tono della sua risposta lo sorprese. Non era da lei.

In quel momento, Coral aprì una rivista. «Ehi, guarda! Alexei sulla passerella di Milano. Wow... qui dicono che coi suoi trentadue anni è stato nominato l'uomo più sexy del pianeta. Che gran prodigio hai nel letto, eh?»

Tifany sorrise felice e si mise gli occhiali da sole. «Non puoi immaginarlo, bella... sono l'invidia di mezzo mondo.»

Sentendo la sua ex parlare in quel modo, Omar rimase sconvolto. Il russo aveva quindici anni in meno di lui?

E in più, lei diceva di essere l'invidia di mezzo mondo quando erano sposati. Quella frase era per lui, solo per lui. Perché doveva usarla per qualcun altro?

Scuro in volto, distolse lo sguardo e vide la ragazza che suo fratello Tony stava baciando. Quindi si rivolse a Dylan, che si stava avvicinando. «Ma quella non è la cameriera dai capelli colorati del compleanno di Preciosa?»

«*Quella* si chiama Ruth», rispose lui, «ed è la donna di cui Tony è innamorato. Quindi, attento a quello che dici.»

In quel momento, due bambini con i capelli rossi corsero verso l'acqua e ci saltarono dentro, schizzando tutti.

«E quei bambini e una biondina che è in sala sono suoi figli», aggiunse Dylan.

«Non prendermi per i fondelli!» disse Omar.

Anche Ruth, Tony e Yanira si avvicinarono a loro e Tony, felice, presentò Ruth a tutti. Dalla faccia che fecero, seppe che l'avevano riconosciuta come la cameriera.

Tifany si alzò e la baciò e così fecero anche Coral e Valeria.

«Dov'è Preciosa?» chiese Tony.

«Con suo nonno. Sono andati a cavallo e credo che torneranno tra poco.»

Poi Ruth conobbe i gemelli di Yanira e Dylan. Erano bellissimi. La bambina era bruna con gli occhi azzurri e il bambino biondo con gli occhi scuri.

Senza perdere di vista i suoi gemelli, che sguazzavano nell'acqua, seguì Yanira per andare a prendere qualcosa da bere.

«Che cosa ti succede? Perché sei così seria?» le chiese la giovane.

«Sono nervosa. È la prima volta che partecipo a un evento famigliare e mi intimidisce il modo in cui mi guarda Omar.»

«Uh, tesoro», disse Valeria avvicinandosi, «non farci caso: "Can che abbaia, non morde".»

Ruth sorrise e vide che anche Tifany e Coral le stavano raggiungendo, quest'ultima con in braccio la sua piccola e parlando al telefono. «Joaquín non viene», disse riattaccando.

Coral fece una moina alla sua bimba. «Questa notte c'è un evento al ristorante e hanno bisogno di lui. E dato che è molto responsabile... eccolo là!»

«È un santo», disse Valeria.

«Tra le altre cose», sussurrò Coral. «Di chi sparlavate?»

Tutte guardarono Omar.

«Come ho detto una volta, Tifany, si crede un cioccolatino, ma è solo uno smarties», commentò.

«Non esagerare, Coral», protestò Yanira prendendo una birra. «Omar può essere tutto quello che vuoi, ma è un pezzo d'uomo.»

«Shhh, non farti sentire, o lo crederà», disse Tifany. Poi diede il cinque a Coral. «Ottima l'idea di dire l'età di Alexei. Colpito e affondato, il Ferrasa.»

«Che stronze che siete», esclamò Valeria, e tutte si misero a ridere.

Poi Coral divenne seria e guardò le sue amiche. «Non dimenticatevi mai che se voi saltate, io salto. Se voi ridete, io rido, ma se voi piangete io spacco la faccia a chi se lo merita. Chiaro?»

Tutte scoppiarono in una risata, poi Tifany si rivolse a Ruth: «E io che credevo che fosse Anselmo quello che voleva flirtare con te il giorno in cui ti ho conosciuta al ristorante. A proposito, che cosa gli hai fatto? Sei l'unica donna che gli è piaciuta a prima vista. Per quanto mi riguarda, non mi ha mai filata fino a quando non mi sono separata da suo figlio, e a Yanira non ha reso le cose facili, all'inizio».

«Davvero?» chiese Ruth.

Si sedettero. «Sì, mi ha reso la vita impossibile finché non si è reso conto che non stavo con suo figlio per i soldi», spiegò Yanira. «Ma da quando lo ha capito, non passa giorno che non mi vizi in qualche modo.»

La cosa preoccupò Ruth. Nemmeno lei stava con Tony per i soldi, ma aveva avuto bisogno di un aiuto economico per l'operazione di Jenny. Che cosa avrebbe pensato quell'uomo di lei?

Non molto lontano dalle ragazze, i tre fratelli Ferrasa bevevano birra gelata.

«Cosa ne dite della gnocca che mi accompagna?» chiese Omar.

Dylan e Tony guardarono la bruna dal corpo scultoreo che era arrivata con il fratello. «Se piace a te, ci va bene.»

Omar rimase sorpreso da quella risposta tiepida. «Ma avete visto che tette che ha?»

I due fratelli si guardarono. Come non vederle?

«Sinceramente, fratello, preferisco la qualità alla quantità», rispose Tony e Dylan si mise a ridere.

«Davvero Tony, ti credevo più intelligente», disse Omar, infastidito dalla sua risposta.

«Perché?»

«Una cameriera con tre figli?»

A quelle parole, Dylan si irrigidì, ma si rilassò quando Tony ribatté: «Devo pensare che mamma è stata una sciocca per averci amato come ha fatto, anche se non eravamo suoi figli?» Omar fece un gesto irritato e Tony aggiunse: «Misura le parole, o dovrò dirti quattro cose che ti assicuro non ti piaceranno».

A questo punto Omar si allontanò per cercare la sua accompagnatrice. Dylan toccò con la sua la bottiglia di birra di Tony.

«*Touché*!»

Entrambi risero.

«Come va a casa tua?» chiese Dylan.

Tony bevve un sorso di birra.

«I bambini assorbono tutto il tempo di Ruth, la casa è piena di giocattoli e di caos, senza parlare dei graffiti sui muri e del fatto che ora c'è un muro che si chiama "parete della riflessione". Ho ascoltato fino alla nausea la canzone di una porcellina rosa che si chiama Peppa Pig e di alcuni cartoni come Phineas e Ferb; inoltre la mia cagna ha le unghie verde brillante. Per il resto, tutto a meraviglia!»

Dylan rise di gusto e gli diede una pacca sulla spalla.

«Benvenuto nel club, fratello!»

«Eccoci», disse loro il padre in quel momento, arrivando con Preciosa per mano.

La bambina corse a baciare gli zii, che la accolsero con felicità. Poi andò a tutta velocità verso Omar, che la prese in braccio. La sua espressione si addolcì mentre baciava la bambina con affetto. La adorava.

Le ragazze, sentendo la voce di Anselmo, si girarono verso di lui.

«È arrivato l'orco», commentò Yanira.

A Ruth andò di traverso la birra.

«Tranquilla, che non mangia nessuno», disse divertita Yanira.

Anselmo abbracciò Tony. In quell'occasione, dato l'affollamento della casa del figlio, stava da Dylan e Yanira.

«Tutto bene, figlio?»

«Ottimo, papà», rispose lui sorridendo.

Il vecchio annuì e andò a salutare gli altri presenti, fino ad arrivare dalle nuore e le amiche. Guardò Ruth negli occhi con affetto.

«Ciao, ragazza arcobaleno.»

Vedendo la sua faccia, la gentilezza e lo sguardo, Ruth si calmò e gli sorrise.

«Accipicchia, come gliel'hai fatta facile, Anselmo!»

«Non essere brontolona, biondina», rispose lui. «Quelli là con i capelli rossi che stanno svuotando la piscina sono i tuoi figli?» chiese poi rivolto a Ruth.

«Sì», rispose lei, vedendo i gemelli avvicinarsi a Omar. Lui li prese e li lanciò in aria, come faceva con sua figlia.

«E la bambina dov'è?» si interessò Anselmo.

«Con la Tata, in sala. È molto contenta, stravaccata sul divano a guardare la televisione», disse Yanira. «Dylan ha detto che c'è troppo caldo per lei qui fuori.»

Suo suocero approvò, poi si rivolse a Ruth. «E si è ripresa dall'operazione?»

Ruth disse di sì, e lui continuò: «Quando me l'hanno detto, era già tutto finito, ma voglio che tu sappia che sono contento che ti sei rivolta a noi per chiedere aiuto».

Ruth sorrise.

«Cara... l'invidia mi corrode», sussurrò Tifany a Yanira.

Anselmo si mise a ridere e la prese per il braccio. «Forza, dai al tuo orco preferito una superbirretta di quelle che mi piacciono.» Poi guardò Ruth. «A proposito, tra dieci giorni ti aspetto a Miami. Quest'anno festeggerò lì il mio compleanno.»

32.
Voile e strass

Un giorno prima del viaggio a Miami per festeggiare il compleanno di Anselmo, Tony arrivò a casa e non riuscì ad aprire la porta del garage con il telecomando. Sbuffò con pazienza. Erano stati i bambini?

Alla fine scese dalla macchina, lasciandola fuori.

Entrò in casa, accolto dal rumore tipico, e sorrise. Ci si stava abituando e iniziava anche a piacergli, nonostante il disordine continuasse a infastidirlo. Dopo qualche istante, Adán gli corse incontro per baciarlo e poi se ne andò, sempre di corsa.

«No, non te lo do!» sentì gridare Jenny. «Il telecomando è mio.»

«Scemaaaaaaa. Dammelooooooo», piangeva Brian, mentre Rosa cercava di consolarlo.

«Brummmm», faceva Adán con la bocca, correndo con una macchinina in mano.

«Moccioso perverso e piagnucolone», disse Jenny. «Per me sei come il 30 di febbraio: non esisti!»

«Signorina Jenny, non essere così cattiva con tuo fratello. E metti i cartoni, adesso tocca a lui.»

«In questo preciso istante, dolcezza, le mie bellissime orecchie hanno smesso di ascoltarti.»

«Signorina Jenny!» la rimproverò la donna.

Tony appoggiò il portatile sul tavolo e guardò la bambina con serietà.

«Ascoltami, tu, regina delle telenovele, è l'ultima volta che parli così a Rosa. Lei è più grande di te e devi essere rispettosa. Chiaro?»

La bambina fece una smorfia e, prima che potesse aprire bocca, una palla la colpì in testa.

«Sciocco... sei uno sciocco!» gridò.

Il bambino si mise a ridere e Tony, guardando il piccolo con la rosa tra i capelli rossi su un lato, capì che era Brian.

«Brian, alla parete della riflessione», disse, arrabbiato.

Lui lo sfidò con uno sguardo, ma quando si accorse che Tony non sorrideva affatto andò verso il muro e rimase lì.

Tony controllò che Jenny stesse bene e poi chiese: «Ditemi un po' cosa succede».

«Voglio vedere Peppa Pig!» gridò Brian.

«Brummmm... pi... pi», disse Adán correndogli accanto mentre giocava.

Jenny alzò gli occhi al cielo. «Odio quell'orribile maiala rosa con tutto il mio cuore!»

«Jenny!» la sgridò Ruth comparendo in quel momento. «È l'ora di Peppa Pig. Metti subito i cartoni.»

«È quello che le ho detto anch'io, signora», intervenne Rosa.

«Ma mamma...» si lamentò la bambina, «... sono gli stessi episodi che si ripetono tutti i giorni.»

«Lo so, tesoro, ma adesso tocca a Brian e lo sai», disse. Poi, accorgendosi che Brian era rivolto con la faccia verso il muro, guardò Tony infastidita.

«Sì, sono stato io», disse lui. «Ok, togligli questo castigo terribile.»

Adán correva per tutta la sala con la macchinina in mano, Brian piangeva rivolto verso il muro e Jenny gridava, mentre Rosa cercava di riportare la situazione alla normalità.

Tony non sapeva cosa fare, quando Ruth, con il suo solito tono calmo, chiamò Brian e lo mise davanti al televisore, poi prese Adán, gli tolse la macchinina e lo mise vicino al fratello, e procurò a Jenny un portatile per giocare. In meno di un minuto, tutto il caos era finito. Guardò Tony, gli si avvicinò e lo baciò.

«Anche tu odi Peppa Pig?»

Sorpreso per la velocità con cui aveva sistemato la situazione, ricambiò il bacio.

«No, tesoro. Però amo te.»

Vedendo che Rosa li guardava e arrossiva, Ruth sorrise e lo prese per mano per portarlo in cucina. Lì gli fece vedere il lavello intasato e fece un gesto infastidito.

«Oggi ho beccato Brian che metteva qualche cosa lì dentro e questo è il risultato. Ho cercato di sistemarlo, ma è impossibile. Ho chiamato l'idraulico.»

Tony sospirò e le baciò la punta del naso.

«Sarebbe stato peggio se avesse dato fuoco alla casa. A proposito, non sono riuscito ad aprire il garage col telecomando; ne sai qualcosa?»

«Meglio che tu non chieda.»

Il giorno dopo i bambini rimasero con David e Manuel e loro andarono felici a Miami.

Arrivarono all'hotel Acqualina Resort & Spa on the Beach, dove avrebbero alloggiato, e Ruth sorrise entusiasta come una bambina. Era un posto incredibile.

Quando si fermarono con la macchina davanti all'ingresso, due uomini in giacca bianca e pantaloni neri diedero loro il benvenuto. Poi, tenendo Tony per mano, Ruth entrò nella lussuosa hall dove furono accolti da una ragazza bellissima. Quindi un fattorino li accompagnò fino al trentottesimo piano e aprì le porte di una suite che toglieva il fiato; li fece accomodare, lasciò le loro valigie e se ne andò.

Ruth si sentiva intimidita, attorniata da tutto quel lusso e Tony l'abbracciò.

«Ti piace?» le chiese.

«Incredibile», rispose sconvolta.

Uscirono su una terrazza che dava sul mare e si appoggiarono al parapetto per ammirare la spiaggia con l'acqua turchese su cui erano disposte amache e ombrelloni rossi dell'albergo. Era tutto bellissimo.

Suonarono alla porta e andò Tony ad aprire. Erano Yanira, Dylan e Tifany. Dopo essersi salutati, si versarono qualcosa da bere, poi gli uomini uscirono in terrazza a parlare.

«Vi piace il mio nuovo colore di capelli?» chiese Tifany, toccandoseli con un gesto plateale.

Le due la guardarono.

«E quella pietrina?» disse Yanira con tono sorpreso.

Avendo ottenuto il suo scopo, Tifany scoppiò a ridere.

«Non dirmelo», disse sua cognata, che la conosceva molto bene.

Ruth le guardò. Di che cosa stavano parlando?

«Sìììììì», disse Tifany. «Alexei mi ha chiesto di sposarlo. Non è fantastico?»

«E brava!» disse Yanira, abbracciandola.

Tifany, felice, si lasciò abbracciare da tutte e due.

«È tornato da Milano e... mi ha fatto la proposta», disse emozionata.

«E tu che cosa hai risposto?» chiese Ruth.

Tifany guardò il suo bellissimo anello.

«Cosa potevo rispondergli...» disse a bassa voce, «... di sì! Abbiamo deciso di sposarci a gennaio.»

Tutte e tre batterono le mani felici. Matrimonio in vista! Sentendole, Tony e Dylan entrarono e quando seppero la buona notizia anche loro la abbracciarono e si rallegrarono per lei. Tifany meritava di essere felice.

Quella notte, quando scesero per cenare, Yanira chiese a Ruth: «Hai un vestito per domani?»

«Per averlo, ce l'ho. Ma non so se è all'altezza della festa», rispose non molto convinta.

Yanira si scambiò un'occhiata d'intesa con Tifany. «E se domani, prima di andare dal parrucchiere, andassimo a fare shopping?»

«Sì!» applaudì Tifany.

«Sarà fantastico», rispose Ruth felice.

La mattina seguente, le tre ragazze uscirono insieme. Se c'era qualcuno che sapeva dove comprare un bel vestito da sera, quella era Tifany.

Entrarono in diversi negozi, ma Ruth rimase senza fiato vedendo i prezzi. Lei non poteva permettersi nulla di quello che si vendeva lì. Yanira sorrise. Era la stessa reazione che aveva avuto lei all'inizio della sua convivenza con Dylan e, nella terza boutique, quando Tifany si allontanò per salutare un'amica, fece sedere Ruth su una sedia rossa di design. «Lo so, Ruth. So che stai pensando ai prezzi dei vestiti. Ti assicuro che la prima volta che sono andata a fare shopping con Tifany e le sue amiche, ho creduto di sentirmi male. Ma devi pensare che adesso tu condividi la vita con un uomo che possiede il denaro per pagare questo e altro. E prima che tu dica qualunque cosa, so che sei una ragazza umile, come lo ero io prima di essere Yanira, la cantante, e capisco tutto quello che ti passa per la testa. Tuttavia...» disse tirando fuori una carta di credito, «... Tony mi ha dato questa per te. Sapeva che se te l'avesse data lui, non l'avresti accettata e...»

«Io non la accetterò», brontolò Ruth.

Yanira sorrise.

«Oggi sarà la tua presentazione ufficiale in società come fidanzata di Tony Ferrasa. Il single più desiderato da centinaia e migliaia di donne. Non vuoi forse essere incredibilmente bella?»

Ruth sospirò.

«Tony ti ama così come sei e questo lo sai già. Ma per favore, fallo per lui e sorprendilo facendo in modo di lasciarlo a bocca aperta. Non c'è nulla che piaccia di più a un uomo che vedere che gli altri ammirano e desiderano la donna che ha accanto. Io lo so per certo, perché Dylan me l'ha confessato tempo fa.»

Tutte e due sorrisero a queste parole, e alla fine Ruth prese la carta di credito.

«Molto bene. Prometto di lasciare Tony Ferrasa senza parole.»

Per alcune ore visitarono diverse boutique senza darsi tregua, finché Ruth vide un vestito blu intenso di cui si innamorò. Era lungo, di voile, con le spalline e lo scollo a V. Ai lati, all'altezza della vita, era aperto e decorato con cristalli di strass.

Il suo telefono suonò. Era un messaggio di Tony. «Vi state divertendo?»

Lei rispose felice. «Preparati. Sto per prosciugare la tua VISA.»

Leggendo la risposta, Tony si mise a ridere, richiamando così l'attenzione di suo padre e dei fratelli, che stavano giocando a golf. «Fallo e mi farai felice.»

Ruth andò nel camerino. La commessa le portò una piccola borsetta e un paio di scarpe con un tacco altissimo che stavano divinamente con il vestito. Quando le indossò e si guardò allo specchio, si sentì un'altra donna. Contenta, uscì dal camerino e Tifany e Yanira applaudirono vedendo quanto era bello il vestito e come le stava bene.

Senza voler vedere il prezzo di tutta quella roba, Ruth diede a Yanira la carta di credito e lasciò che fosse lei a pagare. Quando uscirono dal negozio erano le due del pomeriggio e, soddisfatte per gli acquisti, andarono a mangiare in un bel ristorante di fronte alla spiaggia.

«Canterai alla festa di Anselmo?» chiese Tifany.

«Sì. Salirò sul palco, gli farò soffiare le candeline e poi, prima della grande festa di salsa, gli regalerò una canzone che lui, da buon portoricano, adora in modo particolare.»

«Fantastico», disse Ruth emozionata.

«Peccato... io canto malissimo», si lamentò Tifany.

Ruth sorrise. «Di sicuro non male come me. Puoi chiederlo anche a Tony», esclamò.

Si misero a ridere.

«Questa sera dovrò reggere il moccolo», disse Tifany.

«Perché?» chiese Ruth.

«Siete tutte e due accoppiate e io no.»

Yanira guardò quella pazza a cui teneva tanto. «Tranquilla, Tifany. Ti assicuro che non ti mancheranno gli accompagnatori, soprattutto col vestito che hai comprato.»

La bella bionda con i capelli ricci fece un sorriso malizioso.

«Lo so, cara, ma mi piace quando me lo ricordi.»

Per un po' rimasero a chiacchierare e ridere mentre mangiavano, e Ruth si sentì una di loro. Non ci furono né parole cattive, né facce arrabbiate e tutto fu solo divertimento. Poi, quando i paparazzi scovarono Yanira e iniziarono a scattare fotografie, decisero di andare dal parrucchiere. Da lì, Ruth chiamò Manuel e, dopo alcune raccomandazioni, riappese e spiegò alla parrucchiera quello che voleva facesse.

Due ore dopo, avevano finito.

«Per amor del cielo, Ruth. Stai alla perfezione!» disse Tifany quando la vide.

«Wow, non voglio perdermi la faccia di Tony quando ti vedrà», disse con un gran sorriso Yanira, che ancora non credeva a quello che aveva di fronte a sé.

Quando arrivò nella stanza, Ruth sorrise vedendo il messaggio che lui le aveva lasciato.

Ciao, tesoro.
Spero che tu ti sia divertita con Yanira e Tifany.
Ti aspetto alle otto nella hall dell'albergo per andare alla festa.
Ti amo.
Tony

P.S.: F _ _ _ A _ _'I _ _ _ _ _ _ _ _ E _ _ _ _ _.

Divertita, prese la penna che stava vicino al foglio e completò la frase:

FINO ALL'INFINITO E OLTRE!

33.
Come una volta

Con indosso quel vestito favoloso, Ruth si guardava allo specchio senza riuscire ancora a credere di essere proprio lei. In quel momento bussarono alla porta.

Erano Yanira e Tifany che, vedendola, rimasero senza parole.

«Cara, sei super mega fantastica.»

«Come mi piaceeeee», disse Yanira, che vide la chiave che aveva al collo. «Anch'io la porto», aggiunse, toccando la sua.

«Io non l'ho mai avuta. Omar non si è dato la pena di chiederla alla prima moglie per darla a me. È così, quell'idiota.»

Per fortuna, Tifany aveva superato quello che era successo con Omar, ma Ruth non lo sapeva.

«È stato così brutto?»

La ragazza sbuffò. «Sai cosa vuol dire beccare tuo marito, l'uomo che adori, a cui vuoi bene, che ami alla follia, sul tavolo dell'ufficio che scopa come un mandrillo la sua segretaria?»

Ruth spalancò gli occhi, mentre Yanira faceva segno di sì con la testa.

«Avevo più corna del padre di Bambi, che riposi in pace», aggiunse Tifany.

Ruth e Yanira si misero a ridere, e Tifany, un po' angosciata per quei ricordi, si sistemò il vestito.

«Io non ho bisogno di silicone per ottenere quello che voglio. E in più ho imparato a cavarmela da sola, senza bisogno che un Ferrasa, per bello che sia, mi faciliti la vita.»

«Eccola, la mia ragazza...» disse Yanira dandole un bacio.

«Ah... e sappiate che ho chiamato Orlando Bloom. Sarà alla festa e ho un appuntamento con lui. Quindi non mi rimpinzerò di carboidrati!»

«Orlando Bloom? L'attore de *I Pirati dei Caraibi*?» chiese Ruth sorpresa.

«Sììììì», applaudì Tifany. «Non è figo?»

Ruth annuì. Orlando Bloom sarebbe andato alla cena di Anselmo?

Yanira la guardò divertita.

«Non ti immagini quanto mi ricordi me quando sono entrata in questa famiglia. La prima volta che ho visto persone famose e cantanti che adoravo sono riuscita a malapena a toccar cibo. Ma, tranquilla, ti abituerai e, col tempo, molti di quelli che ora ammiri diventeranno tuoi amici, come per esempio lo sono io di Alejandro Sanz.»

Ruth la guardò con la bocca aperta e lei le strizzò un occhio. «Ricorda, Ruth, anche se potrebbe suonare male: rilassati e goditela.»

Dopo qualche altra chiacchiera, arrivò l'ora di andare nella hall, dove i Ferrasa le aspettavano.

Nervosa, Ruth prese la borsetta che faceva *pendant* col vestito e si mise le scarpe. Pronta ad abbagliare l'uomo che amava, percorse il corridoio dell'hotel insieme alle amiche. Quando entrarono in ascensore Yanira prese il suo cellulare. «Facciamoci un selfie.»

Si fotografarono facendo le stupide, ma quando l'ascensore si fermò al piano terra, tornarono a essere le donne sofisticate che erano.

Ruth vide Tony prima che lui vedesse lei. Stava parlando con suo padre e i fratelli ed era bellissimo, con un completo scuro e la camicia bianca. Gli si avvicinò con sicurezza e quando lui, avvertito da Dylan, guardò nella sua direzione, Ruth non poté evitare di sorridere leggendo le sue labbra che dicevano: «Oh, santo cielo».

Incredulo, Tony sorrise senza poter distogliere lo sguardo. Era bella, affascinante, incredibile: era la prima volta che la vedeva con un vestito da sera ed era meravigliosa. Tuttavia, quello che veramente lo colpì fu il colore dei capelli: rossi!

Ruth portava i capelli sciolti e per un attimo si sentì come una modella su una passerella. Tutti guardavano le tre donne. Tutti sorridevano, ma Ruth voleva stregare il moro dagli occhi chiari che la osservava a bocca aperta.

«Abbiamo fatto colpo», sussurrò Yanira, vedendo la faccia del cognato e del marito.

«Sbava, mandrillo... e guarda quello che hai perso», borbottò Tifany che si era accorta dell'espressione estasiata di Omar.

Le tre ragazze arrivarono accanto ai Ferrasa e al loro padre, che le aveva ammirate tanto quanto i figli.

«Sono tre regine. Una più bella dell'altra. Due biondine e una rossa. Che donne pericolose!» disse. Poi, rivolto a Ruth: «Sei bellissima con il tuo colore di capelli, ragazza arcobaleno».

«Grazie», rispose lei, ricambiando il sorriso. Poi si girò verso Tony che la guardava ancora senza parole. «Sono all'altezza della festa dei Ferrasa?» chiese maliziosamente.

Pazzo d'amore per lei e senza curarsi del fatto che il padre li stesse osservando, la prese per la vita e la baciò sulle labbra. «Sei ben al di sopra della festa dei Ferrasa», le mormorò.

Felice della risposta, si sentì sicura di se stessa e quando uscirono dall'albergo per andare alla festa seppe che si sarebbe divertita.

Con la limousine giunsero davanti alla porta del locale dove ci sarebbe stato l'evento e trovarono ad attenderli decine di fotografi. Mentre gli altri scendevano dalle macchine e sorridevano, Ruth prese la mano di Tony. «Non posso uscire», disse.

«Perché?»

«Perché non voglio che mi fotografino», rispose nervosa.

«E perché mai, tesoro? Sei così bella...»

«Ho paura. Qualcuno potrebbe riconoscermi e...»

Tony, capendo quello di cui lei stava parlando, la interruppe con un bacio.

«Nessuno, assolutamente nessuno vi farà del male, né a te, né ai tuoi figli», disse.

«Tony...»

Dylan si accorse che non scendevano e tornò verso la limousine. «Che cosa succede?»

Tony non rispose, ma suo fratello, che conosceva il passato di Ruth, la guardò. «Ti proteggiamo noi», le disse. «Scendi dalla macchina Ruth, perché non succederà nulla.»

Lei sospirò e chiuse gli occhi. Alla fine, rendendosi conto di quanto fosse ridicola quella situazione, si decise a scendere. Era la fidanzata di Tony Ferrasa, prima o poi l'avrebbero fotografata.

Una volta dentro il locale, posarono per il servizio fotografico. Prima in gruppo, poi a coppie. Tifany, felice, lo fece con Anselmo, con gran rabbia di Omar, mentre Orlando la aspettava alla festa.

Centinaia di flash scattavano di fronte a loro e Tony, senza lasciare la mano di Ruth nemmeno un istante, rispondeva alle domande che i giornalisti gli facevano, anche se la più ricorrente era chi fosse quella giovane dai capelli rossi che lo accompagnava, a cui lui replicava ogni volta che era la sua fidanzata. La sua promessa sposa.

Poi entrarono alla festa e Ruth si tranquillizzò un poco, anche se rimase senza parole quando vide le persone che la circondavano. Tantissimi cantanti, attori, presentatori e musicisti la salutavano e lei non poteva credere ai suoi occhi. Estasiata salutò Alejandro Sanz, Beyoncé, Marc Anthony, Christina Aguilera, Luis Miguel e un'infinità di altre personalità. Tifany arrivò a braccetto con Orlando Bloom e l'attore le sembrò ancora più bello di persona che al cinema.

Quando si sedettero a cenare, Ruth aveva già superato la timidezza. L'ambiente era rilassato e piacevole e non si sentì fuori posto. Tutto stava andando a gonfie vele.

Durante la cena, gli zii di Tony, seduti a un altro tavolo, si avvicinarono per salutare e soprattutto per conoscere Ruth. Stupiti, lodarono i suoi capelli rossi e i suoi occhi verdi, e lei rise di gusto quando uno di loro iniziò a cantarle una canzone che parlava di una ragazza coi capelli rossi. Ancor prima che finisse la cena, Yanira, che non aveva smesso di dimostrare a suo marito il suo affetto, si alzò e si allontanò. Ruth sapeva dov'era diretta e, emozionata, aspettò di sentirla cantare dal palco.

Omar, che era rimasto abbastanza silenzioso durante la cena, guardò Tifany. «Sei molto bella questa sera», le disse.

La sua voce, la sua vicinanza e il suo sguardo la fecero avvampare e lei iniziò a farsi aria con la mano. «Grazie. Anche tu non sei male.»

Poi si girò di nuovo verso Orlando e continuò a parlare con lui.

Omar osservò l'attore e rimase zitto. Senza dubbio pensava che provare a mettersi in competizione con lui fosse impossibile, e fece un sospiro. Ma poi vide la mano di Tifany.

«Quell'anello di zaffiri è nuovo?»

Lei si guardò la mano con aria sognante, e la mosse davanti a lui. «È il mio anello di fidanzamento.»

«Che cosa?!»

Soddisfatta per la sua reazione e per l'espressione di sconcerto, Tifany chiarì: «Alexei mi ha chiesto di sposarlo. Puoi crederci?»

Omar si rabbuiò, ma cercò di dissimulare il malessere.

«E tu che cosa hai risposto?» le chiese.

«Gli ho detto di sì, ovviamente. Sarei una sciocca se non volessi sposarmi con l'uomo più sexy del pianeta», disse Tifany, puntando gli occhi chiari in quelli dell'ex marito.

Omar annuì senza dire nulla, prese il suo calice di vino e bevve.

Qualche istante più tardi, Yanira apparve sul palco e, dopo aver detto alcune parole, incitò tutti a cantare *Buon compleanno* ad Anselmo, mentre anche lui saliva sul palco per soffiare sulle candeline di una torta gigante.

Tutti i presenti applaudirono e lui, emozionato, prese il microfono e fece un discorso. Yanira, vedendo che gli si riempivano gli occhi di lacrime menzionando i figli e la defunta moglie, gli strinse la mano per fargli forza.

Quando ebbe finito di parlare, Anselmo le passò di nuovo il microfono.

«Caro suocero...» disse lei davanti a tutti, «... so che questa canzone ti piace e che ci tieni particolarmente, quindi la dedico... solo a te!»

Quando i musicisti iniziarono a suonare i primi accordi di *Lamiento Borincano*, Yanira guardò Anselmo. «Sappi che dopo ballerai con me per far vedere a tutti in quale gran forma sei e che ritmo fantastico hai», gli sussurrò senza farsi sentire. Poi attaccò con quella bella canzone, mentre suo marito la osservava seduto insieme al resto della famiglia.

Era orgoglioso di lei. Nonostante i molti ostacoli che avevano dovuto superare all'inizio, la loro relazione adesso era fantastica, perfetta! Adorava sua moglie sopra ogni cosa e non c'era un solo giorno che non glielo ricordasse. Senza di lei, niente sarebbe stato lo stesso.

Yanira, dal palco, vedendo come la guardava suo marito, gli strizzò l'occhio e sorrise. Si avvicinò ad Anselmo per cantare assieme a lui, che rise mentre Yanira intonava:

Oh, Borinquen, la tierra del Edén,
la que al cantar, el gran Gauthier,
llamó la perla de los mares.
Ahora que tú te mueres con tus pesares,
déjame que te cante yo también,
Borinquen mi amor

La gente canticchiava la canzone. Era molto conosciuta a Porto Rico, quasi un inno. Quelli che erano nati lì, come Anselmo e i suoi figli, la sentivano nel profondo del loro essere. All'improvviso, Yanira tolse il microfono dall'asta e si avvicinò a suo suocero, muovendo i fianchi.

«Forza, Ferrasa. Dimostriamo a tutti come balli bene la salsa», gli disse.

Lui accettò la sfida, divertito. La prese per mano e cominciò a ballare con lei. Tutti proruppero in applausi mentre Anselmo, un portoricano purosangue, si scatenava.

«Che brava che è Yanira a cantare. E tuo padre balla benissimo», disse Ruth meravigliata.

Tony sorrise. «Preparati, bellezza, perché questa notte ballerai tanta salsa quanta non ne hai mai ballata in vita tua.»

Quando lo spettacolo di Yanira finì, tutti applaudirono di nuovo e Anselmo, sorridente, l'abbracciò e baciò prima di scendere dal palco accompagnato dalla sua biondina preferita.

Quando finirono di mangiare il dessert, tutti i commensali passarono in uno spazio all'aperto, decorato con torce, in cui si veniva subito catturati dalla musica di salsa che faceva venire voglia di ballare.

Gli zii dei Ferrasa, i vecchi musicisti di sua madre, stavano suonando sul palco, decisi a far ballare tutti fino allo sfinimento.

Ruth, che ancora non riusciva a credere di trovarsi lì, in mezzo ad artisti e attori di prima classe, rise felice. Non lontano da lei, Tony osservò diversi uomini avvicinarsi a lei con sguardo seducente e voleva che fosse chiaro che quella era la sua fidanzata. La sua promessa sposa.

Accortosi della situazione, Dylan si avvicinò al fratello porgendogli una birra gelata. Stava per dire qualcosa, ma Omar lo interruppe. «Si sposa! Tifany si sposa con quel modellastro russo», biascicò arrabbiato.

I due lo guardarono e Dylan prese un sorso alla sua birra. «Lo sappiamo già.»

«Lo sapete?» chiese Omar, alzando la voce.

«Abbassa la voce», sussurrò Tony. «È il compleanno di papà.»

Suo fratello imprecò.

«Le ha regalato uno zaffiro. Quello non sa che cosa le piace, a differenza di me!»

La frase cadde nel nulla e Dylan lo punzecchiò.

«Sono sicuro che *quello* la renderà molto felice!»

Omar sorrise seccato. «Dai, Dylan, non prendermi in giro. Quel modellastro non può farla felice.»

«Perché?» chiese Tony, interessato. «Perché lo credi?»

«Perché lo so, punto. A Tifany è sempre piaciuto un altro tipo di uomo e...» rispose arrabbiato per come lo guardavano i fratelli, ma fu interrotto. «Sì, certo. Gli piacevi tu», disse Tony. «Un uomo fedele, amabile, affettuoso con lei e terribilmente attento alle sue necessità, vero?»

Omar non rispose.

«Fattene una ragione, fratello. Te la sei cercata, e hai perso la battaglia.»

«O meglio, hai perso la guerra», precisò Dylan.

«E voi ci godete», si lamentò lui.

Dylan sorrise e gli mise una mano sulla spalla. «Sarei più contento se tu facessi qualcosa di buono per te stesso.»

Omar non rispose. Con la faccia imbronciata si girò e se ne andò. Non voleva starli a sentire.

Quando si allontanò, Dylan e Tony si guardarono.

«L'ha presa malissimo, la notizia di Tifany. Non avrei mai immaginato che ci sarebbe rimasto così male. Mi preoccupa veramente, Tony», disse Dylan.

Lui annuì e cercò con lo sguardo Ruth, che stava ballando con un amico di suo padre.

«Se l'è cercata. Chi non si cura di quello che ha, poi non ha diritto di lamentarsi per averlo perso. E, a proposito, non credi che l'amico di papà stia un po' troppo vicino a Ruth?»

Dylan rise e lo prese in giro. «Come direbbe Yanira, tranquillo, Ferrasa. Tutti sanno che è venuta con te.»

Tony bevve un sorso alla sua birra. «Lo spero. Non voglio fastidi, né qui né fuori di qui.»

Era chiaro che i Ferrasa non scherzavano quando si trattava delle loro donne.

Dall'altra parte della festa, Tifany ballava con Anselmo. Aveva imparato a ballare la salsa perché gliela aveva insegnata Omar, all'inizio del loro amore. Alla fine della canzone si diressero verso uno dei banconi per chiedere qualcosa da bere.

«Balli con me?» le chiese allora Omar, comparendole a fianco e tendendole la mano.

Sorpresa, Tifany sbatté le palpebre. Erano anni che Omar non ballava con lei, né la salsa né altro, e rimase ancora più stupita quando lui aggiunse con un sorriso: «Se non ricordo male, questo pezzo ti è sempre piaciuto».

Le venne la pelle d'oca quando riconobbe *Da la vuelta y vete ya*, una bella canzone che aveva ballato con lui in tempi felici. Intanto, Marc Anthony iniziava a cantare.

Que te olvidaste de mí
que se ha escapado el amor
por el portal del hastío
que te dice el corazón
que hallarás en otros brazos
lo que no hallaste en los míos…

Guardò Omar e lui, sorridendo, la portò con dolcezza sulla pista.

«Ricordi quante volte abbiamo ballato questa canzone?»

Lei non rispose.

«Forza, amore. Balla con me una volta ancora», sussurrò lui prendendola per la vita.

Sentendosi come in una nuvola di cotone rosa, Tifany cominciò a muoversi al ritmo di musica, mentre lo sguardo di Omar la penetrava. Quella canzone che un giorno li aveva fatti innamorare stava raccontando la loro dura separazione.

«Nessuno ha la pelle morbida come la tua», le sussurrò lui, mentre la teneva abbracciata.

La musica iniziò a prendere ritmo e Omar, scostandosi, le diede spazio di movimento.

«Balli sempre molto bene, cara», disse sorridendo.

«Ci sono cose che non si dimenticano», rispose lei, ricambiando il sorriso. Poi si avvicinò, alzando il mento e muovendo le spalle, lasciandosi trasportare dalla musica. «Neanche tu sei male», aggiunse. E senza pensare ad altro e dimenticandosi per qualche istante di quello che era successo tra loro, Tifany ballò con lui, sorrise e si godette quella canzone come ai vecchi tempi, mentre Marc Anthony continuava a cantare a ritmo di salsa.

Da la vuelta y vete ya, hoy te doy la libertad
de volar a donde quieras.
Algún día tú verás, qué es hallar quien te dé su vida entera.

Y mientras tanto, mi amor, yo guardaré mi tristeza.
Que no tiene otro lugar que tu corazón el y mío.

Yanira, che stava parlando con Ruth, fu sorpresa a vederli così e li indicò. «Non posso crederci», disse.

«Come ballano bene», commentò Ruth.

Yanira sorrise. Non li aveva mai visti ballare assieme. Durante le feste Omar parlava sempre di affari, ma sorprendentemente quel giorno non lo stava facendo. Così si rese conto di che bravo ballerino fosse, come tutti i Ferrasa, e di quanto Tifany fosse affiatata con lui.

«Uhm... l'espressione di Tifany lascia pensare che ci sia qualcosa sotto...» bisbigliò Ruth.

«Ti sbagli, tesoro. Per fortuna, Tifany si è liberata da lui, anche se gli vuole un gran bene. Lei è un'anima candida, ma è persa per il russo.»

Ignari che la gente stesse facendo dei commenti, Omar e Tifany si muovevano per la pista con scioltezza e si intendevano alla perfezione. Sapevano quando fare cambi di passo, di direzione o di movimenti, con una fluidità tale che tutti si fermarono ad ammirarli. Anche Anselmo, che disse rivolto a Dylan e Tony: «La sta conquistando come un Ferrasa», mormorò, facendoli ridere.

Quello che suo padre intendeva dire era che in quel momento, davanti a tutta quella gente, Omar era delicato, affettuoso e attento con Tifany, incurante di cosa avrebbero pensato di loro. Tuttavia, il suo comportamento era una sorpresa per tutti e quando videro Omar che sorrideva felice mentre faceva fare giravolte a Tifany passando sotto le sue braccia, Tony mormorò con affetto: «Che cretino che è».

«È sempre stato il migliore...» disse Dylan afflitto, «ma, da idiota, sembra averlo dimenticato.»

«Correggersi e assumersi la responsabilità dei propri errori, anche se troppo tardi, è da saggi», ribatté Anselmo. «E in questo istante vostro fratello lo sta facendo.»

Tifany ballava come sapeva che piaceva a Omar. Cantava mentre faceva giravolte, si lasciava prendere da suo marito e muoveva i fianchi all'unisono con lui. Senza dubbio anche lei voleva godere di quel momento tanto quanto lui.

Quando quella canzone magica terminò, Omar la guardò. Le avrebbe voluto dire mille cose e scusarsi per altre duemila.

Ma vide quegli occhi chiari, quelli che tempo prima lo avevano guardato con amore, adesso vivaci e sorridenti invece che tristi, come nel recente passato. E si avvicinò a lei e le diede un rapido bacio sulle labbra. «Congratulazioni per il tuo futuro legame. Sii felice, amore. Te lo meriti», disse. E se ne andò.

Tifany, col respiro ancora affannato per il ballo, rimase a guardarlo pensierosa. Per alcuni minuti erano tornati a essere gli stessi di anni prima e sentì il cuore battere nel petto.

Che cosa era successo?

Ma poco dopo, vedendo che Omar era intento a parlare con alcuni uomini senza guardarla, seppe che la magia era finita. Così si girò, cercò Orlando e continuò a divertirsi senza sospettare che suo marito stava soffrendo come mai in vita sua, e che le rimaneva lontano perché starle vicino era troppo doloroso.

Yanira e Ruth si guardarono.

«Ti dico che qui c'è sotto qualcosa», insistette Ruth.

Yanira rispose sorridendo. «Ma no, ragazza. Se c'è qualcuno che non ha un briciolo di romanticismo in questa famiglia è Omar. A proposito, sapevi che Anselmo si sposò tre volte con Luisa e che io ho già due matrimoni con Dylan?»

«Mi stai dicendo che chi conosce un Ferrasa non può dimenticarlo?» chiese Ruth divertita.

«Con l'eccezione di Omar, sì», rise Yanira. Ruth ci scherzò sopra. «La chiamerò *La maledizione dei Ferrasa!*»

Si diressero al bar per prendere qualcosa da bere. Yanira indicò alcuni bicchierini.

«Conosci i *chichaítos*?»

Ruth rispose di no. Anche se era una cameriera, non li aveva mai preparati e Yanira ne chiese due.

Li bevvero d'un sorso. «Wow!» esclamarono entrambe.

«Ma stai attenta...» l'avvertì Yanira, «vanno giù bene, ma ti salgono alla testa ancor più velocemente. Te lo dico per esperienza, puoi chiederlo a Tony se noi due non ci siamo presi una sbronza solenne una sera, a Porto Rico!»

Proprio in quel momento, arrivò l'interessato assieme a Dylan.

«Vuoi far ubriacare la mia fidanzata?» domandò scherzando.

Yanira scoppiò a ridere e Dylan le prese di mano il bicchierino. «Andiamo, bellezza, balla con me», le disse.

Cominciò la canzone *Aguanile* e Tony, felice, portò anche Ruth. Tutti a ballare!

Yanira si tolse le scarpe e iniziò a muovere i fianchi al ritmo di suo marito, mentre lui la guardava affascinato.

Ruth arrivò con Tony alla pista e rimase a bocca aperta quando lui iniziò a muoversi. Per alcuni minuti lo seguì come poté fino a quando non decise di togliersi anche lei le scarpe e allora riuscì a ballare più agilmente. Si sincronizzarono subito e ballarono la salsa come dei pazzi, ridendo felici.

Quando la canzone finì, Ruth si lanciò tra le braccia del suo amore e lo baciò.

«Mio dio, come balli bene!» esclamò lei.

«Sono un Ferrasa, che cosa ti aspettavi, cucciola?» e ricambiò il bacio.

Fu una serata bellissima per tutti, soprattutto per Anselmo, che orgoglioso si divertiva e vedeva i suoi tre figli fare lo stesso.

34.
Il ricatto

Dopo tre giorni di sogno a Miami durante i quali Ruth si divertì con Tony e tutta la sua famiglia, tornarono a Los Angeles, alla loro vita.

Una volta lì, a malincuore dovettero salutare Rosa, la donna che badava ai bambini; sua madre aveva avuto un incidente e lei doveva assisterla, quindi bisognava trovare una sostituta. Rosa raccomandò loro un'amica, Lola, e dopo che Ruth l'ebbe incontrata, la presero subito a lavorare per loro.

Lola era una ragazza meravigliosa, conosceva tutti i cartoni che i bambini guardavano e presto i gemelli le si affezionarono, anche se Jenny protestò, perché non le piaceva.

Avevano tutta l'estate davanti e Ruth, prendendo ferie per la prima volta da quando lavorava al ristorante, andò con Tony e i bambini a Porto Rico, a casa dei suoi genitori.

David e Manuel fecero il loro viaggio da sogno in Italia, che gli piacque proprio come si erano immaginati.

A Porto Rico c'erano anche Yanira, Dylan e i loro figli, oltre a Omar e Preciosa. Anselmo, felice di avere la casa piena di gente e soprattutto di bambini, si divertì un sacco assieme a Yanira e Ruth. Le chiamava *le spagnole*.

Tifany, invece, non ci andò. Il giorno in cui Omar andò a prendere Preciosa per portarla a casa del nonno, lei e il russo presero un aereo per San Pietroburgo. Alexei voleva farle vedere la sua terra e presentarle la sua famiglia. Un posto bellissimo, incredibile, meraviglioso, ma che fece sentire a Tifany la mancanza del calore di Porto Rico.

Nei giorni in cui rimasero sull'isola, fecero i turisti tutti assieme. Visitavano posti da sogno e di sera, quando i bambini dormivano sorvegliati dalla Tata e da Anselmo, Omar, Tony,

Ruth, Yanira e Dylan andavano a ballare la salsa e a bere *chichaítos*, fino all'alba.

Ruth viveva in un sogno. Non era mai stata così felice come in quei giorni, anche se i fotografi che la seguivano dappertutto continuavano a metterla a disagio.

Rimasero lì per quasi un mese, un mese pieno di divertimento, di allegria e di felicità, durante il quale Jenny e i gemelli se la spassarono.

L'unica nota negativa per Ruth era che adesso la sua faccia era su tutte le riviste, che parlavano della sua vita e di chi fosse.

Che interesse poteva avere la gente per lei?

A settembre iniziarono le scuole e Ruth tornò a lavorare. I giornalisti la aspettavano tutti i giorni all'entrata e all'uscita del ristorante, solo per fotografarla e sperare che rispondesse a domande assurde sui suoi programmi futuri di matrimonio.

Una mattina, poco dopo l'apertura, Ruth era al bancone a preparare dei caffè. «Ciao *pelirroja*», sentì alle sue spalle.

La tazzina le sfuggì dalle mani.

Quella voce. Sapeva di chi fosse quella voce maledetta. Julio César l'aveva trovata.

Separati solo dal bancone del bar, Ruth indietreggiò e lo guardò. Era sempre uguale. Gli stessi occhi neri, i capelli scuri e il sorriso sfrontato e freddo. Era un essere spregevole.

Con il suo sguardo indecente la squadrò da capo a piedi. «Però... gli anni sono stati tuoi amici, *pelirroja*.»

Ruth sentì che le mancava il fiato. Sarebbe stato ridicolo chiedergli come l'aveva trovata, lo sapeva. Lo guardò, nervosa. Era consapevole che la sua presenza le avrebbe causato dei problemi, ma non era disposta a fargli vedere che aveva paura.

«Che cosa ci fai qui?»

Julio César sorrise, appoggiandosi al bancone per avvicinarsi a lei. «Sui giornali e alla televisione vedo che sei ben accompagnata. E forse la domanda giusta è... che cosa ci fai a lavorare come semplice cameriera?»

Lei non rispose e lui continuò.

«Guarda, guarda... la mia *pelirroja* è la fidanzata di un riccone.»

Ruth chiuse gli occhi. «Non sono la tua *pelirroja*.»

«Lo sei finché io decido che non lo sarai più.»

Quel tono autoritario le ricordò i tempi passati, ma prima che potesse ribattere, lui disse: «Ti sei forse dimenticata di quanto ci siamo divertiti?»

Ruth non disse nulla. Non voleva farlo.

«Ti piaceva come ti possedevo, come ti baciavo, non ricordi?»

«Questo appartiene al passato», rispose lei. «E a dire il vero non mi piace ricordarlo.»

Julio César sorrise. «Come sta la piccola Jenny?» chiese con malizia. «Si ricorda di me?»

A Ruth si rivoltò lo stomaco e lo aggredì: «Non nominarla neanche. Per lei non esisti. Per fortuna, non ti ha mai più nominato e voglio che continui così».

«Come sei ingiusta, *pelirroja*. Mi sono occupato io delle sue spese mediche quando stavi con me. Lo hai forse dimenticato?» Poi cambiò espressione. «Mi hai derubato, mi hai lasciato, mi hai umiliato davanti ai miei amici. Anche questo hai dimenticato?»

A disagio, lanciò un'occhiata ai suoi colleghi. Erano tutti impegnati e lei voleva che lui se ne andasse. «Non ti ho derubato. Era il mio denaro e ho preso solo mille dollari per potermene andare. Quel denaro l'avevo guadagnato io con quelle maledette corse che facevo per te. Forse sei tu che l'hai dimenticato, questo.»

Julio sorrise. «Dai, *pelirroja*. Quel denaro era mio e lo sai, tesoro.»

«Non chiamarmi tesoro. Non sono il tuo tesoro! E no, non era denaro tuo.»

Prendendole la mano per trattenerla, si avvicinò il più possibile. «Il tuo fidanzato è ricco, molto ricco e tu sei molto... molto ricca. Credo che potrei far baldoria con te in nome dei vecchi tempi», concluse con lascivia.

«Lasciami!» disse, liberandosi con uno strattone.

«Tu mi hai rubato mille dollari e ora me li restituirai», disse, senza toglierle gli occhi di dosso.

«Che cosa?!»

«Con gli interessi. Voglio seimila dollari o la stampa vedrà alcune foto molto belle di me e di te in atteggiamento più che focoso. E sinceramente credo che sia tu quella che ha più da perderci.»

Ruth imprecò tra sé. Credeva di aver preso tutte le foto, ma a quanto pareva non era così.

«Sei un porco», sibilò.

«Lo so», disse lui ridendo. «Un porco che aspetta una ricompensa.»

«Mi fai schifo.»

L'uomo scoppiò a ridere.

«Le foto che ho non lo fanno pensare.»

«Fuori di qui! Vattene!» gli disse, furiosa.

«Seimila dollari, *pelirroja*. È quello che voglio per le foto. O ti assicuro che il tuo fidanzato diventerà lo zimbello di tutti.»

Ruth voleva morire. Non poteva fare questo a Tony.

«Ma io non ho tutto quel denaro. Da dove vuoi che lo prenda?»

«Tony Ferrasa ce l'ha. Prendiglielo, come hai fatto con me.»

Schifata, Ruth stava per protestare ma Julio César aggiunse: «Hai tre giorni. Se torno e non li hai... ne vedrai le conseguenze, *pelirroja*», disse. E detto questo se ne andò, lasciando Ruth tremante e fuori di sé.

Per tutto il resto della mattina non riuscì a combinare nulla. Era così nervosa che le risultava impossibile concentrarsi. Quando uscì dal lavoro chiamò David. Doveva parlare urgentemente con lui.

«Cucciola, non spaventarmi, che cosa è successo?» chiese l'amico quando Ruth arrivò a casa sua.

«Mi ha trovato. Julio César mi ha trovato.»

«Oh, santo cielo!» esclamò David.

Disperata, aggiunse: «Dice che vuole seimila dollari, altrimenti manderà alla stampa alcune foto di noi a letto assieme».

David la guardò angosciato. Dove avrebbe trovato quella somma?

Ruth si mise a piangere. La sua vita stava per finire di nuovo.

35.
Dimmi in un orecchio

Quella sera, quando tornò a casa, per fortuna Tony non era in vena di chiacchiere. Si era chiuso nel suo ufficio per lavorare alla colonna sonora di un film che gli avevano commissionato e, dopo averlo salutato, Ruth andò in sala, da Lola e dai bambini.

Jenny le si avvicinò.

«Lola è una sfrontata malefica», mormorò.

«Di cosa stai parlando, Jenny?»

La bambina si avvicinò ancora di più. «Quella strega del demonio parlava con qualcuno al telefono e diceva cose molto sconce.»

Ruth la guardò a bocca aperta e disse a bassa voce: «Fila, in punizione nella tua stanza. E fammi la cortesia di badare a come parli».

«Ma...»

«In castigo!» insistette, di malumore.

Jenny si alzò irritata e se ne andò.

Ruth si pentì subito di aver parlato così alla bambina. Jenny non aveva colpa e, ancor prima che arrivasse alla porta, corse verso di lei e l'abbracciò. «Scusami, tesoro, per averti parlato così.»

La bambina non disse nulla e Ruth la guardò. «Oggi mami è nervosa per cose di lavoro, ma promettimi che non dirai di nuovo cose del genere di Lola. È una brava ragazza che si fa in quattro per curarvi quando non ci sono io», le spiegò.

Jenny la guardò. Aveva visto sua madre così alterata poche volte.

«Ok, mammina.»

Qualche istante dopo, raggiunse i bambini e si mise accanto a loro. Mentre li vedeva giocare e ridere, Ruth pensò a quello che era successo. Julio César li aveva trovati. Per fortuna, non sapeva niente dei gemelli. Aveva paura che venisse a sapere che erano figli suoi e, nervosa, pensò a come trovare i seimila dollari per liberarsene.

Dopo aver messo a letto i bambini e vedendo che Tony non usciva dal suo ufficio, andò da lui.

«E i bambini?» le chiese Tony.

«Sono già a letto.»

Tony sorrise vedendo che era così seria.

«Cosa succede?» chiese.

Angosciata per quello che le stava succedendo, avrebbe voluto raccontarglielo; invece sorrise. «Mi fa male la testa. Credo che andrò a letto.»

Preoccupato, Tony le toccò la fronte. Non sembrava che avesse la febbre. «Se ti senti male, è meglio che tu vada a riposare.»

Lei, non vedendo l'ora di andarsene, gli diede un bacio e lasciò la stanza. Una volta in camera, si rigirò un sacco di volte, non riuscendo a non pensare a quello che era successo. Tony entrò nella stanza, si spogliò con cura, rimanendo solo con i boxer, e si mise a letto. Poi si avvicinò a lei e, vedendo che era sveglia, le diede un bacio sulla fronte e l'abbracciò. «Dormi, tesoro. Domani starai meglio.»

La mattina dopo, quando suonò la sveglia, Ruth era riuscita appena a riposare. Si alzò dal letto facendo attenzione a non svegliare Tony, si fece una doccia veloce e quando scese in cucina trovò Paola, che era già arrivata. Vedendo Ruth la salutò, ma si accorse che aveva una faccia cupa. «Ti serve qualcosa?»

Alzando le spalle, si mise a preparare un caffè. «Una brutta notte.»

Paola annuì e in quel momento si aprì la porta e apparve Lola.

«Oggi Jenny deve portare il lavoro di scienze a scuola», le disse Ruth dopo averla salutata. «Che non si dimentichi.»

La ragazza disse di sì e Ruth uscì di casa per andare al lavoro. Ma quella mattina tutto remava contro. Non riusciva a smettere di pensare a come pagare la somma che quel delinquente chiedeva, finché all'improvviso ebbe un'illuminazione.

Tirò fuori il cellulare dalla custodia che teneva nel grembiule e si allontanò verso il retro del ristorante per chiamare Yanira, con cui si diede appuntamento alla fine del lavoro.

Si trovarono in una lussuosa ed esclusiva caffetteria di Beverly Hills. Si salutarono e ordinarono un caffè.

«Mi puoi prestare seimila dollari?» se ne uscì subito Ruth.

«Certo», rispose Yanira. «Vuoi fare un bel regalo a Tony?» aggiunse con un sorriso.

Ruth con espressione triste disse di no: non era capace di mentire. «A furia di uscire su tutte le riviste di gossip e ai programmi televisivi, Julio César mi ha trovato e...»

«Per amor del cielo, ti ha fatto qualche cosa?»

«No... no... ma...»

«Ma?!»

«Ha delle foto di quando stavo con lui, in un atteggiamento molto sconveniente e...»

«Ti ricatta?»

«Sì.»

«Dobbiamo chiamare la polizia, Ruth. Loro sapranno cosa fare.»

Lei la guardò angosciata.

«Non possiamo farlo, altrimenti queste foto arriveranno alla stampa.» Yanira bevve un sorso del suo caffè. Quella storia non le piaceva per niente. Appoggiò la tazza sul piattino. «Immagino che tu non abbia raccontato nulla a Tony, vero?»

«Immagini bene.»

«Perché?»

Ruth la guardò disperata e si scostò una ciocca rossa dagli occhi. «Mi vergogno di quelle foto e... e... non so come la prenderà.»

Yanira, vedendola così preoccupata, le prese la mano.

«Domani stesso avrai seimila dollari.»

«Grazie... grazie...»

«Sei sicura che non ti ricatterà di nuovo?»

Ruth sospirò e scosse la testa. «Non lo so. Ma per adesso credo che la cosa migliore sia dargli quello che vuole.»

«Continuo a pensare che dovresti dirlo a Tony.»

«Lo so, so che dovrei farlo, ma qualcosa mi dice che devo provare a risolvere questo problema da sola senza metterlo in mezzo. In più, è molto preso. Deve finire la colonna sonora del film e nell'ultimo periodo è molto stressato. Non voglio dargli altre preoccupazioni.»

Yanira capì e cercò di sorridere. «Tranquilla, rimarrà tra me e te, e preghiamo che la faccenda finisca qui.»

Due giorni dopo Julio César si presentò di nuovo al ristorante e, quando Ruth lo vide, si avvicinò al bancone dove lui si era seduto e gli diede il menu. «Dentro c'è una busta. Prendila e sparisci dalla mia vista.»

Di nascosto lui prese il menù, aprì un poco la busta e, vedendo una mazzetta di soldi, lo richiuse. «Molto bene, *pelirroja*. Come sei stata veloce. Non mi aspettavo niente di meno da te.»

«Adesso dammi quelle foto maledette e vattene una volta per tutte.»

Divertito, lui le strizzò l'occhio e Ruth seppe che si era preso gioco di lei. Con un sorriso dei più spregevoli uscì dal ristorante senza darle nulla.

Ruth si abbassò dietro al bancone e si mise a piangere. Aveva appena fatto un'idiozia. Julio César non avrebbe smesso di ricattarla, finché non le avesse distrutto la vita.

36.
Amore

Passò una settimana in cui Ruth dormì a malapena, senza riuscire a riposare. Era ossessiva con i bambini, con i cani e con Tony. Aveva delle occhiaie profonde e lui le chiese che cosa stesse succedendo, ma Ruth gli rispose che le era venuto il ciclo.

David e Manuel, preoccupati, andarono a trovarla al ristorante. Lei mentì, dicendo che la questione era risolta, ma sapeva che Julio César sarebbe tornato. Lo conosceva molto bene.

Una mattina all'alba il telefono di Tony si mise a suonare. Lui rispose, poi si alzò velocemente dal letto e iniziò a vestirsi.

«Che cosa succede?» chiese Ruth spaventata.

«Era Dylan...» rispose nervoso, «Omar è in ospedale.»

Anche lei si vestì di corsa e, dopo aver avvisato Lola che sarebbero usciti, andarono insieme al Ronald Reagan.

Lì trovarono Yanira e Dylan.

«È stato un inizio di infarto, ma sta bene», disse quest'ultimo.

«Hai avvertito papà?» chiese Tony, passandosi la mano tra i capelli.

Suo fratello scosse la testa. «Omar non vuole che gli si dica nulla.»

«Che cosa è successo?» volle sapere Tony, un po' più tranquillo.

Yanira e Dylan si guardarono e lei alzò gli occhi al cielo.

«Sembra che tuo fratello abbia voluto fare il supermacho con alcune donne e abbia preso una pastiglietta azzurra oltre a...»

«Ha preso il Viagra?»

Dylan annuì. «L'ha mischiato con la cocaina e l'alcol...» disse a bassa voce, «e questo gli ha causato un principio di infarto. Pe fortuna, appena ha iniziato a sentirsi male, mi ha chiamato per telefono e sono riuscito a portarlo qui per un controllo, prima che la situazione si aggravasse. Ha mescolato l'alcol, che è un depressore del sistema nervoso, con la cocaina, che è uno stimolante, e il Viagra, che è un vasodilatatore. Questo stronzo sarebbe potuto morire per un arresto cardiaco, cazzo!»

«Quando lo vedo, lo uccido», mormorò Tony.

Ruth gli prese la mano e la strinse, per cercare di calmarlo.

«Posso vederlo?» chiese poi.

Suo fratello annuì e lui, dopo aver dato un bacio a Ruth, le chiese di aspettarlo assieme a Yanira. Le due andarono nell'ufficio di Dylan, mentre loro si diressero verso la stanza di Omar.

Omar li vide entrare e fece un gesto stanco. «Ok, ok. Non guardatemi in quel modo. So che ho fatto una cazzata.»

«Una cazzata? Ma sei idiota?» lo rimbeccò Tony.

«Quando cavolo finirai di fare stronzate e ti prenderai cura di te?» aggiunse Dylan, scuotendo la testa.

«Non esagerare», rispose Omar.

«Quasi ci lasci le penne e dici di non esagerare?» gli urlò Tony.

Dylan gli lanciò un'occhiata per dirgli di stare calmo, ma Tony non gli diede retta.

«Non esagero, Omar. Oggi sei stato sul filo del rasoio. Mescolare quelle sostanze avrebbe potuto causarti un arresto cardiaco e...»

«Ma non è successo, vero?» lo interruppe il fratello maggiore, spaventato e consapevole di quello che aveva fatto.

Tony e Dylan si guardarono.

«Guarda Omar, sarò sincero con te», disse il fratello medico. «Non sei più un ragazzo di vent'anni per poter fare quello che fai. Quand'è che ti renderai conto che in questa vita lavorare e scopare con chiunque ti passi a tiro non è tutto?»

Lui non rispose. Sapeva che avevano ragione e chiuse gli occhi. «Sono stanco. Lasciatemi riposare.»

Dopo aver sbuffato, Dylan prese Tony per il braccio e i due uscirono dalla stanza. Omar voleva stare da solo ed era meglio che non si agitasse.

Il giorno dopo, Anselmo e la Tata arrivarono da Porto Rico. Yanira non aveva dato retta a Omar e li aveva avvisati.

Quando suo padre entrò nella stanza e lo guardò con un'espressione di rimprovero, Omar sbuffò.

Il vecchio non disse nulla e si limitò ad ascoltare le parole tranquillizzanti di Dylan, mentre Tony rimaneva zitto al suo fianco e la Tata si prodigava a prendersi cura di Omar.

Per ore, Omar sopportò la presenza muta del padre, che non gli rivolgeva la parola, finché la porta della stanza si aprì di nuovo e apparve Tifany.

«Cazzo», mormorò Omar vedendola.

La Tata l'abbracciò velocemente, imitata da Anselmo, che guardò suo figlio e alla fine si decise a parlare. «Lei, assieme a Preciosa, erano l'unica cosa buona che avevi, e le hai perdute. Ora continui a vivere in modo folle, bevendo e prendendo pastigliette azzurre per soddisfare quelle donne. Nel giro di poco tutti noi ti avremo perso.»

Detto ciò, uscì dalla stanza seguito dalla Tata.

Trovandosi da sola con quello che era stato suo marito, Tifany si avvicinò. «Come stai?» gli chiese con affetto.

Omar la guardò. Senza dubbio suo padre aveva ragione.

«A pezzi, ma me la cavo.»

Tifany sorrise. Davanti a lei aveva l'Omar duro e indistruttibile, e per qualche minuto nessuno dei due parlò. A volte il silenzio dice più delle parole e alla fine Omar, addolcendo l'espressione disse: «Mi dispiace, Tifany. Mi dispiace per tutto quello che è successo e non so cosa dirti per scusarmi con te del mio comportamento da folle».

«Tranquillo, Omar… tranquillo.»

«Sono tranquillo, credimi.»

Tifany annuì e gli prese la mano.

«Sono consapevole di non meritare che tu stia qui con me», mormorò, «e non merito neppure che mi guardi in faccia.»

«Non ti dirò che non hai ragione», disse lei.

Senza lasciarle la mano, lui la baciò. «Ma sei qui. Ogni volta che ho avuto bisogno sei stata al mio fianco o al fianco della mia famiglia.»

«Sono così scema, lo sai.»

Omar sorrise. Quel sorriso sincero fece sorridere anche lei.

«Sono stato un cretino, amore. Un imbecille, un cattivo marito, per non dire altro.»

«Posso continuare io, se vuoi. Ho un grande repertorio dedicato unicamente ed esclusivamente a te», aggiunse lei.

«Sei l'unica donna che mi ha davvero amato e che ha visto in me qualcosa di più che un egocentrico produttore discografico e il suo denaro, e alla fine hai dovuto lasciarmi perché ero un idiota. E…»

«Non pensarci più», lo interruppe Tifany. «Io ho perso il mio tempo e tu qualcuno che ti amava davvero. Non c'è altro. Lascia stare, Omar.»

Quello che aveva appena detto era una santa verità.

«Non posso smettere», continuò lui, «non ti ho mai valorizzata come meriti. Non ho mai pensato a te come avrei dovuto fare. Non ti ho mai anteposta a tutti gli altri, come fa Dylan con Yanira e Tony con la sua fidanzata, e mi fa arrabbiare rendermi conto adesso di tutto il male che ti ho fatto. Per fortuna, Preciosa ha la migliore madre al mondo. In questo mi piace pensare che non mi sono sbagliato.»

Tifany sorrise, emozionata.

«Grazie, Omar. Avevo bisogno di sentirti dire questo. E sì, Preciosa è la cosa più bella che c'è tra noi due per il resto delle nostre vite. E proprio per lei, per l'amore che prova per te, devi prenderti cura di te stesso. Sono sicura che vorrà suo padre accanto a lei il giorno delle nozze o se mai avrà un figlio, e se non ti riguardi difficilmente potrà accadere.»

Omar annuì. Come sempre, lei aveva ragione.

«Procedono i piani per le nozze?»

«Sì.»

«Si prende cura di te?»

«Sì.»

«Ti rispetta e ti coccola?»

«Sì, tutti i giorni e non solo vuole sposarsi, ma vuole avere anche dei figli con me per formare una famiglia, qualcosa che a te non è mai importato.»

Omar annuì. Nessuno poteva essere più pentito di lui per questo.

«Sono contento di saperlo, tesoro», aggiunse dopo qualche secondo. «Ho bisogno di sapere che ti ama, ti rispetta e ti rende felice.»

Contentissima per questa comprensione che non si aspettava, Tifany gli diede un bacio in fronte.

«Anche tu puoi essere felice, uomo di ghiaccio. Sono sicura che se ti rilassi un po' sul lavoro e di guardi attorno, potresti incontrare una brava ragazza che ti ama. Sei un uomo molto attraente, e lo sai, e sai anche che puoi avere tutte le donne che desideri.»

«No, non posso amore», sussurrò guardandola. «In questo ti sbagli.»

«Omar...» rispose lei stancamente, «te la sei cercata e adesso non puoi lamentarti.»

«Lo so, lo so.» Poi, per cercare di non angosciarla, aggiunse: «Fai bene a sposarti con quel russo. Ti prometto che a partire da ora mi comporterò come un brav'uomo e non come un coglione. Te lo prometto, Tifany».

«Ne sarò felice e ti assicuro che a Preciosa piacerà più che a me», rispose sorridendo felice.

Scese di nuovo il silenzio. Omar la guardò negli occhi. «Mi è piaciuto ballare con te alla festa di mio padre. Era da tanto tempo che non lo facevamo.»

Tifany annuì.

«Da tre anni circa. Hai smesso di aver voglia di fare le cose con me, tra cui ballare e divertirsi.»

Era consapevole che avrebbe potuto rispondere ben poco riguardo a questo, ma provava un gran dolore. Poi proseguì. Voleva sentire qualcosa che non udiva da secoli.

«Posso chiederti una cosa?»

«Certo.»

Omar sorrise e la guardò con dolcezza.

«Dimmi quello che mi piaceva tanto, anche se sarà l'ultima volta.»

Tifany sorrise e gli scostò i capelli dalla fronte. «Sei il mio tigrotto e sono l'invidia di mezzo mondo.»

Portandosi la mano di lei alla bocca la baciò.

«Sei eccezionale, Tifany, e non mi perdonerò mai per averti perso.»

In quell'istante, si aprì la porta della stanza ed entrò Dylan, accompagnato da suo padre e da Tony. Tifany sorrise e si rivolse a Omar.

«Dai, dammi un abbraccio, Ferrasa. Un abbraccio non risolverà niente tra noi, ma in occasioni come queste è necessario.»

Senza tentennare, Omar fece quello che le aveva chiesto. Quella ragazza, quella donna, la sua ex moglie, lo sorprendeva ogni giorno di più. Quando lei si allontanò dalle sue braccia, lo guardò, gli sorrise e gli diede un bacio veloce sulle labbra che per lui ebbe il sapore di una vittoria.

«Addio, Omar. Riguardati», mormorò con affetto.

Detto ciò si girò, sorrise agli altri Ferrasa che la osservavano e se ne andò prima di scoppiare a piangere a dirotto.

I quattro uomini si guardarono confusi e commossi.

«Ok. Potete iniziare a insultarmi. Me lo merito.»

Due giorni dopo lo dimisero dall'ospedale. Si era preso un bello spavento e decise di fare qualcosa per se stesso e per la sua vita. Avrebbe dovuto reinventarsi per continuare a vivere.

Per iniziare, andò qualche giorno con suo padre e la Tata a Porto Rico, per stare isolato da tutto e pensare con chiarezza.

37.
Fascino di sposa

Il rapporto di Ruth con Yanira e le sue amiche un po' matte si fece sempre più stretto.

A volte usciva con loro a pranzo o a cena e si divertiva sempre tantissimo. Qualche volta parteciparono anche David e Manuel. Prima di allora, Ruth non aveva mai avuto un gruppo di amiche con cui passare del tempo e adesso si divertiva con loro tutte le volte che poteva, senza obiezioni da parte di Tony.

Una mattina, Tifany chiamò tutte le ragazze e le convocò in un ristorante a pranzo. Ruth uscì dal lavoro, avvisò Lola che sarebbe rientrata più tardi e si diresse all'appuntamento.

Arrivata, dovette fare diverse volte il giro dell'isolato e, non trovando parcheggio per Harry, decise di metterlo in quello sotterraneo a pagamento. Lo lasciò al piano meno tre e, scesa dalla macchina, si diresse a passo veloce verso l'ascensore. Non le erano mai piaciuti i posti come quello. Le facevano venire in mente i film in cui la protagonista fugge spaventata, inseguita da uno psicopatico col coltello in mano.

Mentre attendeva che arrivasse l'ascensore, udì dei passi. Si guardò alle spalle, ma non vide nessuno. Si agitò. Schiacciò di nuovo il pulsante dell'ascensore, questa volta con più forza, poi osservò il pannello: era fermo al piano meno uno.

Aspettò alcuni secondi, ma la fretta di uscire di lì la spinse a dirigersi verso le scale. Mentre le stava raggiungendo, sentì qualcuno che fischiettava. Era una canzone che aveva sentito in passato e il cuore cominciò a batterle forte.

Aveva paura. Se fosse stato Julio César e si fosse trovata da sola con lui in quel posto, la cosa non sarebbe finita bene. Accelerando il passo, arrivò alla scala e cominciò a salirla due scalini alla volta, mentre sentiva il fischiettare sempre più vicino.

Nella fretta, il manico della borsa si incastrò nella ringhiera. Fu costretta a fermarsi. Chi stava fischiettando era ancora più vicino. Quando riuscì a liberare il manico, salì correndo al piano meno due e udì qualcuno che la seguiva. Terrorizzata e tremendamente spaventata, si mise a correre e, arrivata al meno uno, si scontrò con qualcuno.

«Ma cara, cosa succede?»

Era Tifany. Ruth le prese la mano. «Corri, usciamo di qui», mormorò.

Tifany non capì che cosa stesse succedendo, ma salì con lei di corsa finché non si trovarono in strada, circondate dalla gente.

«Perché abbiamo corso in questo modo?» chiese, ancora ansimante.

Senza fiato, Ruth stava per parlare, quando dal parcheggio uscì un uomo con le mani in tasca, fischiettando. Senza guardarla, proseguì per la sua strada.

«È successo qualcosa con quell'uomo?»

Lei scosse la testa. Stava diventando paranoica per colpa di Julio César. Capì che si era trattato di un falso allarme e sorrise. «I parcheggi mi fanno venire la claustrofobia.»

«Ah, povera!»

Più tranquilla, Ruth guardò la sua amica bionda, che la fissava preoccupata.

«Dai, andiamo al ristorante. Le altre saranno già arrivate», disse con un sospiro.

E infatti era così. Quando arrivarono al tavolo prenotato da Tifany, c'erano Yanira, Valeria e Coral. Dopo essersi salutate, Coral guardò Ruth.

«Senti, ma sei dimagrita?»

Lei annuì. L'ansia la stava divorando.

«Sono a dieta, si vede?»

Tutte dissero di sì e per un bel po' parlarono di diete, carboidrati e dei cibi inavvicinabili. Quando arrivò il cameriere a prendere le ordinazioni, tutte chiesero proprio quello che era proibito.

«Ma tu non eri a dieta?» chiese Coral.

«Sì...» rispose Ruth sorridendo, «ma per oggi salto. Oggi è festa!»

Finito di mangiare, andarono verso il negozio di abiti da sposa molto trendy di un'amica di Tifany, vicino al ristorante.

Entrarono e si misero a esaminare gli abiti. Valeria ne prese uno. «Ucciderei per sposarmi con un vestito così», disse.

«Be', avresti potuto farlo», rispose Tifany. «Sarebbe bastato che andassi con Alain in Francia. Lui te lo aveva chiesto.»

Valeria disse che era vero, ma che non voleva tornare in Europa a meno che non fosse per le vacanze.

«Per amore ho fatto un sacco di sciocchezze», disse. «Adesso, se qualcuno vuole stare con me, mi aspetto che sia lui a farle.»

«E brava Valeria, hai proprio le palle!» affermò Coral, guardandola.

«Ah, cara, non usare quelle parole», disse Tifany.

Tutte risero sentendola, Coral più di tutte, e dopo se ne uscì con una sfilza di parolacce che alla fine fecero ridere anche la sconvolta Tifany.

Per un paio d'ore, si provò molti di quei modelli esclusivi, ma tutti avevano qualcosa che non la convinceva. Uno la faceva grassa, l'altro bassa, un altro coi fianchi larghi e nessuno le piaceva fino in fondo, finché non uscì dal camerino con un indosso un abito.

«L'ho trovato», disse alle sue amiche.

Quel vestito della collezione Zuhair Murad, con la gonna vaporosa di tulle e il corpetto semitrasparente, era una vera bellezza. Stava incredibilmente bene a Tifany, che si raccolse i capelli e si mise il velo.

«Cazzo, cara, sei uno schianto!» esclamò Coral.

Felice, si guardò allo specchio. Quel vestito la entusiasmava, la faceva sentire sicura, bella, di classe e potente.

«Tu credi che il prete ti sposerà con queste trasparenze?» chiese Valeria.

«Ma se è perfettoooooo ed è trendy da morire!» disse Tifany. «Al matrimonio con Omar ho dovuto mettermi quello che aveva scelto mia madre. Lei voleva essere più bella di me alle mie nozze e ci riuscì. Ma in questa occasione, voglio un vestito sexy che rispecchi come mi sento.»

«Oh, sì, sei fantastica», esclamò Ruth.

«Da urlo», aggiunse Coral. Aveva sempre pensato che Tifany avesse uno stile incredibile. «Ma tu potresti metterti anche un peperone marcio in testa che riusciresti a farlo passare per il gioiello più bello del mondo.»

Tifany, felice e grata di sentire quelle parole, la abbracciò. «Come posso non volerti bene, anche se dici le parolacce?»

Yanira si commosse vedendo quanto si volevano bene le sue amiche nonostante le loro differenze, e guardò sua cognata. «Senza dubbio, è questo il tuo vestito. Sei bellissima.»

La futura sposa si guardò allo specchio e mormorò sognante: «Sto già desiderando che mi veda Omar».

«Omar?» disse Valeria.

«Il mandrillo?» chiese Coral. «Non dire cazzate, Tifany.»

Colta di sorpresa, lei le guardò.

«Ho detto Omar?»

«Sì, tesoro, l'hai detto», rispose Yanira.

«Guarda, Tifany...» intervenne Coral, «se lo nomini di nuovo ti lavo la bocca col sapone. Il nome di Omar non esiste nel tuo vocabolario, intesi?»

«Ma no, ragazze... non ho detto Omar», insistette lei.

«Lo hai detto eccome», replicò Valeria.

«Impossibile! Come potrei nominare quel... quel mandrillo con il pezzo di fidanzato che ho?»

Di fronte al silenzio delle altre, le guardò sconcertata. Perché aveva nominato Omar? «Ah, che scema che sono, volevo dire Alexei e mi sono sbagliata! Dove avevo la testa?»

Mentre Coral e Valeria scherzavano sul suo errore facendola arrabbiare, Ruth si avvicinò a Yanira. «La maledizione dei Ferrasa! Qui c'è sotto qualcosa, parola mia!»

Yanira scoppiò a ridere.

«Allora, ascoltatemi bene...» disse Tifany, arrabbiata, «ho tre cose chiare nella vita. La prima è che sono bionda naturale. La seconda è che la mia borsa preferita è la Madison di Gucci. E la terza è che mai... mai... mai e poi mai tornerò con quel Ferrasa. Piuttosto mi taglio le vene. Avete capito?»

«Che drammatica!» la prese in giro Coral.

All'improvviso, l'amica di Tifany, proprietaria del negozio, all'oscuro di quello che era successo, si avvicinò a loro e aprì una scatola. «E queste magnifiche Manolo ti staranno benissimo col vestito. Provale.»

Tifany, vedendo le scarpe, le mise subito e sollevò il vestito per ammirarle.

«Sono perfetteeeeee!»

Tutte sorrisero e Yanira, per allentare la tensione, si avvicinò a sua cognata. «Senza dubbio Alexei avrà la sposa più bella del mondo», disse.

Con un sorriso candido, Tifany annuì e si guardò allo specchio.

«Voglio questo, che Alexei si senta orgoglioso di me», affermò con convinzione.

38.
La sfortuna

Passarono quattro settimane. Omar tornò da Porto Rico e si rimise al lavoro con la stessa passione di sempre, ma avendo bene in mente una cosa: la sua vita personale e alcune abitudini dovevano cambiare.

Quella mattina, Tony era nel suo ufficio in casa discografica e, quando Omar bussò alla sua porta, si alzò subito per abbracciarlo. Aveva un aspetto fantastico.

«Adesso fai l'hippie?» gli chiese indicando i capelli.

Omar si mise a ridere e si sbottonò la giacca per sedersi. «No, semplicemente mi sono cresciuti e devo andare dal parrucchiere.»

Tony sorrise. Poi Omar gli chiese di lui, di suo padre, della Tata e di Dylan.

«Ho appena parlato con Rick», aggiunse poi.

«Quel porco?» disse Tony, che si ricordò immediatamente di come aveva importunato Ruth.

«Che cosa è successo tra voi due? Perché non vuole più lavorare con te?» chiese Omar, conoscendo bene sia suo fratello che Rick.

«Ha superato il limite con Ruth in diverse occasioni e ho dovuto dargli quello che meritava», rispose.

Omar annuì.

Trattandosi di Rick, non lo sorprendeva. «Guarda, Tony, capisco quello che dici, ma sai che Rick è una leggenda del blues e molti cantanti morirebbero per poter incidere con lui. Muove centinaia di milioni nella casa discografica e...»

«Non m'importa un accidenti di quello che muove. Anche noi muoviamo centinaia di milioni con altri artisti. Non abbiamo solo lui.»

Il tono di Tony gli fece capire che non avrebbe ottenuto nulla, ma pensò anche ai loro soci, che gli stavano facendo pressioni. «Rick è uno che conta nella casa discografica. Pensaci.»

«E dove vuoi arrivare con questo?» rispose il fratello infastidito.

Omar lo guardò e fece dei respiri calmi, che sorpresero Tony.

«Volevo solo sapere che cosa era successo tra voi, prima di andare alla riunione. Non ti negherò che sono venuto nel tuo ufficio per cercare di convincerti a essere più malleabile con lui, così i miei soci non mi romperanno le scatole. Ma da quanto ho capito, credo che la conversazione sia finita.»

«Vengo con te alla riunione», disse Tony, alzandosi.

«No, lascia che ci vada io.»

Infastidito da quello che Rick poteva aver raccontato, Tony insistette.

«Ci vengo. E se quello stronzo ha il coraggio di dire anche solo una parola sbagliata sulla mia fidanzata, ti giuro che la pagherà.»

Suo fratello annuì e cercò di tranquillizzarlo. «Sai bene che se vieni non sarà di vantaggio né per te né per me, perché se Rick passa il segno, sarò io il primo a fermarlo», disse. «Bel giorno per tornare al lavoro, no?» aggiunse con autoironia.

«Così è la vita, fratello, e mi dispiace che il primo problema sia colpa mia.»

«Come dici tu, così è la vita!»

Tony sorrise. Era tornato a essere l'Omar che aveva sempre ammirato, e ne fu felice. Qualche secondo dopo, uscivano dalla porta diretti a quella maledetta riunione.

Prima di entrare, Omar guardò suo fratello.

«Voglio che tu sappia che hai tutto il mio appoggio. E se quello stronzo di Rick ha superato il limite con qualcuno della mia famiglia, capirà presto chi sono i Ferrasa.»

«Grazie, Omar.»

Entrarono in ufficio e la riunione iniziò. I due Ferrasa uniti non si lasciarono intimorire da nessuno, nemmeno dal divo del blues.

Quel mezzogiorno, quando Ruth uscì dal lavoro, prese la sua macchina e guidò fino a un centro commerciale. Doveva comprare diverse cose e aveva tempo di farlo prima di andare a prendere i bambini a scuola. Lola era libera quel giorno.

Dopo aver comprato quello di cui aveva bisogno, caricò tutto sulla macchina, salì e chiuse la portiera. Stava per mettersi la cintura, quando qualcuno bussò al finestrino. Alzando lo sguardo, il sangue le si gelò nelle vene. Era Julio César.

«*Pelirroja*, abbassa il finestrino.»

Dopo averlo guardato per qualche secondo, finì di mettersi la cintura, inserì la marcia e premette sull'acceleratore, sentendo il colpo che lui dava sulla carrozzeria. Spaventata, si immise nel traffico e sorpassò diverse macchine, ma Harry non aveva potenza e pochi istanti dopo vide Julio César al volante dietro di lei.

Girò per la città, sperando di seminarlo o che smettesse di seguirla, ma, vedendo che il tempo stava passando, chiamò la scuola e chiese che i bambini non uscissero ad aspettarla sul porticato d'ingresso, ma che facessero lezione o qualsiasi altra attività extrascolastica.

Ruth aveva i battiti a mille. Ma continuò a guidare senza sapere cosa fare e dove andare.

Julio César, stanco della situazione, arrivando a un semaforo, invece di frenare accelerò e Ruth, accorgendosi dallo specchietto retrovisore che le si stava lanciando contro, diede a sua volta gas, sterzando a destra, e finì contro un semaforo. Era caduta nella sua trappola.

Il colpo non fu molto forte, ma l'auto si spense e lei prese una bella botta.

Diverse macchine suonarono il clacson e alcuni scesero per aiutarla. Ma nessuno, eccetto lei, aveva visto il gioco sporco di Julio César. Uscì da Harry con i nervi a fior di pelle e, qualche secondo dopo, il semaforo divenne verde.

Julio César, che la osservava dall'auto, le lanciò un bacio con cattiveria, sorrise, accelerò e se ne andò.

La polizia arrivò subito. Ruth disse loro che era stata tutta colpa sua per non dover parlare di quel malvivente del suo ex. Mostrò i documenti della macchina e chiamarono un carro attrezzi. Ruth guardò Harry con tristezza, la sua bellissima Volkswagen rossa distrutta, e le venne voglia di piangere. Perché Julio César doveva sempre rovinarle tutto?

Quando si fu calmata, decise di chiamare Tony. Provò diverse volte, ma lui non rispose e alla fine lasciò perdere. Doveva essere occupato.

Dopo la difficile riunione dalla quale Omar e lui uscirono vittoriosi, Tony stava camminando verso il suo ufficio, quando si accorse che sul cellulare c'erano quattro chiamate perse di Ruth. La chiamò subito.

«Ciao, cucciola.»

Lei si sentì più tranquilla sentendo quel saluto così intimo. «Non è che hai davanti qualcuno, mentre mi chiami così, vero?» chiese lei, vedendo David scendere dal taxi con espressione preoccupata.

Divertito, Tony sorrise e si sedette sulla sedia del suo ufficio. «No, tesoro. Non c'è nessuno.» Poi sentì il rumore di fondo. «Dove sei? Che cosa succede?»

«Non spaventarti», gli disse cercando di minimizzare. «Ho avuto un piccolo incidente con Harry e...»

«Per amor di Dio, che cosa è successo?»

«Tesoro, tranquillo. Sto parlando con te.»

«Ma come faccio a stare tranquillo? Mi hai appena detto che hai avuto un incidente con la macchina.»

«Sto bene», insistette lei. «Ho solo calcolato male la curva e sono andata a finire contro un semaforo.»

«Contro un semaforo?» disse alzando la voce.

Ruth era nervosa e cercava di calmare anche David, che gesticolava davanti a lei. «Tony, se alzi di nuovo la voce giuro sui miei figli che metto giù.»

Allora Tony fece un respiro e cercò di calmarsi. «Stai bene, tesoro?»

Ruth sospirò. Odiava mentirgli e si toccò il bernoccolo sulla fronte. «Sì, sto bene, ma Harry...»

«Harry? Non mi importa un cazzo di Harry. Quante volte te l'ho detto di non prendere quella maledetta macchina?»

«Eh... non è Harry che è andato da solo contro il semaforo, sono stata io!»

Lui iniziò a camminare nervosamente per l'ufficio.

«Ruth, la tua sicurezza è la prima cosa per me e Harry, che sia colpevole o no, non te la offre...»

«Senti, Tony...» lo interruppe lei, «sto aspettando il carro attrezzi ma non è ancora arrivato e non me ne posso andare. La polizia non vuole che me ne vada prima che la macchina sia portata via.»

«Cribbio! Passameli al telefono!» chiese furioso.

«Non se ne parla.»

«Passami la polizia», ripeté. «Altrimenti chiamerò il mio amico Jake.»

Ruth era infastidita dal controllo che lui voleva avere su tutto. «Tony, ti ho detto di no», gli disse a bassa voce.

«Ma perché no?»

«Perché quella che ha fatto l'incidente sono io e sono io che sto qui con loro. E, ti piaccia o no, ho trent'anni e so cavarmela da sola. È chiaro, Tony Ferrasa?»

Lui imprecò. Odiava non poter sistemare quel guaio. «Dove sei?» chiese.

Ruth si guardò attorno e prese la mano di David. «Sono vicina a Sunset Boulevard.»

«Vengo subito da te», disse lui prendendo la giacca.

«No!» gridò Ruth. «Vai a scuola dai bambini, io non faccio in tempo a prenderli. Ho chiamato Lola perché andasse lei, ma aveva il giorno libero e non ce la fa. Manuel è al negozio e David», mentì, guardandolo, «sta dormendo perché ha lavorato di notte. Puoi andare a prenderli tu? Dimmi che puoi.»

Notando che era più nervosa del solito, Tony cercò di calmarla.

«Certo, tesoro, ci vado. Ma ho bisogno di vederti, per sapere se stai bene.»

«Davvero, Tony, sto bene.»

Lui fece un respiro. «Quando ci vediamo a casa, parleremo in modo serio di Harry, capito?»

Ruth alzò gli occhi al cielo e guardò la povera macchina. «Ok. Ora chiamo subito la scuola per dire che andrai tu. E ascolta, Tony...»

«Cosa c'è?»

«Ti amo.»

Quando riattaccarono, Tony avvisò la sua segretaria di chiamarlo per qualsiasi cosa sul cellulare, poi si diresse verso la sua macchina per andare alla scuola dei bambini. Per fortuna quel giorno aveva preso il Toyota 4 Runner e non la spider.

Quando Ruth rimise il telefono nella tasca dei jeans, David l'abbracciò.

«Ah, cucciola, che spavento mi hai fatto prendere!»

«È stato Julio César», disse lei, abbassando il tono di voce, per non farsi sentire dalla polizia.

«Che brutto figlio di... lo hai detto alla polizia?»

«No.»

David scosse la testa e l'abbracciò.

Arrivando a scuola, Tony andò verso la segreteria. Verificarono subito che era lui l'uomo che Ruth aveva indicato e lo portarono prima da Jenny e poi dai piccoli. Vedendolo, tutti accorsero ad abbracciarlo e a baciarlo. Era chiaro che Tony era entrato nei loro cuori e loro nel suo.

Dopo un paio d'ore, quando Ruth arrivò a casa, Tony l'attendeva inquieto. Da quando aveva ricevuto la sua chiamata era preoccupato e, per quanto avesse cercato di mostrarsi tranquillo e di sorridere per non far impensierire i bambini, non si calmò fino a quando non la vide entrare.

«Tesoro, che bernoccolo che hai in fronte», le disse, dopo averla abbracciata.

Lei se lo toccò e sorrise. «Niente di grave», rispose per sminuire la cosa. «E i bambini?»

«Stanno guardando la televisione e Jenny fa i compiti.»

Quella normalità la confortò e, vedendo che lui stava per parlare di nuovo della sua botta, lo anticipò. «Sto bene. Te l'assicuro.»

«Sarei più tranquillo se andassimo in ospedale e...»

«Non dire scemate! È solo un piccolo colpo.»

Tony la guardò e lei si accorse della sua fronte aggrottata.

«Non appena si addormentano i bambini, ho bisogno di fare un bagno con te», gli disse.

Felice per la proposta, Tony la prese in braccio e tra risate e baci andarono in sala.

Quella notte, quando i piccoli erano a letto, Ruth entrò in camera. Tony l'aspettava in accappatoio e la prese per mano. «Come hai detto il primo giorno...» le disse in tono dolce, «vienimi dietro.»

Lei sorrise, lo seguì nella stanza da bagno e fece un sospiro, sentendo la voce di Keyshia Cole che cantava *Love*. Poi si accorse della schiuma nella jacuzzi, delle candele, della bottiglia di vino e dei due calici. Tony era semplicemente perfetto.

Iniziarono a ballare quella canzone dolce e romantica e quando finì, ne seguì un'altra. Tony, senza dire nulla, la spogliò, si tolse l'accappatoio e la prese in braccio. «Andiamo cucciola, il tuo bagno ti aspetta.»

Entrò con lei nella jacuzzi e iniziò a baciarla.

«Va bene l'acqua?»

«Perfetta!»

Si misero a ridere. Tony si sedette e la fece sedere a cavalcioni sopra di sé, poi riempì due calici di vino e gliene offrì uno, guardandola negli occhi.

«Per la donna più bella, affascinante e testona che ho avuto il piacere di conoscere. Per te, tesoro.»

Felice, lei brindò e bevve un sorso di vino. Poi alzò il calice sino alla spalla dove lui aveva il tatuaggio e ne versò un po' sopra. Avvicinandosi con la bocca lo leccò con piacere.

«Ho sempre fantasticato di farlo...» mormorò.

Lui scoppiò a ridere. «Non darmi suggerimenti... Anch'io ho le mie fantasie.» Poi le guardò la fronte. «Ogni volta che penso che ti sarebbe potuto succedere qualcosa di peggio di un bernoccolo, sto male.»

«Non è successo nulla, tesoro. È andata peggio a Harry.»

«Però c'è una cosa che non capisco...» proseguì lui.

«Cosa?» chiese Ruth, allarmandosi.

Tony appoggiò il suo calice sul bordo della vasca e le mise le mani umide sulle spalle.

«Com'è possibile che una guidatrice brava come te possa sbagliare una curva e finire contro un semaforo?»

Ruth annuì. Lui di certo non era stupido. Cercando di distrarlo nell'unico modo che aveva a disposizione in quel momento, appoggiò il suo calice e lo baciò per zittirlo. Poi si alzò sopra di lui, gli prese il sesso duro, se lo mise fra le gambe e se lo lasciò scivolare dentro.

Tony tremò, sentendola, chiuse gli occhi e gettò indietro la testa.

Ruth gli baciò la gola, poi il mento e, quando lui aprì la bocca per reclamarla, non si fece pregare.

Tony l'accarezzò con delicatezza e tenerezza, baciandola fino a rimanere senza fiato.

Si muovevano con un ritmo indiavolato, mentre i loro gemiti risuonavano nel bagno; solo i baci appassionati erano pause di silenzio.

I loro corpi si muovevano, sbattendo uno contro l'altro, si cercavano, con un rumore umido che li eccitava ancora di più, finché non furono squassati insieme da un orgasmo devastante.

Per alcuni minuti respirarono affannosamente, abbracciati nella jacuzzi. Quando recuperò il fiato, Ruth allungò la mano e prese il suo calice di vino. Lo porse a Tony, che bevve, poi anche lei fece lo stesso.

Sussurrò: «Mi piace venirti dietro».

39.
Felice

Julio César scomparve di nuovo.

Harry, dopo l'ultimo incidente, passò a miglior vita. Tony non volle che venisse riparato e, malgrado il profondo dispiacere, Ruth non si oppose. Ne furono tutti estremamente felici, anche David e Manuel.

Una sera, Tony rientrò e non trovò nessuno. Ruth, Lola e i bambini erano usciti. Angosciato, chiamò Ruth. Si calmò solo quando seppe che erano tutti nel negozio di Tifany a provare vestiti ai bambini per le sue nozze.

Quando riappese il telefono e si sedette sul divano, ormai non più bianco, si guardò attorno: la sua casa minimalista non aveva nulla a che fare con quella di adesso. C'erano giocattoli negli angoli, macchinine sopra i tavolini bianchi e foto e disegni dei bambini sopra il camino di design. Sorrise. A suo padre sarebbe piaciuto.

Si alzò per guardare le foto e fu felice di vedere che Ruth ne aveva sostituita qualcuna delle vecchie con altre più recenti in cui c'era lui con i bambini. Gli venne in mente quel giorno in cui era andato con loro al cinema ed erano stati costretti a uscire prima della fine perché il film faceva paura a Brian, o quando erano dovuti correre al pronto soccorso perché Adán si era infilato un fagiolo nel naso.

Senza dubbio, Ruth e quei piccoli avevano messo fine alla sua esistenza precedente, piena di feste, di donne e di ordine, e ne avevano creata una nuova che a volte lo faceva disperare per la mancanza di tempo o per il caos che si portava dietro.

Mentre guardava una foto di Ruth sorridente a bordo piscina, gli venne un'idea. Prese la giacca e le chiavi della macchina, poi uscì. Aveva deciso di sorprenderla.

Un'ora e mezzo dopo, quando uscì dal negozio di tatuaggi del suo amico Bobby, andò in una gioielleria in cui i Ferrasa erano clienti abituali. E, mentre era seduto a parlare con una bella commessa che gli faceva gli occhi dolci, sentì una voce alle sue spalle.

«Come stai, fratello?»

Si alzò, felice, e abbracciò suo fratello Omar. Qualche istante dopo, Omar si accorse di quello che Tony stava guardando e, da buon portoricano, esclamò entusiasta: «Wow!»

Tony sorrise, mostrando i mille anelli che aveva davanti.

«Quale credi che potrà piacere a Ruth?»

«Fratello, ti assicuro che uno qualsiasi di questi le piacerà di sicuro», toccandogli con affetto la spalla.

«Lo so», sorrise Tony. «Ma è per un momento speciale e...»

«Stai per farlo?»

«Sì», affermò suo fratello, convinto.

«Sei sicuro che sia la donna della tua vita?»

Tony annuì. Era praticamente impossibile immaginare la sua vita senza Ruth, i bambini e tutta quella follia.

«Sicuro come del fatto che mi chiamo Tony Ferrasa e che tu e Dylan siete i miei fratelli.»

Risero. Omar, contento per lui, guardò di nuovo gli anelli. «Se Tifany fosse qui, ti direbbe di scegliere un rubino.»

«Perché?»

Con un sorriso sognante, Omar prese un anello con una pietra rossa e glielo porse.

«Perché è intenso e luminoso come il colore rosso dei capelli di Ruth e la vostra, senza dubbio, è una relazione appassionata.»

«Giusto commento», assentì Tony.

«Quando si estrae un rubino in natura, ha un aspetto grezzo, ma una volta che viene tagliato, la sua luce esclusiva lo rende maestoso e impareggiabile.»

«E tu come lo sai?»

«Me lo ha raccontato Tifany», disse suo fratello sospirando. «Le sono sempre piaciuti i gioielli.»

Quindi Tony parlò con la commessa, dandole la misura di Ruth e chiedendo che incidessero alcune parole all'interno. Poi pagò l'anello e si mise d'accordo per andare a ritirarlo quando l'avessero avvisato che era pronto. Una volta finito, si rese conto che suo fratello Omar stava parlando con uno dei gioiellieri.

«Scusa Omar, ero così concentrato sull'anello per Ruth che non ti ho chiesto che cosa ci fai qui.»

Suo fratello sorrise e gli mostrò un bel bracciale. «Zaffiro azzurro. La pietra preferita di Tifany.»

Tony non ci capì nulla.

«È il regalo mio e di Preciosa per Tifany, per le sue nozze. Sono sicuro che le piacerà.»

Tony stava per dire qualcosa, ma Omar diede il bracciale alla commessa perché ne facesse un pacchetto.

«Preciosa mi ha detto che voleva fare a sua mamma un regalo speciale per le nozze e siamo venuti a sceglierlo assieme. La bambina è contenta. Sembra che Alexei si prenda cura di loro.»

«Omar...»

«Sto bene, Tony. Se Tifany e Preciosa sono felici, lo sono anch'io. Loro sono le uniche di cui mi importa davvero. E non interferirò ancora nelle loro vite.»

Ci fu un silenzio significativo in cui Tony percepì il suo dolore.

«Non ti presenterai alle nozze per dare spettacolo, vero?»

Omar scosse la testa. «No, tranquillo. Quel giorno sarò in viaggio. Questo mi aiuterà a non pensare.»

Tony annuì. Non voleva infierire oltre. Poi il gioielliere dette a Omar il suo pacchettino.

«Hai voglia di venire a casa per cena?»

«Ah, perché c'è spazio per qualcun altro ancora, lì?» rispose Omar scherzando.

«C'è sempre posto per la famiglia.»

Quando arrivarono a casa, Ruth era già rientrata con i bambini e Omar si stupì vedendo che c'era anche Preciosa. Felice, abbracciò sua figlia. Lei gli raccontò che era stata nel negozio di sua mamma per provarsi i vestiti per le nozze e che poi se n'era andata con la zia Ruth e i cugini.

Tony baciò sua nipote, e i piccoli, senza alcun timore, abbracciarono Omar con entusiasmo. Gli piacque questo benvenuto pieno di risate e allegria.

Jenny, che non toglieva gli occhi di dosso da Lola, non si sorprese vedendo come sorrideva a Omar. Era una sfacciata. Ma non disse nulla.

Ruth stava scendendo in quel momento dalla camera dopo essersi cambiata e vide Omar.

«Che sorpresa!» disse felice.

«Mi dispiace annunciarti che ci sarà uno in più a tavola», le rispose Omar, baciandola sulla guancia.

Lei baciò Tony sulle labbra e poi si rivolse a Lola. «Per favore, di' a Paola che c'è una persona in più a cena.»

La ragazza uscì in fretta dalla stanza.

«Dove c'è da mangiare per sei, ce n'è anche per sette!» affermò Ruth con un sorriso ammaliante.

Tony entrò in sala con Omar, che non poté fare a meno di fischiare. «Ma che cosa è successo qui?»

Tony si guardò attorno e sospirò. «Semplicemente... c'è vita!» disse ricordando un commento di suo padre.

In quell'istante, arrivò di corsa Brian a chiedere se gli faceva suonare il pianoforte. Tony si mise il bambino in spalla facendolo ridere a crepapelle e andarono verso il bellissimo strumento che lui adorava. Brian mise le dita sui tasti come Tony gli aveva insegnato; assieme iniziarono a cantare la canzone della mongolfiera di Peppa Pig.

Vado in mongolfieraaaa
Volo alto in cieloooo

Intanto Adán scalò lo sgabello del pianoforte per sedersi dall'altra parte e pigiare un tasto. Lola si unì per cantare. Le due bambine, invece, si avvicinarono a Omar.

«Odio Peppa Pig», sussurrò Jenny.

«E chi sarebbe?» chiese lui.

«Una maiala di colore rosa», disse lei alzando gli occhi al cielo.

«Una maiala rosa?» rise Omar, stranito.

Preciosa intervenne, sentendosi più grande.

«È un cartone animato per bambini piccoli, papà.»

Vedendo l'attitudine delle ragazze, Tony intuì di cosa stessero parlando e cambiò melodia per attirare la loro attenzione. Sapeva quanto piacesse a tutti la canzone *Happy* di Pharrell Williams e cominciò a cantarla. Sentendola, corsero vicino a lui, unendosi in coro.

Because I'm happy
Clap along if you feel like a room without a roof
Because I'm happy.

Una cosa che piaceva ai bambini era quando Tony si sedeva al pianoforte per cantare con loro. Omar li osservava sconvolto.

«Non so chi sia più bambino», disse Ruth.

«Senza dubbio Tony. Basta vedere come si diverte a cantare con i bambini attorno a lui.»

Ruth sorrise, con lo sguardo innamorato.

Durante la cena, i gemelli ne combinarono qualcuna delle loro e, come sempre, fecero cadere bicchieri di vino, che Lola raccolse velocemente. Quando finirono di mangiare, andarono in sala, dove Preciosa e Jenny si misero a giocare con il portatile di Ruth, mentre i piccoli iniziarono a fare la lotta rotolandosi sul pavimento. Omar li guardò divertito.

«Ricordi come si arrabbiava la mamma quando noi tre facevamo la lotta?» chiese a suo fratello.

«Lo ricordo e so che quando questi due animali saranno cresciuti saranno peggio di noi.»

Risero entrambi.

Poco più tardi, a un cenno di Tony, Lola portò i bambini a letto. Era ora di dormire e di far rilassare gli adulti.

Dopo aver salutato i piccoli Ruth, Omar e Tony andarono nella sala di registrazione dove ascoltarono i nuovi lavori di Tony e chiacchierarono parlando di un sacco di cose.

Ruth notò che Omar non faceva che guardare una foto che ritraeva Tifany, Preciosa e Tony vicino a Mickey Mouse a Disneyland e le fece pena la tristezza che si rifletteva nei suoi occhi. Tuttavia, stava pagando il prezzo di quello che aveva fatto.

Omar fu molto contento per la serata e per la compagnia di Ruth e capì perché suo fratello fosse innamorato di lei. Era ammaliante, intelligente, divertente e affettuosa, e per certi aspetti gli ricordò Tifany.

Quando risero per una cosa che aveva detto, si ricordò di come anche la sua ex moglie ridesse delle sue battute e di come cercasse sempre dei momenti per stare con lui. Che scemo che era stato, e che cieco.

Tifany voleva una vita come quella che avevano suo fratello e Ruth, con bambini che facevano la lotta e che li baciavano, ma lui, da egoista, gliel'aveva negata.

Alle undici e mezzo li salutò. Tony gli chiese se sarebbe andato a qualche festa quella notte, ma lui rispose di no. Preferiva tornare a casa.

«A che cosa pensi, tesoro?» chiese Ruth a Tony dopo aver chiuso la porta.

«Che tu lo creda o no, provo pena per Omar», rispose lui, abbracciandola. «Mia madre ha sempre detto che il pentimento è il castigo peggiore per un essere umano, ed è proprio quello che sta vivendo mio fratello.»

Ruth annuì. Lo capiva perfettamente. Ma Tony non voleva continuare a parlare di quell'argomento e, guardando quegli splendidi occhi verdi che adorava, la prese tra le braccia.

«Ho una cosa per te.»

«Per me?»

«Sì. Ma per dartela, dobbiamo andare in camera e chiudere il chiavistello.»

«Uh, uh, uh...» rispose Ruth divertita e uscì correndo su per le scale.

A metà della scala, Tony la prese in braccio e non la lasciò finché non furono in camera.

«Non provare a dire nulla sul mio peso, eh?» gli disse Ruth scherzando, vedendo che era senza fiato.

Lui si mise a ridere e tirò il chiavistello, poi si sedette sul letto.

«Per trovarlo devi spogliarmi.»

«Uhm... la cosa si fa interessante», sussurrò lei.

E iniziò a sbottonargli la camicia lentamente, dandogli un bacio per ogni bottone che sfilava dall'asola. Quando la tolse del tutto, vide che Tony aveva un cerotto sopra la spalla sinistra.

«Per te, tesoro», sussurrò lui.

Sorpresa, vide che si era tatuato il simbolo dell'infinito e la frase *Fino all'infinito e oltre*, proprio come quella che aveva lei e che in passato aveva avuto suo padre.

«Sei pazzo», mormorò commossa.

«Di te senza dubbio, cucciola. Ti piace?»

«E come potrebbe non piacermi?»

Quella notte fecero l'amore con follia e passione, mentre Omar arrivava a casa sua e chiudeva la porta, sentendosi solo. Terribilmente solo.

40.
La donnaccia

Un venerdì in cui i bambini non avevano scuola, Tony non andò al lavoro. Svegliandosi e vedendo che tutti i piccoli erano nel loro letto, sorrise felice.

Non si sarebbe mai aspettato di avere così poca intimità con la sua compagna, ma era consapevole che, stando assieme a Ruth, niente sarebbe stato come previsto.

All'improvviso, un paio di manine gli presero la testa e si ritrovò davanti la testolina di Adán. Il piccolo gli diede un bacio e lo abbracciò. «*Buongiolno.*»

«Buongiorno, campione.»

Il bimbo fece lo stesso sorriso incantevole di sua madre, poi lo guardò negli occhi.

«Ho fame», sussurrò.

«Hai fame?»

Lui annuì, quindi, cercando di non svegliare Jenny, Brian e Ruth, che dormivano, Tony si alzò dal letto con il piccolo in braccio e scese in cucina.

Qualche ora più tardi, quando anche gli altri si erano alzati, Tony propose di uscire a mangiare e i bambini furono entusiasti dell'idea.

Poco dopo erano in macchina e Jenny cantava una canzone di Violetta che Ruth aveva messo.

«Vi porto in un posto dove si mangia in modo eccezionale», disse Tony.

«Che posto?» chiese Brian.

Tony lo guardò dallo specchietto retrovisore e vide che stava toccando il blocco della cintura di sicurezza.

«Brian, non slacciarti altrimenti mi arrabbio.»

Venti minuti più tardi, dopo aver parcheggiato la macchina, entrarono in un ristorante esclusivo. Il maître, che conosceva

Tony, lo salutò con cortesia, un po' sorpreso per la compagnia così diversa con cui si presentava quella volta, e li fece accomodare a un tavolo vicino a una cristalliera.

Qualche istante dopo, Adán si alzò dalla sedia.

«Adán, siediti», disse Tony in tono serio. I bambini si guardarono. Quel posto era noiosissimo. Non si potevano alzare, non potevano giocare...

«Che cosa succede?» chiese Tony.

«Per loro, uscire a mangiare non è questo», disse Ruth, sorridendo.

«Vi prometto, bambini, che qui si mangia meravigliosamente», insistette lui. «Vedrete che vi piacerà tutto.»

All'improvviso, si sentì una voce di donna dietro di loro. «Tony Ferrasa! Il più bello dei belli. Da quanto tempo che non ti vedo!»

Girandosi, Tony vide Anaís Montenegro, un'esplosiva cantante messicana con cui aveva collaborato un'infinità di volte. Lui si alzò, galante, e le baciò la guancia. Ma lei, guardandolo direttamente negli occhi, appoggiò un indice sul primo bottone della camicia e lo abbassò lentamente fino a dove iniziavano i pantaloni.

«Perché non mi chiami, amore mio?» disse facendo le fusa.

Ruth, vedendola, rimase a bocca aperta.

«Che gran sfacciata!» disse Jenny.

Ruth la guardò con aria di rimprovero per farle capire di chiudere la bocca.

«Anaís, ti presento la mia fidanzata Ruth e i suoi figli, Jenny, Adán e Brian.»

Ruth si alzò e la salutò con un sorriso.

«Scusa il mio poco tatto, Ruth. Non sapevo che fossi la sua fidanzata.»

Lei alzò le spalle per dire che la cosa non aveva importanza, ma quando qualche minuto più tardi quel pezzo di mora se ne fu andata, Jenny, che non aveva peli sulla lingua, intervenne.

«Che razza di donnaccia. Se non ci fossimo stati noi, ti avrebbe strappato i vestiti.»

Ruth stava per sgridarla, ma intervenne Tony in tono molto serio. «Ascolta, signorina. Anaís è una buona amica e non mi va quello che stai dicendo...»

«Non mi piace quella donna, non mi piace come ha guardato la mamma. Crede di avere più classe, più soldi e un cognome più altisonante. È una donnaccia!»

«Jenny!» esclamò Ruth.

«Donnaccia!» affermò Adán, e Brian lo ripeté.

«Bambini!» li riprese Ruth.

Tony, infastidito, guardò dritto negli occhi la piccola dai capelli biondi.

«Non devi parlare così delle persone che non conosci, Jenny. Hai detto una cosa molto brutta su Anaís e mi fa molto dispiacere quando parli in questo modo. Fai il favore di comportarti come una bambina della tua età e lascia le telenovele per quando crescerai.»

Ruth guardò Tony sorpresa.

«È più brutto come ti ha guardato quella davanti alla mamma. Sono una bambina...» continuò Jenny lasciandolo a bocca aperta «e so riconoscere bene le occhiatine di queste gattemorte.»

Lui stava per dire qualcosa d'altro, ma Ruth intervenne. «Adesso basta, Jenny. Quando torniamo a casa ne parleremo molto seriamente, hai capito?»

«Ma mamma, quella donna...»

«No, Jenny», l'interruppe sua madre. «È meglio se non aggiungi altro. Adesso guarda il menu e scegli che cosa vuoi mangiare.»

Con un gesto di stizza, la bambina corrugò la fronte e si mise a guardare il menu, in silenzio.

Ruth sorrise a Tony in segno di scusa e gli strizzò l'occhio.

In quel momento, Brian incrociò le braccia sul petto. «Io non voglio mangiare qui», dichiarò.

«E dove vorresti mangiare?» gli chiese Tony sorridendo.

I due gemelli indicarono un McDonald's dall'altra parte della strada.

«Quello significa uscire a mangiare per loro», disse Ruth ridendo.

Capendo il malessere dei bambini in quel ristorante così esclusivo, Tony si alzò e andò a parlare con il maître, poi tornò verso di loro.

«Chi vuole un hamburger da McDonald's?» chiese.

Adán e Brian si alzarono subito dalla sedia e iniziarono a saltare di felicità.

«Devo andare al bagno», disse Jenny, ancora arrabbiata dopo la strigliata che si era presa.

Ruth, comprendendo quanto stava male la bambina, la seguì. Una volta dentro, entrarono in una delle toilette assieme. «Jenny, per favore, smetti di chiamare donnacce tutte le donne che si avvicinano a Tony.»

La bambina non rispose. Era ancora arrabbiata e Ruth insistette.

«Dai, Jenny, che cosa ti prende?»

Gli occhi della piccola si riempirono di lacrime. «Mami, io voglio bene a Tony e non mi piacerebbe se qualcuno ce lo portasse via. E quella donna voleva portarcelo via.»

«Ascolta, Jenny. Nessuno ci porterà via Tony», disse Ruth commossa. «Per prima cosa perché lui non è nostro. Noi due abbiamo una bella relazione e ci amiamo molto e lui vuole molto bene a voi. Ma non ci appartiene, come noi non siamo sua proprietà.»

La bambina stava per dire qualcosa, quando si aprì la porta del bagno ed entrò una persona dalla voce inconfondibile.

«Sì... sì... davvero...» disse Anaís, «ho appena incontrato Tony Ferrasa e la sua nuova fidanzata. Una dai capelli rossi un po' insulsa e piena di bambini, che orrore!»

Ruth e Jenny si guardarono e la prima le fece segno di stare in silenzio. Curiosa, schiuse la porta della toilette per scoprire con chi stava parlando e vide che era al telefono.

«Tranquilla», rispose la cantante messicana sistemandosi i capelli davanti allo specchio. «Sai bene che le fidanzate del nostro moro non durano molto. Lo chiamerò questa notte e domani notte e così via finché non verrà da me. Quell'uomo mi piace e nessuna donna dai capelli rossi con la faccia da fessa si interporrà tra noi o...»

Ruth tappò le orecchie a Jenny per le volgarità che la donna aveva detto e la bambina protestò.

«Mami!»

Mettendosi un dito sulle labbra le chiese di stare zitta e quando Anaís se ne andò uscirono anche loro.

«Vedi, mamma, che è una donnaccia?» disse Jenny con l'espressione rilassata.

Ruth annuì. «E una sgualdrinella», aggiunse. «Hai ragione.»

Uscirono dal bagno e andarono verso la porta, dove Tony le aspettava con i bambini. Ruth cercò Anaís con lo sguardo e la vide a un tavolo in fondo, con un uomo.

«Jenny, vai da Tony.»

«Mami, voglio stare con te.»

«No, Jenny, ho detto che devi andare con Tony.»

«Mamma, io...»

Ma lo sguardo duro di Ruth fece sì che ubbidisse.

Ruth si diresse verso Anaís, poi sbatté le mani sopra il tavolo con un colpo secco.

«Se vengo a sapere che chiami Tony, anche una volta sola, ti assicuro che smetterò di essere una donna insulsa dai capelli rossi e con la faccia da fessa per diventare una donna dai capelli rossi pericolosa e di cui aver paura. Chiaro?»

Senza aggiungere altro, si girò giusto nel momento in cui Tony, avvertito da Jenny, si stava avvicinando.

«Che cosa succede, tesoro?» chiese, vedendo la faccia sorpresa di Anaís e del suo accompagnatore.

Ruth sorrise e lo baciò sulle labbra.

«Niente. Ho solo dovuto chiarire molto bene chi sono a questa tipa.»

Mezz'ora dopo, al McDonald's, Tony si piegava dalle risate sentendo quello che Ruth le raccontava di Anaís, mentre i bambini si divertivano nella zona dei giochi e Jenny era felice di veder ridere il suo moro dagli occhi come l'alba di Acapulco.

Quel pomeriggio, quando arrivarono a casa dopo aver mangiato e fatto una passeggiata, mentre Ruth metteva i costumi a Brian e Adán, Jenny si sedette sulle ginocchia di Tony.

«Posso chiederti una cosa?» gli chiese.

«Certo, tesoro. Puoi chiedermi quello che vuoi.»

«Ami molto mammina?» disse, dopo qualche istante di silenzio.

«Moltissimo», affermò Tony.

«E a Brian, Adán e me, anche a noi vuoi bene?»

«Moltissimo», ripeté lui.

Felice per quelle risposte, la bambina lo abbracciò. «Ti piacerebbe essere il nostro papino?»

«Ah, cielo!» mormorò lui sconvolto.

«Non ho mai avuto un papino come le mie amiche di scuola e se tu ci ami e noi ti amiamo perché non potresti esserlo?» aggiunse Jenny prima di lasciarlo proseguire.

Tony sorrise. Nel mondo dei bambini sembrava tutto facile e baciò la piccola sulla testa, mentre guardava Ruth e Lola che combattevano con i gemelli.

«Tu vuoi che io sia il tuo papino?» le chiese.

Jenny annuì felicissima.

«Sai, mi piacerebbe più di ogni altra cosa al mondo», le disse, sorridendo.

La bambina spalancò gli occhi. «Davvero?»

Tony annuì, commosso.

«Allora manca solo che la mamma ti ami e vi sposiate con un bel matrimonio.»

Tony si mise a ridere e spettinò quella piccola tanto bisognosa di amore. «Facciamo una cosa. Non dire niente alla mamma di questa conversazione e in futuro vedremo che cosa si può fare. Ok?»

Contenta di aver ottenuto quello che voleva, Jenny gli strizzò l'occhio, proprio quando Brian andava correndo verso la piscina e ci si buttava a capofitto, senza braccioli. Ruth, spaventata, gridò e Tony si tolse velocemente la bambina dalle ginocchia e si buttò in piscina per recuperarlo. Lo prese sott'acqua e tutti e due riemersero.

«Dove andavi senza braccioli, campione?»

Il bambino si mise a ridere e Tony dovette sorridere. Un paio di ore più tardi, suonò il telefono. Lola lo diede a Tony. Era Yanira e per alcuni minuti parlarono di un tema musicale a cui stavano lavorando. Poi Tony passò il telefono a Ruth. «Vuole parlare con te.»

Lei prese il cellulare.

«Ciaooo. Tutto bene lì?»

«Sì, fantastico», rispose sorridendo.

«Senti, stasera esco con le ragazze, ti unisci a noi?»

Ruth guardò Tony. «Non so.»

«Forza, dai! Passo a prenderti. Mia nonna Ankie è venuta dalla Spagna e questa sera canterà col suo fidanzato Ambrosius al Cool and Hot.»

Ruth pensò a quel locale di musica country in cui era andata altre volte con le ragazze.

«Uhm… muoio dalla voglia di prendermi uno screwdriver!»

Yanira scoppiò a ridere. «Dai, sarà una serata tra ragazze, vieni!»

«Tesoro, cosa ne dici se questa sera esco con Yanira e le sue amiche?» chiese a Tony.

«Con quelle depravate? Neanche per sogno!» gridò lui scherzando.

Yanira sentì. «Di' a quel testone di mio cognato che quando lo vedrò gliene canterò quattro.»

Tutte e due si misero a ridere e Ruth, vedendo che Tony sorrideva, disse: «Ok, mi hai convinto. A che ora passi a prendermi?»

Dopo aver appeso, Ruth appoggiò il telefono di Tony sul tavolino e si lanciò a bomba in piscina. Il resto del pomeriggio fu pieno di scherzi in acqua, baci e risate.

Verso le otto, mentre Lola dava da mangiare ai bambini, Ruth si stava preparando in camera. Fasciata da una minigonna di jeans, con indosso una camicia bianca e un paio di stivali da cowboy, era perfetta per andare in quel locale.

La porta si aprì e apparve Tony, che la guardò con desiderio e chiuse la porta.

«Perché ti fai così bella per uscire senza di me?»

Ruth rise e si mise il cappello da cowboy. «Credi che qualche uomo mi farà ballare come Anaís Montenegro farebbe con te?»

Tony aggrottò la fronte e chiuse il chiavistello.

«È finita, non esci! Rimani qui con me!»

Tra le risate, lei si buttò tra le sue braccia. «Ma lo sai che solo tu hai le tre "T"», disse, e lui la guardò stupito. «Tu mi piaci, tu mi fai innamorare e solo tu mi fai tua», spiegò lei.

«Sarà meglio, cowgirl…» disse lui togliendole il cappello, «perché se mi accorgo che non fai la brava… ti assicuro che sarò molto… molto cattivo con te. E dimentica Anaís, d'accordo?»

Felice, avvicinò la bocca alla sua e lo baciò. Si gustò con piacere la lingua che le esplorava la bocca. Poi lui la fece avvicinare a una poltrona e le tolse le mutandine con impazienza.

«Apri le gambe. Voglio assicurarmi che tu vada via contenta», disse lui togliendosi i pantaloni, mentre lei sorrideva.

Tony la prese per i fianchi per controllare i movimenti e la penetrò. «Ricorda che solo io ho le tre "I": io ti scopo, io godo di te e io ti faccio mia, capito?»

Ruth si contrasse dal piacere e lui la colpì sul sedere e iniziò ad accelerare gli affondi, mentre lei mordeva lo schienale della poltrona per non gridare e non farsi sentire dai bambini. Tony le fece scivolare le mani sul sedere e le strinse le natiche senza pietà, immobilizzandola. Ruth si abbandonò a quel sesso rude e passionale.

Qualche minuto dopo non ne poterono più e godettero insieme, tremanti.

Quando il loro respiro tornò normale, Tony uscì da lei. «Non vedo l'ora che torni, per rifarlo con più calma.»

Ruth si mise a ridere e si chinò per raccogliere le mutandine.

«Quelle le tengo io.»

Lei lo guardò divertita. «Vuoi che vada senza slip?»

Tony Ferrasa era terribilmente possessivo e Ruth, con una risata, andò a prenderne un paio pulito nella cassettiera, quindi entrò in bagno per lavarsi.

«Sappi che me ne sto mettendo un altro paio.»

Tony sorrise. Quella donna lo faceva impazzire a livelli che mai avrebbe immaginato.

41.
Delirio

Come sempre, uscire con le ragazze era divertentissimo. E che risate quando vide Yanira con la parrucca scura, per non essere riconosciuta da nessuno!

Dopo cena, le cinque donne andarono al Cool and Hot.

Lì, Yanira presentò a Ruth sua nonna Ankie, e la donna l'abbracciò felice, come se si conoscessero da tutta la vita. Quando più tardi Ankie e Ambrosius salirono sul palco a cantare una canzone, Ruth rimase a bocca aperta: erano sbalorditivi!

Dopo aver bevuto diversi screwdriver, iniziarono a ballare la musica country e Yanira si sorprese vedendo che Ruth conosceva tutti i passi. Lei spiegò che aveva lavorato per diversi anni in alcuni bar dove si suonava quel genere e si misero d'accordo per andare un giorno nel locale dove a mezzanotte offrivano la tequila. Tutte erano entusiaste all'idea.

Verso le due di notte, mentre Coral raccontava una storia spassosissima, ricevette una chiamata. «Era Sharah, la baby sitter...» spiegò una volta tornata al tavolo. «Mi ha detto che la bambina si è addormentata.»

«La tua piccola è una vera nottambula», disse Ruth, stranita.

«Non dirmelo», rispose Coral con rassegnazione. «Riesco a dormire a malapena per colpa di questa disgraziata col ciuccio e il pannolino.»

«E Joaquín non ti aiuta? Che io sappia, vive per te e per la bambina», disse Yanira.

Coral annuì. «Certo che lo fa, ma sai come siamo noi madri.»

Per un po' tutte, a parte Valeria, parlarono di bambini, fino a che non prese la parola Tifany.

«Ho qualcosa da dirvi. Alexei vuole che andiamo in luna di miele in Russia. Che cosa ve ne pare?» chiese.

«Wow!» esclamò Yanira.

«Russia… che freddo!» fece Coral tremando.

«Dice che visto che ci sposiamo qui con la mia famiglia, il viaggio di nozze lo vuole fare là, con la sua. Però non so. Non sono molto convinta. Mi piacerebbero di più la spiaggia, i mojito, la salsa, il calore…»

«E in Russia ci sono, no?» disse Ruth prendendola in giro.

«Tu che cosa gli hai risposto?» chiese Valeria.

Nervosa, Tifany le guardò. «Ancora niente. Me lo ha chiesto tre giorni fa, quando è tornato dal suo viaggio a Tokyo e io… io non ho saputo dirgli nulla. Mi ha colto di sorpresa. Non avrei mai immaginato la mia super luna di miele in Russia e tantomeno con la sua famiglia.»

«Ragazza, pensa positivo», volle incoraggiarla Ruth. «Con quel freddo non uscirete mai dalla stanza!»

Tutte si misero a ridere.

«Ieri mi ha fatto vedere su Internet quello che vorrebbe mostrarmi a Mosca. Certo, è tutto incredibile, ma sembra così serio, noioso…»

«La Russia è bellissima», disse Yanira. «Ci sono stata e ti assicuro che è una meraviglia. I russi sono seri, ma molto gentili.»

«Lo so già, cara. Ricordi che una volta ci siamo state assieme?»

Yanira annuì.

«E ti ricordi come ci siamo divertite nel club alla moda? Ecco, Alexei non ci vuole andare nemmeno per sogno. Odia i club trendy, dice che si è stufato per via del suo lavoro e che preferisce visitare il Cremlino, passare per la Piazza Rossa, vedere la Cattedrale di San Basilio e…»

«Per amore di Dio, mi è appena crollato un mito!» gridò Coral. «Stai dicendo che quel russo, quel tizio col corpo più perfetto che abbia mai visto in vita mia, preferisce visitare una cattedrale con la sua famiglia che stare a letto con te?»

«In sua difesa devo dire che quando siamo a letto…» precisò Tifany, «è sensazionale. Anche se in qualche momento un po' freddo. A me piacciono gli uomini che dicono cose tenere mentre fanno l'amore…» aggiunse a bassa voce, «ma non riesco a fargliele dire, neanche in russo!»

«Ma cosa mi dici!» esclamò Coral, e tutte risero. «A me ha sempre eccitato che mi si dicano cose sporche, tipo: "Ti piace come te lo metto dentro?". Così io, affannata, posso rispondere "Sì… sì, ma mettimelo dentro di più".»

«Che pazza», rise Valeria.

«E Joaquín ti dice porcherie?» chiese Yanira, a sua volta morta dal ridere.

«Chi ha parlato di Joaquín, scusa?» rispose Coral.

Si sbellicarono, poi Valeria aggiunse: «Be', il mio francese sì che mi parla quando siamo al dunque. Dice cose così francesi che vengo solo sentendolo. Che fascino che ha!»

Di nuovo scoppiarono a ridere. A un tratto Coral guardò Yanira e Ruth. «E come sono i Ferrasa?»

Yanira pensò all'uomo che la faceva impazzire con la sua sensualità. «Dylan è focoso, affascinante, generoso, energico e quando si morde il labbro inferiore mentre mi stringe contro il suo corpo… oh, Dio mio!»

«E Tony?» chiese Valeria.

Ruth sospirò e fece un'espressione più che eloquente. «Possessivo, ardente, appassionato, vorace, tremendamente sensuale. Quando mi parla e mi sculaccia il sedere con quello sguardo… uuuh!»

All'improvviso Tifany sussurrò: «A me Omar diceva cose incredibilmente romantiche e mi faceva volare quand…» ma si bloccò accorgendosi che tutte la stavano guardando. «Ma il mio russo è indescrivibile… molto meglio!»

Yanira sorrise. «Vedrai, ti divertirai tantissimo in Russia!» disse per distendere l'atmosfera.

«Certo, sarà fantastico», aggiunse Ruth.

«E se tutto andasse a rotoli dopo il matrimonio?»

«Beeeeeee'…» sbuffò Coral.

Valeria alzò gli occhi al cielo. «Se tutto andasse male, ti separi e via. Non sei nuova a queste cose, ragazza. Il mondo non crolla per un divorzio.»

Tifany annuì. Valeria aveva ragione e chiese un altro giro di screwdriver. «Al mio matrimonio con il russo più sexy del pianeta!» brindò, alzando il bicchiere.

Tutte si unirono e bevvero, ridendo.

«E se stessi commettendo una pazzia?»

«Oh, santo cielo», sussurrò Ruth.

«Cazzooooo», fece Coral. «Altri cinque screwdriver», chiese alla cameriera.

«L'ho detto… ho detto quello che penso, oh, mamma!» mormorò Tifany.

«Sì, l'hai detto», confermò Valeria.

«Perché pensi che sia una pazzia?» chiese Yanira, prendendole una mano.

Vedendo la ex cognata evitare il suo sguardo, la prese per il mento per fissarla negli occhi. «Per mille diavoli, Tifany.»

Valeria e Coral si scambiarono un'occhiata e quest'ultima gridò: «Cameriera, portane dieci, di screwdriver!»

«Che cosa succede?» chiese Ruth.

«Non dirmi che è proprio quello che sto immaginando...» insistette Yanira.

La cameriera arrivò con cinque cocktail; Tifany prese il suo e lo bevve tutto d'un fiato. «Ci ho pensato molto e mi sono immaginata con lui. Alexei è il sogno di qualsiasi donna, ma sono confusa.»

«Uccidetela!» esclamò Coral. «La ragazza ha nel suo letto l'uomo più bello del mondo e... è confusa?»

«Cazzo, perché Alexei, quel gran pezzo di russo, non si è innamorato di me?!» si lamentò Valeria.

Yanira le diede una manata. «Ti ricordo che hai una relazione più che invidiabile con un francese bello e affascinante che si chiama Alain Bourgeois, a cui hai detto che non vuoi andare a vivere con lui solo qualche giorno fa.»

«Voleva che andassi in Francia!»

«Chiaro, Valeria», rispose Yanira. «Lavora lì.»

«E io lavoro qui», si difese lei. «E come ho già detto, chi mi ama deve fare una pazzia d'amore per me, punto e basta.»

Iniziò quindi una discussione sull'amore, le pazzie e i rimpianti, finché Valeria non disse: «Vediamo un po'. Non stiamo parlando di me, ma di qualcun altro».

Tifany sospirò e si mise a singhiozzare. «Odio Omar, ma ha quegli occhi pazzeschi, che ti stendono, e quel colore di pelle così bello...»

«Non dire cazzate...» intervenne Coral guardando la futura sposa. «Ascolta, Tifany, ti sto per dare uno di quei ceffoni che moriamo tutte e due. Tu per il colpo e io per l'onda d'urto. Ma che cazzo stai dicendo?»

Valeria scoppiò a ridere. Coral era tremenda. Ruth e Yanira si guardarono.

«Alla fine avrai ragione con la storia della maledizione dei Ferrasa», disse la moglie di Dylan.

«Te l'avevo detto.»

All'improvviso, partì una canzone e Tifany si buttò in pista a ballare come una pazza, accompagnata da Coral. «Vado anch'io», disse Valeria. «Non mi fido dell'onda d'urto di Coral.»

Mentre loro stavano ballando, Ruth si avvicinò a Yanira. «Vedi che c'è sotto qualcosa?»

Ancora incredula per tutto quello che aveva scoperto, l'altra la guardò. «Come sei riuscita a beccarla tu prima di me? Io dovrei conoscerla meglio.»

Ruth sorrise e stava per rispondere, ma Tifany si avvicinò al tavolo e si sedette.

«E poi c'è stato quel ballo, al compleanno di suo padre, in cui mi ha guardata e mi ha fatta volare e... e ora è così bello e trendy con quella pettinatura che... che...»

«Per tutti i santi del paradiso!» esclamò Coral che si era seduta vicino a lei. «Te lo do... giuro che ora ti arriva!»

«Coral...» la calmò Yanira.

«Cazzo, Yanira...» protestò lei, «abbiamo già vissuto tutto questo e il mandrillo ha continuato a scopare con tutte le donne che incontrava.»

«Può essere cambiato», disse Ruth, cercando di dare fiducia a Omar.

Valeria sentì queste parole proprio quando stava tornando al tavolo. «I puttanieri nati non cambiano, te lo dico io!»

«Omar è un idiota, uno stupido e un egocentrico e non permetterò che rovini le mie nozze con Alexei», disse Tifany, bevendo un altro screwdriver.

«Così si fa!» la incoraggiò Coral.

Ma un nuovo lamento uscì dalla gola della bionda. «Anche se l'altro giorno è venuto a casa per riportare Preciosa, dopo aver passato un giorno con lei, e c'era Alexei. È stato gentile con lui, gli ha chiesto anche scusa per il male che ci aveva fatto e io... io... ho sentito che lo amavo e...»

«No, non è così che si fa!» sospirò Coral

«Lo ha fatto?» chiese Yanira stupita.

«Te lo giuro su Louis Vuitton. Lo ha fatto. Anche Alexei si è meravigliato.»

«Se lo giura su Louis Vuitton, io le credo», disse Coral sospirando. «Ma quel Ferrasa ha qualcosa in mente. Te lo dico io.»

«Quello che vuole, senza ombra di dubbio, è essere perdonato perché prova ancora qualcosa per lei», disse Ruth.

Era quella che lo conosceva meno e forse per questo era capace di credere nel pentimento che vedeva nei suoi occhi.

Tifany si rese conto all'improvviso di quello di cui stavano parlando. «Odio Omar… lo odioooooo!»

«Ma non hai appena detto che lo ami?» chiese Ruth senza parole.

«Lo amo… chiaro che lo amo. Ma lo odio… lo super-odio e lo super-extra-odio.»

«Andiamo in bagno, cara. Hai bisogno di lavarti la faccia con l'acqua per levarti di dosso tutta questa coglioneria», affermò Coral.

Mentre le due amiche si allontanavano assieme a Valeria, Ruth guardò Yanira. «Ti dico che è super-mega-ultra-innamorata di Omar», disse, lasciandosi contagiare dal linguaggio.

«Per favore, altri cinque screwdriver e… ben carichi!» ordinò Yanira alla cameriera.

Poco dopo, le tre ragazze che erano andate in bagno tornarono al tavolo.

«Non lo amo. Non amo Omar», sentenziò Tifany.

«Certo che no, tesoro», affermò Valeria.

«Io amo Alexei. Adoro il mio russo e sarò molto felice con lui.»

La risata fu generale e Ruth si rese conto della confusione che Tifany aveva in testa; fra l'altro, era quella che aveva bevuto meno di tutte. «Credo che la cosa più ragionevole sia che tu rifletta su quello che vuoi e, una volta che l'hai chiarito, segua il tuo cuore.»

«Appoggio la mozione!» disse Yanira, alzando il bicchiere, e tutte brindarono.

«Anch'io l'appoggio…» disse poi Coral, «ma se lasci il russo, dammi il suo numero di telefono che può venirmi utile.»

«Ma tu non hai Joaquín?» si informò Valeria.

«Non dire sciocchezze. Il russo è il russo!» rispose Coral.

Quella notte Ruth rientrò a casa alle cinque. Melodia e Luis Alfonso le andarono subito incontro per salutarla.

Dopo essere entrata dalla porta principale, con le mani nelle tasche della gonna di jeans, andò verso la cucina per bere un po' di acqua, ma quando aprì il frigo sentì un rumore e si girò, ritrovandosi davanti Tony.

Era bellissimo, come sempre, e mentre le si avvicinava, Ruth ebbe la sensazione di essere in un videoclip. Un bruno incredibilmente bello, con un paio di pantaloni neri leggeri da casa, camminava scalzo verso di lei con la camicia nera aperta, gli addominali perfetti in mostra e un paio di auricolari alle orecchie.

Dissolutezza assoluta!

Si sorrisero e quando le fu vicino Tony si tolse un auricolare.

«Ciao, cowgirl, ti sei divertita?» le chiese.

Ruth annuì.

«Mi sono divertita un sacco. E tu, che cosa ci fai ancora sveglio a quest'ora?»

«Ti aspettavo», le disse prendendola per la vita. «Non potevo dormire senza di te.»

Ruth lo baciò, innamorata. «Che cosa ascolti?» gli chiese, indicando l'auricolare che si era tolto.

Lui lo prese e glielo mise. «Pensavo a te», sussurrò.

Sentì la bellissima canzone *Delirio* di Luis Miguel e sorrise.

«Sai che c'era questa canzone la prima volta che ci siamo visti?» gli chiese.

Lui annuì, compiaciuto. «Balliamo?»

Siempre tú estás conmigo,
en mi tristeza, estás en mi alegría.
Y en mi sufrir
porque en ti se encierra toda mi vida.
Si no estoy contigo, mi bien, no soy feliz.
Es pasión, delirio de estar contigo,
y yo soy dichoso, mi bien, porque me quieres también.

Abbracciata a lui, si lasciò guidare. Senza dubbio vivere accanto a Tony era come stare in un videoclip musicale romantico che non finiva mai. Era meraviglioso ballare vicini nel buio della cucina. Era incredibile e tremendamente sensuale; quando sentì vicino all'orecchio la sua bocca che le mordicchiava il lobo, ansimò e desiderò che la cosa andasse oltre.

«Cosa ne dici se andiamo in camera e chiudiamo il chiavistello?» gli chiese.

Tony annuì e la prese in braccio senza esitazione, guardandola con un sorriso affascinante. «Cucciola, hai appena detto quello che volevo sentire.»

Arrivati nella stanza, Ruth chiuse la porta e continuarono a ballare appiccicati fino a quando fecero l'amore, con tenerezza, dolcezza e passione.

La mattina seguente, Valeria, Coral, Yanira e Ruth ricevettero un messaggio di Tifany:

«Alexei è l'uomo della mia vita. È stata tutta colpa degli screwdriver. Vi voglio strabene!»

42.
Gelosia

All'inizio di dicembre i Ferrasa ricevettero un invito per partecipare a un gala di beneficienza. Ogni volta che Ruth andava a questi eventi, rimaneva senza parole; vedeva le star più famose al mondo, artisti che ammirava per la loro musica o per i film, e poteva rendersi conto in prima persona che erano normali esseri umani, proprio come lei.

«Tesoro, voglio presentarti un amico», le disse Tony.

Ruth, che stava parlando con Yanira, rimase senza parole trovandosi di fronte a Thor, o meglio Chris Hemsworth, un biondo da paura, bello e incredibile.

«Chris, ti presento la mia futura sposa. Di sicuro tua grande ammiratrice.»

L'attore, che era accompagnato dalla bellissima moglie Elsa Pataky, spagnola anche lei come Ruth, sorrise e subito i quattro iniziarono a chiacchierare. Parlarono di un'infinità di cose, anche dei bambini. Le due coppie risero, scoprendo quante cose avevano in comune.

Dopo qualche minuto, altre persone si unirono alla conversazione. «Per amor del cielo, è ancora più bello dal vivo!» sussurrò Ruth a Tony.

«Devo essere geloso?» chiese lui, sorridendo.

«Gelosissimo», rispose Ruth.

Lui la guardò, affascinato, e stava per baciarla quando si avvicinarono alcuni colleghi della casa discografica e dovette rinunciare. Accorgendosi che stavano per mettersi a parlare di lavoro, Ruth prese una coppa di champagne, si avvicinò a Yanira e iniziò a raccontarle che aveva conosciuto Chris. In quel momento videro entrare Tifany a braccetto col russo. Lei sorrise vedendole e si avvicinò con Alexei.

Alcuni minuti dopo, si unì a loro Dylan e poco più tardi anche Tony. Le tre coppie si sedettero vicine a chiacchierare, mentre sul palco andavano in scena diversi spettacoli. A un certo punto videro arrivare Omar, da solo.

Questo li sorprese. Omar da solo?

Mentre si dirigeva verso il loro gruppetto salutò diverse persone, sempre sorridente.

Quando li raggiunse diede due baci sulle guance a Tifany e la inondò della sua colonia. Lei si mosse nervosamente sulla sedia.

«Che succede?» le chiese Yanira.

«Ha cambiato colonia», rispose lei infastidita.

«Che cosa?» intervenne Ruth.

Lei e Yanira si scambiarono un'occhiata.

«Omar usava *Fahrenheit* di Dior e adesso sa di *The One* di Dolce e Gabbana.»

«E qual è il problema?» chiese Yanira.

Bevendo dalla sua coppa, Tifany le si avvicinò. «Negli anni in cui eravamo sposati, gli ho comprato migliaia di profumi sperando che cambiasse, invece non l'ha mai voluto fare. Perché adesso sì?»

Yanira la guardò a bocca aperta e scosse la testa. «Facile, ne ha avuto voglia!»

Tifany scrollò il capo vedendo Alexei che parlava e rideva con i tre fratelli Ferrasa e fece un sorriso spettacolare. «Sono super felice che il mio futuro marito si trovi bene con loro.»

Anselmo si avvicinò alle ragazze. «Ecco le mie due bionde e la mia rossa preferite. Come state?»

«Meglio, adesso che l'uomo più affascinante della festa è qui con noi», rispose Tifany.

Anselmo scoppiò a ridere e guardò i suoi figli e il russo. «Anche se il tuo futuro marito non è un Ferrasa, spero che siate molto felici, Tifany.»

«Grazie», rispose lei commossa.

Dopo aver fatto l'occhiolino alle tre ragazze, Anselmo si avvicinò ai quattro uomini per unirsi alla conversazione.

Yanira e Ruth stavano per dire qualcosa, ma Tifany si alzò per andare a salutare alcune persone.

«Ti dico che la maledizione dei Ferrasa colpisce ancora», scherzò Ruth.

«Giuro che la uccido con le mie mani se non si chiarisce», rispose Yanira.

Quella sera, mentre Ruth si stava sistemando il trucco in bagno, le si avvicinò una bella donna. «Sei la fidanzata di Tony Ferrasa, vero?»

Ruth la guardò. Era la bionda Enith, la bella ragazza con cui Tony aveva cercato di farla ingelosire mentre non stavano assieme, e capì che lei non l'aveva riconosciuta. «Sì, perché?»

«Volevo avvisarti.»

«Di che cosa?»

In quel momento, entrò nella toilette anche Yanira che salutò la ragazza.

«Stavo dicendo alla fidanzata di Tony che stia attenta», disse rivolgendosi a Yanira, che scambiò uno sguardo con Ruth.

«Quando stavo con lui, il maledetto mi ha mollato per una cameriera. Ci credereste? Una coi capelli tutti colorati, che chissà da dove veniva», aggiunse con una smorfia. «Stagli addosso, bellezza. È un Ferrasa, cos'altro posso aggiungere!»

Yanira guardò Ruth, che aveva l'espressione divertita.

«Grazie per avermi avvisata. Ne terrò conto e lo terrò d'occhio.»

Enith se ne andò, soddisfatta di aver fatto la sua buona azione giornaliera.

«Posso farti una domanda?» chiese Ruth a Yanira.

«Certo!»

«Tony è stato davvero con tutte queste modelle e attrici che gli attribuisce la stampa?»

L'altra ci pensò un attimo. «Mi piacerebbe dirti di no, ma ne conosco molte con cui, sì, è stato. Anche se, come sai già, i giornali esagerano molto le cose. Tuttavia, a sua difesa devo dirti che era single e senza legami, non come ora che ha te.»

Ruth annuì. «Conosci Anaís Montenegro?» aggiunse.

«Sì...» rispose, mettendosi a ridere, «e lascia che ti dica che si scioglie quando vede Tony, Dylan o Omar. Ma, tranquilla, non è mai piaciuta a nessuno di loro, anche se è bella ed esplosiva.»

«Dai, andiamo a controllare quei Ferrasa», aggiunse, divertita.

Tra le risate, uscirono dalla toilette e si diressero verso il bancone. Poco dopo furono raggiunte da Tifany. «I Ferrasa sono pazzeschi. Vi siete accorti come attirano le donne?»

Yanira e Ruth, che fino ad allora erano rimaste tra loro, si girarono a guardare e videro Omar, Dylan e Tony circondati da donne, una più bella dell'altra. Era chiaro che quei portoricani, alti e bruni, erano come magneti per le femmine.

Ruth si accorse che tra loro c'era anche Enith, molto vicina a Tony. «Se lo tocca, giuro che le do io un ceffone con onda d'urto.»

«Tranquilla, cara», disse Tifany. «Tony è un uomo che sa come tenerle a bada e non lo permetterà.»

Yanira, più abituata di Ruth a quel comportamento femminile, sorrise. «Ricorda, Ruth, loro li desiderano, ma lui desidera te.» Poi guardò Dylan. «Non dimenticarlo mai, o la tua vita sarà un inferno.»

«Più che un inferno...» mormorò Tifany, osservando Omar.

Ruth annuì. Non era la prima volta che lo sentiva. «Dovrò ricordarmelo, ma odio che li desiderino», disse con espressione tesa.

«Anch'io, ma è così», disse Yanira.

Poi Tifany si girò per salutare alcuni conoscenti.

«Non dubiti mai di Dylan?» chiese Ruth a Yanira.

Lei bevve un sorso dal suo bicchiere e pensò alla sua vita sessuale con lui.

«Per il momento no e so che nemmeno lui dubita di me, perché tra di noi non ci sono segreti e facciamo assieme tutto quello che vogliamo fare», e sorrise ricordando certe cose. Poi proseguì: «Una volta ci siamo lasciati prendere dai dubbi e il nostro matrimonio è andato in pezzi, ma per fortuna il mio incredibile Ferrasa mi è venuto dietro e mi ha riconquistata con tutte le sue armi più romantiche, finché non ho capito che siamo fatti l'uno per l'altra. Quindi ci siamo sposati di nuovo».

«Che romantico!» disse Ruth.

Yanira annuì e guardò suo marito. «Sì, Dylan è terribilmente romantico e questo mi piace. Anselmo e sua madre sono stati dei grandi maestri e immagino che anche Tony lo sia. Mi sbaglio?»

Ruth lo guardò con un sorriso, proprio quando anche lui la stava guardando.

«Non ti sbagli. Tony lo è molto e mi dice delle cose bellissime che a volte mi fanno perdere la testa. Con le parole, gli sguardi e la musica è capace di ottenere da me quello che vuole. Mette una canzone, mi fa ballare e... Puf! È come se stessi vivendo in un videoclip di quelli che fate voi. Tutto è così perfetto che a volte mi fa paura.»

Yanira pensò che sapeva molto bene di cosa Ruth stesse parlando, quando all'improvviso vide Anaís Montenegro che si avvicinava al gruppo di uomini per salutarli. «Guarda... la tua amica...» disse.

Nel vedere quella seccatrice così vicina a Tony, Ruth si irrigidì.

Sapeva che doveva fidarsi di lui, ma, anche se cercava di tenere a bada la gelosia, questa stava bussando alla sua porta con un sorriso messicano.

All'improvviso, Anaís si voltò e disse qualcosa a Omar. Lui annuì, lei lo prese per mano e lo portò in pista a ballare.

«La Montenegro è furba... ha preso il Ferrasa libero», commentò Yanira.

Tifany, che era tornata con loro, non disse nulla, fino a quando, qualche istante dopo, quella bella donna dalle gambe lunghe e dal viso perfetto non mise una mano sul sedere di Omar e iniziò a stringerlo a sé. «Che zoccola», mormorò.

«E anche una donnaccia», aggiunse Ruth, capendo il gioco della tipa.

Ruth spiegò quello che era successo qualche giorno prima al ristorante e risero assieme a Yanira. Ma Tifany, vedendo che Omar non disdegnava il contatto fisico, iniziò a incupirsi.

«Si può sapere che cosa ti succede?»

Ma Tifany non rispose.

«Ti ricordo che lui è libero, single e senza legami. Non è più tuo marito e tu stai per sposare Alexei.»

«Cara, lo so...» rispose lei, guardando il russo che stava parlando in fondo alla sala.

«E allora?» insistette Yanira.

Tifany bevve un sorso dal bicchiere e lo appoggiò al bancone.

«Hai ragione. Sarei da uccidere.»

Poco dopo, si avvicinarono alcuni produttori che Yanira conosceva: Sean, James e Drew. Chiacchierarono per qualche minuto e poi le invitarono a ballare. Ruth vide con la coda dell'occhio che Tony continuava a parlare con suo fratello, per cui accettò e andò a ballare con Drew. Aveva voglia di divertirsi, così cercò di dimenticarsi della sua stupida gelosia, ma quando finì la canzone sentì qualcuno dietro di lei.

«Mi restituisci la mia fidanzata?»

Drew le strizzò un occhio. «Nessuno può dire di no a Tony Ferrasa», disse, e si allontanò.

Lui sorrise. Drew era anche un buon amico. Tony e Ruth si misero a ballare.

«Ti sei già stancato di essere circondato dalle bellezze come la tua amica Anaís?»

Lui la guardò con un sorriso. «Sì. Per questo adesso sono qui, con la donna più bella del pianeta.»

Ruth non sapeva se ridere o arrabbiarsi e alla fine sussurrò: «So che quelle ti desiderano e che tu desideri solo me, ma...»

«Non soltanto ti desidero, vita mia, ma ti amo, ti voglio bene, ti adoro e sei l'unica che mi interessa sulla faccia della Terra. Abbi fiducia in me.»

Estasiata per quelle parole romantiche ribatté: «Ma tu non ti fidi di me... è per questo che sei corso a togliermi dalle braccia di Drew?»

«Ho piena fiducia in te, cucciola», rispose lui.

«E allora?»

Tony sorrise in quel modo che la faceva impazzire e, mentre guardava suo fratello Dylan che ballava con Yanira, si avvicinò al suo orecchio.

«Sono un Ferrasa e vedere la mia donna tra le braccia di un altro mi rende geloso.»

Lei si mise a ridere e lo abbracciò. «Sei da uccidere, tesoro. Ma ricorda che non devi preoccuparti. Anche se loro mi desiderano, io desidero solo te.»

Tony si mise a ridere. Ruth era fantastica.

43.
Ti amerò sempre

Arrivò dicembre e con esso anche il compleanno di Ruth, il ventitré, e quello dei gemelli, il venticinque, giorno di Natale.

Il ventisei Tony organizzò a casa un super compleanno per tutti e tre, a cui parteciparono moltissimi amici di Ruth, compresa Linda, che venne apposta dal Minnesota, e Anselmo e la Tata, che erano a Los Angeles perché avevano festeggiato la notte di Natale con la famiglia.

Ruth si godette l'affetto di tutti e, commossa, ricevette moltissimi regali, come anche i bambini. Quando arrivò il turno di Tony, la portò fuori e la lasciò senza parole, mostrandole una bellissima Volkswagen rossa identica a Harry, decorata con un grande fiocco anch'esso rosso.

«Spero che ti piaccia la tua nuova macchina, tesoro.»

Ruth si mise ad applaudire e urlò di gioia. Adorava quell'auto.

«È come Harry!»

«Sì, tesoro. La carrozzeria è identica a quella del tuo amato Harry, ma ha un motore più moderno e potente.»

Senza riuscire a credere che quella bellissima macchina nuova e luccicante fosse per lei, la toccò e l'accarezzò, poi guardò Tony.

«Amore, è troppo.»

«Niente è troppo per te», sussurrò lui prendendola per la vita.

Tutti rimasero a bocca aperta e lei, estasiata, lo baciò mentre gli invitati applaudivano.

«Sei incredibile, Tony. Niente avrebbe potuto sorprendermi e piacermi di più di questo regalo.»

«Oh, sì, tesoro...» disse lui, sorridendo a Omar, «credo di poterti sorprendere di più.»

Ruth scoppiò a ridere, ma tornò seria di colpo quando Tony si mise in ginocchio davanti a lei e aprì una scatolina che aveva tirato fuori della tasca.

«Amore, mi vuoi sposare?»

«Oh, santo cielo!» esclamò, portandosi le mani alla bocca.

«Ti ho detto che ti avrei sorpreso di più», disse lui, strizzandole l'occhio.

Commossa per quell'incredibile dimostrazione d'amore davanti a tutti, Ruth avrebbe voluto dire qualcosa, ma sapeva che se lo avesse fatto sarebbe scoppiata a piangere. Allora udì la sua piccola Jenny che gridava, tenuta per mano da un emozionato Manuel.

«Mammina, di' di sì. Tony è il fidanzato che tutti noi volevamo e, in più, ha gli occhi belli come l'alba di Acapulco!»

Ci fu una risata generale e lui, dopo aver fatto l'occhiolino alla bambina, si girò verso Ruth.

«È importante questa cosa degli occhi belli come l'alba di Acapulco, non dimenticarlo.»

Ruth si mise a ridere e, ingoiando il nodo di emozioni che le chiudeva la gola, annuì.

«Sì. Sì, voglio sposarti», rispose commossa.

Ci fu un applauso generale. Tony si rialzò e si abbracciarono, mentre Jenny saltava di felicità e Anselmo sorrideva compiaciuto. «Quello è mio figlio! Un Ferrasa», disse, mentre Tony metteva il rubino al dito di Ruth.

Yanira rise emozionata e, abbracciata a Dylan, ripensò a quando lui le aveva chiesto di sposarlo. Senza dubbio quei Ferrara erano il massimo del romanticismo.

Tifany sorrideva tenendo per mano il russo, mentre senza farsi notare guardava Omar che parlava felice con Preciosa. Anche lui era stato un uomo molto romantico con lei, prima di diventare freddo e distante.

«Tesoro, la Russia è un posto bellissimo per passare la nostra luna di miele», disse guardando Alexei.

Lui la baciò felice e Tifany fu contenta. In quel momento Omar, anche se non poteva vedere perché parlava con Preciosa, intuì che cosa stesse succedendo.

«Cucciola... cucciolaaaaaa», gridò David, abbracciandola.

«Oh, bimba, che momento da brivido», applaudì Manuel.

«Vi voglio bene... vi voglio bene...» sussurrò lei, ricambiando l'abbraccio.

David era emozionato per tutto quello che avevano passato assieme e che li aveva portati lì.

«Oggi non piscerò per tutto il giorno, con tutte le lacrime che ho versato», disse asciugandosi le guance.

«Sei sempre stato un gran piscione, tesoro», disse Manuel.

I tre risero.

«Tony ci ha invitato a venire con voi a Porto Rico domenica, a casa di suo padre, per passare il Capodanno, ma abbiamo detto di no.»

«Perché?» protestò Ruth.

Manuel e David si guardarono. «Perché quest'anno, intuendo che la nostra cucciola preferita sarebbe stata assieme al suo splendido moro, abbiamo programmato di andare a New York», disse David, felice.

«E tu sai, *amove* mio, che oltre a essere di origini cubane, sono anche di New York e voglio mostrare a mio marito come si passa lì questa festa.»

«Vedrò come si abbassa la sfera a Times Square!» esclamò David.

Ruth annuì e sorrise. Sarebbe stato strano passare le feste senza di loro.

«Voglio foto, telefonate, messaggi, selfie, voglio sapere quanto vi divertite lì!»

«Promesso», affermarono all'unisono.

Poi i tre si scambiarono un abbraccio commosso e Tony, che li osservava da lontano, sorrise.

Quando vide che si separavano, si avvicinò a Ruth, la prese per il braccio e le asciugò le lacrime.

«Non voglio vederti piangere, cucciola.»

«È di felicità.»

«Lo so, ma è lo stesso. Non piangere, ok?»

Lei fece segno di sì.

«Sei felice?» le chiese Tony.

«Come mai in vita mia.»

«Cosa ne dici se ci sposiamo il quattordici di febbraio?» le sussurrò, baciandola.

«Neanche per sogno!» gli rispose presa in contropiede. «Vuoi che mi sposi il giorno degli innamorati? Per l'amor di Dio, tesoro, è una sdolcinatezza.»

«Vedi, per i Ferrasa...» le spiegò lui, senza cambiare espressione, «è una data molto... molto speciale. I miei genitori si sposarono quel giorno, e anche Yanira e Dylan.»

«Non prenderla male, ma non mi voglio sposare quel giorno.»

Vedendo che le si aggrottava la fronte, Tony sorrise. «Hai letto quello che ho fatto incidere nell'anello?» le disse, per farle tornare il sorriso.

Ruth, sorpresa, se lo tolse velocemente e rise, leggendo.

FAIEO

Le iniziali di *Fino all'infinito e oltre*.

«Sei l'amore della mia vita, Tony Ferrasa, anche se ci sposeremo il quattordici di febbraio.»

Lui avvicinò la bocca all'orecchio di Ruth in modo che nessuno potesse sentirlo.

«Voglio che tu me lo dimostri stasera in camera, con addosso solo il rubino e la chiave *Per sempre*.»

«I tuoi desideri sono ordini.»

Tutti volevano fare le congratulazioni ai futuri sposi e, mentre le amiche di Ruth la circondavano e lei commossa mostrava l'anello, gli uomini si avvicinarono a Tony per fargli gli auguri.

Dopo un po', quando tornò la tranquillità, Jenny si avvicinò a sua madre per avere qualche coccola e Ruth la prese in braccio. Per un po' quella bambina minuta rimase appoggiata sulla sua spalla.

«Non voglio che Lola stia più con noi», le disse.

«Perché?»

La bimba guardò nella direzione della ragazza che stava vicino ai gemelli.

«Questa mattina ha detto delle cose brutte al telefono.»

«Cosa?!»

«Sì, te l'ho già detto. Dice delle cose orrende, poi fa la carina davanti a tutti.»

Ruth la guardò. Era vero che gliel'aveva detto un'altra volta, ma non sapeva se fosse la verità.

«Domani le parlerò. Va bene, tesoro?»

Jenny annuì.

«Sei contenta delle mie nozze con Tony, amore?»

La piccola si animò e fece un sorriso bellissimo. «Sono molto contenta, molto! Così potremo rimanere a vivere qui per sempre. E poi voglio molto bene a Tony, anche se a volte si arrabbia con me perché lo chiamo "ragazzino"» o perché gli tocchiamo tutto e glielo mettiamo in disordine.»

Ruth rise. «Amore, devi pensare che lui viveva da solo e non era abituato che qualcuno gli mettesse sottosopra le cose.»

«Ti racconto un segreto?» le chiese Jenny.

«Certo, amore, dimmi.»

«Adán, la puzzola, con il mio evidenziatore verde ha colorato qualcosa che farà arrabbiare tantissimo Tony, quando se ne accorgerà. Molto.»

«Che cosa ha colorato?» chiese Ruth con la pelle d'oca.

Jenny glielo disse all'orecchio.

«Oh, santo cielo», esclamò Ruth con espressione terrorizzata.

«Oh, santo cielo, cosa?» chiese Tony, avvicinandosi.

Le due si guardarono e Jenny indicò la nuova macchina. «Le ho dato il nome di Charly. Ti piace?»

«Charly?» ripeté Tony.

La bambina guardò Tony.

«Avrete dei bambini?»

«No», rispose Ruth, mentre Tony diceva: «Sì».

Rimase stupita da quella risposta. «Non credi che siamo abbastanza?»

Ma la bambina, guardandolo, gli fece l'occhiolino. «Io voglio una bambina. Brian e Adán sono maschi.»

«Ogni cosa a suo tempo, signorina. D'accordo?» disse lui.

Un'ora più tardi, mentre David e Manuel distribuivano la torta a tutti quelli che la volevano, Tony si avvicinò a Ruth, che stava guardando la sua nuova macchina dalla finestra.

«Perché non vuoi avere figli con me?» le chiese, abbracciandola.

Lei fece un sospiro. «Tony, credo che un altro bambino...»

«Ascolta...» la interruppe lui notando la sua difficoltà, «abbiamo tre bellissimi bambini, ma mi piacerebbe averne qualcun altro con te e ti assicuro che non mi lascerò dissuadere.»

«Prima devi convincermi, e io sono tosta.»

«Ci proverò, so essere molto persuasivo», le rispose sorridendo. Poco dopo, vide che lei tornava a guardare dalla finestra.

«Ricordo che mi hai raccontato che hai comprato Harry perché quando eri piccola tuo padre aveva una macchina così. Vero?»

«Sì, una bellissima Volkswagen rossa come Harry e Charly», rispose lei, sospirando di nostalgia.

«Conosci Warren Frozen?» le chiese vedendola triste. «Un vecchio pilota di rally che...»

«Frozen, il pilota?» lo interruppe lei sorpresa. Non lo conosceva, ma si ricordava di averne sentito parlare da suo padre.

«Warren è amico di mio padre e anni fa ha comprato alcune terre vicino a Santa Clarita, dove si è costruito una casa enorme e una pista per dare lezioni ai futuri piloti. E proprio questa mattina ho parlato con lui e mi ha detto che sarebbe felice se tu domani andassi in pista e provassi la macchina. Che cosa ne dici?»

«Vuoi vedermi correre in pista?» chiese lei, scurendosi in volto.

«Mi piacerebbe vedere se sei così brava come ho letto in qualcuno degli articoli che ho trovato.»

«Forse ti sorprenderò», disse Ruth.

«Lo dubito», disse Tony scherzando.

Emozionata per tutta la felicità che lui le procurava, dichiarò: «D'accordo, domani andremo a provare Charly e preparati, perché ti prenderai un bello spavento».

Sorrisero e si baciarono.

«A proposito, a cosa era dovuto quel "Oh, santo cielo!" di pochi minuti fa, con la regina delle telenovele?»

«A niente», rispose lei subito.

Tony alzò un sopracciglio. «Ruth, anche se non so i dettagli, è successo qualcosa.»

Per un po' lei fece finta di nulla, guardando la gente che si divertiva, poi sospirò.

«D'accordo, te lo dico. Ma non ora.»

«Vedi. Vi conosco, voi dite: "Oh, santo cielo!" solo se qualcosa vi colpisce davvero. Che cosa è successo?»

«Non adesso.»

«Quando, allora?»

«Quando tutti se ne andranno.»

«È così tremendo? Cavoli, cucciola, mi stai spaventando.»

Ruth lo guardò, poi lanciò un'occhiata al pianoforte lucente e quindi si girò verso Adán che, seduto sulle ginocchia di Anselmo, parlava con Omar.

Tony si rese conto della direzione degli sguardi e si accigliò. «Che cosa ha fatto Adán?»

Ma Ruth non rispose. «Bimba, lo sai che odio quando abbiamo dei segreti.»

«Ho detto che te lo dirò dopo. Adesso godiamoci la festa e, ascolta, ripensa alla questione di avere altri figli.»

Tony sospirò. Era sicuro che Adán avesse combinato qualcosa. Ma che cosa?

Quella sera, quando tutti se ne furono andati e i bambini furono a letto, Tony la guardò, aspettando di sapere che cosa Ruth dovesse dirgli. Lei lo prese per il braccio e lo portò in sala. Lì lo fece sdraiare a terra, sotto l'incredibile pianoforte. Quando Tony vide il graffito verde del bambino su quello strumento così prezioso mormorò: «Oh, santo cielo!»

Senza dubbio era rimasto colpito.

44.
Nel mio profondo

Il giorno seguente, dopo aver lasciato i bambini alle cure di Anselmo e della Tata, Ruth e Tony andarono da soli a Santa Clarita. Una volta arrivati a casa di Warren, bevvero qualcosa con lui, quindi l'uomo li accompagnò alla pista. Mentre camminavano mostrò loro le strutture e di colpo Ruth fu sopraffatta dai ricordi di suo padre.

L'odore di gomma bruciata, l'asfalto caldo, i pezzi di macchine sistemati in modo ordinato, i cartelli colorati delle città. Tutto, assolutamente tutto quello che la circondava era identico a ciò che aveva vissuto durante l'infanzia con suo padre.

Commossa, stava guardando la pista assieme a Tony, quando Warren si avvicinò. «Quando mi ha detto il nome di tuo padre, mi sembrava di averlo già sentito. E cercando fra le mie cose, ho trovato questa foto. È lui, vero?»

Sconvolta, Ruth guardò lo scatto che le mostrava: si vedevano suo padre e Warren anni prima, felici sopra il podio, e lei di lato, con i codini, ad appena otto anni.

«Tuo padre era un gran pilota», disse Warren.

«E anche una grande persona», aggiunse Ruth, commossa.

Tony la abbracciò e Warren, per tirarla su di morale, le indicò una delle macchine che aveva lì per le lezioni. «Vuoi provarla?»

«Avevo pensato che avrebbe provato la macchina nuova», disse Tony.

Warren sorrise e scambiò uno sguardo d'intesa con Ruth.

«È meglio che usiate una macchina studiata appositamente per la pista. Quella che le hai comprato è una meraviglia, ma non ha le barre né le protezioni necessarie in caso di incidente.»

«Quella», disse indicando un'impressionante Porche GT3 blu intenso. «Quella è fatta per correre e vi darà la sicurezza necessaria in pista.»

«Wow!» esclamò Ruth, guardandola.

Warren andò a prendere da un armadio due tute ignifughe e un paio di caschi. «Ecco. Ora potete andare in pista.»

Senza perdere tempo, Ruth si mise la tuta e, mentre si chiudeva la lampo, sorrise come non faceva da tempo. Poi salì in auto assieme a Tony. «Sei sicuro che mi vuoi accompagnare?» le chiese, guardandolo.

Lui si mise il casco. «Non me lo perderei per nulla al mondo, cucciola.»

«Ti verrà la nausea.»

«Mi hai preso per un bambino?» domandò lui, scherzando.

Ruth si mise a ridere e sussurrò: «Scommetto cinque bigliettoni che ti verrà la nausea».

«Accetto la scommessa e rilancio a dieci», disse Tony divertito.

Ruth si mise il casco, poi premette un pulsante che stava sopra i caschi.

«Mi senti?»

«Che figo!» esclamò lui, mentre si sistemava sul sedile.

Ruth mise in moto la macchina. Il suono rauco del motore era pazzesco. Poi si infilò i guanti, se li sistemò, strizzò un occhio a Warren e uscì in pista.

Percorse un paio di giri di prova, all'inizio con molta attenzione. Doveva imparare il percorso, ma le risultò facile, perché non era un circuito complicato.

«Tutto bene, tesoro?» chiese a Tony.

«Sì. Mi farai spaventare?» rispose lui in tono beffardo.

«Preparati, saputello!»

Passando per la terza volta davanti ai box, Ruth schiacciò sull'acceleratore.

«Wow!» disse Tony ridendo.

Avendo già fatto i giri di prova, Ruth adesso si preparava in anticipo per le curve e iniziò a divertirsi. Mise in pratica tutto quello che il padre le aveva insegnato anni prima.

Quando passarono per la quarta volta davanti ai box, Tony si aggrappò al sedile. «Tesoro... stai attenta.»

«Hai la nausea?» chiese lei, ridendo.

«No, ma stai attenta.»

Ruth accelerò con maestria, accelerò e accelerò ancora per poi frenare, scalare le marce e prendere una curva a destra e una a sinistra. Felice per la sensazione della velocità, accelerò di nuovo e alla curva successiva la macchina slittò leggermente di lato.

«Attenzione!» gridò Tony.

Entusiasta, Ruth tornò ad accelerare di nuovo e le ruote stridettero. Al suo quinto passaggio davanti ai box, Tony non disse nulla, ma le sue dita erano conficcate nel sedile e lei lo notò, divertita.

«Ti sto spaventando, saputello?»

Lui non rispose e come un campione resistette altri sette giri, uno più veloce, folle e delirante dell'altro. Ma quando lei, nel rettilineo, frenò di colpo e iniziò a fare i testacoda con la macchina, non ne poté più.

«Ruth!» gridò.

Lei non lo sentì o non volle sentirlo. La macchina continuava a girare su se stessa e le ruote stridevano. Si sentiva odore di bruciato ed erano avvolti dal fumo, finché Ruth tolse il piede dal freno, la fece derapare e accelerando si buttò di nuovo in pista.

A Tony sembrava di non avere più il corpo e, appena fu in grado, disse: «Ruth, fermati!»

Lei lo guardò e, vedendo la sua espressione seria, capì quello che stava succedendo. Quindi senza esitare scalò le marce e tornò ai box. Appena fermi, Tony scese in fretta dal veicolo, si tolse il casco e la guardò, furioso.

«Sei pazza?»

«Ti sei spaventato?» chiese Ruth, con aria beffarda.

«Avresti potuto ucciderci!» gridò Tony con un gesto di rabbia. «Ma come… come ti viene in mente di guidare così?»

«Ma è molto facile, tesoro. Avevo una macchina, la pista per correre a mio piacere e l'esperienza. Che cosa vuoi che ti dica!»

Warren, che li stava osservando, si avvicinò a loro applaudendo. «Ruth, mi piace come guidi.» Poi vide che Tony si allontanava. «Che cosa gli prende?»

Lei guardò Warren. «Si è spaventato. Ecco cosa gli prende», gli disse a bassa voce.

L'uomo si mise a ridere e guardò la donna dai capelli rossi che era davanti a lui. «Vorresti provare un'altra macchina?»

Entusiasta e felice di farlo, annuì. Cinque minuti dopo era sulla pista con un'incredibile BMW, mentre Tony imprecava per averla portata lì.

Dopo aver provato un altro paio di macchine, scese e cercò Tony.

«L'ho mandato a prendere un caffè nel mio ufficio, in modo che si potesse rilassare.»

Lei sorrise. Tony doveva essere nervoso.

«Sai?» disse Warren guardandola. «Tuo padre è stato un buon maestro. Hai intuito e sei veloce nei movimenti, mi piace come guidi.»

«Grazie», rispose sorridendo, felice.

Aspettando che Tony tornasse, parlarono a lungo di macchine e guida. Warren vide che il viso della giovane si illuminava e, incuriosito, fece mille domande.

«È un peccato che non continui», le disse. «Mi piace il tuo stile e ti dico che se mai vorrai un lavoro da istruttrice, qui lo troverai. Chiamami.» Le diede un biglietto da visita, assieme alla foto di suo padre. «Prendila. Sono convinto che sarai felice di averla.»

Ruth lo guardò emozionata e lo ringraziò, infilando il biglietto da visita nella tasca dei pantaloni.

Quel pomeriggio, ormai vicini a casa, Ruth posò la mano sulla gamba di Tony.

«Confessalo: ti sei spaventato e ti è venuta la nausea!»

Lui, che si sentiva ancora il cuore a duemila per l'adrenalina, la guardò e sorrise.

«Lo confesso. Ma non voglio vederti mai più guidare così in vita tua.»

«Ma Warren mi ha offerto un lavoro», disse lei.

«Che cosa?!»

«Hai sentito bene. Se volessi, mi darebbe lavoro come istruttrice. Dice che sono brava e intuitiva con le macchine.»

«Quando te l'ha detto?» chiese a bocca aperta.

«Quando eri a prendere il caffè.»

Tony la guardò in modo molto serio. «Dimenticatelo. Non lavorerai mettendo in pericolo la tua vita.»

«Ho il suo biglietto da visita...» canticchiò.

«Ho detto di no. Neanche morto lascerò che tu lavori lì. Parlerò con Warren e...»

«Eh... eh... eh... frena, Tony Ferrasa», lo interruppe lei aggrottando la fronte. «Tu non devi lasciarmi fare nulla, né parlare con nessuno. E permettimi di ricordarti che sono abbastanza adulta da decidere che cosa fare, chiaro?»

«Non mi interessa quello che dici, non te lo permetterò.»

«Dillo ancora e fermo immediatamente la macchina e chiamo Warren per accettare il lavoro.»

Lui la guardò stupito e senza parole. Ruth, volendo finirla lì, gli fece l'occhiolino. «Comunque, mi devi dieci bigliettoni!»

Tony sorrise e le scompigliò i capelli.

45.
Stare con te

L'annuncio delle future nozze del compositore Tony Ferrasa con una cameriera fu una notizia bomba.

Si diffuse con la rapidità di un fulmine e tutte le riviste ne parlarono, pubblicando decine di servizi su di loro. C'erano foto di loro al parco con i bambini, di Ruth al lavoro, di eventi serali a cui partecipavano entrambi... e anche immagini e notizie di quando lei lavorava come cameriera o ancora più vecchie, di quando aveva vinto la sua prima corsa.

Senza volerlo, diventarono una fonte inesauribile di dibattito per i programmi di gossip, in cui si parlava del passato di Ruth e si lodava Tony Ferrasa per essersi innamorato di una semplice cameriera.

Ruth assisteva con orrore mentre quella vita che aveva voluto dimenticare veniva raccontata a tutti.

Un giorno, mentre stava prendendo il sole in terrazza con Yanira a Porto Rico, chiuse di scatto una rivista. «Non dovrei sentirmi male perché sono una semplice cameriera. È meglio essere una cameriera che un'assassina seriale.»

Yanira si mise a ridere.

«La stampa è così. Non farci caso. Anch'io ero una semplice cameriera e quando il mio visetto da cantante ha iniziato a essere famoso, dissero che ero la donna più promiscua dell'universo. E mi hanno attribuito un sacco di flirt, persino con Tony.»

«Ma davvero?»

«Sì.» Poi si mise di nuovo a ridere. «Dai, guarda cosa c'è scritto qui. Che Tifany e Alexei si sono sposati in segreto.»

Guardarono la rivista. «Tifany non lo farebbe neanche morta», disse Yanira con sicurezza.

Si misero a chiacchierare. Quando videro arrivare i due Ferrasa, Yanira chiuse il giornale e lo mise su una sedia. Quindi, allargando le braccia, accolse suo marito. «Vieni… vieni… dammi un bacione!»

Felice, Dylan obbedì, mentre Tony faceva lo stesso con Ruth. «Tutto bene, amore?»

Lei sorrise e indicò i bambini che stavano giocando a palla con la Tata, Lola e altre ragazze assunte per occuparsi di loro. «Questa è vita, tesoro!»

«Ragazze, vi scotterete», disse Anselmo, che arrivava in quel momento con Omar.

«Tranquillo, ho messo la crema solare ad alta protezione sia a me che ai bambini.»

I Ferrasa sorrisero. Erano portoricani dalla pelle scura e abbronzata e le loro mogli tutto il contrario. Tony baciò Ruth sulla spalla. «Anche così devi fare attenzione al sole.»

«Davvero?» chiese all'improvviso Omar, mostrando la rivista.

Tutti guardarono l'articolo su Tifany che si era sposata in segreto e Yanira scosse la testa.

«Ma va'… un'altra invenzione della stampa.»

«Maledetti giornalisti», imprecò Omar e mise giù la rivista.

In quel momento, arrivarono di corsa Preciosa e Jenny e tutte e due si sedettero sulle gambe di Omar.

«Zio Omar, sei imbufalito?» chiese Jenny, guardandolo.

Tutti risero.

«Che lingua, la piccola bionda!» disse Anselmo.

«No tesoro, non sono arrabbiato», rispose Omar.

«Mammina, Adán la puzzola ha mollato una puzzetta che quasi stendeva la Tata», disse Jenny per fare la spia.

Ruth, imbarazzata, non sapeva cosa fare, mentre gli altri se la ridevano.

«Papi, questo pomeriggio andiamo a ballare la salsa al bar del Fito?» chiese Preciosa. «E a cantare la canzone *Represento* con gli zii e il nonno?»

Omar la guardò divertito. Durante le vacanze erano stati diverse volte in un bar sulla spiaggia dove suonavano dal vivo la salsa e fu felice di vedere sua figlia così entusiasta.

«Voi volete ballare la salsa e cantare?» chiese.

«Sì!» gridarono le bambine, all'unisono.

«Allora, se le mie bambine vogliono, ci andremo!» rispose lui.

Jenny e Preciosa esultarono felici e risero, ma all'improvviso Jenny si bloccò, guardando Tony. «E se ci sarà ancora quella tipa di ieri che ti guardava troppo, le caverò gli occhi. Perché tu sei il fidanzato di mami e non il suo.»

«Jenny!» la rimproverò Ruth, mentre gli altri ridevano.

«Certo che sono il fidanzato di mamma e non hai nulla da temere. Ma adesso, signorina, controlla il tuo vocabolario o dovrò arrabbiarmi.»

«Anch'io voglio venire a ballare la salsa!» disse Ruth.

«E io», annuì Yanira.

«Ci andremo tutti», disse Anselmo.

L'ultimo dell'anno, la Tata, aiutata dalle cuoche di casa e da Ruth e Yanira, organizzò una cena fantastica, unendo la gastronomia dell'isola con quella spagnola. Non mancò nulla e a mezzanotte ognuno prese i suoi dodici chicchi d'uva, seguendo la tradizione spagnola che Yanira e Ruth volevano rispettare. Risuonò l'ultimo rintocco. Ruth guardò Tony; avrebbe voluto baciarlo per dirgli quanto lo amava e per ringraziarlo di tutto quello che le stava dando, ma Jenny si buttò tra le sue braccia e le diede un bacio. «Mammina, il tuo primo bacio dell'anno è sempre per me.»

Tony sorrise e Ruth vide che le strizzava l'occhio. «Sarà sempre per te, bambina mia.»

La bambina annuì, felice. Tony capiva che Jenny era ancora piccola e che aveva sempre avuto Ruth solo per lei. Non le era facile doverla spartire con i gemelli e con lui, così attese il suo turno. Dopo aver baciato i gemelli, abbracciò Ruth. «Buon anno, amore mio.»

Lei lo baciò, mentre i piccoli dai capelli rossi e la biondina li abbracciavano, creando un bel gruppo.

Le vacanze finirono e il sette di gennaio salutarono Anselmo e la Tata per rientrare a Los Angeles. Dovevano tornare al lavoro.

46.
La fuga

Il secondo giorno dalla ripresa della scuola, Ruth ebbe un colloquio con la professoressa di Jenny e una riunione con il logopedista di Adán. Una volta finito, uscì dalla scuola e vide qualcuno seduto sopra la sua macchina. Avrebbe voluto morire: era Julio César.

Angosciata, andò verso il veicolo, senza lasciarsi intimorire. «Che cosa vuoi?» chiese.

«Ciao *pelirroja*. Ti sono mancato?» Lei non rispose e lui continuò, con aria beffarda: «Volevo farti le congratulazioni per le tue prossime nozze».

«Grazie.»

«Guarda un po'... chi avrebbe mai detto che la mia *pelirroja* sarebbe arrivata così lontano.»

«Non sono la tua *pelirroja*. Te l'ho già detto e te lo ripeto.»

Julio César sorrise e, avvicinandosi a lei, le mostrò alcune fotografie. «Fai delle foto così anche con quel Ferrasa?»

Vedendo gli scatti, Ruth si sentì morire. «Vai a farti fottere.»

Julio César rise di nuovo. Era chiaro che era divertito da quella situazione. «Jenny ormai è grande e bella. Quanti anni ha?» chiese, togliendosi i capelli scuri dalla fronte.

«Non è affar tuo. Dimenticati di lei.»

«Ok... ok...» rispose con acredine. «Non ti chiederò di lei, ma che mi dici dei piccoli dai capelli rossi?»

Ruth si allarmò a quella domanda e ci fu un lungo silenzio carico di tensione che le fece venire la pelle d'oca. Poi lui le mostrò la pistola che portava in vita. «Se vengo a sapere che sono figli miei e che me lo hai nascosto, dovrai dire addio a loro, a Jenny e anche alla tua vita», la minacciò.

Ruth lo fissò negli occhi, con aria di sfida. Se avesse toccato i suoi figli, l'avrebbe ucciso con le sue mani.

Quindi Julio César, dimenticandosi dei bambini, allungò una mano per toccarla. «Mi è sempre piaciuto il sedere che ti fanno i jeans.»

Ruth gli diede una manata. «Sei un porco.»

Lui si alzò dalla macchina e la indicò. «È un regalino del tuo amore?»

Lei non rispose e lui proseguì, sussurrando: «Stai attenta, potresti andare di nuovo contro un semaforo, com'è successo con la carretta che avevi».

Non aveva intenzione di starlo ancora a sentire, così gli diede uno spintone, salì sulla macchina e accese il motore. Allontanandosi si sentì sollevata, fino a quando non lo vide su un'auto accanto alla sua, con un altro uomo.

«Fermati nella prossima strada a destra. Ora!»

Angosciata, non sapeva cosa fare. Guardò la strada a destra, ma invece di obbedire, accelerò e partì in fretta e furia. Quella macchina era molto più potente di Harry e riuscì ad allontanarsi velocemente.

Julio César scoppiò in una risata. «È la mia *pelirroja*», disse all'uomo che gli stava accanto.

Zigzagando nel traffico, Ruth accelerò il più possibile. Passò con molti semafori gialli e vide con orrore che Julio César li passava col rosso, sempre dietro di lei. Ma non voleva darsi per vinta e diede gas come faceva nei suoi tempi migliori, per poi imboccare l'autostrada.

All'improvviso, si ritrovò a guidare a tutta velocità, come non faceva da anni, senza sapere dove stesse andando. Vide diverse indicazioni e prese la strada che portava in California. Le mani le tremavano, aveva l'adrenalina a mille e, con lo sguardo fisso sulla strada, corse più che poté, ma Julio César continuò a starle addosso.

Arrivando a un casello, scalò la marcia e prese l'uscita a destra, poi percorse una serie di strade a caso, finendo per ritrovarsi su una spiaggia deserta. Quando toccò la sabbia con le ruote, frenò bruscamente e si fermò. Se fosse andata oltre, sarebbe rimasta impantanata.

All'improvviso, sentì che un'altra macchina urtava il posteriore della sua. Era Julio César e, sapendo di non avere vie di fuga, Ruth scese e gli andò incontro. «Che cosa vuoi, maledetto? Che diavolo vuoi da me?» gli gridò.

Anche lui scese dall'auto e, quando le fu vicino, la prese tra le braccia, la sbatté contro la portiera della Volkswagen e la baciò.

Ruth cercò di resistere, ma lui iniziò a palparla. «Mi piace così, *pelirroja*, fai resistenza. Sarà più divertente», le sussurrò.

Ruth piegò il ginocchio per colpirlo, ma Julio se ne accorse, parò il colpo e le mollò una sberla. Il sapore metallico del sangue la paralizzò e quando vide l'altro uomo scendere dalla macchina si sentì gelare. Non lo conosceva e avrebbe voluto gridare quando lui iniziò a scattare delle foto col cellulare. Ma Julio César le accarezzò la faccia con la pistola che aveva estratto. «Conosco il tuo numero di telefono e quello del tuo amorino da tanto tempo e...»

«Lasciami!» gridò senza paura.

Lui la prese per il collo, la immobilizzò e, senza badare al sangue che aveva sulle labbra, la baciò di nuovo.

Con le forze che le rimanevano, Ruth cercò di resistere. Julio César le mise le mani sulle natiche e strinse. «Mi hai eccitato da morire, *pelirroja*...» mormorò con un tono che la spaventò. «Vederti guidare con la passione dei vecchi tempi mi ha fatto andare il sangue alla testa... Sto per strapparti i jeans e farti tu sai cosa, vero?»

L'altro uomo sorrise, mentre Julio César, con la pistola in mano, cercava di slacciarle i pantaloni.

«Non toccarmi!» urlò spaventata.

Ma lui era più forte e, dopo averle abbassato la lampo, le infilò la mano libera nelle mutandine, toccando le pieghe del suo sesso. «Calda, come mi è sempre piaciuto», mormorò lui.

Lottò con tutte le sue forze, in preda al disgusto e, quando credeva che ormai tutto fosse perduto e che sarebbe finita nuda sopra il cofano alla mercé di quell'essere ripugnante, sentì avvicinarsi una macchina. Gli autovelox della polizia dovevano averli segnalati.

Julio César gettò via la pistola, che cadde in mezzo ai cespugli, la lasciò andare, le tolse la mano dalle mutandine e le chiuse la lampo dei pantaloni.

«Non finisce qui, *pelirroja*. Dopo averti toccata, ti desidero ancora di più.»

Ruth si allontanò rapidamente da lui.

«Attenta a quello che dici», l'avvertì. «O in un decimo di secondo il tuo fidanzato riceverà le foto che abbiamo appena fatto. Ho il suo numero di cellulare e so dove trovarlo, non dimenticarlo.»

La macchina della polizia arrivò con i lampeggianti accesi. Scesero due agenti e vedendo Ruth col respiro affannato e la bocca sporca di sangue puntarono le pistole su Julio César e l'altro uomo.

«Signorina, sta bene?»

«Ma cosa volete, è la mia fidanzata!» disse Julio César.

«Questi uomini l'hanno aggredita?» chiese l'agente a Ruth, senza abbassare l'arma.

Per qualche secondo Ruth pensò a cosa fare. Doveva far capire alla polizia che era vero quello che sospettavano oppure conveniva mentire per fare in modo che Tony non ricevesse le fotografie? Alla fine, prese un fazzoletto dalla tasca dei pantaloni e si pulì la bocca.

«Sto bene, agenti.»

«Ha del sangue sulla bocca», insistette uno di loro.

«A volte con il mio fidanzato siamo... molto appassionati», rispose, cercando di dissimulare l'angoscia.

Julio César sorrise, le diede un pizzicotto sul sedere costringendo Ruth ad avanzare di un paio di passi e guardò gli agenti. «La mia *pelirroja* è molto focosa», disse.

I poliziotti abbassarono le armi e chiesero i documenti delle auto. Dopo aver chiamato per radio, restituirono le carte a Ruth. «Può andare, ora. Ma ha superato il limite di velocità in diversi punti dell'autostrada. Ecco la multa. La può pagare in contanti oppure tramite bonifico, una volta a casa.»

Impaurita, Ruth prese la multa e i documenti della macchina. «La pagherò a casa», rispose.

Subito dopo, i poliziotti guardarono i due uomini. «Voi due invece venite con noi in commissariato.»

Julio César e l'altro protestarono, resistettero, ma alla fine dovettero cedere. Prima di salire sulla macchina di pattuglia, Julio César guardò Ruth un'ultima volta. «Ci vediamo presto, per finire quello che abbiamo lasciato a metà oggi.»

Mentre uno degli agenti spostava il veicolo dei due uomini parcheggiandolo sul bordo della strada, l'altro poliziotto si avvicinò a Ruth. «Signorina, è sicura di quello che ci ha detto?»

Ruth, agitata per l'accaduto, sorrise nervosamente e risalì a bordo della propria macchina. «Sicurissima, agente. Buona giornata.»

Mentre guidava in autostrada, grandi lacrimoni le scorrevano sulle guance. Arrivata a casa, lasciò la macchina in garage e salì in camera. Per fortuna i bambini erano a scuola, Tony al lavoro, e Lola e Paola non la videro entrare. Aveva bisogno di farsi una doccia e togliersi di dosso l'odore di Julio César.

Rimase per un bel po' sotto il getto d'acqua, disperata, pensando a quello che era successo. Quando alla fine si vestì e uscì dalla stanza, si trovò di fronte Lola. «Che cosa succede, signora?»

«Niente», rispose lei, sorridendo.

Ma Lola notò che era ferita. «Cosa si è fatta al labbro?»

Era gonfio e c'era un taglio che non si poteva nascondere. «Ero distratta e sono andata a sbattere da sola contro la macchina.»

Detto ciò, si girò e si allontanò dalla ragazza, che aveva il sopracciglio alzato in segno di scetticismo. Andò in cucina per farsi un caffè e rimase impietrita quando vide Tony uscire dal suo ufficio.

Notando la ferita sul labbro, lui chiese preoccupato cosa fosse successo.

«E tu cosa ci fai a casa?» disse lei, vedendo come la guardava.

«Non avevo niente d'importante da fare alla casa discografica e ho deciso di venire qui per lavorare alla melodia del film. Ma che cosa ti è successo, tesoro?»

Ruth cercò di sorridere. «Ero distratta e, uscendo dalla riunione a scuola dei bambini, ho aperto la portiera della macchina e me la sono data sulla bocca», disse senza dare troppa importanza alla cosa.

Tony la guardò più da vicino e aggrottò la fronte. «Amore, deve averti fatto male. Vieni, che te lo curo.»

«L'ho già fatto io.»

«Va bene, come preferisci. Che cosa hanno detto la professoressa di Jenny e il logopedista?»

«Il logopedista dice che dobbiamo continuare a lavorare con Adán in modo che pian pano impari a pronunciare la R, ma di non preoccuparsi, che succederà. E per quanto riguarda Jenny, la sua tutor ha detto che va tutto bene. Anche se mi ha chiesto di dirle che non si esprima come se fosse in una telenovela.»

«Credo che dovremmo parlarle molto seriamente di quest'argomento», disse Tony, annuendo. «Se quando finirà di studiare vorrà essere un'attrice di quei programmi, ok, ma per ora dovrebbe...»

«Lo so, Tony, lo so...» lo interruppe Ruth, angosciata.

Capendo che non era dell'umore migliore, lui la guardò. «Che cosa ti succede?»

«Niente.»

«Sicuro?»

«Sì.»

«Va bene, ti credo. Ma raccontami, che cosa hai fatto dopo la riunione, dato che non dovevi andare al lavoro.»

Spiazzata da quella domanda imprevista, pensò in fretta. «Sono andata alla spa di Sunset Boulevard di cui mi hai parlato e ho fatto un massaggio.»

«E com'è stato?»

«Fantastico», mentì lei.

«Chi te l'ha fatto, Theresa o Rihana?»

Ruth non se l'aspettava. «Era un ragazzo.»

«Ci sono delle donne», disse lui. «Perché te l'ha fatto un uomo?»

Rise e lo guardò. «Per lo stesso motivo per cui a te lo fa una donna. Oppure la cosa è che a te possono farti i massaggi le donne e a me non possono gli uomini? Dai!»

Divertito da quella risposta, che si aspettava, lui sorrise e la baciò. «Ci hai preso, cucciola. Chiaro che te lo può fare un uomo. Ma sai che sono molto possessivo e voglio essere solo io quello che ti tocca.»

A Ruth venne in mente come l'aveva toccata Julio César e le venne il voltastomaco. Se Tony l'avesse saputo, l'avrebbe ammazzato. Non volendo lasciar trasparire quello che provava, sorrise.

«Quando sarò io l'unica che tocca te, allora andrà così.»

Con dolcezza, Tony la baciò. Gli piaceva che lei fosse possessiva come lo era lui. «Amore, promettimi che starai attenta», le disse, guardando il brutto colpo che aveva preso al labbro.

«Te lo prometto.»

In quel preciso istante, suonò il cellulare di Ruth. Aveva ricevuto un messaggio. «*Pelirroja*, domani alle dieci, dove abbiamo lasciato in sospeso la questione.»

Ruth lesse il messaggio di nascosto. Si fece prendere dall'angoscia e cercò di allontanarsi da Tony. Stava per andarsene, quando lui chiese: «Hai pensato alla data delle nozze?»

«No.»

«Quattordici di febbraio?» disse lui scherzando.

Ruth scosse la testa.

«È meglio se ti decidi, altrimenti lo farò io, perché non voglio aspettare.»

Lei sorrise nervosa e Tony si allontanò per tornare nel suo ufficio. Ruth non lo trattenne.

47.
Mi prenderò cura di voi

La mattina del giorno dopo, Ruth era incerta se andare o no all'appuntamento con Julio César. Per ore guardò l'orologio, indecisa, senza sapere cosa fare, ma alla fine preferì non andare. Se l'avesse fatto, quell'animale l'avrebbe violentata.

Alle undici e mezzo le suonò il cellulare. Vedendo il numero, intuì chi fosse e si allontanò per non farsi sentire da nessuno. «Che cosa vuoi, maledizione?»

«Se mi parli in questo modo, mando immediatamente al tuo fidanzato le belle foto che Raúl ci ha fatto ieri sopra la tua splendida macchina. Gli piacerà vedere le mie mani nei tuoi pantaloni.»

Ruth si morse la lingua. Poi quando stava per dire qualcosa, Julio César la anticipò: «Te la sei cercata tu. Non sei venuta al nostro appuntamento e ora aspettati le conseguenze».

Sentendo che aveva riattaccato, si spaventò. Cercò di richiamarlo, ma non rispose. Era angosciata.

Nel pomeriggio chiese a Tony di andare con lei a prendere i bambini a scuola. Lui notò che era nervosa e quando le chiese spiegazioni, lei minimizzò dicendo che era preoccupata per Jenny. Quel pomeriggio avrebbe parlato con lei.

Tony non chiese altro e tornarono a casa. Lui doveva lavorare, perciò si chiuse in ufficio. A un tratto suonò il telefono. Era il suo amico Jake.

«Ciao, come stai?» lo salutò, felice di sentirlo.

«Meglio chiedere come stai tu!» disse l'altro ridendo. «Da quando ti sei fidanzato non esci più con gli amici.»

Tony si mise a ridere. Jake aveva ragione e guardò la foto di Ruth che teneva sul tavolo. «Hai ragione. Ma prometto che ti chiamerò la prossima settimana per uscire, che ne dici?»

«Ti prendo in parola.»

Dopo aver chiacchierato un po' di diverse cose, Jake chiese: «Senti, la tua fidanzata ha i capelli rossi, vero?»

«Sì», rispose Tony sorridendo. «Una bellissima rossa.»

Jake prese alcuni documenti che aveva davanti. «Si chiama Ruth Souza Martínez e guida un maggiolino Volkswagen rosso?»

«Sì, perché?»

Jake si drizzò sulla sedia e avvicinò di più il telefono alla bocca. «Cavolo, non so come dirtelo...» disse a bassa voce.

«Cazzo, Jake, che cosa c'è?» chiese Tony allarmato.

Il suo amico non fece giri di parole. «Due dei miei agenti l'hanno beccata ieri che oltrepassava i limiti di velocità. Quando ho ricevuto l'avviso e ho visto il tuo nome sui fogli dell'assicurazione ho chiesto che non la arrestassero, ma...»

«Mandami le multe, le pagherò», lo interruppe Tony sorridendo. «Di certo aveva fretta.»

«Sì, aveva fretta, ma non si può guidare a cento, centoventi chilometri anziché a sessanta e...»

«Cosa?!»

Jake si mise a ridere. «Sì, hai capito bene. La tua ragazza ha superato i limiti in diversi punti della strada per la California ieri mattina e...»

«Ieri mattina?»

«Sì», disse l'altro, controllando i documenti. «E più precisamente alle undici e dieci. Quando i miei agenti sono arrivati dove si era fermata, dicono che l'hanno vista con due tipi dalla faccia poco raccomandabile, in atteggiamento abbastanza strano.»

«Che tipo di atteggiamento?»

«Ho appena finito di parlare con uno dei due. Pare che lei avesse del sangue sulla bocca e che sembrasse alterata. E anche se ha detto che uno dei due uomini era il suo fidanzato, i miei ragazzi non le hanno creduto. Per questo ti ho chiamato.»

Allibito per quello che aveva sentito, lasciò cadere sulla scrivania la penna che aveva in mano. Non voleva continuare quella conversazione. «Vado subito a parlare con lei. Ti richiamo.»

Riappese il telefono con le mani tremanti. Che cosa stava succedendo?

In preda alla confusione, uscì dallo studio e si diresse verso il salotto, dove c'erano lei e Lola, seduta per terra con i bambini. La osservò e, uscendo, chiuse la porta. Che cosa nascondeva Ruth?

Irritato, camminò verso il garage, accese la luce e guardò con attenzione la Volkswagen rossa. Si accorse che il paraurti posteriore era ammaccato e che c'erano delle tracce blu scuro.

Uscì dal garage furioso e tornò in sala. Quando entrò Ruth si girò verso di lui e Tony, senza guardarla, la prese per il braccio.

«Fai mangiare i bambini e mettili a dormire», ordinò a Lola.

Ruth non capiva cosa stesse succedendo, ma senza dire nulla lasciò che lui la portasse nel garage e le mostrasse la parte posteriore della macchina.

«Che cos'è questo?» le gridò.

Lei guardò, vide l'ammaccatura e la vernice blu.

«Avrò urtato un'altra macchina parcheggiando...»

«Stai mentendo!» urlò lui.

Ruth non capiva perché fosse tanto arrabbiato per una cosa così insignificante. Stava per aprire bocca per controbattere quando Tony la interruppe.

«Oggi eri nervosa. Che cosa mi stai nascondendo?»

Non sapeva cosa rispondere.

«Mi puoi dire perché ieri mi hai detto una bugia raccontandomi di essere stata alla spa tutta la mattina, quando in realtà hai guidato come una pazza sulla strada per la California? E chi erano quei tizi con cui ti hanno trovata?»

«Tony...»

«E perché hai detto che uno di quelli era il tuo fidanzato?»

Rimase impietrita. Non pensava che sarebbe venuto a saperlo.

«Che cosa mi stai nascondendo?» gridò. Poi le guardò il taglio sul labbro. «Dimmi che non sono stati quei disgraziati a farti questo.»

Messa all'angolo, Ruth chiuse gli occhi. Il peggio che sarebbe potuto succedere era già accaduto e non capiva come Tony fosse venuto a saperlo.

«Mi ha trovato Julio César.»

Sentendo questo nome, lui rimase senza parole.

«Grazie alla stampa, che pubblica la mia foto dappertutto, e ai miei capelli rossi... mi ha trovato. Tempo fa è venuto dove lavoro e io... io...»

«Tempo fa? Quando?»

Ruth si appoggiò alla macchina e cercò di riordinare le idee. «Ha alcune foto di quando stavamo assieme e facevamo sesso, e mi ha ricattato. Mi ha detto che se non gli avessi dato seimila dollari le avrebbe mandate alla stampa e così tu le avresti viste nello stesso momento di tutti gli altri.»

Sconcertato, Tony non sapeva cosa dire.

«Ti giuro, Tony, che quando è comparso, non sapevo che cosa fare. Mi sono spaventata. Mi sono bloccata. Mi ha suggerito di prendere da te quel denaro, ma non ho potuto. E quindi ho chiamato Yanira e...»

«Lei ti ha dato i soldi, vero?» Ruth annuì e lui continuò, arrabbiato: «Magnifico, Ruth! Questo delinquente ti ricatta, mette in pericolo la tua vita e quella dei bambini e tu, invece di venire da me, l'uomo che ha promesso di proteggerti per sempre, trovi i soldi e glieli dai. Geniale!»

«Tony, ero terrorizzata», gli disse avvicinandosi. «Non volevo che desse quelle foto alla stampa. Non volevo che tu vedessi qualcosa che...»

«Guarda, Ruth, tutti noi abbiamo un passato. Tu, io, tutti! E anche se quelle maledette foto mi avessero fatto arrabbiare, stai certa che sapere che non sei venuta da me mi fa arrabbiare ancora di più.» Nervoso, si mise a camminare avanti e indietro per il garage. «Ma perché non me l'hai detto?» esplose. «Davvero credevi che pagando quell'imbecille avresti risolto il problema?»

«Tony mi dispiace, io...»

Camminava su e giù, come un leone in gabbia. Poi all'improvviso chiese: «Anche l'incidente con Harry è colpa di quel malvivente?»

Ruth annuì e lui, furioso, diede un pugno alla macchina. Si toccò la mano dolorante e Ruth si avvicinò per aiutarlo. «Quante, quante altre volte sei stata in pericolo e me lo hai nascosto?» Poi continuò, gridando: «Hai messo in pericolo la tua vita e quella dei bambini, per non aver parlato con me, per non avermelo detto, per avermelo nascosto, te ne rendi conto?»

Lei assentì, con le lacrime che le scorrevano sulle guance.

«Sono uscita dal colloquio a scuola e Julio César mi stava aspettando appoggiato alla macchina.»

«Cazzo... cazzoooooo, Ruth.»

«Ha iniziato a chiedermi dei bambini, di te e di me. Mi sono spaventata e, appena sono riuscita, sono salita in macchina per scappare, ma lui mi ha seguito. Non sapevo dove andare e ho accelerato. Anche lui l'ha fatto e quando mi sono resa conto di quanto mi stavo allontanando, ho preso un incrocio, ma sono finita su una spiaggia e mi sono dovuta fermare.»

Tony la guardava col respiro rotto, aspettando che continuasse.

«Sono scesa dalla macchina...» proseguì a bassa voce, «e Julio César è sceso dalla sua e... e...»

«E che cosa?»

Sapeva che quello che stava per dirgli l'avrebbe fatto arrabbiare ancora di più, ma era consapevole che ormai non voleva più nascondergli niente.

«Mi ha sbattuto contro la portiera della macchina, io ho fatto resistenza e lui mi ha dato uno schiaffo. Dopo mi ha baciata. Mi ha detto che la mia guida l'aveva eccitato e altre cose orrende, mentre l'uomo che stava con lui scendeva dalla macchina e ci fotografava col suo cellulare.» Tony si mise le mani sulla testa. «Mi ha puntato contro una pistola, mi ha messo la mano nei pantaloni e...»

«Io lo uccido!» gridò Tony impazzito. «Giuro che lo uccido.»

Asciugandosi le lacrime, Ruth lo prese per il braccio.

«Non c'è riuscito. La polizia è arrivata in tempo e Julio César si è dovuto fermare. Ma mi ha minacciato di mandarti le foto sul cellulare se avessi detto qualcosa ai poliziotti. Per questo ho detto che ero la sua fidanzata. E poi, quando ero già a casa, mi ha mandato un messaggio sul cellulare e...»

«Che cosa?!» disse Tony sforzandosi di non urlare. «E che cosa diceva il messaggio?»

«Voleva vedermi questa mattina nello stesso posto di ieri, ma io... io non sono andata e oggi mi ha chiamato e mi ha detto che ne pagherò le conseguenze.»

Tony rimase di sasso e la guardò con intensità. «Dammi il tuo cellulare.»

Ruth lo prese dalla tasca posteriore dei pantaloni e glielo passò. «Che cosa fai?»

Tony cercò tra i messaggi il numero di telefono di Julio César e mentre schiacciava il tasto verde di chiamata rispose: «Gli faccio sapere che se si avvicina a te lo ammazzo.»

«Sono Tony Ferrasa. Se ti avvicini a Ruth o ai bambini stai per certo che te la vedrai con me.»

E detto questo, riattaccò, col respiro affannato.

La guardò in silenzio. Quello che gli aveva raccontato lo faceva impazzire. Non solo aveva cercato di approfittare di lei, ma l'aveva anche colpita. Fu invaso dalla rabbia e si mise a gridare e a tirare calci alla ruota della macchina per sfogarsi. Quando finì la prese per il braccio e la strinse contro di sé, sentendo che tremava.

«Ti ho detto che mi sarei preso cura della vostra sicurezza e sarà così», mormorò. «Se succedesse qualcosa a te o ai bambini, non me lo perdonerei mai.» A quelle parole, lei singhiozzò. «Non nascondermi più nulla, per favore. Sei la mia donna, sono responsabile di te e ti giuro sulla mia vita che quando avrò tra le mani quel disgraziato pagherà per tutto il male che ti ha fatto.»

Quella notte, Ruth pianse per ore abbracciata a lui, mentre Tony le ripeteva più volte che nessuno le avrebbe fatto del male.

48.
Mi manchi

Il giorno dopo, quando Tony uscì dalla casa discografica, andò a prendere la sua macchina al parcheggio e la trovò rigata. La guardò innervosito ma, quando lesse che avevano scritto «*Pelirroja è mia*!», si infuriò.

Senza dubbio era stato Julio César. Non gli importava molto che gli avesse rovinato la macchina, ma lo faceva andare su tutte le furie quello che aveva scritto. Chiamò il carro attrezzi per far portare il veicolo a ridipingere dal carrozziere. Ruth non doveva vederlo.

Una settimana più tardi, dopo aver cenato fuori per lavoro con quelli della casa discografica, risalì sulla sua macchina, la R8 appena ridipinta, e si diresse verso casa. Qualche minuto dopo, un operaio col bastone arancione fluorescente gli indicò di girare a destra e Tony percorse una via poco trafficata. Alla fine della strada si fermò a un semaforo rosso. Stava ascoltando la musica tranquillamente, mentre aspettava che arrivasse il verde, quando una macchina lo tamponò, non molto forte. Tony guardò nello specchietto retrovisore e vide una donna spaventata.

Scese, diede un'occhiata alla botta sul veicolo e, imprecando dentro di sé, andò verso la donna.

«Sta bene?» chiese quando fu all'altezza del finestrino.

All'improvviso, qualcuno alle sue spalle gli diede un colpo tremendo, facendolo cadere sopra la macchina. Quando si girò, stordito, vide tre uomini, e capì che uno di loro era Julio César.

Non ebbe il tempo di dire nulla. Quei tre animali si lanciarono sopra di lui e, anche se lui si difese più che poté, quelli infierirono e alla fine Julio César gli afferrò la testa. «Tony Ferrasa, con te ho già fatto i conti. Adesso di' a *pelirroja* che i prossimi saranno lei e i suoi mocciosi.»

Subito dopo, salirono sulla macchina della donna, che li stava aspettando, e se ne andarono a tutta velocità.

Dolorante e insanguinato, Tony si alzò da terra e si appoggiò alla sua macchina. Prese il cellulare e chiamò Dylan. Quando arrivò a casa a notte fonda, dopo che suo fratello lo aveva medicato, Ruth si spaventò. Senza che ci fosse bisogno che lui parlasse, capì quello che era successo e Tony non le disse del messaggio di Julio César. L'abbracciò soltanto per calmarla.

«Tranquilla, cucciola. Sto bene. Sto bene.»

A partire da quel giorno, nelle loro vite tutto cambiò.

Dylan e Omar gli consigliarono di assumere delle guardie del corpo per la casa e per i bambini, e Tony senza esitare chiamò Andrew. Nessuno meglio di lui poteva conoscere l'ambiente di Ruth.

Era così angosciato che accompagnava Andrew a portare e riprendere i piccoli a scuola e, durante le lezioni, il capo della vigilanza e altri agenti di sicurezza rimanevano comunque intorno all'edificio per vigilare. Ruth, dopo molte discussioni, lasciò il lavoro al ristorante.

Un pomeriggio, Tony ricevette una chiamata dal suo amico Leroy Pitt, direttore di un famoso gruppo di riviste. Chiese un appuntamento a Tony nel suo ufficio e, quando si incontrarono, si salutarono e bevvero qualcosa assieme. Poi Leroy parlò.

«Voglio che tu sappia che faccio questo per l'amicizia che ci unisce. Se non fossi implicato tu, ti assicuro che le avrei pubblicate, perché potrebbe essere lo scoop dell'anno. Mi è arrivata questa mattina», disse, porgendogli una busta.

Quando Tony l'aprì si sentì morire. Stava guardando le fotografie che Ruth non avrebbe mai voluto che lui vedesse e che lui stesso non avrebbe mai voluto guardare. Quelle di lei con Julio César in pose intime.

«Chiedono cinquantamila dollari», spiegò Leroy. «Ho tempo fino a domani alle quindici per accettare, poi le offriranno alla concorrenza.»

Tony imprecò. Era un incubo.

«Ti daranno la scheda di memoria?» chiese.

«Certo.»

«Chi te le ha fatte arrivare?»

«Uno dei miei reporter. Sembra che una donna si sia messa in contatto con lui e gliel'abbia date. Che cosa vuoi che faccia, Tony?»

Senza tentennare, prese il suo libretto degli assegni, ne compilò uno per cinquantamila dollari e con espressione seria glielo diede. «Fai in modo che mi arrivi la scheda di memoria quando l'avrai, d'accordo?»

Leroy annuì e lui gli strinse la mano con la busta sottobraccio.

«Grazie, sono in debito con te.»

«E anche tanto», aggiunse il suo amico con complicità.

Quel pomeriggio, quando Tony arrivò a casa, entrò nel suo ufficio e mise la busta in un cassetto. Era fuori di sé. Aver visto Ruth in pose intime con quell'imbecille l'aveva mandato su tutte le furie, quindi decise di non dirle nulla.

Il giorno dopo, ricevette la busta con la scheda di memoria e la fece a pezzi.

Incaricò Andrew di far mettere delle telecamere anche dentro casa. Era diventato indispensabile tenere sotto controllo tutte le stanze in modo che nessun intruso potesse entrare, anche se significava avere meno intimità. La sua casa adesso era come un «Grande Fratello», con occhi che osservavano sempre. E anche se amava Ruth più di ogni altra cosa al mondo, una strana freddezza si impossessò di lui. Ormai la baciava con riluttanza e facevano l'amore raramente.

A volte, tornando a casa, trovava Lola che faceva la carina con le guardie, ma quello che gli piaceva meno era vedere Ruth che parlava con Andrew. Dopo che si erano chiariti, Tony sapeva di potersi fidare di lui, ma comunque ricordando la notte in cui Ruth gli aveva confessato di essere andata in un hotel con Andrew veniva preso dalla gelosia. Il capo delle guardie si rese conto degli sguardi talvolta gelosi di Tony e, temendo di essere licenziato, decise di parlare con lui. Voleva che fosse chiaro che non si sarebbe più avvicinato a Ruth con quelle intenzioni, perché lei aveva scelto, e aveva scelto Tony.

Tony lo ringraziò, ma la sua gelosia continuò a giocargli dei brutti scherzi, per quanto cercasse di controllarla.

Grazie al suo amico Jake, riuscì ad accedere alla scheda di Julio César. Aveva precedenti per furto, rapina a mano armata e corse illegali.

Vivere con tutta quella pressione cominciò a farsi sentire e presto Ruth e Tony iniziarono a discutere con frequenza.

Un pomeriggio, mentre Tony stava lavorando nel suo studio, vide nelle telecamere che Ruth era nella piscina coperta con Lola e i bambini. Per qualche istante rimase a guardare sorridente, finché non gli squillò il telefono. Era la segretaria della casa discografica che gli diceva che Omar si era azzuffato con Rick durante una riunione e che il fratello aveva colpito il cantante.

«Maledetto Rick», disse Tony.

Poi la segretaria gli disse che i produttori del film volevano parlare con lui e che aveva anche tre riunioni in sospeso con alcuni produttori musicali, oltre a due melodie da consegnare urgentemente.

Quando riappese, l'umore di Tony era grigio. Sembrava che tutti i problemi gli fossero piombati addosso assieme. Chiamò Omar.

«Stai bene?» gli chiese quando il fratello rispose al telefono.

Omar si guardò la mano gonfia, sopra cui aveva messo del ghiaccio. «Bene come si può stare quando il tuo pugno si è stampato sulla faccia di un coglione.»

Tony sorrise.

«Tutto a posto a casa tua?» chiese Omar.

Adesso fu Tony che si guardò il pugno. Niente gli sarebbe piaciuto di più che avere la mano dolorante per aver colpito quell'uomo che stava terrorizzando Ruth.

«Sì, anche se la situazione è sempre più difficile», rispose.

«Avete fatto bene a cambiare il numero del cellulare di Ruth. Se questo tizio vuole qualcosa, che si metta in contatto con te e non con lei.»

«Come sempre, per ottenerlo è stata una lotta. Ruth non voleva, ma alla fine si è resa conto che era la cosa migliore. Ma il fatto che non possiamo uscire come persone normali inizia a pesare e, anche se lei non si lamenta, non ne è felice.»

«È una ragazza tosta, tranquillo.»

Dopo aver finito di parlare con Omar, telefonò a Jake. Voleva sapere se avevano trovato Julio César ma, per incredibile che fosse, sembrava che il tizio fosse sparito dalla faccia della terra.

Poi chiamò quelli del film. Erano ansiosi di ricevere altro materiale e Tony promise loro di mandarglielo nel giro di una settimana. Fece un altro paio di chiamate, poi uscì accaldato dal suo studio e andò in cucina.

Bevve dell'acqua fresca del frigorifero, poi vide delle impronte bagnate sul pavimento e le seguì. Arrivavano fino al suo ufficio, dove un piccolo dai capelli rossi teneva in mano delle carte.

«Maledizione, mettile giù!» gridò.

Spaventato per il suo tono di voce, il bambino lasciò cadere i documenti per terra. Tony si avvicinò in fretta e vide che era Brian. «I documenti non si toccano, chiaro?» lo rimproverò. «Non si toccano! E in questa stanza non si entra!»

Si chinò a raccoglierli e si accorse che erano inzuppati. «Diavolo, Brian, perché cavolo li hai presi?»

Il bambino, impaurito, si mise a piangere. Sentendo le grida e il pianto Ruth corse a cercarlo. Non fece in tempo a mettere piede nella stanza che Tony la aggredì. «È tutto il fottuto giorno che lavoro e ora questa peste mi ha scocciato. Guarda che cosa ha fatto!» le disse, mostrandole i documenti inzuppati. «Fai la cortesia di tenere i bambini lontani dallo studio, è l'unica cosa che ti chiedo. Non devono entrare qui!»

Conscia della tensione che entrambi stavano provando in quei giorni, Ruth si inginocchiò davanti a Brian per calmarlo. «Tesoro, non è successo nulla. Smetti di piangere.»

«Tony mi ha sgridato», rispose lui, singhiozzando.

Ruth gli asciugò le lacrime e lo baciò.

«Mi hai detto che saresti andato in bagno, perché sei venuto qui?» gli chiese con dolcezza.

«Volevo vedere T... Tony.»

Ma Tony, imbestialito, stava guardando i documenti bagnati. «Cazzo...»

Ruth lo guardò con aria di rimprovero, poi si rivolse di nuovo al bambino. «Brian, lo sai che in questa stanza non si entra e...»

«Ma come pretendi che ti diano retta?» urlò Tony fuori di sé. «Gli parli sussurrando, quando dovresti alzare la voce e riprenderli con forza. Sono bambini, e devono imparare quello che è bene e quello che è male. E come fai tu, non lo impareranno mai.»

Ruth lo fulminò con lo sguardo, poi ordinò a suo figlio di uscire da lì. Quando rimasero soli, chiuse la porta perché nessuno li sentisse.

«Che sia l'ultima volta che mi dici come devo riprendere i miei figli, capito?» gli urlò arrabbiata.

«Se continui a essere così permissiva con loro», rispose lui, «tra qualche anno avrai un graffitaro e un delinquente proprio come il loro fottuto padre.»

Ruth non poteva credere a quello che aveva sentito. «Sei uno stronzo», gridò.

Consapevole che quello che aveva detto era sbagliato e che gli era sfuggito di bocca a causa della tensione accumulata, Tony chiuse gli occhi.

«Se mai in vita tua», continuò lei, «paragonerai di nuovo i miei figli a quel disgraziato che hai nominato, io ti giuro che...»

Tony spense la telecamera dello studio, perché nessuno li vedesse e, invece di cercare di ragionare, alzò ancora di più la voce.

«Mi minacci?» urlò.

«Prendila come vuoi.»

Furioso, aprì il cassetto dove teneva la busta con quelle foto che gli bruciavano e gliele lanciò, urlando. «Tu mi minacci, con tutto quello che sto facendo per voi?»

Ruth la prese al volo, la aprì e si mise a tremare, vedendo quello che conteneva. Senza guardare Tony, mise la busta sopra un tavolino, poi respirò profondamente.

«Ti ringrazio per quello che fai per noi, per aver ottenuto queste foto nonostante il male che possono averti fatto, ma non parlare così dei miei figli o mi toglierò immediatamente questo fottuto anello e me ne andrò dalla tua fottuta casa.»

«Adesso sei anche una madre che dice le parolacce?» disse lui, irritato.

«Vai a farti fottere.»

«Ruth!»

«Parlo come ne ho voglia e se voglio dire fottuto lo dico punto e basta.»

«Ok, molto bene», rispose lui. «Arrabbiati pure con me. Da quando viviamo assieme, i tuoi figli hanno dipinto le pareti della casa, intasato lavandini, rotto la porta d'ingresso del garage mille volte, fatto i graffiti sopra un pianoforte da mille dollari e...»

«Sono bambini, cazzooooo!» gridò furiosa. «E tu ne vorresti anche avere altri!»

Tony proseguì senza ascoltarla, fuori di sé.

«La mia cagna ogni settimana ha le unghie di un colore diverso, per non dire che se sparisce qualcosa, bisogna cercarlo nelle mutande di Brian perché gli piace nascondere tutto in quel posto meraviglioso. Per non parlare della regina delle telenovele, che chiama donnaccia o peggio qualsiasi donna che si avvicini a me, o di Adán, che scarica peti nei posti meno opportuni.» Poi, accalorato, continuò. «A tutto ciò possiamo aggiungere quelle foto maledette, che mi hanno fatto uscire di testa quando le ho viste e ancor più se penso alla nostra fottuta mancanza di intimità. Ah, e tra l'altro, ogni mattina ci svegliamo in cinque nel letto, quando dovremmo essere solo due.»

Ruth annuì. In realtà lui aveva ragione. Ma Tony proseguì. «Prima non li sgridavi mai perché ti sentivi in colpa per quanto lavoravi e non volevi che ti vedessero arrabbiata in quel poco tempo che passavi con loro. Ma ora le cose sono cambiate. Adesso stai con loro a tempo pieno, ma in compenso tutto è rimasto uguale. Devi dare delle regole, sgridarli se non fanno bene qualcosa. È questo che fanno i genitori. Insegnare.»

«Ma non dirmelo!» disse lei beffardamente. «E per tua informazione, sì che li sgrido», aggiunse irritata per come lui la guardava.

Tony appoggiò i fogli bagnati sopra il tavolo e diede una manata al ripiano. «E per tua informazione, non credo sia abbastanza.»

«Vuoi forse insegnarmi a essere madre?» gridò lei.

«Sei così sicura di educarli bene?»

Ruth sorrise con amarezza. «Se sei arrabbiato per tutto quello che sta succedendo, per le maledette fotografie, o per il peso di non poter uscire per strada normalmente, lo capisco, però...»

«Lo capisci? Ah, bene! Allora se lo capisci fai il favore di smettere di avere così tanta confidenza con Andrew. L'ho assunto per proteggervi, non perché passi il giorno a chiacchierare con te.»

«Ma di cosa stai parlando, adesso?»

Infastidito di aver tirato in ballo quell'argomento, quando sapeva che non avrebbe dovuto farlo, rispose: «Ho occhi e telecamere in tutta la casa».

Ruth era allibita, paralizzata e di pessimo umore per tutto quello che lui le aveva rinfacciato.

«Se hai così poca fiducia in me e merito che tu abbia un'opinione così bassa di me come madre e come tua donna, allora che diavolo ci faccio qui?»

Tony non rispose. La situazione gli stava sfuggendo di mano, quindi decise di chiudere la conversazione.

«Devo lavorare, Ruth.»

«Non me ne importa un cavolo se devi lavorare», gli disse. «Sto parlando con te: da quando hai queste foto e perché non mi hai detto nulla? E da quando non ti fidi di me riguardo ad Andrew?»

Con un'espressione dura, Tony andò alla porta e la aprì. «Ho detto che ho del lavoro», insistette, in tono cupo.

Ruth lo guardò con odio e uscì dallo studio maledicendolo. Non avevano mai discusso con quell'intensità e le si strinse il cuore, sentendo come sbatteva la porta.

Si fermò in mezzo al corridoio e si guardò attorno disperata. Tutto stava succedendo per colpa di Julio César. Era lui che stava facendo finire la sua bellissima relazione.

Anche lei avrebbe voluto gridare, protestare, lamentarsi. Aveva bisogno di sentirsi libera. Respirare aria. Smettere di essere madre ventiquattro ore al giorno e fidanzata di Tony nelle stesse ventiquattro ore. Aveva bisogno di tempo per lei. Per rilassarsi. Per pensare, per trovare soluzioni al suo problema.

Passando per la stanza accanto al garage, si scontrò con l'addetto alla sicurezza che sorvegliava le telecamere. Questo, vedendola, si scusò imbarazzato per essersi allontanato. «Stavo andando ai servizi.»

Ruth annuì. «È già arrivato Andrew?»

La guardia scosse la testa. «Arriverà tra una mezz'ora. E ora mi scusi, credo di aver mangiato qualcosa che mi ha fatto male», rispose allontanandosi.

Ruth guardò le telecamere e si accorse che quella dello studio di Tony era ancora spenta, mentre i bambini erano in piscina con Lola, e capì che quello era il momento di uscire di casa. Non le si sarebbe presentata occasione migliore.

Andò in piscina e chiamò Lola. «Esco. Devo comprare delle cose», le disse.

«Dove va?»

«Non lo so ancora, ma...»

«Deve dirmi dove va o il signore si arrabbierà», insistette la ragazza.

«Se il signore te lo chiede, digli semplicemente che sono uscita.»

Poi si mise una maglietta, dei jeans, si nascose i capelli sotto un cappellino, prese la sua borsa, spense la telecamera dell'ingresso e uscì di casa.

Attraversò il giardino senza guardarsi indietro, accompagnata da Melodia e Luis Alfonso, fino al cancello. Una volta fuori, vide un taxi che passava e lo fermò. Sapeva che era rischioso uscire senza scorta, ma non le importò. Aveva bisogno di un momento solo per lei.

Quando arrivò a Hollywood Boulevard, con la famosa Walk of Fame, disse al tassista di fermarsi e si immerse nella marea umana che affollava la via. Quella strada, dove le star del cinema lasciavano la propria stella per terra, era un posto molto turistico e sorrise vedendo la gente che scattava fotografie tutta felice.

Per un bel po', camminò senza fretta, finché le venne sete ed entrò in un bar a prendere una birra. Dagli altoparlanti del locale sentì la canzone *Happy* di Pharrell Williams e le piacque pensare che se ci fossero stati i suoi figli si sarebbero messi a ballare.

Una volta che ebbe davanti la birra, aprì la borsa e ne tirò fuori un biglietto. Lo stava guardando quando il cellulare suonò. Era Tony? No, non era lui. Era un numero sconosciuto. «Ciao, *pelirroja*.»

«Come hai trovato il mio numero?» chiese, senza essere troppo stupita di sentire quella voce.

Julio César scoppiò a ridere. «Devo vederti, dove sei?»

«Maledizione, lasciami in pace una buona volta!» urlò lei furiosa.

Ma lui non le diede retta. «Non so se sai che mi sono fatto un bel malloppo vendendo alla stampa le nostre vecchie foto. Che ne dici?»

Ruth pensò con orrore a quale rospo dovesse aver ingoiato Tony per fare in modo che le foto arrivassero nelle sue mani.

«Ti odio. Ti odio come non ho mai odiato nessuno e...»

«No, *pelirroja*», la interruppe. «Non mi odi ancora, ma lo farai.»

Detto questo, chiuse la comunicazione e Ruth, tremante, rimise il cellulare nella borsa. «Ti odio, verme maledetto.»

A casa Tony ripensò a quello che era successo, prese la busta con le foto e le bruciò nel camino. Non voleva vederle mai più in vita sua e si pentì di averne parlato a Ruth in quel modo. Aveva ragione lei. Era uno stronzo.

Imprecò tra sé. Ma come poteva essere stato così idiota?

Deciso a risolvere quella discussione, uscì dal suo studio e andò a cercarla. Non le importava nulla tranne lei. Non era stato giusto comportarsi così e doveva chiederle perdono. Né Ruth né Brian si erano meritati di essere trattati come lui aveva fatto.

La cercò in casa, ma non la trovò. Entrò in sala, dove vide Lola, che stava parlando al telefono, e i bambini, seduti per terra che giocavano in silenzio. Una cosa assai rara. Abbassandosi, chiamò Brian, ma il bambino non si mosse, né lo guardò. Jenny lo fissò. «Brian è molto arrabbiato con te, e anche Adán, e anch'io. Non vogliamo più che tu sia nostro papà», disse furibonda.

Davanti allo sguardo di rimprovero della bambina, gli si strinse il cuore.

«Ascolta, tesoro…»

«No. Non voglio ascoltarti», lo interruppe lei senza muoversi. «Sei stato cattivo con Brian e con la mamma. Lei è molto buona. La mamma è buona con tutti. Tu mi hai detto che la amavi, ma non è vero, perché le hai gridato contro. Ti ho sentito e hai detto cose molto… molto brutte.»

Tony chiuse gli occhi. Quel rimprovero così duro gli faceva male. Li riaprì.

«Mi sono comportato male, tesoro. Lo riconosco e per questo voglio chiedere scusa a tutti voi.»

«Perché hai detto quelle cose alla mamma?» insistette la piccola, ancora arrabbiata.

Tony si sentì angosciato, comprendendo che i bambini capivano più di quanto lui credesse.

«Perché sono stato uno sciocco e ho fatto le spese di tante preoccupazioni, ma se voi mi perdonate, andiamo a cercarla e io le chiederò scusa.»

«Davvero?»

«Te lo prometto.»

«E se lei non ti perdona?»

Tony non avrebbe accettato questa possibilità. «Lo farà. Mi ama, io la amo e mi perdonerà.»

Allora Jenny sussurrò qualcosa a Brian e lui si avvicinò a Tony.

«Mi dispiace di aver alzato la voce con te, campione. Sono stato uno sciocco.»

Il bambino fece segno di sì, con la faccina seria. «Io volevo solo vederti.»

«Lo so, amore, lo so», disse Tony commosso. «Mi perdoni per aver gridato?»

La faccia del bambino cambiò e, dopo avergli dato un bacio sulla guancia, che per Tony ebbe il sapore della vittoria, tornò a giocare. Adán gli sorrise e lui gli fece l'occhiolino.

Anche Jenny era meno arrabbiata di qualche minuto prima. «Anch'io ti perdono perché ti voglio bene e desidero che tu sia il mio papà. Ma non dire più cose brutte alla mamma. Me lo prometti?»

«Te lo prometto», rispose lui. «Ti prometto che non urlerò più così.»

La bambina sorrise e lui le sorrise di rimando. In quel momento avrebbe promesso loro qualsiasi cosa avessero chiesto.

La capacità di perdonare di un bambino non è paragonabile a quella di un adulto. Loro perdonano con il cuore. Adesso aveva bisogno che anche Ruth lo facesse.

Più calmo, guardò Lola che aveva assistito alla scena e le chiese di Ruth. Lei gli disse che era uscita a fare compere e lui andò di corsa nella stanza delle guardie e trovò Andrew.

«Perché non mi hai detto che Ruth è uscita?»

Andrew guardò l'altro vigilante che stava accanto a lui, il quale fece un'espressione significativa. «Non lo sapevamo.»

«È uscita da sola? Senza scorta?»

«Temo proprio di sì», disse Andrew, preoccupato.

«Cazzo», protestò Tony con orrore.

L'altro si accorse di quanto fosse nervoso. «Che cosa è successo?»

«Abbiamo discusso e se succede qualcosa per colpa mia non potrò mai perdonarmelo.»

Prese il cellulare dalla tasca e la chiamò subito.

«Che cosa vuoi?»

«Come che cosa voglio?» gridò arrabbiato.

Senza alterarsi, lei si scostò i capelli dal viso e guardò la sua birra. «Se urli ancora così, metto giù.»

«Non oseresti», minacciò Tony, sapendo che avrebbe potuto farlo.

«Grida ancora e lo vedrai», lo sfidò lei.

Tony sbuffò. Sapeva che Ruth non parlava tanto per fare e cercò di non alzare la voce.

«Maledizione, Ruth, dove cavolo sei? Come ti è saltato in mente di uscire di casa da sola?»

Lei fece un respiro profondo e, guardandosi attorno, rispose con calma. «Ho lasciato la mia casa per te, ho lasciato i miei lavori e ora… ora mi dici che la tua vita è una merda, che i miei figli ti fanno venire i brividi e che io, oltre a essere una cattiva madre, sono anche una cattiva fidanzata perché parlo con Andrew. E poi… ci sono quelle foto orrende.»

«Ruth…»

Accalorata, non gli prestò attenzione e continuò.

«Guarda, Tony, la pressione si fa sentire su entrambi. Siamo tutti e due molto nervosi per quello che sta succedendo. Forse è meglio che io cerchi un altro posto dove vivere finché non si risolve il problema di Julio César e poi forse…»

«Da qui non te ne vai», la interruppe lui.

«Il mio problema con quell'uomo sta uccidendo il nostro amore e odio che sia così dato che… che tu e io abbiamo una relazione più che fantastica.»

Disperato, sapendo che Andrew stava ascoltando tutto quello che diceva, Tony abbassò la voce. «Ascolta, tesoro. Parleremo di questo quando torni a casa. Ma ora dimmi dove sei in modo che possiamo venirti a prendere.»

«Se andiamo avanti così, mi odierai», insistette lei. «E io non voglio che mi odi, perché sei una persona incredibile. Sei l'uomo più romantico, affascinante e intelligente che abbia mai conosciuto. Sono pazza di te e… e quello che c'era tra te e me è sempre stato bellissimo. Credevo di poterti rendere felice, ma…»

«Ruth, anch'io sono pazzo di te, vita mia. Mi rendi felice e quello che c'è tra noi è bellissimo, meraviglioso. Come puoi dubitare che non sia così?»

«Ma non lo vedi? Non facciamo che discutere. Non ti sei accorto che nelle ultime settimane a malapena ci siamo baciati o fatto l'amore? E addirittura, a riprova della scarsa comunicazione che c'è tra noi, mi accusi di essere una cattiva madre, di flirtare con Andrew in casa tua e dici che mio figlio finirà per essere un delinquente. Un delinquente! E… questo non posso permetterlo. Brian ha solo quattro anni. È un bambino. Mi hai fatto sentire come una…»

«Tesoro, mi dispiace», la interruppe, nervoso.

«Mi hai fatto sentire una nullità. Mi hai detto che non so educare i miei figli, ma se c'è qualcuno che ha lottato per tirar su quelle tre creature, quella sono io. E l'ho fatto senza di te! E adesso tu sei il nostro supereroe, viva Tony! Ma oggi hai passato il segno, mi hai ferita e quindi ho bisogno di un po' di tempo per pensare a te, ai miei figli e a me stessa. E che sia chiaro, se prima nutrivo dei dubbi sul fatto di avere dei bambini con te, dopo quello che è successo oggi non ne ho più. Cercati qualcun'altra per questo, perché con me non li avrai mai.»

Tony non poté rispondere, perché Ruth riattaccò e spense il cellulare.

La cameriera, che stava servendo al bancone e aveva sentito tutto, scambiò uno sguardo con lei e annuì. «Hai fatto molto bene, bella. Se avessi parlato io così al mio Ramón, sarebbe stato tutto diverso.»

Gli aveva riattaccato! Aveva spento il cellulare.

Andrew cercò di calmarlo, ma allo stesso tempo era preoccupato. Non sapeva dove fosse Ruth e il pericolo che poteva correre. Cercò di dissimulare i suoi pensieri. «Tranquillo, lei sa cavarsela.»

Tony annuì e andò nel suo studio, dove fece di tutto tranne che lavorare.

Ruth camminò per le strade di Los Angeles per ore, fino a quando non iniziò a imbrunire. Pensò ai bambini, che senza dubbio avrebbero voluto sapere dove fosse, quindi decise di prendere un taxi e tornare a casa.

Quando fu davanti al cancello, pagò la corsa ed entrando scorse Tony che scendeva con Andrew verso di lei, a passo di marcia. Vedendo il viso furioso di Tony, si fermò e gli puntò un dito contro. «Se non vuoi che in questo preciso istante prenda i bambini e me ne vada da qui, fai il favore di non rivolgermi nemmeno una parola o giuro sulla tomba di mio padre che te ne pentirai.»

La furia delle sue parole fece sì che Tony le desse retta e, senza dire nulla né sfiorandola, la lasciò passare accanto a lui in direzione della casa. Quando Ruth si allontanò, Andrew, che la conosceva molto bene, fece un mezzo sorriso. «Ti ho detto che sa badare a se stessa e ti consiglio di ascoltarla. Sai già che Ruth è capacissima di fare quello che minaccia.»

Tony annuì. La vide salutare Melodia e Luis Alfonso, per poi sparire dentro casa.

Dopo aver baciato i gemelli, che dormivano già, andò in camera di Jenny, che la guardò con espressione preoccupata. «Mami, sei arrabbiata?»

Ruth sorrise e scosse la testa. «No, tesoro, solo stanca.»

La bambina le rivolse un gran sorriso, la prese per il braccio e la fece stendere accanto a lei, come ai vecchi tempi. «Tony era preoccupato. Non lo ha detto, ma gli si leggeva in faccia.» E, prima che Ruth potesse replicare, continuò: «Mami, io non voglio che litighi con lui. È brutto discutere e in più Tony è un buon papà».

Sentendo quest'ultima parola, a Ruth venne la pelle d'oca. «Tony non è tuo papà», sussurrò.

«E se volessi che lo fosse?»

«Jenny, ascolta...»

«Mami, lui vuole esserlo. Vuole essere nostro papà. Gliel'ho chiesto qualche giorno fa e lui mi ha risposto di sì.»

«Oh, santo cielo!» esclamò Ruth.

«Sai, mammina? È la stessa cosa che ha detto Tony quando gliel'ho chiesto. Tony è fantastico.»

Sorpresa che lui non le avesse detto nulla di quella conversazione con Jenny, stava per ribattere, ma la bambina insistette.

«Non mi piace che litighiate.»

Ruth fece un sospiro e l'abbracciò. «Anche a me non piace, tesoro. Ma a volte i grandi discutono.»

«Perché?»

«Perché ci sono dei momenti in cui la vita si complica. Quando sei grande vedi le cose in un modo, ma questo non vuole dire che la persona che ti ama le veda alla stessa maniera. Tu vuoi bene a Brian e Adán, vero?»

«Molto, mammina.»

«Anche se a volte ti arrabbi con loro.»

«Sì.»

«E forse per questo smetti di amarli?»

Capendo quello che voleva dire, Jenny sorrise. «Io voglio molto bene a quelle due puzzole.»

Si misero a ridere poi Ruth continuò: «Ecco, ai grandi succede la stessa cosa, amore. Discutono, gridano, si arrabbiano proprio come succede a te con loro. Ma il bene che ci vogliamo continua a essere lo stesso».

«Non dobbiamo andarcene da questa casa?»

«Dove l'hai sentito, questo?»

«Ho sentito Tony che parlava con Andrew e sembrava molto arrabbiato.»

Ruth sospirò. Ma quante cose aveva sentito quella ragazzina? La baciò sulla testa e concluse: «Non preoccuparti per questo. Adesso dormi, signorina».

Quando uscì dalla stanza, trovò Tony che l'aspettava sulla porta. Si guardarono. Di certo aveva sentito la sua conversazione con Jenny.

«Continuo a non voler parlare con te.»

«Ruth… ascolta… io…»

«No, non ti ascolterò, né ti permetterò di sfiorarmi. E sai perché?»

Lui non rispose e lei abbassò la voce, per non farsi sentire dalla bambina.

«Perché ti amo e quando mi tocchi o mi parli come sai fare tu, mi convinci. Sei riuscito a spingermi a mettere la mia vita e quella dei miei figli nelle tue mani, ma è finita. Non importa se ti amo o no, semplicemente non ho voglia di parlare con te. Voglio solo pensare a cosa devo fare e nient'altro. Chiaro?»

Addolorato per le sue parole, cercò di prenderle il braccio.

«Ruth, tesoro…»

Lei si liberò con uno strattone e lo guardò con furia. «Ho detto che non voglio che mi tocchi. Non voglio neppure che mi parli, né che mi metta della bella musica, né che mi canti ballate romantiche. Sono dispiaciuta… molto dispiaciuta.»

Detto questo, scese dalle scale, lasciando Tony senza parole e senza sapere cosa fare.

49.
Quando ti bacio

Ruth andò in cucina, aprì il frigorifero e prese una bottiglia di acqua fresca. Rimase lì un bel po' sperando che Tony comparisse sulla porta, ma con sua grande sorpresa non si fece vedere. Da un lato era soddisfatta, ma dall'altro ne fu addolorata.

Decise quindi di farsi un bagno nella piscina interna. Entrò in uno degli spogliatoi, si mise il bikini azzurro e si buttò in acqua senza accendere le luci.

Nuotò, nuotò e nuotò ancora, una vasca dopo l'altra e, quando non ne poté più, uscì dall'acqua, si avvolse in un asciugamano e si sedette su una delle sdraio per riflettere su quanto era accaduto e cercare di schiarirsi le idee.

«Ciao bellezza, non devi sparire così dalla casa», disse Andrew alle sue spalle.

Lei rispose senza muoversi. «Andrew, non sono in vena.»

Lui si sedette su un'altra sdraio e la osservò. «Ti conosco e so che non stai bene, ma lascia che ti dica che neanche Tony è in gran forma, soprattutto se fai la sciocchezza di sparire come hai fatto oggi.» Ruth sospirò, ma lui andò avanti. «Guarda, so che all'inizio sono stato io il primo a parlare male di lui, ma devo dirti che non sta facendo nulla che io non farei; io o chiunque sia innamorato di te.»

«Cazzo, Andrew...»

«Ho guardato la registrazione della vostra discussione fino a che non è caduto il collegamento e, anche se riconosco che ha passato il limite con i suoi commenti, è evidente che è a causa della tensione. Non pensa davvero che tu sia una cattiva madre, né che Brian diventerà un delinquente.»

«Ah, adesso sei diventato amico suo?» lo rimbeccò lei.

«Tony è un bravo ragazzo», rispose Andrew sorridendo alla domanda beffarda di Ruth. «Ti adora e adora i bambini. Basta guardare come si preoccupa per voi e come ha reagito alla tua scomparsa, per rendersi conto che ti ama e che l'unica cosa che vuole è che tu sia immensamente felice.»

«Non ho dubbi che sia così, ma credo che questa situazione sia più grande di noi e che me ne dovrei andare con i bambini.»

«Se lo facessi, sarebbe una delle più grandi sciocchezze della tua vita», rispose Andrew.

«Se rimango qui, alla fine Tony mi odierà.»

«Questo è impossibile, bellezza mia. Tony ti ama come sono certo che nessuno al mondo potrà fare.» Visto che lei non diceva nulla, continuò: «Dai, vai a riposarti, che ne hai bisogno».

Ruth si alzò e sospirò. «Sei una delle persone migliori che abbia mai conosciuto. Sei un uomo buono e un ottimo amico e spero di non perderti mai.»

Poi gli diede un bacio sulla guancia e, ancora avvolta nell'asciugamano, andò nella sua stanza.

Lì c'era Tony, appoggiato alla finestra, che rimase a osservarla mentre lei entrava, ma non si mosse. Voleva darle lo spazio di cui lei aveva bisogno. Continuò a seguirla con lo sguardo, mentre entrava in bagno, poi ne usciva, si metteva una maglietta, si infilava a letto e spegneva l'abat-jour dal suo lato.

Tony stava impazzendo e voleva risolvere quella situazione angosciosa. Si mise anche lui a letto e spense la luce sul suo comodino, poi si girò verso di lei.

«Ci addormentiamo arrabbiati?»

Ruth non rispose e lui insistette.

«Mi sono comportato male. Ho fatto degli errori. Ho riversato su di te e su Brian la frustrazione che provo per tutto quello che sta succedendo e per quelle maledette foto. Ma...»

Senza dire nulla, Ruth si alzò dal letto di scatto e uscì dalla stanza. Tony la seguì. Dove stava andando? Ma, vedendo che si sdraiava nel letto con Jenny, capì che doveva lasciarla stare. Come aveva detto Andrew, Ruth non minacciava invano.

Non si parlarono per due giorni.

Tony cercò in tutti i modi di comunicare, o di far sì che almeno lei lo guardasse, ma Ruth si era chiusa a riccio. Sorrideva quando c'erano i bambini, ma se rimanevano soli non diceva assolutamente nulla.

Quel silenzio lo stava facendo impazzire. Avrebbe preferito sentirla gridare, lamentarsi o discutere, piuttosto che quel mutismo angosciante.

La sera del secondo giorno, quando Ruth entrò in camera per dormire dopo aver nuotato in piscina, guardò Tony. «Credo che la cosa migliore sia che dopo le nozze di Tifany me ne vada. Non voglio rovinare la festa a nessuno.»

«Che cosa?!»

«Domani accetterò il lavoro di istruttrice e chiamerò anche Manuel e David», proseguì. «Loro mi daranno una camera in casa loro, finché non troverò dove stare con i bambini vicino a santa Clarita. Non voglio che i miei figli facciano ulteriori danni alla tua casa bellissima e ordinata.»

Quelle parole fecero capire a Tony quanto fosse ferita. Sentì una stretta al cuore. «Ruth, per favore, ascoltami.»

«No. Non ho nulla da ascoltare. Voglio solo che mi lasci andare e torni a essere felice.»

Ma Tony non era disposto a permettere che se ne andasse e, sebbene non l'avesse fatto negli ultimi giorni, prese l'iniziativa e si mise a spiegare. «Ho scaricato su di te i problemi della casa discografica, l'angoscia della situazione in cui viviamo e...»

«Sì, l'hai fatto», lo interruppe lei. «E sì, mi hai offerto una protezione che senza di te né io né i bambini avremmo avuto, ma finora me la sono cavata da sola e, se voglio continuare a farlo, lo farò. Se devo cambiare paese, città o colore di capelli per continuare a vivere, lo farò. E lo farò perché sono responsabile di tre bambini e voglio che siano felici, ovunque saremo, e che si sentano amati per come sono, con i loro difetti e i loro pregi.»

Tony sospirò. A volte parlava proprio a sproposito, come suo fratello Omar, e se ne pentì. «Ruth...»

«Ruth niente!» urlò lei, esplodendo. «Credi forse che non mi renda conto quanto ti diano fastidio quando corrono per la sala, o che ci siano i loro giochi sparsi ovunque? E quanto ti irritino i loro capricci? E il colmo è che vorresti averne altri! Follia pura!»

«Ruth...»

«Per non parlare della tua faccia ogni volta che la reginetta delle telenovele se ne esce con qualcuna delle sue davanti a uno dei tuoi amici o delle tue amichette, come quella zoccola di Anaís Montenegro.»

«Ma di cosa stai parlando, ora?»

«Guarda, Tony. La mia vita è così. Ho dei bambini e i bambini non sono adulti. I bambini disseminano giochi per casa, toccano tutto e a volte rompono cose o imitano qualcuno della televisione. Ti assicuro che cerco di educarli meglio che posso, e passo metà della mia vita a raccogliere cianfrusaglie in modo da contenere il caos, ma così io non posso vivere.»

«Amore...»

Non aveva voglia parlare con lui e gli diede le spalle, ma prima di poter entrare in bagno per togliersi il bikini bagnato, Tony era già dietro di lei.

«Perdonami. Perdonami, tesoro», sussurrò. «Sono un idiota.»

«Sei uno stronzo, ecco quello che sei», affermò senza guardarlo, mentre l'asciugamano le cadeva per terra.

Tony le mise un braccio attorno alla vita. Aveva bisogno di toccarla e lei di sentire lui. Solo questo avrebbe calmato la rabbia che provavano. Avvicinò la bocca all'orecchio di Ruth. «Sì, sono uno stronzo, un idiota e tutto quello che vuoi. Ho sbagliato urlandoti contro in quel modo e insinuando quelle cose, e di certo non è stato giusto quello che ho detto del bambino rispetto a suo padre. Per favore, perdonami.»

Ruth sospirò. Quel tono di voce disperato le era sconosciuto, ma non volle guardarlo per non avere tentennamenti. «Sei perdonato, ma domani prendo le cose dei bambini e...»

Non poté continuare, perché Tony la fece voltare e la baciò. Divorò la sua bocca, disposto a convincerla del suo errore e, quando smise per consentire a entrambi di prendere fiato, la supplicò.

«Non andartene, non lasciarmi. Senza di te e senza il tuo amore non saprei cosa fare.»

«Tony... non iniziare con la tua parlantina, per favore.»

Ma lui non si allontanò di un millimetro e andò avanti, determinato a farle cambiare idea.

«Ho scolpito nel mio cuore ogni secondo che abbiamo passato assieme. Capisco di aver sbagliato e non smetterò un attimo di chiederti perdono finché non lo dimentichi e torni a vedermi come l'uomo che vuole farti felice e che ci riesce.»

Da buon Ferrara, stava facendo appello a tutto il romanticismo e grazie all'effetto della sua vicinanza e delle sue parole, la rabbia di Ruth cominciò a diminuire. Tony la baciò sul collo, per mostrarle quanto l'amava.

«Tony, odi il disordine. So che vuoi bene ai bambini, ma...»

Lui le mise un dito sulla bocca per farla smettere.

«Mi pento di ogni parola che ho detto e che ti ha ferito», sussurrò lui. «Amo la mia regina delle telenovele, che se ne esce con quelle espressioni così particolari e che mi chiama al lavoro per dirmi che le manco, la stessa che non vuole che io sorrida alle donnacce perché la sua mamma è la migliore.» Ruth alzò gli occhi al cielo, e lui proseguì, speranzoso. «Adoro che la mia bimba voglia che io sia il suo papà. Me l'ha chiesto lei, quando avrei dovuto essere io a supplicarla perché mi accettasse e non il contrario. E questo perché mi ama, perché tu le hai insegnato a volermi bene e ad accettarmi.»

«Tony, smettila», sussurrò Ruth, sentendo la sua erezione e le mani che scivolavano sullo slip del bikini.

«Voglio bene ad Adán, perché ogni mattina mi dà un bacio quando si sveglia con un bellissimo sorriso, perché non pronuncia la erre e perché alla domenica divide con me il pane con burro e marmellata, anche se dipinge la casa, la macchina o il pianoforte e fa peti ovunque e nei momenti meno opportuni perché ne ha voglia.» Ruth sorrise. «Adoro Brian perché mi guarda come se fossi Superman e gli piace sedersi con me al pianoforte a cantare e, anche se mi fa arrabbiare che metta tutto nelle mutandine e sia un mago a intasare le tubature di casa, non mi interessa, amore mio, perché noi due gli insegneremo ciò che è bene e ciò che non lo è, a questi bambini dai capelli rossi e alla biondina futura attrice di telenovele...»

«Non ho dubbi che li adori», lo interruppe lei, accalorata per quello che lui le aveva detto. «Ma ti angosciano e...»

«Non ho finito», le disse, zittendola. «Voglio anche che tu sappia che adoro, voglio bene e amo alla follia la donna che canta con i bambini le canzoni delle pubblicità della tele, che balla stretta a me in cucina alla mattina, che ride a crepapelle quando le faccio il solletico, che guida come i migliori piloti e che ha il sorriso più bello del mondo. Ti ho conosciuto quando meno me l'aspettavo e sei arrivata quando più avevo bisogno di te. Sei lo scherzo del destino più bello che mi sia capitato e mi hai dato dei figli che amo come se fossero miei, per quanto a volte mi facciano arrabbiare. E se vuoi lavorare come istruttrice di guida, anche se io morirò di preoccupazione, lo farai. E se non vuoi avere altri figli, perché pensi che ne abbiamo già abbastanza, non ne avremo. Ma, tesoro, sei il sogno della mia vita, il mio amore, la padrona del mio cuore. Come pensi che possa permetterti di non stare più accanto a me?»

«Puoi farlo, Tony...» mormorò, «ti giuro che con me puoi farlo.»

Tony la prese in braccio e la portò a letto, la fece sdraiare, spense la telecamera della stanza e si mise sopra lei con dolcezza. «I tuoi baci sono i più dolci, appassionati e ardenti, saporiti e ineguagliabili. Sono fuoco puro. E tu non puoi essere sostituita nella mia vita. Ti amo, amore mio. Ti amo e ho bisogno che tu sia accanto a me ogni santo giorno per sapere che sei felice.»

«Tony, ti odio quando tiri fuori tutta l'artiglieria e...»

«Sei la mia bellissima donna», continuò lui senza darle tregua, «l'aria che respiro ogni giorno e il cibo di cui ho bisogno per vivere. Non voglio che per colpa del mio malumore, per un maledetto giorno sfortunato in cui mi è sfuggito tutto di mano, quello che di bello c'è tra noi finisca.»

Le slacciò gli slip del bikini e si sbottonò velocemente i pantaloni, tirò fuori il sesso duro, mentre Ruth apriva le gambe, invitandolo.

«Sentimi dentro di te», mormorò mentre la penetrava, senza smettere di guardarla negli occhi. «Sentimi e dimmi che non mi priverai di quello che sento ora io.»

«Tony», ansimò lei, chiudendo gli occhi.

«Perdonami, per favore.»

«Tony...»

«Amore, guardami, ti supplico. Guardami e perdonami.»

Ruth ansimò, sentendo come lui tremava dentro di lei. Sapeva che quella discussione era dovuta alla tensione che vivevano per colpa di Julio César.

«Sei magnifico, Tony Ferrasa», sussurrò. «Nessuno ha mai avuto la capacità di farmi impazzire come te. Nessuno mi ha mai detto cose così belle come quelle che mi dici tu, né mi ha fatto sentire come tu mi fai sentire.»

Tony avvicinò la sua bocca a quella di Ruth.

«Come diceva mia madre, il pentimento è il peggior castigo possibile dopo una cattiva azione. Ti ho parlato col cuore in mano e adesso per favore dimmi che mi perdoni.»

«Ti ho già detto che ti ho perdonato, tesoro, certo», mormorò in estasi.

Felice di sentire quelle parole, Tony insistette.

«Dimmi che mi ami.»

«Ti amo», sussurrò lei.

«Adesso dimmi che non te ne andrai via da me, per favore.»

Gli voleva bene, lo amava, lo desiderava e quando sentì che lui si muoveva come lei anelava, lo guardò sperando che continuasse, ma lui le disse: «Non mi muoverò, né usciremo da questa stanza fino a quando non si sarà risolto quello che ho causato».

«Oh, cielo…» ansimò lei, desiderosa che lui si muovesse.

Felice di vedere il suo desiderio, mosse i fianchi e lei si inarcò di piacere.

«Promettimi che non ve ne andrete.»

«Te lo prometto, amore», sussurrò. «Te lo prometto.»

Tony sorrise sollevato e muovendosi di nuovo godette della morbidezza della sua pelle. Andò avanti senza fatica, facendola sua, fino a quando non si fermò di nuovo.

«Continua… continua…» disse Ruth, guardandolo.

Ma Tony non lo fece.

«Dobbiamo ancora risolvere una cosa.»

Impazzita perché voleva che lui si muovesse, Ruth inarcò i fianchi per andargli incontro. «Che cosa?»

Tony la guardò col suo sguardo felino e le sorrise. «La data delle nozze.»

Ruth spalancò gli occhi e Tony affondò in lei per farla godere, consapevole della pazzia del momento che stavano vivendo. «Hai due secondi, poi deciderò io per te.»

«Così è giocare sporco.»

«Molto sporco, cucciola. Terribilmente sporco», e sorrise.

Una nuova spinta la fece gemere e con la voce rotta dal piacere, Tony insistette: «Sto aspettando la tua risposta».

Lei sorrise. Non le importava che giorno fosse. Tony, con la pelle d'oca per quel sorriso e per quello che riusciva a leggerci, prese a muoversi a un ritmo frenetico.

«Visto che non vuoi il quattordici di febbraio, sarà il ventuno di marzo. Quel giorno sarai la mia donna per sempre.»

50.
Moon River

Tre giorni dopo ci furono le nozze di Tifany.

Ruth, più tranquilla dopo i momenti terribili che avevano passato, tornò a sorridere e a essere sicura che quello che stava facendo fosse la cosa giusta. Per Tony, per i bambini e per lei.

Il matrimonio era alle cinque e mezzo di pomeriggio e la cena sarebbe cominciata alle otto, seguita da una festa. Quando le ragazze erano già con la sposa, e i ragazzi con il futuro marito, Ruth ricevette una telefonata di Tony e Yanira una di Dylan. Volevano accertarsi che stessero bene.

«Sono Ferrasa, bimba, che cosa ti aspettavi?» disse Yanira a Ruth una volta che ebbe riappeso.

Sorrisero. In quell'istante arrivò Coral. «Joaquín non viene alla festa.»

Tutte la guardarono. «Lo sapete che non ama molto questi eventi e...» iniziò a spiegare.

«Ma cosa gli succede?» la interruppe Yanira.

Era da un po' che Joaquín non si vedeva mai assieme a Coral. Yanira stava per continuare a parlare, ma l'amica disse: «Non neghiamolo. Io lo amo molto, ma per essere strano... è strano!»

Si misero a parlare di lui, ma Ruth si accorse dell'espressione angosciata di Coral. «Ho due notizie da darvi!» intervenne per cambiare argomento.

«Spara», disse Coral, apprezzando l'aiuto.

«La prima è che una volta che tutta la situazione sarà risolta, chiamerò Warren per lavorare con lui nel suo circuito di Santa Clarita come istruttrice di corse. Che ne dite?»

La fissarono, nessuna di loro capiva quella passione.

«Uff, che orrore. Ti riempirai di grasso e puzzerai d'olio di motore.»

«E sarai circondata da uomini pieni di testosterone. Posso iscrivermi?» scherzò Coral, e ci fu una risata generale.

«Mamma mia…» commentò Yanira, «sapendo quanto è protettivo Tony starà buttando giù una parete a testate.»

Ruth annuì. Anche se non le aveva detto nulla, non era d'accordo con quella scelta.

«E la seconda notizia?» chiese Valeria.

«Ho la data delle nozze!»

Le altre applaudirono, felici.

«Non dirmi che sei incinta!» esclamò Coral quando seppero che sarebbero state celebrate nel giro di due mesi.

«Oh, mamma!» esclamò Valeria, facendo ridere tutti.

«Nooooooo. Non lo sono.»

«Questi Ferrasa, bimba, sono pressanti. Sono sicura che è stato Tony a proporre la data, vero?» commentò Yanira, e Ruth sorrise.

«Ma cara, un matrimonio ha bisogno di una montagna di preparativi, te lo dico io, che ho dovuto organizzarlo in così poco tempo. Il vestito, il ricevimento, gli inviti, la festa… forse non hai visto che follia è tutto questo?»

Ruth annuì. Era stata testimone dell'affanno di Tifany, ma alzò le spalle, senza sapere come avrebbe potuto organizzare tutto. «Tony ha proposto quella data e io non sono stata capace di dire di no.» Poi guardò Yanira e la imitò. «Questi Ferrasa, bimba… che cosa vuoi che faccia?»

In quel momento bussarono alla porta della stanza. Una delle donne che servivano in casa di Tifany consegnò un pacchettino che era appena arrivato. La sposa lesse il nome del mittente e sospirò.

«È di Omar.»

Tutte la guardarono e lei fece un gran sorriso.

«Ah, care, non guardatemi così. Sto benissimo e ho una gran voglia di essere la signora Ivanov.»

«Come suona bene: signora Ivanov!» affermò Valeria.

«E vogliamo dire anche quanto *suona* bene il signor Ivanov?» aggiunse Coral.

Tifany rimase col pacchetto in mano, senza sapere che cosa fare, poi lo appoggiò sulla toilette. «Non lo apri?» le chiese Coral.

Lei si guardò allo specchio. «No.»

«Perché? È un regalo», insistette Valeria.

Yanira e Ruth si guardarono senza dire quello che pensavano e Coral insistette: «C'è un bigliettino. Non vuoi sapere che cosa c'è scritto?»

«Coral», la riprese Yanira, «non essere indiscreta.»

L'amica sorrise e replicò con la sua solita parlantina: «Dai, per tutti i diavoli, come se fossi l'unica che vuole sapere che cosa le ha scritto quel mandrillo!»

Le cinque donne risero e Tifany si arrese, prese la busta e la aprì. Dopo avere letto il messaggio, si sedette, facendosi aria con la mano.

«Ho bisogno di bere.»

«Non ti avrà insultato!» protestò Valeria.

«Gli taglio gli attributi, se ci prova!» disse Coral.

«Che cosa succede?» chiese Ruth a Tifany.

«Ho bisogno di bere», insistette lei.

«No, tesoro, non ora», rispose Yanira, che aveva parlato con lei prima che arrivassero tutte, cercando di farle capire che quelle nozze erano un errore.

«Voglio un whisky o uno screwdriver!» gridò Tifany.

«Certo che non avrebbe dovuto leggerlo, ma avete talmente insistito...» scherzò Coral.

«Che scema che sei», rise Valeria.

«Datemi un whisky, un rum, qualcosa!» ordinò la sposa.

«Tifany, guardami!» le disse Yanira. «Non puoi bere prima del matrimonio. Quello che devi fare è pensare a ciò di cui abbiamo parlato.»

«E di che cosa avete parlato?» si interessò Coral.

Ruth intuì a che cosa si riferisse Yanira. «Che lo dica lei, se vuole.»

Tifany continuò a farsi aria con la mano e, vedendo come la guardavano tutte, diede il messaggio di Omar a Ruth che era vicina a lei, perché lo leggesse ad alta voce.

Ci sono stati tre posti dove in passato mi hai sempre posseduto: nella tua mente, tra le tue braccia e nel tuo cuore. Ma per colpa della mia folle testa, per non essere stato l'uomo che ti meritava, ho smesso di esistere per te.
Ricevi questo come regalo da parte mia e di nostra figlia per le tue nozze e chissà che un giorno, quando lo vedrai, ti ricorderai di questo stupido che non è stato capace di apprezzarti e sorriderai pensando a me.
Amore, con tutto il mio amore.

Omar Ferrasa

Il silenzio calò nella stanza, finché non intervenne Coral. «Mi è appena caduto a terra il tanga.»

Valeria, commossa, aveva le lacrime agli occhi. «Che bello, che romantico quello che ti ha scritto», esclamò.

«Ferrasa allo stato puro», asserì Ruth, con un sospiro.

«Come dicevo...» disse Yanira, commossa da quelle parole.

Anche Tifany sospirò. Senza dubbio, quello che Omar aveva scritto era bellissimo e, dopo aver bevuto una bottiglia di acqua che le aveva dato Yanira, aprì la scatolina di velluto azzurro che era assieme al biglietto e vide l'incredibile bracciale, rimanendo a bocca aperta.

«Zaffiri azzurri, i tuoi preferiti», aggiunse la sua ex cognata.

Lei annuì e toccò con delicatezza il bracciale. «Omar è sempre stato attento ai dettagli ed è un romanticone.»

«Fino a quando non ha smesso di esserlo», commentò Coral.

Tifany mise il bracciale sopra la toilette, si alzò e guardò le sue amiche. «Forza, ragazze, andate a vestirvi.»

Senza fiatare, le ragazze si alzarono e ricominciò il trambusto: c'era un matrimonio!

Mezz'ora dopo, Lola e altre babysitter entrarono con i bambini, bellissimi, con i loro vestitini azzurri.

«Che carini. Sembrano angioletti!»

In quel momento Adán mollò una scoreggia che risuonò come una tromba.

«Ecco l'angioletto», scherzò Valeria.

«Adán, per amor di Dio!» lo sgridò Ruth, guardandolo.

«Cazzo, che peste!» esclamò Coral, aprendo la finestra.

Jenny, che era vicina a lui, si allontanò. «Maledetta puzzola.»

«*Blian* è uno scoreggione», rise Adán, indicando suo fratello, che gli si lanciò addosso.

Tifany si mise a ridere e un attimo dopo si sganasciarono tutti. Ruth, vergognandosi, si coprì gli occhi con le mani. Come diceva Tony, avrebbe dovuto sgridarlo ma in un momento così era impossibile. Ridevano tutti.

I bambini furono riportati via dalle babysitter, ma dopo poco tornò Preciosa che si avvicinò a sua madre. «Mami, mi è appena caduto un dente», le disse, mostrando quello che aveva in mano.

Vedendo il sorriso di sua figlia senza un dente superiore, Tifany spalancò gli occhi.

«Come? Com'è potuto caderti il dente proprio oggi?»

«Uh, bene!» disse Yanira sorridendo. «Questa notte verrà il topolino a trovarti.»

«Questa notte», sussurrò Valeria divertita, «tutte e due riceveranno una visita che le lascerà felici e soddisfatte. Dalla mamma arriverà il russo e dalla bimba il topolino!»

«Senza dubbio sceglierei il russo!» disse Coral guardando la bambina senza un dente.

«Mami, ti è piaciuto il regalo che ti ho fatto col papà?» chiese Preciosa, vedendo il bracciale sopra la toilette.

Tifany annuì e si chinò per darle un bacio. «È fantastico, tesoro. Il bracciale più bello del mondo. Grazie mille.»

«Papi ha detto che era il tuo colore preferito.»

«Lo è», annuì lei sospirando. «Papà ha ragione.»

«Mettilo», disse la bambina.

«No, adesso no», mormorò.

«Ma mami, se ti è piaciuto tanto, perché non lo metti?»

«Lo metterò domani, cosa ne dici?» rispose Tifany senza toccare il gioiello.

«No.»

«Amore», rispose Tifany con pazienza, «ti prometto che lo metterò domani e per tutto il resto della mia vita, ma oggi no.»

Yanira, capendo i motivi per cui Tifany non volesse metterlo, prese il bracciale. «Oggi non è una buona idea», le disse con affetto. «Mamma se lo metterà in un altro momento.»

Ma Preciosa insistette. «Voglio che se lo metta oggi.»

Tifany guardò sua figlia, stupita. Era una bambina docile e non era né esigente né capricciosa, di solito.

«Ascolta, Preciosa», intervenne Ruth. «Questo bracciale è il più bello del mondo e piace da morire alla mamma, ma se lo metterà in un altro momento, ok?»

All'improvviso la bambina si mise a piangere sconsolata, altra cosa che sembrò strana a Tifany. Preciosa non piangeva quasi mai e lei non poteva sopportare di vederla così disperata. «Non piangere, vita mia», disse prendendo il bracciale dalla mano di Yanira, «mamma se lo mette.»

La bambina smise di piangere immediatamente e fece un gran sorriso, lasciando vedere il buco del dente mancante. «Non lo toglierai? Me lo prometti?»

«Te lo prometto, amore mio.»

Vedendo il bracciale al polso di Tifany, la bambina fece i salti di gioia.

«Cazzo, che caratterino, la SENDE.»

«SENDE?» ripeté Ruth non capendo.

«SENDE: SENza DEnte.»

Scoppiarono di nuovo tutte a ridere. Senza dubbio sarebbe stato un giorno pieno di emozioni e di grandi risate.

Un'ora dopo arrivarono in chiesa, scortate da uomini che Tony aveva assunto per vigilare su Ruth e i bambini. Andarono in sacrestia perché Tifany potesse darsi un'ultima sistemata, mentre arrivavano gli invitati e man mano prendevano posto.

«Non avete caldo?» chiese Tifany.

Tutte si guardarono.

«No. Siamo in gennaio e fa piuttosto freddino», rispose Ruth.

Tifany annuì e si sedette su una sedia. Abbassando lo sguardo, i suoi occhi misero a fuoco il bracciale.

«Perché sono venuta a sposarmi con questo indosso?» sussurrò guardando Yanira.

L'amica la prese per mano. «Perché Preciosa piangeva e non volevi vederla così.»

Tifany annuì e sorrise un po' nervosamente.

«Davvero non avete caldo?»

«No», rispose Coral.

Tifany iniziò a sventagliarsi con la mano. «Ho sete», disse dopo alcuni istanti. «Avete qualcosa da bere?»

Valeria si alzò e le diede una bottiglietta d'acqua, che Tifany bevve fino all'ultima goccia.

«Sto per vomitare», disse subito dopo.

«Non dire cazzate!» esclamò Coral, alzandosi rapidamente.

«Forza», le disse Valeria. «Apro la finestra così ti arriva un po' d'aria.»

Yanira sospirò. Stava per succedere un disastro. Omar le regalava un bracciale di zaffiri e Tifany andava nel pallone. Era sicura che fosse lui la causa di tutta quell'agitazione.

«Vieni un attimo con me», disse a Ruth.

Una volta che si furono allontanate, Yanira iniziò a sussurrare: «Si avvicina una catastrofe e dobbiamo fermarla prima che sia tardi».

Ruth la guardò sorpresa, ma lei proseguì: «Tifany sta per commettere il più grande errore della sua vita. Si sposa con

Alexei, quando ama ancora Omar, per quanto possa sembrare incredibile. Sono stata tutta la mattina con lei per cercare di farle capire che questo matrimonio è una pazzia e…»

«Te l'avevo detto», la interruppe Ruth. «L'ho detto la notte del compleanno di Anselmo a Miami, ma tu mi hai risposto che non era possibile. Ti ricordi?»

Yanira fece segno di sì e, angosciata, si fece aria con la mano, come aveva fatto Tifany.

«Che cosa possiamo fare? Che cosa?»

Passarono alcuni istanti, poi Ruth sorrise. «Torniamo in sacrestia.»

«Che cosa farai?» chiese Yanira.

«Io nulla. Tifany farà tutto da sola, se davvero dubita di questo matrimonio. Ma adesso tu vienimi dietro e vediamo cosa succede, ok?»

«Oh, Dio mio», sospirò Yanira preoccupata. «Mi sento colpevole a boicottare le sue nozze.»

«Tranquilla, non stai per boicottare nulla. Lei e il suo cuore sapranno che cosa fare», disse Ruth.

Tornarono dalle altre e Ruth prese il suo iPhone dalla borsetta. «Come dice Tony, un po' di musica non guasta mai. Adesso, Tifany, chiudi gli occhi e lascia che questa canzone ti rilassi.»

Yanira la guardò senza capire cosa stesse facendo, ma sorrise quando sentì la voce di Marc Anthony che cantava *Da la vuelta*. Ruth stava imparando dai Ferrasa.

Da la vuelta y vete ya
hoy te doy la libertad
de volar a donde quieras
algún día tú verás
qué difícil es hallar
quien te dé su vida entera.
Y mientras tanto, mi amor,
yo guardaré mi tristeza
de este amor de verdad
que no tiene otro lugar que tu corazón y el mío.

Valeria e Coral si guardarono senza parole, ma Ruth, vedendo le loro occhiate di rimprovero, si rivolse a Tifany.

«Ti piace Marc Anthony, vero Tifany?»

«Sì, cara. Mi piace molto. E ancor più questa canzone bellissima», sussurrò con gli occhi chiusi.

Yanira represse un sorriso. Ruth aveva messo la canzone che Tifany aveva ballato con Omar al compleanno di Anselmo, a Miami.

Dopo un gemito, Tifany aprì gli occhi. «Alexei è un brav'uomo, una persona fantastica e io lo sposerò. Mi ama. Mi idolatra! Vuole avere dei figli con me e adora Preciosa.»

«Ed è incredibilmente bono, non dimenticare questo GRANDE dettaglio», aggiunse Coral.

«Certo, cara.»

«Senti, ma non è che ultimamente sei un po' troppo allupata?» chiese Yanira a Coral.

La sua amica sorrise, ma non disse nulla, mentre la futura sposa ricominciava a farsi aria con la mano.

«Davvero non avete caldo?» insistette.

Tutte fecero segno di no con la testa e lei aggiunse: «Sono una donna giovane, indipendente, che ha conosciuto un uomo bello, giovane, trendy, indipendente ed entrambi abbiamo deciso di sposarci per passare assieme una bellissima vita».

«E una stupenda luna di miele. Dove andate, alla fine?» chiese Ruth, con intenzione.

«In Russia», rispose Tifany, mentre Marc Anthony continuava a cantare.

«Ah, vero. Vedrete il Cremlino», commentò Ruth.

«E la Cattedrale di San Basilio», le fece eco Yanira, intuendo dove voleva arrivare.

Tifany annuì. «Sì, quella che ha le cupole che sembrano cipolle», aggiunse senza entusiasmo.

«Che emozionante», disse ironica Yanira.

«Rimettila di nuovo e dammi una sigaretta, ne ho bisogno», chiese Tifany, vedendo che stava per finire la canzone.

Ruth fece quello che lei chiedeva, mentre Valeria prendeva velocemente un pacchetto di sigarette e un accendino.

Que te olvidaste de mí,
que se escapó el amor,
por el portal del hastío.
Que te dice el corazón,
que hallarás en otros brazos,
lo que no hallaste en los míos.

Tifany aspirò la sigaretta. «Ancora non so come ho potuto accettare di andare in Russia in luna di miele», disse, buttando fuori il fumo.

«Davvero. Volevi la spiaggia, il calore, i mojito...» assentì Ruth.

«... *chichaítos* e salsa, come quella di Marc Anthony», concluse Yanira.

La sua amica annuì di nuovo. «Be', lì non credo che proprio si balli la salsa...» scherzò Ruth.

«... né ci sono *chichaítos*. Te lo dico io, che ci sono stata», affermò Yanira.

Coral le guardò con aria di rimprovero. Ma che cosa stavano facendo quelle due?

Tifany ricominciò ad agitarsi e guardò il bracciale. «Devo andare a prendere una boccata d'aria!» disse, passando la sigaretta a Coral.

Valeria la accompagnò e Coral, rimasta sola con le altre due, sussurrò: «Siete delle sciupa-matrimoni, per non dire delle cagne! Si può sapere che cosa state combinando?»

«Niente. Le stiamo solo dicendo quello che ha bisogno di sentire», rispose Ruth inarcando le sopracciglia.

Yanira sorrise e vide che Coral stava per protestare ancora.

«Se si sposa con Alexei, sarà un disastro. Non dirmi che il tuo sesto senso di donna non te lo sta urlando», la anticipò Yanira.

«Me lo urla da settimane, ma credo che sia peggio l'altra cosa che mi dice», rispose Coral sospirando.

«Non credo che si possa fare nient'altro che appoggiarla, qualsiasi sia la sua decisione», concluse Yanira.

«Quindi siamo a posto!» disse Coral con tono beffardo. «Comunque devo dire che l'Omar caro, quel mandrillo che avrei strangolato in mille occasioni con le mie manine, col suo bigliettino e il bel braccialettino mi ha conquistato. Diavolo, che ingenua che sono!»

In quell'istante si aprì la porta e apparve il chierichetto per annunciare che Tifany sarebbe dovuta uscire dopo cinque minuti.

Due secondi dopo, la futura sposa ricomparve. Yanira le porse il bouquet. «Andiamo, hanno detto che la cerimonia deve cominciare.»

«Ora?»

«Sì, Tifany, ora!» affermò Coral.

«Datemi un secondo per finire di ascoltare la canzone», disse, recuperando la sigaretta che aveva dato a Coral.

Tutte le altre la guardavano mentre fumava e camminava su e giù per la sacrestia muovendo le spalle a ritmo di salsa. Aspettarono la fine del pezzo, poi Yanira spense la musica e le tolse la sigaretta di mano. «Alexei ti aspetta, andiamo!»

Uscirono nel corridoio, dove le aspettavano i bambini assieme a Dylan e Tony, bellissimi nei loro completi.

Tifany li vide. «Che bei mori!» gridò.

Coral lanciò uno sguardo complice alle amiche. «Lo sai, cara. I Ferrasa sono così. Alti, belli, mori, portoricani. Ragazzi dal sangue *caliente*, ben diverso da quello russo.» Poi, sussurrando, aggiunse: «E, da quello che dite, delle belve a letto».

Questo commento fece sorridere Ruth, mentre Yanira stava spiegando a Valeria che cosa stesse succedendo.

Tifany annuì. Non c'era dubbio che i Ferrasa fossero così, ma sollevò il mento e continuò a camminare.

«Sei bellissima», le disse Dylan mentre si avvicinava. E le diede un bacio.

«Sei incredibile, Tifany», aggiunse Tony, baciandola anche lui.

«Siete sempre così galanti», rispose lei, commossa. Poi fece un respiro e continuò a camminare fino ad arrivare a fianco di suo padre, un uomo molto affettato, che le offrì il braccio e la guardò. «Quando ti vedrà tua madre, si scandalizzerà», disse.

Tifany annuì come un automa, continuando a sventolarsi con la mano. Poi si fermò. «Credo... credo di stare male.»

La fecero sedere immediatamente. Il chierichetto andò a cercarla e vedendo come stava le portò un bicchiere d'acqua.

«Stai meglio?» le chiese Yanira sottovoce.

Tifany la guardò. «Yanira, che cosa sto facendo?»

Tony e Dylan si guardarono sorpresi.

«Stai per sposare Alexei», rispose Yanira, fissandola con i suoi occhi azzurri. «Tesoro, pensaci bene prima di ritrovarti in un pasticcio. È questo quello che vuoi?»

Senza che gli importasse come stava la figlia, il padre di Tifany si mise a fare pressioni. Doveva cominciare la cerimonia e c'era tantissima gente che li stava aspettando. Lei si alzò in piedi, prese di nuovo a braccetto suo padre e proseguì il percorso.

I bambini si misero davanti a lei e quando apparvero sulla porta della chiesa, iniziò a suonare una bella marcia russa.

Mentre camminavano, i piccoli lanciavano petali di rose bianche e Tifany percorse la navata centrale della chiesa, in direzione di Alexei, che era bellissimo. Così biondo, così alto, così impressionantemente russo. Tifany gli sorrise. Lui, vedendola così bella, ricambiò con un timido sorriso.

In quel momento Tifany strinse con forza il bouquet e il bracciale che aveva al polso si spostò, attirando il suo sguardo. Le tornò in mete quando si era sposata con Omar. Al suo ingresso in chiesa, un violino e un pianoforte avevano interpretato *Moon River*, niente a che vedere con la marcia russa che suonava ora. E quando era comparsa al braccio di suo padre Omar, bruno, alto e focoso, l'aveva guardata e le aveva fatto strizzato l'occhio.

All'improvviso, Tifany si fermò. Suo padre cercò di spingerla avanti, ma lei si rifiutò di muoversi. Tutti iniziarono a sussurrare e alla fine la sposa si liberò dal braccio del padre, si avvicinò ad Alexei, si tolse l'anello di fidanzamento che lui le aveva regalato e glielo restituì. «Mi dispiace. Perdonami, Alexei, ma non posso farlo», gli disse.

Successe il finimondo e Tifany se ne tornò di corsa in sacrestia.

«Però, che attributi la ragazza...» commentò Coral rivolta a Yanira.

«Ha fatto quello che doveva fare», le rispose lei, mentre vedeva che la madre di Tifany, ultra snob, era sul punto di svenire.

Ruth e Yanira si diedero il cinque davanti allo sguardo attonito dei fratelli Ferrasa.

«È incredibile quello che può fare la musica. Il matrimonio non ci sarà!» bisbigliò Valeria.

Dylan e Tony si avvicinarono.

«Di' a Lola e ad Amelia che portino tutti i bambini a casa di Tifany, scortate dalla vigilanza. Non ci sarà nessun matrimonio», disse Yanira a suo marito.

«Come non ci sarà nessun matrimonio?» domandarono all'unisono i due fratelli.

«Ruth ve lo spiegherà.»

Stupefatto, Dylan vide sua moglie allontanarsi.

«Dov'è Omar?» chiese Ruth.

«Partiva oggi per New York.»

«Oh, santo cielo!»

In quel momento, Alexei passò svelto accanto a loro cercando la sua fidanzata.

«Credo che Omar abbia la possibilità di riconquistare Tifany», disse Ruth.

«Non dire cavolate», ribatté Tony con un sorriso.

«Sì, ma non ditegli nulla.»

«Wow!» esclamò Dylan, vedendo che la gente bisbigliava.

«Tesoro, a che ora è il suo aereo?» insistette Ruth.

Senza perdere tempo, Tony chiamò Omar al telefono e, cercando di mantenere la calma, parlò con lui mentre osservava come la gente, inquieta, si stesse muovendo qua e là. Alexei uscì dalla sacrestia con l'espressione rabbuiata.

«Il suo volo parte tra due ore. Stava proprio uscendo di casa, ma non gli ho detto nulla», riferì dopo aver chiuso la comunicazione.

Felice di quell'informazione, Ruth diede un bacio a Tony, poi si rese conto di come li stavano guardando gli amici del russo e alcuni famigliari di Tifany. «Mi sa che è meglio se ce ne andiamo. La gente non ci guarda con aria amichevole.»

I due fratelli si diedero un'occhiata attorno sorridendo. Non si curavano di quello che avrebbe potuto pensare la gente.

«Tranquilla, non succederà nulla», rispose Dylan.

Ruth si avviò verso la sacrestia. «Una volta che i bambini sono a casa, voi due aspettateci alla porta posteriore della chiesa con la limousine», disse Ruth ai due fratelli.

«Con il motore acceso?» scherzò Tony.

Divertita, lei gli strizzò l'occhio e sorrise.

Tony e Dylan si guardarono e si diedero il cinque. «Omar è un Ferrasa. Che cosa ti aspettavi?»

Quando Ruth entrò in sacrestia, trovò Tifany che piangeva disperata, mentre le sue amiche cercavano di consolarla e il sacerdote l'avvisava che la gente se ne stava andando via. «Che cosa ho fatto?»

«Hai piantato sull'altare l'uomo più sexy del mondo», rise Coral. «Che due palle che hai, ragazza… che due palle!»

«Ma sono impazzita? Che cosa ho fatto?» continuava Tifany, rendendosi conto che il matrimonio era saltato.

«Hai fatto quello che dovevi. Né più, né meno», affermò Yanira.

Tifany chiuse gli occhi. «Non c'era la canzone *Moon River* e… quando ho sentito quella marcia militare… io avevo bisogno, volevo, anelavo, bramavo con tutta me stessa di sentire quella maledetta *Moon River*. Oh, mio Dio! Dovrei essere fulminata per essere così stronza!»

«Non dire parolacce, non sono nel tuo stile», scherzò Coral.

«Ma perché *Moon River*?» chiese Valeria che non capiva.

Ma Yanira conosceva bene la storia, e conosceva anche Tifany. «È la canzone di Omar e Tifany, l'hanno suonata al loro matrimonio, mentre lei percorreva la navata della chiesa.»

«Per tutti i diavoli...» esclamò Coral, con un sorriso.

Tifany era ancora sotto shock. «Alexei non si merita questo. È un amore di uomo, è affascinante e meraviglioso.»

«Ma non è l'uomo per cui batte il tuo cuore», rispose Ruth.

«Wow, che romantica», scherzò Yanira.

«Chi va con lo zoppo, impara a zoppicare...» rispose lei ridendo.

Intanto, Tifany continuò, disperata: «Dovrei uccidermi».

«Sì, ragazza», le rispose Coral, avvicinandosi. «Saresti da uccidere e fare a pezzi per aver piantato sull'altare quel gran pezzo di ragazzo. Ma vuoi sapere una cosa? Ti sei comportata così davanti a tutti perché sei una tipa che vale molto. Non come me, che sono separata da Joaquín da alcuni mesi e non sono ancora stata capace di dirvelo.»

Calò il silenzio. Fu Valeria a interromperlo. «Per la miseria!»

«Dopo che è nata Candela, niente è tornato come prima», spiegò Coral. «Credevo di aver incontrato l'amore della mia vita, ma in realtà ho incontrato un amico. Lui non mi desidera, non mi guarda più come faceva prima e io voglio accanto a me un uomo che cancelli il rossetto dalle mie labbra e non qualcuno che mi faccia colare il rimmel per l'infelicità.»

«Coral, ma perché non ci hai detto nulla?» mormorò Yanira, rattristata.

Quella ragazza pazza che le faceva ridere sempre con le sue battute fece un sorriso. «Ho avuto paura di chiudere la relazione finché non ho conosciuto Ruth. Lei mi ha dimostrato che, con un paio di palle così, se ti batti per quello che vuoi, puoi tirare su i figli anche senza avere accanto un uomo. E se lei ce l'ha fatta con tre, perché non avrei potuto farlo io con mia figlia?»

«Anch'io sto tirando su mia figlia da sola», disse Tifany.

«Certo cara, ma il mio livello di partenza è più simile a quello di Ruth che al tuo, senza contare che c'è un Ferrasa che non permetterà che a te o alla bambina possa mai mancare nulla. E anche se Joaquín è molto bravo, non è lo stesso, credimi», rispose Coral.

«Anch'io non lascerei che ti mancasse nulla», disse a bassa voce Yanira.

«Lo so. Lo sapevo già, sciocca», le rispose Coral, guardandola con affetto.

Rimasero tutte in silenzio, stupite per quella rivelazione. Poi intervenne Ruth. «Quindi, adesso è colpa mia se tu ti separi da tuo marito.»

«No, principessa, no», rispose sorridendo. «Grazie a te sono stata capace di essere coraggiosa. Diciamo che mi hai dato la forza di capire quello che voglio e quello che non voglio. E anche se adesso non cerco niente di serio con nessuno, a parte qualche notte di follia, in futuro mi piacerebbe incontrare un uomo che impazzisca per me. Non qualcuno che mi guarda e mi tratta come un'amica e che preferisce leggersi un libro di cucina piuttosto che fare l'amore.»

«Ma come può essere?» sussurrò Yanira, attonita. «Tu e Joaquín eravate la coppia perfetta. Lui era il tuo eroe e tu...»

«L'hai detto, Yanira: eravamo la coppia perfetta. Eravamo.»

«Ma non dicevi che gridavi: "Viva il Perù!" quando facevi l'amore con lui, che è peruviano?» insistette Tifany.

«Era così, ma ora non lo grido più. E voglio gridare di nuovo "Viva il Perù!", "Viva Toronto!", "Viva il Messico!", "Viva l'Italia!", "Viva la Spagna!", perché mi piace il sesso, è sano e fa benissimo alla mia pelle.» Poi si girò verso Tifany, che aveva tutto il rimmel che colava. «Ma adesso quello che importa è lei che, a quel che vedo, si trattiene dal gridare "Viva Porto Rico!", vero?»

Tifany annuì, poi guardò la sua amica. «Sono super mega arrabbiata con te, Coral. Molto! E sappi che non appena mi passerà l'arrabbiatura che ho con me stessa per il mio non matrimonio, dovrai spiegarmi di nuovo che cosa è successo con quel bonaccione di Joaquín.»

«D'accordo, ragazza, te lo spiegherò per filo e per segno», rispose l'altra.

Ruth, vedendo che nessuna diceva nulla, guardò Tifany, consapevole che il tempo non era dalla loro.

«Vuoi tornare a gridare "Viva Porto Rico!"?» le chiese.

La bella sposa sospirò e guardò il soffitto. Poi chiuse gli occhi e annuì. Quindi li riaprì e guardò il bracciale che aveva al polso. «Sì. Voglio gridare "Viva Porto Rico!"»

Le quattro amiche applaudirono.

«Allora dobbiamo andarcene di qui a tutta birra», disse Ruth.

«Perché?» chiese Valeria.

«Perché Omar sta andando a New York con un volo che parte tra poco più di un'ora.»

«Oh, santo cielo!» bisbigliò Tifany.

«Forza», la incitò Ruth. «Tony e Dylan ci aspettano alla porta posteriore della chiesa con la limousine accesa.»

Ma Tifany sembrava incapace di reagire e Yanira le tese la mano, con un sorriso complice.

«Andiamo ragazza, ora, o mai più.»

Questo fece sorridere la bionda che con una mano sollevò la gonna del vestito da sposa e con l'altra prese quella di Yanira. «Andiamo a cercare il mio Ferrasa!»

Tra risate e allegria, uscirono dalla porta posteriore, dove i due fratelli le stavano aspettando appoggiati alla limousine. Tony le vide arrivare di corsa. «Non posso crederci», commentò.

«Omar è un uomo fortunato», affermò Dylan.

Salirono tutti in macchina, poi Dylan chiese all'autista di dirigersi all'aeroporto il più in fretta possibile. Tifany si girò verso i suoi due cognati. «Se questa volta finisce male, vi giuro che lo uccido e lo faccio a pezzetti microscopici!»

«E noi ti aiuteremo», affermò Tony, abbracciandola.

Mezz'ora dopo erano in aeroporto. Si precipitarono fuori dalla limousine ed entrarono di corsa nell'aeroporto, cercando Omar. Non ce n'era traccia. Disperata, Tifany guardò da tutte le parti, finché lo vide in coda per i controlli di sicurezza; moro, alto e con un completo grigio chiaro. E senza dire nulla corse verso di lui.

La gente la fissava, ma a lei non importava. Una donna in abito da sposa che correva a tutta velocità non era certo una cosa di tutti i giorni. Ad appena due metri da lui, si fermò, fece alcuni respiri e gli lanciò il bouquet che stringeva ancora in mano. Omar, sentendo il colpo sulla spalla, si voltò e rimase a bocca aperta.

Tifany era lì, vestita da sposa, spettinata, con il viso accaldato, più bella che mai. E dietro di lei c'erano i suoi fratelli con le loro donne e le sue amiche.

Senza capire nulla, li guardò attonito, anche se i suoi occhi erano solo per lei, la donna che un giorno aveva perduto per la sua idiozia.

Tifany si avvicinò a lui con passo deciso, si mise le mani sui fianchi e senza nessun preavviso gli diede uno schiaffo che riecheggiò in tutta la hall. Tutti li osservavano perplessi.

«Wow. Iniziamo male», disse Tony.

«Diavolo, la ragazza sa quello che vuole...» scherzò Coral, facendo ridere quelli che la circondavano.

Tifany puntò un dito contro Omar. «Se mi tradisci di nuovo, se mi metti di nuovo da parte o smetti di amarmi o guardi qualcun'altra che non sia io, o se mi deludi un'altra volta, ti giuro per tutti i santi del mondo che non ti perdonerò mai più e ti ridicolizzerò a tal punto che non ci sarà più casa, pietra o grotta dove potrai nasconderti.»

Con la guancia segnata dal manrovescio, Omar non si mosse, poi vide il bracciale di zaffiri azzurri che aveva al polso. «Preciosa ce l'ha fatta. È riuscita a farti mettere il bracciale.»

Comprendendo quello a cui si riferiva, Tifany aprì la bocca, ma Omar fece un sorriso innocente. «Amore, era la mia ultima cartuccia per far sì che non ti dimenticassi di me.»

A quel punto Tifany sorrise. Non si era mai dimenticata di lui.

«Omar Ferrasa, che cosa aspetti a baciarmi?»

Lui la prese per la vita, la strinse a sé e la baciò con vera passione, mentre la gente attorno a loro lasciò partire un applauso.

«Ti amo... tigrotto», sussurrò lei quando si separarono.

Commosso, Omar la guardò negli occhi. «Non ti deluderò mai più e ti prometto che adesso faremo assieme tutto quello che non abbiamo mai fatto per il mio egoismo e per la mia mancanza di tempo.»

«Sono più che pronta!» rise lei.

«Prima di tutto, amore, ci sposiamo oggi a Las Vegas. Quando torniamo, organizziamo un matrimonio di quelli che ami. Hai già il vestito e sei bellissima. Tifany, sposami!»

Tutti risero e Omar li guardò. «Comprate i biglietti, che partiamo col primo volo per Las Vegas.»

Yanira scoppiò in una risata e a Dylan venne in mente il suo matrimonio. «Mi stai copiando, fratello?» gli disse.

Ma in quel momento intervenne Tifany. «Che nessuno compri il biglietto per Las Vegas.» Poi puntò gli occhi chiari su Omar.

«Non penso di volere che tu torni a comandare nella nostra relazione. E no, non mi sposerò con te oggi, anche se indosso questo incredibile vestito da sposa. Perché non te lo meriti.»

«Urrà... urrà», applaudì Yanira, lasciando sconcertato Omar.

«Ma amore...»

«Ho detto di no, Omar», sentenziò Tifany. «Se vuoi che mi sposi con te, ci devi lavorare sopra e, senza dubbio, te lo devi guadagnare.»

Omar era pazzo di quella donna che era stata capace di piantare sull'altare l'uomo più sexy del pianeta e correre in aeroporto per cercarlo vestita da sposa. «Avremo tutti i figli che vorrai. Quando sono stato a casa di Tony e Ruth e ho visto il salotto pieno di giocattoli, ho capito quanto sono stato stupido a privare me e te di questa benedizione.»

«Oh, cielo!» bisbigliò Tifany commossa.

«Ormai è certo... è diventato un copione!» disse questa volta Tony scherzando.

Ruth rise. «È chiaro che sono arrivata io a rivoluzionare le vostre vite.»

«Per favore, che romanticooooooo!» esclamò Valeria applaudendo.

Coral piangeva a dirotto ma a un certo punto si calmò. «Ehm... futura signora Ferrasa, dammi il telefono del russo. Penso che qualcuno lo debba consolare e ne ho bisogno anch'io.»

Ruth non poté fare a meno di ridere e spiegò a Tony, stupefatto, che si era separata da Joaquín.

«Davvero?» rispose sorpreso Dylan.

Yanira, rattristata perché era finita la bella storia d'amore che c'era stata tra quei due, alzò le spalle. «Si dà il caso che tra noi non possa mancare un'allupata...»

Omar abbracciò felice i suoi fratelli. «Sembra che anch'io mi sposerò di nuovo con la stessa moglie.»

«La maledizione dei Ferrasa», disse Tony ridendo, senza togliere gli occhi dalla sua futura sposa, che stava abbracciando sorridente Tifany.

Andarono tutti a casa di Tifany, dove c'erano i bambini, per festeggiare in privato. Preciosa, vedendo i suoi genitori che si tenevano per mano, corse ridendo verso di loro e li abbracciò. Dopo aver passato una bellissima serata in famiglia, in cui non mancarono risate ed emozioni, ognuno tornò a casa sua.

Trovandosi da sola con Omar, Tifany, ancora vestita da sposa lo guardò. «Anche tu dovresti andartene.»

«Sei sicura?» le chiese, con gli occhi dolci.

Tifany annuì e Omar sospirò. Sarebbe stato felice di rimanere lì con lei, fare l'amore per ore senza smettere, come desiderava, ma era consapevole che bisognava fare le cose in un altro modo. Prese quindi la sua giacca grigio chiaro e le diede un bacio sulle labbra.

«Buona notte, amore.»

Lei ricambiò il bacio e dalla porta della sua casa grande e bella lo vide percorrere il giardino fino alla macchina. Omar si girò per salutarla e allora Tifany, sollevando l'orlo del vestito da sposa, corse verso di lui e si gettò tra le sue braccia, baciandolo. Poi lo prese per mano e si incamminò verso il garage, dove si appoggiò al cofano di una delle sue macchine e guardò il suo ex marito. «Tigrotto, fammi volare!» gli sussurrò.

Omar sorrise, la appoggiò sopra il cofano e obbedì. Quella notte Tifany volò e gridò «Viva Porto Rico!»

51.
Parole dell'anima

Dopo quella giornata piena di emozioni e di cambiamenti, in casa di Tony stavano dormendo tutti quando all'improvviso suonò il telefono di Ruth.

Si svegliò di soprassalto e, guardando l'orologio digitale del comodino, vide che erano le tre e mezzo del mattino.

Al terzo squillo, anche Tony si svegliò e Ruth rispose al cellulare.

«Cucciola...»

Riconobbe subito la voce di David e si irrigidì non appena capì che stava piangendo. Ascoltò l'amico.

«In mezz'ora sono da te», gli disse.

«Che cosa succede?» chiese Tony, alzandosi anche lui dal letto.

«Era David. Mi ha detto che Manuel è ricoverato al Memorial Hospital», spiegò, col viso stravolto e gli occhi pieni di lacrime.

«Ma cosa è successo, tesoro?»

«Ha ricevuto una visita di Julio César», rispose lei mentre si vestiva.

Senza fare altre domande, anche Tony iniziò a vestirsi. Dopo aver avvisato Lola e la vigilanza che sarebbero usciti, salirono in macchina. Da lì, Tony chiamò Andrew per spiegargli l'accaduto e chiedergli di rafforzare la sorveglianza a casa. Rimasero d'accordo per vedersi più tardi in ospedale.

Andarono subito al pronto soccorso e trovarono David seduto in fondo alla sala d'aspetto, con gli occhi gonfi da quanto aveva pianto. Appena li vide, andò incontro a loro e Ruth lo abbracciò.

«Sono qui, tesoro. Sono qui.»

Tony li guardava, teso. Poi si avvicinò e li abbracciò entrambi. David continuò a piangere, finché arrivò un medico chiedendo dei famigliari di Manuel Cabrera. I tre si alzarono subito.

«Ha molte contusioni su tutto il corpo e un paio di costole rotte», spiegò il medico. «L'hanno picchiato duramente, ma sta bene. Gli abbiamo dato diversi punti in testa e in bocca. Ma si riprenderà. È cosciente e tra poco potrà tornare a casa.»

«Ah! Il mio Manuel», disse David piangendo.

«Calmati, la cosa importante è che stia bene. Hai sentito il medico.»

Alcuni minuti dopo arrivò Andrew, preoccupato. Dopo aver spiegato che aveva aumentato la vigilanza alla casa, cercò di tranquillizzare David. Quando finalmente David smise di piangere, Tony prese in disparte Andrew. «Ho chiamato Jake. Cazzo, non posso credere a quello che è successo», disse Tony.

Andrew annuì e gli mise una mano sulla spalla. «Non preoccuparti, troveremo una soluzione.»

Quando tornarono dagli altri, Tony allungò a David un tè che aveva preso dal distributore automatico. «Che cosa è successo esattamente?» gli domandò poi.

«Manuel mi ha chiamato al lavoro», iniziò a spiegare David mentre beveva il tè. «Erano circa le due e un quarto di mattina. Gli tremava la voce e riuscivo a capire a stento quello che mi diceva, ma ho intuito subito che qualcosa non andava. Mi sono spaventato, ho lasciato il lavoro e sono arrivato a casa e... quasi sono morto quando l'ho visto. Aveva la faccia piena di sangue... c'era sangue dappertutto e... e...»

«Tranquillo David, tranquillo», sussurrò Ruth abbracciandolo.

Poco dopo David era di nuovo calmo. «Sembra che Manuel stesse guardando la televisione quando hanno suonato alla porta. Lui ha aperto e due tizi grandi e grossi gli hanno dato uno spintone e sono entrati. Uno di loro ha detto di chiamarsi Julio César e gli ha ordinato di chiamarmi per farmi tornare a casa. Manuel non ha voluto farlo e... e quindi hanno iniziato a picchiarlo.»

Con l'orrore dipinto in volto, Ruth si tappò la bocca con le mani, mentre Tony imprecava in silenzio.

In quell'istante, da una delle porte del pronto soccorso uscì un infermiere che spingeva una sedia a rotelle su cui c'era Manuel. Aveva la faccia livida e la testa fasciata.

Vedendolo, tutti corsero verso di lui.

«Ti amo... ti amo... ti amo...» gli sussurrò David abbracciandolo.

«Lo so, *amove* mio», disse lui sorridendo. «Ma smetti di stringermi o mi farai morire soffocato.»

Quando David si spostò, Ruth sorrise, angosciata. «Mi dispiace, Manuel. È tutta colpa mia e...»

«Non dire sciocchezze, *amove* mio», rispose lui, sempre col sorriso sulle labbra.

«Non hai la colpa di niente», intervenne Andrew.

Tony, che fino a quel momento era stato in disparte, si fece avanti. «Come ti senti?»

L'altro sospirò. «Quel figlio di buona donna cerca Ruth.»

«Non le farà nulla», affermò Tony con sicurezza.

Allora Manuel si rivolse a lei. «Mi ha picchiato quando mi sono rifiutato di chiamarti. Voleva che venissi a casa nostra per... per... oh, cielo, non voglio nemmeno immaginare per cosa. E sa che i bambini sono suoi. Me lo ha detto mentre mi colpiva.»

«Dio santo. Siamo finiti...» disse Ruth.

«È impazzito», proseguì Manuel. «Ho creduto che mi avrebbe ammazzato di botte, ma all'improvviso si sono fermati e prima di andarsene Julio César mi ha intimato di farti sapere che devi dire addio ai tuoi figli.»

Ruth gemette e Tony l'abbracciò. «Nessuno prenderà né toccherà i bambini, te lo giuro!» le disse.

Quando uscirono dall'ospedale, Tony promise a Manuel e David di rimanere con loro fino a casa. Anche Andrew li seguì in moto. Quando entrarono nell'appartamento, videro il disastro di mobili rotti e oggetti sparsi ovunque.

«Oh, santo cielo!» esclamò Ruth con un filo di voce.

La bella casa di David e Manuel era stata fatta a pezzi. La nuova televisione rotta, il tavolo spezzato in due, la poltrona distrutta. Sembrava che fosse passato uno tsunami.

«Mi dispiace... mi dispiace», disse Ruth disperata.

David la abbracciò. «Calma, cucciola, l'unica cosa che conta è che Manuel, tu e i bambini stiate bene. Tutto il resto si può sostituire. Non preoccuparti di nulla.»

Ma lei si portò una mano alla testa. «Avete risparmiato per mesi per comprarvi questo televisore e...» bisbigliò Ruth.

«*Amove* mio, non importa della tele», rispose Manuel, sfinito. «Come ti ha detto David, l'importante siamo noi. La famiglia. E se stiamo bene, tutto il resto non conta.»

Tony li ascoltava, commosso. Era chiaro quanto si volevano

bene e non era disposto a lasciarli lì un secondo di più senza protezione.

«David, prendi quello di cui avete bisogno per te e per Manuel. Non potete fermarvi qui, venite a casa con noi», disse.

«Ti ringraziamo molto, ma non voglio che i bambini mi vedano così», rispose Manuel. «La mia regina delle telenovele si angoscerebbe e i piccoli si spaventerebbero, e non voglio che si preoccupino.»

«Ha ragione», intervenne Andrew. «I bambini si allarmerebbero se lo vedessero così.»

Tony ci rifletté. Era vero. «Allora vi porterò in un altro posto, dove potrete passare la notte. Domani torneremo qui e vedremo che cosa si può fare», disse.

A Ruth sembrò una buona idea. «Manuel, mettiti lì comodo che noi prendiamo quello di cui avete bisogno.» Poi si girò verso David. «Dai, tesoro, ti aiuto.»

David preparò una valigia con giusto le poche cose indispensabili per un paio di giorni, il tempo per sistemare quel disastro e rientrare a casa. Tornò in sala con la valigia e Tony la prese. «Tutti alla macchina», esortò.

Senza fiatare salirono sulla macchina di Tony, mentre Andrew li seguiva in moto. Dopo un po' arrivarono in un quartiere di lusso.

«Oh, cielo. Ma questo è Melrose Hills, vero?» chiese David.

«Sì», rispose Ruth. «Vi piacerà questa casa, vedrete.»

Cinque minuti dopo, quando l'ascensore arrivò al decimo piano del lussuoso edificio, Tony prese le chiavi e aprì la porta del suo appartamento. «Entrate. E fate come se fosse casa vostra.»

David e Manuel non potevano credere ai loro occhi. Era una casa da sogno. Grande, moderna e arredata in modo magnifico.

Dopo aver fatto sedere Manuel su una poltrona, Tony spiegò a David come funzionavano alcune cose, come la luce regolabile, la musica diffusa o l'allarme, e quando finì si accorse dell'espressione sfinita dei suoi amici. «Credo sia meglio che riposiate, ora. Domani verremo a vedere come state.»

Entrambi annuirono.

«Volete che mi fermi con voi?» chiese Ruth.

«No, *amove* mio», rispose Manuel. «Tu vai dai bambini. Sono più tranquillo se so che sono con te.»

«Vi accompagnerò con la moto fino a casa, per accertarmi che arriviate bene», disse Andrew. «Poi tornerò qui da loro.»

Tony annuì e Ruth diede un bacio ai suoi amici, rimanendo d'accordo che si sarebbero rivisti poche ore dopo. Quindi, assieme a Tony e Andrew, se ne andò.

Durante il viaggio di ritorno, Ruth fu silenziosa e Tony, immaginando quello che le passava per la testa, mise la musica di Barry White e le appoggiò una mano sul ginocchio, con affetto. «Chiudi gli occhi. La musica ti rilasserà. E non preoccuparti di nulla, amore, perché ci penserò io.»

Quando arrivarono a casa, salutarono Andrew, che tornò da Manuel e David. Poi entrarono nella loro camera, si spogliarono e si sdraiarono a letto. Ma Tony si accorse dell'agitazione di Ruth, così l'abbracciò e la strinse a sé.

«Non riesci a dormire?»

«No. Non posso smettere di pensare a quello che è accaduto. Se a Manuel fosse successo qualcosa, non me lo sarei mai perdonato e... e...» Ruth iniziò a singhiozzare. Tony accese la luce e si sedette sul letto, facendo in modo che lei lo guardasse.

«Manuel sta bene e io mi assicurerò che non gli succeda più nulla.»

«Non posso credere che lui e David stiano passando tutto questo. Non meritano quello che gli ha fatto quel disgraziato.» Ricominciò a piangere. «Loro sono la mia famiglia, le persone che mi hanno voluto bene e si sono prese cura di me quando non avevo nessuno al mondo e... e adesso sono legata mani e piedi senza sapere cosa fare davanti a quell'idiota che ha deciso di distruggere le nostre vite...»

«Adesso ci sono anche io con voi», la interruppe Tony.

Ruth si scostò un ciuffo dagli occhi. «Ma Julio César sa che Brian e Adán sono figli suoi e...» mormorò disperata.

«Troveremo una soluzione anche per questo», affermò Tony, pur sapendo che non sarebbe stato facile.

All'alba, quando riuscì a far addormentare Ruth, ricevette un messaggio sul cellulare: «Di' a *pelirroja* che i prossimi saranno lei e i bambini».

Furioso, Tony si alzò dal letto, scese nel suo studio e chiuse la porta. Poi compose il numero di Julio César.

«Se ti avvicini a loro o a chiunque vicino a me, la pagherai molto cara», gli urlò.

Julio César, che in quel momento aveva una bottiglia di whisky in mano, scoppiò a ridere.

«Non solo mi ha derubato, ma mi ha anche portato via i miei figli.»

«Non sono figli tuoi, sono suoi», gridò Tony, fuori di sé.

«Oh, oh... il pupo si arrabbia pensando che prima che nel suo è stata nel mio letto.»

Tony non rispose.

«Mmmmm... *pelirroja* era ardente, molto ardente e le piaceva quando...»

«Chiudi la bocca!» urlò Tony, furioso.

«Quella bastarda pagherà per avermi nascosto i miei figli.»

Tony riattaccò, uscì dal suo ufficio angosciato e andò in cucina. Mentre beveva un bicchier d'acqua il cellulare suonò di nuovo. Era un altro messaggio. Imprecò, vedendo la foto di Ruth e Julio César sulla Volkswagen: «Che ti piaccia o no, continua a essere mia».

Il primo impulso fu di scaraventare a terra il cellulare. Non tollerava la vista di quella foto. Ma si trattenne e chiamò il suo amico alla polizia.

Quando Ruth si alzò poco più tardi, Tony non le disse nulla di quello che era successo. Uscirono per andare a trovare David e Manuel. Andrew aprì la porta e Ruth si calmò vedendo che il suo amico stava meglio rispetto alla sera precedente.

Andrew e Tony si appartarono per parlare in privato, quindi tornarono con gli altri. David disse che aveva dormito bene e che, quando si erano svegliati, aveva dato a Manuel le medicine prescritte in ospedale.

«Oh, cucciola», disse poi, mettendo un paio di birre e un succo di frutta su un vassoio, «che spavento ieri, che spavento!»

«Mi dispiace molto per tutto quello che sta succedendo», disse lei. «Non avrei mai voluto che...»

«Se dici un'altra volta che è colpa tua, giuro che ti tolgo la parola per sempre.»

«Ok, non lo dirò più. Ma devi capire quanto mi sento male. E in più, adesso lui sa che i bambini sono suoi. Che cosa farò?»

«Quello è un disgraziato e un fannullone, e in te ha visto una miniera d'oro. A lui non importa dei bambini, né di nessuno.

Vuole solo approfittarsi del tuo ricco fidanzato, e spremervi il più possibile.»

Ruth sospirò penosamente e abbracciò il suo amico.

«Tony sta cercando di proteggerci tutti», aggiunse.

«Che carino che è», disse David, sorridendo, ma poi cambiò argomento, vedendo quanto Ruth era angosciata. «Che gran bella casa è questa! Stamattina Manuel e io abbiamo fatto il giro stanza per stanza a bocca aperta.»

«Sì, è bellissima», confermò Ruth.

«E ha tanta luce, non come la nostra. E i bagni, oh, cielo! C'è persino la jacuzzi! Peccato che Manuel non la possa usare.»

Quando tornarono in sala, Tony, Andrew e Manuel stavano parlando e loro si unirono alla conversazione. Dopo aver discusso di quello che era accaduto e di come avrebbero fatto, Ruth guardò Manuel. «E così, ti piace la casa?»

«È una meraviglia, *amove* mio!» rispose lui. «È così grande e così ben arredata che quasi ho paura a toccare qualcosa.»

«È divina!» affermò David, guardandosi attorno.

«E dalla terrazza ho visto una piscina condominiale. Che lusso!» sussurrò Manuel.

«E la palestra al primo piano!» aggiunse David.

Ruth sorrise dei loro commenti e Tony, che ci aveva riflettuto durante la notte insonne, si alzò e porse a Manuel e David un mazzo di chiavi. «Sono contento di sapere che vi piace così tanto, perché a partire da adesso questa sarà casa vostra.»

«Credo che le botte mi abbiano rovinato l'udito. Che cosa hai detto?» chiese Manuel.

«Ho detto che da adesso questa è casa vostra.»

«Ma nemmeno con quello che guadagniamo in due possiamo pagare quello che immagino possa essere l'affitto di questo appartamento...» disse David, strabiliato tanto quanto suo marito.

«E chi ha parlato di affitto?» rispose Tony.

David si portò le mani alla bocca.

«Siete la famiglia di Ruth e la sua famiglia è anche la mia», continuò Tony. «Se mi hanno insegnato qualcosa i miei genitori, è che bisogna prendersi cura e aiutare le persone a cui si vuole bene. E so che voi avete sempre aiutato Ruth, dal primo giorno che l'avete incontrata. Mi ha raccontato delle notti di veglia che avete passato coi gemelli, di come vi siete occupati dei bambini perché lei potesse andare a lavorare e di come vi siete fatti in quattro per Jenny, e anche per lei.»

«Ma... ma... abbiamo solo...» balbettò David, emozionato.

«Vi siete comportati come non tutti fanno», lo interruppe Tony. «Di solito, non ci si fa coinvolgere nelle vite degli sconosciuti, ma voi lo avete fatto con Ruth, al punto che avete formato una vera famiglia. Molto più autentica e genuina di tante altre che si chiamano così, ma che nel momento del bisogno si girano dall'altra parte.»

«È vero, lo sapete», affermò lei.

«Oh, cucciola, anche oggi piscerò poco...» scherzò David, asciugandosi i lacrimoni che gli inondavano il viso. «Vivere qui è mille volte meglio della macchina giallo canarino che mi hai promesso.»

«Vi meritate questo e molto di più», disse lei emozionata. Allora Tony guardò Andrew che li osservava in silenzio.

«Quando ti ho conosciuto, ho pensato che fossi un rivale, ma in queste ultime settimane mi sono accorto che sei un vero amico. E quando tutto finirà, prometto di trovarti un lavoro mille volte migliore di quello che hai.»

Andrew sorrise per questa dimostrazione di fiducia e lo ringraziò, commosso.

«Tutti e tre vi siete prodigati per la donna che amo e l'avete aiutata sempre, e ora io e lei vogliamo ricambiare tutta la generosità che avete dimostrato in questi anni.» Poi guardò Manuel e David. «Ne ho parlato con Andrew e, fino a quando la questione di Julio César non sarà risolta, sarete sempre scortati da una guardia.»

«Una guardia?» ripeté Manuel.

«Esatto», confermò Tony. «Non mi fido di quell'uomo e preferisco che siate protetti quando uscite di casa.»

«Wow, mi sentirò come Whitney Houston in quel film», scherzò David, facendo ridere tutti.

«A proposito. Un mio amico ha un locale in Rodeo Drive e cerca un barman eccellente e con esperienza. Gli ho parlato di te. Ruth dice che prepari dei cocktail fantastici.»

«I migliori!» disse lei.

Tony gli porse il biglietto da visita. «Si chiama Héctor Rodríguez e aspetta una tua chiamata. Ti assicuro che con quello che guadagnerai nel suo locale non avrai più bisogno di lavorare a Harry Events.»

«Oh, santo cielo!» mormorò Manuel.

Commosso, David prese il biglietto dalla mano di Tony e lo guardò negli occhi. «Non ti deluderò. Grazie per questa opportunità.»

«Lo so, David. Sono sicuro che andrai alla grande.» Poi continuò: «E per quanto riguarda la casa, ora è vostra. Ovviamente potete arredarla, dipingerla o fare tutto quello che volete, a vostro piacimento. Voglio che sappiate che sono molto felice che veniate a vivere qui e che diventi la vostra casa. E poi», aggiunse con un sorriso significativo, «guardandola in modo egoista, ci sono tre stanze, quindi potremo lasciare i bambini con i loro zii Manuel e David quando io e Ruth faremo qualche viaggio».

«Anche se ci fosse una sola stanza, i miei bambini potranno sempre venire quando vogliono. E anche voi», affermò Manuel, commosso.

David e suo marito si guardarono, non avrebbero mai immaginato di andare a vivere in un posto così.

«Non sei solo bello, trendy e ricco, *amove* mio, ma sei anche il nostro Superman», disse Manuel a Tony.

52.
Corri!

Una calma apparente tornò nelle loro vite, ma era solo in superficie. La polizia cercava Julio César, ma quando riuscirono a trovarlo per arrestarlo, se n'era già andato.

Quel disgraziato era sfuggente e anche se Jake cercava di tranquillizzare Tony dicendogli che lo avrebbero preso, a lui non sembrava abbastanza. La vita da recluso che faceva con Ruth e i bambini lo angosciava, e si sentiva soffocare ogni giorno di più.

Un pomeriggio, Manuel e David andarono a trovarli. Manuel si era già rimesso dalle botte prese, ma anche se le ferite del corpo quasi non si vedevano più, a Ruth era rimasto un segno indelebile nel cuore. Erano in piscina e si stavano divertendo, quando arrivò Andrew. «Me ne vado. Sono arrivati George e Santos, che rimarranno questa notte.»

Ruth annuì.

«Perché tanta fretta? Rimani qui in piscina con noi, adesso che hai finito il turno», gli disse David.

«Mi dispiace, amico, ma ho un appuntamento», rispose Andrew, con sguardo malizioso.

Mentre se ne stava andando, incrociò Tony con Omar e Tifany, appena arrivati per fermarsi a cena. Preciosa era rimasta a casa, perché il giorno seguente doveva andare a scuola.

Anche se glielo chiesero, Tifany non volle entrare in piscina. Era andata dal parrucchiere quella mattina e non voleva rovinarsi l'acconciatura.

Ma, dopo uno spintone di Adán, finì in acqua tutta vestita e si mise a ridere e giocare. Poco dopo, anche Omar e Tony indossarono i costumi e si unirono a loro.

Risate e divertimento erano proprio quello che Tony voleva per Ruth e i bambini. Sorrise, sollevato.

Nuotando con i braccioli, Adán si avvicinò a lui e gli si attaccò al collo. «Ho *fleddo*, papi.»

Da quando Ruth e Tony avevano fatto pace dopo la brutta discussione, i piccoli avevano deciso di chiamare Tony «papi» e lui aveva accettato, felice. Niente poteva farlo più contento.

Tony uscì dall'acqua velocemente, prese un asciugamano, tirò fuori il bambino e ve lo avvolse.

«Va meglio, ora?» gli chiese.

Adán gli fece uno dei suoi sorrisi più belli.

Un'ora dopo, sfiniti per aver giocato a palla in piscina, anche tutti gli altri uscirono e si fecero la doccia. Poi Paola avvisò che era pronta la cena.

Dopo aver mangiato, Lola prese i bambini e, anche se Jenny iniziò a protestare, riuscirono a convincerli ad andare a letto. Gli adulti si spostarono in sala per bere qualcosa e fare due chiacchiere.

«Ah, no... non mi sposerò il quattordici di febbraio», disse Tifany. «Non sono così romantica.»

«Siamo ancora in tempo», scherzò Omar.

«Ma se mancano solo diciotto giorni! Come vuoi che io possa organizzare un matrimonio in così poco tempo?» rispose lei scandalizzata.

«Amore... se mi lasci fare, ti organizzo le nozze in ventiquattro ore», disse Omar, dopo aver strizzato l'occhio a suo fratello.

«Ma no!» rispose Tifany. «Voglio un bellissimo matrimonio, con un vestito spettacolare, e per questo ho bisogno di tempo.»

«Ma se sei bellissima con qualsiasi cosa», affermò Omar baciandola sul collo.

«Ah, tigrotto, che galante che sei», sussurrò lei felice.

Da quando Tifany gli aveva dato quella nuova possibilità, Omar non smetteva mai di dimostrarle quanto era cambiato. Com'era adesso era mille volte meglio dell'uomo che aveva conosciuto anni addietro e questo la rendeva felice. Ogni notte, prima di addormentarsi, pregava perché continuasse a essere così.

Manuel e David erano incantati dalla felicità che si respirava in quella casa.

«Bene, e voi avete pensato se avere figli dopo le nozze?» chiese David a Ruth.

«Oh, sì, *amove* mio», applaudì Manuel. «Ti vengono così bene che sarebbe un peccato non averli.»

Ruth per poco non si strozzò con quello che stava bevendo, e Tony prese la parola. «Credo che ne abbiamo già abbastanza.»

«Ma mi sembra un peccato», intervenne Tifany. «Un bambino è l'apice dell'amore.»

«Per questo noi ce l'abbiamo già», scherzò Omar.

Di nuovo tutti guardarono Ruth. «Mi dispiace, ma no. Dopo i gemelli, la fabbrica ha chiuso. È da tutta la vita che curo i bambini e adesso che iniziano a essere un po' indipendenti, non ne voglio più.»

«Ma cara, ne hai due dai capelli rossi e una biondina. Non ti piacerebbe avere un piccolo moro?» insistette Tifany.

Tutti risero per questa osservazione.

«E tu? Neanche tu lo vuoi?» chiese Omar a suo fratello.

Lui bevve un sorso della sua birra. Era chiaro che lo voleva, ma guardò la sua bellissima Ruth.

«Con una biondina e due dai capelli rossi, sono a posto.»

Subito si aprì un dibattito sui bambini e Ruth, seduta vicino a Tony, si rese conto che stava zitto, senza dire nulla. Era chiaro che non era d'accordo con lei, ma rispettava il fatto che lei non volesse più avere figli e lo apprezzò. Una volta ancora, Tony dimostrava quanto fosse generoso.

Dopo un bel po', Manuel e David raccontarono aneddoti sul loro viaggio in Italia e tutti si divertirono un sacco. Erano una coppia perfetta.

A un certo punto Ruth andò a prendere da bere in cucina e Tifany l'accompagnò.

«Come avrai capito, cara, Omar è parecchio insistente sulla storia del quattordici di febbraio.»

«Anche Tony», rispose Ruth.

Tifany si scostò una ciocca di capelli dalla fronte. «Mi dispiace che tu non voglia nemmeno un figlio con Tony, sono sicura che lui ne sarebbe felice, anche se in ogni caso è molto contento già dei tre che avete. È un amore, vero?»

Ruth sorrise. «Sì, Tony è un amore.» Poi cercò di cambiare argomento. «E tu perché non dai questa soddisfazione a Omar e accetti di sposarlo il quattordici di febbraio? Il vestito ce l'hai già, no?»

«Dai tu soddisfazione a Tony e fai un figlio con lui, razza di furbetta!» disse Tifany sorridendo. Ruth si mise a ridere e l'altra continuò, divertita: «Nuovo matrimonio, nuovo vestito.

Mi sposo con Omar e non metterò il vestito che ho comprato per le nozze con Alexei. Porterebbe sfortuna e con Omar non voglio rischiare».

Mentre lei parlava, Ruth si accorse di ciò che portava al collo. Tifany vide il suo sguardo e si portò una mano alla gola. «Il tigrotto l'ha chiesta per me e me l'ha data l'altro giorno. È così romantico!»

Tifany indossava quella chiave così significativa per i Ferrasa, quella con l'incisione *Per sempre*.

«Lo vedo così attento a me, alle mie necessità e ai miei desideri che a volte mi fa quasi paura», continuò Tifany, con sguardo innamorato. «Spero solo che sia davvero per sempre...»

«Lo sarà», disse Ruth con un sorriso. «Basta vedere come ti guarda per saperlo. Senza dubbio, nel periodo in cui è stato solo, Omar si è reso conto di molte cose, e una di queste è quanto ti ama e quanto ha bisogno di te.»

Ruth si avvicinò al frigorifero, prese qualche birra, poi cercò l'apribottiglie. Nel girarsi notò un bagliore in giardino, attraverso la portafinestra.

Erano le undici di sera e fuori regnava l'oscurità. Mentre Tifany continuava a parlare, Ruth aprì la porta scorrevole e guardò fuori. Tutto sembrava a posto e lei fischiò per chiamare Melodia e Luis Alfonso, ma nessuno dei due cani comparve.

«Che cosa succede?» chiese Tifany, uscendo con lei.

«È strano che i cani non arrivino», rispose, fischiando di nuovo. Aspettò qualche secondo, ma non accadde nulla.

All'improvviso, le parve di sentire la voce di Jenny. Si diresse in fretta nella direzione da cui le sembrava di averla sentita e l'udì di nuovo. Era lei. La stava chiamando e Ruth si agitò.

Senza un attimo di esitazione, si mise a correre seguita da Tifany e, con orrore, vide venire Jenny verso di lei con il fiatone.

«Mamma! Mamma!» gridava.

«Che succede, tesoro?»

Dopo aver preso un po' d'aria, Jenny riuscì a parlare. «Lola... Lola ha portato via Brian e Adán. Te l'avevo detto, ti avevo detto che era cattiva.»

Ruth sentì il cuore fermarsi.

«Chi si porta via? Dove li porta?» chiese Tifany scioccata.

Ruth guardò nella direzione in cui indicava la bambina e vide Lola che stava facendo uscire i bambini dal cancello in fondo al giardino e li metteva in tutta fretta dentro una macchina scura.

«No… no… no…» disse, con orrore.

Si sentì morire, vedendo quella scena. Stavano portando via i suoi figli e sapeva bene chi c'era alla guida di quel veicolo.

«Va' dentro!» urlò a Jenny. «Corri ad avvisare Tony…»

«Ma…»

«Corri!» gridò lei, disperata.

Senza perdere tempo, Ruth partì a razzo verso il garage e Tifany le andò dietro. Mentre correvano, inciamparono in Santos, una delle guardie, steso a terra. Tifany gridò spaventata, ma vedendo che Ruth lo saltava e continuava a correre fece anche lei lo stesso.

Con mani tremanti, Ruth compose il codice per aprire la porta del garage, mentre si sentivano i cani che abbaiavano. Erano rinchiusi lì dentro.

Quando la porta si aprì, Melodia e Luis Alfonso uscirono agitati, poi Ruth vide l'altra guardia, George, a terra nel garage, privo di sensi. Ma non poteva perdere neanche un minuto. Afferrò dalla rastrelliera sulla parete la chiave della R8 di Tony e corse verso la macchina.

Una volta seduta, si accorse che anche Tifany era salita in macchina.

«Tu rimani qui. È meglio», le disse.

«Non se ne parla, cara. Io vengo con te», le rispose lei.

«Allora mettiti la cintura.»

L'accelerata che fece per uscire dal garage fu pazzesca. Schiacciò il bottone del telecomando del cancello, mentre si avvicinavano a tutta velocità.

Tifany si coprì gli occhi con le mani. Si sarebbero sfracellate! Gridò dalla paura, ma la macchina sbandò appena per aver urtato qualcosa, poi uscì in strada con una derapata.

«Forse avrei dovuto restare», disse Tifany, con le mani sugli occhi.

«Troppo tardi, mi dispiace Tifany», le rispose Ruth, accelerando per raggiungere la macchina che aveva preso i suoi figli.

Tony, che era in sala a chiacchierare tranquillamente con Omar, David e Manuel, si alzò sentendo quel fracasso, proprio nel momento in cui Jenny compariva in un mare di lacrime gridando spaventata.

«Papàaaaaa, Lola ha messo Brian e Adán su una macchina e mami e la zia Tifany le sono andate dietro.»

Con l'orrore dipinto in volto, gli uomini corsero verso la porta d'ingresso della casa, ma aprendola videro solo il cancello aperto in fondo al giardino, con una delle porte scardinate.

«Oh, santo cielo!» mormorò David spaventato, tappandosi la bocca con le mani.

Tony corse verso il garage, dove trovò George steso a terra e si rese conto che Ruth aveva preso la sua potente macchina. Senza tentennamenti, corse verso il fuoristrada e Omar lo seguì. C'era anche David che urlò a Manuel: «Chiama la polizia! Entra in casa e rimani con Jenny!»

Manuel tornò in casa con la bambina, distrutta per il pianto e lo spavento, mentre Tony, David e Omar salivano sul fuoristrada di Tony e partivano a tutta velocità.

Tony guidò come un pazzo, finché, da lontano, vide un caos di macchine e capì che Ruth era passata da lì. Accelerò ancora finché scorse due macchine in lontananza; una era la sua R8.

«David, chiama Andrew e raccontagli cosa sta succedendo. Voglio che vada a casa da Jenny. E tu, Omar, chiama Jake!» gridò Tony.

Intanto, sulla R8, Tifany urlava terrorizzata ogni volta che, lanciate a folle velocità, urtavano qualche veicolo o passavano col rosso. Ruth non ci pensava nemmeno di perdere di vista la macchina dove c'erano i suoi bambini. Non l'avrebbe permesso. Con una stretta al cuore, accelerò più che poté e, quando riuscì a raggiungere il veicolo, vide che Julio César la guardava dallo specchietto e frenava di colpo. Senza poterlo evitare, Ruth lo tamponò.

«Sei un delinquente! Delinquente!» urlò furiosa.

«Cara, cara… c'è una macchina a destra!» urlò Tifany.

Ruth la sorpassò con disinvoltura.

«Grazie a Dio sai guidare», bisbigliò Tifany facendosi aria con la mano.

Ruth non perdeva di vista un secondo la macchina che stava seguendo. «Altre cose non so, ma questa ti assicuro che so farla», le rispose.

A un certo punto, si sentì il suono della chiamata in arrivo e Ruth vide che era Tony. Tifany prese la telefonata.

«Amore!» gridò Tony angosciato, vedendo come saltava i semafori rossi e colpiva la macchina davanti. «Fermati o vi ammazzerete.»

«Ha preso i bambini», rispose lei sconvolta. «Quel disgraziato mi ha portato via i bambini e devo riprenderli, Tony... devo riprenderli!»

Una sterzata a sinistra fece cadere la comunicazione e Tifany gridò all'improvviso vedendo le faccine in lacrime dei gemelli affacciati al vetro posteriore.

«Ah, bimbi miei», disse con voce strozzata la ragazza.

Ruth, vedendo piangere i suoi figli, divenne ancora più tesa di quanto già non fosse e giurò che avrebbe ucciso Julio César per quello che le stava facendo passare. All'improvviso, suonò il cellulare di Tifany. Era Omar.

«Amore... amore... stai bene?»

Sconvolta per l'inseguimento e per la tensione, e vedendo i bambini affacciati al finestrino posteriore che piangevano, Tifany perse tutta la delicatezza che la caratterizzava. «Quel disgraziato ha Brian e Adán e giuro che quando lo prenderemo gli spezzerò il collo. Lo faccio a pezzi con le mie mani, quel delinquente, figlio di puttana e pezzo di merda. Accelera, Ruth!»

«Calmati, bimba, calmati», disse lui, anche se era nervoso.

«Come posso calmarmi?» gridò lei furiosa. «Adán e Brian sono spaventati e quel figlio di buona donna se ne frega.»

«Tesoro, ascolta e metti il vivavoce in modo che senta anche Ruth», disse Omar. «Siamo alcune macchine dietro di voi e la polizia è già per strada. Ruth, rallenta. La polizia intercetterà la macchina di quel delinquente poco più avanti.»

Tifany la guardò.

«Non rallenterò finché non lo farà anche Julio César», gridò Ruth, con lo sguardo sempre fisso sul veicolo davanti.

Sentendo la sua risposta, Tony, che stava cercando di sorpassare più macchine possibile, gridò. «Ruth, rallenta ora!»

«No.»

«Cucciola, vi ammazzerete. Per amor del cielo, fermati!» urlò David, vedendo che il semaforo dell'incrocio che stava per attraversare era già rosso.

Ma Ruth, decisa a non perdere di vista la macchina in cui i suoi figli stavano piangendo disperati, si dimenticò della sicurezza, della sensatezza e di tutto quanto, e passò col rosso. Tifany gridò quando una macchina le investì su un fianco. Il cellulare fu scaraventato fuori del finestrino, impedendo di proseguire la comunicazione.

Ruth riuscì a recuperare il controllo del veicolo e, dopo un paio di testacoda, accelerò di nuovo e ricominciò l'inseguimento.

«Dio santo, è pazza!» mormorò Omar angosciato.

«No, Omar. È una madre che cerca di salvare i suoi figli», rispose Tony.

«Attenzione!» gridò David, vedendo che un veicolo si avvicinava a loro. Tony lo sorpassò come poté e imprecò quando si ritrovò imbottigliato tra diverse macchine e dovette fermarsi.

Intanto Ruth, ferita alla testa per aver preso una botta contro il finestrino, guardò la sua compagna che era molto silenziosa. «Tifany, stai bene?»

Lei, con un enorme bernoccolo sulla fronte, la guardò decisa. «Sinceramente, cara, sto malissimo, ma accelera e prendiamo quel disgraziato.»

Vide che stava bene e la sua energia e il suo slancio diedero nuove forze a Ruth, che diede gas. I bambini si affacciarono di nuovo al vetro posteriore, adesso rotto, e continuavano a piangere.

«Quel delinquente la pagherà cara», disse lei furiosa.

Udì il suono lacerante delle sirene della polizia e Tifany vide che erano dietro di loro. «È arrivata la cavalleria!»

Ruth sorpassò un paio di macchine con abilità, ma urlò per la frustrazione quando vide che Julio César forzava un posto di blocco e riusciva a proseguire nella sua fuga.

Le tremavano le mani. I suoi figli erano in quel veicolo senza cinture, senza difese e potevano essere scaraventati fuori del finestrino in qualsiasi momento. Avrebbe voluto piangere e gridare, ma non poteva farlo. Doveva seguirlo, ovunque fosse diretto. Sarebbe andata anche all'inferno, per loro.

Il veicolo di Julio César riuscì a raggiungere l'autostrada in direzione di Las Vegas e Tifany, vedendo che uscivano dalla città, divenne ancora più nervosa, ma cercò di tranquillizzare Ruth. «I bambini staranno bene. Vedrai che sarà così.»

Con il respiro corto, Ruth annuì e continuò a guidare, lasciandosi alle spalle le luci della città e accorciando le distanze.

Non aveva paura di niente, così schiacciò l'acceleratore a fondo e riuscì a portarsi a fianco della macchina di Julio César. Lo guardò con rabbia e gli gridò di fermarsi. Ma lui si mise a ridere e sterzò bruscamente verso di lei, facendo sbandare l'auto. Ruth lo schivò senza problemi.

L'oscurità della notte e la visuale concessa dall'autostrada permisero loro di vedere che non erano sole. C'erano lampeggianti ovunque e Ruth capì che avrebbero cercato di fermare Julio César allo svincolo successivo.

Spaventata, intuì che quell'animale avrebbe tentato nuovamente di forzare il posto di blocco, mettendo a repentaglio la sicurezza dei bambini. Ebbe un'idea folle. Doveva fermarlo. Guardò la sua copilota.

«Mi dispiace, Tifany.»

«Per cosa?» chiese lei, impaurita.

Con le lacrime agli occhi Ruth guardò la giovane dai capelli biondi.

«Devo fermare quella macchina prima che vada a schiantarsi contro un'autopattuglia e uccida i miei figli.»

Col cuore in gola, Tifany annuì. Ruth aveva ragione. Convinta che non ci fosse alternativa, si aggrappò con forza al sedile.

«Qualunque cosa, per Brian e Adán. Fermalo!»

Sfruttando la sua abilità nella guida e la potenza della macchina, Ruth accelerò portandosi davanti a Julio César, per obbligarlo a rallentare. E invece lui la tamponò diverse volte, facendo urlare di terrore Ruth e Tifany.

Ma era comunque costretto a rallentare. Ruth, guardò nello specchietto retrovisore. «Disgraziato. Vienimi addosso quanto vuoi, ma con me davanti non potrai forzare il posto di blocco della polizia.»

All'improvviso, Ruth si accorse che poco più avanti c'era un'uscita e capì che Julio César l'avrebbe imboccata all'ultimo momento. Lo anticipò. Sterzò bruscamente e le due macchine si urtarono con violenza, rimanendo agganciate per il paraurti. Slittarono in una cunetta e alla fine si fermarono.

Silenzio. Quiete. Fu la prima cosa che Ruth sentì quando aprì gli occhi e si rese conto che l'auto era rovesciata su un fianco, mentre la polvere la faceva tossire. Si mosse rapidamente. Stava bene. Allora guardò la sua compagna, che gemeva. «Tifany, stai bene?»

Lei annuì con calma e si toccò il collo.

«Sì, tranquilla. Cerchiamo i bambini.»

Ruth si sganciò la cintura e uscì, arrampicandosi sul veicolo più velocemente possibile. Vedendo che la macchina dove c'erano i suoi figli non si era capovolta, corse verso di loro sollevata.

Mentre si avvicinava, smise di sentire i battiti furiosi del suo cuore e iniziò a percepire un pianto. Fu invasa da una strana tranquillità. I suoi figli erano vivi. Questa era l'unica cosa che importava.

Passando vicino alla macchina vide muoversi Lola e Julio César. Senza curarsi di loro, aprì la portiera posteriore e prese i bambini, che piangevano disperati. Le si avvinghiarono al collo, terribilmente spaventati.

Ruth stava baciandoli per calmarli, quando si sentì afferrare per i capelli.

«Puttana! Me la pagherai!»

Ruth lasciò i bambini e vide l'uomo che voleva rovinarle la vita. Aveva in mano una pistola. Senza provare paura, senza pensare alla sua incolumità, senza pensare a nient'altro che non fosse ucciderlo e allontanarlo dai suoi figli, Ruth si lanciò sopra di lui. Lo graffiò, lo colpì, lo insultò, ma lui era più forte e riuscì a sopraffarla.

Anche Tifany era riuscita a uscire dalla macchina e vide Lola che cercava di prendere uno dei bambini. Si tolse una delle costose scarpe col tacco e la lanciò con tutta la sua rabbia contro la giovane, colpendola. «Non toccarlo, bastarda!»

Lola cadde a terra.

«Adán, Brian, venite con la zia Tifany», disse.

Brian obbedì, ma Adán, vedendo sua madre che lottava con il suo rapitore, corse verso di lei. Julio César vide le macchine della polizia avvicinarsi, afferrò il bambino, lasciò andare Ruth e puntò la pistola alla tempia del piccolo.

«Morirà per primo lui, poi toccherà a te», urlò.

«No!» gridò Ruth, folle di paura.

Tifany, terrorizzata, prese Brian in braccio e gli tappò gli occhi. Diverse macchine della polizia si fermarono a pochi metri di distanza e gli agenti uscirono tenendo sotto tiro l'uomo che aveva in ostaggio il bambino.

«Le parla la polizia di Los Angeles. Abbassi l'arma», dissero.

Tifany non poteva muoversi e cullò Brian senza smettere di guardare quello che succedeva.

Ruth, vedendo che Tifany aveva Brian e senza aver timore di mettere a rischio la propria vita, si avvicinò a Julio César e lo supplicò. «Lascialo andare, per favore. Non fare del male al mio piccolo.»

«È anche mio, no?» gridò lui sconvolto, vedendosi accerchiato dalla polizia. «Ho i tuoi stessi diritti su di lui!»

«Sì, sì... ma per favore, non fargli del male.»

Tony arrivò in quel momento e rimase impietrito davanti alla sua macchina rovesciata su un fianco nella cunetta. Che cosa era successo a Ruth?

«Dio santo», mormorò Omar, vedendo la stessa scena.

David non riuscì a dire nulla ed emise solo un gemito di orrore.

Con il cuore che batteva all'impazzata, Tony corse verso le macchine della polizia e vide tutto. Sopraffatto e terrorizzato, cercò di avvicinarsi a Ruth, ma i poliziotti non lo lasciarono passare, benché lo volesse a tutti i costi.

Adán, vedendo Tony che gridava spaventato, iniziò a chiamarlo singhiozzando. «Papi... papi...»

Julio César lo scosse. «Tuo padre sono io, non lui!» gli urlò.

Tony gridò, vedendo il bambino che lo chiamava e, frustrato, iniziò a dare pugni ai poliziotti. E anche Omar e David. Dovevano a tutti i costi arrivare da Ruth e Adán. Alla fine, dovettero intervenire numerosi agenti e li ammanettarono.

«Tony, Omar, calmatevi», disse Jake avvicinandosi. «Lasciateci fare il nostro lavoro.»

«Si tratta della mia donna e dei miei figli, come faccio a stare calmo? Liberami subito, Jake!» gridò Tony, con Omar dalla sua parte e David che insultava chi gli si avvicinava.

Jake capiva come si sentivano. «Mi dispiace, amico, non posso liberarti. Non posso lasciarti andare dove sono loro. Che tu lo creda o no, questo non aiuterebbe, anzi probabilmente peggiorerebbe le cose.»

«Jake, per favore!» gridò Tony, disperato.

«Se vuoi che lei e il bambino si salvino, lasciaci lavorare», insistette il suo amico con serietà.

In quell'istante, Tifany arrivò correndo con in braccio Brian, accompagnata da due poliziotti. Tony sospirò, vedendoli, e Omar ringraziò il cielo, sollevato.

«Jake, ti giuro sulla mia vita che se mi togli le manette, non ti darò alcun problema e vi lascerò lavorare», disse Tony. «Per favore, liberami», supplicò.

«Tony, non giocarmi brutti scherzi. Una sciocchezza potrebbe ucciderli.»

Disperato ma consapevole che il suo amico aveva ragione, annuì e si girò verso Brian, tendendogli le braccia. «Brian, vieni da papà.»

Il bambino si lanciò da lui cercando conforto, protezione e amore e Tony, commosso vedendo come quel corpicino stesse tremando, lo abbracciò e lo coprì con una coperta che gli aveva dato un medico dell'ambulanza.

L'angoscia del bambino era palpabile e piangeva senza sosta. Tony cercò di calmarlo come poté, impedendogli di vedere la madre e il fratello, mentre il dottore dell'ambulanza gli medicava le contusioni.

«Hai preso una bella botta in fronte, tesoro», disse Omar, guardando Tifany.

«Sto bene...» rispose lei, angosciata per quello che stava succedendo a Ruth.

I medici che avevano curato Brian e Tifany decisero di portarli in ospedale per fare dei controlli, ma la ragazza non volle. Da lì non si sarebbe mossa senza Ruth e Adán. Alla fine Tony scambiò uno sguardo d'intesa con Omar e disse: «Andremo tutti assieme in ospedale una volta che sarà finita».

«Chiamo Dylan, intanto», disse Omar.

All'improvviso, si sentì uno sparo e tutti gridarono. Tony, con il polso accelerato e quasi senza respiro, dopo aver passato Brian a David, corse verso Jake.

«Tranquillo, stanno bene», lo tranquillizzò l'amico. «È stato solo un colpo che quell'idiota ha sparato per spaventarci.»

Tony vide Ruth e Adán da lontano, ma la sua angoscia aumentava sempre più e gli si leggeva in faccia quello che stava provando. «Ucciderò quel bastardo con le mie stesse mani, se le succede qualcosa.»

Ruth, terribilmente spaventata dopo lo sparo in aria di Julio César, non sapeva cosa stesse accadendo dall'altra parte del cordone della polizia.

«Per favore... per favore... allontana la pistola dal bambino», lo supplicava.

Julio César la abbassò all'altezza della pancia del piccolo. «Hai paura che il prossimo colpo sia proprio qui...»

«No!» gridò terrorizzata.

Lui scoppiò in una risata e, vedendo la paura nei suoi occhi, tappò la bocca al bambino per non sentirlo piangere. «Mi hai fatto molto male, *pelirroja*. Molto male. E adesso la pagherai», le sussurrò.

«Prendi me e lascia lui», insistette lei per l'ennesima volta. «Fai di me quello che vuoi. Uccidimi, o scorticami, se è quello che ti fa felice. Ma Adán è un bambino, è molto piccolo e molto spaventato, non lo vedi?»

Julio César non guardò il piccolo. «Perché non mi hai detto dei bambini?»

Ruth cercò di calmarsi. «Perché... perché quando me ne sono andata non sapevo di essere incinta e poi, quando l'ho scoperto, ho avuto paura a tornare.»

Lui annuì. «Ti ho cercato per mesi!» gridò con gli occhi fuori delle orbite. «Avevo deciso di ucciderti se ti avessi incontrata e quando quasi mi ero dimenticato di te, ho visto la tua faccia sorridente sulle riviste. All'improvviso, la mia *pelirroja* era diventata la fidanzata di un riccone e ho deciso che avrei raggiunto il mio obiettivo. Ti avrei ucciso come una bestia.» Poi indicò la ragazza ancora incosciente vicino a lui. «Lola ha cercato la tata dei bambini ed è diventata sua amica. E poi è bastato buttare giù dalle scale la madre di quell'imbecille perché fosse costretta a tornare a casa per curarla. E una volta che Lola è entrata nel vostro costoso piccolo nido d'amore, tutto è stato più facile per me.»

Ruth piangeva mentre lo ascoltava. Adesso capiva come fosse possibile che lui sapesse dei suoi movimenti e come aveva fatto ad avere i numeri di telefono.

«Ma quella mattina, quando ti ho avuta davanti ai miei occhi al ristorante, non ti ho potuta uccidere. I tuoi occhi, i tuoi bellissimi occhi, mi hanno fatto impazzire di nuovo. Quando però ho scoperto che i due mocciosi erano miei, ho capito che dovevo tornare al mio piano e alla mia vendetta. Tuttavia, ho deciso di fare un cambiamento: avrei ucciso prima i bambini.»

«No, per favore, non... non farlo», pregò Ruth, consapevole della sua crudeltà. «Adán non ha nessuna colpa. È solo un bambino», insistette.

«Parla la polizia di Los Angeles. Abbassi l'arma!» si sentì di nuovo.

Ma Julio César non li ascoltò neanche. «Non vivrai, *pelirroja*. Non sorriderai mai più sapendo che per colpa tua questo piccolo ha smesso di respirare. È una bella vendetta, no?»

«Dio mio... no... no... no, per favore!» gridò Ruth piena di angoscia.

«E ora, di' addio al tuo bambino.»

Quel delinquente aveva ideato la peggiore vendetta che si potesse infliggere a una madre. Cercava di farle sempre più male. Appoggiò la pistola alla gola di Adán e lo costrinse ad alzare la testolina.

«Non lo fare! No!» supplicò, vedendo gli occhi spaventati di Adán.

«*Pelirroja*, stai per vedere morire il tuo moccioso», gridò.

Lei, disposta a morire con lui, fece un passo avanti, quando si sentì il rumore secco di uno sparo.

Ruth gridò terrorizzata. Non poteva essere. Non poteva essere vero. Non poteva aver ucciso suo figlio.

All'improvviso, Julio César, quel malvivente infernale, alzò gli occhi al cielo e stramazzò a terra. Ruth corse verso il suo piccolo, che gridava spaventato.

Senza sapere se Julio César fosse vivo o morto, o se avrebbe potuto ammazzarli, Ruth si sedette per terra e abbracciò suo figlio, lo baciò e lo cullò per calmarlo. Qualche istante dopo sentì delle mani forti sulle spalle. «È finito tutto, vita mia. È finito tutto.»

Era Tony. Il suo Tony era lì, vicino a lei. Appoggiò la testa su di lui e pianse sconsolata, mentre i poliziotti si avvicinavano al corpo senza vita di Julio César e i medici avvolgevano lei e il bambino con delle coperte.

Angosciata e senza fiato, Ruth non riuscì a parlare.

«Andiamo a casa, tesoro», disse Tony, senza lasciarla.

Lei si alzò da terra, tremante, e gemette, spaventata: «Dov'è Brian?»

«Sta bene. È con Tifany, Omar e David. Tranquilla.»

Ruth cercò di smettere di piangere, ma le lacrime le scendevano da sole, mentre, stretta a Tony e a suo figlio, camminava verso il cordone della polizia. Quello che era successo era terribile. Un orrore! Neanche nei suoi peggiori incubi avrebbe potuto immaginare che Julio César potesse essere così spietato.

Tony le prese il bambino dalle braccia e lo strinse forte. «Tranquillo, Adán», gli disse baciandolo sulla testolina. «Papà è con te e non permetterà che ti succeda nulla.»

Quando arrivarono vicino al cordone della polizia, Brian chiamò sua madre e tutti e tre andarono da lui. Ruth, con le lacrime di felicità che le scorrevano sulle guance, lo abbracciò con forza.

Jake e Tony si guardarono, poi Tony gli porse la mano. «Grazie, Jake. Grazie per aver fatto quello che hai fatto.»

L'altro annuì, sereno, perché in quell'occasione era andato tutto bene. «Non c'è di che, amico. Era il mio dovere.»

Per alcuni minuti, Ruth rimase abbracciata ai suoi due bambini, cullandoli, annusando il loro odore. Quando alla fine i tre smisero di piangere e i medici verificarono che sia lei che il piccolo Adán stavano bene, Ruth vide Tifany e le due si fusero in un caldo abbraccio, pregno di significato.

«Ti sono sempre stata accanto, ma sappi che adesso ci sarò per il resto della tua vita, per qualsiasi cosa tu abbia bisogno», sussurrò Ruth, commossa. «Grazie. Grazie per esserci stata.»

Tifany, sollevata tanto quanto Ruth che fosse finito tutto bene, annuì e si fece aria con la mano.

«Allora avrò bisogno di te tra un paio di giorni, perché ho appena detto a Omar che ci sposeremo il quattordici di febbraio e ho bisogno di comprarmi urgentemente un bellissimo vestito da sposa.»

Sorrisero. La vita continuava e dovevano tornare alla normalità. Omar, felice e commosso, le abbracciò, sollevato. Non aveva mai avuto tanta paura.

David, che era rimasto in disparte, vide che Ruth lo guardava e si avvicinò. «È finita, cucciola. Non dovrai mai più avere paura. Sei libera, bimba. Libera di essere felice, di ridere, di viaggiare, di fare quello che vuoi. E, da quello che ho visto, i piccoli sanno benissimo chi è il loro papà», aggiunse, guardando verso i due bambini, che chiamavano Tony «papi», stretti al suo collo.

Commossa per il significato di quelle parole, Ruth lo abbracciò. Poi, il cellulare di David iniziò a suonare e lui si asciugò le lacrime. «È Manuel. È con la regina delle telenovele e con Andrew a casa, e credo che la nostra bambina sarà molto contenta di parlare con la sua bella mamma.»

Ruth rispose e li tranquillizzò. Jenny pianse di emozione, sentendo la voce di sua mamma. Quando riappese, Ruth restituì il telefono a David, poi cercò Tony con lo sguardo e gli sorrise. Tony porse i bambini a Omar, che fece un gesto a Tifany, David e Jake perché lo seguissero.

Attorniati dalla polizia, sirene e lampeggianti, Tony e Ruth si guardarono. Lui le tese una mano e lei la prese, poi si abbracciarono con forza.

«Mi dispiace per come ti ho conciato la macchina», disse Ruth.

Tony sorrise. «Non importa. Una macchina si cambia con un'altra, ma tu e i bambini siete unici.»

Come sempre, Tony faceva centro con le sue risposte e lei sorrise. «Non sai che paura ho avuto. Pensare di poter perdere te o i bambini mi ha fatto impazzire. Per fortuna è finito tutto bene e siete tutti e tre di nuovo con me.»

«Sono entrata nella tua vita e in casa tua per sconvolgere tutto», disse lei sospirando. «Per sommergerti col caos e farti diventare di colpo padre di tre bambini. Ma tu sei stato al mio fianco in ogni istante in cui ne ho avuto bisogno per prenderti cura di me, appoggiarmi e proteggermi e...» non riuscì a finire.

Tony, vedendo che le si spezzava la voce e che si stava mettendo a piangere stava per intervenire, ma lei lo fermò. «Lascia che finisca.»

«Va bene, cucciola», rispose lui, intenerito.

Ruth si asciugò le lacrime. «So che questo momento è speciale, e che lo ricorderai per il resto della tua vita. Come hai fatto tu il giorno del mio compleanno. Eri bellissimo quando mi hai chiesto di sposarti e...»

«Tu sei sempre bellissima, amore mio», disse Tony e lei sorrise, sapendo che non era vero.

«Tony, ti amo come credo non potrei mai amare nessun altro uomo, ma arrivati a questo punto mi trovo nell'obbligo morale di dirti: corri e scappa via da me. Fallo prima che io ti dica: vienimi dietro! E sposiamoci il quattordici di febbraio, perché ti amo, perché non posso vivere senza di te, perché sei l'uomo della mia vita e perché voglio avere dei figli con te e sarà un piccolo moro, fantastico, perché abbiamo una biondina e due dai capelli rossi.»

«Oh, santo cielo!» mormorò lui a quelle parole e sorrise, rendendosi conto che tutti li stavano osservando. «Non tentarmi.»

«A scappare di corsa o a sposarti con me il quattordici di febbraio e avere dei figli?»

Tony, che aveva passato la serata peggiore della sua vita, temendo che tutto quello che amava e adorava sarebbe potuto sparire in un secondo, la gratificò con uno dei suoi sorrisi più magnifici e l'abbracciò. «A scappare di corsa, senza dubbio!»

Scoppiarono a ridere e lui, pazzo d'amore per quella ragazza dai capelli rossi, aggiunse: «Come non mi stancherò mai di dirti che sei, eri e sarai sempre lo scherzo del destino più bello che mi sia mai capitato. Ti amo, cucciola, e certo che accetto la proposta del quattordici di febbraio e anche quella dei bambini».

Commossi e innamorati, si baciarono felici senza pensare ad altro, mentre i loro famigliari e gli amici applaudivano e li acclamavano.

Jake, emozionato per quello che aveva sentito, guardò Omar sorridente. «Ma non mi hai appena detto che ti sposi tu il quattordici di febbraio?»

«I Ferrasa si sposano sempre il quattordici di febbraio», rispose Omar, senza lasciare la mano di Tifany.

Ormai a notte fonda, andarono in ospedale a farsi visitare da un preoccupato Dylan e da altri medici. Poi se ne tornarono tutti a casa e Tony, una volta rientrati, si occupò personalmente di ogni cosa. Dopo, quando fu a letto con Ruth, la baciò con delicatezza sulle labbra. «Adesso mi prenderò cura di te», le sussurrò.

Sfinita, lei si lasciò spogliare.

Quando anche Tony si mise a letto vicino a lei, accarezzò con dolcezza quel viso che tanto amava. Lei lo guardò. «Grazie perché ci ami e perché sei stato accanto a me in ogni momento.»

Tony sorrise e posò le labbra sulle sue.

«Se non vi amassi, sarei un folle. Tu e i bambini siete la cosa più importante che ho e voglio proteggervi gelosamente per tutto il resto della mia vita.»

Ruth sorrise. Sapeva che stava dicendo la verità.

«Fallo ancora», le chiese lui.

Lei sorrise di nuovo.

«Non mi stancherò mai di dirti che hai il sorriso più bello del pianeta, ma ora devi riposare, tesoro. È stata una giornata molto lunga.»

«Non posso», rispose lei.

Lui la guardò preoccupato e Ruth avvicinò la bocca a quella di lui, con un sorriso meraviglioso.

«Potrò farlo solo se prima farai l'amore con me, come solo tu sai fare.»

«I tuoi desideri sono ordini», disse lui, felice di vederla sorridere in quel modo. E la strinse a sé, dolce e possessivo.

53.
Tu sei tutto per me

Mancavano solo dodici giorni alle nozze e le ragazze, assieme a Manuel e David, cercavano disperatamente in un bel negozio di Beverly Hills il loro vestito da sposa. I fratelli Ferrasa si stavano dedicando ai preparativi del matrimonio e loro dovevano preoccuparsi solo di essere bellissime, quel giorno.

Dopo aver scartato un altro vestito che non le piaceva, Tifany era in camerino a provare l'ennesimo. «Da qui non usciamo, senza i nostri vestiti da sposa», affermò.

«Ma cara, hai già un vestito meraviglioso», insistette Valeria.

Ruth, dentro al camerino, si mise a ridere e cercò di andarle in soccorso. «Usare un vestito destinato a un altro matrimonio le porterà sfortuna e non se la sente di rischiare con Omar.»

«Fossi pazza!» confermò Tifany. «È già un bel rischio sposare il tigrotto un'altra volta.»

«Andrew ha la fidanzata?» chiese Coral, guardando fuori del negozio.

Manuel scosse la testa.

«Tutto solo soletto. È una delizia, vero?» sussurrò David.

Coral annuì e guardò Yanira. «Ti ho mai detto che adoro le delizie?» La sua amica rise e lei continuò. «Quando ne vedo una, non resisto e me la mangio!»

«Che golosona!» scherzò David.

«E la cosa più bella di tutte, David...» gli sussurrò Coral, «è che queste delizie con i pantaloni di pelle e l'aria da farabutto non fanno ingrassare!»

Ridevano tutti come matti, quando Ruth uscì dal camerino con un vestito da sposa che sembrava scomodissimo.

«Che cosa ne dite?»

Tutti la guardarono e Yanira arricciò il naso. «Mi sa che non va...»

«Non mi piace», disse Valeria.

«Uh! Cucciola, sembri un cavolfiore con tutto quel tulle», disse David, dopo aver visto anche lo sguardo di Manuel.

Coral scosse la testa e Ruth si sedette. Era così difficile trovare un cavolo di vestito da sposa?

«Ma non capisco... vedo un sacco di bei vestiti qui», esclamò Coral.

«Anch'io», disse Yanira. «Ma una cosa è il tuo matrimonio, in cui vuoi avere il vestito che ti ha fatto innamorare e che ti faccia sentire speciale, e una cosa sono i matrimoni delle altre. C'è una grande differenza.»

Senza dire nulla, Ruth prese la coppa di champagne che Coral aveva in mano e ne bevve un sorso. Poi si girò verso la commessa. «Ho provato mezzo negozio e ancora non ho trovato un vestito che mi abbia fatto dire "è lui!" Non dubito del fatto che tutte le collezioni che avete siano bellissime, ma non cerco qualcosa di estremamente sofisticato con uno strascico lungo, come vuole Tifany. Io vesto in modo meno trendy di lei e non voglio indossare alta moda alle mie nozze. Mi piacerebbe qualcosa che mi faccia sentire bella e a mio agio. Qualcosa che lasci Tony senza parole e che sancisca che sono la donna della sua vita.»

La commessa le strizzò l'occhio. «Dammi qualche minuto. Credo di aver qualcosa che ti può piacere.»

Ruth annuì, poco speranzosa, e guardò Coral. «Andrew è un tipo affascinante che si merita di incontrare qualcuno di speciale che non lo faccia soffrire. Quindi non usarlo come un kleenex.»

Valeria si mise a ridere.

«Uh-uh... tranquilla. Con me, niente pena e solo piacere.»

In quel momento Tifany aprì il camerino e gridò, commossa: «L'ho super-trovato!»

Tutti la guardarono.

«È perfetto!» esclamò Yanira.

Anche Ruth, Coral e Valeria annuirono.

«*Amove* mio, se non amassi così tanto mio marito, ti chiederei in sposa», disse Manuel.

Tutti scoppiarono a ridere. Poi la commessa iniziò la descrizione. «È un vestito di Rosa Clarà. È confezionato con merletto chantilly bordato con pietre naturali e madreperla. Ha una linea a sirena, che ti dona tantissimo perché hai una bella figura e delle belle spalle da mettere in mostra. E dietro ha una coda super lunga, proprio come volevi, di merletto bordato da motivi floreali, che poi si può togliere per ballare, per esempio.»

«È divino!» esclamò David.

Tifany annuì e si guardò allo specchio. «Mi super piaceeeeeee. Quando mi vedrà il tigrotto, morirà.»

Mentre tutte stavano ammirando quanto stesse bene Tifany con quel vestito, arrivò l'altra commessa con un abito sotto il braccio. «Vieni con me», disse a Ruth.

Entrando in camerino, Ruth fu subito favorevolmente colpita dal fatto che quel vestito occupasse la metà dello spazio degli altri che aveva provato.

«Facciamo una cosa», disse la commessa. «Non ti guardi allo specchio fino a quando non ho finito di farti indossare l'abito, ok?»

«Va bene», rispose.

Senza perdere tempo, la donna si mise all'opera e, mentre lei l'aiutava a indossare l'abito, Ruth iniziò a sorridere. Le piaceva al tatto, le piaceva come la faceva sentire e volle assolutamente guardarsi allo specchio. Quando sentì che la commessa chiudeva la lampo e che l'abito le calzava a pennello, cercò di girarsi per guardarsi.

«No, ricordati che devi aspettare che io abbia finito», le disse. «Adesso sciogliti i capelli.»

Ruth disfece la coda e i suoi capelli rossi e ondulati le caddero sulle spalle. La commessa annuì, con un sorriso. Poi prese da una scatola una fascia argentata e un velo. Le sistemò la fascia attorno alla testa, quindi fissò il velo.

«Il velo da sposa a bandana va molto di moda, soprattutto quando si sceglie uno stile moderno. E credo che faccia proprio al caso tuo. Anche perché hai un viso bellissimo.»

Diede gli ultimi tocchi.

«Adesso puoi girarti.»

Ruth lo fece, impaziente, e si guardò allo specchio.

«Oh, santo cielo», sussurrò.

Si guardò incredula. Era esattamente quello che cercava. Il vestito era incredibile e la fascia argentata attorno alla testa ricordava il simbolo dell'infinito. Si commosse.

«Che cosa ne dici? Credi che quando ti vedrà il tuo fidanzato sancirà che sei la donna della sua vita?»

«Credo di sì», sussurrò Ruth, immaginando Tony.

Dopo essersi guardata per qualche minuto allo specchio, convinta che quello fosse il suo vestito, aprì la porta del camerino, ma i suoi amici erano tutti attorno a Tifany e nessuno la vide.

«L'ho trovato!», gridò lei.

Tutti si voltarono e dall'espressione dei loro volti capì che erano d'accordo con lei. Felice, guardò Manuel e rise, vedendo che stava bisbigliando «Oh, santo cielo!»

«Cavoli, sei bellissima!» disse Yanira emozionata.

«Mi super piaci!» affermò Tifany, avvicinandosi.

«Mamma mia, Ruth!» disse Coral. «Con questo vestito lo farai morire.»

La commessa ascoltò i commenti e poi fece un sorriso. «È un vestito di Ibiza, della collezione Yolan Cris, modello Togo, fatto con tessuti organici. È realizzato in tulle ricamato e tulle di cotone, con una bella scollatura a U. Come vedete la schiena rimane nuda e lungo il vestito ci sono volant di merletto e trine che gli conferiscono un tocco molto hippie, frizzante e speciale. Gli abbiamo aggiunto un velo a bandana con una fascia argentata.»

«Cucciola... quando ti vedrà Tony si innamorerà di nuovo di te», affermò David.

«Sei uno spettacolo», aggiunse Valeria.

Ruth sorrise felice e prese Tifany per mano. «Li lasciamo senza parole, questi Ferrasa», disse.

Quella sera, dopo una meravigliosa giornata di shopping, decisero di andare a bere qualcosa al locale dove avevano lavorato Ruth e David, il Mono Rojo. Andrew si unì a loro e sorrise di nascosto sentendosi continuamente osservato da quella donna pazzerella chiamata Coral. I suoi occhi e i suoi sguardi gli facevano capire che lo desiderava.

A mezzanotte, quando le luci si spensero e i camerieri e le cameriere salirono sul bancone per offrire tequila a tutti, mentre suonava la canzone *Bailando* di Enrique Iglesias, Andrew prese Coral per mano e le si avvicinò. «Quando vuoi e come vuoi, bella. Ma una volta che abbiamo finito, dimenticati di me. Io non ripeto mai.»

Lei lo guardò con impudenza. «Questa notte, quando tutti se ne sono andati. E tranquillo, bello, neanch'io ripeto.»

Detto questo si separarono e non si guardarono più, anche se entrambi sapevano di avere un appuntamento che non era proprio per parlare.

Yanira, con indosso la parrucca per non essere riconosciuta, osservò lo spettacolo dei camerieri. «Sapendo quanto sono gelosi i Ferrasa, ucciderei per poter vedere la faccia di Tony mentre c'eri tu lì sopra», disse a Ruth.

Lei sorrise. Guardando la situazione da un altro punto di vista, adesso poteva capire la gelosia di Tony.

«Da vedere, Yanira... da vedere», le rispose.

Quella notte, quando Ruth salutò Andrew ed entrò in casa, trovò Tony che leggeva nel silenzio della sala. Lui la vide e la accolse a braccia aperte e lei, felice, si lasciò abbracciare. Quanto era meraviglioso tornare a casa.

Due giorni prima delle nozze, quando Tony tornò dal lavoro, salutò i piccoli che erano in piscina con Rosa, tornata dopo la guarigione di sua madre, e salì in camera, dove sapeva che c'era Ruth.

Entrando, sentì parlare per telefono in bagno e capì da quello che diceva che doveva trattarsi di David o di Manuel.

Era stato un giorno lungo e produttivo. Soddisfatto, Tony si tolse la giacca e andò verso il bagno.

«Ciao, bellissima», la salutò, aprendo la porta.

Ruth sorrise, vedendolo, e con un gesto della mano gli chiese di aspettare qualche secondo.

«Ok, Manuel, va bene. La notte prima delle nozze verremo a dormire tutti da voi. Non dirmelo un'altra volta.»

«Faremo l'accampamento in sala, come ai vecchi tempi!» disse Manuel.

«I bambini impazziranno di gioia quando glielo dirò, ma non so se a Tony farà tanto piacere che me ne vada.»

«*Amove* mio, è un modo per far sì che quel pezzo d'uomo così bello, moro e maschio senta un po' di nostalgia di te, in modo che quando il giorno dopo ti vedrà bellissima, meravigliosa e angelicale nel tuo vestito da sposa, desideri solo possederti e portarti in un angolo buio.»

Ruth rise.

«Ti lascio. Il pezzo d'uomo bello, moro e maschio è arrivato.»

Appoggiò il telefono sul marmo del lavandino e gli buttò le braccia al collo. «Ciao, Ferrasa. Mi sei mancato.»

Lui la baciò, felice.

«Che cos'è questa storia che la notte prima delle nozze andrete a dormire a casa di Manuel e David?» chiese poi.

«Linda arriva dal Minnesota e starà da loro. E, approfittando dell'occasione, hanno pensato che potremmo fare l'accampamento tutti in sala.»

«Cioè?»

Ruth si mise a ridere, vedendo la faccia di Tony. «Era un gioco che Manuel, David e io facevamo con i bambini. La sera in cui eravamo tutti liberi, vedevamo film fino all'alba, facevamo il pieno di chiacchiere e patatine e dormivamo tutti assieme per terra in sala», spiegò. «Lo sai, tesoro, che quando non ci sono i soldi, per divertirsi bisogna aguzzare l'ingegno», aggiunse affettuosa.

Lui la baciò sul collo. «Quando vuoi, inauguriamo anche qui la notte dell'accampamento in sala.»

Ruth rise.

«Sicura che devi andare?» le chiese lui.

«Sì, tesoro. Voglio e devo andare.»

«Non mi piace molto», insistette lui inarcando un sopracciglio perché non amava dormire senza di lei.

«Mi dispiace, Ferrasa, ma è così, che tu lo voglia o no.»

Il suo tono deciso gli fece capire che non avrebbe cambiato idea.

«Va bene, testona», le disse, togliendosi la cravatta.

«Com'è andata la riunione oggi?» chiese lei.

«Unanimità! La canzone *Bonita Casualidad* sarà il tema principale del film.»

Ruth applaudì, felice. Sapeva quanto fosse importante per Tony e quanto aveva lavorato per ottenerlo. Lo seguì fuori del bagno, si lanciò sulla sua schiena e lui la prese a cavalcioni.

«Ce l'hai fatta, Tony Ferrasa, sei un mito!»

«Grazie a te, tesoro. Tu sei stata la mia musa.»

«Mi piace essere la tua musa.»

Lui la lasciò e si girò per prenderla di nuovo. «Adesso manca solo che piaccia al pubblico.»

«Piacerà, farà innamorare e sognare», disse lei convinta. «È una canzone meravigliosa.»

«Ti sono mancato?» sussurrò lui, contento.

Lei annuì dolcemente e si avvicinò alla sua bocca. «Ogni microsecondo del giorno.»

Tony si mise a ridere e si accorse che lei gli metteva la mano sotto la camicia.

«Hai voglia di giocare...»

«Molta...»

«E i bambini?» chiese lui.

Senza dire nulla, Ruth corse a chiudere il chiavistello e alzò il volume della musica. «Sono con Rosa in piscina e non credo che abbiano bisogno di noi.»

Tony la baciò con vera passione mentre entrambi, ansiosi, si spogliavano per fare l'amore.

Ruth fece passare le sue dita tra i capelli scuri di lui e Tony, affascinato, si inginocchiò davanti a lei. Senza parlare, lei capì quanto lui la desiderasse e aprì le gambe. Lui infilò la testa tra i muscoli delle sue cosce e tirò fuori la lingua. Poi lentamente, la passò sulla vagina, mentre lei lo afferrava per le spalle.

«Adoro quando hai voglia di giocare.»

Ruth, estasiata per quello che quell'uomo le faceva provare, chiuse gli occhi e si lasciò assaporare. Voleva godere di quel meraviglioso attacco a cui lui la stava sottoponendo, quando, all'improvviso, Tony la prese in braccio e la portò a letto.

«Sdraiati e apri le gambe per me.»

Decisa a farlo impazzire, aprì le gambe senza distogliere lo sguardo da lui. Gli si offrì. La sensualità con cui la guardava la fece ansimare anche senza che la toccasse. E quando lui aprì un cassetto del comodino e prese il vibratore che le aveva regalato tempo prima, lei sorrise.

Accarezzandola, Tony le mise di nuovo la bocca sul sesso. Le cercò il clitoride con la lingua e, dopo averlo fatto indurire, lo prese con dolcezza tra i denti e lo accarezzò con la lingua. Lei ansimò e si inarcò, per spingersi nella bocca di lui.

Quando Tony sentì che era eccitata quanto voleva, le appoggiò la punta del vibratore sul clitoride.

Ruth aveva il clitoride così gonfio che dovette reprimere il suo primo grido di piacere. Era una sensazione estrema.

«Ti piace, vita mia?» chiese Tony, senza smettere di muoverlo.

«Sì», rispose Ruth, continuando a inarcarsi.

Tutti e due ansimavano. Ruth per quello che sentiva e lui vedendo quanto godesse di quello che le faceva. Vederla abbandonarsi a lui lo faceva impazzire e, quando gemette di nuovo, mise da parte il vibratore, prese la cravatta che si era tolto poco prima e le legò le mani alla testata del letto.

«Mi fai impazzire», mormorò.

Legata e sottomessa ai suoi capricci, Ruth si rivoltò e Tony, compiaciuto, la colpì con il sesso eretto nella parte interna delle cosce e le diede una sculacciata sul sedere.

«Mi desideri?» chiese.

«Da morire», rispose lei con la bocca asciutta per il desiderio.

Si mosse per strofinarsi contro di lui, mentre Tony, con dolcezza, passione e dedizione le distribuiva centinaia di baci sulla fronte, sulle guance e sugli angoli delle labbra, eccitandola con le sue parole e facendola impazzire.

Lei si inarcò desiderando di essere posseduta, ma Tony la voleva portare oltre. Le toccò i seni, li palpò, li leccò e li succhiò.

«Domani notte sarai a casa di Manuel e David, e non faremo più l'amore finché non sarai la signora Ferrasa, ci hai pensato?» le chiese fermandosi.

Pazza di desiderio, Ruth stava per rispondere quando lui, all'improvviso, le mise un dito nella vagina e iniziò a muoverlo.

«Domani sarò solo in questo letto, e sentirò la tua mancanza», sussurrò.

Tony strisciò sul corpo di Ruth e, arrivandole fino alla cicatrice sulla pancia, la baciò con dolcezza per farle capire che adorava assolutamente tutto di lei.

Febbrile, veemente e ardente gli chiese di penetrarla. Ma lui fece finta di non sentire i suoi gemiti sordi e le continue richieste, e continuò a baciarla sul monte di Venere e nella parte interna delle cosce.

Il piacere che lei provava era lo stesso che sentiva lui e quando Tony non riuscì più a resistere, le mise la punta del pene sulla vagina umida e fremente e con una sola stoccata decisa la penetrò.

La violenza dell'affondo fece inarcare e ansimare entrambi. Si desideravano, si volevano, si anelavano. Tony la prese per i fianchi, impazzito dal suo trasporto e dalla sua passione, ed entrò e uscì da lei, aumentando sempre più il ritmo dei movimenti.

Alla fine, tirò un'estremità della cravatta e le slegò le mani e lei, sentendosi libera, lo abbracciò e assieme coordinarono il ritmo fino a che non provarono entrambi un orgasmo incredibile e ardente che fece loro raggiungere il paradiso del piacere.

Una volta concluso quell'assalto folle, passionale e inatteso, si baciarono con dolcezza per un po' fino a quando i bambini non iniziarono a bussare alla porta e tra le risate si dovettero rivestire in fretta, per andare da loro.

Il giorno dopo, Ruth portò i piccoli a casa dei suoi amici, mentre Tony uscì a cena con i suoi fratelli e suo padre, arrivato da Porto Rico con la Tata per partecipare alle nozze.

Tornando a casa, seguito dai cani, Tony si tolse la giacca, l'appoggiò sopra una sedia e si sbottonò la camicia. Quindi andò direttamente in cucina dove si prese una birra e si sedette, guardandosi attorno. La casa era vuota, in silenzio, come prima che Ruth comparisse nella sua vita.

Quel silenzio che adesso lo infastidiva era qualcosa che prima apprezzava incredibilmente.

Prese un sorso della sua birra e in quel momento suonò il cellulare. Era un messaggio di Ruth. Gli aveva mandato delle foto di lei e i bambini, stesi sul pavimento in pigiama, che ridevano, circondati da quelle persone che volevano loro così bene.

Per un bel po', Tony guardò quell'immagine piena di felicità e risate, con l'unica compagnia di Melodia e Luis Alfonso, che dormivano tranquillamente ai suoi piedi.

Con la sua birra Sierra Nevada Porter in mano, andò in sala. La tranquillità e l'ordine che trovò lo presero in contropiede e quasi lo oppressero. Si sedette al pianoforte, alzò il coperchio e, pensando a Ruth, cantò la canzone che un giorno lei gli aveva chiesto. *All of Me* di John Legend.

Ogni volta che diceva *Perché tutto di me ama tutto di te* Tony sorrideva. Non aveva mai sentito nient'altro di così pertinente a quello che provava per Ruth.

La sua mente si riempì di immagini di lei che giocava con i bambini, che si lanciava a bomba in piscina, che ballava nel buio con lui in cucina e ascoltava la musica nella jacuzzi; che si scatenava con la salsa a Miami e faceva l'amore con tenerezza e gli sorrideva. E il suo cuore batteva più forte.

Come diceva sempre, era lo scherzo del destino più bello che gli fosse mai capitato e la donna della sua vita, a cui aveva donato la chiave del suo cuore. Per lei, per averla accanto, per vederla felice e gioiosa, avrebbe rivissuto mille e una volta ancora tutti i momenti difficili del passato.

Quando ebbe finito la canzone, Tony chiuse il piano e bevve un sorso alla sua birra, poi si guardò attorno: gli mancavano il trambusto e la vita che lei e i bambini portavano in quella casa. Quindi decise di andare a dormire. Il giorno dopo si sarebbe sposato.

Quando fu in camera sua, si tolse la camicia, la posò sopra il letto e andò in bagno per farsi una doccia. Sorrise, quando vide sopra lo specchio una scritta fatta col rossetto rosso.

F___A__'I________E O____.

Annuì, prese il rossetto che lei gli aveva lasciato sulla mensola e sussurrò mentre riempiva gli spazi: «Sì, tesoro, con te FINO ALL'INFINITO E OLTRE! E ti amo».

54.
All of me

La mattina delle nozze ci fu una gran confusione nella bellissima casa di Manuel e David a Melrose Hills. Le due spose, Ruth e Tifany, erano lì per vestirsi, pettinarsi e prepararsi, e presto arrivarono anche Coral e Yanira.

Come se si trattasse di una produzione hollywoodiana, la casa era piena di giornalisti inviati da Leroy, l'amico di Tony, e Tifany e Ruth li accolsero amabilmente, lasciando che facessero fotografie mentre si truccavano, si pettinavano e si vestivano.

Poi la stampa finì il suo lavoro e tutti i giornalisti se ne andarono.

«Sarò su *Vogue* del prossimo mese!» esclamò Coral divertita.

«E anche su *Hello, People, Elle, Prestige* e *Cosmopolitan*», aggiunse David applaudendo.

«Avete notizie di Valeria?» chiese Yanira. «È strano che non sia ancora arrivata. Le scoccerà essersi persa questo servizio fotografico.»

Nessuno sapeva nulla.

«Ieri l'ho chiamata al telefono, ma non ha risposto. Poi però mi ha mandato un messaggio dicendomi che stava bene e che oggi mi avrebbe spiegato», disse Tifany.

Gli altri la guardarono sorpresi, ma in quel momento si aprì la porta e arrivarono i bambini. I maschietti erano vestiti di azzurro e le femmine di rosa ed erano bellissimi. Jenny vide Ruth con indosso il suo vestito da sposa e alcune mèche colorate tra i capelli. «Mammina, sei divinaaaaaaa!» urlò.

Ruth sorrise, aprì le braccia e l'abbracciò con affetto. Poi uno strano odorino invase la stanza e Coral aprì la finestra. Ruth guardò il bimbo dai capelli rossi che rideva a crepapelle.

«Adán, se ti lasci sfuggire una scoreggina in chiesa o al ricevimento sarai in punizione per il resto della tua vita. Capito?»

«*Salò* buono mami. Te lo *plometto*», rispose lui.

In quel momento un vortice turchese entrò nella stanza e Valeria guardò tutti con un sorriso raggiante.

«Bene, bene… che pelle rilassata che ha questa qui oggi…» commentò Coral.

Tifany, capendo quello che stava per dire, diede un bacio a sua figlia, che aveva già controllato che la mamma avesse indosso il bracciale di zaffiri, e ordinò a Rosa e ad Amelia di portare i bambini via di lì.

Dopo che si furono allontanati, Valeria parlò. «Ieri è arrivato Alain dalla Francia. Ha chiesto un trasferimento qui! Ha fatto una pazzia d'amore per me!» esclamò.

Tutti applaudirono, contenti, abbracciando la felicissima Valeria.

Un'ora dopo, la comitiva uscì per andare verso la chiesa, in una meravigliosa limousine bianca. Ruth si sventolava, nervosa, e Linda la prese per mano.

«George sarebbe molto orgoglioso di te. Lo sai, vero?» le disse.

Lei annuì, emozionata. Quel giorno le erano venuti spesso in mente suo padre, sua madre, suo fratello e ovviamente anche George.

«Senza dubbio sarà seduto in prima fila per non perdersi nulla», disse commossa.

Mentre stavano arrivando alla chiesa, Yanira guardò fuori del finestrino. «Caspita, Valeria, che bello che è Alain con quel vestito grigio scuro», le sussurrò.

Anche l'amica si affacciò e lo guardò, mentre parlava con Dylan e Anselmo. «E non ti dico senza vestiti!»

Scesero dalla limousine. Valeria e Linda, assieme alla Tata, si occuparono dei bambini e Andrew si avvicinò a Coral, che stava baciando la sua bimba.

«Se non le dispiace, signorina, Omar Ferrasa la aspetta in chiesa», le disse.

Coral lo guardò. Era bellissimo con quel vestito scuro e la sua faccia da bullo e rispose, fiera. «Va benissimo. Ci andrò subito.»

Detto ciò, Andrew si girò e se ne andò. Era lui l'incaricato della sicurezza per il matrimonio e, munito di auricolare, controllava che tutto andasse alla perfezione.

Yanira, vedendo come lo guardava Coral, le si avvicinò. «Non dirmi, golosona, che hai già mangiato questa delizia?»

«Fino a scoppiare...» rispose la sua amica, con un sospiro. Poi proseguì, vedendo che Andrew le lanciava di nuovo uno sguardo intenso. «Ti lascio, devo andare a prendere a braccetto il mio piccolo Omar prima che svenga. Pare proprio che sia la sua madrina...»

Yanira vide che se ne andava di corsa e in quel momento le si avvicinò Dylan.

«Tony ti aspetta in chiesa. Non smette di chiedere dove sta la sua madrina e quando arriva Ruth.»

«Che impaziente», rise lei.

«È un Ferrasa, che cosa ti aspettavi?» scherzò Dylan, baciandola.

Quando sparirono dentro la chiesa, Tifany era sulla scalinata assieme a Ruth.

«Uh, cara, mi sento una principiante. Sono super nervosa... e dire che è la seconda volta che mi sposo con lo stesso Ferrasa.»

«Non ti dico come sto io, che è la prima», commentò Ruth cercando di calmare i nervi.

«Chi entra per prima, tu o io?» chiese Tifany.

«Tu», rispose Ruth. «Ce l'hanno detto ieri i ragazzi, che hanno organizzato tutto.»

Tifany l'abbracciò. «È arrivato il gran giorno, che tu sia molto... molto felice», disse a Ruth.

«Ti auguro lo stesso», rispose Ruth commossa, ricambiando l'abbraccio.

Poi si separarono. «Io sono già caduta due volte nella maledizione dei Ferrasa. Spero che a te ne basti una», aggiunse Tifany. Poi si toccò la chiave che aveva al collo. «E come è scritto qui: *Per sempre*.»

In quell'istante, si avvicinò Anselmo che le guardò con approvazione e orgoglio. «Siete le bellezze più meravigliose che abbia mai visto in vita mia e non sapete quanto mi piaccia che portiate al collo le chiavi, come Yanira.» Poi si girò verso Ruth, notando le mèche colorate tra i capelli rossi. «Ragazza arcobaleno, ti aspettiamo dentro.»

Lei annuì e gli strizzò l'occhio. Lui, sorridente, offrì il braccio a Tifany.

«Andiamo, bellissima. La cerimonia deve iniziare o a mio figlio verrà un infarto.»

Quando Tifany iniziò a salire la scala della chiesa con suo suocero, Manuel e David rimasero vicini a Ruth, essendo i testimoni.

«Cucciola, sarà un piacere consegnarti a quel bel moro», le disse David porgendole il bouquet, commosso.

«Sono ansiosa», sussurrò lei, facendosi aria.

«Lo so, *amove* mio, ma tranquilla, andrà tutto bene», le fece forza Manuel.

Andrew fece un gesto a Tifany e Anselmo perché entrassero e all'improvviso si udirono i violini.

«*Moon River*, che meraviglia!» esclamò David, sentendo la canzone.

Ruth sorrise, immaginando l'espressione di felicità di Tifany. Omar era molto attento ai particolari. Ricordava ancora il giorno del non matrimonio, in cui Tifany aveva ripetuto che la marcia russa non era *Moon River*.

Andrew scese le scale e si avvicinò a loro. «Sei bellissima, cara. Ti auguro di essere molto felice», disse a Ruth.

«Grazie.»

Per qualche secondo i due si guardarono e capirono che tra loro era tutto a posto e che sarebbero rimasti per sempre amici.

«So da Tony che farai il capo della sicurezza dei Rolling Stones nel loro tour europeo.»

«Davvero?!» si meravigliò David. «Tu che adori i Rolling Stones!» applaudì.

Andrew sorrise. «Sì, mi sono sempre piaciuti e non sapete come sono contento di accompagnarli in questo tour.» In quel momento dissero qualcosa all'auricolare di Andrew e lui abbracciò Ruth e salì le scale.

«Andiamo, bellezza. Devi entrare. Il tuo fidanzato ti aspetta, ansioso.»

A braccetto con i suoi testimoni Manuel e David, Ruth iniziò a salire la scalinata e non appena entrò in chiesa sentì le note di *All of Me* di John Legend, che la fecero sorridere di emozione. Anche Tony curava molto i dettagli. Qualche istante dopo, rimase di pietra vedendo che John Legend in persona cominciava a cantare la canzone.

Tony aveva voluto sorprenderla e ci era riuscito. Quando lo vide, non poté pensare che a lui. Il suo moro, quel Ferrasa che lei amava alla follia, era bellissimo con il vestito scuro e la sua camicia bianca. Quando lesse sul viso della sua sposa quel suo tipico «Oh, santo cielo!», le sorrise.

Senza distogliere lo sguardo da lui, con i figli davanti a lei che lanciavano petali di rosa, camminò sorridente fino all'altare dove la attendeva il suo amato, mentre John Legend cantava per loro quella canzone incredibile.

Tony, da parte sua, riusciva a malapena a respirare. Vedere Ruth così bella, con quel vestito, quel sorriso e le mèche colorate tra i capelli rossi, lo lasciò senza parole. Lei era tutto per lui, come diceva la canzone.

Quando Manuel e David la lasciarono, Tony le tese la mano, come aveva già fatto centinaia di volte, e lei la prese. Guardandolo negli occhi si mise al suo fianco e lui, senza badare all'espressione del prete, le diede un veloce bacio sulle labbra.

«Sei bellissima, tesoro… bellissima.»

Alla fine della cerimonia, furono inondati dal riso e dai petali di rose bianchi e rossi, e ricevettero auguri e baci da tutti. Poi, in un momento in cui Tony aveva in braccio i gemelli, Jenny si avvicinò a loro. «Ah, papino, mi sono appena innamorata follemente!» esclamò lei, facendo ridere entrambi.

«E di chi, tesoro?» chiese Ruth.

Jenny indicò di nascosto un giovane biondo che parlava con gli invitati.

«Oh, santo cielo, mamma. Quell'uomo galante che ho visto mille volte far innamorare e baciare altre donne nelle telenovele mi ha guardato e mi ha sorriso dicendomi che sono molto… molto bella con questo vestito.»

Tony fu sorpreso dalla reazione della bambina di fronte a quel complimento. «Tesoro, è la stessa cosa che ti ho detto anch'io quando ti ho visto.»

«Sì, ma tu sei il mio papà e non vale, ma Michael Brown è un mito! È l'uomo dei miei sogni.»

E quando la bambina se ne andò da Preciosa, che la stava chiamando, Ruth notò l'espressione sorpresa di Tony.

«Mettiti in testa, tesoro, che Jenny è una preadolescente. Adesso tu sei suo padre e non ti vede più come il bel ragazzo col sorriso affascinante, la macchina potente e gli occhi come l'alba di Acapulco.»

A quelle parole, Tony sorrise. Poi mise giù i gemelli, che corsero dietro a Jenny, e si avvicinò a sua moglie. «Dovremo controllare da vicino questa preadolescente, ma intanto, per riparare al dispiacere che mi ha appena dato, che ne dice di darmi un bacio, signora Ferrasa?»

«Sarà un piacere!»

Mentre Ruth lo baciava, i flash dei giornalisti non smettevano di lampeggiare.

Dopo centinaia di foto e aver salutato tutti, Anselmo, la Tata e Linda misero i bambini sulla limousine e partirono per il luogo scelto per il ricevimento. Ruth, sorpresa, chiese a Tony. «E noi come ci andiamo?»

E in quell'istante, lui fece un fischio e arrivò un ragazzo con la Volkswagen rossa di Ruth. Lei guardò Tony, felice e innamorata. Andare su quella macchina era come avere accanto suo padre, suo fratello e sua madre e sorrise, commossa, quando vide un cartello dietro alla macchina con le iniziali di *Fino all'infinito e oltre*: FAIEO.

«Hai pensato a tutto, Tony Ferrasa.»

Lui sorrise e le strizzò l'occhio.

«Per te qualunque cosa, vita mia.»

Lei lo baciò e salì sulla macchina.

«Ruth!» le gridò Valeria.

Lei guardò dal finestrino e vide Valeria e Coral e altre amiche di Tifany.

«Devi lanciare il bouquet. Tifany lo ha fatto.»

Ruth prese una rosa rossa, che appoggiò sopra il cruscotto della macchina per tenerla per sempre dentro il suo libro preferito, e guardò Tony.

«Parti.»

Poi mise la mano fuori del finestrino e lanciò il prezioso bouquet di rose verso le ragazze. Con curiosità, si girò per vedere chi lo avesse preso e rise vedendolo tra le mani di Coral, che saltava assieme a Valeria, gesticolando e sorridendo.

Arrivarono nel luogo del ricevimento e Tony parcheggiò, quindi aiutò quella che ormai era sua moglie a scendere dalla macchina. Camminarono per mano verso i bambini, che corsero ad abbracciarli. Qualche secondo dopo, la Tata e Linda presero i piccoli e Anselmo riunì i suoi tre figli con le loro mogli in un luogo tranquillo. Poi, davanti a loro sei, parlò, commosso.

«Voglio che sappiate che in questo momento sono l'uomo più felice dell'universo, anche se sento molto la mancanza di vostra madre. Ma sono sicuro che, conoscendola», disse con un sorriso, «starà organizzando in cielo una bella festa per celebrare ciò che facciamo noi sulla Terra.»

Le tre coppie sorrisero. Poi Anselmo prese una busta dalla tasca e si rivolse a Tifany. «Tu sai già che cosa c'è scritto, ma per favore leggilo di nuovo.»

Emozionata, Tifany la prese e guardò suo marito. «Spero che questa volta sapremo seguire i consigli di tua madre con maggiore saggezza», gli sussurrò.

«Ti assicuro e ti prometto di sì, amore mio.»

Mia amata figlia,
senza dubbio oggi è un giorno meraviglioso per convolare a nozze con l'uomo della tua vita. E senza dubbio, se stai leggendo questa lettera, Omar lo è.
Mio figlio Omar è un uomo pieno di allegria, luce propria e ambizione. È lui quello che si diverte di più alle feste, l'uomo a cui tutte le donne cercano di avvicinarsi, ma al tempo stesso è quello che lavora di più per raggiungere nella vita i traguardi che si pone.
Amore è una parola breve, che riempie il cuore e l'anima di sentimenti infiniti, e Omar è un uomo dai sentimenti infiniti. Sii forte e sorprendilo. Non lasciare, non permettere che sia sempre lui ad aprire la strada. Anticipalo, e aprigli tu la via per non smettere mai di sorprenderlo e per far sì che mio figlio abbia in mente con che tipo di donna divide la sua vita.
Mia amata figlia, avrei voluto conoscerti per abbracciarti e dirti, tra le altre cose, tre che sono speciali.
La prima: l'amore non è di chi lo rompe, ma di chi l'aggiusta.
La seconda: l'amore non è amore se non hai commesso nessuna pazzia per lui.
La terza: il vero amore non finisce bene, semplicemente perché non finisce.

Vi auguro una vita meravigliosa e prospera insieme e per favore curati di tutti i Ferrasa, come sono sicura che loro si cureranno di te.

Vi amo.

Mamma Luisa

PS: Di' da parte mia a quell'orco di Anselmo che sorrida e che non smetta mai di amarvi o se ne pentirà quando si ritroverà davanti a me.

Tifany finì di leggere la lettera con gli occhi pieni di lacrime e guardò verso suo marito, commosso. «Puoi stare certo, Omar Ferrasa, che in questa occasione la lettera che ha scritto tua mamma ha significato molto di più della prima volta che l'ho letta e...»

Ma non poté continuare, perché Omar l'abbracciò emozionato. «Ti amo, amore, e ti assicuro che la nostra vita sarà proprio come entrambi la vogliamo.»

Yanira, che assieme agli altri aveva ascoltato il contenuto della lettera e il dialogo tra i due sposi, guardò Dylan e gli sorrise. Ricordava ancora i consigli che le aveva dato Mamma Luisa nella lettera per lei. Poi porse un fazzoletto ad Anselmo. «Devi dare qualche altra lettera?»

Lui sorrise e ne prese un'altra dalla tasca, andando verso Tony. «Ho sempre voluto sapere che cosa avesse scritto tua madre per te e per tua moglie. Ecco, figlio mio, è arrivato il momento.»

Tony annuì, emozionato, e guardò Ruth, che non capiva. «Mamma ha lasciato tre lettere a mio padre, una per ciascuno di noi, che potevamo leggere solo nel giorno delle nostre nozze, soprattutto perché sono per voi, le nostre mogli.»

Ruth lo guardò, intimidita e prese la lettera che Anselmo le porgeva.

«Ho il cuore che mi sta scoppiando», mormorò mentre l'apriva.

Tutti risero e lei iniziò a leggere.

Mia amata figlia,
non avrei voluto perdermi un giorno così bello come quello che state vivendo tu e mio figlio Tony.
Quando lui mi ha detto per la prima volta «ti voglio bene», la mia vita, il mio universo e tutto il mio essere sono cambiati radicalmente e spero davvero che la prima volta che l'ha detto a te anche la tua vita sia cambiata tanto quanto la mia, da non poter vivere più senza di lui.

Tony è un uomo pieno d'amore, sentimenti e dolcezza. Adora la musica, come me, e nelle sue composizioni parlerà senza dubbio del vostro amore eterno.
Prenditi cura di lui come sono sicura che lui faccia con te e non dimenticare che solo colui che ti ama capirà queste tre cose di te.
La prima: il dolore dietro a un tuo sorriso.
La seconda: l'amore dietro alla tua rabbia.
E la terza: i motivi dei tuoi silenzi.
Spero che tu sia molto felice con Tony. Che lo ami tanto o più di quanto so che lui ti amerà. Sono sicura che Tony, tu, suo padre e i miei altri figli, Omar e Dylan, formerete una famiglia solida come quella che ho avuto io con i miei quattro uomini Ferrasa.

Vi amo e vi amerò sempre,

Mamma Luisa

PS: Di' ad Anselmo che un quattordici di febbraio ci sposeremo di nuovo e che sorrida. Per favore, che sorrida, e io sarò felice.

Quando Ruth finì di leggere la lettera, i quattro Ferrasa stavano versando un mare di lacrime.

Vedere quei portoricani grandi e grossi, mori e virili commossi strinse il cuore delle tre ragazze.

«Senza dubbio Luisa era una gran donna», mormorò Yanira.

Loro annuirono, ma nessuno riuscì a parlare. L'amore che continuavano a sentire per quella donna che era scomparsa dalle loro vite era così grande che non era possibile nasconderlo, per quanto facessero di tutto per mostrarsi forti.

Per diversi minuti, Yanira, Tifany e Ruth consolarono quei quattro titani e quando tutti i Ferrasa tornarono a sorridere, le ragazze sospirarono di felicità e tornarono alla festa, consapevoli che in cielo Luisa la Leonessa stava celebrando le nozze cantando la salsa.

Quella notte, dopo un banchetto colossale e una festa senza pari in cui ballarono merengue, salsa e altro ancora, i quattro Ferrasa salirono sul palco assieme ai loro zii e alla banda.

Yanira, che in quel momento stava parlando con Ruth e le ragazze, vide suo marito e gli altri sul palco e fece silenzio.

«Care… care», disse Tifany avvicinandosi, «Anselmo ha convinto i ragazzi a cantare.»

Ruth sorrise. Sapeva che Tony adorava cantare e di sicuro si stava divertendo. Ma Yanira conosceva Dylan. «Poverino, starà morendo di vergogna!» commentò.

Gli invitati, vedendoli sul palco circondati dalla loro famiglia, applaudirono e Anselmo, come patriarca, prese il microfono. «Vi ho già ringraziato per essere qui questa sera e ora, a rischio che qualcuno dei miei figli mi uccida», disse guardando verso Dylan, che sorrise, «ho voluto che venissero sul palco per cantare con me, come avrebbero fatto con la loro madre. La mia Luisa diceva sempre che il meglio della salsa ce l'aveva in casa, quindi canteremo *Represento*. È una canzone nostra, che ci è sempre piaciuta moltissimo.»

Ruth applaudì divertita e Tony, felice, le strizzò l'occhio. Uno dei suoi zii cominciò a suonare la tromba e subito dopo attaccò l'altro suo zio, Tito, con i bonghi, poi uno con le maracas e qualche secondo dopo Anselmo iniziò a cantare. Tra le risa, Tony, Dylan e Omar si guardavano facendo il coro, fino a che Anselmo passò il microfono a Tony, che cantò con sicurezza:

Represento a los que llevan la música por dentro,
sea salsa, rumba, mambo o flamenco,
lo que importa es el sabor y el movimiento.
Represento una raza de colores diferentes
que se funden para hacerse transparentes,
y yo soy el vivo ejemplo de mi gente...

«Per amor di Dio e di tutti i santi del passato e del futuro!» rise David, guardando la sua amica Ruth. «Questo ragazzo sa fare tutto!»

Ruth annuì, innamorata. «Sì, David, assolutamente tutto.»

«E come balla, *amove* mio. Ma sembra proprio cubano!» applaudì Manuel.

Ruth non poté evitare di ridere a quel commento. Senza dubbio Tony ballava incredibilmente bene e in più era un bell'uomo, affettuoso, romantico, vincente e con una bella voce. Tony Ferrasa aveva tutto.

«Cucciola, sto per chiederti un'indiscrezione tremenda. Tuo marito si muove così bene anche a letto?» sussurrò David, affascinato dallo spettacolo.

Ruth e Yanira si misero a ridere e lei guardò il suo meraviglioso marito, che senza dubbio in quel momento era il sogno di molte delle donne estasiate dal suo movimento di fianchi.

«Meglio, si muove ancora meglio.»

«Oh, santo cielo! Che caldo!» disse David, sventagliandosi.

Yanira, divertita, guardò Tifany. «È un Ferrasa, che cosa ti aspettavi?» dissero all'unisono.

Felici, Tifany, Ruth e Yanira ballavano e applaudivano i loro ragazzi che seguivano la salsa con la voce e con il corpo. Nessuno poteva negare che quei portoricani fossero i degni figli della Leonessa!

Dopo quella prima canzone, salirono sul palco Gloria Estefan, Marc Anthony, Yanira, Luis Miguel, Alejandro Sanz, Luis Fonsi, Ricky Martin... tutti gli amici dei Ferrasa che erano lì. Volevano regalare agli sposi novelli una canzone.

Dopo diverse ore in cui ballarono addirittura i giornalisti che erano lì per coprire l'evento, all'alba Ruth e Tony danzarono appiccicati sulla pista.

«Ti morderò le labbra, mi riempirò di te e per questo spegnerò la luce per pensare a te», canticchiò Tony sentendo il bolero che Luis Miguel stava cantando sul palco.

Ruth, con la pelle d'oca, sorrise a quelle parole. Mai, mai in vita sua avrebbe pensato di conoscere qualcuno come lui.

Senza dubbio, quel giorno in cui gli aveva bagnato i pantaloni durante quel catering era stato il migliore della sua vita e lo guardò, innamorata. Volle imprimere nella sua mente quegli occhi, quello sguardo, l'intensità di quel momento. Quella passione e quella follia.

«Sei felice?» le chiese Tony

«Come mai in vita mia», sussurrò lei.

Tony la strinse di più a sé. «Non vedo l'ora di arrivare in camera per toglierti il tuo bellissimo vestito da sposa e cominciare a mettere in cantiere un bimbo.»

A lei nulla andava più di quello.

«Sai?» gli disse

«Che cosa, cucciola?»

«Linda, tuo padre e la Tata si occupano dei bambini questa notte.»

«Mmmm... che meraviglia. Una notte intera per noi.»

«Sì», sussurrò al suo orecchio. «E io ti legherò alla testata del letto per farti mille volte mio.»

«Wow...» esclamò Tony estasiato, mentre le sfiorava le labbra. «Quello che dici suona molto... tentatore.»

Senza voglia di condividere con gli altri invitati un secondo di più il suo bel moro dagli occhi come l'alba di Acapulco, sorrise e lo trascinò via. «Andiamo, vieni.»

«Dove?» rise lui divertito, seguendola.

Felice per il suo sorriso e per come la guardava, Ruth lo fece salire sulla macchina, sussurrandogli: «Ferrasa, non chiedere e vienimi dietro!»

Epilogo
Porto Rico, un anno e mezzo dopo

Villa Melodia, la grande casa di Anselmo Ferrasa che si trovava sull'isola, stava scoppiando. Quell'estate tutti i Ferrasa avevano deciso di passare assieme le vacanze e in agosto si ritrovarono in quel luogo così importante per loro. Anselmo si sentì speciale, circondato da risate, musica, bambini e fermento.

Tutti i piccoli Ferrasa giocavano in spiaggia sotto lo sguardo attento della Tata, di Amelia e di Rosa, mentre Ruth, Yanira e Tifany si godevano il meraviglioso sole dell'isola sotto l'ombrellone, per non scottarsi.

Ruth, felice, sentiva ridere i suoi bambini. Dopo le nozze, Tony aveva voluto adottarli e dare loro il proprio cognome; ora ai piccoli piaceva dire che erano dei Ferrasa. Era qualcosa che li inorgogliva e faceva sì che Tony perdesse ancor più la testa per loro.

In quel momento, le arrivò un messaggio sul cellulare.

«È Valeria, che vi manda i suoi saluti. È già in Canada con Alain. Dice che, quando tornerà, chiamerà per vederci.»

«Che bello che è il francese», sussurrò Tifany. «Sembra tanto innamorato di lei che un giorno o l'altro si sposeranno.»

«Qualcuno ha parlato con Coral, ieri?» chiese Yanira.

«Io», disse Tifany abbassando la voce. «È alle Hawaii con il suo allupato hawaiano. Sembra che sia andato a prenderla all'aeroporto e ora si trovino in un albergo bellissimo.»

Tutte sorrisero pensando alla loro amica. Il rapporto con Joaquín, il suo ex, era ottimo e loro due si alternavano in modo che a Candela non mancasse nulla e che, al tempo stesso, entrambi potessero viaggiare e vivere la loro vita.

«Ah, volete sapere che cosa mi ha detto di dirvi?» rise Tifany.

«Uh, da lei mi aspetto di tutto...» scherzò Ruth.

Tifany si mise in testa il cappello. «Le sue testuali parole sono state: "Di' alle ragazze... Viva le Hawaii!»

Le tre scoppiarono a ridere. Poi Yanira si infilò gli occhiali da sole e guardò davanti a sé. «Cosa ne dite della vista sulla spiaggia?»

«Uh, cara, mi super piaceeeee!» rispose Tifany.

Ruth, che era sdraiata, si alzò e vide i tre fratelli Ferrasa camminare sulla battigia coi loro bebè in braccio. Vedere Tony così perso per la piccola Zaida, una brunetta un po' piagnucolona, la fece ridere. «Impressionante è dire poco.»

Per diversi minuti, le tre osservarono i loro fantastici mariti ad alcuni metri di distanza; erano un vero spettacolo.

Tifany, che alla fine aveva con Omar la vita che voleva, guardò con amore quel ragazzone di suo marito, col piccolo Diego in braccio. «È così carino... Fa di tutto per farmi felice, tanto che a volte mi sembra di vivere un sogno», sussurrò.

Ruth e Yanira si guardarono. Omar senza dubbio era cambiato e, dopo tutto quello che era successo, era fantastico che Tifany fosse felice.

«È un Ferrasa, che cosa ti aspettavi?» rispose Yanira facendo l'occhiolino a Ruth.

Scoppiarono a ridere, ma Tifany poco dopo le interruppe. «Ehi, anche quelle là stanno pensando la stessa cosa. Basta vedere come li guardano e come sbattono le ciglia.»

Ed era vero. Quei tre portoricani mori con i loro bimbi in braccio erano una vera tentazione per qualsiasi donna, ma Ruth, divertita, rispose: «Tranquilla. Jenny le sta guardando. Non appena superano il limite, sapete che non mancherà di dirgliene quattro!»

Risero di nuovo e Yanira, che era stata l'ultima ad avere il suo Gabriel, si toccò la pancia, ancora un po' gonfia.

«Ho una fame tremenda», disse. «Questa dieta mi uccide, ma ho il tour latino tra quattro mesi e devo essere in forma.»

«Zitta, cara, zitta», sospirò Tifany. «Io devo perdere ancora un paio di chili che mi stanno facendo impazzire.»

Ruth sorrise sentendole e rise di gusto quando vide le ragazze di cui prima aveva parlato Tifany alzarsi e dirigersi verso i loro mariti. Non c'era niente di più tenero che vedere un bebè in braccio al padre. Se poi i padri erano i portoricani Ferrasa, meglio ancora.

«Come direbbe David, che sfrontate!» scherzò Yanira.

Appoggiate alle loro sdraio, non distolsero lo sguardo dalla scena.

«Tranquille, ragazze. Non dimenticatevi che quelle donne li desiderano, ma loro vogliono solo noi», dichiarò Ruth con sicurezza.

In quel momento, i mariti si allontanarono dalla battigia e camminarono verso di loro, baciandole una volta arrivati. Tony si sedette vicino a Ruth, mettendo la piccola Zaida addormentata nella sua culla. «Come sta la mia ragazza preferita?»

Lei sorrise. «Molto accaldata», rispose maliziosa.

Lui le fece l'occhiolino e, senza darle il tempo di reagire, la prese in spalla con un movimento fulmineo. Ruth gridò, colta di sorpresa, e Tony iniziò a correre verso l'acqua.

Ruth vide che tutti si stavano divertendo e Yanira le disse che avrebbe guardato lei Zaida, perciò decise di giocare un po' con suo marito.

Quando Tony fu nell'acqua fino ai fianchi, la posò con delicatezza e la baciò. «Così bella quanto perversa.»

«Stai imitando la regina delle telenovele?» chiese lei.

Lui sorrise. «Raffreddati, bellissima, o mi farai fare una pazzia in un posto pubblico.»

«Sei troppo bello, tesoro, capiscimi. Non tutti hanno i tuoi addominali.»

Tony si mise a ridere e l'avvicinò a sé perché sentisse l'eccitazione che lei gli provocava. «Smettila di eccitarmi, cucciola.»

Tra le risate, si accarezzarono sotto l'acqua, desiderando arrivare in camera loro. Non c'era maggior piacere che i loro momenti intimi, anche se ormai non erano molti: quattro bambini prendevano parecchio tempo. Ma quei loro momenti se li godevano al mille per mille e continuavano a ballare canzoni romantiche in cucina, con la luce spenta, mentre si baciavano con autentica adorazione.

Come diceva la canzone di Luis Miguel, la loro era passione e delirio. Niente avrebbe potuto essere uguale senza Tony. Ruth non poteva più vivere senza i baci e i sorrisi di quel meraviglioso Ferrasa.

Erano assorti nel loro momento privato quando, all'improvviso, sentirono le voci dei bambini che si avvicinavano. Guardando, videro tutti i piccoli Ferrasa che gridavano, felici, mentre cercavano di fuggire da Dylan e Omar.

Dopo averle dato un bacio veloce, Tony si unì al gioco dei suoi fratelli e Ruth li osservò, commossa.

Vedere la felicità nei loro occhi e i sorrisi dei suoi figli la riempì di allegria.

Tony Ferrasa era entrato nelle loro vite e nei loro cuori al momento giusto, pronto per restare, come diceva la chiave che posava sopra il suo petto, per sempre.

Megan Maxwell
Volevo tanto che fossi tu

A trent'anni anni Marta Rodriguez può dire di aver raggiunto l'equilibrio che cercava, sebbene si sia ritrovata a crescere una figlia da sola e abbia avuto un passato tutt'altro che facile. Insieme a Patricia e Adrian, i suoi amici inseparabili, lavora da Lola Herrera, l'atelier di abiti da flamenco più famoso di Madrid. Marta vive da sola con la figlia Vanesa, ha appena chiuso una relazione tormentata e di uomini non ne vuole proprio sapere.
Ma non ha fatto i conti con l'arrivo di Philip Martínez, un uomo d'affari inglese, biondo e con l'aria da bravo ragazzo: esattamente l'opposto del tipo di uomo da cui Marta si sente attratta...
Per questo è certa di non correre il rischio di innamorarsi di lui.
Eppure Philip è l'uomo più attento e gentile che lei abbia mai conosciuto, e il suo sorriso è davvero irresistibile. Se soltanto Vanesa non lo trovasse insopportabile, e lui non fosse il figlio del cliente più importante dell'atelier...

TEA

Finito di stampare nel mese di aprile 2017
per conto della TEA S.r.l.
da Reggiani Arti Grafiche S.r.l. - Brezzo di Bedero (VA)
Printed in Italy